AF748690

बंधक

(भाग–1)

(उपन्यास)

बंधक

(भाग-1)

क्षमा कौल

प्रलेक प्रकाशन

प्रलेक प्रकाशन

PRALEK PRAKASHAN

(an Imprint of "PRALEK PUBLISHING HOUSE PVT. LTD.")

मुख्य कार्यालय : 702, जे-50, ग्लोबल सिटी, विरार (वेस्ट), मुम्बई, महाराष्ट्र-401303
दिल्ली एनसीआर कार्यालय : 03/सी, ज्ञान खण्ड-4 इंदिरापुरम गाजियाबाद, उ.प्र.-201014
बनारस कार्यालय : 02, उर्मिल प्रेम सदन, नासिरपुर, वाराणसी, उ.प्र.-221005

E.mail : pralek.prakashan@gmail.com
Website : www.pralekprakashan.com
दूरभाष :+91 7021263557

बंधक (भाग-1) / क्षमा कौल
Bandhak (Vol-I) / Kshama Kaul

ISBN : 978-93-5869-57-86

प्रथम पेपरबैक संस्करण : 2025

आवरण एवं पुस्तक सज्जा : प्रलेक स्टूडियो

(प्रलेक प्रकाशन का लोगो मिक्की पटेल की तूलिका से।)

एक

कई दिनों से सरसिज भट्ट, कश्मीर में जहाँ तहाँ से वीडियो बना बना कर सोशल मीडिया पर डाल रहा है। सरसिज भट्ट कुंगी भट्ट का सुपुत्र। जिसे प्रधानमंत्री पैकेज में कश्मीर में नौकरी मिल गई है। उसे वहाँ ग्रामीण विकास विभाग में नियुक्ति मिल गई है।

वह ये वीडियो कभी किसी पर्वत की तलहटी से भेजता है, कभी किसी आबशार के किनारे से। कभी किसी गाँव की कुल्या में उतर उसके बीचोंबीच खड़ा हो, ऊपर नीले आकाश में कोई एक मेघखण्ड अथवा कई मेघखण्ड भी उस वीडियो के चलचित्र में आते। सभी सम्बन्धियों को भी भेजता है। विरह और दुख की, वंचना की अग्नि सब में भड़क उठती हैं नए सिरे से और सरसिज के कुशलक्षेम की चिंता भी लहरें मार लेती हैं सब में। पर सरसिज है कि निश्चिंत है। टिप्पणियों में लगभग सभी लिखते हैं, "अपना ख़ूयाल रखना। सुरक्षित रहना कृपया"। जिसका निकटवर्ती पाठ यही होता था कि "यह धरती जो स्वर्ग से भी सुंदर है, सबसे बढ़कर जो तुम बताना चाहते हो कि यह धरती तुम्हारी है, इस का कण-कण तुम्हारा है। तुम उस अपनी धरती के कण कण को, पर्वत की तलहटी को, वेगवती कुल्या को, उस जल को, उस आकाश और उन मेघों को अपना घर होने की ऊँची ध्वनि में घोषणा करते हो, ये तेरी दावेदारी दुश्मन देख रहा होगा। उसे क्रोध आएगा। उसे हमारे भौतिक अस्तित्व से भयंकर आपत्ति है। वह सारा संसार जानता है। वह सोचेगा कि तुम उसका जी जलाने के लिए ये फ़ोटो, ये विडियो ले रहे हो। वह नहीं सहेगा, हम से बढ़कर कौन जानता है यह बात सरसिज बेटा!" मानो उनकी टिप्पणियों की यही व्याख्या हो, और होती भी थी भी वस्तुतः यही।

वह हिंदू नरसंहार जो वास्तव में उन्नीस सौ नवासी में ही आरंभ हुआ था, चल रहा है। लोग जहाँ तहाँ शरणार्थी बन बन कहीं किराए के मकानों, तबेलों, गोशालाओं, फ़ुटपाथों, सड़क के किनारों, मंदिरों में शरणागत थे, किंतु धीरे धीरे उन्होंने स्वयं को स्वयं ही उठाने का प्रयास करना आरंभ किया। न किसी सरकार ने, न किसी और

संस्था ने उनकी मदद की, अतः जिहादी हत्यारों ने जितने बंदूक़ से, तलवार से, संगसार कर, बलात्कार कर, आरियों पर चीर कर घाटी में मारे, सो मारे; शेष निहत्थे, नंगे, निरुपाय, निस्सहाय, अनिकेत भाग गए, मृत्यु से भागने के लिए। पर मृत्यु से जब निहत्थे भागते है, रक्षकविहीन, कवचविहीन उस स्थिति में भी वे बहुत सारे मारे ही जाते हैं न। यही कहलाता है न नर संहार! हाँ। कि हर किसी को तो तुम मार नहीं पाओगे, अतः शेष को मरने लिए ऐसे हालात में छोड़ो जहाँ वे स्वयं ही मर जाएँगे। हर तरफ़ ऐसे हालात पैदा करो। इस में सरकार और वह समाज तुम्हारी सहायता करेगा जिस की आस में वह मरने से बचने के लिए भाग गए हों। वे वापस आने से बहुत डरेंगे। हमने उनका वह सारा हौसला ख़त्म कर लिया है कि उनकी वापसी की शून्य सम्भावना भी नहीं।

उनके बच्चों को आश्रय और सहायता न दो। उन्हें कहो तुम क्यों भागे कायरों? उन से सवाल पूछो। शत्रु जैसे कहे, उनके साथ वैसा ही करो, वही करो। सरकार शत्रु की है छद्मवेश में। तो कई लू से, कई सर्प दंश से, कई भूख और प्यास से, कई इस दुख से ही, कि यह प्रलय क्यों हुई सहसा, मर गए। जब उन्होंने जुलूस निकालने आरंभ किए तो सरकार को कुछ राहत की व्यवस्था करनी ही पड़ी। फिर कईयों ने उन राहत की पंक्तियों में खड़े खड़े ही प्राण त्याग दिए।

अब हुआ यों कि बहुत वर्षों बाद, एक प्रधानमंत्री इन से मिलने एक कैंप में आया। क्योंकि दस वर्षों से ये लोग सच बोल रहे हैं और ये वह सच बोल रहे हैं, जो सच हैं, जिसे इतने बड़े देश में कोई और नहीं बोल रहा। बोलने की मनाही है। यह संघर्ष की बातें ये सच की बातें, ये अंगारे सुन ही रहा है कोई न कोई। सुन वही नहीं रहा सिर्फ़ जिसे पता है कि सच क्या है, ये वही सच बोल रहे हैं, जिन सचों लिए अभी तक शब्द नहीं गढ़े गए थे, ये मुए, कम्बखूत वे शब्द गढ़ रहे हैं, हालत यह कि मानो सत्ता का ही संहार कर रहे हों ये निहत्थे, नरसंहार ग्रस्त लोग। तब कहा जाता है कि एक प्रधानमंत्री एक कैंप में आया जिसके दो कारण रहे होंगे राजनीतिक का राजनीतिक और दूसरा जाकर एक मनुष्य के रूप में स्वयं जाकर देखना चाहते हों। कहते हैं कि प्रधानमंत्री के उस खोलीनुमा कैम्प के भीतर आते ही उसके भीतर का मनुष्य जाग पडा और वह रो पड़े। वह खुद उझड कर लाहौर से उन्नीस सौ सैंतालिस में आए थे, ऐसा कहा जाता है। कि उसके भीतर आते ही उस कैंप के वासी ख़ुशी से पागल हो गए थे और कहा था, "हमारे घर आज भगवान आए थे।" ऐसा उन्होंने टीवी और अख़बार वालों को कहा था। चलो मान भी लेना चाहिए इसे सच वर्ना श्रीमदभगवद्गीता में नहीं कहते श्रीकृष्ण", "नरानां च नराधिपम्।" सही थी बात। कुछ दिनों बाद प्रधानमंत्री ने इन नरसंहार के मारों के प्रतिनिधियों को गोलमेज़ पर

बुलाया, पर जिहादियों के प्रतिनिधियों को ज़्यादा से ज़्यादा संख्या में गोलमेज़ बैठक में बुलाया। जिहादियों की भरमार थी उस मेज़ पर। एक से एक भयंकर, कट्टर। मुफ़्ती सैयद था जिसने अपनी नाकिस बेटी रूबैया का अपहरण करवा कर पण्डितों का नरसंहार कराने के लिए भयंकर जिहादी आतंकियों को छुड़वाया था। उसकी भयावह बेटी महबूबा, जिसने अमरनाथ श्राइन बोर्ड की भूमि पर जम्मू के आंदोलन को कम्यूनल कहकर इतना विष वमन किया था और भारत राज्य से उनके साथ सरकार चलाते हुए भी कहा था कि तिरंगे को कंधा देने वाला न मिलेगा। उमर अब्दुल्ला है इस गोलमेज़ पर जिसने संसद में कहा था ''मैं मुसलमान हूँ, पर फ़िरक़ापरस्त नहीं हूँ, अमरनाथ श्राइन बोर्ड को एक इंच ज़मीन नहीं दूँगा।'' वाह जी वाह। मुसलमान हो फ़िरक़ापरस्त नहीं हो, फिर ये कश्मीरी पण्डितों का नरसंहार किसने किया, क्यों किया बे?'' मुसलमान हो पर फ़िरक़ापरस्त नहीं हो ''फिर अमरनाथ श्राइन बोर्ड को एक इंच ज़मीन क्यों नहीं दोगे रे? और तो और इस देश में एक भी देश का वारिस ऐसा उस संसद में विद्यमान न था जो उसे कहता अरे बदबख्त जिहादी, तुझे किसने इस भ्रम में रखा है कि यह ''ज़मीन ''तुम्हारी है? अरे तू भारत की संसद में आया कैसे? घुसा कैसे नीच? एक भी ऐसा सुपुत्र भारत माँ का संसद में विद्यमान न था। जो इन शत्रुओं को उतर देता। बाहर खदेड़ देता। वहाँ फारूक था जिसने मीडिया के सामने एक बार यह स्वीकार किया था कह कर उसे कि उसे भी अपने दो सौ युवकों को पाकिस्तान डप्रशिक्षण के लिए भेजना पड़ा।'' और यह सुनने वाले भारत राज्य के एक से एक नाकारा, नाकिस और कापुरुष थे। संविधान की गंद में छिपने वाले। वहाँ गुलाम नबी आज़ाद था जिसने अमरनाथ आंदोलन में श्राइन बोर्ड की भूमि वापस लेने पर जम्मू के आंदोलन-कारियों को कहा था, ''अरे मैं तो सोच रहा था कि तुम लोग यह सुनकर कि श्राइन बोर्ड की ज़मीन सरकार द्वारा वापस लेने की खबर सुनकर सड़कों पर नाचोगे, लड्डू बाँटोगे।''

नरसंहार के मारों के सिर्फ़ तीन एक प्रतिनिधि ही इस गोलमेज़ पर हैं जिनमें बोलने की अनुमति सिर्फ़ एक ही को दी गयी। वर्षों बाद यहाँ ये बुलाए गए और निर्भीक होकर उस प्रतिनिधि ने समझाया, कश्मीरी पण्डितों के नरसंहार में कोई कसर बाक़ी कैसे कैसे, किन किन पद्धतियों से न रखी गई और उसके बाद सरकारों ने भी न रखी। ''हम हैरान हैं यह हिंदुस्तान की सरकार है या पाकिस्तान की। हम हिंदुस्तान में हैं या पाकिस्तान में? कहीं गजवाए हिंद हो तो नहीं गया है और अब बस उसकी घोषणा बाक़ी है। हमें नौकरियाँ छोड़ने पर विवश किया गया, खेत खलिहान, व्यापार, दुकान, मकान सब कुछ सब कुछ छोड़कर भागने पर विवश किया गया। उन नौकरियों पर इन्होंने तुरंत अपने लोग लगाए। लगभग सोलह हज़ार नौकरियाँ और

इस की सहज अनुमति भारत सरकार ने दे दी। आश्चर्य है कैसे दी भारत सरकार ने यह अनुमति? क्या यह भारत सरकार ही थी। या हमें मुग़ालता है। ये भयावह कर्म हो रहे हैं इस देश में। सब कुछ भयावह।''

और भी सब कुछ बताया प्रतिनिधि ने। वास्तव में वह एक शत्रु के क़ब्ज़े में आई भारत माता का एकमात्र प्रतिनिधि था।

घर पहुँच कर उस पाकिस्तान से खुद उझड के आए इस प्रधानमंत्री ने एक राहत का पैकेज घोषित किया। क्यों कि ''जम्मू ने शरण दी नौकरियों में हिस्सा नहीं, क्योंकि जम्मू में भी वही कश्मीरी जिहादी क़ाबिज़ थे। कश्मीर ने हमारा संहार कर लगभग आज़ादी घोषित की। और जान बचाने के लिए, अपनी स्त्रियों को बचाने के लिये आए हम लोग, पीछे छूटी हमारी नौकरियों पर भी वे टूट पड़े। और भारत सरकार ने वे नौकरियाँ उन्हें दी भी। उनकी रक्षा तो कर ही सकता था राज्य। तो यह भी नरसंहार की निरंतरता में आयेगा ना कि आप मानव समूह को नष्ट करो, भगाओ, फिर उनकी आजीविका पर भी हाथ साफ़ करो। यही है नरसंहार। उसमें सरकार की सहमति हो। त्राहि नाम। त्राहि माम। यह किस स्तर का नरसंहार। निम्न से निम्न। आदमियत के गिरने की पराकाष्ठा माननीय प्रधानमंत्री जी।'' ये बातें उस सच्चे प्रतिनिधि की गूंज रही हैं उसके कानों में।

अत: फिर कश्मीर में जो पीएम पैकेज की घोषणा हुई, उसमें शर्तें रखी गई कि जो जिस गाँव से भागा है, वहीं पर मास्टर /मास्टरनी या और कुछ बनेगा /बनेगी। नम्बर दो : तथा आजीवन उनकी / उसकी ट्रांसफ़र नहीं होगी। कहीं भी नहीं। चाहे कुछ भी हो।

नौकरी चाहिए थी उन्हें। बेघर और लावारिस थे वे। अत: विवश होकर उन्हें ये शर्तें ओझल कर नौकरी आरंभ कर भोजन खाने की शुरुआत करनी थी। अपने अधिकारों को त्याग दिया चुपचाप और मान लिया कि अधिकार यहाँ शत्रु के है। जब यह त्याग उन्होंने किया उन्हें परम शांति की प्राप्ति हुई।

यह एक पारंपरिक, विकृत त्याग समग्र देश में घटित हुआ है, यह त्याग ऐतिहासिक भी है। इसका परिणाम हुआ कि समग्र देश में त्याग ही त्याग घटित हुआ। जिसने मानवाधिकार त्याग दिए, उसने अंतत: अपना धर्म भी त्याग दिया और मुक्त हो गया। शत्रु बनकर मुक्त हो गया। सुना है यह कहीं? कैसा त्याग है ना। त्याग ही त्याग।'' त्यागाद् शांति निरंतरम्।'' अब तुम पूछोगे कि मानवाधिकार-त्याग उसे धर्म-त्याग तक कैसे ले गया। उसका भी एक क्रम है। पूरे देश में यह क्रम क़ायम है। वह ऐसे कि जब आपको विवश होकर आपकी राज्य व्यवस्था अधिकार त्याग करने के मार्ग बनाती है और शत्रु को वे सारे अधिकार दीन हीन होकर समर्पित करती है,

तो तुम समझते हो राज्य तंत्र तुम से चीख चीख कर कह रहा है कि इधर आ। इधर। इस तरफ़। यहाँ सब कुछ है। सब कुछ। जो तुम्हें चाहिए। जिसके लिए तू परेशान है सदियों से। वह तुम्हें यहाँ मिलेगा। भले वह तंत्र सारा तुम्हारे धर्म के नाम के लोगों से भरा हो। अस्तु।''

दो

सरसिज का हृदय उमंग उठा है। ये हरी-भरी वादियाँ हो गया है वह। वह धान के लहलहाते खेत हो गया है। वह कुल्याओं, झीलों, तडागों, सिंचन की अत्यंत सुंदर शिशु नहरों के तटों पर उगे विरल रूप से हरे हरे तिनके हो गया है। वह क्या हो गया है, उसे कुछ समझ में नहीं आ रहा कि वह क्या हो गया है। क्योंकि वह जो देखता जा रहा है, जहाँ जा रहा है, उसके भीतर जहाँ जहाँ की छवि भरती जा रही है, वह वही वही होता जा रहा है, और यह भीतरी सुख या समस्या वह किसी से बता भी नहीं पा रहा। अपनी माँ से भी नहीं।

इस तरह वह प्रतिदिन सुरम्य स्थानों पर जाता है और एक स्वतंत्र चेतना की बलात् अनुभूति स्वयं को कराते हुए चित्र खींचता और इसे प्रसारित करता। एक दिन वह ग्रामीण विभाग के कुछ किसान-नुमा लोगों के संग एक छोटी सी नदी के तट पर खड़ा हो गया और उनके साथ चित्र लिया। तब सोशल मीडिया पर डाला। उन लोगों को उसमें देखकर सभी चिंतित हो गए। उसके जम्मू-उधमपुर स्थित मित्र, महाराष्ट्र स्थित उसकी मौसी, जम्मू स्थित मामा इत्यादि और उनके परिवार जन। उन्होंने पुनः लिखा, ''सावधान उन लोगों से।''

वह हल्की हामी ऐसे भरता कि मानो कह रहा हो-आप चिंतित न हों। मैं उत्तरदायित्वपूर्ण हूँ, और सावधान भी।'' तब उसका पिता बोला- ''तुम नहीं जानते इनके भीतर की सच्चाई। ये जो दिखते हैं, होते नहीं हैं। हमारी शताब्दियों के अनुभव समझो।'' तब वह कुछ कुछ चिंतित होता और कहता-पर मेरा काम ही यही है। यह रूरल डिपार्टमेंट है। पापा! वे मुझसे अलतकिया करते हैं, मैं वापस अलतकिया करता हूँ। ज्मैं उनसे मीठी मीठी बातें करता हूँ। उनकी तारीफ़ करता हूँ, ताकि वे मुझे किसी तरह से भी कोई परेशानी न दें।''

पिता हंस दिया फिर बहुत मृदुल होकर बोला, ''हम उनकी तारीफ़ों के पुल बांध बांध कर कूबड़ हो गए बेटा, मज़बूत पुल, झूठ के सच्चे पुल हर दिवस हम

जितने भी थे बनाते और दिन गुज़ारते, घर बनाते, उनमें रहते भी, उनकी मुखाकृतियाँ देखते और क्षण क्षण उनसे भिक्षुओं की भाँति माँगते, जीते और जीते। उनकी हाँ में हाँ मिलाते। जो वे थे नहीं वहीं उनको तहेदिल से कहते कि वे हैं...यों वे हम पर हंसते। हमारे पुलों पर वे नहीं चले इसकी भनक वे हमें नहीं लगने देते, अपनी तैयारी करते ..करते ..करते उस क्षण तक पहुँच गए कि बस...। तुम मेरी बात समझ गए सरसिज।''

''पर पापा! मैं तो कुछ भी ऐसा नहीं करता कि उन्हें बुरा लगे...।''

''पुत्र! यही तो हम भी करते थे और ज़ोरदार ढंग से करते थे। मैं बता रहा हूँ कि तुम वह चातुर्य बरत रहे हो जो शत्रु के साथ जीने की विवशता में बरतनी होती है। तुम ठीक कर रहे हो पर उसे सोशल मीडिया में मत उजागर करो। वह उन्हें अच्छा नहीं लगेगा। बस।''

''पापा....?''

''हाँ, बेटा! तुम्हारी उनकी झूठी प्रशंसा ''अलतकिया ''नहीं कहलाता है। वह प्राण-रक्षा के लिए उनसे हमारी चिरौरी है, और वे यह जानते हैं कि यह क्या है। इसके वे मन में और आपस में मज़े लेते हैं। हंसते हैं इस पर। यह जीवन की भीख है क्योंकि यह उन्हें पता है कि तुम उन्हें किसी भी सूरत में मारने वाले नहीं हो बल्कि तुम उनकी इच्छा के अधीन हो। वे समझते हैं कि तुम्हारी यह उनके लिए प्रशंसा उनकी इच्छा को टालने की एक विधि है तुम्हारी। तुम्हें उनसे भयावह डर है, वह डर तुमसे दूर कर रहे हैं, तब तक, जब तक कि वे इसका आदेश प्राप्त न करें...या तुम भनक पाकर भागों न अथवा किसी शासन अथवा अदृश्य रक्षक को इसकी खबर न लगे। तुम अर्थात क्षीर भवानी माता की धर्मशाला में या ऐसे भी वहाँ रहने वाले हिंदू उनके लक्ष्य पर हो। वे तुम्हारे लक्ष्य पर नहीं। तभी कह रहा हूँ कि जैसा हम कहते हैं वैसा करो। हमें परेशान न करो। हम सरकार से प्रार्थना कर रहे हैं कि इस तुम्हारी पैकेज से ये राक्षसी शर्तें हटाई जाएँ।''

''ठीक है पापा... ''उसने बुझी बुझी और धीमी आवाज़ में कहा।

तीन

अगला वीडियो जो उसने डाला वह उसके इष्टदेव के मंदिर का था। हालाँकि यह उसकी माँ काँ गाँव था और उसी का इष्ट भी। वह इससे भी कम प्यार न करता। वह इसे प्राय: ''मातामाल का इष्ट ''कहा करता। कई दिनों से उसके अंदर एक ही आकांक्षा चक्रवात की तरह घूम रही थी कि वह माँ के गांव जाकर माँ के इष्ट देव के मंदिर का दर्शन करें। देखें वह तोड़ा गया है या बचा है। यदि बचा है तो कितना बचा है। वह यह देखने को अपने मन को मचलता हुआ देख रहा है वहाँ जो करना चाहिए वह कर के उसकी वीडियो बना कर सोशल मीडिया के माध्यम से अपने सभी बंधुओं को भेज उन्हें सुख और आनंद, स्मृति और आशा से भर देना चाहता था। वे क्या कहते हैं इस पर, यह जानने की भी उसकी उत्कट उत्कंठा थी।

कई दिनों से उसके भीतर एक ही इच्छा पुन: चक्रवात की तरह घूम रही थी कि सुंबल ग्राम चला जाए। देखें अपने, माँ के इष्ट देव को। उसके मंदिर को भी अच्छे से देखें। मंदिरों का कोई चिह्न नहीं बचा है ना। क्षीर भवानी माता के मंदिर के समन्तात की धर्मशालाओं में उसे उसके कुछ नौकरी पर आए युवकों को रखा गया है, जो कि रहने योग्य ही न थे पर सभी ने अपनी अपनी क्रियाशीलता का उपयोग कर उसे रहने योग्य बना दिया, सो सरसिज भट्ट ने भी बना दिया। उसको मिला कक्ष बहुत अधिक ऊबड़ खाबड़ और टूटी खिड़कियों, दरवाज़ों का था अत: उसे उस कमरे को रहने योग्य बनाने के लिए कुछ अधिक ही श्रम करना पड़ा। जब उससे कुछ बन न पड़ा तो उसे अपने पिता को यह चिंता बतानी पड़ी। तब प्रेम कुमार भट्ट शीघ्रातिशीघ्र चला आय। तीन दिनों में कक्ष को रहने लायक़ बना दिया।

सरसिज भट्ट सारा दिन ग्रामीण क्षेत्रों में घूमता है। कभी कभी उन ग्रामीणों के संग भी खूब भ्रमण करता है जिनसे उसे ग्रामीण विकास सम्बन्धी काम होता है, अथवा कोई या कई सहयोगी भी उसके साथ हो लेते हैं। दिन भर विचित्र द्वंद्वों में फँसा वह स्वयं को थकाता है। पुन: माँ राज्ञी, क्षीर भवानी के परिसर में लौट आता

है और आरती के बाद ध्यान का व्याज कर स्वयं को निद्रा के हवाले करता है। प्रश्नों को ओढ़ बिछा कर।

अब के उसने एक सेकंड हैंड स्कूटी ख़रीदी है। जिसपर वह बेधड़क निकल कर हरियालियों में घूमने निकल पड़ता है। अनियंत्रित इच्छा का मारा वह मारा मारा फिरता है। घास के उगे तृणों को निहारता है। फिर उसे यकायक स्मरण आता है कुछ कुछ नियंत्रण करने के प्रयास का। इस से वह दुखी होता है।'' मैं इन घाटियों का हूँ और मैं इन्हीं की सामग्री से बना हूँ, मैं क्यों असुरक्षित हूँ...मेरी आयु क्यों कर सीमित कर सकती है किसी मेरे जैसे मनुष्य की इच्छा? यह कैसा अनुत्तर का मारा मुझ जैसे हर हिंदू युवक का प्रश्न है यहाँ...ऐसे में किसी की असहायता और अवश भाव से एक तरंग उठ सकती है इस असहायता से बाहर कूदने की। जब लगेगा कि ऐसे में ईश्वर भी मानो सरकार से मिला हो और सरकार मानो शत्रु से मिली हो। मिली? ? ? अर्थात् मिली? ? ? सच? हाँ? गणितीय दृष्टिकोण से यही तो अर्थ निकलता है स्थितियों की भाषा में से, मिलना....अर्थात् डरना। डरना अर्थात् लगभग मिलना ही तो। तो यही रहा होगा उन पूर्वजों का बहुकोणीय परिदृश्य जिन्होंने धर्म से निकलकर मज़हब में प्रवेश किया और लगा होगा कि वे त्रास, भय और मृत्यु भय से मुक्त हुए। अब समर्पित हो जाओ उन्हें जिन्होंने यह अभय और यह निस्तार दिया, कि जाओ कुछ भी करो। मज़े करो। जिसका गला चाहो तो रेत दो क्योंकि तुम्हें हत्या नहीं लगेगी यह फलाने ने फलानी पुस्तक में कहा है। बस एक सावधानी बरतनी है कि जो तुम्हारी तरह तुम्हारा पूर्व का कोई बंधु ये बात, यह स्वतंत्रता, यह आमंत्रण न मानें, उसे ही मार कर तुम पापों से मुक्त होओगे। जहाँ तुम थे वहाँ होना ही स्वयं में पाप है। तुम उस पाप से मुक्त होंगे।'' ....उफ़ यहीं घनघोर विवशता रही होगी उन हमारे पूर्वजों की जो हमसे कट गए फिर वे पूरी शक्ति से हमें काटने के लिए संकल्प में उठ गए होंगे, डट के हमें समाप्त करने के लिए। मैं प्रायः उन पूर्वजों को कोसता हूँ जिन्होंने ऐसा किया। खून खौलता है मेरा प्रायः उनके विषय में सोचकर। पर मैं अपने उन पूर्वजों को याद कर गर्व नहीं महसूस करता जिन्होंने घुटने नहीं टेके। स्वयं की रक्षा धर्म के अवयवों से ही की। ओह! उन्हें प्रणाम। शत शत प्रणाम। कोटि कोटि प्रणाम उन्हें''। उसके नेत्र जलमग्न हो उठे हठात्। उसके चित्त पर उसके दादा की बहुत सूक्ष्म सी स्मृति तैर उठी।

आज भी तुलमुल के ग्रामवासी जो अधेड़ से ज़रा सी कम आयु के भी हैं उसके दादू को जानते हैं कमोबेश। उसके पिता को तो जीवंत अत्यंत जीवंत रूप से जानते हैं। यह बात उसके हृदय में अवतरित होते ही मानो उसकी नसें प्रेम, विवशता, घृणा, असहायता, विश्वास की इच्छा और घनघोर अविश्वास से भर उठता है। वह चाहने

लगता है कि इस पूरे गाँव को जीवित दादू समेत उठाकर अपनी भुजाओं में उठाकर फिर हृदय में कहीं छिपा दें, जहाँ न समय की गति पहुंचे, न सरकार, न मज़हब, न ईश्वर का ही कोई हस्तक्षेप हो वहाँ।

उसके अंतस्तल में ऐसा कुछ घटित भी हुआ कि वह जम्मू से नौकरी के लिए आ रहा है अपने गाँव तुलमुल। काजीगुंड को पार कर अद्भुत समतल भूमि पर वह अपनी गाड़ी को शूं की अबाध ध्वनि के साथ दौड़ते हुए अनुभव करता है। उसे रोमांच हो आता है। मानों अपनी माँ के स्तनों के स्पर्श का अप्रतिम आनंद लेता हुआ वह मीलों फैले इस जन्मस्थल को अपनी मीलों फैली भुजाओं से कभी न त्यागने का संकल्प करते आलिंगन में बांध सो गया हों और अपनी असाधारण लम्बी उँगलियों से असाधारण रूप से सूक्ष्म तम अवर्णनीय स्पर्श कर रहा है। वह इसी अलौकिक निद्रा में दूसरे दृश्य में सरक आता है और पाता है कि वह उन्हीं असाधारण लम्बी भुजाओं को पसार कर माँ राज्ञी के प्रांगण को उनमें भरकर दण्डवत् गिरकर सब प्रकार की थकान से माँ से मुक्ति माँगता हुआ रो पड़ता है अबाध। रोने की एक खेप के बाद उसे लगता है कि जो उसे देख रहा होगा वह क्या सोचेगा। वह धीमे धीमे अपने ऊपर आए समूचे अश्रुजल को वापस पेट में उतार लेता है।

चार

जब वह एक दिन उठकर अपने छूटे हुए घर को देखने जाने की अनियंत्रणीय इच्छा के हत्थे चढ़कर यों ही टहलते हुए, मानो वह स्वयं को ही तर्क दे रहा हो कि बस वह तो यों ही टहल रहा है। क्योंकि माता पिता ने उसे सखूत निर्देश दिए हैं कि वह भूलकर भी अपने घर की तरफ़ न जाए, क्योंकि उन्हें अच्छा नहीं लगता है कि कोई हिंदू अपने घर के ध्वंस को, ध्वस्त स्वरूप को देखें। यह एक अघोषित घोषणा है उनकी ओर से। कई बार कई किसान अपने खेतों को और मकानों को देखने गए थे, और कइयों की हत्या उन्होंने बंदूक़धारियों द्वारा, नकाबपोशों द्वारा करवाई अथवा नक़ाब स्वयं ही ओढ़कर की। चुप्पी छाई हर तरफ़। राष्ट्रीय मीडिया तो दूर स्थानीय मीडिया ने भी दबी दबी खबर छापी और कैंपों के लोगों और अन्यत्र रह रहे शरणार्थियों ने कहा कि, फुसफुसाहट की, कि "तपाली में जाना था, गया ही क्यों?" और छुट्टी। यह घटना सरसिज के चित्त में थी क्योंकि निष्कर्षत: शरणार्थियों ने यह संदेश यों देखा था कि आओ! घूमो कश्मीर। पर अपने अपने गाँव आओगे और फिर खेतों खलिहानों में पैर रखोगे, ऐसा नहीं करने देंगे। हद में रहो।। अत: पीएम पैकेज के सभी बच्चों ने यह निर्देश अपने अपने माता-पिता से लिए, सखूती से पालन करने के लिए। सरसिज को भी इस की अनुपालना करने को कहा गया। पर आज वह उसी का उल्लंघन कर रहा है।

उसे खज्अर जू मिला। और उसे उसने पहचान लिया। ऊँची आवाज़ में बोला – "कौन?"

"मैं बाइगाश का पोता सरसिज़ उत्तर देते हुए वह उसका मुख पढ़ने लगा। उसने उसके मुख पर एक प्यारी सी मुस्कान देखी और वह निर्भय अनुभव करने की इच्छा करने लगा। पर वह भय भी खा रहा था कि क्या उसे अपनी पहचान इस तरह बतानी चाहिए थी? और चुपचाप उसने चोरी से मानो रहस्यमय ढंग से यह दुस्साहस कर ही लिया।

उसका नाम और यह कि वह किसका पौत्र है, सुनकर खज्अर जू उसे अपने हृदय से लगाने को आतुर-सा हो उठा। और तेज़ी से समीप आकर उसे भुजाओं में ले लिया। ''सरसिज है न तुम्हारा नाम? प्रेम कुमार के पुत्र हो न तुम? जम्मू में पैदा हुए हो! नब्बे के बाद! पता है मुझे। मुझे तुम सभी के बारे में खूब पता है। साभा के बारे में, प्राण भट्ट के बारे में, बबलू के बारे में, बबली के बारे में। सब के बारे में सब खबर है मुझे। गुड़गाँव में हैं वे सब और तुम जम्मू में हो। अरे जम्मू नहीं ऊधमपुर में तुम्हारा जन्म हुआ है, बाइगाश जी तब जीवित था। हफ़्ते में किसी एक दिन मुझे एक बार वह मुझे पीसीओ से फ़ोन किया करता था और घर मकान की खबर, खेत की खबर लेता था। मैं झूठ-सच सब मिला कर उसे कहता ताकि वह परेशान न हों, उसके दिल-दिमाग़ पर कोई बुरा असर न पड़े। वह सेहत मंद रहे और लंबी उम्र जिएँ।'' उसने धाराप्रवाह यह सब कहकर उसके शरीर पर लगभग स्नेह का ही हाथ फेरा और फिर अपने दाएँ हाथ में उसका बांया हाथ लेकर उसे आगे की तरफ़ खींचने लगा। सरसिज ने अपना शरीर ढीला छोड़ दिया था मानो तय किया हो कि उस अदृश्य को सब सौंप दो और ख़तरे के होते हुए भी ख़तरे के बारे में न सोच कर इन अद्भुत क्षणों का आनंद और विलग अनुभव लो। अतः खज्अर जू के स्पर्शों को उसने अपने भीतर आराम से उतार लिया। सरसिज को आगे की तरफ़ ले जाते हुए खज्अर जू बोला, ''चलो घर''।

सरसिज उसके इस आमंत्रण से भयभीत भी नए सिरे से हुआ, उसी भयभीत मन से वह प्रसन्न भी हुआ। धीरज धर कर वह उसके साथ चल दिया। और कुछ विराम देकर बोला, ''मैं दरअसल अपना घर खोजने आया था।''

यह सुनते ही तपाक से खज्अर जू ने अपने माथे पर अपनी हथेली को मारा। यह बात बड़ी गहराई से और आशावादी रुचि से सरसिज ने देखी। सरसिज सोचने लगा कि अगर इस व्यक्ति ने तत्काल माथा पीटा तो इसे तुरंत रो भी देना चाहिए। पर सरसिज ने देखा कि ऐसा नहीं हुआ। और यह सरसिज के भावलोक को संयत करने लिए अच्छा ही हुआ कि उसने स्वयं को सावधान कर लिया। वह थोड़े थोड़े विरामों के बाद एक धीमी आवाज़ में कई बार कह उठता ''वाह्य खुदाय, वाह्य खुदाय''। अब सरसिज इस निष्कर्ष पर पहुँच गया कि सब नाटक है और दृढ़ता से उसने अपने भीतर एक सावधान दर्शक को उपस्थित किया।

''मैं जानता हूँ कहीं इसी दिशा में है मेरा घर। मैं यह भी जानता हूँ कि मेरे पिता और मेरे दादा को यहाँ लगभग सब जानते हैं, पर मैं किसी को नहीं जानता यहाँ।'' सरसिज ने यह बात बोली। खज्अर जू इस पर चुप रहा। बस उसकी तरफ़ एक दृष्टि डाली। उस दृष्टि में यह तो अवश्य कहा कि मानो ...सम्भवतः चीजें मेरे (हमारे) हाथ में न थी बेटा। या यह कहा सम्भवतः कि क्या करें...यह बात करना ही व्यर्थ की

बात है। या यह कहा कि...यही तो उपलब्धि रही...पर अंतिम सम्भावना पर उसने स्वयं बाधा दी कि वह उसके संग एक तंग गली में से होता हुआ आगे जा रहा है, जब तक कि उसने देखा कि वह उसे उसके आंगन तक ले गया। आंगन में गायें बंधी थी और उनके बछड़े भी बंधे थे। गायों और बछड़ों को बंधा देख सरसिज के मन में एक सिहरन सी उठी और दब गई। आंगन मिट्टी की गंध से महक रहा था। निकट में ही एक बाड़ी थी जिसमें लौकी और टमाटर के पौधे थे। लौकी और टमाटर की फसल उगी दिख रही थी। दूसरी क्यारी में कढम के पौधे क़द्दावर खड़े थे।

खज्अर जू ने अपनी पत्नी को पुकारा– ''रजिया! देख तो बाइगाश का पोता सरसिज आया है।''

सरसिज ने अपने मुख को अतिशय नम्र भंगिमा और शालीन मुस्कुराहट से लाद के रखा था ही। सरसिज बोला, ''पर मेरा घर कहाँ हैं।'' यह अंगभाषा बनाने की उसकी रणनीति इस कारण थी कि कहीं वे यह न समझें कि वह वहाँ अपने घर की दावेदारी के लिए गया है। अपना घर लेने गया है। बस यों ही कुतूहल के लिए देखने भर के लिए, उसकी यह इच्छा हो गई है। कि वे उसे क़तई ग़लत न समझें।''

''जिगर मेरे! एक गिलास दूध पियो फिर मैं तुम्हें तुम्हारा घर दिखाऊँगा। हाय अफ़सोस अव्वल तो मैं तुम्हें क्या घर दिखाऊँगा। हाँ फिर भी दिखाऊँगा। अपनी कलेजी दिखाऊँगा पुतरा..क्या रखा है वहाँ कुत्तों पाकिस्तानियों ने। कुछ नहीं। कुछ भी नहीं।''

''दूध या कुछ भी पीने का मेरा मन नहीं..। कृपा करो... ''कहते हुए सरसिज ने खज्अर जू के आगे हाथ जोड़े।

''बस एक गिलास दूध, गाय का ताज़ा दूध। पीना ही होगा। मुझ पर तुम्हारा क़र्ज़ है। दूध का एक गिलास चुकाने तो दे मेरे जिगर के टुकड़े। मेरे दिल को ''शांति ''मिलेगी। फिर ''घर ''देखने चलेंगे।'' बोलते हुए खज्अर यह भी सोच रहा था कि अपना घर देख कर इस बच्चे के दिल पर क्या गुज़रेगी। इसका दिल टूट जाएगा।

इधर से सरसिज यह नहीं समझ पा रहा था कि खज्अर अस्ल में कैसा है। अगर ऐसा है तो फिर लगभग ये सब ऐसे हैं क्या? अगर यह खज्अर का नाटक है तो फिर यह बहुत ही ख़तरनाक जाल है। ख़तरनाक जाल। वह जीवन–मृत्यु जैसी उधेड़बुन में पड़ गया। एक भय के भ्रमजाल ने उसे ऐसा घेरा कि समय की सूक्ष्मतम तुटियों में भी उसने यहाँ आने की इच्छा की, माता–पिता को घर न देखने जाने के लिए दिए वचन को तोड़ने की ग्लानि भी उसमें विराट थी, अलतकिया के पूरे सबक़ को दरकिनार कर देने का प्रमाद और सर्वोपरि खज्अर जू के पूरे चरित्र, नाटक और सत्य के बीच के सत्य को न समझ सकने का दुख उसे भीतर ही भीतर दुखी कर रहा है। प्रताड़ित,

कलुषित कर रहा है। पर अब वह जानता है कि उसके पास कोई विकल्प नहीं। वह अब वह भूल कर चुका है, घर के खण्डहर को देखने आने की इच्छा पर नियंत्रण न पा सकने की भूल। उसने स्वयं को एक अलग मानसिक प्रविद्धि में डाला और सचमुच माँ राज्ञी और माँ के इष्ट का चिंतन तड़ित जितनी अवधि में करने लगा।

खज्अर की पत्नी रजिया ने सरसिज को हृदय से लगाया और उसकी आँखों से अश्रु बह निकले। सारे आशीर्वाद दिए। उसे देखने पर या उससे मिलने पर अपना सुखद आश्चर्य व्यक्त किया। सरसिज पुनः हतप्रभ। निस्संदेह जीवन के विरलतम क्षणों में से गुजर रहा है वह।''

रजिया बातें करती जा रही थी कि ''देखो क्या हो गया। अल्लाह को क्या मंजूर था। माता (माता राज्ञी) को क्या मंजूर था।'' (अल्लाह के बाद माता का भी वर्णन कर वह मनुष्य होने का प्रमाण सरसिज को दे रही थी और सत्य यह भी है कि तुलमुल के पुश्तैनी वासी और पूर्व में हिंदू होने के कारण माता पर उनका गहन विश्वास और श्रद्धा तो थी ही।) वह अपना प्रलाप जारी रखे हुए बोल रही थी, ''देखो फ़ज़ी का सलमान मारा गया। ज़िंदा होता तो घर गृहस्थी होती उसकी। कौन सी जनअत मिल गई होगी। अपनी माँ पर तो ज़िंदगी भर का नरक लाद ही दिया। फँस गया था उन राक्षसों के साथ। ख़्वाब थे सब। होना जाना तो था नहीं कुछ। हिंदुस्तान क्या बुरा है। समझता। समझते। मरते नहीं।'' वह बार बार रसोई में जा रही थी कि सहसा जैसे बेचैन हो उठी और बोली, ''देखो तुम्हारा जन्म यहाँ तुलमुल में ही हो जाना चाहिए था। अगर ऐसा होता तो हमारा नसीब ऐसा टेढ़ा न होता। जो था, सो था, वही होता। इतना कुछ करने, मरने के बाद भी वहीं रहा। क्या बदला? क्या मिला?''

''तेरी माँ के ब्याह मैंने खूब खूब गीत गाए हैं, मुझे याद आ रहा है। फिर तुम से मिलना हुआ.. ''पता नहीं क्या क्या बोले जा रही है वह, सोच रहा है सरसिज। ऊपर से खज्अर जू भी बोलता जा रहा था। सरसिज को उनकी बातों में, उनकी मन में बैठी विषय वस्तु में भयंकर विरोधाभास लग रहा है मानो सरसिज को देख कर उसके भीतर कोई ज्वालामुखी फट गया हो और एक पानी की झील भी फटकर बाहर आई हो। वह ऐसी अच्छी बुरी स्थिति में यों फँसी है कि न ज्वालामुखी में ठीक से झुलस रही है न ही झील की ठण्डाई उसे ठण्डा कर पा रही है, बचा पा रही है। स्थिति उसके समक्ष ऐसी विकट है कि जिसका कोई निराकरण सम्भव नहीं। इसलिए वह बस बोल रही है। स्मृतियों को आढा तिरछा बिछा रही है। जैसा जीवन को इस समय होना चाहिए था वैसा बोल रही है। वह सारा चित्र व्यक्त कर रही है। जो घटित नहीं होना चाहिए था, वह बता रही है। उस की व्याख्या कर रही है। यह बता रही है

कि किसे नहीं मरना चाहिए था पर मर गया और किसे मरना चाहिए था पर जीवित है। मज़े कर रहा है, ऐश फ़रमा रहा है। जैसे नेताओं में वह कर्णकटी और फारूक दांद। "सरसिज को बेरोक हंसी भी आ रही थी और उसे आश्चर्य भी हो रहा था। वह मानो ऐसे स्थान पर था जो कल्पना से परे होने के इतर उसका घर भी था। घर? अर्थात् घर। जहाँ उसे जीवन के हर क्षण होना चाहिए था। जहाँ उसका जन्म हुआ होना चाहिए था। वहाँ। वह चुप था।

खज्अर की पत्नी रजिया का आना जाना, रसोई से बाहर, रसोई के भीतर, भीतर से बाहर आंगन में और आंगन से भीतर घर में उसके प्रलाप, विलाप, बकवास का साक्षी होते हुए देख रहा था कि खज्अर जू बाहर गाय को दुह रहा था और अभी अभी वह एक छोटे से घड़े में दूध लाकर रजिया को पकड़ाते हुए कहता है, "इस को गिलास में डाल कर, खाण्ड मिलाकर सरसिज को पिला। जानती हो मेरे सीने की धड़कन है यह। मेरे प्यारे भाई का बेटा।" कहते हुए उसने पुनः अपने मस्तक पर हथेली से चण्ड मारा और सब कुछ पर दुख व्यक्त किया।

"सरसिज ने दृढ़ता से मना किया और कहा मैं घर? से खाना खाकर निकला हूँ। पेट में बिल्कुल भी जगह नहीं। और वैसे भी मैं दूध पीना पसंद नहीं करता।"

तब सरसिज ने देखा कि खज्अर जू एक अलग आवाज़ निकाल कर बोल रहा था, "बोल! मैं ने इसमें कुछ किया? इसकी चाय बनाई? इसके गर्म तक नहीं किया। जबकि रजिया कह रही थी कि इसमें बादाम केसर डाल कर तुम्हें पिलाना चाहिए। वह कह रही थी कि तुम एक अज़ीम मेहमान हो। पर मैं ने नहीं माना। मैंने बाहर से लाया, रजिया ने इसमें चीनी डाल दी ताकि पिया जा सके। और यह रहा पारले जी का पैकेट। ख़ाली दूध पिया नहीं जाएगा मुझे पता है। और ख़ाली पीना भी नहीं चाहिए। यह बिस्किट मैंने नहीं बनाए। यह बंद का बंद पड़ा है। तुम अपने हाथों से इसे खोलो बेटा। दूध और बिस्कुट खा लो उसके बाद ही जाने दूँगा मेरे अज़ीज़। इस बिस्कुट को तुम खाते हो और हम भी। हमारी, तुम्हारी रसोई में यह बनता ही नहीं। पता नहीं कहाँ किस दूर की रसोई में बनता है। मैं ही समझ सकता हूँ कि तुम कौन हो। एक तो बाइगाश के बेटे का बेटा फिर बट्टा। बट्टा मतलब ज्ञानी। परम पवित्र। ओह कभी मैं...।" खज्अर जू ने अपनी बात ऐसे सहसा और विचित्र ढंग से काटी कि मानो अपनी जिह्वा काट डाली हो। वह असहज सा हो गया। सरसिज को भी विचित्र लगा। खज्अर जू ने रजिया की तरफ़ देखा और चुप ऐसे हो गया मानो वह सन्नाटे से भर उठा हो। उसकी इस अकस्मात् चुप्पी से सरसिज उद्विग्न हो उठा। कि क्या था जो खज्अर जू कहना चाहता था। वह "कभी "क्या था? पर वह उससे यह बात पूछ भी नहीं सकता कि कुछ कहने के लिए शब्दों को बोलना आरम्भ कर वह अकस्मात्

रुक क्यों गया। नहीं नहीं वह पूछ नहीं सकता। भले वह उसका पुराना पड़ोसी ही क्यों न हो। भले ही वह इस क्षण उस पर प्यार की बौछारें क्यों न कर रहा हो। पर वह उसके मन को नहीं जानता। वह उसके मन के कार्यक्रम नहीं जानता। जो कुछ भी वह जानता है वह ख़तरनाक है। उसके ख़तरनाक होने की पुष्टि उसने हर किसी से प्राप्त की है। वह उसका ख़तरनाक होना जी भी तो रहा है। वह उससे कुछ भी नहीं पूछ सकता सिवाय इसके कि वह उसे ''उसका ''घर दिखाए। वह उस मिट्टी और स्थान को प्रणाम करेगा जहाँ उसका घर है। वह उसको छिप कर प्रणाम करेगा। इन दो वाक्यों के मध्य की अवधि में उसके नयन अश्रुओं से भर भी गए। जिसकी इस ब्रह्माण्ड में सिर्फ़ उसको खबर लग गई।

अंततः सरसिज ने दूध चुपचाप घटक लिया। एक तो सचमुच उसने दूध को गाय से दुहकर लाने से लेकर उसको गिलास में डाल उसे देने के क्रम को देखा था, दूसरा उसने उस विवशता और चक्रव्यूह जो प्रेम, द्वंद्व, परिताप और घृणा के अवयवों से उसके मन में बना था, को भी वह समझने लगा था।

वे दोनों खज्अर और रजिया उसके संग संग चल रहे थे। गली पार कर दूसरी थोड़ी चौड़ी गली की ओर मुड़े वे। उसने अपनी माँ से सुन रखा था कि रजिया पढ़ी लिखी है। पढ़ी लिखी यानी दसवीं पास। कहीं रजिया ही तो नहीं जिसने कहा था कि ''वहाँ भी वहीं है ''पर नहीं नहीं झटके से उसे याद आया कि वह तो उसकी मामी नन्दा की मित्र थी। मास्टरनी। यह सोच ख़त्म करते ही वह अपने दिमाग़ को अपने पुरखों के घर को अच्छे से देखने के लिए ख़ाली कर गया।

''घर?''

''हाँ। अवशेष ही सही।''

पग आगे बढ़ाते हुए उसने देखा कि खज्अर अब उसे एक बेहद तंग गली से ले जा रहा है। साथ में पीछे पीछे रजिया भी चल रही है। बहुत ही दुख और वात्सल्य भरी बातें करते हुए। कितनी साफ बोल रही है वह अपनी मातृभाषा। अगर मैं भी यहाँ ही रहा होता, जन्मा होता तो मुझे यह अपनी मातृभाषा न छोड़नी पड़ती। फिर भी जितनी मातृभाषा उसे आती है वह उसे उसके मामा के कारण आती है। ''मेरा मामा मेरी मम्मी और पापा के पीछे न पड़ा रहता मैं तो कुछ भी न जानता होता। कभी कभी मामा के टपासे भी पड़ते तो मुझे मातृभाषा का सुख मिला। धन्यवाद मेरी मातृभाषा। धन्यवाद मेरे मामा। कि मैं रजिया और खज्अर की एक एक बात समझ पा रहा हूँ। उसको समझ सकने के कारण मैं उनकी एक एक बात के पीछे छिपी मनोवृत्ति को भी समझ पा रहा हूँ। लगता है कि मैं अपनी मातृभाषा के हाथों में सुरक्षित हूँ।''

पुनः वह मन ही मन अपने मित्रों के झुंड को सम्बोधित कर आग्रह पूर्वक कहता

है, ''पहली योग्यता मातृभाषा बोलना और समझना है। हमारा शत्रु उसी में बात करता है।''

यह तंग गली टहनियों के सूखे काष्ठ की दीवारों से दो आँगनों को अलगाने से बनी है। इस में से एक ही व्यक्ति के एक समय पर गुजरने की जगह है। अतः अब वे तीनों एक पंक्ति में चल रहे थे। पहले रजिया, फिर सरसिज भट्ट और अंत में खज्अर जू। गली पार होने पर रजिया क्षण भर रुक गई फिर दाँई ओर से मुड़ी। बांए से एक कम चौड़ी नीले स्वच्छ जल की कुल्या बह रही थी।

''वह देखो आगे वह तुम्हारा घर है...''रजिया ने ऐसी ऊँची आवाज़ में कहा कि मानो उसका दमकता और सही सलामत महल दिखा रहा हो।

''वह मौन था और चीख भी रहा था, और दोनों घटनाएँ उसके भीतर मौन ही घट रही थी। वह चीख-चीख कर कह रहा था, ''यह मैंने क्या खो दिया हैं, यह सुंदर, स्वच्छ नीले जल से लदी नदी...यह मैंने क्या खो दिया है। यह मैंने क्या खो दिया। हे नदी मेरी! यह कब हुआ? यह कैसे हुआ? यह क्यों हुआ? क्यों नहीं इसे होने से रोका गया? कौन थे जिन्होंने इसे होने दिया? नहीं रोका? कौन थे?'' जैसे तूफ़ानी, वर्तुलाकार प्रश्न और निस्सहायता उसमें उफान मार रही है। पर वह मुख पर शांति बनाए रखने में भी सफल होता जा रहा है।

चार

कुछ वर्ष पूर्व जब उसके पिता प्रेम कुमारभट्ट का स्थानांतरण यहाँ हुआ था, तब उसके मुख से उसनें यहाँ का वर्णन सुना था। इस नदी अर्थात् कुल्या का चरित्र चित्रण किया था सरसिज के पापा ने घर के सभी सुनने को उत्सुक सदस्यों के समक्ष। इसीलिए ''घर ''अर्थात् मकान से कहीं अधिक वह इस कुल्या को खोज रहा था और इस तक पहुँचने को आतुर था। जब उसने कुल्या को देखा मानो तमाम प्रतिक्रियाओं के इतर उसमें एक अमृत कलश भी स्थापित सा हो गया। एक संकल्प प्रकल्प। मानो फिर भी उसने खोये को पाया हो। मानो उसने जीवन का प्रयोजन आज समझ लिया हो। अब वह उस कुल्या और अपने मध्य के सभी विघ्नों को हटाने के सभी प्रकार के प्रयासों, प्रयत्नों एवं रणनीतियों पर विचार करेगा। यह तय है कि अब वह इस नन्ही सी अपार सुंदर, अपार स्वच्छ, नीलिमा से श्रृंगारित, मौन बह कर, मुग्ध करती कुल्या तक पहुँचेगा ही। उसे यहाँ इस तक पहुँचने से कोई रोक नहीं सकता।

अब वह उस कूप को भी मन ही मन खोज रहा था जिसमें उसने कभी बाइगाश से फिर कुछ और वय बढ़ने पर अपने पिता से सुनी थी कथा, आँखों के समक्ष घटित हुई कि जिसमें किरण बुआ कई घंटों ढूबी रहने बाद भी जीवित बाहर निकल आई थी। कि इस कूप की बग़ल में एक यक्ष का निवास था, किंतु उसके वंश के और परिवार के कई जन उस पर विश्वास नहीं करते थे। वे सब अभी अभी की कथाएँ थीं, जब घर जीवित था, उसमें परिवार जन रहते थे। यहाँ तक कि उसने बाइगाश से यह भी पूछा था कि, ''बाइगाश दादा जी, परिवार के कुछ लोगों को यक्ष इत्यादि पर विश्वास क्यों न था?'' और याद है उसे दादा जी का दिया हुआ उत्तर कि, ''सरूँ बेटा! कुछ थोड़ा सा पढ़ने के बाद उन्हें यह पता चला था कि विज्ञान यह सब नहीं मानता। जो दिखाई नहीं देता, वह है ही नहीं। और अगर फिर भी आपने न दिखाई देने वाली सत्ता पर विश्वास किया अथवा करना चाहा तो आप आधुनिक नहीं हैं। अर्थात् आप पढ़े लिखे नहीं हैं।''

उसे यह संवाद छोटी वय में दादू के साथ और फिर पापा से एक बार पुनः यही कथा सुनने पर स्मरण हो आया और उसे लगा कि वस्तुतः यही तो पथ से भटकाने वाला आख्यान है जो विज्ञान का चोला ओढ़कर आधुनिकता की रीति में हमें गले में पट्टाकार बांधा गया है। वह मन ही मन बाइगाश से कह रहा है, ''बाढ़ में जाए वह विज्ञान बाइगाश दादा जी! मैं बहुत बहुत विश्वास करता हूँ और यह घोषणा भी कि यही विज्ञान है और हमारे विश्वास को हटाने वाले हत्यारे हैं। उनके पास कुछ न था अतः षड्यंत्र कर यह कहा कि जो हमारे पास है, वह छिन जाए। है न बाइगाश दादू?'' क्षण भर उसे लगा था कि सचमुच बाइगाश आकर उसके साथ खड़े हो गए थे कुल्या के तट पर और उसकी बातें सुन प्रसन्न चित्त वापस लौट गए। यह निमिष का घटनाक्रम समाप्त हुआ सरसिज वर्तमान में कुल्या के तट पर मानो बाइगाश दादा को ससम्मान विदा कर लौट आया।

उसका मन हो रहा था कि वह उड़ कर अपने पिता के पास जाएँ और उनसे आग्रह करें कि, ''पापा वे अद्भुत, अलौकिक कथाएँ पुनः सुनाओ मुझे। उस कूप की कथा जिसमें जीवन–अमृत था तभी तो किरण बुआ उसमें दिन भर सोई रही, और फिर वह यक्ष महाराज जो सम्भवतः उस कूप का स्वरूप हो, है न?'' मानो अनकहे में वह अपने पिता से यह भी कह रहा हो कि, ''मैं इन दोनों आख्यानों के घटित होने का लोक देख आया हूँ।''

तब प्रेम कुमार भट्ट इन दोनों कथाओं को पुनः कहने की इच्छा और मनःस्थिति स्वयं में एकत्रित कर कहते, ''अरे! एक बार की बात है घर में बहुत सारे अतिथि आए थे। माँ राज्ञी का मेला था। श्रावण शुक्ल अष्टमी। अतः अतिथियों संग हम भी राज्ञी माँ के यहाँ गए थे। वास्तव में अतिथि हमारे पास नहीं आए थे अपितु वे मेले के लिए विभिन्न गाँव से तुलमुल आए थे। अतः हम सब मिलकर राज्ञी के विशाल प्रांगण में थे। बच्चे खेल रहे थे। मैं, भैयू यात्रियों की सेवा में लगे थे। मण्डलियाँ कई थी और गायन और वाद्य यंत्रों की ध्वनियों से सब कुछ स्पंदित था। स्त्रियाँ भी मण्डलियों में व्यस्त थी। माँ यानी तुम्हारी दादी अन्य स्त्रियों के साथ मण्डली कर रहे भक्तों को नाना प्रकार की चाय परोसने में व्यस्त थी। लगभग शाम के समय उसे सुध हुई, जब भीड़ कुछ कुछ छँट गई कि पूछे कि क्या उसके बच्चों ने कुछ खाया भी कुछ अथवा नहीं या कौन कहाँ है। हमने देखा कि किरण कहीं नहीं दिख रही तो हम खोजने में लग गए। तेरी दादी वक्ष कूटने लगी। मैंने सेवा वही छोड़ दी और हर तरफ़ ढूँढने के लिए निकल पड़ा। दूर दूर तक ढूँढा और थक हार कर लौट आया। यकायक बाइगाश के मन में विचार आया और बोला, ''प्रेम बेटा। अब शायद हम कुछ नहीं कर सकते। पुलिस को रिपोर्ट करनी ही पड़ेगी पर उससे पूर्व मैं चाहता हूँ तुम इस

कुँए में एक बार एक नज़र देख लो। अब जो होगा सो होगा।''

मेरा हृदय दहल उठा, पर मैंने सोचा कि इस बात में भी दम है। मैं ने मित्रों के साथ मिलकर और बाइगाश भी वहाँ खड़े थे टूटे निराश, तेरी दादी वहीं राज्ञी माँ के गर्भ गृह में रो रो कर माँ से तुम्हारी बुआ के मिलने की प्रार्थना करती जा रही थी। और देखो किरण महारानी, तुम्हारी बुआ कूप से निकली। पिया हुआ जो जल बाइगाश ने बाहर घटका दिया। बाइगाश इन आयुर्वेदिक कर्मों में बहुत निपुण थे। बबलू दौड़ कर माँ को यह समाचार देने गया। और यह तो वस्तुतः चमत्कार था। सब आश्चर्य चकित थे। बाद में किरण बोली कि वह अपनी माँ की आज्ञा का पालन करने आई थी कि कुँए की मुँडेर से पक्षियों के भोजन का पात्र उठाकर साफ़ कर रख दूँ, ताकि प्रातः पक्षियों के भोजन के लिए पात्र तैयार रहे।'' तो उसे पता न क्या सूझी कि वह उस मुँडेर पर ही चढ़ गई और कूप में सम्भवतः चक्कर खाकर गिर पड़ी और इतनी देर तक उसमें पड़ी रही। माँ महाराज्ञी परांबा ने उसके प्राण निश्चित ही लौटाएँ। अब ईश्वर कैसे दर्शन देंगे। यही तो दर्शन हैं प्रभु के। जब तुम विस्मय में पड़ जाओ कि यह कैसे हो सकता है, पर हुआ। उतर न मिले। यही है ''विस्मयो योग भूमिका''। ईश्वर के दर्शन विस्मयकारी है। वह प्रायः अपनी बुआ को छेड़ता रहता है कि ''बुआ! तू उस दिन कूप में किसकी साधना कर रही थी। किसके दर्शन करने के लिए तुम्हें मुँडेर पर चढ़ने को बोला गया था और किसने।'' किरण एक संक्षिप्त उत्तर देती अपने प्यारे और सजग भतीजे के रेश्मी केशों में उँगलियाँ फिराकर और उसके बालों की शैली को छितरा कर, ''सरसिज महाराज! यह सब माँ राज्ञी का प्रताप था और मुँडेर पर चढ़ने की माँ राज्ञी की ही आज्ञा थी। और वह कूप महाराज जो हैं न, वह एक माँ का भक्त है, जिसमें प्राणदायिनी शक्ति है। उसे उसने एक दिन बहुत वाक्पटु शैली में यह भी बताया था कि कैसे उसे गाँव के एक मुसलमान किशोर ज़फ़र ने गली से गुजरते हुए कहा था, ''आई लव यू''। घर पहुँच कर एक शहतूत की टहनी से निर्मित डंडा, जो बाइगाश ने ज़रूरत पड़ने पर बच्चों की पिटाई के लिए एक विशेष स्थान पर रखा था, वह फिरन में छिपाकर अपने साथ उठाया। वह अब बाइगाश के काम का न रहा था क्योंकि बच्चे समझदार और बड़े हो गए थे। साथ में किरण अपने छोटे भाई बबलू को ले गई। बबलू समझ न पाया कि करना क्या है और जाना कहाँ है। एक नुक़्ते पर पहुँच किरण बबलू से बोली, ''यहाँ हम आधा घंटा ज़फ़र की प्रतीक्षा करेंगे।''

''क्यों''? बबलू ने चकित हो पूछा।

''तू खड़ा रह मेरे साथ, मैं तुम्हें सारी बात बताऊँगी।'' वह चुप रहा। वह अपनी बहन का जाना माना चेला था अतः उसकी आज्ञा की अवहेलना नहीं कर सकता था।

कुछ ही समय में ज़फ़र आता हुआ दिखा बबलू और किरण को। ज़फ़र ने उधर से ज़रूर सोचा होगा कि चिड़िया जाल में आ गई है। वह मुस्कुराते हुए बड़े जोश के साथ इन दोनों की ओर बढ़ता गया। इधर ये दोनों ऐसे सचेत हो गए जैसे मोर्चा सम्भाले सैनिक। ज्यों ही वह निकट आया ऐसा सटीक डंडे का वार किया किरण ने कि ज़फ़र के होश उड़ गए। वह क्या सोच रहा था, क्या हो गया। वह कराह उठा। शहतूत के डंडे की मार किरण रुकी नहीं और ताबड़तोड़ मारती रही और बोली, ''और बोलेगा आई लव यू बोल और बोलेगा। मैं तुम्हें भाई मानती हूँ। और कैसे हिम्मत की तुमने एक बट्ट लड़की से ऐसे कहने की।'' अब बबलू समझ गया कि माझरा क्या है और उतर गया वह भी मैदान में। मगर कमाल की बात है कि ज़फ़र माफ़ी माँगता रहा। और विनय करता रहा कि उससे गलती हो गई। और यह बात वह किसी को न बताए। यह बात उसे मदरसे में सिखाई गई है और वह भी मानता है कि यह बात बड़ी ग़लत है बहुत ही ग़लत। उसके अब्बा भी इन बातों के ख़िलाफ़ है।'' यह सुन सरसिज बुआ का क़ायल हो गया और उसे शेरनी की उपाधि दी और हंसते हुए कहा था, ''यही रहस्य है तुम्हारे कुँए से जीवित बाहर निकलने का।'' बुआ ने कहा, ''हाँ। मुझे भी लगता है कि यही रहस्य है। वैसे तुलमुल के पुरुष और स्त्रियाँ बराबर के वीर हैं। इतिहास कहता है। हमने जयापीड जैसे राजा को नाकों चने चबवाए हैं। गांधी सत्याग्रह सत्याग्रह करता फिरा है पर इतिहास जो कोई भी जानता है, वह जानता है कि यह विरोध की पद्धति पुरानी रही है हमारे यहाँ। सत्याग्रह को प्रायोपवेशन कहते थे। यह हमारे यहाँ बहुत प्राचीन है सरसिज। हम प्राचीन आधुनिक लोग हैं।''

''हं हा ..हंस पड़ा था सरसिज और गर्व भी हुआ था उसे।'' इन सब बातों को वह कई कई बार पिता से सुन कर यहाँ आया हैं। मानो ये बातें उसके प्रागचेतस को पुष्ट करती हो। जिससे कि इतिहास और स्थितियों की कोई न कोई गुत्थी कम से कम उसके मन में सुलटती तो है।

पांच

यह गुत्थी क्या है? घर का टूटना। घर के छत का भर्रा के नीचे आना। दहलीज़ के मज़बूत पत्थरों का उलट पलट जाना। खिड़कियों, दरवाज़ों के पल्लों का ग़ायब होना। चौखटों का अधटूटा और टेढ़ा हो जाना यों कि ऊपर से नीचे को मुँह आया हुआ रूप। सबसे बड़ी बात कि सचमुच अकारण? ही घर का भस्म हो जाना। उसने अभी तक कई शतकों घर देखे थे कि कुछ तो ऐसे कि घर होने के चिह्न भर रह गए हों कुछ पत्थरों और अधटूटी ईंटों की स्थिति विशेष में ठहरे होने से, कुछ ऊपर को मुँह की हुई शहतीरों के चलते। बस बाक़ी सब समाप्त। धूसर। मिट्टी।

उसका मन इस सब को देखने के लिए थोड़ा अभ्यस्त और थोडा तैयार हो चुका था। इस पूरे मास में उसने अपने एक मित्र के संग उसके गाँव जाकर महाविनाश देखा था। उसे देख उसके मन में रह रह कर यही प्रश्न आता कि कैसे ये लोग इस संहार को हर क्षण अपने समक्ष देख जी पाते हैं। भोजन खा पाते हैं। क्या इन्हें डरावनी आवाज़ें नहीं आती। उसे पुनः स्मरण आया कि कुछ वर्ष पूर्व जब वह कुछ दिन पिता के पास यहाँ आया था तो एक बार उसकी दफ़्तर की गाड़ी में बैठा किसी गाँव जा रहा था तो मदन लाल नाम का ड्राइवर कह रहा था, ''प्रेम जी मैं यहाँ का यहीं हूँ। जा न पाया। मुझे कभी ट्रांसफ़र नहीं किया गया जबकि हमारा यह विभाग ट्रांसफ़रों के लिए माना जाता है। क्योंकि मेरे अफ़सरों को कोई ड्राईवर नहीं मिला आज तक कभी। मुसलमान पर विश्वास नहीं। और इस विभाग को करना भी नहीं चाहिए। मैं यहीं घिसट गया। पर मेरी उम्र परमेश्वर ने ऐसी लिखी थी कि मुझे कोई मार न पाया। कितनी कितनी संकट की स्थितियों में से निकल ही आया। मैं भी कभी कभी अपने साबुत होने पर अचम्भा खाता हूँ। मेरी पत्नी बच्चे मेरी ट्रांसफ़र की आस में हर क्षण जम्मू में मेरी प्रतीक्षा करते रहे। अब रिटायर होने का समय आ गया है। अब कोई फ़र्क़ नहीं पड़ता। पर मुझे जो कहना है वह एक अलग ही बात है और वह अलग बात यह है कि पूरे दस वर्षों तक मैं रामबाग से बरजुला तक निकलने और वापस आने

पर चीखें, वह भी स्त्रियों की सुना करता था। अब बहुत कम या लगभग ख़त्म हो गई हैं वे चीखें। या उन स्त्रियों की खेप ख़त्म हो गई है या उन पुरुषों की जो वे चीखें उपजाते थे। मैं बेहद ठस्स हो गया हूँ इस ऐसे जहन्नुम में रह रह कर, यहाँ की सड़कों से गुज़र-गुज़र कर। मैं जब भी घर जाता था जम्मू तो मचल उठता था क्योंकि बीबी रो पड़ती थी मेरे जाने के समय और बच्चे उदास। मैं किंतु उनसे कहता बच्चों! खाओगे क्या घास। तब वे विवश और चुप होते। अब समय बीत गया बच्चे बड़े हो गये। मेरी ट्रांसफ़र की प्रतीक्षा अब किसी को नहीं। न घर पर। न मेरे ही भीतर। पर लगता है कि मैं जब इस काम से मुक्त होऊँ तो कोई उपाय ऐसा करूँ कि वे चीखें अपने भीतर से बाहर कर कुछ हल्का हो जाऊँ। मैं उन चीख़ों का एक अच्छा ख़ासा रिकॉर्डर हूँ। मुझ में बंद हैं लगभग दस वर्षों की चीखें। कैसे इनको बाहर निकालूँ। यह शरीर सड़ गया लगता है।''

''प्रेम कुमार भट्ट उसकी बातें सुन विह्वल सा हो उठा और अविलंब बोला, ''अब तुम ध्यान करना आरंभ करो।'' कहते हुए उसने मदनलाल के मुख को देखा और पाया कि उसके मुख का भाव बता रहा था कि हाँ यही एकमात्र उपचार है। इस स्थान से अंतःकरणों तक में लिपटी सडांध को बाहर निकालने के लिए एक साधना की ही आवश्यकता है। यह बातें सरसिज में सजीव हो उठी।

सरसिज भट्ट इस पूरे मास अजीब सी आवारागर्दी करता रहा। मानो मृत्यु को पुकार पुकार कर बुला रहा हो कि तू किस बिल में छिपी है आ मेरा सामना कर, तुमने मुझे तबाह किया, पर इस तरह तबाही करना मृत्यु को भी शोभा नहीं देता। आ देख अपने घिनौने कारनामे। खेद जता और उनका वध कर जिन्होंने तुम्हें अपहृत कर तुम्हारा दुरुपयोग किया। क्या तुम इतनी भोली हो?

यों उसपर मस्तानगी तारी है मानो वह कोई जादूगर हो और मृत्यु को एक टोकरे में फाँस लेगा जैसे सँपेरे साँपों को पकड़ते हैं।

छः

एक दिन वह अपने एक दोस्त के संग उसके गाँव गया विनाश देखने। मानो विनाश एक मेला हो जो पूरे इस क्षेत्र में बड़ी अवधि से चल रहा हो। उसके गाँव का समूचा हिंदू मुहल्ला। सांय-सांय करता।

सबसे पहले वे दोनों मंदिर चले गए। यह बियाबान मंदिर। अधटूटी मूर्तियाँ एक कोने में फैंकी हुई। अपनी प्रणाली से उखाड़ा गया शिवलिंग भी एक तरफ़ फेंका गया। उसने और उसके मित्र ने मिलकर बड़ी ही मशक़्क़त के साथ उसे उठा कर प्रणाली में सीध में रखा। इस बीच उसे माँ को मामी द्वारा सुनाई सायरा बानो की ''हज ''से लौट कर आने पर ''उदासी ''की कथा रह रह कर याद आ रही थी। यह शिवलिंग अक्षत देखकर उन को एक विशेष राहत की अनुभूति हुई। वे परस्पर पूछने लगे धीमी आवाज़ में कि उन आततायी राक्षसों ने इस शिवलिंग के बिना क्षति पहुँचाए कैसे रखा है। यह तो कुफ्र किया है उन्होंने। फिर उसका मित्र बोला, ''या तो टूटा नहीं है या इसे प्रणाली से ही उखाड़ने में उनका दम चुक गया है।''

''बात सच है... ''और उसके बाद वे दोनों मंदिर से बाहर आ गए।

अब वे घर के चिह्न खोज रहे थे, पर उसे वे कैसे मिलते। उसने उसका वर्णन निस्संदेह सहस्रों बार सुना था, इस निरंतर सुनते रहने से उसमें यह विश्वास आ गया था कि वह उसे पूरे ध्वस्त गाँव के भग्नावशेष के चिह्नों में से पहचानेगा, किंतु ऐसा न हुआ। वह उस विनाश में कुछ भी पहचान न सका। और उसकी समझ में आ गया, ''वे पहचान पाएँगे जो यहाँ रहे हैं अहर्निश। मैं तो यहाँ जन्मा भी नहीं हूँ और दावा करता हूँ कि मैं इसके बारे में तीव्र रूप से सुनने के आधार पर इसे चीह्न लूँगा। नहीं यह सम्भव नहीं।''

सरसिज भी उसकी सहायता कर रहा था पर बन नहीं पा रहा था कुछ। तो उसने अपनी माँ को जम्मू में फ़ोन लगाया। उसकी माँ प्रायः उसके फ़ोन के आने की तुटियाँ गिनती रहती है। तो उसने पहली ही घंटी बजने पर उठा लिया।

"नमस्कार माँ!
"बोलो ठीक हो...कहाँ हो डेरे पर या काम पर।"
"हाँ माँ यह बोलो हमारा घर गाँव के बटटमुहल्ले में किस स्थान पर है?"
उसकी माँ काँप उठी और भयभीत आवाज़ में बोली, "तुम कहाँ हो?"
माँ को जो संशय हो गया था वह सच निकला। पुत्र का उत्तर मिला, "मैं घर आ गया हूँ, गाँव।"
उसकी माँ भय से काँप उठी और निस्सहाय होकर बोली, "तुम क्यों ये काम करते हो सचिन। कितना बोला था ठोक ठोक कर पापा ने भी कि कहीं भी वहाँ न जाना। डेरे से दफ़्तर, दफ़्तर से वापस डेरे पर। बस। विनय की थी कि गाँव जाने का तो नाम भी कभी न लेना। पर तुम मानने वालों में से तो हो नहीं। हे शैला माँ! मेरे पुत्र की रक्षा करो माँ! क्या करूँ? कहाँ जाऊँ? पर तुम आए कैसे यहाँ सचिन?"
"बस से"।
"ऐसी क्या विवशता थी?"
"मेरे साथ सरसिज भट्ट भैया भी हैं। तुम क्यों घबराती हो माँ? यहाँ सब कुछ ठीक है। कोई डर वर की बात ही नहीं। कोई परेशानी नहीं।"
"अभी तुम कहाँ हो "उसकी माँ ने अब स्थिति को सम्भालने का प्रयास करने की नीति अपनाई हो जैसे।
"बट्ट मुहल्ले में। बस घुस ही रहा हूँ। मेरे साथ गाँव के दो जन हैं, बहुत ही सज्जन।"
यह सुनकर सचिन की माँ के जैसे प्राण ही निकल गए। वह तड़प उठी और आवाज़ बदल कर बोली, "कौन"?
वस्तुतः सचिन की बात सुनकर उसकी आवाज़ में प्राकृतिक परिवर्तन हुआ। और परिवर्तित ध्वनि में यह प्रश्न पूछते हुए वह सचिन के पिता के पास दौड़ी, "सुनो! सचिन गाँव गया है सरसिज भट्ट साथ में हैं और गाँव के कोई दो मुसलमान लड़के भी उसके साथ हैं। कह रहा है कि वह बटमुहल्ले में अपना घर देखने, ढूँढने आया है। पर मिलता नहीं। अब उन मुसलमान पड़ोसियों से पूछा होगा या उन्होंने इन्हें यहाँ खण्डहरों में देख कर पूछा होगा कि वे दोनों वहाँ क्या कर रहे हैं।"
सचिन के पिता को मानो तेज विद्युत का झटका लगा पर स्थिति सम्भालनी थी। फ़ोन हाथ में लेकर बोला, "हाँ सचिन! कहाँ हो तुम?"
"नमस्कार पापा। गाँव आ गया हूँ। सोचा आज छुट्टी है, अपने घर को देख आऊँ। वहीं ढूँढ रहा हूँ।"
कौन सा घर बेटा! तुम्हें चैन नहीं है क्या? क्यों तुम मुझे कष्ट और चिंता में

डालते हैं। जब देखो तब। तुम्हें खुद पर कोई नियंत्रण नहीं? मैंने कहा था न दफ़्तर से सीधे घर ज़ाया करना। कोई पुस्तक पढ़ा करना, पर निरर्थ बाहर नहीं निकलना। हे भगवान! इतनी भयानक जगह और तू घूम रहा है खण्डहरों में। सचिन सकपका गया। साथ के दो गाँव के मुसलमान युवा उसे सूक्ष्मता से देख रहे थे कि सचिन पिता या माता के साथ बात करते हुए बहुत ही सकपका-सा गया। बहुत व्याकुल हो गया है जिसका सारा प्रतिबिम्बन उसके मुख पर आ गया है। सचिन को इस बात की भी चिंता थी कि उसका पिता जो उससे कह रहा है उसकी भनक उनको न लगे। पिता ने यह भी कह दिया, ''तुम्हें पता नहीं बेटा कि ये ही वे ख़तरनाक लोग हैं जिन्होंने हमें समाप्त किया। और तू है कि इन्हीं से मिलने गया। हे मेरे शिव! कदाचित मैं तुम्हें कुछ समझा सकता। समझा समझा के तू निरा नासमझ रहता है। वैसे काम भी करता है। काश! मेरी कोई बात तू समझ पाता।....।''

सचिन संकट में था। सरसिज भी समझ गया कि सचिन के माँ पापा बहुत ही संकट ग्रस्त और चिंतित हो उठे हैं। इधर ये मुसलमान हंस रहे थे। मानो कह रहे हों कि, ''हम जानते हैं कि तुम्हारे माता पिता पर इस समय हमारे साथ होने के कारण क्या बीत रही है और यही हमारी जीत है।''

सचिन घबराहट में भी था और अनजान मुसलमान पड़ोसियों पर विश्वास करने के कारण उन्हीं के मुख पर खोज भी रहा था। पर वे हंस रहे थे और कभी कभी कुटिल मुस्कान में मुस्कुरा भी रहे थे। कभी वह सरसिज के मुख की हालत जानने की कोशिश कर रहा था कि तभी उन दो मुसलमानों में से एक ने हाथ बढ़ा कर फ़ोन माँगा ताकि वह उसके पिता से बात कर सकें। उन को आश्वासन दे सके कि घबराने की कोई बात नहीं। पर सचिन नहीं दे रहा था फ़ोन। उस के भीतर उस क्षण के कारण यह समझ समाप्त हुई कि पिता भी तो उनसे बात करना चाहेंगे ही। इसमें ख़तरे और भय की बात ही क्या है। वह उन दोनों मुसलमान व्यक्तियों के मुख ही पढ़ता जा रहा था कि अंततः अधिक आग्रह के चलते सचिन ने पिता से कहा, ''यह लो पापा इन से बात करो॥ इन्होंने हमें बड़े ही प्यार से यहाँ का रास्ता दिखाया।'' इससे पहले कि सचिन का पापा उन दो में से एक से बात करता सचिन से पूछने लगा, ''हाँ तो बेटा पहले यह बता कोई घर वहाँ खड़ा है क्या ठीक ठाक?''

''नहीं पर कुछ अधटूटे हैं।''

''वे जो अधटूटे हैं वे वहाँ तक ही जले हैं जहाँ वे खड़े हैं। शेष पूरे के पूरे जले हैं।''

एक चुप्पी छा जाने के बाद पिता पुनः बोला, ''मैं तुम्हें बोल रहा था मैं भी तुम्हारी माँ के साथ आऊँगा, तब इकट्ठे ''घर '' चलेंगे। मंदिर भी जाएँगे। पर तुम कभी

भी मेरी और अपनी माँ की बात नहीं मानते, क्या करूँ, मेरी तक़दीर कुदरत ने ऐसी लिखी है भई। अब चल दें उनको फ़ोन, ''पुत्र के साथ इतनी बातें करते करते सचिन के पिता विमल जी में हल्की सी स्थिरता आ गई थी। वह मारक घबराहट उसमें कुछ कुछ कम हो गई थी। भीतर भीतर वह माँ शैला का चिंतन और आराधन करता जा रहा था।

''हाँ जी सलाम...।'' विमल जी ने ही डर के मारे सलाम अदा की।

''सलाम। सलाम। आप पण्डित नीलकण्ठ के बेटे विमल जी हैं न?''

''जी हाँ। जी हाँ।''

''मैं सनम डार हूँ, जिनाब रहमान डार का बेटा। ऊपर के डार मुहल्ले का ''

''अच्छा। अच्छा। हाँ जी। हाँ जी।'' सचिन के पिता ने अतिशय क्षमायाचना भाव में आकर कहा। मानो उनसे अपने पुत्र के प्राणों की भीख माँग रहा हो। इस चिरौरी में वह देख रहा था कि दो निहत्थे हिंदू बच्चे दो खूँख़ार लोगों के सामने और खूँख़ार लोगों से भरे गाँव के बीचोंबीच फँसे हो। निस्सहाय और सुरक्षा विहीन। उनकी दया पर और ईश्वर के सहारे। स्थिति ख़तरनाक है।

''जी जी। यह मेरा बेटा है। पीएम पैकेज में इसको नौकरी मिल गई है। अब इस का दिल आज मचल गया गाँव जाने के लिए। ''घर ''देखने या खोजने के लिए। मैंने बहुत मना किया था, नहीं जाना। कहा था मैंने कि वहाँ तू उदास हो जाएगा और घर की पहचान भी न कर पाएगा। पर नहीं माना यह। क्या करें। बच्चे बड़ों की बात नहीं मानते। यह तो सार्वभौम सत्य है न, ''कहते हुए वह और मूर्खतापूर्ण हँसी हंस दिया। एक दयनीय हँसी।''

वह मुसलमान बोला, ''हमारे ये लख्ते जिगर हैं। मैं आपकी परेशानी समझता हूँ। आप बिलकुल न घबराएँ। अब कोई परेशानी नहीं है यहाँ। कोई ख़तरा नहीं। आप ज़रा भी फ़िक्र न करें। यह तो कुदरती बात है कि मन हुआ होगा गाँव घर देखने का। कोई बात नहीं। हम हिफ़ाज़त से इन्हें वापस अपने डेरे पर रवाना करेंगे। आप जानते ही हैं यह सब पाकिस्तानी दहशतगर्दों का किया कराया सब। और आप के जाने के बाद उन्होंने पूरे इस मुहल्ले के मकानों में आग लगा दी। हम कुछ कर न पाए। क्या करते? मैंने इसीलिए पूछा कि किनका बेटा है ताकि हम पता करें कि कौन सा घर है आपका। हमें भी कुछ पता नहीं। अब इस बेचारे को क्या पता, यहाँ का नजारा तो ऐसा ख़तरनाक है कि हम भी डर जाते हैं, इस तरफ़ देखने से। हम उनमें नहीं हैं जो इसे अपनी फ़तह मानें वल्लाह। ये घरों के निशान बहुत डरावने हैं। इन्सानियत पर धब्बे हैं। पर फिर भी लोग तो आएँगे ही इन्हें देखने, भले ये निशान मात्र ही क्यों न रह गए हों।''

यह जुमले सुनकर विमल जी अपने मन में इन शब्दों की पड़ताल करने लगा कि कितनी सचाई है उसके इन शब्दों में। कहने को तो दुख व्यक्त कर रहा है पर, कुछ नहीं कहा जा सकता। है तो मज़हब के मुताबिक़ ''माले-ग़नीमत ''ही यह इनका। पर यह इनकी रणनीति किसी से पार नहीं पाई जाती।

''तो फिर आपको अब हमारे घर का पता लग ही गया होगा कि कौन सा है, वैसे बेटा आपका इस्मेशरीफ (शुभनाम) क्या है? आप किनके फरजंद (सुपुत्र) हैं, मैं तो जानता हूँगा।''

''जी मैं गुलज़ार अहमद उर्फ़ सनम डार हूँ। मेरे साथ मेरा छोटा बेटा निसार भी है। हमारे वालिद का नाम रहमान डार साहब उर्फ़ मुहम्मद ज़ालिब है।''

''अरेरेरेरे! कैसे हैं जालिब साहब। काफ़ी बुजुर्ग होंगे।''

''नहीं हैं अब। उनका इंतकाल हो गया। बस बूढ़ी वालिदा है। आप को याद आया विमल जी भट्ट हम कौन हैं। आपके पुराने मित्र। दसवीं हमने साथ ही पार कर ली थी। आपके बेहतरीन नम्बर आए थे, याद है मुझे।''

''अरे अरे... ''सारे तूफ़ान को अपनी भुजाओं में समेटते हुए विमल भट्ट ने उनके साथ बहुत युक्ति अनुसार बात की। मन में कहा। ...कुछ भी हो। हम तुम पर विश्वास करेंगे? ऐसा तो नहीं। प्रश्न ही नहीं उठता। लाख तुम बीस साल पहले की दोस्ती निकालो।''

''गुलज़ार साहब! अब यह आ ही गया है तो इसे अपने घर के खण्डहर दिखा ही दो प्लीज़। आप से सदियों बाद बात करने पर बहुत अच्छा लग रहा है। खुदा आपकी हिफ़ाज़त करे।''

''हाँ हाँ अब मैं आपसे बात कर के समझ गया कि मुझे इसे कौन सा घर दिखाना है। मेहरबानी करके आप बिल्कुल भी परेशान न हो। मैं सुन रहा हूँ आप इसको बहुत डाँट डपट रहे हैं। खुद भी बहुत घबरा रहे हैं। अल्लाह के वास्ते ऐसा न करें। यह लीजिए मेरा बेटा निसार आपसे बात करना चाहता है। इसे पण्डित बहुत अच्छे लगते हैं। यह कहता है कि दुनिया कहती हैं कि पण्डित नेक होते हैं यह किताबों में लिखा है। यह आप की आवाज़ सुनना चाहता है। यह आपके बेटे का हमउम्र, हमसीन जैसा ही है लगभग मानिए। यह लीजिए...यह आपकी आवाज़ सुनना चाहता है...''

सात

"सरकार विवश करती है विश्वास करने को। यह भयंकर जाल है।"

"मतलब "

"मतलब सीधा है। संसार जानता है कि जिन्होंने हमारा संहार किया और सरकार नाम की किसी चीज़ ने हमारी रक्षा नहीं की तो हमें अपनी जान खुद ही बचाने के प्रयास करने पड़े। जो कि बची नहीं। पर जो भी बची वह मरी बची। ज़िंदा नहीं बची।"

"मरी बची, ज़िंदा नहीं बची? मतलब?"

"क्या मतलब मतलब किए जा रही है। क्या तुम्हें समझ में नहीं आ रहा कि यह जीवन मरने से भी नीच स्तर का है। संसार में ऐसी उल्टी गंगा कहाँ बही होगी आज तक कि जो लोग भयावह रूप से विवश और असहाय होकर, लावारिस छोड़ दिए गए हों। वे खुद ही दसों दिशाओं में भागने के प्रयास करते हों, वे कौन लोग हैं। वे हम हैं न? और सरकार? क्या होती है यह सरकार नाम की चीज? वहीं न जो रक्षा करे हर नागरिक की। राजे महाराजे भी रक्षा किया करते थे प्रजा की। पर भारत की स्थिति विचित्र है। यहाँ दुश्मन की रक्षा का विधान है, इसके मूल नागरिक का नहीं। इस परिणाम को लिखित निकालने का काल था हमारा नरसंहार। सबसे मज़ेदार बात है कि दुश्मन को इस उलटी गंगा का पता है और खूब इस उलटी बह रही में हाथ धो रहा है मल मल कर। और हर भारतीय जो सीधा सामान्य हैं हम जैसा उसे यह उलटी गंगा सीधी बहती नज़र आती है। सरकार भी रह रह कर उन्हें बताती जा रही है कि यही होती है सीधी चाल। और चाहती है कि ईश्वर न करें इस देश के सामान्य व्यक्ति को यह उलटापा दिखाई दे।"

"मतलब...?"

"फिर मतलब। अरे मैं कहता हूँ कि भारत में अगर सरकार भी भारत की ही होती न तो उन्नीस जनवरी की रात को ही पाकिस्तान के साथ युद्ध की घोषणा हो गई

होती। जो मरता युद्ध में मरता। घर छोड़ इस तरह भागे भागे और मारे मारे नहीं फिरते। ऐसे नहीं मरते। लाखों लोग नष्ट न होते। युद्ध होता, नरसंहार नहीं। पर नहीं हुई कोई ऐसी घोषणा। क्यों? क्योंकि परिणाम बताते हैं कि भारत में भारत का राज्य न था। लोगों की चेतना भाईचारे और बॉलीवुड ने, अंग्रेज़ी भाषा ने सुन्न कर रखी है। संसद में क्या होता रहता है, सामान्य व्यक्ति के पल्ले ही नहीं पड़ता। अब पल्ले नहीं पड़ता तो वह भी कहता है बाढ़ में जाए यह संसद फँसद। मैं नमक वमक के साथ गटक लूँगा कुछ दाने और सो जाऊँगा। हमारा देश शत्रु देशों द्वारा चालित था। हमारे घर माले ग़नीमत हुए। पता है न तुम्हें बट्ट घरों के सामान की नीलामी सालों साल हज़ूरी बाग में चलती रही। बट्टों के घर मुसलमान अपनी लड़कियों को दहेज में देने लगे। और तो और कश्मीरी हिंदू स्त्रियों के शॉल, शॉल वाले फेरियों में बेचने लगे। इस पर एक सच्चा क़िस्सा भी है कि दिल्ली की द्वारिका में एक शॉल वाला फेरी में शॉल बेच रहा था कि एक कश्मीरी हिंदू स्त्री ने उसे अपने घर के भीतर बुला कर शॉल दिखाने को कहा। कई शॉल उसने दिखाए और उनमें से उसने अपना पश्मीना का शॉल पहचाना। वह चीख पड़ी और बोली, "अरे! यह तो मेरा शॉल है। मैंने अपने शॉल वाले के पास इसे धोने के लिए दिया था, पर रातों रात हमारे घर के दरवाज़े पर जब नोटिस चिपकाया गया कल यहाँ दिखें तो क़त्लेआम होगा, तो हमें सब कुछ छोड़कर भाग के आना पड़ा।"

"वह शॉल वाला विरोध भी करने लगा पर दिल्ली में होने के कारण भयभीत भी हो गया। पर शॉल जिसका था उस स्त्री ने यह शॉल इंच भर भी नहीं छोड़ा और डंके की चोट पर कहा कि तहक़ीक़ात करो। यह मेरा शॉल है। तुम हम लोगों से लूटे शॉल तक हम को बेचने में जरा भी शर्म नहीं बरत रहे हो।"

विमल जी भट्ट अपनी पत्नी अर्थात् सचिन भट्ट की माँ से इस अंतराल में ये बातें कर रहा था जिस अंतराल में गुलज़ार और उसका बेटा निसार सचिन को उसके खण्डहर घर की पहचान करा रहा था। शॉल वाली बात उसे बहुत ही चुभ गई और उसने यह कथा स्वयं भी पड़ोसन स्वीटी मल्ला के मुख से सुनी थी। अर्थात् यह घटना घटित होने का समाचार पूरे समुदाय में जहाँ जिस प्रदेश में भी बेचारे शरणार्थी रह रहे हैं प्रसारित हो गई है। अतः पुनः पुनः नये नये मुखों से यह सुनकर इसकी प्रामाणिकता स्थापित हो जाती है। और यह बड़ी ही विचित्र रहस्यमयी घटना है जिस पर सब त्राहि त्राहि बोल पड़ते हैं। और उसके बाद इस के कारणों और उतरदायी तत्वों का विश्लेषण हर सामान्य से सामान्य व्यक्ति भी करता ही है। कि कितना सुख है देश के शत्रु के पास देश के राज्य की ओर से कि उसमें यह साहस है। उस पर कहीं कोई लगाम नहीं। उसके शत्रु होने का प्रमाण प्रमाण नहीं क्योंकि उस प्रमाण को राज्य

मानता ही नहीं। इतिहास में कहीं आज तक ऐसा अभयदान नहीं मिला होगा। सब का रक्त उबलता है। सब निस्सहाय हैं। सब के सब।''

''तब ...? तब हम कहाँ जाएँ? हम कहाँ के हैं? कहाँ जा सकते हैं? हम कब इन मुसीबतों और

बेइज़्ज़तियों; चिंताओं और बेबसियों से पार पा सकते हैं?''

''किस की समझ में यह सब आता है?''

''जिस की भी आता है, उसकी जुबान काट कर रख दी है सरकार ने।''

''सरकार ने जुबान काट के रखी है? मतलब?''

''यही मतलब मतलब सब कहते हैं, जिसका मतलब ही है कि जुबान काट कर रखी गई है।''

''लेकिन मुसलमान के मुँह में तो खूब जुबान है।''

''जिसकी ग़लत बात भी सुनी जाती है, उसके पास जुबान क्यों न हो। वहाँ तो बेजुबानों की भी जुबान उग आती है।''

''उनकी क्यों सुनी जाती है ज्इसका क्या रहस्य है?''

''रहस्य?'' विमल जी कुछ क्षण रुका और उसके बाद बोला, रहस्य यही होगा न कि सरकार में पाकिस्तानी और इस्लामी तत्व हैं?''

''हिंदू इसका प्रतिकार क्यों नहीं करते?''

''हिंदू के लिए प्रतिकार की मनाही है।''

''ऐसा...?''

''हाँ जी...''

''कैसे...''

''सीधे संविधान में लिखा गया है।''

''मगर संविधान की तो क़समें खाई जाती है।''

''अब अज्ञान की व्याप्ति है। अंग्रेज़ी भाषा में सब चलता है। आम गाँव का व्यक्ति इस देश में कुण्ठा से ही मर रहा है कि वह अंग्रेज़ी जानता नहीं। अतः समझेगा या पढ़ेगा क्या। देश के कुछ विशेष भाग्यशाली लोग इसे पढ़ते हैं, समझते भी हैं और यह भी समझते हैं कि मात्र वे ही समझते हैं कि घटिया और षड्यंत्रकारी किताब में क्या लिखा है। और किसी की समझ में नहीं आता कुछ। जब तक इस किताब का गुणगान एक कर्तव्य और विधान बना रहेगा देश में तब तक इन का राज रहेगा, जब इस षड्यन्त्र की पोल खुलेगी तब वह उठ खड़ा होगा।''

''क्या आपने यह पुस्तक पढ़ी है?''

''नहीं। पढ़ने की ज़रूरत ही नहीं। ज़मीन पर परिणाम देखे नहीं हमने क्या?''

"मतलब?"

"फिर मतलब! मतलब मतलब। क्या बकवास कर रही हो? है न यह एक साज़िश की किताब। एक ख़तरनाक किताब। अगर यह किताब मेरी रक्षा और अधिकारों के लिए थी और सरकार इसके मुताबिक़ काम कर रही थी तो मुझे कहाँ बचा पाई? और प्रचार ज़ोर ज़ोर से यह होता रहा जब से मैंने होश सम्भाला कि भारत का संविधान मनुष्यता का संरक्षक है। यह भेदभाव मिटाता है। यह समता के आधार पर बनाया गया है। इसमें धर्म के आधार पर भेदभाव नहीं। न्याय के आधार पर भेदभाव नहीं। इसमें अन्य किसी आधार पर भेदभाव नहीं। सब समान है इसमें। हिंदुस्तान के कुछ मुट्ठी भर हिंदू जो राज्य करते हैं, के अतिरिक्त किसी भी हिंदू को नहीं पता कि यह सब झूठ है। यह संविधान शत्रु की सुविधा है। यह संविधान शत्रु का अधिवक्ता है। यह संविधान भारत माता के गले में विषधर है। यह संविधान हमारा नरसंहार करने की मदों से लैस है। इसमें निहित न्याय संहिता हमारे और भारत माता की आत्मा को समाप्त करने की एक अच्छी गति से चलने वाली मशीन है और जो मुट्ठी भर हिंदू नाम मात्र के लोग हैं वे दरअसल अपना धर्म परिवर्तित कर चुके हैं। और यह पोल हमारे नरसंहार के माध्यम से खुल चुकी है कि उन्होंने परिवर्तित धर्मानुसार निष्ठा भी बदल दी है। कि उन्होंने धर्म बदल दिया है बिना नाम बदले। गांधी हिंदू नहीं मुसलमान हैं।"

"उसकी पत्नी का काम है, विमल जी के इस सारे विश्लेषण को चुपचाप सुन कर पेट में उतारना। विमल जी को भी पता है कि सचिन की माँ एक बुद्धिमान स्त्री है। अत: वह सारा विश्लेषण समझती है और यह भी जानती है कि उसका पति हर चिंता के क्षण में यह अरण्य रोदन करता है, तब उस के चुप होने पर वह अपनी पत्नी के साथ हल्की मुस्कुराहट मिलाता है। फिर उसके बोलने की प्रतीक्षा करता है।"

वह संक्षिप्त बोलते हुए बोलती है, "अब के आप ने कुछ नई बातें भी जोड़ी। लगता है यही सोचते रहते हो चौबीस घंटे।"

"कौन नहीं यही सोचता? यही सोचते हैं हम में से सब।" कहते हुए घड़ी की ओर देखते हुए वह फिर सचिन का फ़ोन मिलाता है।

आठ

इस बीच सरसिज भी घबरा उठा था। मन ही मन माता पिता का चिंतन कर रहा था। यह भी सोच रहा था कि सचमुच हम सब यहाँ आए युवा भावनाओं के शिकार और बीमार हैं। यह बहुत बड़ी चिंता पूरे समुदाय की बन गई है कि बच्चे संकट में, पाल पोस कर, पढ़-लिख कर, वहाँ से बचा के ला कर भी, एक ऐसी लाचारी निर्माण कर दिए जाने पर, वहाँ के ही चंगुल में फँस गए हैं। फिर हमारे भीतर की ये स्वातंर्त्य तरंगें हमें चैन नहीं दे रही, हमें ख़तरों में पड़ने को प्रेरित करती है; तब हमारे वृद्ध माता पिता अथवा कहीं कहीं दादा दादी, नानी नाना और अन्य निकटतम बंधु भी परेशान हैं। यह वह पीढ़ी है जिन्होंने अपना यौवन विशुद्ध बेघरी और वनवास को समर्पित किया। वैवश्य भरा समर्पण। वह सचिन के साथ अपने माता पिता को बताए बिना ही उसके गाँव मागम उसके घर का खण्डहर देखने आया था। उसकी आकाश की ओर उठी मिट्टी देखने आया है। वह क्रुद्ध और चिंतित दृष्टि से सचिन को बार-बार घूरता जा रहा था। पर अब सचिन के पिता के उस के मुसलमान पड़ोसी से बात करने के उपरांत उसे कुछ क्षणों के लिए कुछ कुछ आश्वस्ति मिल गई थी। कम से कम वापस डेरे पर, माँ राज्ञी के प्रांगण में वापस पहुँचने की आश्वस्ति। सचिन भी कुछ कुछ भय मुक्त तो हुआ है। पर वह यह भी सोचने लगा कि प्रायः मनुष्य भयमुक्ति के विचार का स्वैच्छिक चुनाव भी करना चाहता है।

सचिन कुछ कुछ भयमुक्त हुआ है। सरसिज भट्ट के मन में उन्नीस सौ नब्बे के आरंभ में उठे उस भीषण बवण्डर में सुनी अपने महासंकल्प में घिरे समुदाय के विभिन्न लोगों की भयावह कथाएँ फनफनाती कालिया नागों की तरह उठती और अपनी भयानक जीभें लपलपाती दिखाई पड़ रही हैं। उसे अपना आप भयानक और एक तगड़े जाल में फँसे फड़फड़ा रहे पक्षी सा लगता है। जो हर कोई प्रयास तो कर रहा है उड़ भागने का। मुक्त होने का जानते हुए कि अब वह कभी मुक्त नहीं होगा।

पड़ोसियों के संग संग चलते हुए आगे से दाहिने मुड़कर एक बड़े से विस्तृत

अखरोट के वृक्ष के निकट उनकी गति धीमी हुई तो रुकते हुए गुलज़ार बोला, "देखो बेटा! यहाँ अभी भी एक पण्डित रहता है। अकेला। देखो उस अधजले घर के उस तरफ़ के एक कमरे की मरम्मत करके उसमें रहता है। मागम क़स्बे में उसकी ड्यूटी है। मज़े में रहता है। कोई डर वर की बात नहीं अब। अलबत्ता उसने अपने परिवार को जम्मू मुट्ठी कैंप में रखा है। कभी-कभी हमारे यहाँ भी आता है। विमल भट्ट यानी तुम्हारा पिता भी उसे जानता है अवतार भट्ट उसका नाम है। डाकखाने का मुलाजिम है।"

सचिन इसके उतर में कुछ न बोला। वे दोनों उस कमरे को बाहर से बार बार देख रहे थे। वे दोनों वास्तव में इस बात का पता लगाने जाना चाहते थे कि कैसे एक पण्डित इस अपने अधजले, अधगिरे घर का एक कमरा ठीक कर वहाँ रह रहा है। ढेर सारे प्रश्नों को वे अपने भीतर पाते हैं जिनमें से कुछ प्रश्नों का मानवीकृत रूप वे स्वयं है कि क्या विवशताएँ हैं उसकी कि वे यहाँ है। इन प्रश्नों को ढोते हुए वे चुपचाप आगे बढ़ते हैं। उन में से वे कोई मामूली से मामूली प्रश्न भी उनसे नहीं कर सकते। उन में यह स्वतः बुद्धि है कि विजेता शत्रु से कभी कोई प्रश्न नहीं करना चाहिए, जैसे नन्दा मामी ने कभी भी सायरा बानो से न पूछा कि वह "उदास "क्यों है। पराजित, प्रताड़ित इन लोगों के भीतर की इस ग्रंथि से वे भी वाक़िफ़ हैं। कि काफिर जब मुसलमान के संग होता है तो अपनी हदों के भीतर रहता है बल्कि और और सिकुड़ता है ताकि मुसलमान को फैलने के लिए अधिक से अधिक जगह मिले। यह तो तब था जब वह साथ रहता था भाईचारे के साथ। अब तो वह मिट चुका है और अभी अभी दो दशकों के बाद दोनों की वापस मुलाक़ातें होनी आरंभ हुई हैं।

वे एक और गली से गुजरते हुए फिर एक बड़े अहाते में आ गए। गली के दोनों तरफ़ जले/ गिरे घरों के चिह्न थे। फिर वैसे ही ध्वस्त प्लिंथ और लुढ़के पत्थर, काई चढ़ी अधटूटी और कहीं कहीं साबुत ईंटें थीं। सचिन और सरसिज, दोनों जानते थे कि सर्वनाश के इस महातीर्थ में दर्शन कैसे करने हैं तथा साष्टांग भी कैसे। मंत्र क्या बोलने हैं और माँगना क्या है। वे दोनों इस सब के लिए एकदम तैयार हैं। कभी कभी दोनों के मन में यह भी आता है कि हमारी इस ध्वंस की पराकाष्ठा को देखने का साहस भी संसार में भट्टों के पास ही बला का है। यह बात "ये "भी सोच सोच के पागल हो उठते होंगे।

सचिन इस खण्डहर को देख विह्वल-सा हो उठा। उसे जैसे क्षण भर में वहाँ विराट अपना घर खड़ा और जीवन से भरा चहचहाता और परिवार जन से भरा भरा दिखाई दिया। लेकिन इस क्षणिक भ्रम से बाहर आना उसका ध्येय है। उसने प्रायः सुना था कि उसके दादा ने पुराना घर आधा गोशाला और आधा धान का भण्डार बना

दिया था और नई पक्की लाल ईंटों का शानदार नया घर बनाया था ताकि कई आगामी पीढ़ियाँ वहाँ निर्बाध रह सके। जिसके बांए से एक लॉन था और सामने एक वाटिका जिसमें सब्ज़ियाँ उगती या उगाई जाती। उस स्वर्ग की कल्पना के स्थान पर विनाश का यथार्थ देखने को वह पूर्ण उद्यत था। इस यात्रा के बीच उससे गुलज़ार ने पूछा कि वह किस पद पर कहाँ काम करता है और डेरा उसका कहाँ है। इस सब का उत्तर सचिन ने वास्तविक न दिया था। जैसे उसने अपना निवास शेखपुरा में बताया था जहाँ पर कि उसे वास्तव में निवास नहीं दिया गया था। वह अध्यापक नहीं था अपितु एक कनिष्ठ अभियंता था पर उसने बताया कि वह अध्यापक लगा है। मनुष्यों की यह दोनों जोड़ियाँ दो प्रतीकों, दो संस्कृतियों का प्रतिनिधित्व करती हुई धरती के इस खण्ड में से चल रही थी। एक जोड़ी विजेता थी। ऐसी विजेता कि सतत विजेता। दूसरी जोड़ी थी पराजित। निरंतर पराजित।

''यह रहा तुम्हारे दादा जी श्री नीलकंठ जी का घर। बहुत बड़ा घर था। नया बनाया था। लाल ईंटों का। वह उधर खेतों के शुरू होने साथ जो दीवार के इधर थोड़ी सी भूमि है, वहाँ पुराना घर था। वह भी शानदार था। अच्छा ख़ासा, पर कच्ची मिट्टी का। कच्ची ईंटों का। जब सैंतालिस में पाकिस्तानी कबाइलियों ने उसे जलाया था, तब एक अस्थायी घर उस पर बनाया था स्वर्गीय नीलकंठ जी ने। आपके दादा जी ने। इस गाँव में किसी के भी घर लॉन नहीं है। गाँव में तो किचन गार्डन बनाने की प्रथा है। लॉन तो शहर के रईस बनाते हैं। इस गाँव में तुम्हारे दादा जी ने बनाया।'' सचिन ने देखा अधटूटा, अधजला मकान। लाल ईंटों का उसके दादा का घर, अर्थात् उसका घर और उसका नष्ट स्वरूप। लॉन यानी उपवन का मरुस्थल। आंगन की वाटिका का उझाड। यहाँ इस समय में किस किस पर क्या क्या बीत रही थी वह सब संवित्प्रकाश में अभिलिखित हो रहा था। पर इस में सबसे अधिक महत्वपूर्ण यह है कि विमल भट्ट और उसकी पत्नी सीमा भट्ट अर्थात् सचिन के माता पिता पर इस समय क्या बीत रही थी।

नौ

उनके घटाकाश में विनाश के गुज़र चुके बादल फिर फिर उड़ उड़ कर छा रहे थे और उन्हें मारक भय से कंपा रहे हैं। पुनः उनमें से ख़तरनाक बिजलियाँ कड़क रहीं थीं और प्रलयंकारी गर्जनाएँ हो रही थी। सचिन की दादी जर्जर शरीर और स्मृति-कुंभ-चेतस बनी एक कोने में बिस्तर पर बैठी रहती। आसपास घूम रहे बच्चों या बड़े परिवार-सदस्यों से अनुपस्थित बच्चों एवं सदस्यों का कुशल मंगल पता करती रहती। कभी कभी जब उसकी छोटी बहू टीवी चलाती तो वह उसमें से कुछ समाचार जानने का प्रयत्न करती। जब सचिन ने इस नौकरी का आवेदन भरा था , तब वह इतनी जर्जर न थी, तो उसने तीव्र रूप से विरोध किया था। पर सचिन नहीं माना था। और तब से उसे विरक्ति सी हो गई है। अपने गाँव वापसी के विचार और प्रतीक्षा से भी विरक्ति। वह लगभग हर घंटे बाद सचिन का कुशल पूछती है। उसकी इस नई चिंता और उसके नए जीवन के मोड़ ने अर्थात् सचिन के कश्मीर में नौकरी आरंभ करने के बाद वह और थोड़ी सी क्षीण हो गई। वह मन ही मन यह सोचती रहती कि किन विवशताओं के चलते उसके सुपुत्र ने अपने सुपुत्र को उस कसाईबाडे में उसे जाने और आजीविका कमाने की आज्ञा दी। क्या जिस प्रकार चीजें उसकी समझ में आती हैं, उनकी समझ में नहीं आती? उसने बहुत तरीक़े से बहू, बेटों और सचिन को समझाने का प्रयास किया पर वह विफल रही। इससे पूर्व वह बड़े उत्साह से टी वी पर खबरें और बहसें सुनती, पर जब से सचिन किसी की भी न मानकर कश्मीर चला गया तब से वह किसी के द्वारा भी टीवी खोले जाने पर घबरा उठती है और चाहती है कि कोई इस बक्से को बंद करें। वह कुछ भी नहीं सुनना चाहती। सिर्फ़ सुनना चाहती है कि सचिन सकुशल है। सचिन की प्रत्यक्ष आवाज़ सुनना चाहती है। पिछली बार जब सचिन आया था तो उसे हृदय से लगाकर देर तक उससे बातें करती रही। वस्तुतः यह सूचना पाते ही कि सचिन कुछ दिनों के लिए आ रहा है, उसने मन में निश्चय कर लिया था कि वह किन किन तरीक़ों से सचिन को वापस नौकरी में जाने

से रोकेगी। उसे हर प्रकार से समझाएगी कि कश्मीर के मुसलमान बहुत बड़े विश्वास घाती हैं। वे अवसर ढूंढने में सचमुच बहुत समय तक प्रतीक्षा करते हैं, जिससे काफिर समझता है कि यह अपनी फ़ितरत से फिर गया है या सुधर गया है या हिंसा से घृणा करने लगा है। या फिर मनुष्यता का वरण कर सभी मनुष्यों को समान मानने का विवेक उसमें आ गया है। उस पर राज्य का डंडा है अब और राज्य समान रूप से सभी नागरिकों को देख रहा है। काफिर यानी हम बार बार यह भूल जाते हैं कि ऐसा अब के फिर से हो सकता है। पर यह हर बार, बार बार होता रहा है। ऐसी ही बातों का एक महाभण्डार उसने उसके सामने खोला था और अंततः बोली थी, "मेरे प्राण! मैंने अब जो कुछ तुम्हें बताया, मैंने तुम्हें प्रकाश दिया, इस प्रकाश में तुम निर्णय करो कि नहीं जाओगे तुम वहाँ तब तक जब तक कि वह पूरा क्षेत्र वापस हमें न प्राप्त हो। जैसे कि प्राप्त होना चाहिए। इस प्रतिभूति के साथ कि पुनः अब कभी ऐसे नरसंहार न हों। जिहाद एक के मन में भी न बचे। जब तक कि उन की समझ में न आए कि मानवता को, एक मानव समुदाय को समाप्त करने से ईश्वर नहीं रीझ जाता। जब तक कि वे अपनी दी गई सीखों, साहस और संरक्षण के घेरे से बाहर न निकलें। तब तक।"

"तब तक हम जीवित रहेंगे?"

"जीवन क्या इतना ही होता है सचिन जितना कि इस समय हम जी रहे हैं? नहीं मेरे जीवन! तुम मेरा जीवन हो? तुम्हारा जीवन कल तेरे बच्चे का बच्चा होगा। मैं अपने दादा परदादाओं का जीवन लिए हूँ, वरना तुम वहाँ जा रहे होते हो तो मेरे सारे स्नायु तंत्र में पीड़ा क्यों होती है? ऐसी पीड़ा जिसकी कोई औषध नहीं। यह ऐसी भयावह पीड़ा है जिसका निवारण या तो मृत्यु करती है अथवा उस कारण का निवारण जो इस पीड़ा को उपजाता है। दोनों औषधियाँ भयावह और हमारी पहुँच से बाहर है। वास्तविक औषधि तो सरकार ही करेगी क्योंकि हमारी भूमि पर हम पुनः आएँगे पर अब एक बीच की औषधि है इस पीड़ा का कुछ कुछ निवारण करने वाली हमने उसे ही चुना था। कि उस स्थल से ही दूर रहो और प्रतीक्षा करो। हम पिछले छः सौ से अधिक वर्षों से भटक रहे है।"

सचिन अब उलझ गया और मन ही मन सोचने लगा कि उसकी दादी उसके पीछे कितनी मारक चिंता से ग्रस्त रहती है। कि दादी के पास एक गहरी और स्पष्ट दृष्टि है। वह सहसा बोला, "दादी चलो तुम भी। मेरे साथ। वहाँ कुछ भी ऐसा नहीं कि भय उत्पन्न हों। उल्टा उनको अफ़सोस है अपने किए का।"

दादी ठठाकर हंस पड़ी। इससे सचिन हतप्रभ रहा। अब वह भी हंस पड़ा। पर वह हँसना नहीं चाहता था। वह चाहता था कि दादी इसी बात पर चुप हो जाए। मान जाए। मन जाए। उसकी बातों पर विश्वास करें।

“मैं सच कहता हूँ दादी चलो मेरे साथ?”

“मेरी सेवा करोगे वहाँ या नौकरी?”

“दोनों।”

मैं तुम्हें आशीर्वाद से भिगोना चाहती हूँ, ईश्वर करें कि तुम्हारी रक्षा हो। क्षण क्षण। वह माँ महाराज्ञी परांबा तुम्हारी रक्षा करेगी सदा। सदैव।” उसने हंसते हुए भी और सजल नेत्रों से भी पुनः सचिन को हृदय से लगाया।

“चलो न दादी ! तुम्हें पता तो है कि मैं तुलमुल में माँ महाराज्ञी परांबा के प्रांगण में एक धर्मशाला में रहता हूँ। वहीं प्रांगण जिसे तुमने हर बार अलौकिक कहा है। माँ के चरणों में। चरण कमल में। रोज़ दर्शन और आरती करोगी तुम भी। तुम तो प्रत्येक शुक्ल अष्टमी को वहाँ ज़ाया करती थी। मेरी नौकरी में जाने से पूर्व तुमने बारंबार कहा था। मुझे कभी विस्मृत नहीं हो सकता।”

“मैं माँ महाराज्ञी परांबा से नाराज़ हूँ, नहीं जाऊँगी। ऐसे नहीं जाऊँगी। जब मुझे घर वापस देगी, प्राण वार दूँगी उस पर। उसने हमारी रक्षा नहीं की। माना हमने पाप किए थे, जिन का हमें भी पता नहीं। पर जिनको माँ वहाँ पाल रही हैं वे तो महापापी हैं। घोर पापी। महा महा पापी। इसलिए सचिन बाबू !नहीं जाऊँगी मैं। तभी तो कहती हूँ मत जा वहाँ।

मत वहाँ रह। लौट आ लौट आ। मुझे डर लगता है। लौट ही आ। वह आजकल हमारी नहीं, हमारे शत्रुओं की रक्षा करने में जुट गई है। उन गायखोरों को बचा रही सरकार की तरह। नहीं तो पहले इस सरकार की ईंट से ईंट बजाती, उनका विनाश करती। अब यही बात समझ में नहीं आती है।”

सचिन अब घबरा उठा। वह स्थितियों की गहराई और जटिलता से सिहर उठा। दादी के पास से अन्य काम करने की आज्ञा माँगी और माता पिता से दादी से हुए वार्तालाप की सारी विषय-वस्तु प्रकट की।

दस

सचिन की दादी अब भाँप गई है कि उसका बेटा बहू उससे कुछ छिपा रहा है और दोनों चिंतित हैं। दोनों फ़ोन पर लगे हैं। किसी के फ़ोन की प्रतीक्षा कर रहे हैं। विमल भट्ट और उसकी पत्नी सीमा भट्ट जानती है कि सचिन की दादी की सुनने की क्षमता बहुत ही क्षीण है अब। अतः वे कुछ कुछ छूट लेते ही हैं। बेटे बहू ने कई बार कान में मशीन लगाने का विनय किया पर उसने हर बार मना किया। कहकर कि अब मुझे क्या सुनना है। बेहतर है कि कुछ न सुनूँ और जाऊँ। मैं जानती हूँ जो मैं सुनना चाहती हूँ वह मेरे जीते जी सुनने को मुझे मिलेगा नहीं, फिर शेष क्या रहा? आप सब का कुशल क्षेम है वह सुनाई देता है मुझे।'' यह सुनकर विमल जी ने उससे और आग्रह न किया। मशीन सम्भाल कर रख दी। तब से वह माला जपती, नींद करती अथवा भजन सुनती।

उसे इस समय लगा कि वे कुछ परेशान हैं और उसे सचिन का ध्यान आया और विमल जी से पूछा, ''सब कुशल-मंगल हैं?''

विमल जी समझ गया कि वह पकड़ा गया और वैसे ही वहाँ सचिन के जाने का उसने विरोध किया। अतः अगर अब यह जान गई तो टूट पड़ेगी।

''टूट पड़ेगी क्या, कितनी भयानक चिंता से घिर जाएगी, इसे कुछ न कहो। कोई और झूठ बोलो पर सच तो नहीं। वह सह नहीं पाएगी।'' उसने पत्नी से कहा।

विमल जी ने उसे कोई और ही कथा बताई। ''सच बोल रहे हो गाशा?'' विमल भी समझ गया कि माँ को यह सच नहीं, गढ़ा हुआ क़िस्सा लगा है। पर वह बोला, ''बिलकुल सच बोल रहा हूँ''।

''आपको माँ जी को सच बताना चाहिए था, वह समझ गई कि आप झूठ बोल रहे हो। आपको क्या लगता आपके ठोक कर कहने से उसने आपकी बात पर विश्वास किया? नहीं।'' सचिन की माँ ने सचिन के पिता से कहा।

''क्या मैं नहीं जानता हूँ कि उसे मेरी बात पर , आश्वासन देने पर भी विश्वास

नहीं हुआ, पर मैं नहीं कर सकता हूँ उसे और परेशान।''

पीडापूर्ण व्यंग्य के साथ हंसते हुए सीमा भट्ट वापस बोली, ''क्या लगता है आपको वह बड़ी निश्चिंत हो गई आपके झूठ को दबा कर, या और दोहरा कर कहने से? यही तो नहीं समझ में आता आप को। वह बहुत अधिक चिंतित है अब। हमारे साथ मगजमारी नहीं करना चाहती;और अच्छे से जानती है कि चिंता हमें सचिन को लेकर ही है। बोल दोगे तो प्रार्थना करेगी। मैंने सुना है माता की प्रार्थना को अस्वीकार नहीं करते भगवान। बताओ इसको सारी बात।''

''मुझे अब कोई चिंता नहीं। घड़ी देखो। एक घंटा हो गया होगा तबसे। सचिन निकल आया होगा गाँव से बाहर। बस में होगा इस समय। आधे घंटे बाद उसका फ़ोन आएगा। सही सलामत घर पहुँच जाने का। तो फिर क्यों इसको चिंतित करें। जब यह घर में सब ठीकठाक चल रहा देखेंगी तो स्वयं ही निश्चिंत हो जाएगी। डेरे पर पहुँचने पर सचिन से इसकी बात भी करा देना।''

''यह सुनती कहाँ है अब। अब तो बिलकुल भी नहीं।''

''सचिन की आवाज़ सुनती है।''

सचिन की दादी माला तीव्र गति से फेरते हुए माँ राज्ञी से विनय करती, पूछती, ''बोलो! कब लोगी मेरे प्राण? ले लो अब शीघ्र। अब मेरा कोई अर्थ नहीं। ले लो शीघ्र और चुपचाप।

शीघ्र और चुपचाप।

शीघ्र और चुपचाप।''

ग्यारह

इस समय वे दोनों अर्थात् सचिन के माता पिता अधीर थे। किंतु इस समय फ़ोन करना उन्हें उचित न लगा। अत: घड़ी पर मिनटों का हिसाब बनाए रखते हुए कि अब सचिन गाँव से चल दिया होगा। बस में वह इस समय बैठ गया होगा। भाँति भाँति के विचार उसके मन में आ रहे हैं। उसके संग के गुलज़ार और निसार उसकी बडी चिंता भी है, पर कहीं कहीं उसका मन उसे कह रहा है, ''मत कर उन पर संदेह। वहीं रक्षक भी हैं।'' न उन्हें अपने मन की गतिविधियों को समझना आता है और न ही उनपर लगाम लगाना।

तब उसके चित्त में वह क्षण साकार हो उठा जब सायं का समय था और सचिन का जन्म होने पर अस्पताल से वह दोनों को ले आकर प्रसूति गृह में उन्हें आराम से रख कर भोजन पर टूट पड़ा था। वह लगभग दो दिन से भूखा था सचिन के जन्म की दौड़धूप के चलते, शहर में निरंतर किंतु अवांतर रूप से हो रहे बम धमाकों, क़र्फ़्यू के चलते। तभी बाहर भयानक शोर हुआ। यों रात रात के शोरों का पूरे शहर में क्रमिक आरंभ हो गया था। आश्चर्य उसे इस बात का था, जो कि सब को था कि दूर दूर तक उन्हें (हिंदुओं) को नहीं लगा कि उन्हें नरसंहार का शिकार बनना है। शहर में फिर टपलू, गंजूँ, तिकू मारा गया, तब भी नहीं। उसे दफ़्तर में हिंदू जो आपस में बातें किया करते थे उन बातों की स्मृति हो आई, ''ये लोग चैन से कहाँ रहते हैं? किस देश में? कहीं नहीं। जहाँ देखो वहाँ, बेचैन। हिंसक। परपरीडक।''

''सो तो है पर अब के मुझे भय लगता है। अब के ये बड़े खूँख़ार हैं। अब के कुछ उलट मामला है भाई।'' डुल्लू बोला था। जो उस के साथ कनिष्ठ अंभियंता था।

''ऐ शुभ शुभ बोल...समझा। क्या करेंगे, बोलो क्या करेंगे। कुछ नहीं कर सकते अब। हिंदुस्तान अब स्थिर हो गया है। और हिंदुस्तान में अब हिंदू जागा है। कुछ न करेंगे। देखता रह। कुछ दिन और चलायेंगे बम वम। सरकार जब कार्यवाही करने पर आयेगी परखच्चे उड़ेंगे इनके।'' दर ने दलील दी थी।

"अभी तक तो कितने मारे घोषित रूप से तीन, अब गाँवों-गुद्ध में क्या पता कितने मारे होंगे, जिनकी हमें खबर नहीं। यह क्या ख़तरे की बात नहीं। नजीर हक़्क़ाक मुझे कह रहा था कि "अभी देखो आगे क्या होगा। देखते जाओ। लम्बा कार्यक्रम है।" मैं हंस पड़ा और कहा "सिर तेरा होगा। यह समझो अभी भारत सरकार नर्मी से पेश आ रही है। आगे फिर वह भी तुमको छोड़ेंगे थोड़े न।" यह सुनकर नज़ीर अजीब सी नज़र से मुझे देखने लगा जैसे वहीं पर मेरे प्राण लेगा और बोला, "ऐ पण्डित! कान खोलकर

सुन! आगे ऐसा कहा न, तो बहुत बुरा होगा। दोस्ती वोस्ती गई बाढ़ में। समय बदल गया है। बहुत बदल गया है। तुम्हारी सरकार हमारे पाँव तले। तुम्हारा हिंदुस्तान हमारे पाँव तले, कहकर अपनी बाँह ऊँची उठाकर बोला सबके सामने, "यहाँ क्या चलेगा, निजामे मुस्तफ़ा।" यह बात जोड़ी थी श्यामसुन्दर कौल ने।

विमल जी का दूसरा सहयोगी वीरेंद्र बोला, "अगर तीन मारे इन्होंने फिर चौथा, पाँचवाँ, छटा और फिर सब। अभी तक सरकार तो हिली डुली नहीं न? अब आस लगाओ। हम आस लगाए बैठे हैं, तुम (संविधान में?) वादा करके भूल गए।"

"नहीं घबराओ नहीं मेरे दोस्त, न यों घबराहट फैलाओ कृपा करके। कुछ न कुछ तो करेगी सरकार। आज सुबह सुबह मेरे घर एक वकील पड़ोसी आया था हंडू। वह तो बिलकुल निश्चिंत था। तब मैंने टपलू, गंजूँ इत्यादि की हत्याओं और अन्य हालात के विषय में पूछा। वह बोला, "टपलू कौन था? भाजपा का नेता, अतः उनको फूटी आंख नहीं सुहाता था। गंजूँ कौन था? वह न्यायाधीश जिसने मक़बूल भट्ट को फाँसी दी थी। समय आ गया था उससे प्रतिशोध लेने का" और फिर उसके चुप रहने पर मैंने पूछा "तिकू और सप्रू तो अत्यंत ही सामान्य नागरिक थे, उनके बारे में भी कुछ कहो हंडू साहब।" तब वह कुछ देर बाद बोला, "तिकू पता है तुम्हें, बिट्ट कराटे का मित्र था। उसके पास क्या मालूम उसके कुछ रहस्य हों। इसीलिए मार डाला हो। और सप्रू पर उनको संदेह था कि उसने फ़ोन के माध्यम से उनकी योजना के विषय में कोई बात बीच में सुन ली थी। क्या पता इसीलिए मारा गया हो।" उसके ऐसा कहने पर मैंने उससे तपाक से कहा, "कैसी बात करते हो हंडू साहब आप मानों ये सारे मारे जाने के कारण न्यायिक और मानवीय तर्क हों। इन सब कारणों के रहते मारा जाना चाहिए मनुष्य को? काफिर को? यह तो इस्लामी निज़ाम में ही सम्भव है।" उनका मुख लाल पड़ गया, जबकि वह एक हिंदू वकील था। और शीघ्र विदा लेकर जाने लगा और बोला, "सोच समझ कर आज कल घरों में भी बात करिए, दीवारों के भी कान हैं आजकल।"

विमल जी को याद आया तब भी जब हिंदू न भागे तो उन्नीस जनवरी हुई।

उन्नीस जनवरी के बाद भी उन्हें लगा कि यहाँ लोग रह ही गए हैं कुछ तो नोटिसें चिपका दी। तब भी जो बचे उन्हें चुन चुन कर मारा। मारा। मारा। लूटा। मन मर्ज़ी की तरकीबों से मारा। भारत में न कोई रहता था। न कोई सरकार थी। तभी बहुत लोग कहते हैं न इस्लाम के पास कुछ नहीं एक क़िस्मत तो है। कि बड़े बड़े देशों और उनके राज्यों को सन्निपात हो जाता है। सारे तंत्र को सन्निपात हो जाता है। उठ कर बचा सकने वाले लोगों को सन्निपात हो जाता है।

नहीं तो उन्नीस जनवरी को भारत को सीधे सीधे युद्ध घोषित करना चाहिए था पाकिस्तान के साथ और पाकिस्तान को मसल के रख देना चाहिए था। जब रात्रि के बारह बजे के बाद आर्तनाद खड़ा हुआ। बाहर उनका द्वार एक भयावह हिंसक भीड़ ने खटखटाया। हाँ गोलियों की आवाज़ें सुनाई दी। हमने सोचा इन आक्रमण कारियों और भारत को गालियाँ देने वालों, अपशब्द कहने वालों, विध्वंस करने वालों पर ये गोलियाँ चलनी चाहिए थी, क्या पता किस पर चली। हिंदुओं को घसीटा जा रह था। हिंदू स्त्रियों का बलात्कार इस्लाम में इबादत से कम नहीं। हाहाकार मचा हुआ था। आग की लपटें चारों ओर।

उफ्। उसने अपना माथा भींच के थामा, मानों वह वह तेज आंधी से उस के सिर के उपर से मकान के छत की तरह उड़ा जा रहा हो। या ये जो बाहर हर तरफ़ आग की लपटें उठ रही हैं, स्कूल से, भारत सरकार के एक भवन से तथा हिंदुओं के घरों से, वह सारी आग दरअसल उसके सिर से ही लपटों में उठ रही हो। और वह इस विकराल आग को अकेले अपने क्षीण हाथों से रोक रहा हो, बुझाने का प्रयास कर रहा हो।''

उसने स्मृतियों को थामा और पत्नी सीमा से बोला, ''सचिन को फ़ोन करूँ? कहाँ पहुँचा? या क्या चल दिया वापस या?''

''मैं भी यही सोच रही थी। किंतु मेरी नज़र घड़ी पर भी है। धैर्य रखिए। अभी सिर्फ़ पंद्रह मिनट ही बीत गए हैं। वह उन मुसलमानों के साथ है। हमें बेहिसाब धैर्य तो रखना ही होगा जी। सब्र करो। कम से कम आधा घंटा तो बीते।''

विमल जी को बात बहुत सही और मान्य लगी। चुपचाप साहस बटोर कर धैर्य का संकल्प लिया। वह कोई मंत्र पढ़ता है तो वह बीच में ही टूटता है। वह देख रहा है कि मंत्र टूट रहा है। वह संकल्प में स्वयं को बांध कर अब किसी भी तरह मंत्र को टूटने न देते हुए फिर मंत्र की शरण में जाता है कि त्यों ही वह पुनः टूटता है। वह अपने साथ हंस पड़ता है और स्वयं से कहता है, ''कैसे विरल लोग हैं हम? अर्थात् हम। जिन शत्रुओं ने हमें ख़त्म किया, वे हमारे मित्र, सहयोगी, सहपाठी थे, पड़ोसी थे। तब हम उनसे दूर भागे, कि बचा खुचा जीवन बचा रहे। नौकरियाँ छोड़ छोड़ कर,

लगभग भीख माँगकर खाने और जीवन और धर्म और सम्मान बचाने के संकल्प पर भी। उस सर्वनाश के शिकार हमारे बच्चे वापस नौकरियों के लिए जा रहे हैं। या गए हैं। अपने टूटे, जले खण्डहर घर और अपना विध्वंस देखने को यों उत्सुक हैं जैसे कोई सुंदर, सुखद प्राकृतिक दृश्य। हमारे पते उन शत्रुओं के पास ही हैं जिन्होंने हमारे घर, मंदिर खण्डहर बनाए और उद्यान और वाटिकाएँ मरु। हुंह। मित्र और हितैषी बनकर वे ये सब हमारे बच्चों को दिखा रहे हैं। कैसी पहेली है? हें मेरी सहेली सीमा भट्ट। कुछ तुम्हारी समझ में आता है क्या? मेरी तो कुछ भी नहीं आ रहा।''

''मेरी भी कुछ समझ में नहीं आ रहा, किंतु इतना तो आ रहा है कि यह सब हम जैसे जिस जिस की भी समझ में आ रहा है, वह उस समझ के बोझ को उतार फेंक रहा है। वर्ना जीवन दूभर हो जाएगा। अब सचिन है, सरसिज है ये यह बोझ लेने को क्यों आमादा है, मैं समझ नहीं पा रही।''

''इस सारे संकट को क्या कहा जा सकता है? महासंकट। है न?''

''यह समझ से परे है...पर समझना ही होगा।''

''फिर क्या बुरा है यदि हमारा सचिन और प्रेम कुमार भट्ट का सुपुत्र सरसिज भट्ट इसे समझेगा ही।''

''मैंने कब कहा कि समझना नहीं चाहिए, पर कठिन है, बहुत कठिन। देखो तो घड़ी। आधा घंटा बीत गया होगा तब से।''

''नहीं। अभी दस मिनट हैं ...। कुछ आलतू फ़ालतू सोचने से बेहतर नहीं हैं कि हम इन दस मिनटों में माँ शारिका का ध्यान या मन ही मन जप करें।''

''यही स्त्रियों वाली सोच है, जो ऐसी घबराहटों से निकलती हैं।''

''तो फिर क्या करोगे? क्या करोगे बोलो?''

कौन है जो ऐसे में हमारी सहायता करेगा? सरकार? लोग?''

''माँ शारिका और शिव ही करेंगे सहायता। जिन्होंने बिगाड़ा, वही करुणार्द्र होकर बनाएँगे, बचाएँगे और पुनः निर्माण करेंगे।'' विमल भट्ट ने जब पत्नी सीमा भट्ट को अपनी ओर कातर दृष्टि से देखते हुए देखा तो यह प्रवचन दिया।

''मैं तुम्हारे इन शब्दों का विरोध नहीं करता हूँ सचिन की माता जी पर सत्य यह हैं कि हम राजनीतिक सम्मति से हुए नरसंहार के मारे लोग हैं, हमारा इस सब का दायित्व ईश्वर पर चढ़ाना हमारी निरी पराजय है। पर जो भूमि पर घटित हो रहा है उसके भी तो रेशे निकालने हैं।''

''उन रेशों से फिर क्या करोगे? फाँसी पर चढाओगे सब नेताओं, हत्यारों को क्या? जब हम कर नहीं सकते कुछ तब क्या मतलब?''

''तुम इस विचार से भागने का प्रयास कर रही हो, जबकि मैं अब इस पर

विचार करते रहने को आध्यात्मिकता मानने लगा हूँ। आध्यात्मिक अंत:क्रिया। किसी ध्यान से कम नहीं माँ का, मातृभूमि का निरंतर ध्यान। क्या यह अध्यात्म नहीं। मैं तो इसी निष्कर्ष पर पहुँचा हूँ कि यही सहज ध्यान है। यह सटीक ध्यान है। जैसे तुम्हें विश्वास है कि जप और कीर्तन के शुभ परिणाम आएँगे, उसी तरह मेरा मानना है कि इस प्रकार के निरंतर और चिरंतन और नग्न ध्यान के और अधिक शुभ परिणाम आएँगे। जानती हो यह धारणा मेरी कब से दृढ़ हो गई, ठीक तब से जब एक बार हम हज़ारों की संख्या में प्रदर्शन पर निकल गए थे प्रेस क्लब के सामने। हमें वेतन देने से कोई भी राहत देने से वी पी सिंह के प्रधानत्व में गृहमंत्री मुफ़्ती सैयद ने इनकार किया था। तब पुलिस की लाठियाँ खाई हमने, यहाँ तक कि पुलिस ने ईंटें तक हम पर चलाई थीं। पुलिस सारी कश्मीर के नेतृत्व में काम कर रही थी। तब एक सम्बोधन के लिए एक आध्यात्मिक गुरु आए थे और हमें कुछ कुछ सांत्वना और कुछ कुछ सरकार की नज़रों में अच्छा बनने या क्या पता सहज ही वह बोले थे कि जब हर तरफ़ से निस्सहाय हो जाए कोई मानवता। कहीं से कोई सहारा उन्हें न मिले। देश उनका होकर भी देश निकाला उन्हें मिले, सरकार उनके विरुद्ध हों, अमानवीय हों, तंत्र और तंत्र का एक एक अवयव उनके विरुद्ध हों तो वह मानवता फिर अपने दुखों का उदात्तीकरण करती है। सीधे ईश्वर की शरण में जाती है। उन अधिकारों जो उन्हें नहीं मिलते सरकार से, राष्ट्र से वे उनका चुपचाप त्याग करती हैं। निष्कर्ष में उसने कहा कि उस दिन से अगले दिन से सब के सब उसके आश्रम में आए और भजन कीर्तन करना शुरू करें।''

''यह तो बड़ा रुचिकर प्रसंग है। क्या उसके आश्रम में फिर गए वे।''

''गए होंगे। उन दिनों हर आश्रम में भीड़ लगी रहती थी भक्तों की। जो आज सुनने में आया है कि बहुत घट गए हैं।''

''मुझे तो सचिन पर क्रोध भी आ रहा है। नौकरी का यह आवेदन ही ग़लत था। पर यह लड़का नहीं माना अब जैसे हम इसे वहाँ रहने को कह रहे हैं वैसा नहीं कर रहा। एक नहीं मान रहा यह हमारी। इसके पंखों की फड़फड़ाहड हमें यहाँ जीने नहीं दे रही।''

''इतने बच्चे गए हैं। जब कहीं नहीं मिली नौकरी तब यही स्वीकार करना है। यह भी ग़नीमत है। पढ़ लिख कर भी नहीं हैं हमारे बच्चों के लिए रोज़गार तो क्या करें बेचारे। बच्चे परेशान नहीं होंगे क्या? उलझन में नहीं पड़ेंगे क्या? फिर दुश्मन के जाल आ ही जाना है। पेट है भाई। भूख जब लगती है तो पागल हो जाता है व्यक्ति। अब इस सरसिज को ही देखो, उसके भी पंख लग गए हैं। आए दिन कहाँ कहाँ से वह वीडियो और चित्र नहीं डालता? मानो दुश्मन को कहता हो कि लो यह भूमि मेरी

है। इसका कण कण मेरा है। कम से कम सचिन वैसा तो नहीं करता है। और भी हज़ारों बच्चे हैं हमारे। हमारी कितनी ही बेटियाँ।''

''हाँ यह नौकरियाँ वहाँ देना ही सरकारी हैवानियत है। हैवानों के बीच से नष्ट होते होते भागे और सरकार ने अपनी शक्ति से वापस उन्हें उन्हीं हैवानों में धकेला और चारों ओर से द्वार बंद किए।''

''सरकार क्या करती?''

''सरकार क्या करती? मतलब? सरकार की एजेंट तुम कब से हो गई?''

सीमा की दृष्टि घड़ी की सुइयों पर थी कि आधा घंटा बीत जाए और विमल भट्ट अपने पुत्र सचिन को फ़ोन करें। किंतु घड़ी की सूइयाँ आग्रहपूर्वक अत्यंत धीमी हो गई थी। अतः सीमा भट्ट बोली, ''वैसे बातचीत में वे दोनों मुसलमान बहुत अच्छे ध्वनित हो रहे थे।''

''इन पर विश्वास नहीं। नहीं। नहीं।''

''फिर सचिन को क्यों जाने दिया? क्यों नहीं रोका?''

''तुम ही रोकती। माँ पिता से कहीं अधिक पकड़ रखती है पुत्र पर।''

''यह बेकार का झगड़ा मत उठाओ अब। समय बदल गया है। सचिन मानने वाला नहीं है। जानते हो वह अपनी भूमि से कितना प्यार करता है? तुम्हें कुछ नहीं मालूम? हिसाब नहीं उसके इस प्यार का। अब शुभ शुभ बोलो और शुभ की आशा करो।''

''ज्ञान मत दो मुझे अब। फिर उस प्रलयंकारी चक्रवात में क्या हुआ था?''

''वे विनाशक ग्रह आए थे छाए थे।''

''वे अभी तक हैं न, कि टले हैं..तुम ज्योतिष जानती हो न?'' सदा की भाँति सीमा पति की मानसिक उलझन का उपचार करने के लिए उसके व्यंग्य बाणों को हंसते हुए अपने ऊपर लेकर, एक तरफ़ रख देती है और उसी में अपनी उलझन का उपचार मानने पर विश्वास करती है।

''तुम भी न...''खीझ उठी सीमा। समझ गई कि विमल बहुत बहुत घबरा रहा है और उसकी घबराहट पल पल बढ़ती जा रही है।

बारह

"ऐसा हमारे साथ बार बार होता आ रहा है।"

"क्या..?"

" कि विश्वास लौट आया है फिर घास चरने गया है। उतनी देर में हम मारे जाते रहे हैं।"

"अर्थात्?"

"बार बार हमें मारा गया। घरों से भगाया गया। बार बार हम लौट लौट आए। फिर फिर लौट लौट आए... हम भी न। लौट आए..कुछ दिन बिताए। उनके पैर दबाए...उनका आहार बने ज्हर बार जाना कि वे बदले नहीं जानवर के जानवर हैं। बिल्कुल नहीं बदले और हम हर बार नए तरीक़ों से सोचते रहे कि अब के तो वे ज़रूर बदल गए हैं।"

"सचिन को इस नौकरी में नहीं जाना चाहिए था, नहीं... "विमल जी ने कहा और सीमा अर्थात् सचिन की माँ कभी भी नहीं चाहती थीं कि वह ऐसा कहे। वह इन शब्दों को अशुभ शब्द मानती है।

वास्तव में वे दोनों असहनीय कढाही में धीमे धीमे उबल रहे हैं, जल रहे हैं पर जीवित रह पाना उनकी शताब्दियों की वैयक्तिक सिद्धि है।

"लो अब आधा घंटा हो गया। करो फ़ोन।"

"वे अब मानों जीवन मरण के निर्णय की घड़ी तक आन पहुँचे थे, पर उन्हें आशा है कि निर्णय उनके पक्ष में ही आएगा, पर जब तक आएगा नहीं तब तक की असह्यता है। इस बीच में उन्हें आशा थी, अपने अपने मन में, एक गुप्त आशा कि सचिन ज्यों ही उनसे विदा लेकर बस में बैठेगा, "वह हमें फ़ोन करेगा"। पर नहीं आया उसका फ़ोन, उससे उन्होंने यह समय जो उन्होंने स्वयं को स्वयं ही इस मारक प्रतीक्षा के लिए आबंटित किया था, लगभग छटपटाहट में व्यतीत किया। उसने भय से काँपती उँगलियों से सचिन का नम्बर दबाया ही कि झट से उस में से उन्हें एक

जीवन दायिनी संसार की सबसे सुंदर आवाज़ अपने पुत्र सचिन की सुनाई दी। – ''माँ, हाँ माँ''।

जीवन दान मिल चुका था उन्हें, ''लो पापा से बात करो सचिन।''

''हाँ पापा! ये अंकल कह रहे थे कि घर चलो, पर फिर बस न मिलेगी न। अब हम यहाँ बस स्टॉप पर खड़े हैं पापा।''

उन दोनों के भीतर प्राण लौट आए थे। ऐसे समय में विमल जी कुछ अतिरिक्त प्रसन्न होने का अभिनय करते हुए ऊँची आवाज़ में बात करते हैं, ताकि माँ तक उस प्रसन्नता का समाचार पहुँच जाये और वह भी इस जीवन दान में से अपना भाग प्राप्त करें। क्यों कि वे दोनों जानते हैं कि अंतःकरण के माध्यम से माँ सब कुछ जानती है। वह भी चिंता-ग्रस्त थी और वह चिंता उसके भीतर से जाए इसका दायित्व विमल जी पर है।

''तुम ठीक हो सचिन?''

''हाँ हम दोनों मैं और सरसिज ठीक हैं। बाद में बात करूँगा। यहाँ नहीं कर सकता सारी बात।''

''ठीक है।'' कहकर विमल जी ने पत्नी को भी समझाया कि, ''अब वह डेरे पर पहुँचेगा तो आराम से सारी बातें बताएगा।'' एक विश्राम फ़िलहाल उन्हें मिला। अभी तो निकट के कुछ समय के लिए वे कुछ काम करने योग्य हो गए। कुछ खाने योग्य। पीने योग्य। जीवन के बीहड़ को धकिया कर कुछ एक क़दम चलने योग्य।

वे दोनों अब प्रतीक्षा के दूसरे सत्र में प्रवेश कर गए। सरसिज और सचिन की यात्रा के सहयात्री बनते हुए। उनकी गुलज़ार और उसके बेटे के साथ बातचीत के विषय की कल्पना करते हुए। उनकी आंगिक भाषा की कल्पना करते हुए। उनके मुख को सटीकता से पढ़ते हुए। वे अपने अपने काम में लग गए हैं।

''सचिन को अभी गांदरबल पहुँचने में एक घंटा लगेगा, और सरसिज को आगे तुलमुल जाना है। गांदरबल से डेढ़ किलोमीटर आगे।''

वे दोनों माँ को एक अच्छा सा अभिवादन कर उपर छत पर चढ़ने के लिए सीढ़ियाँ चढ़ने लगे। माँ को निश्चिंत करना विमल और सीमा का निरंतर का काम होता है। विशेष कर जब से सचिन कश्मीर में नौकरी पर गया। हैं तो वे दोनों बेचैन। बेचैनी में न बैठा जाता है, न लेटा जाता है, न सोया जाता है, न कुछ खाया जाता है, न कुछ पढ़ा जाता है, न कहीं ज़ाया जा सकता है। न किसी से भी कोई बात करने का मन ही होता है, सिवाय उसके जो उस बेचैनी में समान भागीदार हो। वह भी ज़रूरी नहीं कि एक की बेचैनी दूसरे की बेचैनी के माप से मेल खाती हो।

विमल जी की दृष्टि सीधे आकाश के अक्षत नीलेपन में सफ़ेद रत्नों की तरह

जड़ें बादलों के टुकड़ों पर गई। जो कि उसे लगा कि बड़ी देर से स्थिर थे।

''आह! यह शरद् की ऋतु है। कितनी राहत है उस झुलस से।'' वह उन बादलों के टुकड़ों को देखते हुए सोचता है कि वे अशरीरी आकाश पर छोटे छोटे शरीर हैं। अशरीर का सौंदर्य बढ़ाते हुए। साथ में कभी वह राम का नाम गुनगुनाता है कभी वह शिव का नाम लेना अच्छा समझता है।

''ईश्वर है यह विश्वास अर्जित कर लेना कितनी बड़ी उपलब्धि है ''उसने स्वयं से कहा और फिर स्वयं ही इसकी विशद व्याख्या भी करने लगा।

''हम इसी में मार खाते हैं क्या?''

''मतलब?''

''मतलब हमें लगता है कि सम्भवतः ईश्वर नहीं है पर अल्लाह है, क्योंकि अल्लाह को मानने वालों की सभी इच्छाओं, चाहनाओं पर अल्लाह तुरंत अपने दस्तख़त करता है। पर हमारा ईश्वर हमारी कोई बात नहीं मानता। निष्कर्ष यही कि अल्लाह की सत्ता और कर्मठता दिख जाती है और ईश्वर की नहीं।''

''किससे कह रहे हो ये सभी बातें?''

''अपने आप से। तुमसे भी।''

''क्या बकवास करते हो। ईश्वर की करनी नहीं दिखती पर अल्लाह की दिखती है।'' सीमा भट्ट घबरा उठी। उसका पति कैसी ये अनर्गल बातें कर रहा है। कहीं वह मन ही मन कोई अविवेक से भरी संधि करने की तो नहीं सोच रहा। बेटे की निरंतर चिंता ने उसकी मानसिक दुर्दशा तो नहीं कर डाली है। वह घातक होगा। पुरखों की सारी तपस्या मिट्टी। राख। उसने तय किया कि इस बात पर वह अपने पति से खुला और तिनका तिनका विश्लेषण करेगी। उसका मन अच्छे से जानेगी। अब उसके मन में एक विकल्प भी दृढ़ता से भर गया कि वह सचिन से नौकरी छुड़वा लेगी और कोई छोटा मोटा काम इसी शहर में करवाएगी। इसके लिए वह उससे बात करेगी। उसे राज़ी करेगी। ठीक है ऐसे मर मर के जीने से वही तो उत्तम होगा। बेकार में उसकी दादी भी और और कष्ट झेल रही है, इस वृद्धावस्था में। पहले ही वह कितने दु:ख और संकट इस नरसंहार के झेल चुकी है। अब जब कि उसे आनंद और शांति चाहिए हमने सचिन के माध्यम से उससे वह छीनने का पाप किया है। पर मुझे पहले सचिन के पापा के मन का द्वंद्व अच्छे से जानना होगा। सीमा ने मन में यह सोच कर कहा, ''क्या यह ईश्वर अल्लाह वाली बकवास कर रहे हो तुम?''

''बकवास नहीं सीमा! मैं यह सोच रहा हूँ कि क्या मूलभूत अंतर है मुसलमान और हिन्दू में?''

''तो क्या समझ में आता है? निकला कोई निष्कर्ष?''

"जो समझ में आता है, वह सभी हिंदुओं की समझ में आए तो सारा खेल पलट जाए।"

"यानी ...?"

"यानी कि हमारी यह निरंतर घबराहट, यह हमारा निरंतर सर्वनाश, उसमें हर दिन नया नया दुख जुड़ते जाना, हमारी निरंतर पराजय, हमारे पुरखों के भस्म होते घर, हमारे भस्म होते घर, स्नायु तंत्र में भय का निरंतर अंतरण, हमारा मिट चुका स्वाभिमान.. "

"हाँ पर इस सब में क्या समझना है कि खेल पलट जाएगा, तुमने अभी कहा न...?" वह अब "तुम "पर उतर आई मानो आड़े हाथों लेना चाहती हो।

"यही कि जब मुसलमान कुछ चाहता है उसपर श्रम करता है। ज्ञान और विधि में उसके यहाँ कुछ भी नैतिक अनैतिक नहीं। कुछ भी मानवीय, अमानवीय का झंझट नहीं उसे। वे अनैतिक को ही नैतिक कहते हैं। यानी कि अल्लाह की इच्छा कहते हैं। अल्लाह का हुक्म कहते हैं। अब करो तुम क्या करोगे। अपने मज़हब का नाम ही रखा है शांति। अमन। जबकि विधियाँ हैं उत्पात की, उपद्रव की, विनाश और सर्वनाश की। तबाही, विध्वंस की। कुछ अकरणीय, करणीय का व्याकरण नहीं। हमारी दृष्टि में मानवता, उनकी दृष्टि में वही तो बर्बरता है। फिर मज़हब के भीतर चलो उनके वहाँ वहीं भयावहता, उच्छृंखलता, अनैतिकता की दुर्गंध। मुझे याद है कई माह पूर्व मैंने एक पाकिस्तानी स्त्री सांसद को उनकी संसद में बोलते सुना था। वह बोल रही थी कि "क्यों इस पाकिस्तान को कट्टरपंथी इस्लाम का अड्डा बना रखा है राजनीति ने, अल्लाह के वास्ते सब सच बोले, क्या हम मुसलमान लोग एब्नार्मल (विकृत, असामान्य) जीवन नहीं जीते हैं?" तब सारा उनका वह सदन सन्नाटे से भर उठा था। मुझे शक्ल उसकी स्मरण है, अगर देखूँगा तो याद आएगा कि यह वही सांसद है, पर उसका नाम याद नहीं। उसके सुंदर और सौम्य मुख पर दुख का तेज़ाबी मालिन्य मैंने देखा और सोचा कि उसने अंदर की बात कहने की शक्ति दिखाई है। उसने प्रकारांतर से कहा कि इस मज़हब में मानवता बर्बरता है। यह विश्व मानवता और अमानवीयता के विचित्र विभ्रम में फँसा है। विश्व का अर्थ है हम से इतर लोग।"

"आप ये सभी बातें क्यों सुना रहे हैं मुझे? इससे बेहतर नहीं क्या कि माँ राज्ञी स्मरण करो। जप करो। कि सचिन और सरसिज अपने डेरों पर सुरक्षित पहुँच जाए। मुझे इस बकवास से बोर करने की ज़रूरत नहीं। मैं तो घबरा उठी थी कि न जाने तुम्हारे मन में क्या फ़ितूर उठा है। मेरे भीतर एक ही चिंता है इस समय।"

"हाँ तो मेरा मन चिंताओं के इन कारणों को ढूँढने में लगा रहता है न सीमा।

तुम मेरी बात समझती क्यों नहीं। उन कारणों के कारण ही इस संसार में अगर लोग शांति से जीवन जीना चाहते हैं पर नहीं जीने दिया जाता है। विश्व के कोने कोने में यह दानव विचर रहा है।''

''हमारे ही सोचने से क्या होगा? सरकार समझेगी तब होगा न। अब तो बीजेपी की सरकार आई है।''

यह सुनकर उसका पति भरसक हंस पड़ा। मानो उसकी पत्नी ने उसका मनोरंजन करने के लिए कोई अच्छा सा चुटकुला बताया हो।

''जनता सचमुच मूरख होती है। हर व्यक्ति के मन में उसकी अपनी समझ के अनुसार ही सरकार की धारणा या कल्पना होती है। हर एक के मन में अपनी अपनी सरकार चलती होती है। मूर्खों के मन उनकी मूर्खता के अनुसार। शातिरों के मन में उनकी शातिरी के अनुसार। जो सरकार के अंदर पेट में बैठे होते हैं उनके लिए सरकार उनकी बपौती है। देश की रक्षा, संस्कृति, सर्वोपरि धर्म इत्यादि गया बाढ़ में। धर्म तो संविधान की बाढ़ में विसर्जित है ही है, उसी के साथ गई संस्कृति। अब है यहाँ संस्कृति जो संस्कृति नहीं है। जो संस्कृति है वह वर्जित है। तुम्हारी बीजेपी उसमें आगे हैं आगे। बहुत ही आगे। हिंदुओं पर लगाम लगाने के लिए उनकी सरकार है। मुसलमान से डरने के लिए उनकी सरकार है। हिंदुओं से वोट डलवा कर मुसलमानों के लिए काम करने के लिए बनी सरकार है। बीजेपी विचित्र सरकार है। फूले नहीं समाते ये लोग कि इन्हें सरकार मिली है। ये मुसलमानों को ऐसे रिझाते हैं कि कांग्रेस भी पीछे हैं। हिंदू हतप्रभ हैं कि यह क्या हो रहा है इस देश में। इस देश के ग्रह ख़राब है। हिंदू का कोई ठिकाना नहीं। कहीं भी नहीं। कहाँ जाएगा हिंदू।। मज़े ले रहा है मुसलमान। इनके डर को देख कर और फिर बीजेपी के आने से कोई अंतर न पड़ता हुआ देखकर। हैरान, परेशान हैं हम। सारा दुख ढो रहे हैं हम। हिंदुस्तान में। मुसलमान शरणार्थी बांग्लादेश से आकर मज़े और ऐश मार रहा है, इस देश का गजवा करने के षड्यंत्र निर्विघ्न, सारीं सुहूलियतों के साथ, यहीं के धन और जन से कर रहा है, इस देश के हम मूल निवासी शरणार्थी ढोल रहे हैं, भटक रहे हैं बेघर और मन में इस देश के धर्म और संस्कृति की रक्षा की चिंता का बोझा भीतर अलग से ढो रहे हैं। इसलिए सरकार है ही नहीं इस देश में, इस देश की, सचिन की माँ।''

विमल यह पंक्तियाँ पूरी कर ही रहा था कि फ़ोन पर ''सचिन ''शब्द थरथराते हुए फ़ोन बज उठा। सीमा भट्ट के उर में आनन्द की लहर बेहद ऊँची उठ गई। उसी ही परम सुख से भर गया सचिन के पापा का मन। वह अभी तक छत पर इधर से उधर टहलते हुए अपने पति का यह निस्सहाय-पुराण सुन रही थी, पर अब बैठ गई। यह सचिन की आवाज़ के आनन्द से उपजी लहर ने उसे बिठा दिया था।

"हाँ जी सचिन?"

"माँ मैं डेरे पर पहुँच गया और अभी अभी सरसिज का फ़ोन भी आया कि वह भी कमरे में पहुँच गया।"

सुनकर विश्राम का एक श्वास खींच कर सीमा बोली, "हे माँ महाराज्ञी परांबा !आपके चरणों में वारी वारी जाऊँ। कैसे दूर करती हो चिंताएँ सारी। कैसे कहूँ धन्यवाद माँ। हमारी सरकार तुम ही हो माँ। लो सचिन पापा से बात करो।

तेरह

उसने विमल भट्ट को फ़ोन पकड़ाया और दोनों की बात पर ध्यान देने लगी। पति के मुख और शब्दों पर ध्यान टिकाया ताकि संकेतों से पति को समझाएँ कि सचिन से उसे जो बातें करनी हैं उनमें उसे यह ध्यान रहे कि क्या क्या बातें करनी हैं। कि वह घबराए नहीं, उनसे नाराज़ भी न हो और अनकहा भी कुछ न रहे।

"हाँ जी क्या सूझी थी तुम्हें यह पिकनिक मनाने की?"

"पापा सभी लड़के जाते हैं अपने अपने घर देखने। जिनका घर शहर में हैं वे चुपचाप जाते हैं, पर जब हम गाँव के लड़के अपने गाँव में घर देखने जाते हैं तो शोर मचता है। शहर वाले घर देखने जाते हैं तो शोर नहीं मचता।" वह पिता पर खीझ उतारना चाह रहा था पर उतार नहीं पा रहा था। उसे समझ में नहीं आ रहा था कि उसे क्या बोलना चाहिए और वह बोल क्या रहा है। वह पुनः बोला था, "पापा! रोहित गया था अपने घर को देखने हब्बा कदल, चुपचाप गया और देख आया।"

"तुम उसके साथ गए थे क्या?"

"नहीं। वह बोल रहा था कि वह देख आया। उसे उसके सेक्शन का सहयोगी आरिफ़ अपने साथ ले गया था।"

"उसका घर ठीक है क्या।"

"नहीं। वह भी जला है आधा। पर देख तो लिया न उसने।"

"सुन अव्वल तो इन आरिफ़ों वारिफों से दोस्ती नहीं गाँठों। समझे।"

"वह रोहित का दोस्त है मेरा नहीं पापा।"

"मैं तुम्हें समझा रहा हूँ बेटा। अब दूसरी बात मुझे भगवान के लिए यह बता दो उसे उससे क्या मिला? मिला कुछ बेटा?"

"नहीं पापा ! पर रोहित बोल रहा था कि उसका पापा बता रहा था कि कुछ समय बाद वह उस घर का पुनर्निर्माण करेंगे। फिर वह लोग अर्थात् उसके पापा इत्यादि सब लोग वापस आकर उस घर में पहले की तरह रहेंगे।"

यह सुनकर विमल भट्ट घबराया और स्थिति को सम्भालते हुए हंस कर बेटे से बोला, ''अच्छा! तुम्हारी भी योजना वही है! पर तुम्हें क्या लगता है ऐसा करने देंगे वे लोग? मूरख न बनो। सुरक्षित रहो और अपनी नौकरी से मतलब रखो। समय को गुजरने दो। जब ऐसे दिन आएँगे तब दूर से पता चलेगा। बाहर कोई न रहेगा। लौट कर अनायास ही सब जाएँगे। इस काम में सरकार का काम है। रोहित का पापा बघार रहा है कल्पना तो बघारने दो। तुम अपनी फुदकई पर नियंत्रण रखो। संयत होकर नौकरी करो। गाँव वांव का विचार त्याग दो। देखो बेटा! पाँव पड़ते हैं हम तेरे? यह लो माँ से बात करो।'' वस्तुतः विमल जी की बातों का अंदाज सचिन की माँ को कुछ तीखा लगा था और वह पति से फ़ोन लेकर स्वयं यही बात कुछ प्यार के अंदाज में समझाना चाहती थी। विमल जी ने अपनी आँखों को कुछ कुछ सजल-सा पाकर फ़ोन अब अपनी पत्नी को थमाया और ध्यान से सुनने लगा कि वह पुत्र से क्या बातें करेगी और कैसे करेगी। वह जानता है माँ के शब्दों का बच्चे पर कई गुना अधिक और अकाट्य प्रभाव पड़ता है। यह उसे विश्वास है।

''सचिन तुम फ़ोन करते हो कि तुम डेरे पर पहुँच गए तो मेरी जान में जान आती है। पापा की भी यही कथा है। दादी की हालत तो तुम जानते ही हो। मतलब इस क्षण क्षण जीने ने हमारी जान निकाल कर रखी है। पर तुम यों पंख पसार कर वहाँ उड़ने का प्रयास न करो पुत्र ...कहते हुए वह रो पड़ी। भगवान के लिए चुपचाप अपनी नौकरी करो बस। है ना ..देखो तुम राक्षसों में रह रहे हो।''

माँ की रो रो कर ये बातें सुन सचिन भयभीत हो उठा और आश्चर्य चकित भी। उसे लगा कि यद्यपि उसे लग तो रहा है कि यहाँ अब ठीक है सब पर यदि उसकी माँ पिता, दादी का यह हाल है तो उसे डर कर ही रहना चाहिए। यहाँ कोई नहीं है जो उनकी रक्षा करे। कोई भी नहीं। सरसिज भी यही तो कहता रहता है ले देकर।

''मम्मी मैं समझ गया। आप चिंता न करो। वैसे मैं सावधानी रखता हूँ। बहुत बहुत सावधानी। ईश्वर पर विश्वास रखो माँ। माँ महाराज्ञी परांबा पर विश्वास रखो। माँ मैं कभी भी अब गाँव नहीं जाऊँगा। न माँ ने, न पिता ने ही सचिन से पूछा कि गाँव में उसने फिर कैसे क्या क्या देखा था; उन दोनों गुलज़ार और निसार ने गाँव में घर दिखाते हुए क्या क्या कहा था। पिता ने यह संकेत दिया था कि फ़ोन पर बातें नहीं करनी। बस सुरक्षित रहो। सचिन संकेत समझ गया।

चौदह

इधर सरसिज के भीतर सचिन के साथ हुए वार्तालाप की स्मृति थी जो इस वक़्त अपना घर ढूँढते हुए खज्अर जू और रजिया के साथ साथ चलते हुए उसके मानस पटल पर उलट पलट हो रही थी। तो सहसा वह अपने प्रश्न का उत्तर स्वयं को दे उठा, ''मेरा तो गाँव ही यही है। मैं अपने गाँव में ही हूँ। अपने घर से कुछ कदम दूर। मुझे तो अपने घर जाना चाहिए ही चाहिए। इतने निकट होकर भी मैं इतने दिनों तक अपने ही इसी गाँव में न अपना घर खोजने आया न कोई अधीरता ही अनुभव हुई॥ इतना धैर्य तो रखा मैंने। सचिन तो बहुत पहले ही अधीर हो गया था पर अब मुझसे क्यों रहा नहीं गया।

''अब बस हम आ गए तुम्हारे घर के नज़दीक। वह रहा तुम्हारा घर।'' यह सुनते ही सरसिज के भीतर इस सारी कार्रवाई की व्यर्थता प्रकाशित सी हो उठी।

''तो क्या करना है मुझे अब यह सब देखकर? क्या है प्रयोजन? क्या मैं अपने बूते पर इसका निर्माण कर पाऊँगा? फिर रह पाऊँगा क्या यहाँ जैसे कि सचिन ने अपने दोस्त के विषय में बताया कि हब्बा कदल में उसके पिता की योजना है ध्वंस हुए घर पर घर बनाना। तो क्या मैं अपने घर का निर्माण कर पाऊँगा, यहाँ इस कुल्या के तट पर, इन मीठा बोलने वाले क़ातिलों के बीच? नहीं?

नहीं?

''अरे फिर भी..।''

''फिर भी क्या..?''

''पागलपन। मृत्यु को आमंत्रण।'' उसका मन सहसा उखड़ गया और उसने जैसे देखा होते हुए कि उसका मुख निष्प्रभ हो गया। बाहर जब घर देखा तो सिर्फ मलबा। मलबा ही मलबा। ढेरों के ढेर। मलबा अपने वहाँ गिरे होने के समय को अंकित कर रहा था। वह बहुत कुछ धँस गया था भूमि में और तरह तरह की झाड़ियाँ और पेड़ उस पर उग कर झड़ भी गए थे, फिर उगे थे। यह कथा बताने में वे मलबे

के ढेर बड़े ही सतर्क अवयव हो सृष्टि के मानो। इन्हीं बातों से परीक्षण कर विज्ञान यह पता करता होगा कि मिट्टी, मलबा और मानवता के ध्वंसावशेष कितने समय पुराना है। उसने मानों अपने ही हृदय को द्रवित करने वाली यह बात सोची। उसका मन अगले ही क्षण माँ महाराज्ञी परांबा के प्रांगण में पागलों की भाँति दौड़-दौड़ कर परिक्रमा करने का हुआ। बस शेष उसमें शून्य भर गया।

"मैं जानता था सरसिज भैया तुम उदास हो जाओगे अपना घर देखकर। पर क्या कर सकते हैं? हमारे हाथ में कुछ नहीं। कुछ भी नहीं।" मानो वह साफ़ देख रहा हो खज्अर की इस मलबे को देख कर भी नीयत और उसे लग रहा हो कि वह मानो रंगे हाथों पकड़े जाने पर अपनी सफ़ाई दे रहा हो।

"तुम्हारे हाथ में कुछ नहीं? ..." उसने मन में यह वाक्य दोहराया। और अपने कण्ठ को कडुवाहट से घिरते हुए पाया। उसकी जिह्वा पर जैसे यह सारा मलबा आन गिरा हो। मानो जीभ इस मलबे के नीचे से दब कर मर गई हो। मानो इसमें उसकी सहमति हो।

"भैया जी कब आएँगे...?" खज्अर जू का आशय सरसिज के पिता से था।"

"अभी तो लगता नहीं आने का उनका कोई कार्यक्रम है।" न चाहते हुए भी सरसिज को खज्अर जू के प्रश्न का उतर देना ही पडा। सहसा उसने विदा लेने के लिए कहा, "अच्छा। अब मैं चलता हूँ।"

"अरे सरसिज बेटा! ठीक से देखो न। आओ वह दिखाता हूँ...जो जादू का कुँआ था सचमुच।"

पर उसका मन उखड़ गया था। उसके द्वारा कुँए को "जादू का "कहने पर भी उसे उसमें उसके विश्वास और आस्था का अपमान ध्वनित हुआ। "नहीं नहीं आरती का समय हो गया है अब। मैं जा रहा हूँ। मुझे आरती नहीं छोड़नी चाहिए जैसे आप निमाज नहीं छोड़ते। हैं न? कहीं भी हो आप। सड़क पर, पार्क में, रेल में, जहाज़ में, फुटपाथ पर। है न?"

खज्अर जू हंस पड़ा। या तो उसकी समझ में नहीं आया कि सरसिज उस पर अपनी खीझ निकाल रहा है या वह समझ गया कि उसने व्यंग्य किया पर उस व्यंग्य का कच्चूमर कैसे निकालना है अपनी हंसी से, वह बताएगा सरसिज को। उसकी हंसी को अब उल्टा सरसिज ही न समझ पाया, पर जब खज्अर बोला, "वह इसीलिए न जिगरा ! कि देखो! इस्लाम एक बहुत ऊँचा दीन है। इसमें अल्लाह की इबादत के बग़ैर नहीं रहा जा सकता। चाहे आप जहन्नुम में भी क्यों न हो आपको निमाज पढ़नी ही है। मस्जिद शरीफ़ जाना ही है। कोई रियायत नहीं। वरना जहन्नुम में जगह है।"

"हूँ। लम्बी कर दी सरसिज ने और मन में कोई समझ भर गई हो जैसे उसको और वह जाने को तैयार हुआ।

खज्अर को भी कुछ अटपटा सा लगा था जब सरसिज का मन उचाट-सा होता हुआ उसने देखा। वह और उसकी बीबी रजिया, जो अभी तक चपर चपर बोले जा रही थी, सहसा चुप हो गई। उस की जीभ को अचानक अप्रत्याशित विराम लगने से सरसिज चकित होते हुए सोचने लगा कि वह समझ गई कि इस लड़के, जो इस घर का स्वामी है, और इस का घर जो ध्वस्त हुआ है, को इसे ध्वस्त करने का सारा संदेह उन (हम) पर हुआ और वह अभी अभी जो हमारे साथ अपना सा था, नाता तोड़ कर अलग हो गया। या क्या हो गया उसे खुदा नहीं अल्लाह जाने। (इस काफिरों के नर संहार के बाद खुदा ने जानना बंद किया और अल्लाह आगे आया है)। सरसिज को क्या हो गया वह समझी नहीं। उसने तेज कदमों से मंदिर की ओर चलना आरंभ किया।

मंदिर में दो वक़्त आरती उसके शून्य को बहुत बहुत सीमा तक भरती। अतः इसे वह किसी भी मूल्य पर छोड़ नहीं सकता। पर यहाँ भी उसे पीड़ा का दंश तेज विद्युत की तरह मिलता है। उसे जो निरंतर खटक रहा था वह था आरती की थालियाँ स्थानीय मुसलमान बेच रहा है। उनमें पवित्र नाग-कुंड में समर्पित करने के लिए पुष्प पत्र, गुलाब की पत्तियाँ, सुगंधित व्यन-पुष्प, दूध जल, फल और रत्न-दीप वे ही बाहर द्वार पर बेचते हैं। हिंदू भक्त ख़रीदते हैं और पूजा करते हैं माँ महाराज्ञी परांबा की। यह उसे इस कदर खटकता है कि मानो ज़मीन को आसमान पर ला देगा। पर कर कुछ नहीं सकता। क्या करेगा। वह कुछ प्रश्न स्वयं से पूछता है और उन प्रश्नों के उत्तर भी भिन्न भिन्न फ़ितूर से भरे अपने समुदाय के लोगों की तरफ़ से स्वयं को देता है और फिर यह खटकनेवाली बात उसे लम्बी, चौड़ी, फैलती और फुदकती और अंततः उसकी पकड़ में न आकर उसे निस्तेज और निस्सहाय कर पटक देती है। उदाहरण के लिए वह धर्म के नेता-नुमा व्यक्ति से पूछता है कि "हमने...उनको "द्वार पर आकर यह सब सामग्री लाकर बेचने की आज्ञा कैसे दी है?"

"उनको माँ महाराज्ञी परांबा ने ही यह आज्ञा है।"

"माँ नहीं दे सकती।"

वह पूछता है, "तो फिर यह किसने दी है?"

उसे समझ में नहीं आता कि सचमुच किसने दी है। क्या जवाब देगा इसका वह धर्म का नेता। उसे उस काल्पनिक धर्म नेता पर दया सी आने लगी और कुछ कुछ उसने स्वीकार-सा किया इस स्थानीय पुष्प, दुग्ध, नैवेद्य विक्रेता को। कुछ कुछ उसकी खीझ और चिंता विगलित सी हो गई। जब वह द्वार पर पहुँच गया उसकी

दिमाग़ की नसों की ऐंठन कम हो गई और नेत्रों की चौड़ाई बढ़ गई, ऐसा मानो यह वह विभाग है जिसके विषय में चिंता उसे करनी नहीं पर यह सब तात्कालिक ही था। अबूझता का आलम फिर घेर रहा था, पर वह मार्ग भी तो बना रहा था।

''उसे अभी भी उस कंद, नारियल और दुग्ध नैवेद्य विक्रेता का नाम नहीं पता, जो आते हैं उन्हें भी नहीं पता होता। आते हैं जो अधिकतर पर्यटक होते हैं वे क्या जाने और क्यों जाने। उनकी कौन सी जड़ें और इतिहास और निजता है यहाँ, पर जिनकी जड़ें, निजता और इतिहास हैं वे भी कुछ नहीं देखते, देख कर भी। कुछ नहीं बोलते, भले बोलना हो भी। वे डरते हैं और कन्नी काटते हैं। उसने अब एक धर्म-गुरु की कल्पना की जिसने एक आश्रम भी बना रखा है। जो प्राय: यहाँ आते रहते हैं। प्राय: प्रवचन करते हैं और धर्म के माध्यम से राजनीति में भी प्रवेश करते हैं। उस गुरु की कल्पना कर उस ने यही प्रश्न उससे पूछा और उस की ओर से उतर स्वयं को दिया / (उसे विश्वास है कि शत प्रतिशत वही उतर उसे मिलता) कि परमेश्वर अंतर नहीं करते। उसके यहाँ सब बराबर हैं।'' इस उतर से उसकी सहमति नहीं। इसे सरसिज धर्म का राजनीति में घालमेल मानता है। मन में इन विभिन्न लीलाओं का मंचन करता हुआ प्रांगण की ओर आने लगा। और मानसिक क्रिया कलाप चलता रहा उसके भीतर।

जब वह प्रथम बार महाराज्ञी परांबा के गर्भ गृह के भीतर बैठा था, जहाँ नाग-कुंड में विराजमान माता महाराज्ञी परांबा की आरती उतारी जाती है। अर्घ्य दिया जाता है, तो उसने देखा था कि यह वही व्यक्ति है जो ड्योढी पर बैठ दर्शनार्थियों के जूतों की रखवाली करता हुआ, धूप, दीप, नैवेद्य, दूध इत्यादि बेचकर धन कमाता है। वहीं भीतर आकर अब ख़ाली, जल कर बुझ चुके दिए एकत्रित कर थालियों में भर कर ले जा रहा था। उसने देखा था कि वह झूम झूम कर चला आ रहा था और ऊँची ऊँची आवाज़ में गाए जा रहा था, ''चलो बुलावा आया है, माता ने बुलाया है, हो हो ओओ, चलो बुलावा आया है माता ने बुलाया है; ज़ोर से बोलो जय माता दी। मैं नहीं सुनिया जय माता दी...सारे बोलो जय माता दी।'' उसके तन मन में आग लग गई फिर उस आग में से इतिहास की लपटें उठी। इच्छाओं की शाखाएँ उठी, प्रश्न उठे..और गायक के धीमे और झूमते कदमों से प्रांगण के जंगलों से बाहर जाते जाते बुझ कर कहीं कहीं से धुँआ करती राख उठ रही थी। पर वह अग्नि शिखा उसमें बची हुई है। उसका यह भी मन हो रहा था कि वह उठे और उसे उस प्रांगण के जंगले के पार पटक पटक दे। और पार कर के मार दे। पर वही पुराना सन्निपात उसने अपने भीतर घटित होते हुए अनुभव किया। वह सोचने लगा, ''इन्होंने हमें समाप्त किया। हमारे मंदिर तोड़े। घर जलाए, तोड़े। हमें काफिर कहा। मूर्तियाँ तोड़ी, मूर्तियों को

अपवित्र कहा। अतः मूर्तियों को अपवित्र किया। हमारी पूजा को कुफ्र कहा। फिर पैसा कमाने के लिए यह सब कुफ्र भी नहीं। हमारे खेत खलिहान सब छीने। इस मंदिर पर गोलियाँ दागी, जब यह मंदिर बच ही गया तो अब इसे कमाई का अड्डा बना दिया क्या? उसका मन हुआ कि वह उसे गले से पकड़ कर कहे, "रे गंदे मुसलमान! तू इस मंदिर में कैसे घुसा? तू यहाँ कमाई कर रहा है? दूध बेच रहा है, इसमें थूक नहीं डालता क्या? जब मंदिर तोड़ना तेरा मज़हबी काम है तो इधर तुझे तेरा मज़हब पैसे कमाने की आज्ञा कैसे देता है? अंदर कैसे घुस रहा है तू रे गायखोर। जिहादी। गंदे शातिर मुसलमान। यह जो तू माँ का भजन गुनगुना रहा था, कलाकारी दिखा रहा था, तेरा ख़तरनाक अलतकिया था न। हरामी जल्लाद कहीं के हमारे ईश्वर से भी अल तकिया कर रहे हो। इन दीपकों, इन थालियों पर तुम्हें वार दूँगा स्साले। किस गंदे हाथ से तू ये थालियाँ और दीपक उठाता है और फिर उन को फिर बना कर फिर फिर बेचता है रे आतंकी। मेरी माँ का यह मंदिर अपवित्र कर रहा है। इसी हाथ से तू गाय भी काटता या खाता होगा ना और इसी हाथ से....।" पुनः उसके मन में एक आँधी मच गई और कई प्रश्न पुनः उदय और लुप्त होते रहे।

जब उसके मन का आवेग अवरुद्ध सा हुआ तो वह पूछने लगा, "माँ! यह क्या रहस्य है? ये मंदिरों को नष्ट कर रहे हैं, मूर्तियाँ तोड़ रहे हैं। मूर्तियों की पूजा इनके लिए कुफ्र है। मूर्ति पूजक को दण्ड है देय वह भी मृत्यु दण्ड। इन्होंने हमें मृत्यु दण्ड दिया। हमारा रोज़गार छीना, पर स्वयं हमारे ही ईश्वर से रोज़गार पा रहे हैं निर्द्वंद्व, निर्भय। हमारा ईश्वर इनके लिए शैतान है फिर माँ तुम्हारे गीत गा गा कर यह मेरे ईश्वर के दीपक बना रहा है और पूजा सामग्री बेच रहा है। न इसे अपना मज़हब हाथ लगा रहा है न ही माँ आप कुछ चमत्कार दिखा रही हो। पर मैं प्रतीक्षा करूँगा। अब इस रहस्य को न जानने में मुझे आनन्द आ रहा है। या सम्भवतः हमें आनन्द आ रहा है।" यह बातचीत करते ही अब उसके नेत्रों से झर-झर अश्रु बहने लगे और ऐसा अनुभव हुआ कि उसके उर में एक विराट झील है। पुनः वह बरस सा पड़ा, "हे माँ। हम तुम्हारी मूर्ति के उपासक इस विधर्मी के लिए वाजिबुलकत्ल हैं, ये ही तुम्हारी पूजा का सामान बना रहे हैं, तुम्हारे गीत गा रहे हैं, बोलो यह सब क्या है? हमें भगाकर हमारा दिया चढ़ावा लूटते हैं ये। क्या यह काम इन्हें वर्जित नहीं? क्या यह इनके लिए ग़ैर-मज़हबी नहीं? क्यों नहीं नष्ट करती तुम इनको?" कहते-कहते वह और और रो दिया। इतना कि अब उसे लगा कि उसके भीतर का सारा जल बाहर निकल आया है। माँ के चरणों को धोने के काम आया है। यह सारी अंतः क्रिया अपने भीतर देखते देखते वह बाहर उस मुसलमान की गतिविधियाँ भी देख रहा था। वह एक जलप्लावन जब बहा कर समाप्त करता त्यों ही नेत्र खोल कर उस दस्यु को

देखते रहने की उसकी तीव्रेच्छा होती। वह देखता कि वह अपने बुझे दिए सावधानी से समेट रहा होता, और गाता होता, "चलो बुलावा आया है, माता ने बुलाया है...ज़ोर से बोलो, जय माता दी, मैं नहीं सुनिया जय माता दी; जय माता दी, जय माता दी; जय माता दी, जय माता दी।" ओह! वह कुफ्र कर रहा है और कोई जिहादी उसे गोली नहीं मार रहा। मार नहीं डालता। इस्लाम के हिसाब से इसे कत्ल होना चाहिए?

कुछ कुछ उसकी समझ में आने लगा कि जब तक आप लूट रहे हो लूटो, वह कुफ्र नहीं। माले ग़नीमत में शामिल हैं। आस्था को लूटो, दान के पिटारे लूटो। अगर लूट कर नहीं लूट सकते तो प्यार और नाटक, ढोंग और अलतकिया से लूटो। बस लूटो।" यह जो जय माता दी, जय माता दी की रट लगाई है यही तो अलतकिया है।" आश्चर्य उसे तब पुनः हुआ जब उसने आँख खोली और देखा कि वह वहाँ भक्तों द्वारा रखे सिक्के और नोटों को भी उठा रहा था।

उसकी यह निस्सहाय एकांगी क्रोधाग्नि और बढ़ गई और वह कल्पना करने लगा कि वह अपनी सशक्त भुजाओं से उस पर पीछे से वार कर उसकी दोनों बाँहें मरोड़ रहा है और लातों और घूँसों से उसे दुगुना कर उसके हाथों से सारे नोट और सिक्के छीन कर उन्हें पेटी में डाल रहा है। लातों और घूँसों से उसे रक्तरंजित कर रहा है। उसकी बाँहें निर्दयता से मरोड़ रहा है। वह उच्चका उससे जीवन की भीख माँग रहा है, पर उस पर कोई प्रभाव नहीं पड़ता।

अब वह दूसरी नीति की कल्पना करता है कि वह धीरे-धीरे अपनी चौकड़ी खोल कर बड़े शालीन ढंग से उठ रहा है और उससे पूछता है, "भैय्या! ये पैसे क्यों उठाए?"

वह सकपका जा रहा है तथा उसके प्रश्न का कोई उतर नहीं दे पा रहा। तब सरसिज पुनः बोलता है, "यह भक्तों का चढ़ावा है, इस पैसे को लेना गुनाह है, चोरी है। इसके लिए दान-पात्र हैं। इन धन को इस दान-पेटी में डाल।"

पर वह किस शरीर के किस मुख से ये सारी क्रियाएँ कर रहा है। उसकी समझ में नहीं आ रहा कुछ। जैसे कभी नेत्रों के चुंधिया जाने पर अथवा दृष्टि-दौर्बल्य के कारण आकाश में चंद्रमा के दो चंद्रमा दिखते हैं। प्रत्येक तारे के दो दो तारे दिखते हैं, या ज़मीन पर भी एक वस्तु की दो दो वस्तुएँ दिखती हैं उसी प्रकार उसकी भीतरी आँखों को मोतियाबिंद हो गया है। उसे अपने अंदर दो दो सरसिज दिखते हैं। जिन्हें वह सम्भाल नहीं पा रहा। एक बैठा कुछ कुछ ध्यानस्थ, शांत-सा माँ के चरणों में, मंदिर में, माँ के सामने, माँ के पर्यवेक्षण में, यह सब चुपचाप एक मस्तिष्क होकर देख रहा है। दूसरा उठकर मल्ल युद्ध कर रहा है। मल्लयुद्ध। माँ के पवित्र आंगन में

घुसे एक आतंकी को मार गिरा रहा है। अथवा उसे भगा रहा है। उसे चोरी करने से मना कर रहा है। उससे चढ़ावे के सामने सामने निर्भीक होकर चोरी किए पैसे वापस वसूल रहा है। उसे रंगे हाथों पकड़ रहा है। चीख रहा है। शोर मचा रहा है। उसे मक्की के भुट्टो की भाँति भून देता है अपनी क्रोधाग्नि में। गालियाँ ऐसी देता है जो मुसलमान ही मुसलमान को दे सकते हैं। काफिर सिर्फ़ सह सकते हैं। अवांतर में उसने यह भी सोचा कि ''कुछ समय में ही यह प्रशिक्षण भी यही मिला है मुझे।'' और यह कि ऐसी जलती हुई गालियों को देने का अधिकार सभ्य होने के चक्कर में हिंदुओं से छीना जा चुका है। या सभ्यता तो बहाना है, वास्तव में काफिर होने के कारण उसने इस शस्त्र से भी स्वयं को दूर रखा है। ताकि वह कभी जिह्वा का निसर्ग प्रयोग कर जिहादी को क्रोधित न करे। सिर्फ़ सहता रहे। निरंतर सहता रहे। उसे यह चल रही अपने मन की लीला ही चकित किए दे रही है।'' यह भी माँ की लीला है ''सोचकर वह माँ को ठोस रूप में देखकर अनगिन प्रश्नों के उतर उससे चाहता है।

किंतु वह एक ही तो है। माँ के सामने। क़ालीन पर आसीन। माँ ने अपने और भक्त के बीच जल कुण्ड (नाग) का अपरिमेय दूरत्व बना रखा है। पर नेत्रों का पहुँचना हो जाता है माँ के चरणों तक। माँ भवानी महाराज्ञी परांबा और भूतेश्वर भगवान।

माँ इस मालेगनीमत समेटने वाले से कुछ नहीं कहती। सरसिज रो रहा है। कुछ नहीं कहता या करता अब और। चढ़ावा चोर एक नज़र कनखियों से सरसिज पर डालता है। दूसरी नज़र उसी चढ़ावे को समेटने में सिद्ध हुए अपने हाथ को देखता है या चढ़ावा समेटना देखता है ताकि कोई नोट उँगलियों से फिसल कर रह न जाए। और मुँह अलतकिया गायन में सिद्ध हुआ व्यस्त हैं सहज ही। काम निपटा लेने पर पुनः एक व्यंग्य मुस्कान सरसिज पर फैंक कर अब वह दाहिनी ओर से वापस ड्योढ़ी के रास्ते जा रहा है। ''शायद घर ''सोचा सरसिज ने। वह भजन बराबर गा रहा था। मुड़ मुड़ कर देख रहा था सरसिज को।

एक नया लड़का आया है यहाँ। इस धर्मशाला में रहने। वह उसकी उपस्थिति से समझ गया था, ऐसा सरसिज भी उसके देखने और हाव-भाव से समझ गया। वह यह भी समझ गया कि सरसिज को उसके क्रियाकलापों से आपत्ति है। तीव्र आपत्ति। वह यह अच्छी तरह और संशयातीत रूप से भांप गया और विजेता की निरंतर हंसी से वह यह युद्ध लड़ रहा था। जब कि वह सरसिज की आँखों से ओझल होकर ड्योढ़ी के पार चला न गया।

सरसिज की स्थिति बहुत विचित्र थी। यह ऐसी घटना जो उसने देखी या भोगी थी, इस सब से कष्ट वे भी पा रहे थे, जिन्हें पता भी न था अपने इस कष्ट का।

पंद्रह

सूर्य ढलने लगा था।

सरसिज के मन में कई बातें घुमड़ रही थी। सबसे अधिक उसके अंदर उसके घर की वह सुंदर, जादुई कुल्या बह रही थी? घर का मलबा था। चपर चपर बोलती जा रही रजिया थी। रजिया का तीखी नाक वाला तेज, स्फूर्त शरीर था। उसकी कभी सकारात्मक और कभी नकारात्मक बातें थीं। खज्अर की आदि से अंत तक गतिविधियों का सूक्ष्म से सूक्ष्म लेखा जोखा था। उस जादू भरे रहस्यमय कुँए को न देखने की असीम खुशी थी, मानो उसमें मखमली जल पर उसकी बुआ किरण सोई थी और उसने उसे जगाया नहीं। और तो और उस कुँए को अब कभी भी किसी निर्णय के न होने तक न देखने की निष्ठात्मक इच्छा थी। कहीं टिका नहीं था उसका मन।

''अब तो आरती का समय हो गया होना चाहिए! ''सोचते हुए उसने अपने फ़ोन में समय देखा कि आरती में अब कुछ मिनट शेष हैं। ठीक आरती के समय वह अपने मोबाइल को माँ के मोबाइल से सजीव कर जोड़ता ताकि आरती को वह भी सीधे देख सके। यह उसका अपनी भौतिक माँ के साथ प्रसन्नताओं का आदान प्रदान था।

वह उठा और नाग कुंड के समन्तात इधर उधर टहलने लगा। प्रात: जो भक्त आए हैं, उन्होंने जो पुष्प समर्पित किए हैं कुंड के दुग्ध धवल रंग पर वे पुष्प और हरी व्यन पत्तियाँ अत्यंत सुशोभित हो रही है। दिव्य और अलौकिक लग रही हैं।

''अब बताओ गिने चुने कुछ भक्त ही तो आते हैं इधर, तभी फूल भी बहुत ही कम हैं, पर जितने हैं वे इस प्रकार खिले हैं कि मानो रत्न जड़ें हों माँ के परिधानों पर। दूध भी इतने विशाल जल कुंड में कुछ पाव ही पड़ा होगा, फिर कुंड आज दूध ही दूध क्यों हो गया है। वह प्राय: उन तार्किकों से मन ही मन प्रश्न करता जो प्राय: माँ के कुंड के विभिन्न रंगों के बदलते रहने के स्थूल भौतिकी के वैज्ञानिक कारण देते। फिर कहता, ''उनका कोई दोष नहीं माँ की लीला है, कि अपने को ऐसे ओझल

रखती है। यह माया इसी प्रकार काम करती है। फिर वह एक नया नुक़्ता निकालता है कि जब शिक्षा में ईश्वर को रहस्य रूप में जानने का शुभारंभ भी वर्जित हो तो क्यों न विकृत हो इस आयाम को समझने की दृष्टि। यही तो षड्यंत्र है। भारी षड्यंत्र।

पर वह मन ही मन इतरा सा रहा है कि वह ईश्वर की रहस्यमयता को खुली आँखों से देख रहा है। और यह अद्भुत घटना उसके साथ चुपचाप इस अलौकिक आंगन में ही घटित हो गई। वह देख रहा है ईश्वर को सम्मुख। उसने परिक्रमाओं का आनंद लेते लेते एक बार पुनः कुंड के लौह-जंगले के साथ सट कर रुकने पर कुंड में फूलों का भ्रमण देखना आरंभ किया। उसे स्मरण आया कि इस तीरथ का प्रतिरूप जब जम्मू में बना था सभी माँ के भक्त वहीं जाते। कुंड कृत्रिम है, लघु है। पर शरणार्थी भक्तों की अच्छी ख़ासी संख्या होने के कारण पुष्प उसमें संख्यातीत थे। बबू भैया का काम ही था फूलों के अधिक हो जाने पर कुंड में जाली डाल कर उन्हें निकालना और पवित्र क्यारियाँ जो समीप की पार्क में थीं उनमें उर्वरक के रूप में समर्पित करना। सायं का समय था। सरसिज अपनी नानी, मामा, मामी और उनके बच्चों के साथ माँ के दर्शन करने आया क्योंकि यह ज्येष्ठ शुक्ल की अष्टमी थी। माँ का जन्म दिन था यों तो। बच्चे खेल खेल में परिक्रमा कर रहे थे। मामा मामी मंत्र पढ़ते पढ़ते माँ की परिक्रमा कर रहे थे कि सरसिज की नानी ने उसके मामा को रोक कर कहा, "सुनो। देखो! करो दर्शन माँ के। यह लो फिर बना। जब तुम परिक्रमा कर रहे थे लगभग दो बार इसमें फूलों का ऊँकार बना। जबकि कुंड कृत्रिम है। जल भी मनुष्य द्वारा डाला गया है। इसका अर्थ है कि माँ हमारे साथ यहीं चली आई है और जैसे हमने अपने लिए शरणार्थी शिविर बनाए हैं और रह रहे हैं, वह भी इस शिविर में निवास कर रही है। एक बार तो इसमें इतना सटीक ऊँकार बना कि क्या बताऊँ। सोचा तुम को बताऊँ पर संकोच हुआ कि तुम अगर माँ की परिक्रमा कर रहे हो तो मैं बाधा न दूँ। और देखा शनैः शनैः वह ऊँकार विलीन हुआ जल के तल पर। फिर मेरे निहारते निहारते उससे भी अधिक सटीक अब बना। देखो। मैंने सोचा भले मैं तुम्हारी परिक्रमा में विघ्न डालूँ पर यह प्रकट दर्शन क्या पता तुम्हारी इन परिक्रमाओं का ही सुफल हो। बच्चे विशेष चमत्कृत हो उठे। उसके अनगिन चित्र लिए गए तब तक जब तक कि वह पुनः जल में विलीन न हुआ। यह घटना अमिट रह गई बच्चों के मन में और इस विषय पर उसके मामा की यह टिप्पणी भी कि जहाँ परमेश्वर का तीव्र स्मरण होता हो उस स्थान पर ऐसा होना सहज है। भले हम देखें अथवा न देखें। यह कृत्रिम कुंड-निर्माण स्वयं में ही माँ कीं तीव्रतम स्मृति और प्रेम का हमारे मन में द्योतक हैं। कि माँ महाराज्ञी परांबा हम तुम्हारे बिना अथवा तुमसे दूर जी ही नहीं सकते। परमेश्वर के लिए कृत्रिम क्या और निसर्ग क्या। कृत्रिम भी उसी निसर्ग की

अनुकृति है, अतः वह भी निसर्ग ही है। सीधा गणित है भाई। जब निसर्ग है तभी न कृत्रिम है। सच मानो तो जो कुछ इस भौतिक जगत में हैं वह सब ईश्वर की कृत्रिम कृतियाँ हैं क्यों कि वह अपने रूप में बनी नहीं रहती शाश्वत। शाश्वत वह स्वयं और उसका कच्चा माल पंच तत्व है ताकि उसकी इच्छा की पूर्ति के लिये तूलिका और रंग, मिट्टी और चाक, सदैव बग़ल में तैयार रहे।'' उसे और उसके मामा के बच्चों को मामा की दी यह दृष्टि कभी न विसरेगी। अतः वह आश्वस्त हैं कि इस निसर्ग कुंड में, जहाँ माँ जगत की अठखेलियाँ अपने भूतेश्वर के साथ करती है, वहाँ कम पुष्पों के रहते हुए भी ऊँकार घटित क्यों न होंगे। और जब कोई ऊँकार सृजित होगा, वह जूम कर जम्मू से लाइव आरती देख रही अपनी माँ को भी उसके दर्शन कराएगा।

सोलह

बंटू जी पुष्प, नैवेद्य, और रत्नदीपों की पंक्ति थाल की गोलाई में सजा चुका था। धूप और अगरबत्ती की सुवास वातावरण को सुवासित और अलौकिक बना चुकी थी। उस अलौकिकता के अवतरण के भाव में सरसिज की पीड़ा का बड़ा अवदान था। इस क्षण अभी बंटू जी मंगलाचरण के मंत्र पढ़ता हुआ आरती की तैयारी को पूर्ण कर चुका था। अब सरसिज जम्मू में माँ को आरती दिखाने के लिए मोबाइल को पकड़े हुए आरती करने लगा कि आरती आरंभ हुई।

सरसिज आरती के छंद गाते हुए अवांतर क्षणों में यह भी देख रहा था कि उसकी माँ के मुख पर कैसा भाव है। क्या विशुद्ध भक्ति का भाव है या उच्छृंखल मन का प्रतिबिंब मुख पर है। वह पा रहा था कि उसकी माँ के मुख के भाव एक क्षण में जैसे सहस्रों बार परिवर्तित होते जा रहे हों।'' क्या पता क्या सोचती है मम्मी इस समय। क्या माँगती है मम्मी इस समय माँ महाराज्ञी परांबा से। मेरी रक्षा, सब हिंदुओं की ही रक्षा माँग रही होगी, है न, अपना घर अपनी भूमि वापस माँग रही होगी। पापों के लिए क्षमा माँग रही होगी। करुणा और सहारा, रक्षा और भिक्षा माँग रही होगी, है न, अपने से पूछते और अपने को ही कहते हुए उसके नयन भीग उठे। वह कहीं भीतर धुल सा गया अनुभव करने लगा।

ओह! कहाँ कहाँ भागता रहता है यह मन। क्या क्या करता रहता है यह मन। क्या क्या चाहिए इस मन को ज्और मामा जी उस दिन कह रहे थे कि गीता में भगवान श्री कृष्ण कहते हैं कि ''मैं ही मन हूँ। इंद्रियाणां मनश्चास्मि''

''तो मामा जी! भगवान मन हैं तो फिर भगवान चंचल हैं। स्थिर नहीं।'' एक जिज्ञासा उसके भीतर की उसके भीतर ही अवरुद्ध हुई थी। उसने मामा से कहा था ठोक कर ''यदि भगवान ही मन है तो हम भी तो क्या कर सकते हैं? कैसे स्थिर कर सकते हैं मन को? यह तो ग़ज़ब पहेली है मामा जी।'' मामा हंस दिए थे और बोले थे ''तुम चाहते हो न स्वयं को जानना और बहुत सारे प्रश्नों का उत्तर पाना। तो पढ़ाई

शुरू करो।'' मैं बहुत आहत हो गया था और क्रोध आ गया था मामा पर कि मामा जी क्या समझते हैं खुद को। मेरी इंजीनियरिंग कोई पढ़ाई नहीं क्या कि उन्होंने अपमान कर कहा कि पढ़ाई शुरू करो। ओह! मामा से मैं उस दिन के बाद रूठा रूठा सा था, और आज मेरी समझ में आया कि मामा जी को कोई अंतर नहीं पड़ा था मेरे रूठने से उल्टा उन्हें मगजमारी करने से मुझसे मुक्ति मिल गई। आह! मैं मामा से कल फ़ोन पर बात करूँगा। फिर उनको भी लाइव आरती में जोड़ूँगा। वह प्रसन्न हो जाएँगे। मैं उनसे कहूँगा मामा जी। मैंने राजतरंगिणी डाउनलोड की है। पढ़नी आरंभ करूँगा। सच में मैं कुछ नहीं जानता। कुछ भी नहीं जानता। और ''मन ''वाले प्रश्न पर भी मैं उनसे व्याख्या माँगूँगा। मामा जी कहते हैं न, जो अपने होने का अध्ययन करेगा वह दृढमूल हो जाएगा। वह कभी नहीं डिगेगा। कभी नहीं भटकेगा। कभी भी अतिप्रशनों के चंगुल में नहीं फँसेगा। उसके लिए सृष्टि की सभी गुत्थियाँ सुलझेंगी।'' उसे वे सभी बातें, वे शब्द स्मरण हो आए जो उसके मामा जी ने उस समय उससे कहे थे। वह जब घर लौट आया था तो माँ पर टूट पड़ा था, ''मामा जी सिर्फ़ शुष्क भाषण देते हैं जो न समझ में आते हैं जिनकी न कोई ज़रूरत है। मैं क्या अनपढ़ हूँ , हुंह।'' कुंगी कुछ न बोल पाई। बच्चे की समझ को खोलना सिर्फ़ ईश्वर के हाथ में हैं, माता पिता के हाथ में कुछ सीमा तक उसके आगे नहीं। अत: वह चुप रही थी। सरसिज सोच रहा था कि उसकी माँ उसका पक्ष लेगी पर उसके मौन ने उसे धक्का-सा पहुँचाया था। और तब से वह निरंतर प्रश्नों के घेरे में में था जिनके उतर उसे चाहिए थे।

आरती समाप्त हुई। बंटू जी के निर्देश ने उसे वापस इन क्षणों में लौटाया। ''लो जी, सरसिज जी माँ के कुंड में पुष्प अर्पित करो। रत्न दीप मुँडेर पर सजा के रख दो।'' उसने माँ से विदा ली, माँ! अब बाद में बात करेंगे।'' मोबाइल को बंद कर क़ालीन पर रखा और रत्न दीपों की सजावट मुँडेर पर करने लगा और गर्भ गृह में चीजों को क़रीने से रखने के काम में बंटू जी का हाथ बँटाया। सामने की जगह पर गमछा फेरा और साफ़ सुथरा कर सुबह की आरती की तैयारी कर ली। उसने यह सारा क्रिया कलाप करते करते यह भी सोचा कि आरती का गायन न उसने किया, न ही सुना। वह अपने ही आत्मानुसंधान और अबोध का क्षरण देखने के अपने अंदर के घटनाक्रम में व्यस्त रहा। उसे यह भी सुध न रही कि वह है कहाँ?

आज वह बंटू जी से परिचय करना चाहता है अत: जब उसने उसे स्मित मुख से देखा तो वह पूछ बैठा, ''क्या नाम है आपका?''

''सरसिज भट्ट।''

''ओह! बहुत बढ़िया नाम है। घर का नाम है या असली।''

''नहीं। असली। स्कूल का। और घर का भी।''

"किसने रखा है इतना अच्छा और विरल नाम?"

"मामा जी ने।" उसे अपने मामा जी के लिए यह प्रशंसा और अधिक अच्छी लगी क्योंकि वह अभी उसी मनःस्थिति में सिक्त था।

"ऐसा बहुत कम होता है, तुम यहाँ कहाँ के हो और कैसे रहते हो?"

"यहीं के ही। रहता हूँ ऊपर धर्मशाला के एक बहुत ख़राब कमरे में।"

"क्यों?"

"नौकरी।"

"अच्छा। पी एम पैकेज की नौकरी?"

"जी।"

"यहाँ कहाँ के हो? मेरा मतलब कहाँ रहते थे यहाँ?"

"कुल्या के तट पर। भट्ट मुहल्ले में।"

"आपका शुभ नाम?"

यों तो पहले ही दिन जब वह आया था तो उस फूल पुष्प इत्यादि पूजा सामग्री बेचने वाले ने उसे ऊँची आवाज़ लगाई थी, "ओ बंटू जी!"पर वह उसका असली नाम जानना चाहता था।

"बंटू जी। बंटू ही मेरा स्कूल का नाम भी है। अब क्या करें माता पिता को क्या सूझी। मानो नामों का अकाल पड़ा हो। ख़ैर अब क्या कर सकते हैं। जो है सो है।"

सरसिज नहीं कर सका उसके नाम के अर्थ की प्रशंसा। उसे उसके नाम का अर्थ भी समझ में न आया। उसके एक चचेरे चाचा का लड़का था जिसे घर में बँटी बोलते थे पर स्कूल में उसका नाम संदीप था। उसने सोचा सचमुच नामों का अकाल ही रहा है। बंटू का कोई अर्थ नहीं। बँटी की निरर्थकता इसलिए दब सी गई है क्यों कि यह नाम बहुत बच्चों में सामान्य हो गया है, उस पर "बंटू"? अस्तु। बंटू जी माँ की आरती के अगुआ हैं। यह जान लिया सरसिज ने और सरसिज यहाँ नया युवक नौकरी पर आया है, यह जान लिया बंटू जी ने।

इतनी जिज्ञासा के बाद उसके प्रति सरसिज श्रद्धा नत हो गया। वह पूजनीय है। आदरणीय हैं। माँ की आरती इस ख़तरनाक स्थल पर सम्पन्न कराता हैं अहर्निश। अब उसके उर में और जिज्ञासाएँ उठ रही थी पर सरसिज ने उन्हें स्थगित करने का संकल्प किया। माँ के कुंड में अपने नेत्रों को स्नान करा कर उनमें जी भर कर जल भर के लाया और कमरे में आया।

सत्रह

वह सहसा एक सतत जीवन के बाद एक अलग लोक में आया है। जो उसका अपना लोक है किंतु वह अलग लोक है। यह बात, यह त्रास किसे समझाया जा सकता है। कोई नहीं समझा सकता किसी को कुछ भी। वह सहसा स्वयं को पर्वतों से उतरता हुआ यहाँ आन पहुँचा, मानने लगा। या सीधे सीधे इस नीले आकाश से इस प्रांगण में धीमें से उतर आया मानों शैशव के किसी क्रीड़ा-झूले से उतर गया हो। कि अब उसका सम्बन्ध किसी आज के जीवन के शैशव से, कैशोर्य से या अब यौवन से नहीं, उस माँ से नहीं जिसने इस शरीर को जन्म दिया, जिसे उसने अभी अभी मोबाइल के माध्यम से माँ महाराज्ञी परांबा की आरती से जोड़ा था। इस जन्म के पिता बंधु-बांधवों से नहीं।

वह कमरा कुटिया-सा था। फ़र्श टूटा फूटा। वातायन का एक पल्ला टूटा। दरवाज़ा बस गुज़ारे का। भीतर कुछ अधिक न रख सकने की चेतावनी देता हुआ। भीतर ऐसी सुगंध कि मानो अभी अभी यहाँ से कोई तपस्या कर के अपने गंतव्य को लौट गया हो। और अब यह कुटी उसे मिल गई हो। जब से वह आया था एक सप्ताह भी न बीता था सोचते हुए वह उँगलियों से उँगलियों पर गणित बैठाने लगा कि कितने दिन हो गए उसे यहाँ आए हुए। ओह! वह बुधवार को आया था और कल उसके बाद का बुधवार है। पहले दिनों वह आता। माँ को शीष नवाता। वापस जाने के लिए जो एक परिक्रमा बनती वही करता और वापस ही चला जाता।

''आरती'' न करता।

वह जिस रूमानी और हल्के मन से आया था वह सात दिन में मानों अपरिमेय बोझ से लद गया। यह भार जितना बड़ा हो गया, उतना ही घहराता भी गया। वह उदासी से आवृत्त हो गया। फिर विचित्र ढंग से उसके भीतर एक और घटना घट गई कि यह उदासी उसकी निजी उदासी बन कर उस के श्वास निःश्वास में उतर कर उसे भाने लगी। जब वह यहाँ आया था तो उसके मन में एक शून्य सा था। न कोई भय,

न कोई दुख। सुख भी न था क्यों कि जिस कुटीर का आबंटन उसको हुआ वह एक हिंदू को ही दी जा सकती थी। इस बात ने सर्वाधिक प्रशनावेग उसमें आंदोलित किया।

इससे पूर्व सारा भय उसके ठेंगे पर था पर धीरे धीरे वह उस भय को त्वचा पर ऐसे रेंगता हुआ अनुभव करने लगा मानो भयंकर और न जीने देने वाले कीटाणुओं ने वहाँ से घुसते हुए उसकी चित्तभूमि पर घर या छिद्र बनाने शुरू किए हों। यह भय इतना विराट है कि या तो यह भय ही नहीं या फिर बहुत बहुत भयदायी भय है। यह भय सब को लग रहा है पर यह प्रतिबंधित भय है। इसका कोई अनुमान उसे न था जब वह इस भय के बाहरी हिस्से में था। अब वह भय के भीतर है और भय उसके भीतर और इस भय के स्वामी कहते हैं कि भयभीत न हों कृपया। ग़नीमत मानो कि रोज़गार मिला है। भय वय क्या होता है? वह बहुत परेशान था तो बाहर आकर सुंदर घाटियों में घूमने लगा। घास के तिनकों से कहता हुआ कि "तुम मेरे हो। अस्ल में तुम मेरे ही हो। यह बात तुम भी हज़ारों वर्षों से जानते हो।"

"कितने सुंदर स्थल में मेरा होना होता। मेरा दादा बाइगाश जी इन मार्गों से हज़ारों हजार बार चला होगा, , यहाँ खेला होगा। ये कण कण उसे जानते होंगे, ये जड़ चेतन उस का विरह झेलते होंगे। वैसे ही मेरा पापा भी। सब सब। आह। ! कितनों का दुख मैं झेलूँ? और पापा मम्मी ने विशेष रूप से कहा कि "अपनी पहचान न बताना किसी को। तभी तो मैंने दाढ़ी बढ़ाना शुरू किया है। पर मैं कैसे रोक सकता हूँ किसी को भी मुझे पहचाने जाने से। मैं यहाँ हूँ और मैं ही हूँ। बाजार जाऊँगा, बाहर निकलूँगा। लोग पूछेंगे जब कुछ ख़रीदूँगा। बताना तो पड़ेगा ही असली नाम वरना जब पता चलेगा मैं अपनी पहचान छिपा रहा था उन को ग़ुस्सा आएगा। आख़िर करनी तो मुझे यहाँ नौकरी है। कहाँ तक छिपूँगा।" जब प्यार किया तो डरना क्या। प्यार किया कोई चोरी नहीं की ! प्यार किया। प्यार किया कोई चोरी नहीं की छुप छुप आहें भरना क्या? जब प्यार किया। "ये पंक्तियाँ उसने मन ही मन यों गुनगुनाई पूरी श्रद्धा और आनंद से मानो इस गायन ने ही सारा दुख निवारण किया हो।" मैं ग़ुस्सा नहीं दिला सकता अब उनको मैं अपने तृणों और कणों से प्यार करने आया हूँ, मैं उनसे प्यार करूँगा। मानो वह अपनी मस्तानगी से स्वयं को ही प्रसन्नता दिला रहा हो और मनोरंजन कर रहा हो।

इन सब बातों को तय करते करते अंततः उसने तय पाया कि जैसे उसका अपना विवेक उसे परामर्श देगा, वह वैसे ही करेगा। जहाँ माँ पापा का परामर्श व्यावहारिक होगा, वह वैसे ही करेगा।

उसने बाज़ार से जो डबलरोटी ख़रीदी थी उसे ही वह सुबह दूध में भिगो

भिगोकर खाने लगा। ताकि भूख मिटे। दिन में वह दफ़्तर में ही छोले भटूरे खाने के लिए गांदरबल में छोले भटूरे बनाता बिहार से आया छन्नूलाल के पास जाएगा। वह वहाँ वह सब इन हिंदू कर्मचारियों के लिए बनाता है। एक समोसा भी वह कभी कभी गटकता है। उसके छोले भटूरे अधिकतर समोसे कभी कभी मुसलमान कर्मचारी भी खाते हैं। पर जब वे उसके यहाँ खाते हैं वे एक दूसरे से डर रहे होते हैं।

अब वह पुनः इसी उलझन में पड़ गया कि वह कहाँ है?

''माँ महाराज्ञी परांबा के प्रांगण में है वह। ऊपर इस जर्जर धर्मशाला के एक टूटे फूटे कमरे में। इस माँ महाराज्ञी परांबा के प्रांगण में'' जयकारों की तर्ज़ पर उसका अंतर्मन झूम झूम उठा। इसी क्रम में उसको वह क्षण स्मरण हो आया जब वह, उसकी माँ, उसका पिता, उसका अग्रज एक दिन मातामाल में भोजन के लिए आए थे तो बात अपने अपने गाँव की चल पड़ी थी। पापा की जन्मभूमि अर्थात् गाँव की बात आने पर सरसिज की मामी विभोर होकर बोली थी, ''उन्नीस जनवरी की रात मैंने एक स्वप्न देखा था कि माता महाराज्ञी परांबा के प्रांगण का लोहे का जंगला ऊँची ऊँची लपटों में अग्निसात हो रहा है। लाल लाल अग्निशिखाएँ उठ रही हैं, मंदिर का लोहे का जंगला धू धू जल रहा है। यह स्मृति आते ही उसके सारे शरीर में आपादमस्तक एक सिहरन दौड़ गई। वह बिस्तर पर जो लेट-सा गया था, हठात् उठ खड़ा हो गया। टूटे पल्लों वाली खिड़की का एक पल्ला हौले से खोला और जहाँ तक दृष्टि गई राज्ञी के प्रांगण के लोहे के जंगले को निहारा। बार बार निहारा। निहारा और निहारा। आँखें फाड़ फाड़ कर देखने लगा। ओर आश्वस्त किया स्वयं को कि यह वही लोहे का जंगला है, जो तब था। एकदम वही है यह। वह मामी के देखें सपने के अर्थ लगाने लगा स्वयं से यह कहते हुए कि ''सपनों के अर्थ लगाना यों तो बहुत ही कठिन है पर सपने के घटित होने के दशकों बाद अर्थ करना अत्यंत सरल है। यह जंगला क्या था? वह सोचने लगा? यह हम थे। हम। लोहे के होकर भी। यहाँ के आदिकाल से होते हुए भी। और हम न बचे। माँ के भक्त ही माँ का जंगला है? अतः जल कर भी नहीं जलेंगे।

उसे याद आया कि एक दिन उसका पिता उसे बाइगाश जी की बातें बता रहा था कि वह भी नब्बे के संहार के बाद कुछ ही समय के लिए जीवित रह पाया। सरसिज का जन्म उनके देहांत के कुछ काल बाद ही हुआ था। तभी तो उसकी माँ कुंगी कभी कभी सरसिज को बाइगाश समझती है, या कभी कभी बोबजी अर्थात अपना पिता जो तीस मई को जम्मू में बस से उतरा था, एक जून नब्बे को गंगयाल, सतवारी के एक भैंस शाला में लू लगने से प्राण त्याग दिये थे। न पंखा था, कूलर की बात ही

नहीं। वे इस संहार से न बच पाये। वे उनकी गोलियाँ कहाँ कहाँ पहुँच गई। जहाँ जहाँ पहुंच गई मार गिराया वहीं वहीं भट्ट शरणार्थियों को।

बाइगाश जी जितनी अवधि गाँव से बाहर जिया स्मृतियों के तेजाब ने उसे असह्य पीड़ा में पटका, वह कभी बाहर नहीं आ पाया निरंतर दुख से। एक बार जब प्रेम कुमार अर्थात् सरसिज का पापा उनके चरणों को दबा रहा था और बाइगाश यकायक आंसुओं में डूब कर बोला था कि, ''प्रेम बेटा मुझे अब किसी प्रकार से भी नहीं लग रहा था कि ऐसा होगा। देवस्वामी के दु:स्वप्न की अवधि शताब्दियों तक बनी रहेगी, पता न था। लगता था कि बस अब रुक गया वह सब। छः सौ वर्षों तक एक सपने की अवधि चलती रहे, एक भयावह विनाश का दु:स्वप्न चल ही रहा है। चल ही रहा है। शताब्दियों तक चल रहा है। तब से समय बदल गया। जीवन का स्वरूप बदल गया। शास्त्रों में लिखी बातें विज्ञान-सम्मत सिद्ध भी हो गई। धर्म के स्वरूप में अंतर आ गया। क्या क्या नहीं मैंने सुना है कि यह परिवर्तन आया। परिवर्तनों को आते देखा भी। पर न हिंदू की समझ में इस्लाम आ गया, न ही इस्लाम की बर्बरता में कोई अंतर आ गया।

''यह देवस्वामी का दु:स्वप्न क्या है बाइगाश जी?'' प्रेम ने पूछा था। उसने आज तक यह क़िस्सा कहीं नहीं सुना था।

''शाहमीर ने घाटी में अंधड़ मचाया था। यह चौदहवीं शताब्दी थी। मार काट सब प्रलयंकारी। भयानक नरसंहार था वह, जब रानी कोटा का राज्य था कश्मीर में। रानी द्वंद्वग्रस्त रही। शाहमीर जब आया था, एक अभ्यागत शरणार्थी बनकर आया था। साष्टांग किया था तब के राजा सहदेव को और अपने साथियों के लिए बारामूला में एक अलग स्थान माँगा था। विशेष छूटें माँगी थी। मुफ़्त राशन पानी माँगा था। मस्जिद बनाने की अर्ज़ी दी थी जो क़बूल की सहदेव ने। यों वह कश्मीर में मज़े और ऐश करने लगा। राजा के महल का दरवाज़ा खुला रखा गया उसके लिए। वह आता साष्टांग करता और बहुत सा माल लेकर जाता, क्योंकि राजा उसकी चाटुकारिता से अत्यंत प्रसन्न होता। ऐश मारते मारते उसने अपने को शक्ति सम्पन्न किया। षड्यंत्र बुना। अपनी ताक़त का घेरा बढ़ाया। सहदेव की मृत्यु के बाद जब कोटा का राज्य आया वह और अधिक बिछी रही, क्यों कि स्त्री होने के कारण शाहमीर ने और और मुसीबतें कोटा के लिए निर्मित की। जिनसे निकलने का रास्ता ही कोटा की बंदी हो गई बुद्धि को नहीं सूझा। शाहमीर ने इस बीच राज्य द्वारा एक लंगर भी खुलवाया अपने लोगों के लिए। हद यह कि भले कश्मीरियों के लिए भोजन की व्यवस्था हो या न हो पर इन शरणार्थियों के लंगर में राज्य को राशन पहुँचाना ही पहुँचाना है। हुआ यही कि इसी काल में भयंकर अकाल पड़ गया। लोग मर गए। भयानक भुखमरी पड़

गई। किसी के पास भी अन्न न था। राज्य ने किसी की सहायता न की क्यों कि अन्न भण्डार उसका सारा समाप्त हो गया था। आश्चर्य और दुखद आश्चर्य यह था कि इस शाहमीर के बनाए लंगर को राज्य अन्न देता रहा। कोई भी रोक न सका उसके लिए अन्न की आपूर्ति। इससे एक भयानक वातावरण बन गया कश्मीर में कि हिंदुओं ने तो भूख से प्राण दे दिए। कल्पना करो एक पूरा नगर भूख से तड़प तड़प कर मर रहा है, छोटे छोटे बच्चे, वृद्ध, युवा, स्त्रियाँ, गर्भवतियां, रुग्ण, अपंग, सारी हिंदू जनता भूख से जहाँ तहाँ मृत हो हो पड़ती रही पूरी घाटी में, पर मुसलमानों का लंगर गुलज़ार रहा। वहाँ देगें उबलती रही। इस विप्लव, विनाश में शाहमीर को एक और अवसर अनुसार षड्यंत्र सूझा कि लोगों की भूख मिटाओ और उनको कहो जो लंगर से खाएगा वह पहले कलमा पड़ेगा और जब कलमा पढ़ कर मुसलमान होगा उसके बाद वह वापस हिंदू नहीं बनेगा। उन सब पर सख़्त पहरा रहेगा। जो ऐसा करेगा वह वाजिबुलकत्ल होगा। इस्लाम के अनुसार उसका सिर धड़ से अलग करने वाले पर फूल बरसाए जाएँगे। और दनादन कश्मीरी पण्डित मुसलमान बनते गए। कलमा पढा भूख मिटी। अन्न हमारा था इस्लाम का न था। वे फिर वापस कैसे आते। उनको कहा गया कि अगर वे वापस गए तो वाजिबुल कत्ल होंगे। दूसरा उनको बताया गया कि कोई भी अपराध काफिरों के विरुद्ध जन्नअत की गारंटी है। जिस गिरोह में जिनहकारी, हत्या, मारकाट, आगज़नी, लूटपाट करणीय कर्म हों , और वह गिरोह अपने को एक मज़हब शब्द के घेरे में भी रखे, वहाँ एक अल्लाह की भी कल्पना हो। उस के अंदर पाप और भय का प्रसार करने वाले प्रशिक्षित भी हों इन प्रशिक्षण दिए लोगों से यह सुनिश्चित भी किया जाए कि वे इन सभी कामों को करेंगे ही। उन्हें एक तो बुद्धि का भी ख़तना करवाने को कहा जाए और सहज मानवीय संवेदनाओं का भी। बचता क्या है उनमें? वे ऐसे ऐसे परिणाम लाकर देते हैं अपने अपने शाहमीरों को। ऐसे ऐसे साफ़-साफ़ काटते, भेदते, छेदते हैं समय समय की कोटा रानियों को। ये लोग उस उस दिशा में जाते हैं, जो कि जाने की दिशाएँ है ही नहीं। पशु भी इतनी चेतना रखते हैं कि नहीं यह तो हद है। यह नहीं करना। इनके कोई नियम नहीं। यहीं इनकी अब तक हिंसा चलाते रहने का रहस्य है, बस यही हैं। प्रेम मैंने सोचा था वह लंगर अब भारत के नए संविधान ने बंद कर दिया है, पर नहीं वह चल रहा है। पहले से ज़्यादा अच्छा चल रहा है।''

उसने इस स्मृति प्रवाह के साथ भंजित संतुष्टि के साथ खोला पल्ला बंद किया और पुनः वापस लेट गया। ''मैं अभी कहाँ हूँ? कहाँ हूँ मैं अभी। इस क्षण। ओ अरे मामी ! मैं वहाँ हूँ जहाँ तुमने लोहे के जंगले को जलते देखा था। मेरी समझ में कुछ नहीं आता कि मैं यहाँ ही क्यों हू? यहाँ का हूँ। यहाँ मेरा घर है, खेत, खलिहान,

वाटिका, बाग, कुँआ नदी सब है मेरा पर मैं एक टूटी धर्मशाला की टूटी खिड़कियों और टूटे फ़र्श वाले कमरे में रह रहा हूँ। मैं क्यों मन ही मन तुम्हारी इस स्वप्न स्मृति का उत्तर और परिणाम खोज रहा हूँ। देख रहा हूँ जंगला है। वहीं का वहीं। वर्ना मेरे भीतर ये विचित्र स्पंदन घटित न होते। तुम्हारे इस भयावह सपने की स्मृति न आती। मानो माँ महाराज्ञी परांबा ने मुझे यहाँ आकर तुम्हें तुम्हारे सपने की परिणति और अर्थ बताने के लिए ही लाया हो।''

''परिणति? स्मृति पर स्मृति टकरा रही है? बाइगाश की देवस्वामी के स्वप्न-परिणति।'' एक ओर श्रृंखला इस स्मृति की सरसिज को और हो आई कि एक सहज प्रश्न जो सरसिज के पिता ने अपने पिता से पूछा था, ''बाइगाश जी! देवस्वामी ने पर स्वप्न में क्या देखा था?''

''यही। यही जो हुआ। भयानक घटनाओं का क्रम, जो आरंभ हुआ था एक पहाड़ के टूटने से। देवस्वामी ने एक रात स्वप्न देखा कि अंधकार अकारण छा गया है, घने मेघ हैं, तड़ित ऐसी हैं कि ध्वनि से ही लोगों के प्राण निकल रहे हैं। पहाड़ टूट टूट कर बिखर रहे है कि उसके चंगुल में समूची घाटी आती है। लोग चीख रहे हैं, पुकार रहे हैं, कहीं कोई ऐसा नहीं शेष जो ये आर्तनाद सुनें। कोई त्राण देने की स्थिति में ही नहीं। देवस्वामी देख रहा है कि मानों वह यह स्वप्न जो क्षणिक होना चाहिए अथवा होता है, निरंतर चल रहा है, चलता जा रहा है और अपने सहायक से कहता है, ''यह विनाश नहीं रुकेगा अब। विग्रह लेकर चलो, अभिनव गुफा में आत्म-विसर्जन का क्षण आ गया है। और दोनों निकल पड़े थे।'' सुनकर पापा को बहुत त्रास हुआ था। तब पापा बोले थे कि ''बाइगाश को यह विश्वास हो गया था कि यह विनाश अब परमेश्वर अंतिम ग्रास खाकर ही रोकेंगे।''

''पर सरसिज को यह भी स्मरण हो आया कि पापा ने देवस्वामी का परिचय भी पूछा था उसका उत्तर बाइगाश जी ने दिया था कि वे ''राजपुरोहित'' थे।

इधर सचमुच जंगला जल गया है। वर्ना वह मुसलमान मुझे ठेंगा दिखाते हुए चढ़ावा कैसे समेटता। मानो कह रहा हो तू भजन गाता रह, ध्यान करता रह मेरी बला से, माँ वॉ होगी तेरी, मैं तो जंगला जला चुका हूँ और बराबर लूट रहा हूँ। शाहमीर हूँ शाहमीर। सिकंदर बुतशिकन हूँ, दुलचा हूँ, इफ़्तार खान हूँ, और भी बड़ी बला हूँ मैं तो। तुम्हारी सुरक्षा का घेरा जल चुका है।''

उसकी समझ में आने लगा कि वे सब लोग जो यहाँ शरियाई, मुस्तफाई शासन के संहार से बचने के लिये जहाँ जहाँ भागे हैं वहाँ वहाँ भी इन्हीं की बागडोर थी। वहाँ भी इन्हीं की मानी जाती है। वहाँ भी इन्हीं की चलती है।''

''किनकी चलती है? किनकी? किनकी?'' मानो उसे पकड़ा गया हो। गिरफतार

किया गया हो। पिता ने, मामा ने, भाई ने सखूत और सखूत हिदायत दी कि वह भूल कर भी राजनीति, इतिहास और इस अपने समुदाय के संहार के विषय नहीं सोचेगा। क़तई नहीं, कभी नहीं। एक जड़ की तरह स्वयं को ढालेगा।''

''पर मैं क्या जानूँ कौन है जो यह बहस छेड़ देते हैं। ये प्रश्न करते ही हैं। उसका मैं क्या करूँ?''

''लगाम लगाओ, नियंत्रित करो खुद को लगाम लगाओ।''

''ठीक''

''पर सुनो! हमें इस तरह नहीं बनाना था अवश। असहाय।''

''हाँ! पर इस में सहायता यही है कि तुम सावधान रहो। बहुत बहुत सावधानज्माँ ''रूपा भवानी'' कहती है, ''अटल सावधान'' ऐसा कह रहा था मामा उस दिन।

''सावधान? मतलब सोचो भी नहीं? चलो बात न करो किसी से ..पर क्या हमारे अवश मन पर भी आपका (तुम्हारा) वश, पहरा है। यह कैसा काला जादू है, जो शताब्दियों से लागू है। यह कैसा असम्भव निज़ाम। यह कैसा उत्पीड़न?'' क्या ''अटल सावधान ''का यही अर्थ है मामा जी?'' पूछ रहा है वह मन ही मन।

''उत्पीड़न से भागने के प्रयास में उत्पीड़न में ही पड़ो। रक्षा नहीं कहीं। कहीं भी नहीं। नहीं है। नहीं है। कहीं भी नहीं है।''

अब उस पर उतर आई यह भय-भावना धीरे धीरे सरक रही है और वह स्वयं के लघु रूप को अनुभव कर रहा है। इससे पूर्व मानो वह अपना ही स्थूल और भयभीत करने वाला रूप देख रहा हो। और यह सारी क्रीड़ा उसके साथ माँ महाराज्ञी परांबा / माँ कश्मीरा कर रही हो।

अठारह

नहीं वह यहाँ आकाश से नहीं उतरा। पर्वतों से भी नहीं उतर कर आया। वह जम्मू के शरणार्थी कैंप से यहाँ रोज़ी रोटी के लिए आया है। पी एम पैकेज के अंतर्गत नौकरी में आया है। जो एक शर्तों से भरी आजीविका है। विभीषिका के समानांतर चलती आजीविका। "शर्तें बताऊँ?" वह स्व के साथ फट सा गया, "एक कि जिस जनपद के जिस गाँव से मेरे माता-पिता, दादा-दादी निष्कासित किए गए हैं, उनका और उनके समुदाय का नर संहार किया गया, वहीं, उसी गाँव में मैं नियुक्त हूँगा बिना मेरे नर संहार पर कुछ भी बात किए। बिना मेरे नरसंहार को नरसंहार माने। बिना वे कदम उठाए जिनसे उस जनसंहार के पापियों का हिसाब हो। बिना मुझे मेरी आश्वस्ति पर मेरा घर, खेत, वाटिका विश्वास सब कुछ वापस किए। बिना वह जिहादी वातावरण बदले। उस पर राज्य की कठोर कुल्हाड़ी चलाए। राज्य कितना शक्ति शाली होता है। परम शक्ति शाली। इतना कि देखते देखते नगर बसा दे और इतना कि देखते देखते संस्कृतियाँ उझाड दे। पर मेरे देश का राज्य, मेरे देश का राज्य है? हम सब जानते हैं और मानते हैं कि इस देश का राज्य इस देश का राज्य नहीं है। नहीं हैं। परिणामों के आधार पर कहता हूँ देश के वासियों ! इस देश में इस देश का राज्य नहीं है। छद्म वेश में जिहादी ही इस देश को चला रहे हैं। मैं गला फाड़ फाड़ कर कह रहा हूँ और सच कह रहा हूँ। परिणामों के आधार पर कह रहा हूँ। कि देश में देश का राज्य नहीं है।"

दूसरा कि यहाँ से मैं किसी स्थानांतरण का मानवाधिकार नहीं रखता। इस मद या शर्त का अर्थ क्या है? इस मद का अर्थ है कि तुम अंततः एक दिन अपना धर्म परिवर्तन कर मुसलमान हो ही जाओगे। कोई और द्वार खुला नहीं है कोई। कोई विकल्प नहीं है। तुम पर ब्राह्मण का ठप्पा है अतः तुम को देश भर में कहीं कोई नौकरी या काम नहीं मिलेगा। अतः तुम इस शर्तों भरी नौकरी को छोड़ नहीं सकते। तुम जिस जिहादी उत्पीड़न से मुक्त हो गए थे, उस अजगर की पकड़ में पुनः आ ही गए हो। उसकी पकड़ में आने के अतिरिक्त अन्य कोई विकल्प नहीं तुम्हारे पास

अत: मैं चटकारे ले ले कर तुम्हारे उस दिन के आने का इंतज़ार करूँगा जब तुम हाथ जोड़कर कर आओगे और कहोगे कि मैं तुम्हारे दीन की दावत चाहता हूँ। मुझे दावत दो और अपने में लो। मुझे हुक्म करो कहाँ किस काफिर का सिर काटना है, मैं काट के लाऊँगा और तुम्हारे कदमों में डालूँगा। मुझे हुक्म करो कहाँ किस मंदिर को आग लगानी है, मिसमार करना है, किस किस मूर्ति को तोड़ना है, मैं तुम्हारा एक दीन का पाबंद सिपाही बनूँगा। मैं गाय खाऊँ.. ''यह क्रूर भविष्य स्वयं के लिए सम्भावित मानते और उसे शब्दों में बताते हुए सरसिज चीख पड़ा और दहाड़ें मार मार कर रोने लगा और निढाल होकर लिहाफ़ से अपनी आँखें पोंछते पोंछते निद्रा की गोद में गिर पड़ा।

उन्नीस

जब पुनः उसकी आँखें खुली तो भी सूर्य की रश्मियाँ खुलकर नहीं पड़ी थीं धरती पर, बस उनके आने की आहट भर थी। कल की उन वैयक्तिक घटनाओं से, प्रलाप-विलाप से, उस रुदन से जैसे पुनः सुबह की घास सा धुल गया था उसका उर। उसके चित्त से संसार का भय, राज्य का भय, भविष्य का भय, जिहादियों का भय छटे हुए बादलों की भाँति नष्ट हो गया था। वह स्वस्थ, आशावान और विजेता सा स्वयं को अनुभव कर रहा था। सुदूर भविष्य का विजेता। उस क्षण अंततः बनने वाला विजेता, जिस क्षण तक किसी के विचार के पहुँचने की क्षमता नहीं। किसी की कल्पना की क्षमता नहीं। वह उठा और कुछ प्राणायाम अभ्यास करने लगा। "पर मेरे भीतर इतनी ऊर्जा का आना कल के उस भंजनकारी विचार शृंखला के बाद कैसे हुआ? आह! यही तो माँ महाराज्ञी परांबा है। महाराज्ञी है। महाराज्ञी का प्रांगण है। पर कल शाम को जो मेरे साथ घटना घटी वह इस पैकेज की तीसरी शर्त बताए बिना ही घटी। ऐसी घटना कि जंगल में मोर नाचा किसने देखा, माँ महाराज्ञी परांबा ने देखा"। वह हंस पड़ा थोड़ा नृत्य की तर्ज़ पर झूम गया। और कल शर्तों की जो वह बात सुना रहा था उसे आगे बढ़ा लिया।

"तीसरा मुझे घाटी से बाहर कहीं पर भी अपने परिवार को, जहाँ भी मैंने शरणार्थी शिविर में रखा हो, उनसे मिलने जाने के लिए अवकाश नहीं मिलेगा। यदि अनुपस्थित पाया गया तो नौकरी से निरस्त। तत्क्षण। तत्काल। बिना यह सोचे कि, यह इस नरसंहार का मारा युवक है, इस संहार के प्रलयंकारी संघर्ष में थक, टूट या मर चुके दादा दादी, दुखी और संतापग्रस्त माता पिता, निस्सहाय भाई बहन का, अब शरणार्थी शिविर में क्या होगा। परिवार पुनः खण्डित होगा। अथवा ऐसे समुदाय को जिन्हें यहाँ खूँख़ार शिकारी सशस्त्र होकर ढूंढ रहे हैं। राज्य कैसे इस तरह उठा कर उनकी ग़रीबी, अभाव, बेघरी, भूख और बेकारी के आधार पर उनका शोषण कर, संसार को दिखाने के लिए कि वह इन अपने ही देश में शरणार्थी हुए मूलनिवासियों

को बसाने के लिए क्या क्या कर रहा है, उन्हें रोज़गार दे रहा है और अपने घर में वापस भेज रहा है। उनकी फ़िक्र में मरा जा रहा है। वह यह ढोंग ही कर सकता है। वह इस लोकतंत्र का तानाशाह है। वह कुछ नहीं कर सकता देश में कहीं भी कुछ हिंदुओं के लिए। कश्मीर में तो बिलकुल भी कुछ नहीं कर सकता। आह! यह अघोषित शरिया नहीं तो क्या है?

''कितना कहा गया था इन आजीविका विहीनों से...हमारे हितैषियों द्वारा .कि ज़रा सा धैर्य रखो, यह सब अमानवीय है। न करो स्वीकार। रुको। रुको। विरोध करो। कुछ हितैषियों द्वारा विरोध किया गया। धरना दिया गया। अपीलें और निवेदन किए गए। किसी ने न माना। किसी ने भी नहीं। मैं स्वयं को इन सारी समस्याओं से उन दिनों काट रहा था। मैं अभी एक विद्यार्थी ही था। किसी ने भी नहीं माना कि रुकें और इन शर्तों का सशक्त विरोध करें।। नागपुर में आभियंत्रिकी पढ़ रहा था मैं। जानता था कि कहीं न कहीं मुझे कोई नौकरी मिलेगी ही। शायद जम्मू में मिलेगी। पर जम्मू में हम शरणार्थी हैं। हमारी भूमि यही है। यही यही। यह घाटी। पर इसको हमसे छीना गया है। यहाँ हम काफिर और वाजिबुल कत्ल रह गए हैं बस। यह भूमि, यह नदी वितस्ता, ये कोटितीर्थ स्थली सब कुछ हमसे छीनी गई है। छीनने वालों से डर रहा है राज्य। उनकी हर बात मान रहा है राज्य। उनके अपशब्दों से भूना जा रहा है राज्य। उनके शस्त्रों से भय खाता है राज्य। राज्य उनसे कह रहा है, कर लिया ना अब हिंदुओं का नरसंहार, चलो अच्छा किया, हमें कोई आपत्ति नहीं। पर अब आपस में चैन से रहो। क़सम अल्लाह की हम तुम्हारा लोहा मानते हैं। हम उनके साथ वही सुलूक करेंगे, जैसे आप कहोगे, क़तई वापस नहीं बसायेंगे। उस प्रधानमंत्री के बाद जो प्रधानमंत्री आया, उन्हें उस पर संशय था, तो वह यहाँ आकर बोला, घोषणा की, ''मेरे प्यारे जिहादियों! मैं तुम्हारे लिए जान दूँगा।'' तब क्या बचा शेष?

अत:विरोध को असफल करने लिए, पीछे से राज्य की लगाई ताक़त थी। किसी ने न माना इन ऐसी भयावह शर्तों को न मानना। परेशानी यह कि इस पैकेज में लड़कियाँ धड़ल्ले से नियुक्त हुई हैं। कुँआरी कच्ची लड़कियाँ। जिनके कारण उनके दादा दादी भागे, उनको इतने वर्षों शरणार्थी शिविर में पाल पोस कर, पढ़ा लिखा कर, उनके माता-पिता पैकेज के माध्यम से लौटा लाए। अगर इस पैकेज और उसकी शर्तों का विरोध होता तो क्या यह कष्ट मिटते नहीं। हाँ मिटते। इस हिंदुस्तान का कोष क्या कम होता यदि यही पैकेज फ़िलहाल अर्थात् कश्मीर के रोगमुक्त होने तक जम्मू में दिया जाता। क्या फ़र्क़ पड़ता? क्या फ़र्क़ पड़ता? अरे हिंदुस्तान तुझे क्या फ़र्क़ पड़ता? क्यों तेरे हुक्मरानों को हम पर दया नहीं आती?'' वह यह प्रलाप करते हुए मुट्ठियों को भींचकर, उठ खड़ा होकर दीवार पर दो तीन बार मार कर आर्तनाद

करने लगा और फिर एकाएक चुप हुआ।

यों ही नहीं कहते सब कि दिल्ली की सरकार हम से नफ़रत करती है। जो भी ऐसा कहता है वह सच कहता है। सच कहता है वह। कि दिल्ली की सरकार को हमसे घृणा है। क्यों? इसे सिद्ध करने के लिए दसियो उदाहरण हमारे पास हैं। उन में सर्वप्रथम यह नौकरियों का पिटारा ही। यह पिंजड़ा, जिसमें डाल दिए उनने दाने, हम झुंड के झुंड भीतर गए उनको खाने।''

वह वास्तव में सोने का प्रयास कर रहा है। वह सो नहीं पा रहा है। उसे अपने इस उनींदे को लेकर कुछ कुछ चिंता हुई। फिर स्वयं को पुनः वही बात सुनाई जो उसकी माँ कुंदा प्रायः उसे उसके प्रश्नों के उतर में कहती है, ''तू यह चिंता का बोझ उतार फैंक, तेरी चिंता से कोई भी चिंता दूर नहीं होने वाली। तेरी अपनी भी नहीं। समुदाय की नहीं। राष्ट्र की नहीं। किसी की भी नहीं। माँ ने उसे यह भी कहा था कि इस पैकेज के लिए विरोध करने के लिए जो लोग आगे आए थे। , उनके विरोध को काटने के लिए राज्य ने ख़रीद लिए निष्ठाहीन, अनैतिक लोग और उनको झूठ फैलाने का काम दिया। कि इन नौकरी के लिए चुने गए युवक युवतियों से कहो यदि वे धरने और विरोध में भाग लेंगे तो सारा पैकेज रद्द किया जाएगा। यह डर बिठाना ही था कि युवक उठ उठ कर गाड़ियों में सवार हो गए और नौकरी करने लगे। जब अगले दिन से वे अपने उत्पीड़न और दुख का रोना रोने लगे तो सब ने कहा कि विरोध करना छोड़ दिया तो अब भुगतो। करो नौकरी।'' वे वापस कहते, ''घर में कहा गया कि नौकरी रद्द हो जाएगी, कह कर गए हैं वह लोग। दर दर भटकोगे। भीख अब नहीं देता कोई। दया भी हम पर नहीं करता कोई। दया ने अपना पक्ष बदला है। वह भी नृशंस पर ही की जाती है। चीज़ों ने अपने स्थान बदले हैं। अर्थ के अनर्थ हो गए सरसिज।'' वह धीरे से उठा और उस टूटे पल्ले की खिडकी से देखने लगा, ''सम्भवतः माँ महाराज्ञी परांबा इस समय अपने प्रांगण में विहार कर रही हो। मैं उस को ढूँढूँगा। खोजूँगा। उसके चरणों में गिरकर पूछूँगा। पूछूँगा। माँ बताओ। बताओ। तुम ही कश्मीर हो। सारे नाश की कथा मुझे आद्यांत बताओ।

बताओ माँ। मैं तुम्हारे घुँघरुओं की सुमधुर संवित्त ध्वनि को सुन रहा हूँ...यह तुम भ्रमण पर निकल पड़ीं हो....

पच्चीस

जिस गाँव में हर एक के दसियों परिवार जन गोलियाँ से मार कर, कुल्हाड़ियों से काटकर, तलवारों से मार कर नर संहार किया गया। उसी गाँव में आकर नौकरी करनी है। जहाँ रक्त अभी भूमि पर पड़ा हुआ है, भूमि गीली है, रक्त सूखा भी नहीं उसी गाँव में क्षण क्षण तड़पो, नौकरी करो। जो खेत खलिहान ''व'' हड़प चुके हैं, अनाज, फल, सब्ज़ियाँ उगा कर वे बेच रहे हैं, ढँके की चोट पर सेब बागों से काट काट कर दिल्ली आज़ाद मण्डी भेज रहे हैं, एक एक सेब पर ''हम क्या चाहते आज़ादी, आज़ादी का मतलब क्या, ला अल्लाह इल्ललाह,'' ''यहाँ क्या चलेगा, निजामे मुस्तफ़ा'' की मोहरें ठोक कर लिख, पेटियों में भर रहे हैं कि सब सेब माले ग़नीमत हैं, क्योंकि हिंदुओं के बागों के हैं। ये सेब नारे लगा रहे हैं और अख़बारों में खबर बन रहे हैं। इन पर लेख लिखे जा रहे हैं कि कश्मीर में दमन है कि वहाँ के मुसलमानों पर पहरा है और सेबों पर मुहरों के ठप्पे लगा कर अपनी भूराजनैतिक आकांक्षा, अपना वैध विरोध व्यक्त कर रहे हैं। क्या ही शांतिप्रिय लोग हैं। देश में राजनीति का, लोगों का दिल जीत रहे हैं।'' उन्हीं लोगों में आओ और उन्हें वह सब खाते हुए देखो भी जो कुछ वास्तव में तुम्हारा है। और पंक्ति में बैठ कर ''बलि ''चढ़ने के लिए अपनी अपनी बारी की प्रतीक्षा करो। किसी राज्य की इससे बढ़कर क्रूरता क्या हो सकती है? कितना सहमा, आशंकित जीवन हैं। नौकरी कर रहे युवाओं के माध्यम से उनके माता-पिता, भाई-बहन तथा अन्य चिंता करने वाले सम्बन्धियों का, फिर उस का गुणा कर पूरे समुदाय में व्याप्त यह अनिश्चय, यह सहमना, यह भय, यह आशंका। त्राहि माम्।

जीने के लिए, जीवित बचे रहने के लिए हमने कितने दुःख झेले हैं, पर चार पैसों के लोभ में यह कहीं चला न जाए। माँ और पिता कहीं यह तो नहीं सोच रहे होंगे कि ''हमने चार पैसों के बदले बेटे को भेज दिया...'' और हाँ यहाँ से छुटकारा भी तो नहीं है

शर्त है न कि स्थानांतरण का आवेदन भी करना अपराध है। यदि ऐसा किसी ने किया तो उसी आवेदन पर नौकरी रद्द लिखा जाएगा। बोरा बिस्तर बाँधो और यहाँ से दफ़ा हो जाओ।''

अमृत भैय्या कहता है – ''देख सरसिज! यहाँ से बाहर आवेदन कर। कहीं पर भी मिल जाए। यहाँ से जा। इनके मुंह पर मार यह नौकरी। यह खतरनाक जगह है। यहाँ पर बहुत बड़ा आक्रमण हो सकता है। बहुत बड़ा। उसका लक्ष्य पैकेज के हिंदू हैं।''

''अर्थात् भैया?''

''बहुत बड़ा काण्ड। बहुत बड़ा हादसा। वह किस पर किया जाएगा, पण्डितों पर ही न। सीधी सी बात है।'' :

''पर भैया! हमें कहीं नौकरी नहीं मिलती। जम्मू की तो बात ही नहीं? निजी सेक्टर की कोई कम्पनी भी जम्मू में नहीं खुलती। कहाँ आवेदन करूँ भैया, मैं जम्मू और कश्मीर से बाहर नहीं जाऊँगा।'' भैया कहता है, ''किसी दुकान पर काम कर, पर यहाँ से जा सरसिज। यहाँ से जा।''

''मैंने सोचा, फिर कहीं दूर जगह पर जाना है, पर पापा माँ? क्या हम यों ही दरबदर ही फिरते रहेंगे। भैया मेरी चिंता कर रहे हैं। मैं सोचता हूँ हम सब सामूहिक रूप से कोई निर्णय लें, पर मैंने भैया से कुछ न कहा। हम सब अर्थात् मेरे मित्र भी जम्मू से जाने को तैयार नहीं। जम्मू में भी कितनी कठोर है ज़िंदगी? पर कुछ ऐसा है कि जम्मू में प्रेम है। कण कण जीवन। कण कण धड़कन।

जिन का सब कुछ छीन लिया गया हो, उन लोगों को इस ने एक कमरे की शरण दी हो कैंप में, वह छोड़कर कहीं भी जाने का मन नहीं है, किसी का भी नहीं। कहाँ कहाँ मारे मारे फिरना है, वितृष्णा हो आई है। अब हम कहाँ फिर से बस्ती बसाएँगे।

छब्बीस

इंजीनियरिंग की पढ़ाई महाराष्ट्र में पूरी कर जब सरसिज वापस जम्मू आया तो तरह तरह के आवेदन करता रहा। तरह तरह की परीक्षाएँ दी, जम्मू के लिए, पर योग्यता होने पर भी नहीं मिला कहीं भी कुछ। किसी भी शरणार्थी को नहीं मिली आजीविका यहाँ इस शहर में। इन आजीविकाओं पर निर्णय कर्ता कश्मीर का जिहादी राज्य है, जिसका अनुमोदन संघ राज्य को करना ही है। वे ही जम्मू के महत्वपूर्ण लोगों में कश्मीर के हिंदुओं के विरुद्ध मन में द्वेष और ग़लत बातों से भय डाल रहे हैं। जब सरसिज ने अपने जम्मू के अकश्मीरी मित्रों से पूछा कारण तो वे बोलते, ''देखो जम्मू आपका स्थान नहीं। आपका स्थान कश्मीर है।''

''पर वहाँ सारे हमारे अधिकार जिहादियों ने, उनके संरक्षक राज्य ने हड़पे, छीने। हम कहाँ जाएँ?''

''जाना तो होगा वहीं। आप तो यहाँ शरण के लिए हैं।'' हतप्रभ स्थिति में डाल देता है यह तर्क।

''तो पापा! मामा! भैया! सरकार को हम पर दया करनी चाहिए। करुणा करनी चाहिए। हमें भी जीने, सुरक्षित जीने का अधिकार देने की व्यवस्था करनी चाहिए।''

''करनी चाहिए बेटा, पर नहीं करती है क्या करें?''

''कुछ नहीं। कुछ भी नहीं। सारे फंड्स (धनराशि) मुसलमानों पर खर्च हो रहे हैं। हिंदुस्तान के हिंदुओं के लिए भी नहीं हो रहे हैं।''

''पर अब तो हिंदुओं की सरकार है..?''

''अरे बस करो ...सारा लफड़ा वोट और संविधान के मद हैं।''

सरसिज पर फिर से अवसाद का बोझ पड़ा।

ओह! उसने घड़ी देखी। साढ़े चार बजे चुके हैं प्रातः के। उसको मलबा घर, मलबा मंदिर, उदास कुल्या, अभी तक न देखा वास्तविक पर अभी तक उसके नेत्रों में कल्पना का कुँआ आँखों में तैर गया। वहाँ चाँद का प्रकाश पड़ रहा होगा। प्रातःसूर्य

भी उसे प्रकाशित करेगा ज्और फिर अस्त होगा। चाँद भी अभी कुछ एक घंटों में डूब जाएगा। चलता बनेगा। निर्लिप्त। कहीं कोई दख्ल नहीं देगा। पापा कहते हैं कि बाइगाश कहा करता था कि जहाँ पाप बहुत अधिक होते हैं वहाँ नदियाँ बहना रुकती हैं। सूरज उगना रुकता है। चाँद भी रूठ जाता है उस स्थान से। मगर बहुत समय लगता है।

''नहीं नहीं बाइगाश जी। इन को किसी ऐसी पाप पुण्य की स्थिति से कोई लेना देना नहीं इन्हें समय पर अपने काम करते रहना है। इनके यहाँ मन नहीं होता। मन मात्र हममें होता है। मन हमारे शत्रु के पास भी है। उसके मन पर शताब्दियों से मेरा खून सवार है। मेरे मन पर शताब्दियों से अवसाद, शोक और भय। मैं भी हठात् सूर्य, चंद्र और नदी सा हूँ कुछ भी कर सकने से (हठात) निरपेक्ष।''

''तो मैं यह मन कहाँ फेंकूँ? मैंने सुना है कितने ही ऐसे वीर हुए हैं, जिन्होंने माँ के चरणों में अपने सिर चढ़ाए हैं, फिर माँ ने उन वीरों के शत्रुओं के सिर काटे हैं।''

''कदाचित् माँ के चरणों में मन चढ़ाया जाए।''

''कैसे चढ़ाया जाए?''

''मन नहीं, बुद्धि।''

''बुद्धि?''

''हाँ हाँ। बुद्धि। फिर यह मंथन, यह विचारों के आवेग ..सहज समाप्तज्पर ..''

''पर क्या?''

''मन तो?''

''कोई नहीं जानता मन ज्यह रहस्य, एक मात्र रहस्य...।''

''तो अतः बुद्धि को बंद करो। निरपराध बंदियों की बुद्धि को बंद करना आवश्यक हैं। उनके दुख समाप्त हो जाएँगे।''

''यही तो हुआ है। शताब्दियों से यही हुआ है।''

''यही हुआ है कि शत्रु की दुर्बुद्धि चमकती रही है और हम अपनी बुद्धि से तंग आते रहे हैं।''

''कैसे?''

''यों कि शत्रु के हरबे ऐसे ऐसे हैं कि हम हर बार उसकी नई नई अमानवीयताओं को क्रियान्वित करते देख दंग रह जाते हैं। मारने के नित्य नूतन तरीक़े। नित्य नूतन। ऐसे ऐसे कि अकल्पनीय। हम उसकी पुरानी तरकीब से हुई क्षति पर ही सोच रहे होते हैं वह नई तरकीबों के साथ प्रकट होता है। हम सोच कर ही रह जाते हैं। इस प्रकार उसकी बुद्धि कितनी गुलज़ार और उर्वर रहती हैं कि हम और हमारा राज्य कहता है, ''ऐसा हम नहीं कर सकते। हमें यह शोभा नहीं देता। हम बर्बर नहीं हो सकते। हम में और उनमें फ़र्क़ क्या बचा फिर। हम हिंसा नहीं कर सकते। अहिंसा परमोधर्मः।'' इस

फ़र्क़ रखने की बुद्धि ने, हमारी बुद्धि छीन ली। और शत्रु बुद्धि को स्थल और अभय दोनों मिल गए। शत्रुनाम बुद्धिनाशाय, मित्रानाम उदयस्तवः। उलट कर यह शत्रु की बुद्धि का उदय और हमारी बुद्धि का सन्निपात।'' यह सब सोचते सोचते वह निढाल हो गया।

प्रातः नौ बजे उसके नेत्र खुले। खुला खुला प्रकाश था चारों ओर। मंदिर की घंटियाँ बज रही थी। सम्भवतः उन्हीं की ध्वनि ने उसकी नींद तोड़ दी। पर इससे पूर्व जब उषाकाल की आरती में मंदिर की घंटियाँ बज रही थी, उसको खबर नहीं। उस वेला उसकी नींद गाढ़ हो गई थी।

सत्ताईस

वह शीघ्रता से उठा और वातायन से देखा। नाग में कुछ युवक स्नान कर रहे थे। उसने तौलिया कंधे पर डाला और दौड़ा। नाग में नहाने का अभूतपूर्व चाव उस पर चढ़ आया। वह स्मरण करने लगा कि कल के विचार–प्रवाह में कहाँ कहाँ पहुँच गया था और अंततः कब आँख लग गयी थी, पता ही नहीं॥ वह मन के प्रसंग में अपने मन में ही हंस दिया और अविलंब नाग के परम शीतल जल में ढुबकी मारी।

''ओह! यह तो परिवर्तनकारी तापमान का अमृत है। इसमें स्नान सौभाग्य है, यह तो मेरा सहज, पारम्परिक, निजी और सतत सौभाग्य था, और मुझसे यही तो छीना गया। सोचते हुए पहले उसके दो बूँद अश्रु नाग के अमृत के साथ मिल गए फिर झर झर बह कर मिलते रहे। किसी को नहीं पता किंतु। वह सीढ़ियों पर आता है, शरीर पर से जल पोंछने की क्रिया करता है। आंसुओं के एक पूरे गैलन को अनुभव कर, उन्हें नाग को समर्पित करने पर पुनः छपाक से नाग में कूद जाता है। ऐसा वह लगभग दस बार कर चुका है। तब साथ में ही स्नान कर रहे एक युवक ने पूछा, ''भैया, क्या यह छपाक छपाक ही करते रहोगे.. कि बस अब कपड़े पहन कर कुछ और भी करोगे?

सरसिज को इस युवक की यह बात अच्छी लगी। लगा कि उसके अश्रुओं का सुफल मिला है उसे। वह भी युवा है। क्या पता पीएम पैकेज में ही नया नियुक्त होकर आया हो। आह! यह नाग पहले माँ के चरणों से निकलता है फिर पुनः पुनः प्रतिदिन इसमें माँ का चरणामृत मिलता रहता है। उस चरणामृत में उसके अश्रु घुलते हैं और चरणामृत का अमरत्व उसके अंग प्रत्यंग में, रोम रोम में उतरता है।

उस युवक की यह बात उसे आत्मीयता की ध्वनि से आप्लावित सुनाई दी और उसके मन में आह्लाद ओर छोर तक विस्तार पा गया। ''अब आंसुओं पर से इच्छा से रोक लगानी है'' यह भाव करते हुए वह सीढ़ी पर आकर अपना शरीर तौलिया से पोंछने लगा और उस नए युवक का परिचय पूछने लगा।

''आप?''

''गौरव।''

''पी एम पैकेज?''

''हाँ। तो क्या। वरना यहाँ कैसे होता मैं?''

''हाँ। सच। कौन सा विभाग?''

''टीचर हूँ।''

''टीचर ...?''

''हाँ।''

''ओह!''

''क्यों?''

''मैं भी टीचर ही होता न।''

''आप ने किस विभाग में आवेदन किया था?''

''आवेदन में थोड़े कोई ऐसा मद था कि हम ऐसा चुनाव करते। बस आवेदन करना था। रुचि तो उनकी है।''

''कब आए?''

''बस एक सप्ताह से हूँ यहाँ।''

''कौन सा दफ़्तर?''

''रूरल डेवलपमेंट। ग्रामीण विकास।''

''क्या हो वहाँ?''

''कुछ भी और कुछ भी नहीं।'' कहते हुए सरसिज हंस दिया। तनख़्वाह मिलती है बस। और पता है हमारा वेतन केंद्र सरकार भेजता है।''

''मुझे पता है भैया। जिहाद का वेतन अर्थात् जिहाद करने का वेतन, मारे गए जिहादियों की मदद, जिहाद कराने वाले राजनेताओं और नेताओं की सुरक्षा, आराम, पाकिस्तान में अपने स्वामियों से बातचीत और योजनाएँ बनाने की सारी सुविधाएँ भारत सरकार के दूरसंचार के सौजन्य से चलती है। अब अगर हमारा, हम नरसंहार के मारे, गरीब देश प्रेमियों का वेतन भी केंद्र सरकार से आए तो कौन सी गाज गिरेगी?''

नहीं भैया मेरे कहने का अर्थ यह है कि प्रदेश सरकार का सीधा इंकार था हमें रोज़गार देने से। इसके माध्यम से साफ बताना हमें भी और भारत सरकार (यदि उसमें कहीं कोई ''भारत'' को अर्थित करता तत्व बचा हो) को भी कि इन क़ाफ़िरों को हमने यहाँ से निकाला है। हमारे गजवाए हिंद का प्रथम पढाव पूरा हो गया है। उसमें ख़लल डालने की जुर्रत न करें। अगर अब इन का यहाँ आना तुम्हारी राजनीतिक

विवशता है तो कुछ नई शर्तें हमारी हैं। इन शर्तों में पानी नहीं घुसना चाहिए और पता नहीं दसियों ग़लत माँगे मानी होंगी। क्यों कि भारत की सरकार यह प्रचार करना चाहती है (किसी भी झूठी तरकीब से)देश के हिंदू वोटरों में कि कश्मीरी हिंदुओं का पुनर्वास वापस कश्मीर में हो गया है। वर्ना प्रकारांतर से भारत राज्य ने जिहाद के आगे घुटने टेक ही दिए हैं।

"विशेषज्ञा क्या है आपकी? मेरा अर्थ है विषय।"

"मेकेनिकल इंजीनियरिंग"।

"ओहो। तो क्यों न बैंगलुरु गए या किसी और शहर या विदेश। मैं इंजीनियर होता न। कभी न आता यहाँ। मैंने मास्टर्स किया है। यहाँ जिहादियों को वह पढ़ाने आया हूँ जो वह पढ़ना ही नहीं चाहते। हम भारत राज्य और इस्लामी जिहाद के बीच का समझौता हैं।"

"बलि के बकरे भी... "

"पर मैं जम्मू को छोड़ कर कहीं भी नहीं जा सकता।"

"क्यों?"

"नहीं जा सकता, नहीं रास आता मुझे। क्या करूँ! मनुष्य की लाचारियाँ भी कैसी होती हैं न। लाचारियों पर लाचारियाँ। लाचारियों पर लाचारियाँ्है न, होती है न?"

गौरव हंस दिया।

"आप गौरव हैं, आगे क्या हैं...?"

"रैणा। गौरव रैणा।"

"आप भी तुलमुल के हैं?"

"गांदरबल हमारा गाँव है। पर मैं इसी तुलमुल की धर्मशाला में ही एक कमरे में रहता हूँ। आपके नीचे का कमरा मेरा है।"

"ओह। ओह। सच सच सच?" भर आया खुशी से सरसिज का हृदय। छलक आया। वह भरसक गौरव से लिपट-सा गया। मानो सारी रात जो वह जीवन के प्रश्नों के दुर्गम पर्वतों से उतर और चढ़ रहा हा था, वह सब स्पष्ट हो गया हो। हर प्रश्न का समाधान हो गया है। हर प्रश्न उतरित।

"कहाँ? कहाँ है आपका कमरा। दिखाओ तो ज़रा मुझे। मैं सोच भी नहीं सकता कि ठीक मेरे कमरे के नीचे वाले कमरे में कोई मेरा भाई भी रहता होगा। मैं कितना खुश हूँ ..पर गांदरबल में भी तो कुछ कर्मचारी हैं। जम्मू में मेरा एक मित्र, जो जम्मू में मेरा पड़ोसी है, वह वहाँ ही रहता है। उसे यहाँ कमरा नहीं मिला। मुझे भी कठिनाई से मिला। पापा को किसी बड़े व्यक्ति से बात करनी पड़ी।"

"हाँ यहाँ माँ का बड़ा सहारा रहता है। माँ के मंदिर की घंटियाँ बजती है तो लगता है संसार में हमारा कोई है। हम परित्यक्त नहीं हैं।"

"पर यहाँ और कमरे क्यों नहीं दिए जाते जब कि यहाँ बहुत से ख़ाली कमरे बंद पड़े हैं।"

"यह धर्मशाला है धर्मार्थ ट्रस्ट की। सरकार के लिए क्यों खोलेंगे भला? पता नहीं ये दो कमरे कैसे दिए गए हैं। कमरों की हालत भी ठीक नहीं है। रहने लायक़ नहीं हैं।"

"यहाँ यही लोभ है कि माँ का परिसर है। द्वार के बाहर सुरक्षा का पहरा है अहर्निश। गांदरबल में सभी बेचारे किराये के कमरों में रहते है, एक तो किराया दो, दूसरा कोई सुरक्षा नहीं। जबकि सरकार को हमारी सुरक्षा हर ऐसे स्थान पर करनी चाहिए जहाँ जहाँ हमारे डेरे हैं।"

"सरकार के लिए हम मनुष्य ही नहीं हैं।"

"हाँ। बस। वैसे तो हम राजनीति का रोड़ा हैं। पर दूसरी तरफ़ शत्रु की मदद करने में राज्य के सहायक भी हम।"

"गौरव भैया आपको नहीं लगता कि पूरे भारतवर्ष के हिंदू ही भारत सरकार की परेशानी है?"

"हाँ तभी तो हिंदुओं ने उसी अनुसार स्वयं को ढाला है। है न? मेरे पापा कहते हैं "इस्लाम "का अर्थ है बुद्धि की हत्या। सनातन का अर्थ है बुद्धि का विस्तृत और प्रकाशित आकाश। पर यह उलट गया है हमारे देश की विकट, विकृत राजनीति में, सनातनता के प्रकाश पर कृत्रिम अंधकार किया गया है और "इस्लाम" मानो बुद्धि ही बुद्धि हो। प्रकाश ही प्रकाश। निस्सहाय हिंदुओं ने यही मानना शुरू किया है, स्वीकार किया है। सनातन की बत्ती बुझा डाली है। जिस जिस की नहीं बुझी है उस उस के लिए सरकारी और सरकारी लोगों की उपेक्षा, असुरक्षा अमानवीयता, एकाकीपन है। वहीं हैं हम। राजनीतिक अंधकार के शिकार सनातन के हम शिकार। बात जटिल है। हैं न? छोड़ो यह विषय ही। इससे भय और अवसाद ही छाता है मनुष्य पर। हर हिंदू इस अवसाद और भय से डर कर भाग जाता है जो जिहाद को समर्पित सरकार चाहती है वहीं करते हैं। हम भी। हम भी। छोड़ो मत करो ये कष्ट की बातें।"

कुछ क्षण दोनों में भयावह मौन रहा जो दोनों को भयावह लगा तब सरसिज बोला, "आप कब से हैं यहाँ?"

"गत दो वर्षों से। पहले एक किराए के कमरे में था। अभी अभी यहाँ आया हूँ। वहाँ बहुत बहुत डर लगता था।"

"हूँ।"

''तो आप पहले से यहाँ है तो मैं यह जानता होता तो, हफ़्ता भर मैं इधर उधर न भटकता। आप के पास ही रहता।''

''हाँ। हम लोग आपस में भी बात करने, संवाद करने से डरते हैं। हैं न? इसलिए नहीं कि हमें आपस में कोई भय है, पर इससे कि हम आपस में संवाद में हैं, यह बात शत्रु को पता न चले।''

''शत्रु कौन?''

'' :अरे गौरव भैया! आप ही ने बताया छोड़ो राजनीतिक बातों को ..तो मुझे भी इन बातों का अनुसरण करना चाहिए। मुझे मामा, पापा यहाँ तक कि मम्मी ने भी यही ताकीद कर के विदा किया है।''

''मम्मी'' तक ने ''अर्थात्?''

''कि उसे राजनीतिक बातें कौन हैं और उनसे क्या ख़तरे हैं यह बहुत अधिक पता नहीं।''

''हमारी माताओं को सब पता है सरसिज।''

''मेरा मतलब है उनको उतना पता नहीं जितना पिता तथा मामा को है। आपको मैं भैया बोलूँ?''

''हाँ हाँ सरसिज। मैं तुम से बड़ा हूँ। उन्नीस सौ नब्बे का जन्म है मेरा। फिर अभी तक तो तुम कई बार पुकार ही चुके हो भैया सम्बोधन से। पर मेरा जन्म यहाँ नहीं जम्मू के शरणार्थी शिविर में हुआ है ''

''मेरा भी यहाँ का नहीं।''

''सो तो होगा ही। स्पष्ट बात है। जब मैं यहाँ नहीं हुआ, तुम्हारी तो बात ही नहीं। कब का जन्म है?''

''उन्नीस सौ बानवे का। मम्मी मेरे जन्म की कथा सुनाती है। पूछो मत।''

''मेरे जन्म की भी कथा है सरसिज।''

''एक बात बोलूँ भैया, कि दुश्मन को दुश्मन नहीं बोलोगे तो दुश्मन निगल जाएगा न?''

''नियंत्रण। नियंत्रण सरसिज। जैसे हमारा कांस्टिट्यूशन बड़े ही नियंत्रण में हैं। उसी प्रकार नियंत्रण।''

''धीरे से एक बात बोलूँ गौरव भैया..कान में...?''

''हाँ हाँ...दुश्मन के अनियंत्रण के लिए।''

''हा हा हा हा हा'' गौरव झूठे ठहाके में हंस दिया। और भीतर से चिंतित होकर फिर हंस पड़ा झूठ मूठ, ''हा हा हा हा'' सोचने लगा ''यह लड़का मानेगा नहीं।'' वह एक पक्का मास्टर था।

अट्ठाईस

जब वे माँ महाराज्ञी परांबा के द्वार पर पहुँच गए, तो सरसिज ने देखा वही पड़ोस का मुसलमान। बग़ल में एक मध्यम आकार का दूध का मटका, जिसका हत्था उसने घास की रस्सी से बनाया था। उसी रस्सी के हत्थे से वह यह मटका ले जा रहा था। एक मिट्टी का सकोरा उस पर ढक्कन के रूप में रखकर। बाएँ हाथ में एक लिफ़ाफ़ानुमा थैला था सम्भवतः फूलों से भरा द्वार पर बेचने के लिए, द्वार की ओर जा रहा था। इस समय वह, ''चलो बुलावा आया है...'' नहीं गा रहा था। विशुद्ध व्यापारी का रूप था उसका। गौरव उसके साथ मुस्कुराया। उन दोनों की इस मुस्कान के विनिमय का क्रुद्ध और निस्सहाय साक्षी बना सरसिज। उसके रक्त और स्नायुओं में अफ़रातफ़री सी मच गई, जो उसे स्वयं ही सम्भालनी थी चुपचाप। इस समय वह उसके विषय में कोई भी बात नहीं कर सकता। गौरव भैया के साथ भी नहीं। माँ के चरणों में प्रणाम कर, वहाँ की परिक्रमा कर, चरणामृत लेकर, अमृत कुंड का दर्शन कर चल दिए दोनों। दोनों को दफ़्तर जाना है। गौरव ने दो चार फूल उस मुसलमान से भीतर जाने के समय लिए थे, ताकि कुंड में समर्पित कर सके। उसने एक आध पुष्प सरसिज को भी दिया था ताकि वह भी माँ के कुंड में पुष्प अंजुरि दे, पर सख़्त मुँह बनाकर उसने लेने से इंकार कर कहा था, ''मैं माँ के चरणों में प्रणाम करूँगा केवल।''

गौरव सशंकित हो उसके नेत्रों में देखने लगा। उसे सरसिज का मुख असामान्य लगा। नेत्रों में कुछ छलकती-सी आर्द्रता थी। उसने देखा था कि नहाने के समय भी सरसिज के नेत्र सूख नहीं रहे थे, जबकि वह बातचीत करता हुआ कभी कभी हंस भी लेता किंतु नेत्रों की आर्द्रता जाती नहीं। स्नान करके नाग से निकलने पर भी उसने देखा कि नाग के शरीर से चू रहे जल के अतिरिक्त भी उसके नेत्रों से जल निकलना बंद नहीं हो रहा और स्पष्ट दिख गया था उसे कि ये आँसू हैं।

''पर क्यों?'' उसने तब अपने विवेक, दृष्टा या किसी भी आभ्यंतरिक वासी से पूछा था। अब पुनः उसके नेत्र आर्द्र हैं, वह देख रहा है। उसने पुष्प ठुकराए। यह

उसकी शंका से परे है। उसने पुष्प अपने पैसों से भी नहीं ख़रीदे।'' गौरव रैणा ने सोचा।

द्वितीय : उनतीस

बाइगाश ऊधमपुर के शरणार्थी कैम्प में है। जम्मू में सरसिज का मामा दीपक रहता है। वह अपनी बहन से आज मिलने गया है। सरसिज का बड़ा भाई विभोर जन्मा है। सरसिज की नानी भी आई है।

सरसिज के मामा को टेंट वितरित नहीं हुआ। टैंटों की कमी हो गई थी। तब तक वे लोग कहाँ रहते भला। वह बचपन के एक मित्र के पास गया और कहा, ''सतनाम! अभी हम गीता भवन में कुछ लोग हैं, मुझे वहाँ शरणार्थियों की सूची बनाने का काम मिला है, शरणार्थियों का गीता भवन में आना थमता नहीं। अभी मैं माँ बापू को लेकर गीता भवन में कुछ अन्य परिवारों के साथ हूँ। वे अन्य परिवार भी स्थान या टेंट की तलाश में हैं। कुछ जगह होगी क्या। एक मामूली सा कमरा। जैसा तैसा।''

''यह तो शहर से दूर है दीपक! शहर के भीतर देखो। दूर पड़ेगा तुम्हें कष्ट होगा।''

''कहाँ देखूँ सतनाम। कहीं कोई कोना नहीं मिल रहा। तभी मुझे तुम्हारा ध्यान आया, तेरे पास चला आया।''

''तो ...!'' सोचने लगा सतनाम जो एक ट्रक ड्राइवर था। पाकिस्तान बनने के बाद मुज्जफराबाद से अपने परिवार के साथ जम्मू आ गया था। तब बालक था। पिता को गोली मार दी गई थी। माँ किसी तरकीब से दो पुत्रों और दो पुत्रियों के साथ अन्य सम्बन्धियों के साथ बच कर आ गई। सिक्खों के पूरे जत्थे ने जम्मू का नानक नगर आबाद किया। पहले पहले छोटी छोटी झुग्गियाँ, फिर धीरे एक एक पक्का कमरा बनाया, फिर दो कमरे, फिर तीन कमरे अपनी अपनी शक्ति अनुसार बनाए और बस गए। सतनाम सिंह का अपना परिवार काफ़ी बड़ा था और कमरे जितने थे वे सब आवश्यकता के भीतर भीतर ही थे। उसके पास कोई अतिरिक्त स्थान न था।

''मैं चाचा कपूर सिंह से कहता हूँ। पर सच यह है कि उसके पास भी नहीं है कोई जगह। दो कमरे हैं, एक रसोई। हाँ उसके पास एक दो कमरे की भैंस शाला है।

मैं उसके बारे सोच रहा हूँ। जहाँ भैंसे बंधती हैं, वह यों तो रहने लायक़ नहीं। चलो बात करते हैं। ऐसे संकट में उनमें भी रहा ही जा सकता है। फिर भी चलो, बात करने में क्या हर्ज है? वैसे दीप उन में रह लो। भैंसे कुछ काल तक बाहर बंधेंगी। गर्मी तो है।''

चलते चलते सतनाम ने उसे चाचा से मिलाने से पहले भैंसों का आवास ही दिखाया और कहा, ''देखो दीप! तुम इसे साफ़ सुथरा करवा सकते हो। मैं भी मदद करूँगा। तुम फ़िक्र न करो। उसके बाद इसमें लगातार दो तीन दिनों तक अगरबत्ती और धूप जला कर रखेंगे। यह सुगंधित हो उठेगा। बस सांप से हर पल बचना होगा यहाँ। सांप यहाँ बहुत निकलते हैं।''

''सफ़ाई...?''

सतनाम ने भाँपा कुलदीप इतना लाचार है कि उसने मन ही मन भैंसों का यह निवास किसी महल से कम न माना। जिसकी सतनाम को कम ही आशा थी।

''तुम चिंता न करो उसकी, मैं करवा दूँगा। तुम ले आओ अम्मा बाबू को।''

दीपक की माँ ने देखा था कि भैंसशाला की वे दीवारें अच्छे से पुती न गई थी। सतनाम के चाचा ने किराया तय किया और किराये दार के सामने ही अपनी आमदनी के बढ़ने का हिसाब भी किया। दीपक की अम्मा ने फिर से पुताई की कमरों के दीवारों और फ़र्श पर, मिट्टी से। अगरबत्तियाँ भी जलती रही कई कई घंटों निरंतर, पर वह डोर डंगरों की वास न जा पाई। उन्होंने सोचा कि आश्रय तो मिल गया, दुर्गंध को सामान्य गंध बनने में कुछ समय लगेगा और यह भी कि गंध के साथ जीने का अभ्यास धीरे-धीरे हो जाएगा।

सरसिज की माँ अपनी माँ की मदद करने ऊधमपुर शरणार्थी शिविर से आई थी ताकि माँ को उसका किचन बना कर दें। कुछ दो एक बर्तन, थोड़ा सा मिट्टी का तेल, स्टोव। चावल और एक मोंझ हाख की सब्ज़ी उसने बना के रखी वह वापस अपने शिविर में ऊधमपुर लौट आई थी। वह अपने पति के पीछे पड़ी हुई थी कि कोई कमरा देख लो, ''मुझे यहाँ साँपों का अहर्निश भय लगा रहता है।'' अब वह बस में इस विचार से काँप काँप उठ रही है कि यदि इस भैंस शाला में सांप आया जैसे कि सरदारनी माता कह रही थी तो तो.. हमारे चारों ओर से साँपों का पहरा है। जीवन एक साफ़ साफ़ सचेत लॉटरी है। सांप ने दया की तो बच गए उसके पुनः आने तक हम सोचेंगे कि वह नहीं आएगा। उसके आने पर अदृश्य रक्षक से प्रार्थना करेंगे। बहुत बार छूट भी सकते हैं सांप के रूप में सांप से पर मनुष्य रूप में सांप कभी नहीं चूकता है, यह अनुभव हम से बढ़कर किसे हैं?'' वह सोच रही थी और भी बहुत सी सोच सामग्री के साथ।

तीस

सरसिज का पिता अंततः एक कमरा ऊधमपुर में प्राप्त करने सफल हुआ। वहीं निकट उसका कार्य स्थल भी था। एक कमरा और एक रसोई। बहुत ही छोटी सी। पाखाना आंगन में बहुत दूर कोने में। कैंप में आते ही पहले सरसिज का बड़ा भ्राता पैदा हुआ। महाकष्ट के दिन थे। एक ही कमरे में पति-पत्नी, माता पिता और नन्हा बालक। और यह घुटन। यह उत्पीड़न। महा घुटन। लज्जा। निजता विहीनता। अधिकार हीनता। न्यूनतम पर सौदा कि जीवन को तो किसी बंदूक़, तलवार, बम, धर्म परिवर्तन का कोई भय नहीं। धर्मपरिवर्तन इनमें से सबसे घातक है। एक हत्या है। उसको यह बात रह रह कर याद आती है कि हाँ यह और अधिक ख़तरनाक हत्या है।'' शरीर के मारे जाने से अधिक भयानक है धर्म छीनकर मज़हब में घसीट कर ले आना।'' सरसिज की माँ कुंती बहुत अधिक उदास है। और रह रह कर उसे अपने श्वसुर बाइगाश का सामना करने में लज्जा आती है। वह गढ़ जाती है। और सोचती है, ''ऐसी बेघरी झेलनी हो तो बच्चे नहीं होने चाहिए। बेचारे नन्हें मुन्ने..इनको कुछ पता भी नहीं कि यह सब क्या हो रहा है। जीवन क्या है और जीवन की विवशताएँ क्या?''

''इन पर ब्रह्मचर्य का वैवश्य छा गया था न। हे भगवान। कभी कभी आश्वस्त होने के बाद कि बाइगाश और अम्मा सो गए हैं ये मुझ से अनुनय करते रसोई की उस छोटी सी जगह पर दो क्षण मिलने के लिए, जहाँ पंखा भी न था और पैर भी ढंग से फैलाया नहीं जा सकता। यह कैसी नैतिक अश्लीलता थी जीवन की।

वह उन क्षणों पति से संयम की प्रार्थना करती। कि.... '' .. वह आशाओं से उसे भर देता, ''दिन ऐसे नहीं रहेंगे कुंती ! हम अच्छा सा दो कमरों का एक सेट किराए पर लेंगे।''

फिर भी वे उस एक कमरे और किचन में दो साल तक बने रहे।

प्रायः सरसिज को याद आता मम्मी का हंसी हंसी में कहा वाक्य, ''ऐ तू रसोई में पैदा हुआ है।''

इस वाक्य पर उस घर में प्राय: हंसा जाता था पर यह एक दारुण इतिहास था, जो धीरे धीरे सरसिज और उसके भाई की समझ में आएगा और इतिहास का जल गत छ: शताब्दी के इतिहास के जल के साथ मिल जाएगा। जहाँ हिंदू नाश का आरंभ किया गया और यह कार्यक्रम रुका नहीं कहीं। हिंदू अपना नाश भूलता गया और चलता बना। चलता बना। उसके ही स्वदेशी लोगों को विदेशी बना दिया गया सतत। उन्हीं को यों अजगर की तरह झकडा गया कि उन्हें अजगर ही बना दिया गया। आक्रामक बना दिया गया। आदमखोर यों कि स्वजनों को ही खाना उनका दैनिक कार्य और इबादत बन गई। हत्यारे बन गए वे बस एक कलमें के पाठ से।'' स्मृति का यह टुकड़ा सरसिज के भीतर खलबली मचाए हुए था तब तक, जब तक कि वह ''रूरल डेवलपमेंट डिपार्टमेंट कश्मीर ''का साइनबोर्ड उसे सामने न दिखा। मानो वह नींद से सहसा जाग गया हो। वह भय और आत्मविश्वास के मिश्रण के साथ भीतर गया। वह इस समय निस्सहाय है। शत्रु की दया पर है। ज्और ऐसे क्षण अदृश्य सत्ता का भान होना प्राकृतिक था। आध्यात्मिक उन्माद नहीं।'' ये सब बातें उसने मन में कही।

''हाँ जी सरसिज जी! तो आज से आप की ड्यूटी आरंभ।'' उसके बॉस ने कहा। जिसका नाम वली उस्मान था।

''यस सर।'' सरसिज ने नम्रता से उतर दिया।

''तो जिनाब सरसिज! यह नाम मैंने आज तक नहीं सुना है किसी भी कश्मीरी पण्डित का। क्या है मतलब इस लफ़्ज़ का। है भी कुछ या यों ही? मैंने सुना है कि आजकल मतलब के बिना भी आप लोग नाम रखते हैं। आप ही नहीं, सभी हिंदुओं के बारे में मैंने सुना है कि वे कुछ भी नाम रखते हैं। ज़रूरी नहीं कि उस लफ़्ज़ में कोई मतलब हो। ऐसा ही तो नहीं तुम्हारा नाम भी कहीं?''

''नहीं नहीं सर। इसका मतलब है कमल। यह संस्कृत का शब्द है। मतलब सर यानी सरोवर से उपजा कमल पुष्प। इस तरह यह कश्मीरी भाषा के भी बहुत निकट है।''

''ओ ओ अच्छा अच्छा बहुत खूब। आम तौर पर पण्डितों को अपने ज़्यादातर नामों के मानी पता नहीं होता है। आप तो ख़ास क़िस्म के हैं कि आप को यह पता है कि आप के इस असामान्य और कठिन नाम का मतलब क्या है। किसने यह नाम रखा है और किसने उसका मतलब बताया है।''

''दादा जी ने। उन्होंने ही रखा भी है और इसका मतलब भी समझाया है।''

''अच्छा। बहुत अच्छा''

सरसिज ने जाना कि ''बहुत अच्छा'' की ध्वनि में इस बातचीत का विराम था और दफ़्तर के दायित्वों का आरंभ।

"तो आपको खेतों में जाना है और वहाँ के गाँव के डेवलपमेंट का भी निरीक्षण करना है। कब शुरू करोगे? डेरा कहाँ है?" उस्मान मीर ने पूछा।"

"गांदरबल में किराए पर दोस्त के साथ रह रहा हूँ फ़िलहाल। जी सर मैं काम के लिए बिलकुल तैयार हूँ।"

"ओ...। घबराना नहीं। हम तुम्हारे भाई हैं। बिलकुल डरने की कोई ज़रूरत नहीं।"

"यस सर।" वह एक कातर मुस्कान में मुस्कुराया। वह एक उसी के द्वारा नष्ट किया गया पण्डित उसके समक्ष दया के लिए अनकहा निवेदन करता हुआ।

"आपने बहुत जल्दी और होशियारी से अपने काग़ज़ात तैयार किए हैं। किसी ने सहायता की?" फिर उस्मान ने पूछा।

"हाँ सर गुलज़ार साहब ने।"

"हाँ। उसे मैंने ही कहा था। हमें अपने पण्डित भाइयों की सहायता करनी चाहिये। करनी पड़ेगी ही। देख यह आज़ादी गई बाढ़ में ...हम हिंदुस्तानी हैं और कश्मीर हिंदुस्तान का अटूट अंग है। "सरसिज उसकी बातों पर अंदर ही अंदर लोट पोट हो रहा था उसकी ये बातें सुनकर। मानो मन ही मन माँ, पापा और गौरव को सुना रहा है। माँ बोल रही थी," सुनना। चुप रहना। कोई बात अपनी ओर से न मिलाना। यह झूठ है। अलतकिया है। इस पर मन ही मन सरसिज को क्रोध आ रहा था। वह कहता है, "माँ मत समझा मुझे। क्या मैं जानता नहीं। समझता नहीं। जब से मैं "रसोई" में पैदा हुआ, इन्हीं बातों का भात, दाल, सब्ज़ियाँ, नाश्ता, हवा पानी खा खा कर। बना बना कर, पका पका कर खाता हूँ यही। आज यहाँ आन खड़ा हूँ।" मन ही मन वह पापा का उपदेश भी सुनता है। फिर अनुमान लगाता है कि गौरव भैया और सचिन भी यही कहेगा। उनके भी ठीक यही अनुभव हैं। इनका यह सारा आख्यान ही समकालीन है। उनका ऐतिहासिक। इनके यहाँ कितना ही जिम्मी बने रहो, कोई अंतर नहीं पड़ता। इन्होंने अलतकिया की टीम ही अलग बनाई होती है। ये भूलते नहीं कि अल्लाह का असली हुक्म क्या है। बस अवसर की तलाश रहती है इनको। अलतकिया की टीम शिकार को धोखे में लेती है और हत्यारों की टीम अपना काम करके निकल जाती है।

"सरसिज को याद आया अपनी नानी का वह अनुभव संवाद। कि शाम को एक भयंकर जुलूस आता भट्टों के दरवाज़ों पर लातें मार मार कर गालियाँ बकता और चलता बनता। बीच में जहाँ तक कोई भट्टों का घर न हो तो आराम से नारे लगाता "ऐ काफिरो! ऐ ज़ालिमों! कश्मीर हमारा छोड दो।" "यहाँ क्या चलेगा निजामे मुस्तफ़ा "इत्यादि। सुबह जब पड़ोसियों से मेरे नाना ने पूछने की हिम्मत की ही कि कल यह क्या माजरा था तो वे बोले थे, "हमें भी नहीं पता, हम भी हैरान हैं।

जाने कौन थे, किस मुहल्ले से आए थे।'' नाना ने आगे पूछने का साहस न किया। यह रणनीति थी। इस मुहल्ले के लोग उस मुहल्ले में हमला बोलेंगे और उस मुहल्ले के लोग इस मुहल्ले पर। ताकि भट्ट पड़ोसी पहचाने न और आगे यह बात न कहें कि उनको पड़ोसियों ने मारा, खदेड़ा, डराया या उनका बलात्कार किया। यह इनकी टीम वर्क है। क्योंकि टीम वर्क ये सारे संसार में करते हैं। यहाँ भी टीम होगी। यह वाली टीम सबसे ख़तरनाक है नानी।'' मन ही मन उसने स्वर्गीय नानी से बात की। बार बार अलतकिया की जद में आता है काफिर, मारा जाता है, फिर से अलतकिया और फिर हत्या। राज्य बाध्य करता है उस अलतकिया पर विश्वास करने को, इसलिए भी उसे यह विश्वास करना पड़ता है। जब राज्य यह विवशता बनाता है, काफिर हिंदू समझता है कि राज्य ने मुझे उसकी दया करुणा पर छोड़ दिया। वह मेरी कोई ज़िम्मेदारी नहीं ले रहा क्योंकि मुसलमान उसे कहता है कि अरे छोड मत फ़िक्र कर इस काफिर हिंदू की। मैं शांत हूँ। वह कृतज्ञ है तुम्हारा। तुम अपना कुछ भी हिंदू पर बर्बाद न कर। न पैसा। न ज़मीन। न और कुछ। तू मुझे खुश रख ऐ सरकार। मुझे खुश रख। मैं उसे मारूँ तू चुप रह और कभी न बोल यह मज़हब का काम है। बोल ''मज़हब नहीं सिखाता''। ये जुमले नेहरू के। गांधी के। इस तरह हिंदू समाज को राज्य छिन्न भिन्न कर के राज्य करता है। हिंदू किंकर्तव्यविमूढ''। हिंदू चमचा। जिहादी का भी और राज्य का भी। शेष मौन और आत्म-प्रतिबंधित। कि यह नहीं बोलना। यह नहीं करना। यह नहीं सोचना। अरे सोच तो लो। सोचने में क्या बुरा है? कौन देखता है तुम्हें सोचते हुए। ''अरे नहीं नहीं। (मन की) दीवारों के भी कान हैं।) हाहाहाहा। पराजय में जय। क्षणजीविता में पूर्ण आयु। पराजय में अहिंसा की जय। आत्महंतात्मकता आत्मविस्मृति। सब उल्टा। सब उतरा। हिंसा शांति। शांति हिंसा। मानवता दानवता। दानवता मानवता। अधिकार कर्तव्य। कर्तव्य अधिकार। दया क्रूरता। क्रूरता दया। क्रूरता करुणा। सत्य असत्य। हाँ हाँ। सबसे बड़ा आख्यान कि सत्य असत्य और असत्य सत्य। नैतिक अनैतिक और अनैतिक नैतिक। पाप सत्कर्म। सत्कर्म पाप। यह सूची बड़ी लम्बी है। सब कुछ उल्टा। सब कुछ उल्टा एकदम उल्टा। जैसे कि पूर्व पश्चिम। पश्चिम पूर्व। हाँ हाँ। नानी भी कहती थी अगर मुसलमान कुछ अच्छा कहे समझना चाहिए कि दाल में कुछ काला है। बहुत बड़ा षड्यंत्र और छल है उसके मन में। कभी न करो विश्वास। कभी भी नहीं। मगर वह फिर यह भी कहती थी कि कुछ इंद्रजालिक शक्ति है इनके पास कि मन गद्गद होता है जब मुसलमान अच्छा और शुभ बोलता है। ज्ञान की बात बोलता है, फिर अगर कोई संत भी ज्ञान की बात करें तो हिंदू को पचता नहीं, उसके संतत्व पर ही संदेह करता है।''

''यह इंद्रजालिक?'' किसी की भी मन ही मन जिज्ञासा।

"यह इंद्रजाल शताब्दियों से राज्य का बुना। चाहे कैसा भी राज्य। राजाओं का राज्य। रजवाड़ों का राज्य। अंग्रेजों का राज्य। वर्तमान भारत राज्य। यह इंद्रजाल आया ही राज्य से हैं और अभी तक यह परंपरा चल रही है। और और पुष्ट और सशक्त हुई है। लोकतंत्र ने इसमें और रस घोला। धर्म की उपेक्षा ने इस पर हीरे जड़ दिये। और उन हीरो की चमक उन्नीस जनवरी उन्नीस सौ नब्बे की रात ऐसी छनकर छा गई पूरे आकाश में कि भारत से होते हुए यह चमक यह दमक पूरे इस्लामी संसार पर पड़ गई। नानी ने यह भी कहा था गुरू गोविंद सिंह महाराज जी ने बताया है तेल में अपनी बाँह डालो, निकालो और तिलों से भरी चिलमची में डालो। जितने तिल के दाने इस बांह पर चिपकेंगे, उतनी बार भी यदि अच्छी और शुभ और दोस्ती, शांति की क़समें खाए मुसलमान, तब भी मत करना विश्वास मुसलमान पर। ऐसे गुरु ने कहा, पर कोई नहीं मानता। हे गुरु महाराज जी कृपा करो। आपने संक्षिप्त में कहा कि मुसलमान के पास है धोखा। छल।" मगर राज्य कहता है "वह बुरा नहीं अच्छा है, मारता है मरो पर विश्वास उसी पर करो। करना ही पड़ेगा। मैं तुम्हें उसी के बीच ऐसे फैंकूंगा कि आगे कुँआ पीछे खाई दिखे भी और हो भी"

इन धाराप्रवाह विचारों में उसने स्मरण किया कि उसके उस मुसलमान मित्र? जिसने उसकी सहायता की थी काग़ज़ बनवाने में, वह उसके साथ क्या कर रहा था। अर्थात् क्या वह बराबर उसके मन में झांकता जा रहा था निरंतर। या सरसिज वैसा कर रहा था। वह अपने साथ हंस दिया, "वह मेरे मन में झांक के भला क्या करेगा? उसके लिए मैं एक बहुत ही सरल गणित हूँ। मैं एक सुलझा हुआ गणित। वाजिबुल कत्ल हिंदू काफिर। मेरे लिए वह एक कुत्ते की दुम है मगर कुत्ते की दुम की शक्ल में नहीं॥ कुत्ते की दुम सीधी न होने के (अवगुण) गुण के लिए विश्वप्रसिद्ध है पर वे सीधी करते रहने के प्रयासों को न छोड़ने के लिए विश्व–स्पर्धा–रत।

मुझे कहा जाता है, या हमें कहा जाता है या हम आपस में परस्पर कहते रहते हैं कि "ध्यान रखना अपना", "सावधानी बरतना"। पर मेरी समझ में नहीं आता कि क्या सावधानी बरतूँ? हूँ तो शरीरधारी। और सशरीर उनके बीच हूँ। ये शरीर पर ही टूट पड़ते हैं। वर्ना आत्मा मरती कहाँ है। पर मैं आत्मा नहीं भई शरीर हूँ उनके सामने। इन आततायियों पर कोई भरोसा नहीं। काफिर पड़ोसी को मौक़ा मिलते ही मौत के घाट उतारना तो "सवाब" का काम है। इन्हें जन्नत मिलती है। जन्नत की हूरें मिलती हैं। मैं उनके लिए जन्नत और हूरों की इतनी बड़ी सम्भावना हूँ। इसलिए रोज़ी रोटी के लिए इनके बीच फँसा हूँ तब तक माँ महाराज्ञी परांबा की कृपा के अतिरिक्त मेरी सावधानी की तरकीबें काम नहीं आने वाली कोई।" उसने निष्कर्ष निकाला। इन विचारों की अविराम वर्षा का।

इकतीस

वह लार ग्राम से सटे गाँव में पहुँचा। जिस ग्रामीण से वह मिला उसे लगा कि लड़का उसी के दीन से है। वह उसे चाय पीने का आग्रह कर रहा था। वल्लाह लिल्लाह कर कर के। उस के इस विश्वास के प्रति आश्वस्त होने पर कि वह उसे मुसलमान समझ रहा है और उसी कारण चाय पीने के लिए कुछ अधिक ही आग्रह कर रहा है, वह घबरा उठा और मन में माँ महाराज्ञी परांबा से प्रार्थना करने लगा। वह अजीब परिस्थिति में पड़ गया कि यदि न बताई अपनी पहचान तो कल को जब यह जान जाएगा, इसे क्रोध आएगा कि मैंने कैसे साहस किया उसके सामने अपनी पहचान न बताने का। ठीक यही अधिकार उस का है। काफिर का नहीं। फिर इसे क्रोध आएगा। कहेगा "तुमने बताया नहीं कि तुम काफिर हो, जानते हो इसकी सजा।"

"हाँ हाँ...पर मेरी ग़लती नहीं"

"सजाए मौत" सोचते ही वह काँपता है और कहता है, दोनों हाथ जोड़कर, "मैं पी लेता। पर मैं पण्डित हूँ। मैं क्षमा चाहता हूँ। मैं पीएम पैकेज में नियुक्त हुआ हूँ। अभी मुझे यहाँ का कुछ पता नहीं।"

"अच्छा अच्छा। पहली नज़र में मैं नहीं समझा। मैं समझा कि मुसलमान हो। अच्छा किया है जो दाढ़ी रखी है।"

उसका यह परिचय पाते ही वह ग्रामीण व्यक्ति उसे अपने संग ले गया और बोला, "मैं आपको एक जगह दिखाता हूँ, जहाँ मेरे नए नए खेत हैं और बाक़ी ग्रामीणों के भी। नए नए इसलिए कि वे हैं तो पण्डितों के, जो यहाँ से हिंदुस्तान भाग गए। अब हम इन खेतों को बरतते हैं। सींचते हैं। हम उनसे कहते हैं कि वे इन्हें हमें बेच दे, वल्लाह ठीक ही क़ीमत लगा देंगे। पर मानते नहीं। ऊपर से अब तीन सौ सतर के हटने का रौब दिखाते हैं। जानते नहीं निजामे मुस्तफ़ा किसी तीन सौ सतर के हटने को नहीं मानता। कोई फ़र्क़ नहीं पड़ता इधर। हट गया तो हट गया काग़ज़ पर। खाता रहे हिंदुस्तान का–गधा वह काग़ज़। यहाँ खेतों खलिहानों इबादत गाहों दीन के मानने

वालों पर उसके हटने का क्या असर? ख़ाक और राख। खै़र उनकी मर्ज़ी। उनको लगता है कि वे वापस आएँगे यही उनकी बेवक़ूफ़ी है। इस्लाम ने आजतक जिसे धकेला है, उसे वापस लौटने दिया है क्या? नहीं कभी भी नहीं। बिलकुल नहीं। वर्ना हम भी कभी पण्डित ही थे पर लौट आए क्या? नहीं? पर मैं सोचता हूँ कभी कभी कि उन अपने बाप दादाओं के कदम चूमूँ, उनके कदमों के बोसे ले लूँ, जिन्होंने समय पर ईमान लाया और इस अमनो-अमान के मज़हब में दाखिल हो गए। कि हम तब से बर्बाद होने से बच गए। आबाद रहे। बाक़ी रहा जंगें जिहाद तो हम तैय्यार हैं जब क़ुर्बानी की बारी आएगी तो होंगे क़ुर्बान भी। उसमें भी पीछे न रहेंगे हम। खै़र। बेटा यह वह ज़मीन है। यहाँ अलग से एक पम्प शेड होता। इन खेतों में सिंचाई का काम थोड़ा सखूत है।''

''पर वह तो सिंचाई दफ़्तर का काम है। बाक़ी जो मेरे बस में होगा वह मैं करूँगा। अभी अभी मैंने नौकरी ज्वाइन की है। मैं अभी काम समझूँगा।

जब सरसिज ने पण्डितों के खेतों के प्रसंग में कोई प्रतिक्रिया न दी, वह हल्का संशंकित हुआ, और ज़ुबान थाम ही ली।

इस तरह पहले ही दिन सरसिज उखड़ गया। गाँव से बाहर आकर चतुर्दिक पर्वतों को, उन पर पड़े नीले, स्लेटी, दूधिया रंगों और बादलों की काली धारियों, नीले आकाश को देखकर, मानो वह उन तक पहुँच गया और भीतर के नेत्रों का आनन्दोल्लास (भय, निस्सहायता और विवशता से उद्भूत) बाहर फूटने को आतुर हो गया।- ''वह दो कौड़ी का माले ग़नीमत वाला ग्रामीण। पर मैंने भी कैसे पहले से ही तय किया था कि मैं उसे अपनी पहचान बताऊँगा ही। विधाता जैसे मेरे संग संग था, कि उसने सबसे पहले उन खेतों को ही सींचने की चिंता व्यक्त की जो उसका माले ग़नीमत है। यही तो उसका सत्कर्म है। यही तो वह कर रहा है अपने दीन के वास्ते। यही तो इनकी इबादत है। जो लूट है वह सच्ची और पवित्र कमाई है।

''उसने मुझे सबसे पहले यही बात क्यों बताई? क्यों सुनाई यही समस्या? क्या उसके चित्त में यह बोध आया था कि मैं उसके समुदाय का नहीं उन खेतों के मालिकों का आदमी हूँ। या क्या वह ऐसे अपराध बोध से भरा होने के कारण, जिसका उसको भी बोध नहीं, उस या उन खेतों को इस्लामी न कि इन्सानी स्वामित्व में लाना चाहता। पहले माले ग़नीमत हड़पो, अपना तो फिर अपना है ही। सरसिज ने सुना था कि माले ग़नीमत को लेकर वे आपस में बड़ी सर फुटौवल करते हैं। या क्या विधाता ने मुझे सीधे मेरे और मेरे लोगों के शत्रु की सोच और सोच के कारणों का पता देने का संयुक्त उपकार किया। हे ईश्वर! मेरे। मैं क्या कर सकता हूँ। कर सकता है मेरा शासन। कर सकता है मेरा राजा। पर वह तो माले ग़नीमत प्राप्त कर्ता की तृप्ति

और आनंद प्रदान करने के कार्यों में लगा है। वह कहता है, ''माले ग़नीमत भी ले, माले हुकूमत भी ले, जो चाहिए वह सब ले। मुझे बस तेरी फ़िक्र है।''

रे प्रभु! उसके चित्त में घुस। उसके बोध और बुद्धि में छेद कर डाल। कर कृपा। मुझे यह दृश्य दिखाकर, मुझे यह सब बताकर, मेरे साथ यह संयोग घटित कर क्या प्राप्त होगा प्रभु! मुझे या हमें क्या शासन की करतूतों की पता नहीं? पता है? तुम ही ठीक कर सकते हो यह नागहानि। यह सरकारी नागहानि। मेरे साथ ये संयोग घटित कर प्रभु! क्या प्राप्त होता है? होता है कुछ? कुछ भी नहीं। प्रभु कुछ भी नहीं। मैं किसी को नहीं कह सकता कि संगठित हो जाओ। यह है दुश्मन। इसे मारो। वे भी पहली पारी मे मुझ पर हँसेंगे, फिर मुझे ही मार देंगे। वे अपनों को मारते हैं। दुश्मन को नहीं। वे सब कहते हैं कि सरकार जो सोचती है इसके इतर नहीं सोच सकती। सरकार इतने मुसलमानों का कुछ नहीं कर सकती। हिंद महासागर में नहीं फैंक सकती। इसलिए इतने हिंदुओं बर्बाद हो जाओ। धीरे धीरे, तेज तेज, जगह जगह से बर्बाद हो जाओ। अतः हे ईश्वर! एक तुम ही हो भूमि माता की आशा।'' उसने अपनी भुजाओं में चतुर्दिक पर्वतों की तलहटियों के दृश्य और बह रही उस छोटी जिसमें आश्यर्चजनक रूप से नीलगगन से प्रतिबिंबित पानी बह रहा था, को अपनी सीमित असीम भुजाओं में भर लिया और सोचने लगा कैसे इतना रक्त बहने के बाद भी इतना पारदर्शी जल है इस छोटी सी नदी का। आह! ईश्वर की लीला। अगम अबूझ, अचिंत्य, अमाप, अज्ञेय...। उसने इस स्थान को छोड़ना न चाहा। अपना फ़ोन निकाल कर एक अच्छे से कोण से एक भीषण सुंदर सेल्फ़ी चित्र लिया कि पर्वत, उनके विविध रंग, उनके अद्भुत शृंग, बहती वह पारदर्शी नदी, आकाश अपनी अवर्णनीय नीलिमा समेत, लघु मेघखण्ड, ये सब उसमें सब समा गए। उसने इस चित्र को फ़ेसबुक पर अंकित कर दिया और किंचित् सुलझा हुआ धर्मशाला, तुलमुल में लौट आया।

बत्तीस

आज उसकी प्रतीक्षा गौरव रैणा कर रहा था। ऊपर के कमरे से आती कुछ आवाज़ें सुनते ही वह ऊपर आया, "अरे!आज मैं तुम्हारी राह देख रहा था।"

"मुझे भी एक अलग ही खुशी थी कि आप हो यहाँ भैया, नहीं तो अकेला, उदास, घबराया और निर्रथकता भाव से भरा था मैं।"

"नीचे मैंने शीरचाय तैय्यार रखी है। मैंने जम्मू से ही अपने साथ कुलचे लाए थे। उनके साथ चाय पीते हैं चलो सरसिज।" थोड़ी देर में फिर कहने लगा, "ओह! तुम्हारा कमरा अभी तो बहुत ही अव्यवस्थित है। खिड़की टूटी है। इसे ठीक करना होगा। इसे एक रूप देंगे। रविवार को मैं भी तुम्हारी सहायता करूँगा। तुम ने भोजन की क्या व्यवस्था की है। ?"

"पापा आएँगे तभी खिड़की ठीक होगी और कमरा भी व्यवस्थित। अभी कुछ व्यवस्था नहीं। दफ़्तर के छोले भटूरे और डबल रोटी और दूध खाकर गुज़ारा करता हूँ। ऊब गया हूँ यह सब खा खा कर। शुद्ध साग भात खाने का मन करता है। हाँ मैं भी सोच रहा हूँ कि कमरे को व्यवस्थित कर एक हीटर ख़रीदूँ और अपना भोजन पकाना शुरू करूँ। आप की क्या व्यवस्था है?"

"हीटर ही। और क्या। पर गैस यहाँ चाहिए ही चाहिए। बिजली बहुत जाती है। विशेषकर शिशिर में।"

"हूँ! मेरे पास है। एकमुखी गैस चूल्हा। गैस लेनी पड़ेगी।"

वे फ़र्श पर बैठकर चाय पीने लगे। चाय का रंग झक्क-गुलाबी था। देखकर सरसिज बोला, "भैय्या! चाय का रंग। वाह!इतनी गुलाबी चाय मेरी मम्मी भी नहीं बना पाती है जो शीरचाय बनाने में सिद्ध हस्त है।"

वह हंस दिया और संकोच से बोला, "मैं दो वर्षों से हूँ यहाँ, वैसे ही थोड़ी सिद्धि मिल ही गई मुझे भी। कुकिंग तो करनी ही है सरसिज। तुम्हारे दफ़्तर में सौभाग्य से कोई बिहारी भाई है पर मेरे स्कूल में है या तो अंफजल या अजमल

इत्यादि। हर चीज़ में थूक मिलाने वाले। यहाँ खाने पीने में बेहद सावधानी बरतना। ये ज़हरीले, हत्यारे लोग हैं। ऊपर से ये कुछ नहीं कहें पर अंदर से इनको आग लगी है कि हमारी नियुक्तियाँ क्यों हुई।''

''तभी तो भय अधिक है भैया।''

''कैसा रहा तुम्हारा दिन आज?''

''सामने से ये अच्छे हैं। इनके मंसूबों का कुछ पता थोड़े चलता है। मेरे दफ़्तर में एक लड़के गुलज़ार ने मदद भी की काग़ज़ बनवाने में। बॉस ने कहा कि ''क़तई न घबराए आप। हम आप के भाई हैं और कश्मीर हिंदुस्तान का है।'' सरसिज ने सारी बात का सार सुनाया।

''अपनी घबराहट बताए बिना ही इनको पता है कि हम घबराए हुए लोग हैं।''

''निस्संदेह। निस्संदेह।''

''बाहर लोग कहते हैं कि हम कायर हैं, डरपोक हैं, भगोड़े हैं। मुझे बहुत विचित्र लगता है। विचित्र निस्सहायता। मैं इस आतंक का सामना करूँ कि उनकी मूर्खता के आतंक का सामना। तब मुझे लगता है कि मूर्खता का आतंक अधिक भयावह है। उनके भेजे में कुछ जाता ही नहीं। कोई क्रोध नहीं आता उन्हें। या उनकी यह मूर्खता हमारे दुर्भाग्य के कारण जानी बूझी है।'' गौरव बोला।

''बात वही है वस्तुतः!'' सरसिज को बात जम गई।

''पर इसका कारण?'' पूछा सरसिज ने। उसे लगा कि कोई गुरु जैसा अग्रज मिला है उसे जो उसकी तरह सच्चाइयों को उपयुक्त शब्द दे पा रहा है। ''यही होता है अध्यापक होना। अध्यापक होना श्रेष्ठ होना होता है। कश्मीरी पण्डित अध्यापक विश्व विख्यात थे , इसी कारण। वहीं झलक मिल रही है गौरव भैया में मुझे। कश्मीर अध्यापकों का सहस्राब्दियों से देश हैं।'' सोच रहा था सरसिज।

''कारण कि उन्हें यह नहीं पता कि इस्लाम क्या बला है। जबकि इस्लाम उनको भी लील चुका है। जो सनातनी स्वरूप इस समय है उसे सनातनी होना नहीं कहते। उनकी समझ में ही नहीं आता कि मुसलमान कैसे गैर इस्लामियों या हिंदुओं के अस्थि-मज्जा; माँस-चर्म से वाक़िफ़ हैं। मन, बुद्धि और विचारों से वाक़िफ़ हैं। इस्लाम के अनुयायियों को यह अच्छी तरह से ज्ञात है कि हिंदू के मन में विचारों और समझ की गतिविधियाँ कितनी गहरी और कितनी दूर तक जा सकती हैं। उस सीमा रेखा का उन्हें बखूबी पता है। उस सीमा रेखा को वे जानते हैं और उसे वहीं पर बनाए रखने के लिए अपना पूरा ज़ोर लगाए हुए हैं। दबाव बना रखा है उन्होंने।''

''सो कैसे भैया?''

''क्योंकि वे गए सनातन से ही है न। अब जो अभी नहीं गया, सनातन में बचा

हुआ है उसे इस बात का बोध नहीं कि ये जो मुसलमान उनके साथ बना हुआ है भाई चारा करता हुआ, वह उन्हीं में से उस तरफ़ गया है।''

''पर उन्हें क्यों नहीं पता ऐसा?''

''क्योंकि उन्होंने सनातन के विषय में सोचना और मज़हब के बारे में जानने का प्रयास बंद किया है। उन्होंने उन्हें विजयी माना है। कभी कभी जब उन्हें उनके खूँख़ार रूप से भय लगता है तो वे सोचते हैं, ''जो दम निकले, सो ही ग़नीमत।'' बाद में मुसलमान हो जाओ बिना हुज्जत।''

''ऐसा कैसे भैय्या?''

''मैंने स्वयं सुना है इन्हें ऐसा कहते। वातावरण मुसलमान के अनुकूल है। हर पाप के लिए क्षमा। हर हत्या के बाद हत्या करने वाले के मानवाधिकार। हर झूठ का बनना सच। हर योजना में पहले लाभ। हर छूट का पहला लाभार्थी। आतंक का रास्ता छोड़ कर नौकरी सुख सुविधाओं की प्राप्ति। राजनीति में स्थान। तो एक परेशान व्यक्ति तो कभी भी तंग आकर वही करेगा ही। वर्ना जितने भी मुसलमान बनाए गए हैं वे चाहते नहीं थे कभी मुसलमान बनना। बस जैसे मैंने कहा न हिंदू का लंगर बंद कर दो और मुसलमान का लंगर चालू रखो। जो भूख से मरेगा वह बचने के लिए कलमा पढ़ेगा लंगर खाएगा और दस और लोगों को लंगर में लाएगा। यही है वातावरण जो अंततः राज्य ही बनाता है।''

''आप ने स्वयं क्या सुना है, वह बताइए।''

''देता हूँ उदाहरण। जब हम दिल्ली के शरणार्थी शिविर में थे, एक दिन मैं अपने चाचा के साथ एक व्यक्ति के घर गया। चाचा परेशान थे। कश्मीर में उन का सारा कारोबार जो कि सेबों का था समाप्त हो गया था। बहुत कष्ट के दिन थे तो वह किसी से मदद की गुहार के लिए गया। संग में मुझे ले गया। मुझे विश्वास था कि वहाँ से चाचा को दिलासा, हिम्मत और आर्थिक सहायता मिलेगी। उसका पता उसे किसी जानकार ने दिया था। पर वहाँ हमारी रही सही हिम्मत भी गई। मैं अपने किशोरावस्था की समझ ही कहूँ कि मुझे वह व्यक्ति जिहादी से अधिक ख़तरनाक ही लगा। मैं उसे तनिक भी नहीं भूल सकता, न भूला ही हूँ। उसके वार्तालाप का प्रसार और वातावरण में वे विषाणु, शत्रु की जीत, भारत की हार, शासन का विघटनकारी तत्वों से लैस होना सब समझ में आया।''

''क्या थी वे बातें भैया?''

''सुनोगे तो चौंक जाओगे सरसिज। सच।

''मैं सुनने को उत्सुक हूँ भैया।''

''हमारी बातें, हमारी पीड़ाएँ, हमारी हत्याएँ, बलात्कार, खूंरेजी, संहार की

बातें सुनकर वह बहुत ही फीका दुख प्रकट तो करता था पर हर विराम पर वह यदि बात शुरू करता, तो उसका एक ही मुद्दा होता कि वह अपने दोस्तों के साथ कश्मीर घूमने जाना चाहता है, अतः चाचा उसे यह मार्ग दर्शन करें कि उसे किस मार्ग से जाना चाहिए। क्या हवाई मार्ग से जाना ठीक रहेगा अथवा अपनी गाड़ी ले कर ज़ाया जा सकता है। वह दोस्तों के साथ कश्मीर पर्यटन का आनंद लेना चाहता है।''

''हे! भगवान। भैया वह वामपंथी रहा होगा। उन दिनों वामपंथ ज़्यादा ही उठान पर था, ऐसा मेरा मामा भी कहते हैं कि शीर्ष पर था वामपंथ। जिहाद की सहायता करता हुआ। तभी तो तुम्हारे चाचा की बातों को बकवास मात्र मान अपने कश्मीर पर्यटन के लिए जाने पर, स्वयं को अवध्य मानने के आत्माश्वासन से भरा था।''

''हाँ यह भी। ये बातें बाद में समझ आई हमारे। और जब मेरे चाचा से ऊब सा गया, वह एक ही पंक्ति बोला, ''भाई। बेहतर है इस्लाम क़ुबूल कर लो और सारी मुसीबतों से छुट्टी पा लो। जो ज़िंदगी में कभी नहीं किए हैं वे ऐश कर लो।''

''हंह? ऐसा कहा? सच बोल रहे हो भैया?''

''तो क्या झूठ बोल रहा हूँ? चाचा रहे नहीं, चल बसे नहीं तो उनके मुख से ही सुनवाता ये बातें। तुम्हें लग रहा होगा कि मैं झूठ बोल रहा हूँ।''

''भैया! हमारी बातें सुन तो नहीं रहा होगा कोई?''

गौरव ने दरवाज़े, खिड़कियों, दीवारों, छत, और चौतरफ़ा दृष्टि दौड़ाई। उस दृष्टि में स्वीकार भी था और नाटकीय अस्वीकार भी। विचार में विश्वास भी था और निर्भयता का अविश्वास भी उतना ही। सरसिज और उसका इस गौरव की नाट्य कृति से मनोरंजन भी हुआ। फिर वह बोला। ''सरसिज भाई! मान गए। यार। सतर्क तो हो तुम। पर तुम भी घबरा गए। हैं न। हमारे सच पर हम भी विश्वास नहीं करते या करना नहीं चाहते हैं। घटित होने पर भी ये अविश्वसनीय हैं। उफ़।''

तैंतीस

''नहीं मैं घबराया नहीं पर सच में विश्वास तो नहीं हुआ। आपने कहा सतर्क हूँ। इससे स्मरण आया कि मेरे स्वर्गीय नाना जी सतर्कता विभाग में काम करते थे। सबसे योग्य अधिकारी। सेवानिवृत्त होने के बाद भी उनके सहयोग और सतर्कता में निपुण होने के कारण एक ख़तरनाक आतंकी को बनिहाल जहाँ से वह भाग रहा था, वहाँ धर दबोचा गया।''

''कौन आतंकी, नाम पता है?''

''शबीर शाह।''

''जून महीने की किसी तारीख़ को उन्नीस सौ नब्बे में।''

''सच? ओ अभी कहाँ है नाना जी।''

अपनी तर्जनी को ऊपर की ओर इंगित कर सरसिज ने कहाँ, ''स्वर्गलोक''

''ओहो! हानि। घोर हानि। उनके पास कितनी अधिकृत बातें और रहस्य रहे होंगे, जो हम अब कभी जान ही नहीं सकते। जो हमारे विमर्श को तैयार करने में सहायक रहते।''

''ऐसा कितना मानव संसाधन हमारा व्यर्थ गया ही है।''

''तो वह सेवानिवृत्त भी 1989 ईस्वी में हो गए थे। जब हमें बहुत आवश्यक थी उनकी सेवाएँ।''

''हाँ। भैया।''

''पर ऐसा क्यों हुआ एक वीर व्यक्ति इस नरसंहार के आरंभ के बस दो माह बाद ही चल बसे।''

''शबीर शाह को भारत की न्यायपालिका ने छोड़ दिया। यह धक्का था।''

''पर उनकी मृत्यु कैसे हुई, कहाँ थे वह जून नब्बे में?''

''वह नानी और मामा के संग जम्मू आए थे। वहाँ कोई स्थान न मिला होगा तो मेरे माता पिता के साथ रहे होंगे कुछ दिन। मेरा मामा रात दिन गीता भवन में

शरणार्थियों की सेवा में लगे थे। एक दिन मेरे नाना फफक फफक कर रो पड़े। अपने बेटे से कहा, ''मैं सोचता था मैं अब आराम से घर में मरूँगा। बेटा कोई ठिकाना कर। यहाँ बेटी पास ठीक नहीं लगता। ये स्वयं बड़ा परिवार है।''

तब मामा ने अपने पुराने ट्रक ड्राइवर मित्र से सम्पर्क किया। टेंट मिल नहीं रहे थे। टैंटों का स्टॉक ख़त्म हो गया है ऐसा सरकार के प्रतिनिधि कहते थे। तब मामा उस सरदार मित्र के तबेले में माता पिता को ले आए। वह तबेल भी उस सरदार मित्र ने अपने चाचा की भैंसों को बाहर रख कर ख़ाली करवाया था। जहाँ रहने के लिए जाने के दिन ही लू लगने से वह शाम को शांत हो गए। उस दिन ज्येष्ठ पूर्णिमा भी थी। आह! उस डेरे पर अभी ओढ़ना, बिछाना, पंखा बल्ब कुछ न था। और कुछ सामान की तो बात ही मत करो।''

सिहर उठा गौरव। आँखें बह आई। बोला, ''इस नरसंहार ने बूढ़ों का बुढ़ापा और बड़प्पन, युवाओं का यौवन, बच्चों का बचपन, सब सब नष्ट कर दिया।''

और बताऊँ। यह बात मुझे मेरे स्वर्गीय चाचा जी ने कही है कि वास्तविकता यह थी कि पंद्रह दिनों के अंदर अंदर ही जम्मू का हर क्षेत्र जब टैंटों के संजाल से अंट गया, तो उसके दस्तावेज, चित्र और दस्तावेज़ी चलचित्र बनने लगे। जम्मू में यह हिंदू शरणार्थी बाढ़ संसार की कथा बन गई। नई नई मज़ेदार समाचार-चाट, विदेशी पत्रकार, टी वी सम्पादक, पत्र रिपोर्टर और सम्पादक सब दौड़ दौड़ कर जम्मू आ गए। इससे देश की यह लज्जा पूरे विश्व में फैल गई। इससे दो संदेश गए एक यह कि भारत जबकि काफिरों का देश है पर सरकार काफिर परस्त नहीं, जिहाद परस्त है, जिसका कि भारत को इस्लामी और हिंदू विरोधी संसार में काफ़ी लाभ मिला, दूसरा जिहादियों के लिए यह प्रकारांतर से भारत राज्य व राष्ट्र पर बहुत बड़ी विजय की घोषणा और विजय की पुष्टि थी। कि तथाकथित सेक्युलरिज्म पर यह देश सखूती से चल रहा है। पर थी तो यह फिर भी लज्जा ही। देश के भीतर कुछ लोग मन ही मन सुलगने लगे और खुलकर लोकतंत्र और धर्मनिरपेक्षता के इन निकले परिणामों पर चिंता व्यक्त करने लगे, हिंदुस्तान में हिंदुओं के इस हाल पर बोलने का साहस जुटाने लगे। अब जम्मू के आयुक्त महोदय को यह निर्देश दिए गए कि और टैंट देना बंद करें। घाटी से अब भी कोई आता है या बिना टैंट के आबंटन के लोग मारे मारे फिरे और मरें, कोई बात नहीं। फिरे और मरें। शत्रु की विजय के रूप में ये दृश्य देख देख एक तटस्थ नागरिक जाग गया तो बहुत बुरा होगा। मुझे चाचा जी ने ही ये बातें बताई हैं कि उस क्षण के प्रधानमंत्री ने यहाँ तक कहा था कि एक राष्ट्र की शांति बनाए रखने के लिए कोई एक जनसमुदाय समाप्त होता है तो हो। कोई अंतर नहीं पड़ता।''

''ओह। मेरे प्रभु। सच?''

''हाँ सरसिज हमारे सच हमें ही झूठ लगते हैं। कैसी अबूझ गति है। है न?''

''अर्थात्?''

''अर्थात् सरसिज! राजनीति उनके हाथ में हैं। उनके मन की गहराई में क्या है, उससे इस देश की राजनीति चलती है, क्योंकि वहाँ गहरी, घातक षड्यान्त्रिक राजनीति है, वह आक्रामक है और ऐसी घातक चुँधियाऊँ अति नारंगी रोशनी वहाँ से वे शासन की आँखों में डालते हैं ताकि सता और व्यवस्था को, उनकी आक्रामकता, उनकी आक्रांतता में अपनी निश्चित पराजय सतत दिखती रहे। , दूसरी तरफ़ हमारे गहरे अंतर्मन में शासन की उस चुंधियाहट में घटित, विवशता और अकरणीयता घर कर गई है। शासन चतुराई से हम से कहता है कि मेरा भय साझा करो कृपया। अधिकतर ''कृपया ''का भी प्रयोग नहीं करते, वह हम ज़बरदस्ती जोड़ते हैं कि हम ज़बरदस्ती अपने न किए गए सम्मान का चोरी चोरी कल्पना कर अपने बचे रहने की धारणा में बने रहें। क्योंकि हमने वोट दिया है। तुम्हें बताऊँ कि हम ही शासन पर दया कर उसे छोड़ देते हैं। और पुनः वोट देते हैं। पुनः उन्हें चुनते हैं। पुनः उनके काम देख कर चकरा जाते हैं। गश खा जाते हैं। ज़िंदगी के दिन गुज़ारते हैं। शत्रु के हाथ में विजय थमा देते हैं। अजीब सी रिश्तेदारी है हमारी, देश की, शासन की, शत्रु की। अजीब अणुबम। फटेगा तो फोड़ने का रिमोट या तो किसी सनातन के नेता के पास है या भगवान राजा श्रीराम के पास। और किसी के पास नहीं। साराँश यह कि राजनीति हमें सोचने के विषय का अनुक्रम देती हैं, और हमारे मन में क्या विचार रहने चाहिए इस की विषय वस्तु भी, इसका पूरा शोध-प्रबंध शासन, मुसलमानों से, मौलवियों और इस्लामी नेताओं से माँगती है।'' वह ये शब्द बोल कर मौन हो गया।

''ओह! क्या बोल रहे हो आप भैया?''

''और सरल शब्दों में इस बात का अनुवाद करूँगा। मैं एक दिन अपने इष्ट भैरव के मेले में गया जम्मू में। तुम्हें पता है भट्टों ने समानांतर रूप से अपने अपने इष्ट के मंदिर जम्मू में बनाए हैं। मैं, दस वर्ष पूर्व की बात कहता हूँ यह, पापा, माँ और भाई इन सबके साथ वहाँ नैवेद्य लेने और दर्शन करने, प्रणाम करने गया था। भीड़ अच्छी खासी थी। नरसंहार-ग्रस्त, छितरी-बिखरी एक जन जाति के लिए कुछ एक सौ की भीड़ किसी प्रतिकृति तीर्थ में एकत्रित हों, बहुत कमाल है। वहाँ नीचे एक हाल जैसा स्थान था आधा अधूरा बना, शेष धीरे धीरे बनाया जाएगा ऐसे लक्षण प्रकट करता हुआ, वहाँ एक भजन मण्डली के द्वारा भजन हो रहा था सरसिज और बड़े ही भावनात्मक आध्यात्मिक वातावरण का संचार दूर दूर दिशाओं तक वे ध्वनियाँ कर रही थीं। महान् कवि मास्टर ज़िंदा कौल की लीला ''स्मरण पनुन्य

दिचेनम प्रेमुक निशानु व्यसिये, रछुरुन तुम नु रोवुम ओसुम नु बान्अ व्यसिये..''पूरी उठान पर था। कुछ लोग, बल्कि बहुत से पुरुष और स्त्रियाँ अपने अश्रु पोंछ पोंछ कर गा रही थी यों कि मानों उस गायन में अभी विलुप्त हो जाएँगें या जल कणों में परिवर्तित होकर दिशाओं में छोटे छोटे मेघ हो जाएँगे। मुझे जैसे किसी ने एक तीव्र चिकोटी काटी हो। मैंने इस गीत के विषय में पिता और माता से पूछा। माँ को तो उस लीला के बोल भी याद थे, अतः उन शब्दों को समझने के बाद लगा ललद्यद के बाद यह महान कवि भी हमें चेतावनी दे रहा है कि ''मन की गहराइयों पर काई और झाड़ झंखाड न जमने दो। उस स्मृति बीज को, प्रेम चिह्न को, मैं संरक्षित न रख पाया, वह मुझ से खो गया। हाय! मेरे भीतर पात्रता न थी या मेरी असावधानी के कारण मुझसे वह पात्रता छीनी गई। मानो ये शब्द माता रूपाभवानी के सूत्र ''अटल सावधान'' कीं अप्रतिम काव्यात्मक व्याख्या हो। इसी हॉल में इन मण्डली गायकों के सिर के ऊपर, एक अल्मारी-नुमा स्थान था जहाँ लिखा था, ''यहाँ कृपया राजनीतिक चर्चा न करें।'' यह अंग्रेज़ी में लिखा था। मैं चकित रह गया। इस तरह की तहरीर मैंने पहली बार किसी मंदिर में देखी थी। जब कि हम राजनीति के मारे लोग थे। मुझे यह बेहद अटपटा और ग़लत दिशा देता हुआ निर्देश लगा। मैंने पापा से पूछा कि ऐसा क्यों लिखा गया है, तब उन्होंने मुझे समझाया कि यही तो सारा क़िस्सा है। यह राज्य के चमचे लिखवाते हैं। राज्य की इस सोच में दुश्मन की सोच शामिल हैं। दुश्मन चाहता है हम कोई विरोध न करें क्योंकि इस देश में दुश्मन को नंगा करने की ज़ुबान अगर किसी के पास है, तो वह है हम। कश्मीरी हिंदू। हमारे सच दब जाएँ। दुश्मन का झूठ सुनाई दे। वह सच बन जाए। अतः हमें अपनी ज़ुबान सम्भाल कर रखनी है। चुप रहना है। अगर सच बोला तो दुश्मन यहाँ भी मार सकता है या मरवा सकता है और हत्यारे को कोई सजा न होगी क्योंकि राज्य को ही सजा देनी है न। इतने बड़े नरसंहार के पापी और हत्यारे ऐश फ़रमा रहे हैं इस देश में, सो क्यों? क्योंकि व्यवस्था के सारे स्तम्भ उनके साथ हैं। वे आश्वस्त हैं कि उनका बाल भी कोई बाँका न कर सकेगा अगर पण्डित को मारा तो। इसलिए इस मंदिर में सैंकड़ों लोग जो आ रहे हैं। अगर यहाँ वे एकत्रित हुए, कोई निश्चय किया, विरोध की सभाएँ तय की तो राज्य को परेशानी होगी। ये इस प्रकार के पट्टों पर लिखे शब्द हमारा मनोविज्ञान बनाते हैं। डर और भय और ज़्यादा गहरा करते हैं हममें। जीने का रास्ता यही है, यह बताते हैं हमें। पराजय बोध गहरा करते हैं हममें। ताकि हम उठकर उनके विरुद्ध युद्ध की न ठाने। या राज्य पर दबाव बनाने का साहस न आए हममें। मंदिर के प्रबंधन के लोग या कोई एक व्यक्ति होगा जो चमचा होगा, या सच में इतना ही कायर कि यह यहाँ प्रदर्शित करने की बात को माना। वर्ना निर्देश अगर था भी तो उसकी मर्ज़ी थी कि वह मंदिर

में न प्रदर्शन करता इस निर्देश के वाक्य को। कश्मीर में तो नहीं हैं अब हम। इतना मूल्य चुकाने पर भी प्रतिबंध बढ़ जाए, कैसा निर्जीव है यह जीवन। यहाँ वहीं शृंखला आरंभ हुई है।'' ऐसा पापा ने मुझे तब समझाया।

उस दिन जो हमने वहाँ दाल भात और दमालू का नैवेद्य ग्रहण किया, उसी हॉल में। मण्डली के समाप्त होने पर, तो मैं उठा और सफ़ाई में अपना योगदान देने के बहाने उस काग़ज़ को उतारा और फाड़ कर फैंक दिया। लोग तितर बितर होकर अब नैवेद्य खाकर घरों को जाने को तत्पर थे अतः किसी ने नहीं देखा, मुझे वह चिंदी वहाँ से उठाकर, फाड़ कर फेंकते हुए। जिस ने देखा उसने इस को कोई महत्व न दिया, अलबत्ता कुछ युवक मेरे पास आए और बोले, ''यह तुम ने बहुत बेहतरीन काम किया। बहुत ही बेहतरीन। सारी मण्डली का मज़ा, सच कहता हूँ, इस काग़ज़ के टुकड़े ने किरकिरा किया हमारा। मेरी नज़र रह रह कर उस पर पड़ती जा रही थी तो जी मिचला जा रहा था।''

''तो लगाने ही क्यों दिया गया पहले। हटवा देते। लगाने नहीं देते।''

''कैसे करते हम अवमानना। यह अध्यक्ष महोदय का निर्देश था।''

''अध्यक्ष कौन हैं?'' कहते कहते मैंने देखा कि कुछ और लोग भी आए इस विषय पर सुनने अतः मैंने देखा दो चार लोगों की भीड़ वहाँ जमा हो गई। मेरी नज़र पापा पर पड़ गई। वह भी थे और बहुत गौर से सबकी बातें, विशेषकर मेरी बातें सुन रहे थे। मैं घबरा भी उठा कि कहीं पापा मुझे वहीं पर डाँट न दें कि मैं क्यों ये पंगे लेता हूँ। मुझे क्या पड़ी है। पर मैंने उनके मुख पर मेरे साथ सहमति को पढ़ा, और मैं प्रोत्साहित हुआ।

''अध्यक्ष बिहारी रैणा जी हैं।'' उन मंदिर के स्वयंसेवकों में से एक ने कहा।

''तो उन्हें यह सुझाव समझाते हुए दिया जा सकता है कि ऐसी बातों का पालन करने को हम इस निर्वासन में, , कश्मीर से बाहर, बाध्य नहीं हैं। यदि यह काम आपने यहाँ भी करना आरंभ किया, यह बहुत ही भयानक प्रवृति होगी। ऐसा मत करिए। कश्मीर के मंदिरों में यह लिखा होता था, समझ में आती है बात, पर यहाँ? यहाँ यह ख़तरनाक है। बहुत ही ख़तरनाक। बिहारी जी को भी यह निर्देश किसी ने दिए होंगे, अपने से ऐसा नहीं किया होगा।'' ये बातें एक सज्जन वहाँ बोला और पूरे आत्मविश्वास से बोला। मैं चिंता मुक्त हुआ कि मेरा यह छोटा सा दुस्साहस, अपनों के बीच में ही, रंग लाया। अब अच्छा ख़ासा विमर्श इस पर आरंभ हुआ। मंदिर का सचिव श्री कृष्ण रैणा भीड़ तक आ गए। भीड़ बढ़ ही गई। कुछ स्त्रियाँ भी दिखी मुझे यह विवाद सुनती हुई। मैंने सोचा इसका निर्णय आज हो ही जाना चाहिए।

''बिहारी जी स्वामी जी की कुटिया में बैठे हैं, क्या माजरा है?'' सचिव श्री

कृष्ण ने विनम्रता से पूछा। मैं उनकी विनम्रता का क़ायल हो गया। बाद में माँ ने मुझे उसकी कथा जो कहीं और उसके सचमुच एक सुयोग्य पुत्र होने की बात कही, मैं नत मस्तक हो गया। अब मेरे पापा बोले क्योंकि यह काम मैंने किया था, ''डॉक्टर साहब! इस काग़ज़ के टुकड़े को यहाँ लिखने का अर्थ क्या है? मैं ही क्या, सब यहाँ समझे नहीं इसका आशय। सब असमंजस में हैं और चुप हैं। यह हमारे आत्मापमान का तंत्र है। ये काम शत्रु हमसे ही लिखवाता है और क्रियान्वित करवाता है। हम क्यों यह मानते हैं। क्या मस्जिदों में ऐसे काग़ज़ के टुकड़े आपको मिलेंगे। है किसी की ऐसा करने की जुर्रत। काग़ज़ क्या, उस व्यक्ति को ही फाड़ डालेंगे। मस्जिदों में राजनीति ही तय होती हैं। और होता क्या है? यह अच्छा है, उनका मज़हब राजनीति को तय करने के केंद्र हैं। उनकी मस्जिदें काफिरों पर आक्रामकणों के एजेंडे और रणनीतियाँ बनाने के केंद्र, हमारा जनसंहार करने के काम को अच्छे से सम्पन्न कराने के कार्यक्रम और कार्यपद्धति तय करने के लिए मिलन स्थल, हमारा मंदिर उनके ध्वंसकारी आक्रमणों को झेलने को निस्सहाय, विवश। मेरी समझ में नहीं आ रहा कि अगर सेक्युलरिज्म सुनिश्चित करना है तो मंदिर में ही क्यों करना है, मस्जिद में क्यों नहीं?''

डॉक्टर श्री कृष्ण बोले, ''मैंने बिहारी जी से कहा था, पर वह बोले कि यह लिखने का दबाव हैं।''

''अच्छा? मैंने कहा न।'' मेरे पापा बोले ''ऐसा न करें। हम अपने स्वाभिमान पर स्वयं कूड़ा डालने पर तुल गए हैं। अगर मान लो छीना, समाप्त किया गया है हमारा स्वाभिमान, पर यह एक युद्ध की माँग करता है जो हम सब लड़ सकते हैं। हमें धर्म के कारण निकाला गया, पर धर्म पर ही हमारे लिए बात करना, विमर्श करना प्रतिबंधित है। और हम इस पर प्रतिबंध के बोर्ड स्वयं लगाते हैं। अतः गणितीय और अत्यंत सरल ढंग से हमारा यह प्रश्न या द्वंद्व सुलट जाता है कि वस्तुतः धर्म ही हमारा स्वाभिमान है और यह स्वाभिमान हमारा सामूहिक है। इसे संकल्प और विरोध से वापस प्राप्त किया जा सकता है। और आप जो कुछ यह चिंदियों पर लिख लिख कर सब के सामने, धर्म पर ही करते हैं। उत्पीड़न और दमन के सहज स्वीकार का रक्त में, डीएनए में घुसे होने का यह एक श्रैण्य, क्लासिक उदाहरण है।''

''चलिए बिहारी जी से बात करते हैं।'' भीड़ में से एक व्यक्ति बोला।

चौंतीस

''सब स्वामी जी के कमरे में बिहारी रैणा जी से मिलने के लिए तथा यह विषय सदा के लिये समाप्त करने लिए चल दिए। कुछ और लोग भी कमरे में थे। स्वामी जी, जिनका नाम श्री थारो राम था। प्रसन्न मुख पर तेज-पुंज, मैंने आज तक नहीं देखा किसी का। वह अपने आसन पर बैठे थे। सफ़ेद केश और मुक्तकेशी धवल दाढ़ी। उनका वर्ण उनके जीवन के तप की कथा तो कहता ही था कहीं कुछ और भी लिखा था उनके मुख पर कि वर्ण उनका बहुत ही गौर किंतु उस पर एक कृष्ण की परत भी किसी क्रीम की तरह पुती थी। कुल मिलाकर वह एक प्राचीन ऋषि कैसे रहे होंगे, उसका एक अनुमान-सा देते थे मानो। उनकी उम्र नब्बे के निकट, लम्बी क़द काठी कि उन्हें चलते हुए देख व्यक्ति उसे पूरी पूरी नज़र से देखते रहने के बाद भी नहीं तृप्त हो पाता कि मैंने इस नर-पुंगव को अच्छे से देखा है। अस्तु।

उन दोनों अर्थात् बिहारी जी और स्वामी थारो राम जो कि बाद में ज्ञात हुआ कि वह छत्तीसगढ़ के एक गाँव से थे और अंग्रेजों के समय वहाँ लोकोमोटिव के इंजीनियर थे, की जो वार्ता चल रही थी वह भग्न हुई। बिहारी जी स्वामी जी के सामने से उठे और अपने सचिव, मेरे पिताजी तथा एक अन्य अधेड़ व्यक्ति का अभिवादन किया तथा विराजने के लिए स्थान की ओर इंगित कर बैठने को कहा।

अब बात चल पड़ी। उस दूसरे अधेड़ ने स्वामी जी की ओर सम्बोधन कर कहा, ''स्वामी जी! यह चिंदी यहाँ रखना कि यहाँ राजनीतिक चर्चा न करें, क्या हम आम जन के रूप में पूछ सकते हैं कि इसका क्या कारण है। क्या हम सहज ही राजनीति से दूर लोग नहीं हैं? फिर यह अपमान की बात नहीं है क्या? वह भी उन लोगों को जिन्हें हिंदू होने के कारण राजनीति ने मारा, काटा और ऐसा करने वालों को मामूली दण्ड भी नहीं दिया गया। क्या हमारे मंदिर तोड़े नहीं राजनीति ने। राजनीति मुसलमानों को मस्जिदों में जोड़ती है। यह तो सरासर अपमान और षड्यंत्र है। सीधे सीधे यह लगेगा बहुत ही सामान्य हिंदू श्रद्धालुओं को भी कि यह मंदिर प्रबंधन का अपना

आदेश है। पर ऐसा हो नहीं सकता, यह हम अच्छी तरह से जानते हैं। बिहारी जी, डॉक्टर श्री कृष्ण ऐसा आदेश तो दे नहीं सकते। प्रश्न ही नहीं उठता। फिर यह क्या विवशता है, इस रहस्य को कृपया बताएँ ताकि इसके विरोध में कुछ हम तय कर सकें कि क्या किया जा सकता है, बड़ी ही बारीकी और शांति से।''

बिहारी जी स्वयं सज्जन हैं, कृषि विज्ञान के प्रोफ़ेसर हैं। और मंदिर के अब के समिति चुनाव में भारी बहुमत से अध्यक्ष चुन लिए गए हैं।।

सब ने देखा स्वामी थारो राम जी के मुख पर मंद स्मिति है और वह भी अब बिहारी रैणा जी के मुख को देख रहे कि क्या उत्तर होगा उनका। वह बोले, ''आपको पता ही है कि जब भी वार्षिक मेला होता है तो प्रशासन को खबर करनी होती है, इस कारण हम डी सी के कार्यालय गए और वहाँ सूचित किया। सुरक्षा की दृष्टि से यह बहुत आवश्यक है। अतः वहाँ आवेदन करने पर मुझे बुलावा आया। मैं गया तो उपायुक्त महोदय ने पहले तो बधाई दी फिर यह निर्देश दिया। चाय वाय भी पिलाई। पूरी सज्जनता से पेश आए। दरअसल कश्मीर में जो हालात पुनः बिगड़ गए हैं न उस के कारण उन्होंने कहा कि जम्मू एलर्ट पर है, अतः यहाँ हर कदम पर सावधानी बरतनी होगी यहाँ।''

''बिहारी माहरा आपने क्यों नहीं वहीं उसे बताया कि हम ने कभी आजतक कुछ किया क्या? हमसे ऐसा कुछ भी कहने से पहले आपको कुछ सोचना चाहिए।''

''आप सोचते हैं कि मैंने ऐसा नहीं कहा होगा? मैं क्या आप या कोई भी अन्य होता तो वह भी ऐसा कहता। पर वह हंस भर दिया। मैंने भी कहा कि, ''ठीक है''। मुझे भी क्या प्रशासन से पंगा लेना था, और मैं चल दिया। उन्होंने ने जाते जाते मुझे समझाया कि एक काग़ज़ पर ऐसा लिख कर कहीं पर प्रदर्शित करें जहाँ सबकी दृष्टि पड़ें। सब को पता ही है कि कश्मीर में फिर से नेताओं ने हालात बिगाड़ दिये हैं। मैंने भी सोचा कि कुछ फ़र्क़ नहीं पड़ता। लगा देंगे यह काग़ज़, इस हॉल में। ऐसा नहीं कि मन में मैंने नहीं सोचा कि इसने कहा तो मुझे मानना ही है ऐसी कोई विवशता नहीं। पर हम ने पूर्णाहुति के समय प्रातः देखा कि प्रशासन ने यहाँ मुसलमान पुलिस वाले भेजे हैं, तो मैं थोड़ा सावधान हो गया। यह पर्चा यहाँ लगाना पड़ा, उन्होंने ने इसका चित्र और वीडियो लिया। मुझे भी आश्चर्य है कि यह लगाने के बाद वे ग़ायब हो गए और अब यहाँ जितने भी छः सात पुलिस कर्मी हैं सब हिंदू हैं, जिन्होंने प्रसाद भी ग्रहण किया और दान भी किया। आगे से ऐसा निर्देश मैं भी नहीं मानने वाला, निश्चय किया है मैंने।''

''डी सी कौन है''। मेरे पापा ने पूछा।

''है कोई मल्होत्रा''

"आगे का भैरव महाराज को ज्ञात है पर फ़िलहाल यह सारा घटनाक्रम हमारी भारी भरकम बेइज़्ज़ती हैं।"

"अब क्या करें...कुछ नहीं किया जा सकता, आप ही मेरे स्थान पर होते तो शत प्रतिशत यही करते। बिलकुल यही। अरे भई प्रशासन से डर लगता है। आप कितनी भी डींगें मारो।"

"इस वार्तालाप के अवसान पर सबका अवसाद अपनी अपनी समझ के हिसाब से मुखर था, पर वे मौन भी उतने ही हो गए। मेरे पापा और अन्य सब उठने को हुए ही थे तो मैं बोला, "पर अंकल! आगे से न हो ऐसा, इसका हमें ध्यान रखना पड़ेगा। यह जो आज हुआ, यह बहुत ही ख़राब बात हो गई। वहाँ से मारा और निकाला, यहाँ भी वहाँ के ही डर दबाव में रहेंगे। यह तो हम लोगों पर एक तमाचा है मुसलमानों का प्रशासन के माध्यम से। जम्मू को भी पैर के अंगूठे के नीचे दबा रखा है।" पर कृपा रही भैरव नन्दि महाराज की कि पापा ने मुझे बोलने दिया। दूसरा युवक संजय कुटिया से निकलते निकलते बोला, "जम्मू को कश्मीर से अलग होना पड़ेगा।" सब हंस दिए। स्वामी जी को नमन कर हम बाहर मंदिर के आँगन में आ गए ताकि सफ़ाई पूरी तरह की जा सके। मुझे विश्वास है कि अब तुम्हें भारत की इस बकवास स्वतंत्रता के बाद राजनीति, प्रशासन, व्यवस्था और दुश्मन का सम्बन्ध साफ़ समझ में आया होगा।

पैंतीस

''मैं इस तबाही के दूसरे वर्ष जन्मा हूँ। मेरी माँ मुझे तंग और अंधेरी रसोई में खिला सरसिज मानती है और कहती भी है कभी कभी।''

''मतलब?''

''कुछ तो समझो भैया।''

''हम यहाँ चाय पी रहे हैं। क्यों? हम अपने गाँव में, भव्य घरों में होते न। खुली, उन्मुक्त वायु पी रहे होते! ''गौरव सहम गया। मौन हो गया। उसकी आँखें पानी में डूबी हुई थी। सरसिज भी कुछ अधिक ही क्षण मौन में ठहर गया... फिर उसे इन बने ठहरे क्षणों से भागने के लिए जो बात सूझी, वह रहस्यमय थी। पर पीड़ादायक न थी, ऐसा न था।''

''भैया मेरी नानी मेरा मामा मेरी माँ मुझे कहते हैं कि तू वही लौट कर आया है, तेरा नाना।''

''ओहो। अच्छा! वे दोनों एक दूसरे के साथ अजीब सी ज़बरदस्ती की हंसी हंस दिए। कि किसी मनोविनोद की कल्पना जिससे कोई लाभ दूर दूर तक सम्भव न हो। जिससे आनन्द लेने की इच्छा और जिसके सच होने की सम्भावना दूर दूर तक न हो। पर फिर शून्य भरने के लिए, बस। मनोरंजनहीन मनोरंजन।

''मगर भैया गौरव! क्या कमाल की चाय बनाते हो सच।''

''हाँ यह मेरे यहाँ पर दो वर्षों के निरंतर शोध का निष्कर्ष और उपलब्धि है''

''क्या?''

''शीरचाय का यह ज़बरदस्त गुलाबी रंग'', गौरव के ऐसा बोलते ही वे उन्मुक्त हंस दिये और कुछ अधिक ही क्षणों तक हंसते रहे। मानो वे आपस में ही क्षणभर में तय कर चुके हों कि चलो थोड़ा सा हास्ययोग का अभ्यास करें, ताकि जीवन कुछ लंबा खिंच जाए। पर उन्हें स्वयं को ध्वनित क्या हो रहा है कि वे दोनों निस्सहाय बालक से मानो हिचकियों में बंध गए हों, चाहते हुए इस बंधन से मुक्ति,

पर दूर दूर तक कोई मुक्ति दृश्यमान न हो।

अब दोनों के बीच मौन ऐसा छा गया कि दोनों मौन से घबरा उठे। वह हंसाने वाला गुलाबी रंग मानो एकाएक काला हो गया हो। सारी शांति रहस्यमय, प्रलयंकारी ध्वनियों में मानो बदल गई। गौरव आशा कर रहा था कि सरसिज कुछ बोलेगा और मौन तोड़ेगा, पर सरसिज ने अपने भीतर झांक कर अच्छे से देखा कि वहाँ धुँआ, तूफ़ान और अमाप्य तुमुल था, पूरे एक ब्रम्हाण्ड जितने शहर में मानो आग नहीं बुझ रही थी।

चाय पीना समाप्त कर दोनों उठे। सरसिज कपों को धोने के लिए नल पर ले गया। जिस कपड़े के टुकड़े को उन्होंने बिछा कर चाय पी थी, उस पर कुलचों का चूरा गिर गया था। गौरव वह बाहर से झाड़ कर लाने के लिए ले गया। वापस तहाकर एक कोने में ठूँस दिया। अभी भी वे दोनों आपस में संवाद नहीं कर पा रहे हैं।

गौरव नल के क़रीब पहुँच कर बोला, ''सरसिज रहने देता न, मैं माँझ लेता शाम को।'' यह कह कर उसे समझ में आया कि सरसिज के पास अभी भी बात करने को कुछ नहीं है अतः पुनः बोला, ''आज शाम मेरे साथ ही तुम भोजन भी करोगे सरसिज। एक मुसलमान सहयोगी आज मेरे लिए साग लाया था अपनी आंगन की वाटिका से काट कर, ऐसा ही उसने कहा। यहाँ के साग का स्वाद ही कुछ अलग है। मैंने पका लिया है साग। कुछ समय बाद भात पका लूँगा। अभी बनाता तो ठंडा हो जाता।''

सरसिज कुछ न बोला अर्थात् शाम के भोजन का न्यौता स्वीकार कर लिया।

''आपके सहयोगी ने दिया साग?''

''हाँ।'' गौरव समझ गया कि ऐसा प्रश्न पूछ वह कई गम्भीर प्रश्न पूछ रहा है और उन पर विमर्श की तैयारी कर रहा है।

छत्तीस

गौरव और सरसिज सायं का भोजन कर रहे हैं। सरसिज का ध्यान इस बात में क़तई नहीं कि वह भोजन खा रहा है, जबकि गौरव प्रतीक्षा कर रहा है कि सरसिज अभी उसे कहेगा कि, "भोजन स्वादिष्ट है।" अथवा "अभूतपूर्व स्वाद है साग का" अथवा कहेगा, "भैया! क्या साग बनाते हैं आप वाह! "या कहेगा" जम्मू में साग का यह स्वाद नहीं होता, होता है क्या?"

किंतु उसे नहीं बोध कि सरसिज सोच रहा है वे बातें जो उसे अपने दादा बाइगाश की इस पूरे क्षेत्र में प्रसारित सी होती दिख रही हैं। या उसे साफ़ साफ़ सुनाई दे रहीं हैं। ठीक हर मुकुट से उसके चहुँ ओर की चोटियों, कंकण नदी, वितस्ता और सिंधु और इन सब से बूंद बूँद लेती वह कुल्या जो उसके घर के मलबे की ओट में से मानो चोरी छिपे बह रही हैं, मानो एक सुंदर किशोरी को आततायियों से आत्मरक्षा का गुर अब इन शताब्दियों में आ गया हो। जो रह रह कर मानो सरसिज को आश्वासन दे रही हो कि मैं इसी तरह से बच बच कर बहती रही हूँ मेरे प्यारे। यह एक कुसमय है। मेरे तट पुनः हरित होंगे और सुगंधित, पूजित भी।" आह ! वह मेरे शेष घर के भीतर भीतर से बह रही थी"।

"साग कैसा बना है सरसिज?" गौरव से रहा न गया। पूछ ही लिया। मौन तोड़ दी दिया। फिर इस समय "ऐसी स्थिति" में मौन से डर भी तो लगता है। क्षण भर में गौरव ने अपने समक्ष सरसिज की उपस्थिति को किसी ईश्वरीय उपस्थिति से कम न आंका।" ग़नीमत है सरसिज का होना। वर्ना दो माह मैंने कैसे एकाकीपन के जिए, मैं ही जानता हूँ। सरसिज होता तो नहीं टिक पाता।

"बहुत ही अच्छा बना है गौरव भैया। हमारी बाड़ी का साग है न भैया?"

"हमारी?"

"तो क्या भैया। आप पकड़ नहीं पा रहे हैं मेरी बात को, जो मैं कहना चाहता हूँ। यह साग है न, किसी पण्डित की माले ग़नीमत बाड़ी का ही होगा न। हो सकता है मेरी ही बाड़ी का हो।"

"सरसिज बड़ा कष्ट देती हैं ये स्मृतियाँ और मैं उनको अपनी चेतना से काटना चाहता हूँ। तुम भी वहीं करो।"

"सम्भव है?"

"प्रयास। अभ्यासेन तु कौंतेय, वैराग्येण च गृह्यते।"

"हाँ ! पर यह प्रयास का प्रयास हमें नष्ट कर डालता है। मैंने निष्कर्ष निकाला है। मेरे माँ पापा भी कहते हैं।"

"चैतन्य अकाट्य है, यह मैं जान चुका हूँ। सुन्नता या सुप्ति छा सकती है हम पर, हमें सुखी करने के लिए, पर अगर यह सुप्ति या सुन्नता उलट गई तो चेतना आ गई, तो वेदना बढ़ गई। दुख बढ़ गया। सुख घट गया। पर यह वेदना, वह दुख उस सुख से बहुत बहुत उत्तम है जो हमें सुप्ति या सुन्नता देता है।। उसमें से एक आनन्द निकलता है। तुम हठात् कितनी ही सुन्नता को जियो, पर जो तुम से अनकटा है, वह अनकटा है। तुम्हें उसका पता हो या न हो कोई अंतर नहीं पड़ता।"

"मैं तुम्हारी बातें समझ नहीं पा रहा। तुम बहुत गहरी और जटिल बातें कर रहे हो। देखो ये बातें कष्ट देती हैं। पर मुझे बताओ क्या मैं सुन्न हूँ? अचेत हूँ?"

"हम सब हैं। इसके इतर चारा भी नहीं न। हमें यही फलता है।"

"फलता है? समुदाय गलता है, तुम कहते हो कि फलता है।"

"एक आध चिंता करेगा तो क्या उखाड़ लेगा? उखाड़ पाए तुम कुछ उस दूध, फूल इत्यादि पूजा का सामान बेचने वाले मुसलमान का? जो चढ़ावा भी चुराता है ढँके की चोट पर, सबके सामने।"

"गलती दान दाताओं की है। उन्हें पेटी में डालना चाहिए सब कुछ।"

"तुम्हें लगता है उसकी पहुँच पेटी तक नहीं होगी? बता देता हूँ पेटी का ताला उसी की चाबी से खुलता है। विश्वास कर इस बात पर और आश्चर्य बिलकुल न कर।"

सरसिज हक्का बक्का रह गया। कुछ न बोला। पुनः गौरव ने ही मौन तोड़ा, "हो गया न तू थोड़ा सा सुन्न? क्योंकि जितना जितना जानेगा !उतना उतना मानेगा। मानेगा और अचेतन का छाता अपने ऊपर तानेगा। यही बचने की सूरत है।"

"नहीं नहीं। मैं ऐसा नहीं होने दूँगा। क़तई नहीं होने दूँगा मैं ऐसा। मुझे चैतन्य चाहिए, भले मैं कितना ही दुख पाऊँ। मैं उसी में से अमृत भी निकाल पाता हूँ।"

"तू निकालेगा, शेष गए बाढ़ में। यही तो सारी पीड़ा है कि हम सब समझते हैं कि एकाकी चैतन्य होकर हम बहुत कुछ करेंगे, पर ऐसा नहीं सरसिज कुछ अंतर नहीं पड़ता किसी एक, दो या तीन या दस बीस के भी चैतन्य होने से जिस दिन विराट चैतन्य हमारे ऊपर छा जाएगा अर्थात् समुदाय के भीतर बोध छायेगा, चैतन्य की तीव्र लहरें उठनी आरंभ होंगी, बस उसी दिन तुम्हारी चेतना भी उसमें

वोल्टेज(तीव्रता) की वृद्धि कर देगा और वह सार्थक होगा। सुनो सरसिज शैव दर्शन कहता है कि मुक्ति भी किसी को एकाकी नहीं मिलती। अतः तुम इसे सीधे व्यवहार में सोचो कितनी सही है यह बात। एक तुम हो धर्मावलंबी, दूसरी ओर है तुम्हारा शत्रु मज़हबी। तुम्हारी धरती, तुम्हारा आकाश, तुम्हारा दर्शन, तुम्हारी संस्कृति, तुम्हारा इतिहास, तुम्हारे पास संसार का सबसे प्राचीन राजनीति शास्त्र, जीवन के हर क्षेत्र से सम्बंधित सबसे प्राचीन और प्रामाणिक शास्त्र और भी बहुत कुछ तुम्हारा है, पर है कुछ तुम्हारा? हाहाहाहाहा यह दान तुम्हारा पर दान पेटी तुम्हारी नहीं। इस पर लगा ताला तुम्हारा पर उसकी चाबी तुम्हारे पास नहीं। क्या है यह सब? सोचते हो कुछ? सोचते होंगे ज़रूर। मुझे विदित है कि अवश्य ही सोचते होंगे सब अपनी अपनी एकाकी मनोभूमि पर अपनी अपनी बौद्धिक क्षमता से, देख कर आस पास पाते होंगे स्वयं को अकेला और हो जाते होंगे उदास। यही कथा है हमारी।

और सुनो तुम्हारा शत्रु ज़हर का जीव है, यही उसका अमृत है इसी पर वह पलता है। क्षण क्षण वृद्धि पाता है और सृष्टि को सताता है, इस कर्म में उसकी चेतना का ऐक्य देखते ही बनता है सरसिज। वह ऐक्य जब धर्मावलंबियों में सरक कर आएगा, उसी क्षण, ठीक उसी क्षण अर्थात् चुटकियों में सारी सृष्टि की मुक्ति हो जाएगी। रावण और रावणीय तत्व भस्म होंगे।''

''बहुत सुंदर गौरव भैया। ! कुछ कुछ मेरी समझ में आया। पर एक प्रश्न है कि यदि सर्वजन में यह चेतना नहीं है तो क्या किसी एक के भीतर इसके होने का कोई अर्थ नहीं? क्या करणीय है उसके लिए जिसके भीतर यह है। या जिन कुछ लोगों के भीतर यह है?''

''बहुत कठिन है उनकी डगर। उन्हें स्वयं को किसी भी तरह से व्यर्थ या अकर्मण्य नहीं होने देना चाहिए। वह चूल्हे की वह सुरक्षित अग्नि है जिससे बहुत कुछ सम्भव किया जा सकता है। बहुत सारे चूल्हे जल सकते हैं। बहुत सात्विक अन्न पक सकता है। सृष्टि की पुनर्सृष्टि जिससे हो। यज्ञ, हवन हो साराँश कि प्रकाश हो। हो सकता है उनकी एकाकी इच्छा से ईश्वर की कृपा का सम्वर्धन हो एकाकिता का विस्तार विराटता में परिणत हो। देखो हम कालपुरुष के अत्यंत सूक्ष्मातिसूक्ष्मतम कण हैं। यह बोध तो रखना ही चाहिए हमें। और हमारे हाथों में है भी क्या भला।''

''क्या छोटे छोटे विरोध करना भी हम बंद करें, मेरे कहने का आशय है, कि जितना मैं, आप या अन्य कोई भी हम जैसा इस विराट स्वाभिमान का टुकड़ा अपने अपने स्तर पर वहन कर उसका निर्वाह करें, तो बुरा नहीं न?''

''नहीं। एकदम नहीं सरसिज। उसे ही मैंने बुझाए चूल्हे में सुरक्षित गोपनीय आग कहा न। जो हमें अग्निहोत्र के लिए चाहिए।''

''गौरव भैया सब कुछ हमारे पास है। सब कुछ। अनुभव। अनुभवों के परिणाम। अर्थात् ऋषि मुनि द्वारा की गई तपस्याएँ ही तो हमारे अनुभव हैं। स्वर्णिम अनुभवों का समृद्ध कोष है और उनके द्वारा प्रणीत शास्त्र उन की तपस्या, चिंतन, मनन का अभिलेखन परिणाम हैं। अमूल्य परिणाम।

ऐसा विचित्र विकार छा गया है इस बचे खुचे भारत देश में कि सारा विपुल, अमूल्य ज्ञान आगार दरकिनार है। इसे प्राचीन या अप्रासंगिक होने का कारण देकर लगभग कूड़ेदान के हवाले कर दिया गया है। कैसी आश्चर्य चकित करने वाली बात है कि यह देश है हिंदुओं का पर ऐसा कहना और मानना अपराध है। हो भी वैसा ही रहा है कि हिंदू बहुत बहुत संख्या में हैं पर जैसे बेचारे हैं नहीं। कुछ एक आध ही हैं मानो। निष्प्रभ हैं। निर्रथक हैं। राज्य चला रहे लोगों के नाम हिंदू धर्म के हैं पर जब उनकी जिह्वा खुलती हैं तो वह ऐसा कुछ बकते हैं कि लगता है मानों सरकार चलाने के लिए आनन फ़ानन शपथ के नाम पर पहले उन्होंने मौलवी के पास कलमा पढ़ा हो, पर नाम बदलने का अभी समय न मिला हो। राज्य की सारी ऊर्जा मुसलमान को सम्भालने में लगती है। हिंदू राज्य से अनकहे ही कहता है मानो कि कोई बात नहीं राज्य जी! तू उसे ही सम्भाल, मैं अपनी फ़िक्र आप करूँगा और कहीं कोई गलती नहीं करूँगा। तेरे विरुद्ध नहीं जाऊँगा। तुझे कोई परेशानी नहीं दूँगा। तेरे सारे ऊटपटाँग क़ानून मानूँगा। चुप रहूँगा। मैं चुप रहूँगा। मैं चोरी चोरी अपने धर्म की रक्षा करूँगा। मेरे धर्म गुरु भी तुम्हारी और शत्रु की मदद करेंगे, आसन से उठ उठ कर झूम झूम कर वह मौला अली मौला अली गाएँगे, तब मैं संकट में पढ़ूँगा, पर गुरु द्रोह न करूँगा। नहीं नहीं ऐसा मैं नहीं करूँगा। ऐसा करूँगा तो मेरा क्या होगा फिर। कौन मुझे भवसागर से तारेगा? फिर भी फिर भी मैं गुरु के विपरीत नहीं जाऊँगा।

अपनी ही सावधानी से बच गया तो बच गया, क्योंकि जानता हूँ कि तू मेरी रक्षा करेगा नहीं, कर ही नहीं पाएगा , तू तो उसी की रक्षा करेगा, और तेरा यह कृत्य तू मेरे ही हित्तार्थ कर रहा है, मैं यही मानूँगा, तुम्हारा ऐसा वातावरण बनाने और बनाए रखने में मैं तुम्हारी सहायता करूँगा। उफ़्फ़ तक नहीं करूँगा। चुप रहूँगा। कराहूँगा भी नहीं राज्य जी ! बिल्कुल भी नहीं कराहूँगा।

हाँ मैं दिल खोल कर अपने धर्म को कोसूँगा। चरित्र हीनता को ही आधुनिकता और विकास तथा मुक्ति भी मानूँगा और ऐसा वातावरण बनाऊँगा कि ऐसा ही हर कोई माने। मैं विकृति को स्वीकृति देकर उसे आदर्श बनाऊँगा। शत्रु की हाँ में हाँ मिलाऊँगा। राज्य की हाँ में हाँ मिलाऊँगा। मैं भाईचारा के गीत गाऊँगा। मैं शत्रु और राज्य की जय जय गाऊँगा। जय जय गाऊँगा।

जो सच बोलते हैं उनसे जी भर भर के घृणा करूँगा। उन्हें घृणित कह कर

लज्जित करता रहूँगा जीवन भर। राज्य जी! और प्यारे प्यारे शत्रु जी! तुम दोनों की जोड़ी विरल है संसार में मैं तुम्हें पूरी ताक़त से खुश करता रहूँगा। आँसू बहा बहा कर खुश करता रहूँगा। हाँ। ख़ुश ही करता रहूँगा। और बोलो राज्य जी! ''सरसिज ने यह प्रलाप किया तो मानो गौरव को ताने मार रहा हो। गौरव चुप रहा पर यह भी उसकी समझ में आया कि यह सरसिज भी कोई साधारण व्यक्ति नहीं काफ़ी चिंतन मनन किया हुआ है और चिंतन मनन करता हुआ है निरंतर।

गौरव वय में सरसिज से बड़ा है। यहाँ नियुक्ति भी उसकी सरसिज से पहले हुई है। पहले वह व्यसू क्वार्टरों में रहता था और वहाँ से यहाँ बच्चों को पढ़ाने आता था पर कुछ मास पूर्व उसने इस धर्मशाला में कमरा प्राप्त किया। गौरव स्वयं लार गाँव का है। अतः दोनों प्रकार के अनुभवों में वह सरसिज से बड़ा ही है।

वह यहाँ के साग के विस्मयकारी स्वाद से अति प्रभावित है, वहीं साग आज सरसिज को पका कर खिलाने के बाद उसे उसी विस्मय-पूरित टिप्पणी की आशा सरसिज से थी। जैसे उस दिन ''शीरचाय ''पर वह आह्लादित हो उठा था और चीख सा पड़ा था ''गुलाबी रंग ''बोल कर, मानो जीवन गुलाबी हो उठा हो, तब आज उसकी आशा थी कि सरसिज पर साग की हरियाली छा जाएगी। वह उसकी प्रशंसा पकाने को लेकर सुनने के लिए मचल रहा था। न कि उसकी चिंताकुल टिपण्णियों और स्वामित्व के दावों को सुनने के लिए। पर उसे क्षण भर में इस साग के अपनी आंगन की बाड़ी में उगने की तड़ित-अनुभूति हुई।

अब गौरव ने निष्कर्ष रूप में पुनः कहा, ''सरसिज ये तमाशे सोचकर तो सिर भन्ना जाता है अतः तुमने जो एक बार स्वयं को प्रशिक्षण दिया कि नहीं भन्नाने देना है अपना सिर तो समस्या सुलट जाएगी। क्यों कि हमारे सिर नंगे हैं कोई शिरस्त्राण नहीं पहना है हमने। पहने भी कैसे? राज्य बुरा मान जाएगा। बोलो किस किस पहेली को बुझाओगे? यहाँ! यहीं के आंगन की बात लो...! क्या क्या सुलझाओगे।'' सरसिज उसकी ओर फटी फटी आश्चर्य पूरित नेत्रों से देखने लगा।

उसके मुख पर यह परिवर्तन देख गौरव प्रेरित-सा हो उठा और आगे बोला, ''देखो कैसी जटिलता है, विडंबना है हमारे समाज की कि, हमारे देश की, धर्म की कि जिसने तेरे समुदाय का धर्म के कारण ही संहार किया, घर से बेघर किया, मारा, नष्ट किया, ध्वस्त किया, स्त्रियों के साथ घोर घोर नृशंसता से भरा कृत्य कर कर आरे पर चीरा, बलात्कार किया, मंदिरों को भस्मसात किया भूमिसात किया, , लूटा, , वहीं शत्रु है न? वहीं तुम्हारे इस मंदिर के द्वार पर फूल और दूध और धूप अगरबत्ती बेच रहा है। तुम ख़रीद भी रहे हो। कर लो उसका क्या कर लोगे तुम? हत्यारा भी नहीं कह पाओगे न? और शत्रु भी नहीं कह सकोगे। नहीं न कह सकोगे। बोलो? अब

बुझाओ इस पहेली को? बूझो तो जानें? हिंदुस्तान की यही पहेलियाँ पूरे शरीर पर फोड़े बन गये हैं। फोड़े चीरे जा सकते हैं पर चीर नहीं पा रहा कोई। क्या करियेगा सरसिज? बॉलीवुड के गीतों में डूब जाओ। सो जाओ।''

''मुझे बॉलीवुड के पुराने गीत पसंद हैं नए नहीं। मेरे पास कलेक्शन है।''

गौरव चमत्कृत हो उठा कि वह सरसिज के भीतर का वातावरण बदल पाया सम्भवतः।

''पर पापा कहते हैं कि आग लगे और त्रेठ पड़े इन बॉलीवुड के पुराने इश्किया गीतों पर, हमारे देश का युवक इसे सुन सुन कर ही सुन्न हो गया। और यह भी एक राज्य का षड्यंत्र ही था। जो बॉलीवुड कहता, वह वह मानता जाता। वह फ़ैशन तय करता। वह यह भी तय करता कि अपने धर्म को, हिंदू होने को कोसना है। धर्म की आलोचना करनी है और इस आलोचना को आधुनिकता और विकसित दृष्टि होने का नाम देना है। नैतिकता धर्म के हाथों से छीन कर बॉलीवुड के हाथों दी गई, सिर्फ़ हिंदुओं की। धर्म का मखौल उड़ाने वाला बड़ी बड़ी सभाओं में स्थान पाने का अधिकारी हो गया। और ऐसा व्यक्ति, स्त्रियाँ बड़े बड़े विमर्शकार हो गए, बुद्धि जीवी हो गये, और धर्म, धर्म के नाम पर मारा जाने वाला धार्मिक व्यक्ति, धर्म को समझने वाला व्यक्ति त्याज्य, हेय और अवज्ञा के योग्य हो गया। इस तरह बॉलीवुड अच्छा ड्रग साबित हुआ इस देश और इसके धर्म को नष्ट करने के मामले में। अब ये पहेलियों-नुमा फोड़े भयंकर हो गए हैं। अभी मैंने बॉलीवुड की बात की तुम्हारे मन ने तुरंत विषय बदला और तुम बोल पड़े कि तुम्हारे पास पुराने गीतों का कलेक्शन है। यही है ताक़त इस ध्यान भटकाऊँ शोरबे की। अब मैं तुम से एक प्रश्न करता हूँ, तुमसे क्या करता हूँ स्वयं से भी करता हूँ कि बोलो इस मंदिर में यह व्यक्ति फूल बेच क्यों रहा है, और दूसरा प्रश्न कि यह मंदिर बचा कैसे? बंटू जी जैसी तैसी पूजा यहाँ कैसे कर पा रहा है। कुछ कुछ श्रद्धालु यहाँ यदा कदा आ भी जाते हैं दर्शन करने। हैं न? इन आततायियों ने कोई मंदिर शेष नहीं रखा इस घाटी में। मंदिरों का एक ताँता था इस घाटी में। कहीं किसी मंदिर को नहीं बचने दिया गया, सब के सब तोड़ दिए गए, यह कैसे बचा भई? तुम्हें प्रमाण देता हूँ रघुनाथ मंदिर। श्रीनगर के हर पुल पर दिखने वाला वह अद्भुत, प्रिय मंदिर कैसे तोड़ा है इन्होंने। मैं वहाँ पापा और माँ के साथ गया हूँ। उसके साथ सटा था एक स्कूल जहाँ मेरी माँ पढ़ी है मैंने बचपन से ही माँ को अपने उस स्कूल और उसके साथ सटे मंदिर को बड़ी पीड़ा के साथ स्मरण करते हुए पाया था। तब मैंने जब नौकरी ज्वाइन करने के लिए आना था तो मैंने मम्मी से कहा कि वह भी चली आए ताकि वह भी स्कूल यदि हो कुछ तो उसे भी देखें और यदि रघुनाथ मंदिर बचा हो या जिस भी रूप में बचा हो तो भी देखे।

''हाँ यह तो एक बड़ा प्रश्न है भैया। आप इस पर प्रकाश डालो कृपया।''

सैंतीस

"पाँच वर्ष पूर्व मैं पापा के साथ आया था, उनके एक मित्र की गाड़ी में। जब हम राज्ञी के द्वार पर पहुँच गए तो देखा बहुत सारी पुलिस बल अर्थात् सी आर पी यहाँ नियुक्त थी। पापा, उसके मित्र फूट फूट कर रो रहे थे। वे बाहरी द्वार पर ही दण्डवत करते हुए आए। मुझे लगता है, जहाँ तक मुझे याद है उस दल में जितने भी हम थे सब के सब रो रहे थे और माँ के द्वार पर लोटपोट हो रहे थे, मानो माँ महाराज्ञी परांबा से लिपट लिपट रहे थे बहुत दिनों से बिछुड़े होने के कारण। मैंने देखा कि माँ के मुख्यद्वार में, जो कि भव्य भी था अनगिन गोलियों के निशान थे, जिनपर एक बड़ा सा कपड़ा रखा गया था ताकि वे छिपे। दिखे नहीं। पर मुझे बहुत सजीव रूप से स्मरण है कि हवा ने उस कपडे को जीर्ण किया था अतः वह बहुत अधिक फडफडाहट के कारण हट गया था, कुछ कुछ फट भी गया था और बड़े बड़े गोलियों से हुए छेद अच्छे से दिख कर श्रद्धालुओं को छेद डाल रहे थे। वे छेद मेरे चित्त से कभी नहीं मिटेंगे। आज जब मैं देखता हूँ जब भी माँ के मुख्य, भव्य द्वार से प्रवेश करता हूँ और देखता हूँ कि वे छेद वहाँ नहीं हैं, उनको मरम्मत से ठीक किया गया है, फिर भी वे वहाँ से मिटते नहीं। अस्तु।

मेरा संक्षिप्त बिंदु है विचार का कि क्या कारण है कि इस मंदिर पर वह क़हर नहीं बरपाया?"

"? ? ? ?" तीव्र मुखापेक्षी था गौरव का सरसिज, कि भैया शीघ्र बोलिए।

"राज्य। सिर्फ़ राज्य। देश का नेतृत्व। सिर्फ़ नेतृत्व।"

"? ? हूँ? ।"

"राज्य चाहे तो कुछ भी बच सकता है। कोई भी बच सकता है। संकट कट सकता है। धर्म बच सकता है। सब कुछ बच सकता है। वे छेद इस बात का प्रमाण है कि इस मंदिर पर ख़तरनाक आक्रमण किया गया था जिसे वहीं पर निष्फल किया गया है। जब हम उस दिन मंदिर के भीतर आए तो देखा कि भीतर सीआरपीएफ़ के

परिवार जन और कुछ सिपाही भी गर्भगृह में खूब भजन मण्डली कर रहे है। और उनके परिवार जन उस मण्डली में भजन गा रहे हैं। हिंदी में॥ हम स्नान करके आए और माँ की पूजा की। रत्न दीप देने वाला सीआरपीएफ़ का कर्मी था। पूजा सामग्री देने वाला भी वहीं था। सारॉंश यह कि सीआरपीएफ़ के कर्मियों के हवाले इस तीर्थ को किया गया था और यहाँ रौनक़ थी। आनंद था। यह जीवंत था। मैं एक रहस्यमय बात बताना चाहता हूँ सरसिज तुम्हें, ''जो कर्मियों के परिवार जन भजन गा रहे थे वे वातावरण को स्पंदित कर रहे थे, मेरी माँ जब नहा रही थी, तो उसके हाथ में एक अत्यंत ही कोमल नवजात अतुल्य रूप से अब तक न देखा भून्य (भुवनव्यापिनी) का पता आया। माँ ने उसे हृदय से लगा लगा कर चूमा। वह नाग पर तैर रहा था। तब उसने वह मुझे थमाया कहा, ''गौरव! यह लो इसे। यह तुम्हारा अनुज है आज से। इसे जीवन भर सम्भाल कर रखना। माँ नाग में उतरी थी मानो उसका जल में एक अद्भुत प्रसव हो गया है। मैंने उसे सम्भाल के रखा है। जब तब उसे खोल कर चूमता हूँ, नेत्रों से उसका स्पर्श करता हूँ, वापस रखता हूँ। भून्य का नन्हा पत्र प्रसंगवश आया, पर अब मुझे जो तुम्हें कहना है वह यह है कि जब हम द्वार पर पहुँचे तो भजन की धड़कती आवाज़ें और धड़कन बढ़ाती। आवाज़ें तेज तेज आने लगी। माँ ने बदली गीली साड़ी द्वार पर रख अंदर पग डालते ही पहले दण्डवत् किया फिर खड़ी होकर उसके पैरों में थिरकन ध्वनियों ने स्वतः ही भर दी। वह झूम झूम कर, उन्मत्त हो नाचने लगी। सच कहूँ कि मैं शर्मा गया पर भजन मण्डली के वाद्य वादकों ने और और तेज़ी से साज बजाए, विशेषकर ढोलक और गायन की गति भी तीव्र की। माँ नाचती गई नाचती गई। गायन की गति अनुसार नृत्य की गति बढ़ाते हुए। और धड़ाम से मण्डली की बग़ल में गर्भगृह में माँ के कुंड के समक्ष गिर पड़ी। मण्डली ने तबला, ढोलक, खंजडी, हारमोनियम इत्यादि रोका। एक शांति छा गई। उसके बाद की कथा सुनो सरसिज!

अड़तीस

माँ अनन्य रूप से शांत, उठी धीरे धीरे। नयन आर्द्र थे। हम अब गर्भगृह के एक कोने में दुबक से गए, मानो माँ महाराज्ञी परांबा की छत्रछाया में, उसके आँचल तले। मण्डली के लोग उठ गए थे। कुछ ही क्षणों में आरती होने वाली थी। माँ ने कहा, ''गौरव ! बेटा अब आरती करने के बाद ही उठेंगे।'' मैं देख रहा था कि पापा अपने मित्र के संग माँ के पवित्र कुंड की परिक्रमा कर रहे थे और माँ को और मुझे अपने ढंग से वहाँ होने का समय दे रहे थे।

अब आरती आरंभ हो गई। सुरक्षा बल का पण्डित जी गाने लगा, ''जय अंबे गौरी, मैया जय शामा गौरी.... ''पण्डित जी के ये शब्द आरंभ करते ही मेरी माँ बोल पड़ी, ''लीलारब्ध-स्थापित-लुप्ताखिल-लोकां आँ आं आं आं.... ''माँ की आवाज़ रुंध गई, रुक गयी। माँ ने अच्छा ख़ासा व्यवधान डाला था। पण्डित जी हक्का बक्का रह गए, पर व्यवधान के रहते हुए भी वह अपनी आरती के शब्द-गायन में आगे बढ़ते रहे। माँ का भाव यह था कि महाराज्ञी परांबा माँ जो वास्तव में सुनती है शंकराचार्य रचित संस्कृत भजन वह पण्डित जी क्या जाने, वह तो वह जानती है, अत: आज वह माँ को वही गा के सुनाएगी। पर परांबा को वह सुनना न था। इसलिए मेरी माँ का गला रुंध गया। पण्डित जी ने निर्विघ्न ''जय शामा गौरी पढ़ कर आरती सम्पन्न की।'' हम उठे और लज्जित होकर गर्भगृह से निकले। मेरी लज्जा मेरे समुदाय या माँ की लज्जा के साथ साझेदारी थी। हमें इस घटना से माँ महाराज्ञी परांबा का संवाद मिला। यह घटना हुई उससे पता चला कि वह वहाँ विराजमान थी, नहीं तो यह भी प्रसारित किया जा रहा था कि परांबा राज्ञी माँ ने पीठ का त्याग कर दिया है। दूसरा संवाद माँ का यह था कि उसे फ़िलहाल सीआरपीएफ़ के पण्डित जी का भजन ही मान्य है, जो स्तुति माँ ने गानी चाही थी वह नहीं। इससे हमें यह भी समझ में आया कि माँ महाराज्ञी परांबा हम से रुष्ट हैं। पर माँ हम अबोध हैं, यदि हमें पापों का प्रायश्चित करना है तो तुम ही मार्गदर्शन करो माँ। हमारी बुद्धि में कुछ आता ही नहीं

तो क्या करें। कुछ भी हो अंततः हैं तो माँ कृपालु ही। पर इस सब में मुझे कहना इतना ही है कि उस समय यद्यपि अर्धसैनिक बलों के पास माँ की सेवा का सारा प्रभार था, माँ का प्रांगण प्रसनचित्त था। मैं नहीं जानता उसके बाद कब उन छेदों को भरा गया है मरम्मत कर के और सीमा सुरक्षा बल भी यहाँ से कब चला गया है। बंटू जी को पता न कहाँ से आरती के लिए लाया गया है। वह सहमा, दुबका रहता है। चढ़ावा का मालिक उस मुसलमान को बनाया गया है जो पता नहीं कैसा दूध, कैसे फूल इत्यादि लाता है। और एक बात बताऊँ, उस दिन जब हम शाम को यहाँ से चल दिए, हमें रात के लिए जेयेष्ठेश्वर उपत्यका पर स्थित ज्येष्ठा माँ के यहाँ उपलब्ध धर्मशाला में रुकना था तो पापा बोले यह सीमा सुरक्षा बल के इन भक्तों का किचन है, अभी माँ के लिए इन्होंने खीर बनाई है, अब प्रसाद वितरण होगा, अतः रुको प्रसाद पाकर ही चलेंगे। हम क़तार में लग गए कि प्रसाद पायेंगे तो एक व्यक्ति जो हमारे समुदाय का था तब, अब सम्भवतः स्वर्गवास हो गया है उसका, वह हमारे पास आया और बोला, "यह खीर न खाना यह खीर ये बर्तनों को अच्छे से माँझ कर नहीं बनाते।"

यह सुन जो पापा को ग़ुस्सा आया कि पापा बोले जिसे माँ स्वीकार कर रही है वह हमारे लिये परम पवित्र है।" वह चला गया। हमने दिव्य स्वाद वाली खीर की आधी आधी कटोरी चाव और भाव से खाई। माँ से पापों के लिए क्षमा और जीवन पर कृपा माँगते हुए दण्डवत के साथ विदा ली। उसके बाद राज्य ने यह क्या किया है यह समझ में नहीं आता कुछ। सीमा सुरक्षा बल के कर्मियों का कहीं नामोनिशान नहीं। मैंने यह बात जब पापा से कहीं तो बोले कि राज्य ने चूँकि इस मंदिर को तोड़ने में जिहादियों की कोई सहायता न की अत : उन्हें बाहर मुख्य और भव्य द्वार पर गोलियाँ चलाते ही दबोचा गया है, यानी राज्य ने मन से चाहा कि नहीं यह तीर्थ ध्वस्त नहीं करने देना है और यह उनके ध्वंस से बच गया। यह होती है राज्येच्छा। अर्थात् राज्य बहुत बहुत शक्तिशाली होता है। यह इच्छा राज्य में हमें बचाने की न थी और एक क्रूर सत्य कहूँ यह इच्छा उसमें देश, देश के अस्ली लोग, देश की असली संस्कृति, देश का वास्तविक, मूल धर्म, मूल्य, देश की वास्तविक सम्पदा बचाने की भी नहीं है।

और एक ख़तरनाक सच कहूँ सीमा सुरक्षा बल को क्यों जाने दिया गया यहाँ से? स्थानीय लोगों ने दबाव डाला अपने नेतृत्व के माध्यम से केंद्रीय नेतृत्व पर। और फ़िलहाल यह मंदिर उनकी दया पर है। पेटी ख़ाली करते हैं, क्योंकि अभी एक समझौता होगा न इसके ट्रस्ट और राज्य और स्थानीय मुसलमानों के बीच कि चढ़ावा वे ले जाएँगे। तभी तो कहा न मैंने कि पेटी की चाबी उसके पास होगी। यह है जिम्मा। जिसे अंग्रेज़ी में धिम्मी होना कहते हैं। यही है जज़िया। जो राज्य के रास्ते से जाता है।

तुमको पता है न कि भारत में सभी मंदिरों पर क़ब्ज़ा राज्य का है अर्थात् सरकार का। अगर यहाँ सरकार की पद्धति धर्म निरपेक्ष है तो धर्म का धन वे क्यों ले। अगर धर्म हमारा निजी विषय है फिर दान-धन भी हिंदुओं का निजी विषय है न। कहने को धर्म निरपेक्ष, करने को अत्यंत मज़हबी संरक्षक और हिंदू दमन कारी व्यवस्था है भारत की संविधान के माध्यम से। मस्जिदों के चढ़ावे पर राज्य का कोई दख़्ल या अधिकार नहीं, इसी प्रकार सिक्खों के चढ़ावे पर भी नहीं। दोनों मज़हब अपना अपना प्रबंधन स्वयं सँभाल लेते हैं किंतु हिंदू के हाथों को रस्सी से कमर पर बांधा गया है और मुँह में कपड़ा ठूँस कर रख दिया है राज्य ने। अस्तु।

अब मैं तुम्हें एक ओर विस्फोटक बात बताता हूँ, जिसे सुनकर तुम को वास्तव में ही चोट पहुँचेगी। बंटू जी के आने के बाद माँ का भोग अब वहीं घर से तैयार करके लाता है, इससे पूर्व सुरक्षा बलों को स्थानीय मुसलमानों की माँग पर आनन फ़ानन निकाला गया, तो समस्या यहाँ माँ के प्रातः क़ालीन क्षीर के भोग के बनाने वाले की आई। कोई उपलब्ध न था। सीमा सुरक्षा बल के लोग नियमित बनाते और अर्पित करते थे। तब यहाँ का सरपंच हैं रफ़ीक डार, उसने कहा कि वह बना के लाएगा। कि वह यह भोग कैसे बनाना है, उसकी जानकारी रखता है और इसमें शुचिता का ध्यान भी कैसे रखना है वह भी सब पता है उसे कि वह बस दो पीढ़ी पुराना पण्डित है, और उनके घर में अगर बातें चलती रहती हैं तो वे सब उनके पण्डित होने की यादों की बातें ही हैं।''

''पर भैया उसके घर में गोमांस नहीं पका करता होगा क्या?'' सरसिज बोला जो कि गौरव का यह प्रकरण सुन कर तड़प सा उठा था और उसकी यह दशा देख कर गौरव बोला, ''सरसिज जी, मैं जानता था कि यह वाली बात सुनकर आप की क्या दशा होगी। आप भीतर में तड़प उठेंगे। अब गोमांस क्यों न खाते होंगे, ऐसा तो हो नहीं सकता किंतु बंटू जी भैया ने ही मुझे यह दास्ताँ सुनाई। यहीं आशंका मैंने व्यक्त की तो बंटू जी बोला, ''गौरव भैया! इनमें से बहुत से लोग माँ राज्ञी के गुप्त भक्त हैं, रफ़ीक डार भी वैसा ही एक हैं। मैं इसके घर भी गया था। तब इसने मुझे वह हहकोल अर्थात् केयलों का चूल्हा दिखाया। वह किचन में एक तरफ़ होता ही था उसे ली़प कर, पूर्ण रूप से पवित्र कर, स्वयं नहा धोकर, बर्तन जो इस भोग के लिए उसने अलग ही रखे थे, उसमें खीर पकाकर, फिर उसे कटोरी में डाल कर, ऊपर से ढक कर माँ के परिसर में आता था।'' बंटू जी बोला था कि, कुछ भी हो गौरव भैया माँ के प्रकोप से ये लोग बहुत डरते हैं। पर मैं सिर्फ़ दो दिन के भीतर भीतर आ गया। और मैं ने फिर मा का भोग बनाना आरंभ किया।''

''आपको क्या लगता है, माँ का वह भोग रफ़ीक डार पूरी पवित्रता से बनाता

रहा होगा? उसमें ''हे भगवान ''थूक नहीं मिलाता होगा?''

''क्या कहा जा सकता है। देखो सरसिज इसका सीधा समाधान यह है कि परांबा माँ नित्य पवित्रा, स्वसंविति है, उसे क्या कोई अपवित्र करेगा, यह विचार। दूसरा कि यदि किया होगा ऐसा तो भुगतेगा स्वयं। हम तो यों भी कुछ कर सकने की स्थिति में नहीं हैं। क्या किया जा सकता है। अकूत सहो। अमाप्य सहो। सहो सहो और और सहो। देखते हैं यह शृंखला कब समाप्त होती है। किस शताब्दी में। और हो सकता है कि वह रफ़ीक डार यही दूध और फूल बेचने वाला ही हो सरसिज। अभी तक मुझे भी उसका असली नाम नहीं ज्ञात। न मैंने बंटू जी से ही पूछा कि कहीं यह वह तो नहीं। क्या करें पूछने का मन करता नहीं। जिस प्रश्न का उतर ढूँढो उसी में विध्वंस। अब डर भी तो लगता है। अब मान लो मैं बंटू जी से ही पूछूँ, वह गद्गद होकर रफ़ीक डार के पवित्र, निष्ठावान और श्रद्धावान होने की बात करेगा कि लगेगा यह उसी समुदाय का ही तो नहीं। हमारा क्रोध, हमारा विरोध कहाँ गया है? शत्रु ने हमें मारा और शत्रु के साथी राज्य ने हमारा विरोध मारा। बंटू जी का भी कोई दोष नहीं, वह बेचारा बेरोज़गार मारा मारा फिर रहा था शरणार्थी शिविरों में। फिर किसी दुकानदार के यहाँ अढ़ाई हज़ार की नौकरी करता था, तब धर्मार्थ ट्रस्ट के किसी व्यक्ति ने कहा होगा, चलो तीन हज़ार रूपये देंगे तुम्हें। अब आ गया। अपने गाँव जाता है। जैसे तैसे घर में झुग्गी सी बनाई, सबसे बड़ी बात जम्मू के ताप से मुक्ति तो मिली। बेचारा सामान्य सा व्यक्ति है। यह रफ़ीक डार की पवित्रता के क़सीदे पढ़ेगा ही पढ़ेगा, इस में विद्रोह का वैचारिक क्रोध कहाँ से लाएँ भई। नहीं तो फूल और दूध वाला मुसलमान मेरा हत्यारा है हत्यारा, हत्यारे समुदाय का हत्यारा बाशिंदा। है न हत्यारा? पर....

उनतालीस

चकित मुद्रा में विद्रूप भंगिमा के साथ सरसिज गौरव रैणा का विश्लेषण अपने भीतर उतारने का प्रयास करते हुए ''हा'' जैसा कुछ इंगित कर गया गौरव को। गौरव आगे बढ़ा,...''हाँ'' नहीं कहोगे तुम, पर है वह ख़तरनाक हत्यारा। मेरे पूरे समुदाय का हत्यारा। मेरे धर्म का ध्वंसक, हत्यारा। है न?''

पुनः उसी चकित भाव से सरसिज ने ''हाँ'' जैसा कुछ हल्के से कह दिया।''

हाँ। पर तुम क्या कभी गम्भीर होकर इस सब के कारण की खोज करने का प्रयास करते हो। मोटे तौर पर यह कि ''हम हिंदू कायर हैं।'' इस हमारी रूढ़ धारणा को हम ही कितना कितना दोहराते हैं और छुट्टी पाते हैं। और इसी धारणा में कहीं छिपी है हमारे धर्मपरिवर्तन करने पर इन संकटों से मुक्ति पाने की एकमात्र रखा गया एक इच्छा-मार्ग का विकल्पहीन विकल्प। एक मार्ग-सा जो हमें खुला दिखाई देता है। क्या तुम सहमत हो?''

पुनः फटी आँखों से देखते हुए एक विचित्र लपट सी अपने भीतर लंबायमान देखते हुए उसी मुद्रा में पुनः सिर हिलाया सरसिज ने।

हाँ। सुनो कई कारण हैं। मैं तुम्हें बताऊँ? हम दोनों में बहस छिड़ जाएगी, मैं जानता हूँ। पर हमें इस बात पर बात करनी चाहिए क्रम से।''

ये शब्द सरसिज की उठती उन लपटों को किंचित नियंत्रण में ले आई। उसके नेत्रों में बैठा ज्वलंत आश्चर्य हल्का-सा बुझ गया। उसके तमतमाए कपोल वापस प्राकृत चर्मरंग में लौट आए। उसका स्तंभन तनिक सा टूट चला। वह सुनने को उद्यत हुआ। और बोला, ''भैया हम क्या बहस करेंगे। क्या मेरे विचार आपके विचारों से कुछ भी विपरीत हैं? तनिक भी नहीं। अपितु मुझे आपके एक एक वाक्य अपने में विचारों के शब्द मिल रहे हैं। आप मुझे ऐसी प्रक्रिया के तंदूर में डाल रहे हो, जिसमें मुझे सिकना चाहिए ही चाहिए। सत्यों और तथ्यों की यह अग्नि भस्म करती हो निःसंदेह पर पुनर्जीवित कर पुनरऊर्जिस्वत भी करती है। मैंने बाल पन से इस तंदूर

को तापा है भैया और आप ने भी। मुझे लत लग गई है इस की सेंक की। मैं बहस नहीं करूँगा। हाँ कभी कभी मूर्ख प्रश्न करूँ तो क्षमा माँगूगा अग्रिम।''

गौरव के चक्षु भर आए और उसने मन ही मन सरसिज को हृदय से लगाया परम प्रसन्नता के साथ। उनके हाथ भात की थाली में थे। वे अंगुल अंगुल भात और तृण तृण साग भी मुँह में कौर रूप में डाले जा रहे थे, पर उन्हें वास्तव में जैसे भान और बोध ही न था कि वे वास्तव में कर क्या रहे हैं। वे हैं कहाँ। वे देश काल की बातें कर रहे थे पर देश काल बोध उनका शून्य में रॉकेट की तरह घूम रहा था।

''हम एक हज़ार वर्षों से बंदी हैं। एक हज़ार वर्षों से। समझे? जब से इस्लाम का आना हुआ, हम बंदी हो गए। मेरी समझ में नहीं आता कि इससे पूर्व इस कश्मीर के राजा जैसे मेघवाहन, ललितादित्य इत्यादि दिग्विजयी राजा हुए। और फिर इन राजाओं की श्रृंखला को क्या हुआ। कश्मीर की सेना के पास विजय मंत्रों की एक माला थी। सेना में ऐसा योग प्रशिक्षण था कि विजय के इतर इन्हें कुछ मिल ही नहीं सकता था कुछ। ग्यारहवी शताब्दी में हर्ष नाम का राजा आया, उसने सब मटियामेट किया। उसने तुर्कों को ऐसे भीतर घुसाया कश्मीर के कि या तो अब कश्मीर को पुनः सतीसर लील जाए या कोई महान राजा आ जाए।

हर्ष एक विकृत पर प्रतिभावान राजा था। उसकी सभा में एक बार एक तुरुष्क आया। कल्हण उसका नाम वली बताते हैं। वह भेंट लेकर आया, जानते हो क्या? बहत्तर सुंदर स्त्रियाँ।''

''ओह!'' हल्की ध्वनि में चीख पड़ा सरसिज, पर अपने आश्चर्य को सम्भाला भी तुरंत।

''वली से मैत्री गहराती गई हर्ष की। वह विलास और व्यभिचार में डूबा। कहते हैं कि इस वली नाम के मुसलमान ने उसे ऐसा विकृत किया कि उसने अपनी बहन कीं पुत्री को भी भोगा। अर्थात् बलात्कार किया होगा। वली ने एक दिन उसके पास सौ तुर्क लाए और कहा मैं चाहता हूँ कश्मीर की सुरक्षा। ये सौ सेनापति जैसे सिपाही हैं, इनके पास देश की रक्षा करने का अन्यतम प्रशिक्षण एवं निपुणता है। आप अपनी सेना की सौ टुकड़ियों के सेनापति इन सौ होनहार, वीर तुरुष्कों को बनाएँ, फिर आप निश्चिंत होकर ऐश्वर्य भोग करें। आपको फिर रक्षा सम्बंधी चिंता करनी ही नहीं। वली हर्ष का लँगोटी यार और विश्वसनीय सलाहकार था अतः सेना में यह ख़तरनाक घुसपैठ हुई। सेना में हुई यह घुसपैठ समाज में भी हुई। जब सेना सुरक्षा बल हाथ से गया तो जनता, निर्बल निस्सहाय और निहत्थी हो गई। आज तक का यह परिणाम उसी गाज का है। वह प्रारंभिक गाज कश्मीर पर गिरी थी, यह तो कश्मीर की जनता का विरोध ही था कि आज अगर हम बचे खुचे हैं कुछ। इसके बाद जिहाद के

आक्रमण पर आक्रमण होते रहे। सबसे भयंकर बात कि इन्होंने धर्मपरिवर्तन करवाया, सफलता से। फिर भी जो हम जैसे बचे हैं न, मैं आश्चर्य चकित हो जाता हूँ जब दुलचा, शाहमीर, सिकंदर बुतशिकन जैसे भयंकर राक्षसों द्वारा किए गए संहार में से हम निकले हैं। हम मतलब मैं, तुम और वे सभी जो अभी हैं। हम बच कैसे गए हैं हैरान हूँ मैं। दो दो कत्लों में से निकल कर। अर्थात् तलवार और कन्वर्शन। यह कमाल है। कमाल है कमाल। जय हो मेरे पूर्वजों। जय हो। तुम साक्षात् देवता थे। तुमको कोटि कोटि दण्डवत। कोटि दण्डवत। कोटि दण्डवत..बोलते बोलते गौरव फफक कर रो पड़ा। सरसिज पहले ही अश्रु विगलित हो उठा था। गौरव की आवाज़ रुँध गई। उसकी नाक भी बहने लगी। कपोल बुरी तरह से गीले हो गए।

उन्होंने अपना बिछाया हुआ वह कपड़ा जो उनकी भोजन की थालियों के लिए आसन था, को समेटा ताकि उस पर गिरे अन्न के दाने बाहर डालें जो कि पक्षी प्रातः खायेंगे। वे आपस में बोले भी कि कितनी बेध्यानी से उन्होंने वे अन्न के दाने खाये। साग के स्वाद के साथ बात आरंभ हुई थी किंतु साग का वह स्वाद ही तिरोहित हो गया। उन्होंने एक दूसरे को आग्रह पूर्वक कहा कि वह ही बर्तन माँझेगा और वह ही बर्तन माँझेगा किंतु अंततः बर्तन माँझे सरसिज ने ही। वर्तमान में बेध्यानी और चित्तहीनता के साथ ही सरसिज ने गौरव और अपनी झूठी थाली को भी धो लिया।। वह गौरव को सुन सुन कर मानो कोई गोरस पी रहा हो कि वह और और पीना चाहता है कि अंतःकरण की शुद्धि और बोध की वृद्धि हो। तब तक गौरव ने अपनी रसोई की चीजों को यथास्थान रखा। बचा हुआ साग एक दोने में रखते हुए स्वयं से बोला कि सत्य तो यह है कि यह साग किस स्वाद का बना था, पता ही नहीं।

चालीस

उसे जम्मू में रसोई में माँ की सहायता करना याद आया जब माँ उसे बर्तन ख़ाली कर कर के देती और वह नल पर क़ब्ज़ा किए बैठता कि वही बर्तन माँझेगा , माँ को क़तई नहीं माँजने देगा। माँ भी उसी की इच्छा पूर्ति करती, और बदले में स्वस्थ और सुरक्षित रहने और चिरंजीव होने के आशीर्वादों से भर भर देती। उसने सोचा कि सारी बची हुई सब्ज़ी वे वहाँ फ्रिज में रखना नहीं भूलते पर यहाँ सब कुछ फ्रिज ही हैं। यह घाटी ही फ्रिज हैं। हम फ्रिज में रहते थे। हमारी जडें फ्रिज में हैं अनंत शताब्दियों से अतः सुरक्षित रहेंगी। समाप्त न होंगी। यह शुभ विचार उसने स्वयं को एक शुभ समाचार की तरह कहा और इसमें से आशा और प्रसन्नता का अमृत निचोड़ कर पी लिया। उतनी देर में सरसिज थालियाँ और भगोना इत्यादि धोकर रसोई में लाया। रसोई क्या थी कमरा और रसोई का संयुक्तीकरण था। गौरव ने धन्यवाद के साथ वे बर्तन लेकर सरसिज से कहा कि, ''मैं मन में सोच रहा था कि जम्मू में हमें हर चीज़ फ्रिज में रखनी पड़ती है, पर यहाँ हम सहस्राब्दियों से एक फ्रिज में ही रहे थे अतः हमारी जड़ें सुरक्षित हैं, उनका कोई कुछ बिगाड़ नहीं सकता, वह वली जैसे आया था छल से हमारे नैतिक तप और बल से मुँह काला होगा उसका और यहाँ से वह जाएगा।''

''तथास्तु। तथास्तु। भैया। इच्छा करनी चाहिए भैया। शुभ इच्छा के साथ शिवत्त्व आरंभ होता है। ज्ञानार्जन, और विमर्श से क्रियान्वित होना आरंभ होता है। और क्रिया की तीव्रता और सात्विकता से फलीभूत होता है। निष्कर्षित। अतः असम्भव कुछ नहीं महादेव की कृपा से। इच्छा खूब खूब करो। वर्ना कुछ लोग कहते हैं, अब कुछ सम्भव नहीं। अब कुछ नहीं हो सकता। मुझे यह सुनने से घृणा है।'' सरसिज ने ये बातें माँ के साथ आश्रम में जाकर उसके गुरु से सुनी थी, तब से वह इन शब्दों पर मन ही मन प्रायः मंथन करता है। आज मानो उसे तपाक से समझ आई इच्छा की विद्युत शक्ति।

''मुझे भी सरसिज।'' गौरव ने उसके विचार की प्रशंसा करने की भंगिमा के

साथ कहा। ''और पता है जितनी भी बार मैं जम्मू में माँ का रसोई में हाथ बँटाता हूँ न माँ हर बार कहना नहीं भूलती, ''गौरव बेटा! तुम्हें पता है, कश्मीर में हमारे पास फ्रिज नहीं हुआ करते। मुझे तो पता भी नहीं था कि फ्रिज होता कैसा है। मुझे इस नरसंहार के बाद पता चला कि फ्रिज ऐसा होता है। दो दो दिन हमारी पकी हुई सब्ज़ियाँ गर्मियों में नहीं सड़ती थी, अपितु स्वाद बढ़ता ही जाता था। सर्दियों की तो बात ही नहीं। गर्मियों में हम सब्ज़ियाँ अधिक पका के रखते भी नहीं, ताजी ताजी बनाते। वह अवधि कितने दिनों की होती, अधिकतम पंद्रह दिनों की। शिशिर में तो पंद्रह पंद्रह दिन तक पकी सब्ज़ी रहती थी। हाय यह गर्मी। जम्मू की। जम्मू से बाहर की! इसने सैकड़ों जानें ली हमारी। पता है तुम्हें उन्नीस सौ नब्बे में वहाँ से आने के बाद मैं एक शरणार्थी शिविर में खड़ी थी पंजीकरण के लिए पंक्ति में, मेरे पीछे ही पंक्ति में लग गए थे मुझे पढ़ाने वाले एक प्रोफ़ेसर। मुझे कुछ पता न था कि वह इस पंक्ति में हैं, मैं आगे गर्मी में झुलसती हुई अपनी बारी की प्रतीक्षा कर रही थी। कि शोर मचा, ''क़तार में कोई गिर कर बेहोश हो गया।'' :मैं क़तार से बाहर आई देखा प्रोफ़ेसर सप्रू, अत्यंत सज्जन व्यक्ति। गुणी, ज्ञानी और नितांत सज्जन। बालगार्डन में उनका सुंदर बड़ा बंगला था, और उनकी अंत्येष्टि कैसे की गई। क्या बताऊँ। उसी समय वहाँ नवभारत टाइम्स का रिपोर्टर आया रिपोर्टिंग करने। मैंने देखा, मैंने क्या सब ने देखा कि वह रिपोर्टर अनवर अहमद नाम था उसका। वह हंस रहा था। हंस रहा था। उसके साथ एक कैमरामैन था वह गंभीर था। अगले दिन देखा नवभारत टाइम्स में अंदर के एक पृष्ठ पर समाचार था कि ''एक कश्मीरी पण्डित प्रोफ़ेसर की लू लगने से मृत्यु ''इस शीर्षक के अंतर्गत चार पंक्तियों का एक समाचार, जिसे इस नीयत से छापा गया था कि कोई पढ़ें नहीं। उस शरणार्थी शिविर में जब यह अख़बार अगले दिन देखा गया तो सबका रक्त उबल गया और सब यह याद दिला रहे थे एक दूसरे से कि कल वह अनवर अहमद नाम का रिपोर्टर इस प्रकार हुई मृत्यु की रिपोर्टिंग करते हुए कैसे असंगत हंस रहा था। अगर कैमरा मैन उसके साथ चित्र ले गया, तो मृतक का चित्र क्यों नहीं दिया गया अख़बार में? यह था मीडिया का ब्लैक आउट हमारे प्रति।''

सरसिज मैं तुम्हें यह इसलिए बोल रहा हूँ कि माँ फ्रिज, की कथा के साथ यह प्रोफ़ेसर सप्रू की मृत्यु का प्रसंग दोहराना नहीं भूलती। भूलती यदि है वह कुछ तो यह कि उसने कितनी ही बार यह बात मुझे बताई है। कई बार सोचता हूँ अब की बार मैं बताऊँगा माँ को कि यह बात अब फिर से में नहीं बताना बहुत बार यह कठोर पाठ कर चुकी हो तुम माँ, पर मैं ऐसा नहीं कर पाता, डर लगता है कि वह क्या कहेगी जवाब में, रो पड़ेगी, दुख से भर जाएगी। सोचता हूँ कभी कहूँ माँ यह सहस्त्रवर्षीय

प्रलय, अब इसे ठीक कौन कर सकता है एक परम शिव के इतर। पर नहीं बोल पाता हूँ। तब वह उठा उठा कर नरक में भेजेगी नेताओं को। वह जब श्री मदभगवद्गीता का पाठ करते हुए पढ़ती है, ''नराणां च नराधिपम्'', वह ठिठकती है फिर कहती भी हैं कई बार जो राजा अपनी प्रजा की रक्षा नहीं कर पाता उसे राज्य चलाने का अधिकार नहीं है गौरव। उसको घोर नरक की प्राप्ति होती होगी। वह पापा से भी कभी कभी ये बातें बोलती है। पापा कहते हैं कि, ''हटा राजा को, तुझ में शक्ति है।'' और अपना पिंड छुड़ाते हैं। अस्तु। माँ बड़बड़ा कर रह जाती है।

इकतालीस

सरसिज अब मैं पुनः अपनी बात पर लौटूँगा, और वह मैं यहाँ से आरंभ करूँगा कि यही मुसलमान मंदिर, पूजा, मूर्ति, हमारे मंत्र, धूप दीप इत्यादि को कुफ्र मानता है। अपने दीन के विपरीत मानता है। ख़तरनाक होकर इनको बरतने वालों को दण्डनीय मानता है। और जो दण्ड देता है वह इनके दीन अनुसार होता है।। वह है सबसे प्रथम उसको मृत्यु देना, पूजा को अपवित्र करना, पवित्र कुंड को अपवित्र करना, मंदिर ध्वस्त करना, यह हैं इसके करणीय काम अर्थात् इस्लाम का हुक्म। पर चूँकि जब वह यह सब नहीं कर सकता तब यह कुफ्र का ही इस्लामीकरण करता है। तब इसके लिए कुफ्र ही इस्लाम है। सो कैसे? कुफ्र से धन कमाना, चढ़ावा लूटना, माँ की आरती गुनगुनाकर अलतकिया करना। और कुल मिलाकर हमारी आध्यात्मिक शक्ति कम करना। जानते हो जो यह मुसलमान यहाँ दूध इत्यादि बेचता है इससे हमारी आध्यात्मिक शक्ति, जिसे हम पुनः अर्जित करना चाहते हैं, घटती है, अतः हमारी विजय स्थगित होती है।''

''कुछ लोग तो आध्यात्मिकता को मानते ही नहीं भैया।''

''वही तो मज़हबों की शक्ति है और धर्म का पराभव, धर्म की पराजय भी''

''आप सच कहते हैं मज़हबों की शक्ति है वर्तमान कुंठित विकृत राजनीति। जो धर्म की अवज्ञा करती है।''

पापा कहते हैं सनातन में राजनीति की सम्पूर्ण व्यवस्था है। राजनीति एक देवी तत्व है। माँ परांबा का एक रूप जो मूल्य आधारित है। ''राजनीति त्रयी वार्ता दण्ड नीति क्रियावती'' वहाँ पाप के लिए दण्ड निर्धारित है। भगवान राम जघन्य पापियों का वध करने में एक क्षण का भी अपव्यय नहीं करते थे, ऐसा गोस्वामी तुलसीदास जी भी कहते हैं और महर्षि वाल्मीकि भी।। पर अब की व्यवस्था मज़हब आधारित है जहाँ जघन्य अपराधी के लिए मानवाधिकार हैं। क्या करें? तभी तो मैंने पहले ही कहा था न कि यह मुसलमान है वह हम में से ही जाकर बना है वहाँ। उसे इस तरफ़

की सब चीजों की पता है। शत्रुबोध–हीनता यह सनातन में शताब्दियों से जस का तस है। उसे बनाए रखने में सहायक रूप में काल पुरुष ने कई कई माध्यमों से हस्तक्षेप कर विचारों और क्रियाओं की आपूर्ति की। वह अंग्रेज़ थे, जिन्होंने यहाँ की विद्या ही पलट दी, वह विद्या फ़ैशन और रिवाज बन गया। वह वामी विचार थे। ईश्वर का नकार था। लोग पगलाएँ उसी बाढ़ में बहकर मर गए। कुछ कुछ बच गए। नगण्य। किंतु उन्हीं को माना जाए गणमान्य। वहीं था बीज। वहीं हैं हम। वे कुछ लोग जो बचे वे हम हैं। हम बेहद मूल्यवान हैं। बहुत बहुत मूल्यवान। अतः मैंने यह अच्छी तरह ठोका पीटा और पाया हैं कि हम अत्यंत मूल्यवान हैं और हमें स्वयं की रक्षा करनी होगी। नव–नूतन भरित–तनु भारत के लिए पता न हमारी ही किसी पीढ़ी से निकसित होगा पुनः, गौरव भैया।

कभी मैं सोचता हूँ कि हम क्या होते और कैसे होते यदि नष्ट न हुए होते। उधर सड़क के पार, अपने मुहल्ले के उस ऊँचे घर के किसी कमरे में मैं इस समय सो रहा होता। ये दुख दर्द न होता मेरा और आपका भी गौरव भैया। वहाँ माँ होती। मेरी माँ के पास शरणार्थी शिविर में पंजीकरण करने के लिए क़तार में झुलसने का अनुभव की मार्मिक कथा का अनुभव और प्रोफ़ेसर सप्रू का उस दारुण मृत्यु मरना, अनवर की हिंदू लाश पर हंस पड़ना और समाचार भी न छापा जाना जैसे दारुण वृतांत न होते। अब इन वृतांतों का गुणा तुम लाखों हिंदू शरणार्थियों के साथ लाख लाख बार करो, यह न होता न। यह हैं, इसी को कहते हैं हिंदू नरसंहार मेरे भाई। उधर उस घर में मेरी माँ होती। वहाँ ही मेरा जन्म हुआ होता। मैं उनके शयन कक्ष में अवतरित हुआ होता न कि मुझे रसोई से उगा या पैदा हुआ कहते। वहाँ मेरा पिता होता। दादा बाइगाश और दादी प्यारी अम्मा होती। मेरे चाचा चाचियाँ होते। पास की बाड़ी में हमने एक नया घर बनाया होता। वे लोग हमसे दूर ग़ाज़ियाबाद में न होते। बबली बुआ गुड़गाँव में न होकर यहीं अपनी ससुराल में होती। कितना संरक्षित सुरक्षित होता जीवन। मनुष्यता का कितना बड़ा जमावड़ा होता भैया। हैं न? यह धर्मशाला ऐसी खण्डहर न होती। हम पीएम पैकेज के कर्मचारी न होकर सामान्य लोग होते। यह सब सोच सोच कर मैं बहुत बेचैन होता हूँ, बहुत ही बेचैन, इतना कि बस सहा नहीं जाता।''

तभी क्या ग़लत कहा मैंने कि चित्त को इतने लम्बे समय की स्मृतियों से काटो और आराम से जी लो। जब सभी जुड़ेंगे, हम भी चित्त में सूई चुभोकर, निद्रा से जगाएँगे, कि उठ अब हम बहुत बड़ी संख्या में युद्ध के मैदान में हैं। बलिदानों की होड़ लगेगी।'' गौरव बोला।

''पर यह संभव है क्या? हम जितना बोलते जाएँगे, शोध करते जाएँगे..सन्नाटा उतना ही टूटता जाएगा न?''

"यह आपके और मेरे बस की बात ही नहीं है। यह एक ऐसी ही इच्छा है कि हमें जन्म ही नहीं लेना चाहिए था। पर जन्म कौन देता है, वह नियंता ही अदृश्य, अगम्य है और फिर चित्त क्या इतना वैयक्तिक है? हमारे वशीभूत है? नहीं नहीं चित्त जितना वैयक्तिक है उतना ही सामूहिक है।"

"गौरव भैया ! यह सत्य है कि आप एक चिंतक हैं क्योंकि आप जानते हैं कि चित्त क्या है और जीवन-नियंता अगम्य, किंतु फिर भी ध्यान और सचेतनता बरतना अनिवार्य है अथवा बरतने के प्रयास में उद्यत रहना अनिवार्य हैं। मुझे यही लगता है।

"ध्यान, सचेत... अर्थात्?"

"कि हम सब एकाकी हैं। आप एकाकी, मैं एकाकी, सचिन एकाकी, पीएम पैकेज के पुनः उखड़ कर आया हमारे समुदाय का एक एक सदस्य एकाकी, अरक्षित। है न? हम भक्षकों गणनातीत पारावार या झुण्ड में हैं अतः हमें सचेत रहना होगा भैया।

"मगर बात यह भी है कि भक्षकों के इस अगणनीय झुण्ड में यदि हमें जीना है तो यदि उनका मन हमारा आखेट करने का हुआ तो कर ही क्या सकते हैं हम? हम तो उसके जाल के अंदर अंदर ही घूम रहे हैं और खुद को कभी कभी सचेतक के विचार से मुक्त भी मान सकते हैं, अतः सचेतता अर्थहीन है। सचेत रहकर हम क्या करेंगे?

"हाँ। सत्य है। परम सत्य।"

"कौन है जो हमारा माईबाप है। जिस पर हमारा दायित्व है। है कोई संस्थान? कोई इंसान? कोई व्यक्ति? या कोई सरकार ही। है आपकी नज़र में कोई?"

"नहीं नहीं। कोई नहीं।"

"शत्रु माता के गर्भगृह में बैठा है निश्चिंत। स्वामी की तरह। निर्भीक। जभी अवसर मिलेगा...सोचो मैं क्या कहना चाहता हूँ, मैं वह अशुभ कहना नहीं चाहता अपने मुख से, मगर मुझे वह दिख रहा है और मैं भयभीत हूँ। वह तब तक झूम झूम कर जय माता बोल बोल कर हमारी हंसी उड़ाता रहेगा और चढ़ावा लूटता रहेगा तथा वह दूध? इत्यादि बेचता रहेगा। अपनी जिहादी साधना करेगा। कोई रोकने वाला नहीं। उस को फलीभूत भी करेगा। उसके पास है समाज का बल और शासन का भी बल।"

"साधना" यह क्या बला है सरसिज। साधना जैसे पवित्र शब्द को कैसे जिहाद के साथ जोड़ रहे हो।"

"सच में गौरव भैया ग़लत शब्द का प्रयोग किया मैंने। पर मेरा तात्पर्य है कि इनकी भी राक्षसी, या दैत्यीय शक्तियाँ परमेश्वर से ही प्राप्त होती हैं। जब माँ से ये

वही माँगते होंगे मिलती होंगी, क्योंकि ज़मीन पर दिख तो वही रहा है। वर्ना मैं तो यह सोचा करता था कि भगवान पापियों को यों चुटकियों में ख़त्म करते होंगे। मगर अब समझ में आया कि पापियों ने एक संग्रह बनाया और उस संग्रह की नियमावली भी बनाई। वे सभी ऐसी इच्छाएँ हैं जो मानवता के एकदम विपरीत है। हैं न? एक कुत्सित तंत्र। और इस कुत्सित ऐंद्रजालिक तंत्र का प्रयोग ये इतने तीव्र रूप से झुंड में करते हैं तो प्राप्त करते है अपना कर्मफल। हमारे अध्यात्म को काटने का इनका यह कुत्सित तंत्र चल पड़ा है। समय उसी का हो शायद यह। प्रभाव तो रहेगा किसी समय तक।''

''यह भी एक ख्याली पुलाव है सरसिज। ये पकाने और खाने में हम माहिर हैं।'' गौरव ने सरसिज के इस अतिशय चिंतन की फूंक निकाल दी। और टुकुर-टुकुर देखता रहा कुछ क्षण सरसिज को। सरसिज सहज था मानो गौरव से कह रहा हो कि सहस्राब्दी के अपने विनाश के विषय में वह कहीं भी सरक सकता है। उसे अगर कोई सही सूत्र देने वाला है तो वह गौरव ही है अन्य कोई नहीं। गौरव के सुदर्शन और ग़ौर आभा को मानो वह आह्लाद की तरह अपने ऊपर ले रहा हो ऐसे जैसे जुकाम का मरीज़ गर्म भाप लेता हो।

''यह भयावह पाप है इस देश की राजनीति और राजनेताओं का। जो गिद्ध सदृश और आरामपरस्त हैं। हिंदू जन की आरामपरस्ती, अलग प्रकार की है। वह आरामपरस्त नहीं है। कि उसे पता है राज्य नहीं मानता कि देश यह हिंदुओं का हिंदुस्तान है अतः इस की संस्कृति और सभ्यता को संरक्षण नहीं देता वह। विचित्र घालमेल उत्पन्न करता है।। अतः हिंदू की इस लाचारी को हम ने नया ही नाम दिया है, या तो उसकी कायरता, ज़्यादा अच्छे शब्द प्रयोग करें तो आरामपरस्ती। वहीं क़िस्सा मुसलमान की उग्रता का है, जो संरक्षण हिंदू को नहीं दिया जाता, वह पूरा का पूरा बल्कि कुछ वृद्धि के साथ मुसलमानों को दिया जाता है। न्याय, मीडिया तथा प्रशासन इत्यादि के माध्यम से संरक्षण। यहाँ तक कि देश में उनके लिए एक मंत्रालय ही है। हिंदुओं के लिए ख़ाक। क़ानून का भय, आजीविका-विहीनता, न्यून आय में जीवन जीने की कला उसे, अनुपलब्ध न्याय, अनुपलब्ध सुविधाएँ, धर्म का प्रचार न करने के निर्देश। धर्म को हेय मानने के अलिखित आदेश। उठकर दंगा करने पर हिंदुओं का संहार करने के बाद न्यायिक और राजनीतिक प्रश्रय और संरक्षण। दंगाई मुसलमानों के पक्ष में विधि'', यह सब आराम की ही बातें हैं न ! किसी एक ख़ूँख़ार को भी सरलता से क़ानूनी सहारा उपलब्ध है। आरामपरस्ती आती ही सता के संरक्षण से है। इस प्रकार हिंदू कायर या आरामपरस्त नहीं, अदृश्य बेड़ियों में बंद बंदी है, दूसरी तरफ़ इस देश में मुसलमान की पाँचों उउंगलियाँ घी में हैं और सिर कढाही में हैं। वह दंगों की मेहनत नहीं करता, अपितु आराम से दंगों का शगुल करता है। जब

वह यह शगुल करता है, अर्थात् सत्ता और सत्ता के स्तम्भों के साथ एक फिक्संड मैच होता है वह। इस प्रकार इस्लाम एक ख़तरनाक बला है। जब कुफ्र को भी ये लोग इस्लाम के लिए निचोड़ते हैं तब बड़ी ख़तरनाक स्थिति होती है। हम उसी जाल में फँसे हैं और फँसे रहना चाहते हैं। क्योंकि सोचते हैं कि फँसे रहेंगे तो कोई दिन तो निकल ही जाएगा जीवित रहने का। इस्लाम को ये लोग उस समय अपनी अंतडियों में सम्भाले रखकर अवसर की बाट जोहते हैं। मीडिया की ताक़त, न्याय-व्यवस्था की ताक़त इस देश में इनके साथ है। हम कुछ नहीं कर सकते। तुमने देखा सर्वोच्च न्यायालय ने हमें ठुकरा दिया। मैं पापा और अन्य लोगों से प्रायः पूछता हूँ कि यह ''स्वतः संज्ञान, स्वतः संज्ञान ''जो यह सर्वोच्च न्यायालय लेता है, कहाँ था यह उन्नीस जनवरी उन्नीस सौ नब्बे की रात। वह तो स्वतः प्रमाण है। आज न्याय व्यवस्था हमसे कहती हैं कि विषय पुराना हो गया, अरे इस सड़ी गली अन्याय और देश द्रोह से भरी न्याय व्यवस्था के कर्णधारों, यह विषय पुराना नहीं। नित्य नवीन है। अग्नि की भाँति नित्य नवीन। वेदों में अग्नि को अनंत रूप से नवीन और आधुनिक कहा गया है सरसिज। वह आग हम में हैं। वह अग्नि हम ही हैं, जो चिर और नित्य नूतन है। ''अग्निः पूर्वेभिरऋषिभिरीड्यो नूतनैरुत। स देवां एव वक्षति।'' यही नूतन अग्नि हमारे युद्ध के लिए योद्धाओं (देवताओं) का आह्वान करेगी! देखना।'' सुनकर अवाक् सा रह गया सरसिज। चीख सा पड़ा, ''गौरव भैया...'' उठकर गले लग कर गौरव के बोला, ''मुझे आप पर गर्व है भैया।''

कुछ क्षण विराम लिया गौरव ने। सरसिज आश्चर्य चकित होकर ऐसी मुखमुद्रा में था, मानो वह कुछ वैसा सुन रहा था जो उसे भाव-जगत में मचल रहा था। मन ही मन वह समझ गया कि गौरव भैया वास्तव में उससे आयु और समझ और अभिव्यक्ति की शक्ति में बड़े हैं। और पुनः मन ही मन सोचा, ''आज बहुत बड़ा अवसर है, गौरव भैया से बहुत कुछ जानना है। भले आज जागरण करना पड़े। मामा जी कहते हैं कि मातृभूमि का विमर्श, जप, तप से कम नहीं वह भी उनके लिए जिनकी मातृ भूमि शत्रु ने छीनी हो। यह सोचना ख़त्म करते ही सरसिज बहुत भाव विभोर होकर बोला, ''भैया! आज कथा जपं करेंगे, आज सोयेंगे नहीं। आज जागरण होगा। माता का जागरण। बस सिर्फ़ मातृभूमि की बातें और कुछ भी नहीं। मेरे मामा जी कहते हैं अपनी मातृभूमि की बातें करते करते रात्रि व्यतीत करना माता का जगराता है। वह कई बार कह चुके हैं कि शिवसूत्र में एक सूत्र है ''कथा जपं''। यह वही है। और हम यह प्रायः करते हैं। सहज ही करते हैं। जब विवाह होते हैं, जब यज्ञोपवीत होते हैं। या कोई वैसे ही मिलना-जुलना होता हैं, तब यही कथाएँ चलती है। जब कहीं यज्ञ अथवा कोई अन्य प्रकार के उत्सव होते हैं, यही गाथा होती है। हर कोई अपना अपना

टुकड़ा फिर फिर कहने को लालायित होता है। ऐसा क्यों होता है भैया? पापा का अपनी अर्थात् उनकी, उनके समुदाय की स्थिति को समझने के लिए गौरव सरसिज को कई कई कोण दे रहा था। ये सारे कोण और चित्र उसे भयभीत करते थे और विश्वास करने का आग्रह भी। चित्त में एक ऐसी पीड़ा का संचार हो रहा था, जो मनुष्य कभी भी शब्दों में नहीं कह सकता है। बस मात्र उसे वह तीव्रता से स्मरण होता है।

''आपको बहुत कुछ पता है गौरव भैया।''

''तुम्हें भी कुछ कम नहीं पता सरसिज। तुम पवित्र और प्रेम-भावनाओं का ज्वार युक्त समुद्र लगते हो मुझे। तभी तो तुमसे रम गया मैं।''

''पर इस पता होने में से कोई समाधान नहीं निकलता। क्या आप के संज्ञान में कोई है जो नग्न-सत्य परक विश्लेषण में से कोई समाधान भी निकाल के दे रहा हो।

बयालीस

कुछ पलों की चुप्पी वहाँ छा गई। इस बीच गौरव ने अपना हल्का कम्बल जो तहाँ कर रखा था तथा जो दो जनों के लिए चौड़ा था उसे खोला और सरसिज को उसमें आकर बैठने का निमंत्रण दिया, क्योंकि हल्की हल्की मधुर मधुर शीतलता छा रही थी। पर सरसिज विचित्र क्रांति की मनःस्थिति में दिखा उसे और था भी वह। वह कम्बल में घुसने का निमंत्रण स्वीकार करने के स्थान पर बोला, "सोचता हूँ भैया आज की रात, ठीक आज की ही रात यह सारी घाटी, यह सारा कश्मीर सतीसर हो जाए। पुनः सतीसर। हाँ स्थितियाँ जितनी बिगड़ गई हैं, किसी या किन्हीं भी मनुष्यों से अब आशा करना व्यर्थ है कि वे ठीक करेंगे और ठीक हो जाएँगी। प्रलय ही अब बहुत अच्छी चीज़ है। मैं अब अंततः इसी निष्कर्ष पर पहुँचा हूँ कि प्रलय से शुभ कुछ नहीं है। कि उसी से अब नए सिरे से शुभ होने की, शुभारंभ की सम्भावनाएँ पूर्ण रूप से बनती हैं।"

"ऐसा क्यों सोच रहे हो सरसिज?" गौरव को उसकी ये बातें अशुभ सी लगी। उसका मुख म्लान सा हो उठा। सरसिज ने देखा कि गौरव ने उसकी इस भयावह इच्छा को, जिसे उसने शुभ के एवं नए आरंभ के अर्थ में नहीं लिया तो लपक कर बोला, "देखो भैया आप समझो मैं ऐसा क्यों कह रहा हूँ। मैं इतना दायित्व हीन नहीं। इस इच्छा का मेरे पास कारण है। आप इसका अर्थ शुभ ही लो।"

पर गौरव बहुत देर तक मौन रहा फिर उठकर बाहर देवी माँ के प्रांगण के झिलमिल प्रकाश को देख कर उसने कुछ साँसें लेनी चाही। सरसिज एक अपराध बोध से भर सा गया कि उसे प्रलय की इच्छा नहीं करनी चाहिए थी। उसकी यह आशा करना कि उसके इन शब्दों को सकारात्मक अर्थ में गौरव भैया अथवा कोई भी लेगा, उसकी ग़लत सोच थी। यों ही हम सब के सब अवसाद ग्रस्त हैं निस्सहायता और उपेक्षा के मारे है। सरसिज को लगा कि पता न गौरव भैया उसे कैसा उत्तेजना पूर्ण और अदूरदर्शिता पूर्ण समझता होगा। वह आत्म भर्त्सना से भर गया।

गौरव पुनः मौन रहा बहुत देर तक। वह वातायन पर खड़ा लम्बे लम्बे श्वास भीतर खींच रहा था, तत्क्षण सरसिज घबरा कर उसे थामते हुए बोला, "मैं क्षमा चाहता हूँ भैया। मुझे ऐसा नहीं कहना चाहिए था। मुझे इस सीमा तक स्वयं को निराश नहीं करना चाहिए था। पर गौरव प्राणायाम की तर्ज़ पर श्वास निःश्वास का अभ्यास कर रहा था। पर सरसिज ने देखा कि पहले जो मुख म्लान हो उठा था अब वह यकायक उसकी इस श्वसन क्रिया से प्रदीप्त होने लगा। मानो जिस प्रलयंकारी अंधकार का आह्वान सरसिज ने किया था उसे माँ के आंगन की दीप्ति ने तुरंत नष्ट कर दिया हो। यह विचित्र सी एक तांत्रिक सूक्ष्म घटना की तरह उन दोनों के साक्षीत्व के मध्य क्षणांशों या तुटियों में घट गई हो। सरसिज भी मानो अवसाद के घनघोर से आशा के सम्भाव्यता की तरह आने लगा। वह बोला, "भैया चलें माँ के आँगन में। थोड़ी परिक्रमा करें। कितना सुखद और सुहाना है बाहर। मधुर ठंडी हवा चल रही है। फिर इस मंद और कल्याणकारी वायु में एक अकथनीय सुगंध प्रवाहित हो रही है। चलें?" सरसिज उस वातावरण को हर सम्भव प्रयत्न से बदलना चाह रहा था जो उसने उसके हिसाब से एक वाक्य से बदल दिया था।

"क्या बजा?" गौरव ने ऐसे पूछा मानो वह प्रलय और इस सुगंधित मंद समीर को एक ही समझने की स्थिति में आ गया हो।" "बारह?"

"इतने? और हमें पता नहीं चला। कितनी देर से हम बातें कर रहे हैं।"

"भैया मैंने सोच के ही रखा था कि आज की रात हम सोयेंगे नहीं, बस जागेंगे। जागरण करेंगे।"

"तुम तो प्रलय की बातें कर रहे हो।"

"नहीं भैया? मैं नव निर्माण की बातें कर रहा था, प्रलय उसके लिए आवश्यक है।"

"फिर ...?" उसने सरसिज को बेहद न दिख सकने वाले क्रोध के साथ देखा।

इस बीच सरसिज ने अपनी अधिवक्तृता के लिए चिंतन करने का यथेष्ट समय प्राप्त किया था। वह बोला, "भैया! मैंने कुछ ग़लत न कहा। पिछले एक हज़ार वर्ष से जो बीमारी किसी के भी द्वारा ठीक नहीं हो रही वह कश्मीर के पुनः सतीसर बन जाने से होगा। इसमें मुझे कुछ संदेह नहीं। आप कल्पना करो जब यह भूमि पुनः सतीसर हो जाएगी, कितनी दिव्य, कितना ईश्वरीय लगेगा सब कुछ तब। अब आप इस बात से दुखी हैं कि हम न होंगे। जैसे तैसे भी हैं, न होंगे। मर मर के जी रहे हैं, तब भी इस जीवन को ग़नीमत माने चल रहे हैं। पर मेरा अटल विश्वास है भैया कि हम तब अवश्य ही होंगे। सूर्य के रश्मि-कण, सतीसर के पारदर्शी जलकण जलमग्न परम पवित्र शरीरों के निर्माण के लिए रखा मिट्टी के कणों का भण्डार, या भण्डार के कुछ कुछ दिव्य कण...कहीं न कहीं हम आनंद और मौन और विश्रांति के कण ही होंगे।

किसी भी तत्व के। क्या बुरा है?''

अब गौरव ठठाकर हंस दिया भरसक। बाहर राज्ञी के प्रांगण में। अवश हो सरसिज को अपनी तरफ़ खींच कर उसे हृदय से लगा लिया।'' तुम कवि हो। निस्संदेह महाकवि सरसिज भट्ट''।

सरसिज के आनन्द का ठिकाना न रहा, जब इस प्रकार उसने लगभग एक अकाट्य अवसाद के बाद गौरव को उल्लास से छलकते हुए देखा। वे दोनों कुछ कुछ धावक पग भर कर महाराज्ञी के प्रांगण में गए कि एक स्थान पर रुककर गौरव सरसिज से बोला, ''अगर सुरक्षा बलों ने इस प्रकार महाराज्ञी के प्रांगण में विचरने से मना किया और वापस कमरे में लौटने को कहा तो ..?''

''देखा जाएगा... वैसे ऐसा न होगा...चिंता न करो...गौरव भैया देखो तारकों की छटा, चंद्रमा की छटा .. वाह! वाह! विश्वास नहीं होता कि एक हज़ार वर्ष पूर्व भी यह आकाश इसी तरह तारकों से भरा और इन्हीं तारकों से भरा चंद्रमा के अमृत को छलकाता रहा होगा। कितना अविश्वास्य किंतु सत्य है यह पर इसमें कोई संदेह ही नहीं कि ठीक एक हज़ार वर्ष पूर्व, इसी रात, इसी समय, इन्हीं भुवनव्यापिनियों के मध्य इस स्थल पर यह आकाश ऐसा ही रहा होगा...।''

''एक हज़ार क्या पाँच हज़ार साल पूर्व कहो।''

''पर हो सकता है उस रात घने मेघ रहे हों।''

''पर मेघों के ऊपर आकाश तो ठीक ऐसा ही जस का तस रहा होगा भैया। बोलो नहीं रहा होगा क्या?''

''भुवनव्यापिनियाँ ये चार?''

''इनका क्या, ये महाराज्ञी की सखियाँ हैं, इन्हें माँ ने बाद में अपनी इच्छा से रोपा होगा गौरव भैया। या यों ही भी शाश्वत रही होंगी, चिरकालिक होती हैं भुवनव्यापिनियां। आपने शारदापुर स्थित भुवनव्यापिनी के विषय में जाना, सुना होगा कि वह अज्ञात काल से वहाँ है। हम उस स्थान को प्रयाग कहते हैं, वहाँ पितरों का तर्पण करते हैं और उस को ''प्रयागुचअ भून्य'' कहते हैं। एक बात कहूँ, पापा कहते हैं कि इन मुसलमानों से उसका यही नाम बोला जाता है, कोई इस्लामी नाम चढ़ा नहीं अभी तक जीभ पर। प्रभु करें ऐसा होने से पहले ही इनकी जीभें कट कट कर गिर जाएँ और कालपुरुष उनको रक्त समेत चबा जाए।''

''किसी सेंसरशिप के बिना तुम्हारी ये बातें भी अच्छा ख़्याली पुलाव है।''

''सेंसरशिप? मतलब?''

''मतलब कि किसी एकांत में भी हम अपने शत्रु के प्रति ''अपशब्द'' नहीं न कहते हैं उसके हमें थोक में मारने काटने के बाद भी नहीं न, मैं उसी सेंसरशिप की

बात कर रहा हूँ सरसिज।''

''ओोोोोो भैया ! कृपा महाराज्ञी परांबा माँ की। आपसे यह टिप्पणी सुनकर गद्गद हूँ। मुसलमानों में एक अनुष्ठान होता है जो ये चोरी चोरी और सार्वजनिक रूप से भी करते हैं कि प्रार्थनाओं की तर्ज़ पर मिलकर एक लय एक स्वर में काफिरों को अर्थात् शत्रुओं को मरणांतक और नई सृजन की हुई गालियाँ और अपशब्द कर कर अल्लाह से दुआ माँगते हैं कि इनकी गालियों के माध्यम से इनकी इच्छाएँ फलीभूत हों। मैं आपको एक क़िस्सा सुनाता हूँ भैया। इंजीनियरिंग की पढ़ाई के दिनों में मैं एक बार शालीमार एक्सप्रेस से दिल्ली जा रहा था। मैं स्लीपर क्लास में यात्रा कर रहा था। मेरी निचली सीट थी। ट्रेन चलने से पूर्व ट्रेन में पाँच लड़के ट्रेन में घुस गए और अपने अपने स्थान पर बैठ गए। वे कश्मीरी भाषा में बातें करते हुए बड़े ही आक्रामक अंदाज में भीतर आए। अपनी अपनी सीटें उन्होंने विचित्र वार्तालाप करते हुए ली। मुझसे हिंदी में पूछा कि क्या जिस पर मैं बैठा हूँ वह मेरी आरक्षित सीट है, मैंने हाँ में उतर दिया और मुझे ही कश्मीरी में गाली देकर दूसरे मित्रों से कहा कि यह उनकी भाषा नहीं जानता। यह सुनते ही मेरे चेहरे से हवाइयाँ उड़ गई, पर मैं सोचने लगा कि यदि मैंने अपनी पहचान को व्यक्त किया तो सारा मामला बिगड़ जाएगा। ये आतंकी, जिहादी हैं यदि यह बात वे लोग जान जायेंगे, सब के सब और भी सन्निपात ग्रस्त होकर चुप और तटस्थ हो जाएँगे। यह देश इन्हीं का है मुझे कुछ कुछ पता चला था उन्हीं दिनों। अनुभव होते जा रहे थे मुझे। कालेज में विद्यार्थियों की गतिविधियों और प्रिंसिपल और प्रोफ़ेसरों के तौर तरीक़ों, और देश बोध और राजनीतिक विचारों से भी पता चला था। मैंने अपने साथ जो कंबल लाया था, क्योंकि जनवरी के दिन थे, वह मैंने अपने ऊपर ताना और सोने का बहाना करके मैं लेट गया। कंबल सिर के ऊपर से लिया ताकि पूरी बेफ़िक्री उनको भी रहे और मुझे भी। सारी रात जिन जिन के विषय में उन्होंने बातें की उनके आगे माँ बहन कीं गालियाँ ऐसी ऐसी भारी भरकम जोड़ी कि ऐसी बातें कोई बोल सकता है मैंने पहली बार जाना। मुझे भी कई बार उन्होंने गालियाँ दी यूपी पंजाब का कोई काफिर युवक समझ कर। मैं सुबह तक उन गालियों को सुन सुन कर इतना तिक्त और रुग्न हो उठा था कि उस रुग्नता को मैं कभी भी भूल ही नहीं सकता। मैं हर तरफ़ से निराश हूँ। मैं वह सारा उनका वार्तालाप, जितना मुझे याद है, किसी को नहीं सुना सकता था। वे ज़हरीली बातें थी। वे गजवाए हिंद की बातें थीं। वे काफिरों के निश्चित अंत की बातें थीं। वे बलात्कारों, और हत्याओं की बातें थीं। सुबह जब गाड़ी दिल्ली पहुंच गई, वे सामान्य भारतीयों की तरह, बल्कि कुछ ज़्यादा ही शक्तिशाली भारतीयों की तरह, या यों कहो मेरी ही तरह नीचे उतर गए और भीड़ में से अपना मार्ग बनाते हुए भीड़ में घुल मिल गए।

''तुम ने जो कहा वह मैं समझ गया, किंतु तुमने सोचा क्या कि यह जो तमाशा इन दुश्मनों का तुमने देखा वह किस के माध्यम से?''

''अपनी मातृभाषा।''

''मैंने यही जाना कि मातृभाषा के कारण ही मैंने जाना उनको। उनकी मातृभाषा अलग है इस विश्वास का सहारा लेकर वे अपने शत्रु मन की खूब अभिव्यक्ति करते हैं। पर एक और पक्ष है इस सारी बात का कि मान लो मैंने उनका एक एक मन्सूबा सुना, पर मैंने उनका क्या बिगाड़ा? कुछ भी तो नहीं। हम हैं किस लायक़। मैं किससे कहता? जिससे कहता वही मुझे कहता कि मैं एक कट्टर संघी हूँ, धर्मोन्मादी हूँ। कम्म्यूनल हूँ। इतना तो मैंने अच्छी तरह जाना है इस देश में। क्यों? क्यों कि ऐसे विचारों को रखने और ज़मीन पर उतारने तक के काम में राज्य की बहुत मदद है।''

''सही कहते हो सरसिज। मैं तुम्हें अपने अनुभवों में से ऐसा ही एक अनुभव सुनाता हूँ। आश्चर्य होगा तुम्हें। 2003 की बात है। मैं दूसरी कक्षा में दिल्ली के एक बेहद मामूली से स्कूल में पढ़ता था। एक दिन एक राजस्थानी लड़के ने हमें थोड़ा कठपुतली खेल दिखाया, मैं चमत्कृत हो गया। उसने कहा कि उसका पिता कठपुतली नृत्य दिखाने का काम करते हैं। मैं बहुत ही सम्मोहित हो उठा। उसकी चिरौरी कर के पूछा कि कृपया वह अपने पिता के द्वारा किए गए ये सारे नृत्य मुझे दिखाए क्यों कि यह दुनिया का सबसे अद्भुत तमाशा मुझे दिखता है। वह अगले दिन स्कूल आया और बोला कि अपने पिता के साथ प्रगति मैदान जाऊँ और वहाँ आंगन में जो कठपुतली नाच दिखा रहा होगा, वही उसका पिता है। मैंने अपने पापा से बहुत आग्रह किया कि हम प्रगति मैदान जाएँगे, जहाँ उन दिनों व्यापार मेला लगा था, और वहाँ मेरे मित्र का पिता आंगन में ही कठपुतली नृत्य दिखा कर आजीविका कमा रहा है। मैं उस मामूली से स्कूल में पढ़ रहा था कि वह हमारे कम्यूनिटी हाल के निकट था क्योंकि दिल्ली का हर हिंदू शरणार्थी शिविर उन दिनों कम्यूनिटी हॉलों में ही बनाया गया था। पापा काम खोज रहे थे। हमारी फीस पास पड़ोस के रईस देते थे। अब हम गए। उस दिन इतवार था। हमने प्रगति मैदान के सारे आंगन छान मारे, कोई कठपुतली वाला न दिखा। मेरी छोटी बहन इस निराशा के कारण रो पड़ी। मैं भी मुह लटकाए रहा। पिता जी दुखी हुए और बोले, ''चलो व्यापार मेले के भीतर जाकर देखें, हो सकता है वहाँ ही कहीं उसने अपनी दुकान लगाई हो। हमने भीतर की दुकानों को एक एक कर खोजना आरंभ किया। मैंने बालक होते हुए भी यह जान लिया कि कठपुतली के नृत्य दिखाने वाला गरीब कलाकार एक बड़ी दुकान रख कर क्या करेगा, तब पापा हमें वे दुकानें दिखाने लगे। हम एक दुकान पर ठिठक गए। शायद एक बड़ी कम्पनी के बनाए महँगे महँगे खिलौनों की थी जहाँ हम कम से कम खिलौने देखने के लिए

ठिठक गए। पापा ने हमें कुछ क्षण के लिए थोड़ी छूट दी, जी भर कर खिलौने देखने की। हमें ऐसा लगा कि पापा कुछ ज़्यादा ही देर हमसे दूर यानी वह पास के एक कश्मीरी शॉल वाले की दुकान पर थे और बातें कर रहे थे। वहाँ एक दक्षिण भारतीय दम्पति उस दुकान से शॉल का भाव पूछ रहा था। वह शॉल वाला कश्मीरी मुसलमान था। उन को वह एक अमृतसरी शॉल कश्मीरी जामवार पश्मीना कह कर अठारह हज़ार में बेच रहा था। दम्पति का दिल वह शॉल ख़रीदने के लिए मचल रहा था किन्तु बारंबार शॉल पर हाथ फेर फेर उन्हें दाल में कुछ काला दिख रहा था। वह उन्हें शॉल की तारीफ़ों से सौदे में फँसाने की भरपूर कोशिश कर रहा था, पर उन्हें कुछ पेंच नज़र आ रहा था। यह सारा वार्तालाप सुनते हुए मेरे पापा उधर को लपक गए और दम्पति को वह शॉल ख़रीदने से तत्काल रोका। कहा कि यह अमृतसरी शॉल है और नक़ली जामवार है। इसका मूल्य तीन सौ रुपये से अधिक नहीं। वह उन्हें लूट रहा है क्योंकि उसे पता है कि दक्षिण भारतीय लोग शॉलों के बारे में कुछ नहीं जानते। वह दम्पति तुरंत उस दुकान से हट गया। दुकानदार ने मेरे पापा से कहा कि तुम को मैं बताऊँगा। इंद्र कुमार गुजराल से बात कर जेल न कराई तुम्हारी तो मेरा नाम कश्मीरी मुसलमान नहीं। पापा हंस दिए। हंसे इसलिए नहीं कि उस दुकानदार की धमकी को फ़ालतू धौंस समझ कर हंसे, नहीं वह इस देश में उस समय के दुर्भाग्य पर हंसे। इस दुर्भाग्य पर स्वयं हिंदुओं को गर्व था। हिंदू स्वयं शत्रु के पक्षों को रखकर अपनी परम उदातता का प्रदर्शन करने की बीमारी में कराह रहा था। और ऐसा क़तई नहीं था जो बात पापा को धमकाते हुए उस कश्मीरी दुकानदार ने कही वह असत्य थी। वह सौ प्रतिशत सत्य थी क्योंकि वी पी सिंह से लेकर इंद्रकुमार गुजराल तक, ये प्रधानमंत्री कुछ अधिक ही पागल हो गए थे सता के लिए। शत्रु तत्वों, अदृश्य शक्तियों ने इनसे जो न करवाया हो। इंद्र कुमार गुजराल के दरवाज़े चौड़े खुले थे कश्मीरी मुसलमानों के लिए, उनकी शिकायतें सुनने के लिए कान नियुक्त किए गए थे, उनके अपराधों के लिए उन्हें दण्डित कर सकने वालों के हाथ काट डाले गए थे। अतः यह सत्य हैं कि गुजराल ने स्वयं उनको आश्वस्त किया था इस आश्वासन से कि यदि उन्हें दिल्ली या शेष देश में कोई भी कुछ परेशानी दे सीधे उसकी शिकायत वह प्रधानमंत्री से कर सकता है, उसे दण्ड दिया जाएगा। ऐसे करता है समाज के भीतर समाज के शत्रु के पक्के राज्य काम। यानी वह लूटेगा वह अपराधी नहीं, मैं उसे लूटने नहीं दूँगा, मैं दण्डनीय। मैं अपराधी। ऐसे गिराया जाता है किसी राष्ट्र को। ऐसे किया जाता है किसी देश के मूल धर्म का संहार। इस सारे प्रकरण पर पापा के साथ सदा ही मेरी बात होती रहती। यह एक आरंभ करने वाला सूत्र है, सब कुछ समझने के लिए। जिसे अंग्रेज़ी में पिकिंग थ्रेड कहा जाता है। अस्तु।

तैंतालीस

वे दोनों माँ महाराज्ञी के पवित्र कुंड की परिक्रमा कर रहे हैं। ये बातें करते करते ऐसे शून्य से वे भर गए मानो उनको यह भान नहीं कि वे किस स्थान पर क्यों इस समय यंत्रवत् विचरण कर रहे हैं। सरसिज के साथ प्रायः ऐसा घटित होता हैं। इसी क्षण सरसिज बोला, ऐसे में हम किसी के नहीं हैं, कहीं के भी नहीं हैं अब।''

''माँ महाराज्ञी के हैं न।''

''इसने भी मुसलमान को ही पाल रखा है भैया।'' सरसिज बेरोकटोक और ऊँची ध्वनि की हंसी हंस दिया। मानो एक तो वह गौरव को लगभग छेद कर कुछ और बारूद उसमें भरना चाहता हो, दूसरा अपने ताना देने के शब्द माँ को भी सुनाना चाहता हो।

''उससे क्या होता है। ऐसा नहीं कहते सरसिज। माँ के रहस्य माँ ही जाने। हमें इस परम रहस्य के क्षेत्र में नहीं जाना चाहिए। अपने धर्म पर विश्वास को लेकर दृढ़ और दृढ़तम हो जाना चाहिए। माँ पर, माँ कीं अपरिमेय शक्ति पर दृढ़ विश्वास की चूलें नहीं हिलें, यही से हमारी आध्यात्मिकता आरंभ होती है तथा यही हमारी सामाजिक, वैयक्तिक तदनुसार नैतिक परीक्षा है।'' बहुत संयत होकर और रणनीतिक बनाने का प्रयास करते हुए गौरव भट्ट ने उतर दिया। मानो जता दिया हो कि ''तुम्हारी इस व्यंग्य की हंसी का मेरे पास कोई मोल नहीं। उसका यह हाव भाव देखकर और आस्था की गहनता देखकर सरसिज सम्भल-सा गया।

अब गौरव पुनः मौन रहा ताकि सरसिज अपनी बातें, जिनमें कहीं कहीं उसे चाँदनी के रंग की मछलियों की भाँति नए विचार भी दिखाई देते हैं, जारी रहे। उसकी बातों में उसे उठान और उल्लास के संग संग तीव्र और प्रलयंकारी अवसाद नज़र आता है। भटकाव भी स्पष्ट सा दिखता है उसमें उसे कहीं भी और प्रायः भी। कभी कभी उसे उसकी अतिशय प्रतिक्रिया में एक भावी मनोरोगी भी दिखने लगता है। यह स्थिति यहाँ प्रायः हर कर्मचारी में दिखती है। और गौरव सोचता है कि खुद उसे

अपनी कुछ ख़बर नहीं। विज्ञान कहता है कि नरसंहार के लोगों में ऐसी विसंगतियाँ आती है। यहाँ इस पैकेज के कबूतरों में यह विसंगतियाँ बढ़ रही हैं।

"अब आगे भी कुछ सोचें भैया। जब कश्मीर सतीसर रहा होगा, हम जहाँ खड़े हैं बोलो भैया! स्वयं को अथाह झील की तल पर अनुभव करो, फिर मन की आँखों से देखो ज्न कोई गाँव....न कोई शहर; न कोई शत्रु न कोई मित्र; न कोई नदी न कोई पर्वत; न कोई मौन ही न कोई ध्वनि भी, कुछ भी नहीं। मात्र आकाश का नीलापन, ठीक हम तक मन के माध्यम से प्रतिबिंबित हो रहा है। शेष सब शांत है। परम शांत।"

"शांत ..?"

"परम् शांत!"

"सो कैसे?"

"क्योंकि एक तो सतीसर की नीली पारदर्शी झील है। उस पर स्वर्ण मुकुट-जड़ित नील-नभ। पर्वत तो अवश्य हैं क्योंकि उसी में तो जल स्थित है। और कुछ भी नहीं। यही उमा-माहेश्वर हैं"

"पर तुमने तो कहा कि जल के तल में हम दोनों भी हैं। तब? तब तो इस सब में झोल है। स्वयं को अदृश्य करना कठिन है। जब हम हैं तब सब है। सारी मुसीबतें। सारे द्वंद्व।"

"ओह। यह दर्शन छोड़ दो।"

"तुम कविता छोड़ दो। देखो! बड़ी ज्ञान-दृष्टि से तुम स्वयं को शांति-काल में पहुँचा रहे हो, जलोद्भव की खबर हैं कुछ?"

"मैं जानता था आप कौन सा अस्त्र फेंकने वाले हो, मगर भैया मैं तब की बात कर रहा हूँ जब अभी सतीसर के दिख रहे तलों पर पिशाच नहीं रह रहे थे। न ही नाग थे। कुछ नहीं था। आहा हा हा हा। नीला नीला पारदर्शी हृदयाकर्षक आकाश झील के हृदय में। झील में उमा-माहेश्वर का नौका विहार। बस।"

"मस्त! नाग भी नहीं? नागों के बिना यह किस माहेश्वर की कल्पना कर रहे हो तुम। अस्तु। मज़ा आ रहा है सरसिज। शिव जैसे ही भोले हो...। "

"क्यों? शुभ कल्पनाओं में अशुभ क्या है भैया?"

"कुछ भी नहीं। अभाव से पीड़ित और पराजित लोग ऐसे ही जीते हैं। दो विकल्पों में।"

"क्या हैं वे?"

"या तो शत्रु के कदमों में बिछ बिछ कर, या फिर कल्पनाएँ कर कर। हम ये दोनों करते हैं।"

"भैया! यही बातें मनुष्य को दर्शन में धकेलती हैं, जिस पर दुनिया और दुश्मन

दोनों हंस हंस कर लोट पोट हो जाते हैं।''

गौरव अप्रत्याशित रूप से चुप रहा। दोनों माँ महाराज्ञी के प्रकाश से नागकुंड की परिक्रमा अनायास, सहज ही करने लगे।

''सच में यह कल्पना बहुत ज़बर्दस्त है, मैं क्षणभर करके ठिठक-सा गया।''

''क्या?''

''जो तुमने अभी अभी कहा कि बस सतीसर की झील है। उस झील के ऊपर अथाह नभ से होड़ लेती अथाह नभ की नीलिमा है। न कोई गाँव न कोई शहर। न सड़क न पहाड''॥ न झरने, न नदियाँ। कुछ भी नहीं।''

''हाँ हैं न भैया सच। पर मैं लपक कर बहुत बार यह सोचता हूँ, जब भी इन मुसलमानों से मिलता हूँ कि या इन से बातें करता हूँ, कि क्या ये भी कभी कल्पना करते होंगे कि जब ये कश्मीरी पण्डित थे, कैसे रहे होंगे ये। क्या ये ऐसा नहीं सोचते होंगे? मेरे विचार से दिन में दस बार तो सोचते ही होंगे? तब क्या बीतती होगी इन पर? मैं इन के मन के सत्य को देखना चाहता हूँ। सोचता हूँ इन पर क्या बीतती होगी तब? गाज गिरती होगी तब? ग्लानिबोध से तड़फड़ा उठते होंगे ये तब। अपनी मृत्यु जैसा अवसाद छा जाता होगा इन पर तब। कोसते होंगे ये अपने पूर्वजों को कि जिन्होंने अपने शरीर को उस वर्तमान में जीवित रखने के लिए अपने भविष्य को काट डाला।''

''ये समस्या तो सहज ही रहती होगी इनमें। इसमें कोई संदेह नहीं। पर इन्होंने इसका तोड़ निकाला है। इन्होंने वे पाठ तैयार कर रखे हैं जो ये नए उत्पन्न बच्चों में अंतरित करते हैं। ताकि कल को यदि कोई इनका कोई युवा यह जान लें कि उन्हें काट काट कर, उनकी माताओं का बलात्कार कर कर उनके पूर्वजों को बर्बर मार्ग से इस्लाम में लाया गया है तो उसमें मज़हब के प्रति शंका अथवा घृणा न जागे और धर्म के वे अनायास प्रेम युक्त न हों।''

''मैं नहीं मानता कि यह शतप्रतिशत होता होगा।''

''क्या?''

''कि वे उन कारणों को गले उतारते होंगे जो उन्होंने युवाओं की जिज्ञासा की काट में तैय्यार रखे होंगे। हाँ युवा या किशोर या किसी भी वय का व्यक्ति गले में फाँस की तरह रखते होंगे अपने प्रश्न, वह एक अलग बात है। और वह तेज-तुंद व्यवस्था है ''सिर तन से जुदा '' अर्थात् नंग धडंग तलवार अथवा कोई भी आधुनिक हथियार। सब की सब पर नज़र। एक दूसरे पर नज़र। एक दूसरे पर नज़र रखते हुए सिर्फ दुनिया में एकत्व का मरणांतक भय। उस भय-उत्पादक एकत्व के सहारे सारे विश्व में भय, हिंसा, काम, क्रोध, लोभ, मोह, मत्सर के शस्त्रों से कहीं अधिक सरल

तरीक़े से विश्व विजय। त्रास देने और वैश्विक अहित में रमा मन अत: असंख्य असंख्य मन। इस प्रकार सभी को सभी शंकालुओं की गर्दन उड़ाने का सुरक्षित अधिकार। इसीलिए कहावत है कि ''नया मुसलमान ज़्यादा प्याज़ खाता है''ताकि संगठन ने जिसे उस पर नज़र रखने का अदृश्य, अलिखित दायित्व दिया है उसकी दृष्टि में वह एक सच्चे मुसलमान के रूप में प्रतिष्ठित हों। इसी कारण नए मुसलमानों ने ज़्यादा ही नर संहार किए हैं हिंदुओं के। ज़्यादा ही प्रलय ढाए हैं हिंदुओं पर। ऐसे कितने ही उदाहरण हैं शेष भारत में और कश्मीर में। इस प्रकार नए मुसलमान सतत अपने जीवन और गर्दन की रक्षा हेतु सतत सक्रिय और तलवार हाथ में लिए रहते हैं कि उनके भीतर मारक शंकाएँ और प्रश्न न उपजे।

जिस गले में इन्होंने अपने प्रश्न और संशय फाँस की भाँति रखे हैं, उन्हीं से निर्मित विष से वे ये कुतर्क निर्मित करते हैं और मानते हैं जो इन्हें गिरोह (मज़हब की मज़बूती और श्रेष्ठता) का कारण बताए गए हैं। वह इनका कर्तव्य बताया गया है। उस कर्तव्य के प्रति ये तेज़ी से और निर्मम होकर प्रतिबद्ध हैं। एक चित्त के प्रकाश के दमित किंतु अदम्य बिंदु में ये प्राय: प्रश्न को जीवित पाते होंगे पर फिर उन किताबी निर्देशों पर इतराते होंगे, जहाँ लिखा है कि काफिर को मारना कितना बड़ा पुण्य है। यदि वह इन के गिरोह में आना स्वीकार न करें, तो एक विश्वास आपके चारों ओर से प्रसारित किया जा रहा है। चिल्ला चिल्ला कर आपको वह विश्वास दिया जा रहा है, आप बहुत हद तक उस जाल के भीतर चल भी रहे हो क्यों कि आप की भयभीत दृष्टि उस भयदायी दृष्टि पर पूरी की पूरी टिकी है, तब? और तो और लाखों लोग इसी क्रम में प्रवृत्त हैं। शंका के तीन हिस्से वाष्प हो रहे हैं और अधिक सूक्ष्म बिंदु, वह तो रहेगा ही। जाएगा नहीं। वह उन सब को पता है।''

''नहीं भैया इनके भीतर तबाही मचती होगी उस क्षण जिस क्षण इन्हें यह चेता आता होगा कि ये वास्तव में कश्मीरी पण्डित हैं और जिन्हें ये मार रहे हैं, उनके बंधु-बांधव हैं। जो ये नष्ट कर रहे हैं वास्तव में उन पर उसका संरक्षण और संवर्धन करने का दायित्व है। और यह बहुत ही मारक आक्रमण होता होगा विशुद्ध चेतना का इन पर।''

''मैं भी मानता हूँ। तभी ये और और संगठित और कटिबद्ध होते होंगे हमारी समाप्ति के लिए। क्योंकि इनकी आत्मा का नासूर हैं हम। हम ख़त्म तो इनकी वह गहरी अकथ्य पीड़ा ख़त्म। ऐसा ये सोचते होंगे। ये लोग अपने अल्लाह को सिद्ध करने का उद्यम करते हैं और हम चाहते हैं कि ईश्वर हमारी रक्षा करके स्वयं को सिद्ध करें। हम उसी की प्रतीक्षा कर रहे हैं अथक अथक प्रतीक्षा। हाथ पर हाथ धरे। कोई कुछ करें संविधान उनके हाथ काटता हैं। इसीलिए ये चिल्ला चिल्ला कर कहते

हैं, ''संविधान की रक्षा करो। संविधान की रक्षा करो ''क्यों कि ये चलेंगे शरिया या क़ुरान के अनुसार, हमें चलायेंगे संविधान के अनुसार। जिसमें अंग्रेज़ी भाषा में, तोड़ मरोड़कर, लपेट कर शरिया ही लिखा गया है। इसी कारण हमारा अंत करने में ये कोई कसर नहीं रखते। इन्हें अपना और अपने ईश्वर का शत्रु मानकर एक तिनका भी नहीं तोड़ते हम। गर्दन तो बड़ी बात है। संविधान में ये हमारे सहयोगी और सह-देशी हैं, पर क़ुरान में हम इनके घोर और वध्य शत्रु। बड़े बड़े पेंच हैं भैया। हमें इन्हें शत्रु कहने, मानने का आदेश नहीं अतः इनकी गर्दन तोड़ना बहुत दूर की बात है। वर्ना क्या हमारे ग्रंथों में, शास्त्रों में शत्रु को नष्ट करने की बात नहीं? तत्काल नष्ट करने की बात है। आदेश है। उदाहरण है। साफ साफ हैं। पर हम अब संविधान में चातुर्य से उल्लिखित हास्यास्पद मानवता में छिपा दिये गए हैं।''

''क्या करोगे तुम? कुछ करोगे?''

''नहीं। वैसा ढाँचा ही नहीं। क्या करूँगा? मगर चिंतन और विमर्श तो खुल कर करूँगा। आप से बातें खुलकर करूँगा...है न।'' कहकर सरसिज मूर्खतापूर्ण और दयनीय हँसी दोनों का मिश्रण हंस दिया।''

''इन्होंने काफिर की हत्या का अधिकार; काफिर को भरपूर सताने का अधिकार, उससे माले ग़नीमत छीनने का अधिकार; उसके अधिकार छीनने का अधिकार; उस को गंदा और अपवित्र मान कर उसे परेशान करने का अधिकार; उसके जीवन के क्षण उसे देने या छीनने के अधिकार अपने हाथ में लिए हैं। न तथाकथित राज्य के पास ही है इनके इन अधिकारों में हाथ डाल कर इनसे ये अधिकार छीनने के अधिकार, न ही राज्य ने हमारे अधिकारों को सशक्त कर इन से ये अधिकार छीनने का अधिकार दिया है। जो कि हमारे स्वतः सिद्ध अधिकार हैं। ये हर तरफ़ से लैस हैं। चाक चौबंद। एक सेना। सीमा पर भी सेना। अंदर नागरिकों के वेश में भी सेना। यह नागरिक वेश में सेना अत्यधिक भयानक है। प्रचण्ड हैं।''

चौवालीस

भयावहता और निस्सहायता भरी इन बातों को नग्न सत्य की भाँति सुनकर सरसिज कुछ तो सिहर सा गया और यकायक उनकी वार्ता रुक सी गई। किंतु सरसिज कुछ अधिक ही, माँ महाराज्ञी परांबा के प्रखर प्रकाश में अपनी भयभीत आँखों के माध्यम से चित्त को संतुलित कर आशान्वित भी करने लगे। सरसिज के चित्त में पुनः एक कथा कौंध गई

"भैया! एक बात यानी एक कथा बताऊँ। यह मेरे दादा बाइगाश का प्रत्यक्ष अनुभव है अतः स्वतः प्रमाण है। इससे बहुत कुछ पता चलता है कि हम किस मज़हब के साथ जिए हैं और क्या वास्तव में इनके साथ जिया जा सकता है।"

गौरव तनिक ठहर गया अर्थात् कहा कि "हाँ सरसिज! कहो ना..."

"हाँ कभी जब मेरे दादा बाइगाश यहाँ तुलमुल गाँव में रहकर खेती करते थे उसमें अपने मुसलमान मित्र के साथ हुए एक अनुभव की कहानी हैं। कि दोनों खेतों की ओर जा रहे थे। उनका वह मित्र दो तीन पीढ़ी पूर्व ही इस्लाम में गया था, ऐसा बाइगाश को पता था। दोनों को मार्ग में एक छोटी सी कुल्या पार करनी थी जो उनके आंगन में बह रही कुल्या से कुछ अधिक चौड़ी थी। यह वास्तव में सिंचाई की नहर थी। उस में से निकलने वाली छोटी कुल्या के माध्यम से खेतों में सिंचाई होती थी। इस नहर को वे दोनों पार कर रहे थे कि उसका मित्र नज़ीर बाइगाश को आगे कर उसके पीछे पीछे चलने लगा। बाइगाश को कुछ अटपटा लगा। पर उसे यह भी लगा कि नज़ीर ने खुद को उसके पीछे किया हो यों ही क्यों कि वह बाइगाश को अपने पिता तुल्य मानता था। तुरंत बाइगाश को लगा किसी ने हल्का धक्का मारा है उसे।। बाइगाश घबरा उठे और नज़ीर को पकड़ कर स्वयं को संतुलित किया। नज़ीर ने उन्हें थामा और बाइगाश ने कहा, "नजीरा मैं तो गिरने लगा था, पता नहीं तुमने मुझे धक्का क्यों दिया, या मुझे ही कुछ ऐसा भ्रम हुआ हो कि तुम ने मुझे धक्का मारा।।" नज़ीर बेरोकटोक हंस पड़ा और बोला "बाइगाश जी ! धक्का मैंने ही सचमुच मारा।

आप को सही अनुमान है। आप को लगता है मैं यह काम नहीं कर सकता, ऐसा नहीं बाइगाश जी। यह मेरे मज़हब का मुझे हुक्म है कि यदि आप काफिर के साथ नदी पार कर रहे हो, मौक़ा देखते ही उसे धक्का देकर नदी में गिरा दो। इससे हमें जनअत तो मिलेगी ही मिलेगी। मैंने सोचा मैं आपको धक्का मारूँ उससे भी मैं जनअत पाऊँगा। इस लिए यह रस्म थी जो मैंने अपने मज़हब के लिए पूरी की। बस एक रीत निभाई। अपने लिए जनअत को आरक्षित रखा। बाक़ी मैं आपको ढुबोता थोड़े न। आप तो हमारे तुलमुल की शान हो। बाइगाश क्या करें इस्लाम भी तो पालना है न।''

''इस्लाम की यह बात तुम्हें कहाँ से पता चली नज़ीर'' बाइगाश ने अविचलित दिखने का प्रयास कर हंसते हुए पूछा।

''मौलवी साहब कल मस्जिद में यही तो बता रहे थे। और आज मैंने जनअत कमाने का अवसर भी पा लिया।''

''मगर तुमने जनअत कहाँ प्राप्त की, उसके लिए तुम्हें मुझे सचमुच डुबोना चाहिए था। अरे मुझे तो तुम ने बचा लिया? तुम्हें मज़हबी हिसाब से हासिल न हो पाया कुछ। और धक्का तो तुम ने मुझे अच्छा ख़ासा मारा। हाँ नदी में गिरने न दिया।''

''ऐसा मैं कर ही नहीं सकता था। आखिर इंसानियत कैसे मारता। पर क़ुरआन में लिखा है तो जनअत की हूर, और हज जितना सवाब तो हासिल करना ही था।

''तुमको वहाँ मुझे मार कर ही वह सब मिलेगा न जिसका ज़िक्र तुमने अभी अभी किया। फिर मारा क्यों नहीं। और तुम यह इस्लाम का राज मुझसे कह भी रहे हो। ऐसा कैसे नज़ीर?''

''बाइगाश जी मेरे अब्बू नबलाल कहा करते थे, पण्डित पूरा इंसान है और मुसलमान आधा इंसान। पूरे इंसान को आधा इंसान मार न सकेगा। आप मुकम्मल इंसान हो। इसलिए से मुझे मारोगे भी नहीं। तब अब्बू अपने बाप दादाओं को जहन्नुम देते देते थकते नहीं और कहते, थोड़ा बर्दाश्त करते शायद हम पण्डित होकर बचते। वह यह भी कहते कि जब हम मुसलमान बन गए, आधा इंसान हम में उसी दिन मर गया। रहा बाक़ी आधा इंसान, वह मुसलमान होकर मर गया। बचा क्या? बाइगाश मुझे माफ़ करना। हम मुसलमान तुम से हसद करते हैं, और इसीलिए नफ़रत भी।''

''अरे नज़ीर कोई बात नहीं। पर अगर ऐसी बात है तो आओ बनो पण्डित। बनना क्या है, तुम जब हो ही पण्डित ही।''

''अब नहीं हो सकता कुछ भी। अब हम पर नज़र है। हम सब पर नज़र है। कश्मीर के मुसलमानों पर इस्लाम की ख़ास नज़र है बाइगाश जी।''

''इस्लाम की नज़र?''

''हाँ इस्लाम एक आँख है, एक आँख का ख़तरनाक जिन्न। इसे अपना शिकार

ही नज़र आता है। यह अपनी गुफा में शिकार को बंद करता है और गुफा द्वार को एक विराट शिला से बंद कर देता। स्वयं और शिकार करने जाता है। अब अगर मैं वापस जाऊँगा तो मुझे सीधे मार दिया जाएगा। सपरिवार। या तो कहीं भाग जाऊँ, पर उस लायक़ नहीं मैं। मैं इस ज़मीन पर गुजर बसर कर रहा हूँ। जाऊँगा कहां।''

बाइगाश सन्न रह गए और जान गए कि अब यहाँ बसर करना कठिन है। नज़ीर ने मुझे छोड़ दिया, नज़ीर का बच्चा मेरे बच्चे को नहीं छोड़ेगा। मस्जिद का मौलवी काम पर लगा है। बाइगाश इस संदेश को सब को सुनाया करते। ऊधमपुर में तो कुछ अधिक ही सुनाते। बार बार अपने अनुभव सुनाते। यहाँ तक कि कुछ तंग भी आ चुके थे। मेरी दादी उनसे प्रायः कहती, ''दिमाग़ ख़राब कर दिया तुमने यह क़िस्सा दोहरा दोहरा कर।'' तब बाइगाश की आँखों से एक अश्रु ढुलक आता।

दरअसल उस दिन नज़ीर ने एक अच्छी रिहर्सल कर ली। न जाने ऐसी रिहर्सलें ये लोग कब कब किस किस के साथ करते रहे होंगे। हमारे पास चुप रहने या नासमझी का ढोंग कर हंसने अथवा विराट दिखने के इतर कोई विकल्प या चारा न था / न अभी भी है। इसी विकल्पहीनता का प्रदर्शन कर बहुत छटपटाहट का अनुभव। उसी का परिणाम है यह सब। यह हमारा नरसंहार दरअसल नजीर की उस रिहर्सल का ही परिणाम तो है।''

''ऐसा है?''

''ऐसा ही है गौरव भैया''।

''हूँ हूँ हूँ।''

पैंतालीस

"बाइगाश इस के बाद इस हिंसा, कन्वर्शन की त्रासदी पर सोचा करते। बहुत कुछ पापा के साथ साझा करते। और जब मैं सोचता हूँ तो यही मेरे हाथ भी लगता है कि सचमुच मुसलमान आधा मनुष्य और आधा प्रेत होता है। जो वास्तव में अपनी मुक्ति की खोज में होता है। उसने बाइगाश दादा जी से कितना सही कहा था कि हिंदू एक पूर्ण मनुष्य है। मुसलमान उसकी इस पूर्णता से खार खाता है, द्वेष करता है, जलता, कुढ़ता है तब क़ुरान की शरण में जाकर हिंदू को ख़त्म करने में कोई कसर नहीं रखता। कोई संकोच नहीं करता। रक्त बहाना, ज़्यादा से ज़्यादा काफिर का रक्त बहाना इनकी योग्यता है। सिर धड़ से अलग। जो ये गाते भी हैं "सर तन से जुदा।" कभी कभी टुकड़े टुकड़े। हम ने इनका हर रंग देखा है भैया। मैं अपने परिवार के अनुभवों के हवाले से कहता हूँ। एक दिन मैं माँ के साथ मासी के घर मौसेरे भाई के जन्मदिन के अवसर पर गया था। मेरी मौसी की समधन भी वहाँ आई थी। मौसी की वह समधन भांडीपुर की थी और उसका विवाह पास के गाँव चनम में हुआ था। सहसा बलिदानी गिरिजा तिकू की बात आई तो मौसी की समधन तपाक से बोली, "हाय वह मेरी ग्राम भगिनी। हाय हाय। कभी न भूलूँगी वह दृश्य जब पुलिस के कुछ लोग सेना की सुरक्षा में उसके अंगों के टुकड़ों की बोरी भरकर ला कर रख गए थे।" गौरव भैया मैं भी न भूलूँगा मौसी की की समधन की ग्रामभगिनी के यहाँ दिखाया प्रलयंकारी वह दृश्य। इस अपनी स्मृति को बताने के बाद मेरी मौसी, माँ और भांडीपुर में जिस मेरी मौसी की समधन ने ढोल, खंजडी और चिमटा बजा बजा कर कीर्तन करना आरंभ किया। रो रो कर कीर्तन किया बहुत देर तक। क्यों? क्योंकि हमारा कोई नहीं इस संसार में परम शिव और माता पार्वती के सिवा। तभी कह रहा हूँ कि काफिर के टुकड़े करना इनका उल्लास है। रक्त बहाने का उन्माद ही इनका उत्सव है।" वह चुप हो गया कुछ क्षण, मानो श्वास ले रहा हो जो बहुत देर से ली नहीं हो जैसे

"भैया मैं जानता हूँ कि रात्रि के डेढ बज चुके हैं और हम एक अद्भुत स्थान पर हैं माँ महाराज्ञी परांबा के चरण कमलों में। और मैं घोर रूप से आशान्वित हूँ कि जो बातें मैं कर रहा हूँ, वे सब माँ के चरणों में हम दोनों की प्रार्थनाओं का पुनः पुनः पाठ है। बाइगाश जी कहते थे सरसिज बेटा आ। मेरे साथ एक घंटे का कीर्तन कर। हम श्री राम नाम जपते बार बार। बाइगाश जी की आँखों से अश्रु टपकते और मैं देखता माँ भी कीर्तन कर रही होती दूर से ही बाइगाश जी के कीर्तन के सुरों में सुर मिलाती हुई। मैं चुपचाप भाग जाता क्योंकि मैं ऊब जाता। तब बाइगाश जी मुझे पकड़ कर सर्वश्रेष्ठ शब्दों में यह समझाने का प्रयास करते कि कीर्तन कितना अनन्य होता है, कि इस से सब कुछ मिलता है। बस धैर्य और स्थिरता बहुत आवश्यक है। मनुष्य के हाथों में कुछ नहीं। भैया मैं ये बातें आपसे इसलिए कहता हूँ क्योंकि हम निहत्थों के पास यही हथियार है और जब से मैंने यह नौकरी करनी आरम्भ की मैंने बाइगाश जी की एक एक बात का अर्थ समझना आरंभ किया। यह इतना लंबा भाषण इसलिए दे रहा हूँ भैया कि आपको बताऊँ कि मुझे विश्वास से भी अधिक विश्वास है कि हम दोनों जो आज माँ महाराज्ञी परांबा के प्रांगण में रात्रि जागरण कर रहे हैं, हम संकीर्तन कर रहे हैं। निस्संदेह निस्संदेह भैया। क्योंकि अपने दुख माँ को सुनाते रहना और उनकी असीम शक्ति के गुण गाते रहना निरंतर, इसका पूरा लाभ इस पूरे ब्रह्मांड में बिखरे फैले भट्टों को प्राप्त होगा। बाइगाश जी यह भी कहते थे। जब बाइगाश जी मुझे कीर्तन में बैठने का निमंत्रण देते मैं बड़ी मुश्किल से मानता तब मैं पूछता "यह राम नाम का कीर्तन दादू? शिव शिव बोलो न।" तब कई बार उन्होंने मुझे समझाया कि भगवान शिव के सामने श्री राम को पुकारो तो शिव गद्गद हो जाते हैं। क्योंकि श्री राम भगवान शिव के इष्ट हैं। मुझे यह बात समझने में देर लगी पर समझ में आई। और एक हंसाने वाली बात आपको बताऊँ भैया, मेरी बहन शिवानी बहुत पढ़ती रहती है और जिज्ञासु है। जब मैंने अपने भीतरी अनुभव की बात उससे साझा की कि शिवानी अब बाइगाश जी नहीं हैं, पर अब मुझे उनकी वह बात समझ में आने लगी है कि भगवान शिव के इष्ट भगवान श्रीराम हैं। तब पता वह क्या बोली थी मुझसे कि जब वह नौंवी कक्षा में थी तो उसे यह समझने में दिक़्क़त होती थी कि श्री राम अगर श्री कृष्ण ही हैं तो फिर भगवान शिव कौन है। वह बोली कि वह कितनी परेशान रहती और इस प्रश्न का उतर खोज रही थी। फिर एक रात को उसे स्वप्न आया कि वह अपनी स्कूल बस के लिए तेज़ी से पग उठा उठा कर चल रही है कि मोड़ पर पहुँच कर उसने देखा भगवान कृष्ण है और उन्होंने उसे अंग्रेज़ी भाषा में समझाया कि यह जो तू इतना इस प्रश्न का उतर खोजनें की चिंता में लगी है तुम्हें वही बताने आया हूँ कि मैं ही शिव हूँ। शिव की कृष्ण हैं और राम ही कृष्ण हैं। इतने में भैया मेरी बस आ

गई, और मैं जाग भी गई। भैया मैंने यह प्रश्न बाइगाश जी से पूछा, उन्होंने भी बताया इनमें अंतर नहीं। माँ ने भी यही बताया। स्कूल में किससे पूछती? उनके पास इस सब का ज्ञान कहाँ भैया।''

''यह तो शिवानी की ऐसी ही जिद्द हो गई जैसी अर्जुन ने की थी ''

''अर्थात्?''

''अर्थात् क्या? कहाँ नहीं श्री कृष्ण ने अर्जुन से इनको मैंने मार डाला है पहले ही। बस तू निमित्त बन। फिर अपना विराट रूप भी दिखाया कि कौरवों को वह चबा रहे हैं। , मानो कहाँ हो कि हे प्रभु, एक स्टांप पेपर पर मुझे लिखित दें कि कौरव हारेंगे। ऐसे ही तुमने भी तब तक किसी की नहीं मानी जब तक कि भगवान श्रीकृष्ण ने स्वयं आकर न बताया कि मैं ही हूँ वे सब श्री राम, भगवान शिव।''

''हाँ भैया बिलकुल, । बिलकुल। ''हंसते हुए शिवानी बोली थी। और उसके बाद शिवानी के मन का यह द्वंद्व, दूर हुआ था।

दादा-दादी लोग विभूति होते हैं भैया। यही वह लोग होते हैं जो बच्चे के भीतर के चित्त रूपी अमृत कुंड में समझ की रस्सी के साथ समझ को जीवन में बरत सकने की बाल्टी बांध कर अमृत ही अमृत निकाल लेते हैं। जीवन कितना भी भौतिक रूप से दुःखमय हो, रहस्यमय रूप से अमृतमय हो उठता है। मैं बहुत बोल रहा हूँ न ''सरसिज को सहसा लगा कि वह बहुत बोल कर सम्भवतः गौरव को ऊबा रहा है।

''भैया सोना तो नहीं चाहते हो?''

''कैसी बात करते हो सरसिज, तुम्हारी एक एक बात में बात है। मैं इन्हें अमृत की तरह ही पी रहा हूँ।'' गौरव ने उत्साह वर्धक बात ही की। इसलिए नहीं कि उसने उत्साह बढ़ाया सरसिज का अपितु उसे भी चित्त रूपी स्थल पर भवन निर्माण का उत्खनन सा ईश्वरीय अनुभव हो रहा था। सरसिज पुनः आरंभ हुआ अपने प्रवचन में जो स्थान, ध्यान, इतिहास और संहार के विचित्र मिश्रण से निर्मित था। बोला, ''भैया। क्या आप जानते हैं इस माँ महाराज्ञी को रावण अपनी भक्ति से प्रसन्न कर के यहाँ से श्री लंका ले गया था।''

''नहीं सरसिज यह बात मैं नहीं जानता था। तुम्हें कहाँ से पता?''

''हर तुलमुल वासी को पता है। अब निर्वासन में पता है या नहीं मैं नहीं जानता, पर पता है बहुतों को और पता होना आवश्यक है। मुझे तो पापा से पता चली और पापा को सीधे ''बाइगाश जी ने बताई थी यह बात। उनको लोक से पता चली थी। बाद में यह कथा मुझे मेरे मामा जी ने भी बताई। उन्होंने धार्मिक इतिहास अर्थात् माँ महाराज्ञी महात्म्य के कई पाठों में यह बात पढ़ी है कि वस्तुतः यह माँ श्यामा रूप में श्रीलंका में रही रावण के पास। रावण ने इन की भक्ति की तब उसकी भक्ति पर रीझ

कर यह उसकी इच्छानुसार श्रीलंका चली आई। किंतु रावण ने जो बड़े कांड अत्याचार के किए और सर्वाधिक पतित कांड किया माँ परांबा सीता का हरण। तब माँ महाराज्ञी परांबा ने श्रीराम से कहा, ''गच्छामि मद्देशे ''मैं अब अपने देश कश्मीर जाना चाहती हूँ। मुझे वहाँ पहुँचाने की व्यवस्था करो। तब श्रीराम जी ने श्री हनुमान जी को यह सब कहा। माँ श्री हनुमान जी की पीठ पर सवार हो गई। उनके संग उनके तीन सौ साठ नाग भी थे वे भी श्री हनुमान जी की पीठ पर सवार हो गए। तब माँ ने नर्म मिट्टी की खोज की ताकि नागों को कोई कष्ट न हो। जहाँ जहाँ माँ ने विश्राम किया वहाँ माँ की कृपा हुई। क्योंकि नर्म मिट्टी का परीक्षण हो रहा था। माँ ने ट्अकर, मंजग्राम, यारी पोरा, इत्यादि कई गाँव में थकान उतारी। धरा को कृतार्थ किया और अंततः तुलमुल में उसे सिंधु के जल से सहस्त्राब्दियों से सतत आर्द्र भूमि जो नागों के लिए विश्रामदायक थी, सुखदायक थी उसी पर अपना निवास बनाया। पवित्र कुंड में नागों के साथ वास करने वाली भगवान भूतेश्वर की संगिनी, माँ महाराज्ञी परांबा ने श्री हनुमान को विजय-वर देकर वापस श्री राम के पास प्रस्थान करने को कहा।''

''बहुत सुंदर ''सरसिज ने देखा गौरव की आँखों में अश्रु भरे थे।'' यह तो सचमुच शिव सूत्र का ''कथाजपं ''हो गया।'' गौरव ने जैसे अमृत और विष दोनों का पान किया। पर अमृत का पलड़ा माँ श्यामा की कथा के कारण भारी रहा।

''तो हमारा प्राचीनकाल से सम्बन्ध श्रीलंका से रहा है। भगवान श्री राम एवं श्री हनुमान जी के साथ हमारा सीधा सीधा सम्बन्ध है।''

''हाँ! गौरव भैया!इसमें आप ने एक बात पर ध्यान दिया क्या?''

''अरे हाँ सरसिज! कि माँ महाराज्ञी परांबा का देश कश्मीर है। यह महान सूचना है कि वह यहाँ से श्रीलंका गई है। न कि श्रीलंका से यहाँ आई है। इससे हमारे इस देश के भीतर सनातन के अनंत काल से होने का भी पता चलता है। सनातनता के अनादि का भी।''

''मामा जी कह रहे थे कि आश्विन मास की शुक्ल चतुर्दशी को मंदोदरी एवं विभीषण सूक्ष्म रूप से माँ के दर्शन के लिए यहाँ आते हैं। पूर्णिमा को माता सीता, लक्ष्मण और प्रभु राम आते हैं माँ के दर्शन के लिए।''

''वाह!महात्म्य मुझे उपलब्ध करा दो सरसिज। हमें इसका पारायण करना आवश्यक है।''

''जी गौरव भैया।''

छियालीस

पर गौरव का मन अभी भी उसी वाक्य पर अटका था का कि "हिंसा का उन्माद ही इनका उल्लास हैं।"

"पर क्या किसी ने अभी तक इनके इस सामाजिक-मनोविज्ञान, या समाजशास्त्र पर गहन शोध नहीं किया होगा क्या?"

"किया है भैया, किया होगा। पश्चिम में भी और भारत में भी। किंतु इनकी हिंसाकुलता का भय अब इतना प्राचीन हो गया है कि उसने शांति से जीने के इच्छुक या तुम उसे काफिर भी कह सकते हो, के मन में इतनी गहरी जड़ें जमाई है कि लोग आपस में ही एक दूसरे की निंदा करते हैं, या पहरेदारी करते हैं इस विषय में कि कौन बड़ा उदार है इनके प्रति और कौन कम। यदि कम है कोई तो उसे अमानवीय या धर्मोनमादी का दर्जा दिया जाता है।। अथवा कहते हैं कि ऐसा नहीं लिखते, ऐसा नहीं बोलते अथवा ऐसा नहीं पढ़ते। बन गया न झूठ एक रिवाज। बन गया न झूठ ही सत्य। उसके बाद भी वे अध्ययन या तो जलाए जाते हैं या ग़ायब कर दिए जाते हैं अथवा तो उनके लेखकों को ही मार दिया जाता है।

अतः यह झूठ को लेकर भययुक्त मनोविज्ञान भी सशक्त यही बनाते हैं और ऐसी हिंसाओं से उस भय की जड़ों में खाद पानी भी देते हैं। निष्ठा से कोई अध्ययन होता ही नहीं। क्योंकि समाधान जो दूर से ही स्पष्ट दिखता है उसे कोई न देखे। देख कर कोई न बोले। जैसे हम बोला करते थे तीन सौ सतर, तीन सौ सतर। अब चलो एक सरकार आई, हटा गई तीन सौ सतर। हम बेगानी शादी में दीवाने हो गए थे। यह सब बेमानी था। कश्मीर का मुसलमान चुप रहा। कुछ न बोला। हम झूम झूम कर नाचे। सोचा अब प्रधानमंत्री हमारी भी बात करेगा कि ये बेचारे वापस घर जाएँगे। या गृहमंत्री ही कुछ बोलेगा। दोनों ने हमारी ऐसी उपेक्षा की ऐसी कि क्या शब्द बोलूँ भैया? अंग्रेज़ी का क्लासिक बोलूँ? मैं कहता हूँ शत्रु को भी दया आ गई होगी हम पर। उस पूरे दिन हम आकाश में उड़ रहे थे। देर रात का प्रधानमंत्री का साक्षात्कार मैंने

देखा और सोचा कि कुछ तो बोलेगा यह ''हीरो ''पर शून्य। जल्दी हम पाताल में धँस गए। और थोड़ी देर बाद जाना कि काग़ज़ में लिखा गया धरातल पर कार्यान्वित करने के लिए नहीं है। ताली बजाई शत्रुओं ने हम पर। हंस हंस कर लोट पोट हो गए। मैं साफ बताऊँ हमारा संविधान तो इनका क़ुरान है। है ही वही। क्या करें? कहाँ जाएँ भैया? क़ुरान पर प्रश्न, हदीस पर प्रश्न। यह करना मौत को दावत है। वैसे ही संविधान को गाली; संविधान का विरोध; धरातल पर उसके परिणाम नहीं देखने है। आप श्रीमदभगवद्गीता, वेद इत्यादि को खुलकर गाली दो, वह संवैधानिक है, आप अपने ईश्वर पर व्यंग्य करो, मज़ाक़ उड़ाओ उनका बहुत प्रसिद्धि पाओगे राज्य के हाथों सिद्धि भी पाओगे। वरना सब को पता है इस पाप का समूल नाश करो, जैसे श्री राम ने रावण को ही समूल मिटा दिया। श्री कृष्ण ने कंस और कौरवों का विनाश किया। मैं तुमको पश्चिम का उदाहरण दूँ। इटली की एक महान पत्रकार थी ओरियाना फलासी एक ऐसी व्यक्ति थी जिसने बार बार, अपनी पत्रकारिता, एवं पुस्तकों के माध्यम से पश्चिम को चेताया कि वे इस जिहादी जहरबाद को अभी काट दें। इसकी सर्जरी अभी कर दो। बाद में लाइलाज हो जाएगा यह जहरबाद का रोग। वह कहती है कि पश्चिम के सेक्युलरों ने मेरे पीछे सारे बौद्धिक लगा दिये, यहाँ तक कि जब वह टीवी चैनल खोलती वहाँ ''मेरा मज़ाक़ बन रहा होता।'' ओरियाना पश्चिम की बेहद प्रसिद्ध पत्रकार थीं। उसने इस बात का भी अनावरण किया है कि नोबेल पुरस्कार प्राप्त लोगों को पश्चिम के राज्य कैसे सेक्युलर और जिहादी नैरेटिव चलाने के लिए प्रयोग में लाते हैं। आश्चर्य होता है। ओरियाना ने जम कर डब्ल्यू टी टॉवर के गिरते समय अमरीका और यूरोप की खूब हंसी उड़ाई, अपने घर की खिड़की से तालियाँ बजाई, जब कि वह उस समय मरणासन्न थी।

सैंतालिस

एक हज़ार वर्ष बीता है, पूरा एक हज़ार वर्ष। एक पूरी सहस्त्राब्दी। समझते हो भैया। पर कोई इस विकल्पहीन विकल्प को बोल नहीं पाता है मुख से। एक हज़ार साल से जो आया उसकी मंदबुद्धि में यही आया कि इस्लाम और मुसलमानों को प्यार से जीतेंगे। पैसे से जीतेंगे। हीरे, जवाहरों और इन्हें खुली छूटें देकर जीतेंगे। इनको लाड़ से जीतेंगे। मना कर जीतेंगे। लुभा कर जीतेंगे। भैया। छोड़ो। हृदय का दुख बढ़ता है। छोड़ें क्या पर ! जीते जी कुछ छोड़ा नहीं जाता। कभी कभी सोचता हूँ कि यह देश, यह धर्म क्या मात्र हमें ही चाहिए। तुम तुम्हारे परिवार जन, मैं मेरे परिजन। कहाँ है वे लोग वे करोड़ों लोग भी जो चिंताकुल हैं, भयभीत हैं, शंकित हैं, विवश हैं, निरालंब और निराश्रित हैं। क्या धर्म किसी और को चाहिए ही नहीं? क्या यह देश जैसा वास्तव में है वैसा किसी को नहीं चाहिए? क्या हो गया है सब को। सब को। भैया सब को? क्यों नहीं उठ पा रहे सब? सब का उठना विकल्पहीन विकल्प है भैया। वही एकमात्र मार्ग है भैया। क्यों कोई कुछ समझ नहीं पा रहा। एक हज़ार साल की प्रतीक्षा के बाद भी वहीं समाधान है इसका जो उस दिन रहा होगा जब पहला इस्लामी व्यक्ति इस देश के भीतर शरण माँगने आया होगा। यह क्या समस्या है भैया। क्या रहस्य है कोई बता सकता है।'' उसने ये अंतिम शब्द विक्षिप्त व्यक्ति की भाँति ऊँचे किंतु रुआंसे स्वर में उच्चारे।'' और पुनः प्रश्न किया, ''यह क्या रहस्य है? क्या रहस्य है यह? हे माँ महाराज्ञी परांबा। माँ।''

''ठीक कहते हो तुम यह दैवी रहस्य ही है। निस्संदेह यह रहस्य है। इस रहस्य को समझने, जानने के लिये स्वयं जिहादी भी पूरी जान लगाता होगा।'' गौरव ने कहा

''भैया गौरव ! लाख लिखा हो क़ुरान में, हदीसों में कि काफिर को मारो, पर इस मारने वाले के भीतर भी तो प्रश्न आता ही होगा कि क्या एक निरपराध, निष्पाप और निहत्थे को काफिर कहकर मारना कोई महान कर्म हो भी सकता है? यह कैसा विधान है? यह पाप, ''पुण्य ''या ''सवाब ''जैसा कि ये मानते हैं, कैसे हो सकता

है? फिर वह यह प्रश्न भी अपने भीतर एक तीव्र प्रकाश में आता हुआ देखता होगा कि ठीक है मुझे इस निष्पाप को मार कर पुण्य मिलेगा, पर वह मेरा विरोध क्यों नहीं करेगा। वह उठ खड़ा होकर मुझे ख़त्म नहीं करेगा क्या? भला क्यों नहीं करेगा? करना चाहिए उसे? बल्कि पुण्य तो उसका होना चाहिए। हाँ! क्यों वह मेरे हाथों मरना चाहेगा? क्यों वह मेरे विरुद्ध शस्त्र नहीं उठाएगा? उठाना चाहिए उसे मेरे विरुद्ध शस्त्र। वह मुझे खुशी खुशी क्यों खुद को मारने देगा? वह राज्य का मुँह ताकेगा? राज्य पर राज्याध्यक्ष ने ताला झडा होगा। सच है जिहाद करने वाले भी भीतर ही भीतर हम पर त्रास खाते होंगे। सोचते होंगे ये उठ कर हमसे युद्ध क्यों नहीं करते। इन्हें भी नतमस्तक होना पड रहा है, और सोचता होगा जिहादी कि कितनी मति मारी गई है इस निष्पाप की। फिर उसे विचार आता होगा जब मेरा विरोध और सफ़ाया करने की किसी में हिम्मत नहीं तब इसका मतलब यह है कि अल्लाह ही है, यह सच है। ये सब गैर मुसलमान कमजोर है। अल्लाह को न मानने के कारण। इसलिए अलहमदुलिला ये सब के सब वाजिबुलकत्ल हैं इसलिए वार करो और एक ही वार में मार दो। क्यों कि यह मेरा मुक़ाबला नहीं कर सकता। मैं अल्लाह को मानता हूँ इसलिए सबसे ताकतवर हूँ। अब?

अड़तालीस

"सरसिज ! जब तुम्हारे दादाजी बाइगाश जी के साथ नज़ीर ने ऐसा किया फिर आगे क्या हुआ?" गौरव ने यह प्रश्न पूछा। सम्भवत: वह इस घटना से कोई परिवर्तन हुआ देखना चाहता था।

"कुछ नहीं भैया। आपके मन में जैसे यह प्रश्न आया, ठीक मेरे मन में भी आया था। बल्कि मैंने पापा से यह भी पूछा था कि क्या उसके बाद भी वह नज़ीर के साथ सामान्य रहे? तब बाइगाश जी बोले पापा से बोले थे कि "नहीं "और यह भी कि जो कुछ उन्नीस जनवरी उन्नीस सौ नब्बे को हुआ, वह उन्हें तब से बारंबार होता हुआ सा दिखने लगा। बाक़ी उस दिन क्या करता बाइगाश जी। खेत पर काम किया, लौट आया प्यारी माँ यानी मेरी दादी से यह क़िस्सा कहा और तब से जिस जिस से बाइगाश जी मिला उस उस से कहता रहा। किसी अख़बार में न छपा यह क़िस्सा। अख़बार में तो सीधे सीधे उन्नीस जनवरी उन्नीस सौ नब्बे का नरसंहार न छपा। इस लिए बाइगाश ने जिस जिस को क़ुरान की यह बात बताई, वे लोग आगे आगे अपनी अपनी ग्राह्यता के अनुसार कहते रहे। प्रसारित करते रहे। मेरे मामा कहते हैं कि अब एक एक कश्मीरी पण्डित एक एक अख़बार हो गया है, जिस जिस पढाव से गुजरता है वहाँ वहाँ अपनी व्यथा छापता अर्थात् बोलता और जिस जिस के मन में जैसी जैसी उर्वरकता होती है वैसे वैसे रोपता जाता है। क्योंकि यह व्यथा न कोई अख़बार ठीक ठीक लिखता है और न ही ठीक ठीक कोई दूरदर्शन या रेडियो इसे प्रसारित करता है। पूरे देश में दीमक है। सड़न है। है न? हाँ बाइगाश जी के साथ हुई इस घटना के बाद उन्नीस सौ नब्बे तक ज़िंदगी तो चली, पर कैसे चली, मैं नहीं जानता। बस चली। पता नहीं नज़ीर जीवित है आज अथवा नहीं। या क्या पता बाद में वह कोई जिहादी आतंकी बन गया या नहीं कुछ नहीं मालूम। बाइगाश जी ने भी इस बारे में कुछ न बताया होगा पापा को।"

"पर सरसिज जो बाइगाश जी ने कहा न कि उन्हें उसी क्षण यह समझ में आया

कि इसने अगर क़ुरान के हिसाब से काफिर को एक हल्का धक्का देकर बस एक प्रतीकात्मक रीत निभाई, पर इसका बेटा रीत वीत नहीं निभाएगा, सीधे कर्तव्य निभायेगा। और दूसरी बात है कि यह ऐसा लोमहर्षक कृत्य है, कि आप को बड़े बड़े मौलवी उकसा रहे हैं, आपको दिखा रहे हैं कि देखो इस किताब में यहाँ यह साफ़ साफ़ दर्ज है, उसी तर्ज़ पर आपके संरक्षण में मज़हबी राजनेता तर्क अर्थात् निर्भीकता से कुतर्क देकर हवा आपके पक्ष हमें करते

हैं, फिर न्यायपालिका की एक एक गतिविधि आपके ही हित में हों, तो आप यह रोमांचकारी काम आप क्यों न करो। आपको इसके लिए विदेशी, स्वदेशी धन मिले क्यों न करो। भले तुम्हें पता हो कि यह लिखा हुआ भी फ़र्ज़ी है और लिखने वाला भी फ़र्ज़ी है। मरने के बाद मिलने वाली सारी सुख सुविधाओं, जनअतों की सच्चाई है ही नहीं, ये सभी बातें जानते हुए भी जहाँ सब कुछ पक्ष में हैं वहाँ क्यों न वे इस मुफ़्त में मिली जीत का अभ्यास करें? क्यों न उसे प्राप्त ही करें? करना ही क्या है। जिसमें थोडी मृत्यु तो है पर हज़ारों को मार कर। प्रायः कहा जाता है कि एक आतंकी की आयु छः मास से अधिक नहीं होती, उसके बाद वह पकड़ा ही जाता है और मारा भी जाता है, पर यह भी ज़रा अनुमान लगाओ कि छः महीना एक आतंकी, हत्यारे, जिसके पास हर प्रकार का शस्त्र और उसका प्रशिक्षण उपलब्ध है वह कितना प्रलय ढाता होगा निहत्थे, निष्पाप मनुष्यों पर। यदि वह क़ैद है तो न्याय उसके लिए ही है। जहाँ उस अपराधी को राजनीतिक अपराधी नेता साफ बचा लेंगे। उसकी जय जय कार करेंगे। हिंदू ही करेंगे। मेरा मतलब है हिंदू नाम के लोग जिनमें पत्रकार, लेखक, बुद्धिजीवी, सम्पादक, नौकरशाह और सर्वोपरि राजनेता हैं। ये जब हवा बनाते है, और जिस तरफ़ हवा का रुख़ करते हैं, आम लोग बेचारे उसी तरफ़ बढ़ते हैं, उस दिशा के विपरीत जाने का दुस्साहस नहीं करते। कोई है ही नहीं जो इन ग़लत दिशाओं का उल्लंघन करें। देश धीरे धीरे बढ़ता जा रहा है विनाश की तरफ़। पर बाइगाश के साथ घटी यह घटना एक बहुत बड़ा सुराग है। एक बहुत बड़ा प्रमाण। जिसके आधार पर हम विकल्पहीनता की बात कर रहे थे, विकल्प के लिए। अतः विकल्प एक ही

है। इस देश में जो सड़ी गली कचरा स्वतंत्रता आई, उसने इस देश को और खण्डित कर डाला। हर स्तर पर विभाजन, विखण्डन। हिंदू धर्म को तो एक टार्गेट ही बना दिया है। राजनीति में अलगाववाद को घुसेड़ा गया। उसे स्थान दिया गया। लोकतंत्र के आड़ में। सारी राजनीतिक वार्ता अंग्रेज़ी में की गई, हो रही है, हिंदी और शेष भाषाओं को हीन कर दिया गया। राजनीति अंग्रेज़ी में क्या चलाती है पता ही नहीं किसी को। आम आदमी दिन काट रहा है। कश्मीरी हिंदू तो बस बचे खुचे अपने अस्तित्व को ही चबा रहा है। वह जान गया है कि देश उसे नहीं चाहता, देश उसे

चाहता है जिसे देश की राजनीति चाहती है। चुप हो गया है कश्मीरी हिंदू। टूट गया है उसका भ्रम। बताओ अलगाववाद की घोषणा भी करते हो, उसे संसद में स्थान भी दे रहे हो। जो स्पष्ट है अपने विचार और कार्यक्रम में कि ''मैं तुम्हारे देश को तोड़ना चाहता हूँ'', वह संसद में जाता है। उसका तो वध होना चाहिए, वह वध कर रहा है देशभक्त जनता का, पर वह ''अवध्य'' है। उसके जान की सुरक्षा भी करती हैं सरकार, संविधान।

और सरसिज हमारे धर्म में शत्रु को समाप्त करने का प्रावधान है। अन्य किसी आस्था में जीने वाला कदापि हमारा शत्रु नहीं, वह शिव प्रदत्त स्वातंर्त्य हो सकता है उसका, जहाँ तक उसके मत में वही मद हैं जो लगभग सनातन के हैं। जैसे शांति। सचमुच शांति। न कि इस्लाम की शांति जिसका अर्थ ही विनाश और हिंसा है। यदि ऐसी आस्था में कोई जीता है तो वह शत्रु है। घोर शत्रु। जिसकी किताब असंख्य तरीक़ों से आपका सब कुछ छीन लेने का एक मैनुअल है। यहाँ तक दिवंगतों तक का ये लोग कन्वर्शन करते हैं। और तो और अरे सरसिज क्या बताऊँ इनके यहाँ यदि किसी युवती की मृत्यु हो गई हो और उसे किसी क़ब्रिस्तान में दफ़नाया गया हो तो उसे कब्र से निकाल कर दुषकर्म करना कोई पाप नहीं अपितु मैनुअल के ठीक अनुसार है। अब उस युवती के घर के लोग कुछ दिनों तक उस युवती की कब्र पर पहरा देकर उसके मृत शरीर की सुरक्षा करते हैं, जब तक कि शरीर मिट्टी में सड़ न जाए और अपने उनके ही मज़हब के दानवों के दुष्कर्म के योग्य न रह जाए। क्यों ? क्योंकि यह भयानक कृत्य है। मैन्युअल के हिसाब से भले उचित हो। वर्ना वे सुरक्षा क्यों करते। मज़हब का पालन क्यों नहीं करते?''

''सच है भैया। सच है आप का कथन। पर यह कितना बीभत्स और घृणित है। सोच कर ही चक्कर आने लगते हैं। अकल्पनीय है यह और यह भी इनमें में वैध है।''

''जो कुछ भी अमानवीय है, वह सब इस्लामिक है। सीधी सी बात है। सारा लफड़ा ही यही है कि ये शत्रु है इस बात को राज्य की मान्यता नहीं है। यहीं पर कुछ है, कोई ख़राब तत्व जो इस देश में निरंतर लगे इस घुन का महाबीज है और इस देश के धर्म, संस्कृति, दर्शन, मूल्य और मनुष्य को खाए जा रहा है। ये सारे तत्व राजनीति से चालित होते हैं। अपराध भी राजनीति से चालित होते हैं। विशेषकर एक मज़हब में संगठित अपराध। इसकी शक्ल ख़ूँख़ार हो गई है अब। बहुत ही ख़ूँख़ार। अपराधियों का यह विराट संघ हमारे यहाँ अल्पसंख्यक, वंचित, बेचारा, निर्धन, अशिक्षित, उपेक्षित, अभाव ग्रस्त क्या क्या नहीं हैं। अत: इन पर देश का सारा संसाधन लुटता है। सारा राजकीय स्वातंर्त्य इन प्रेतों के पास है। लोकतांत्रिक स्वातंर्त्य इन बदमाशों के पास है। एक और बड़ा स्वातंर्त्य जिसे मुहावरे की भाषा में ''क़ानून हाथ में लेना ''कहा जाता है, वह भी इन्होंने अपने पास ही रखा है।। रहे हम। हमारा जीवन और

देश का राज्य इन स्वतंत्र अपराधियों के पास जमा है। ज़ब्त है। अब यह गणितीय प्रश्न हल हुआ न कि भारत में किस का राज्य है? शरिया का। इस्लाम का। फ़िलहाल ऐसा कहना प्रतिबंधित है क्योंकि अभी कुछ काम, कुछ इलाक़े शेष है। वह हो जाएगा तब गर्व से कहो कि हम...।''

''शुभ शुभ बोलो भैया। शुभ शुभ बोलो। माँ महाराज्ञी परांबा तब तक कुछ तो करेगी। अवश्य ही करेगी।''

''अच्छी है तुम्हारी यह आशा। पर मुझे संदेह है। दो हज़ार पंद्रह में वामपंथी बदमाशों ने एक शोर मचाया कि हम अपने सारे पुरस्कार अब सरकार को वापस लौटाएँगे। पता है क्यों? पूछो? क्योंकि वामपंथियों, जिहादियों, अलगाववादियों को आग लग गई जब एक अलग प्रकार की तथाकथित दक्षिण पंथी सरकार बन गई। इस आग को देश में लगाने की चाल सोची गई। यह बहुत बड़ा एक शोर बन गया। पर इससे यह बात पता चल गई देश के लोगों को कि इस देश में पुरस्कार किनको मिलते हैं। इस का भी पर्दाफ़ाश हो गया। कि जो इस देश की जड़ें खोदते हैं। जो इस देश के मूलधर्म को गाली देते हैं। जो हिंदुओं का मज़ाक़ लिख लिख कर उनका उत्पीड़न करते हैं। उन्हीं को ये पुरस्कार मिले हैं। एक से एक देश-धर्म विरोधी अपनी अपनी बिलों में से बाहर निकल आए और घोषणाओं की होड़ लगी कि हम ही न हम अवार्ड वापस करते हैं। सब वामी, जिन्होंने जिहाद और देश भंजक तत्वों का समर्थन किया। उसकी राजनीति में संलग्न और सक्रिय रहे। ख़ूब हल्ला मचाया कि लो हमारे पुरस्कार वापस। मेरे पापा का एक मित्र हैं जो लेखक हैं उसी के द्वारा हमें यह बात पता चली क्योंकि उसे इस अवार्ड वापसी आंदोलन के कुछ दिनों बाद एक निमंत्रण मिला कि आओ और इन वामियों के विरुद्ध एक रैली निकालनी है दिल्ली के इण्डिया गेट से राष्ट्रपति भवन तक। राष्ट्रपति को ज्ञापन देना है। वह चले गए। जुलूस अच्छा ख़ासा था। मेरे पापा का मित्र भी पीछे पीछे चला। कहीं पर भाषण भी दिया कि कैसे जिहाद की सहायता इन वामपंथियों ने झूठ लिख कर, चाहे अख़बारों में, चाहे किताबों में, चाहे टीवी चैनलों पर झूठ बक बक कर की। हम कश्मीरी हिंदू जो मूल भारतीय और सनातनता के अग्रेषक हैं को पीछे किया। सच न छापा, न बोला, न छपने और बोलने दिया। यही बातें। बहुत प्रशंसा हुई उनके भाषण की उसके बाद राष्ट्रपति को कुछ अग्रगण्यों ने ज्ञापन दिया। ज्ञापन में क्या लिखा था, वह उनको नहीं पता था। पर अब असली बात पर आऊँगा। क्योंकि यह असली बात तब से मुझे, मेरे पापा, मेरे पापा के मित्र को सर्वाधिक काट काट कर खाती है कि उसी शाम को, उन्हें उन आयोजकों ने कहा कि, प्रधानमंत्री जी से मिलने का समय लिया है। वे गए और बैठे वहाँ। गणमान्य लोग थे वहाँ। पापा के मित्र ने कहा कि वह भी जाकर एक

तरफ़ की कुर्सी में दुबक कर बैठ गए। संख्या वर्धन के लिए ही तो वह गए थे, या उनको बुलाया गया था। पर यह भी है कि एक कोने में दुबका हुआ सामान्य व्यक्ति भी बहुत बड़ी चीज़ें देख सकता है और उसे सहेज कर लाते हुए बहुत बड़े संदेश प्राप्त कर सकता है। सामान्य स्थान तो न था वह। प्रधानमंत्री का आवास था वह भई। जहाँ आपके समक्ष इतने बड़े देश का राजा हो।'' नराणां च नराधिपम्''। वह बोले भी। बहुत सी बातें और बहुत से भविष्य के संकेत वहाँ से व्यक्ति विशेषकर एक लेखक व्यक्ति ला सकता है।

तो वह बोले कि लगभग सौ के क़रीब कलाकार, लेखक, फ़िल्म निर्माता, अभिनेता, गायक, वादक बैठे थे कि प्रधानमंत्री जी आएँगे और कुछ कहेंगे। जब वह अंततः आए तो सम्बोधन आरंभ किया। तो पापा के मित्र कहते हैं कि ''मैं तो दिल थाम कर बैठा था कि आज मैं वैसी कुछ बातें सुनूँगा जिनके लिए मैं तो क्या यह पूरी माँ भारत की धरती तरस गई होगी कि सत्तारूढ़ कोई राजा कुछ ऐसा बोलेगा जिससे रोम रोम में आनंद का संचार हो। वह शुरू हो गए कुछ औपचारिक बातों और कुछ राजनीतिक बातों के बाद, जिनसे मुझे कुछ भी रस प्राप्ति न हुई, वह जो कुछ एक वाक्य बोले, मेरे मतलब के, वही दो एक वाक्य थे। वह बोले कि फलाने उर्दू के कवि (एक ख़तरनाक मुसलमान जिसने बेफ़िक्री से विरोध का रायता फैलाया था) को मैंने अपने आवास पर बुलाया था, पर वह न आए, अब मैं क्या कर सकता हूँ भाई। उस कवि का अहंकार कितना अमाप्य हो गया होगा कि प्रधानमंत्री का निमंत्रण पाकर, मुसलमान और उर्दू का कवि होने पर और सातवें आसमान में चढ़ा होगा अहंकार उसका। कि प्रधानमंत्री को उस कवि द्वारा कुछ न मानने का अपमान झेलना पड़ा। प्रधानमंत्री ने अपने इस अपमान का राज यहाँ बोला जिसका अर्थ था कि कोई तो बोले उसे (उर्दू के कवि को) कि ''मैं उसकी राह देख रहा हूँ''। भैया जब वह यह क़िस्सा सुना रहे थे तो मन में मुझ जैसे कुछ हंस भी रहे थे, कि कि ''कोई तो दे दो उसे संदेश ''बॉलीवुडिया तर्ज़ पर। दूसरा जो महत्वपूर्ण वाक्य उन्होंने कहा वह था इस देश को कोई चिंता करने की आवश्यकता नहीं। इस देश का कोई बाल भी बाँका नहीं कर सकता तथा सनातन धर्म को कोई भी ख़तरा नहीं।'' तो मेरे पापा का मित्र बोला पापा से कि बस मेरा दिल डूब गया। मैंने सोचा कुर्सी पर बैठ कर इस आदमी का विचार परिवर्तन हो गया है। हे भारत माता, हे इस्लाम के हाथों सातवें जनसंहार से पीड़ित कश्मीरी पंडितों। कुछ नहीं बनने वाला। हाल ख़राब हो चुका है। पापा के मित्र ने कहा कि ''मेरा मन हुआ था कि बोलूँ कि आप कैसे ऐसा कहते हैं, एक एक स्थान को तो वे लेते जा रहे हैं, कन्वर्शन धड़ल्ले से चल रहे हैं तो कैसे यह कह कर कि सनातन धर्म को कोई ख़तरा नहीं निश्चिंत हुआ जाए। विशेषकर ''मैं

आपके सामने एक प्रतिनिधि उदाहरण हूँ सनातन को किए गए जनसंहार ''का। पर वह बेचारा कहता है कि ''मेरी हिम्मत न हुई''। जब उस परिसर से बाहर आया तब बहुत पश्चाताप हुआ कि उसका क्या जाता, किंतु एक कारण उन्होंने अपने चुप रहने का बहुत ठोस यह दिया कि चूँकि यह हिंदुओं द्वारा चुना प्रधानमंत्री था अत: ''वे तो इसके इन वाक्यों पर आवरण करेंगे, मैं मुफ़्त में मारा जाऊँगा।'' तब से आज तक जब भी देश में कोई अप्रिय घटना होती है या प्रधानमंत्री जी का कोई ऐसा वक्तव्य आता है जो देश के शत्रुओं के अनुकूल होता है तब मेरे पापा और उसके मित्र कहीं बैठ कर उसका विश्लेषण करते हुए इस बात का भी पुन: विश्लेषण करते है। कभी कभी मेरे पापा प्रधानमंत्री का पक्ष लेकर कहते हैं कि हो सकता है कि वहाँ उस समय ऐसे भी लोग रहे हों जिनके समक्ष ऐसा बोलना रणनीतिक रूप से उपयुक्त न होता। इस पर बहस चलती है कि कब तक ''कुछ लोगों ''का ख़ूयाल रखता जाएगा भारत का यह ''शासन ''और ''सब लोगों को आहत करता रहेगा ''भारत का यह शासन। या यह भी कि वह करेंगे, कहेंगे नहीं। चलो यह भी माना। पर शत्रु कहता भी है और करता भी। यही तो ओरियाना फलासी कहा करती थी दुनिया को, पश्चिम को कि ''देखो वे अपना एजेंडा नहीं छुपाते, उसकी घोषणा करते हैं, और उसकी कार्यान्विति भी, दुगुनी सफलता के साथ सम्पन्न करते हैं। प्राय: देखा गया हैं कि जितना कहता है उससे कहीं अधिक कर डालता है। फिर हिंदू ही रणनीतियाँ बनाता रहता है पर उन रणनीतियों का परिणाम शून्य होता है भैया। जब भी विचार विमर्श होते हैं हम जैसों के बीच कहीं न कहीं से भी बचाव करता है कोई न कोई शासन का, राज्य का, संविधान का। कोई पुलिस वाला बनकर बहुत हड़काता है, ''ऐसा नहीं कहना चाहिए, वैसा नहीं कहना चाहिए। यहाँ तक कि एक छोटे ग्रुप में भी बात चल रही हो, जिन बातों का वास्तव में कोई बहुत बड़ा अर्थ न हो, उस छोटे दल में भी लोग आपस में एक दूसरे को शांति प्रिय, सेक्युलर, और समदर्शी होने का प्रदर्शन अधिक से अधिक और एक दूसरे की अपेक्षा अधिक करने की होड़ करेंगे। उनके मन कितने ही मलिन हों पर आत्मशलाघा करेंगे ही करेंगे। भले ही किसी का पिता भी जिहादियों ने कत्ल किया हो, तब भी वह सेक्युलर होने का प्रयत्न करेगा। बंद स्थान पर बहस करने से भी डरते हैं हिंदू। क्या करें? मुसलमान का डर हिंदुओं के मन में मीडिया, शासन और न्याय प्रणाली ने बिठाया है। इनका यह प्रश्रय हटा दो मुसलमान सीधा हो जाएगा। सच में सीधा हो जाएगा और सनातन में लौट कर आएगा। मैं सच कहता हूँ सरसिज। क्या बजा?''

''रात्रि के दो बज कर अड़तालीस मिनट।'' :

''वाह! सरसिज वाह!''

उनचास

''रात्रि के दो बजकर अड़तालीस मिनट। मुझे विश्वास नहीं हो रहा। पहले मुझे लगा था कि तुम्हें भी क्या सूझी आज माँ महाराज्ञी परांबा के इस अलौकिक प्रांगण में जागरण करने की कि मुझे स्वयं पर विश्वास न था कि मैं जागृत रह पाऊँगा। पर सरसिज मेरी आँखों पर निद्रा का दूर दूर तक कोई भार ही नहीं। ऐसी जागृति की ऊर्जा मेरे चित्त, मन, बुद्धि पर आच्छादित है कि मानो अभी अभी माँ के उस चरण कमलों में से प्रवाहित कुंड में स्नान किया हो मैंने। तुम्हें तो नहीं आई है नींद?''

''भैया जो आपकी स्थिति है वही मेरी भी। ज़रा भी नींद नहीं। मैं तो कहूँगा कि यह सचमुच जागरण भी नहीं हैं। पर भैया हम कर क्या रहे हैं? आप की कुछ समझ में आ रहा है? कहीं हम निर्रथक बातें तो नहीं कर रहे हैं?''

''हम निर्रथक बातें नहीं कर रहे हैं, अपने नरसंहार से उपजे दुख और अवसाद, कष्ट और अभाव, अपने प्रति हुए अन्याय वह सब माँ को सुना रहे हैं। माँ को सुना रहे हैं, कहते कहते गौरव का गला रुँध सा गया और आँखें छलक आई। उसने दोनों हथेलियों से मुँह को ढक कर आंसुओं को छिपाना चाहा और इसी क्रम में गला ठीक कर सरसिज पर नज़र डाली तो वह जार जार ही रो रहा था। उसे आँखों को पोंछने या गला सुधारने की जरा भी फ़िक्र न थी और वेग भी इतना था कि वे आंसू यों हथेलियों से पोंछे नहीं जा सकते थे।

अब दोनों हंस पड़े मानों दोनों को माँ महाराज्ञी परांबा ने अदृश्य हाथों से अश्रु पोंछ कर सांत्वना दी हो। दुलराया हो। ठीक उसी तर्ज़ पर वे दोनों हंस दिए।

''हम भी पागल हैं भैया, कभी हंस दो, कभी रो दो।''

''नरसंहार में से बचे लोग ऐसे ही होते हैं भैया। यह चिकित्सा विज्ञान और मनोविज्ञान कहता हैं। मेरा एक मित्र कहता है कि उसका मौसा महालेखाकार विभाग कश्मीर में काम करता था और उसकी पत्नी भी उसी विभाग में काम करती थी। दोनों जब नरसंहार से बचे खुचे लोगों की तरह जम्मू कैंप में पहुँचे तो वे सारे बचे

खुचे हिंदू कर्मचारी राज्य से मिन्नतें करने लगे कि उन्हें नौकरियों में जम्मू में ही एक शरणार्थी प्रकोष्ठ खोल कर वहाँ समायोजित किया जाए। पर नहीं मानी गई उनकी। महालेखाकार विभाग यों तो केंद्र सरकार के अधीन आता है, अतः किसी बड़े अधिकारी ने उनकी यह माँग मानकर एक अस्थाई कार्यालय खोलने की बात मानी, सब लोग खुश हो गए। सब को एक प्रतीक्षा थी कश्मीर वापस अपने अपने घर लौटने की। अतः जम्मू ही आदर्श स्थान था। दूसरा मनोवैज्ञानिक रूप से भी बुजुर्ग लोग जो सहसा कैंपों में पहुँच गए थे, अभावों से घिरे उन्हें लगता था घर के निकट हैं, अतः वे इससे आगे जाने को तैयार न थे। बच्चे जो इन विभागों में नौकरी कर रहे थे, वे कैसे अपने माता पिता को यहाँ कैंपों में छोड़ कर देश के अलग अलग राज्यों में नौकरी करते।

अगले दिन जब सब लोग जम्मू में प्रकोष्ठ के खुल जाने और नौकरी में समायोजन प्राप्त करने का पत्र पाने के लिए जम्मू के गांधीनगर दफ़्तर पहुँच गए, तो वहाँ पासा पलट गया था। कल का सारा खेल पलट गया था। भारत के विभिन्न राज्यों में कर्मचारियों के स्थानांतरण आदेश तैयार रखे गए थे। जिस बड़े अधिकारी ने उन्हें जम्मू में प्रकोष्ठ खोलने का आश्वासन दिया था, उसका रातों रात स्थानांतरण किया गया था। उसके स्थान पर जो अधिकारी आया था उसने तो सीमाएँ ही लांघ दी। कि जो भी पति पत्नी इस विभाग में काम करते थे उनका स्थानांतरण एक ही राज्य में नहीं किया गया। मेरे कहने का अर्थ मेरे मित्र के मौसा को कानपुर भेजा गया और मौसी को आसाम।''

''क्या? इतनी क्रूरता? इतनी अमानवीयता? मेरे प्रभु। हे परांबा। सच। वह भी उस राज्य द्वारा जिसने नरसंहार को सम्भव कर दिया। अविश्वसनीय। अविश्वसनीय। भैया।''

''तब?''

''एक और दम्पति हैं जिनको मैं जानता हूँ भैया। मेरे एक और मित्र के माता पिता। माँ को जयपुर का आदेश दिया गया और पिता को मध्यप्रदेश के कुशीनगर।''

''हाय हाय हाय हाय हाय हाय। यह भी एक कोना है इस दुख का। कौन राज करता है हम पर। क्यों नाम है यहाँ का हिंदुस्तान। बेहतर नहीं हैं क्या पाकिस्तान ही के हिंदू। मलाल ही नहीं है कुछ उनको। घोषित रूप से इस्लाम के अधीन हैं। हमें भ्रम में क्यों रखा गया है?''

''हमें उस भ्रमजाल को खुद ही मिटाना होगा सरसिज। हम मिटाएँगे पर शेष देश के हिंदू नहीं निकल पाएँगे, हिंदू ही रखे हुए हैं उन्हें इस भ्रमजाल में। मेरा मतलब है हिंदू नाम के, सत्ता से जुड़े लोग।

हिंदू नाम का यह वर्ग जब हिंदू वोट से चुन कर आता है तो वह तत्काल अपनी कर्तव्य-सूची से हिंदू को निकाल फैंकता है। बस इन राक्षसों को शांत रखने, इनको भरपेट भोजन कराने के प्रबंध करने में और इन के लिए खाने को माँस जुटाने, किसी भी रूप में इन को प्रसन्न रखने के सभी कामों में लगी रहती है व्यवस्था। हमें "विकास "नाम के भ्रमजाल में फँसाए रखती है और अपने चाटुकारों और एजेंटों द्वारा रखवाती है। उन के लिए ही संसाधन जुटाने में लगी रहती है। यों सरकार अपने पाँच साल पूरे करती हैं और हिंदू और भारत माता को अगले पाँच साल तक के लिए टरकाती है। इसी दौड़ धूप में हाँफते हाँफते अपने भी ऐश मारती रहती है सरकार की मशीन को चलाने वाली जन संख्या विशेष। हिंदू ख़ैर मनाता है कि वह जीवित बच गया इन पाँच साल और। अतः ग़नीमत है। जैसे हिंदू साधु-तपस्वी पर्वतों की कंदराओं में किसी पहचान के बिना गुप्त रूप से रहता है वैसे ही सामान्य हिंदू भी चुपचाप अपनी अपनी काल्पनिक कंदराओं का निर्माण कर उसमें रहते हैं। चुपचाप। इस हाथ को पता नहीं उस हाथ का। डरा हुआ हिंदू। अकेला अकेला। एकाकी एकाकी।"

"यह महालेखाकार के दफ़्तर की नीति रातों रात कैसे बदली होगी? क्यों और किसने बदल दी होगी?"

"जम्मू कश्मीर के राज्य ने और कश्मीरी मुसलमानों ने। सीधा सा अनुमान है। सटीक भी। यों तो मुसलमानों के शासकों और सामान्य मुसलमान के मन का एका रहता ही है। मुसलमान को अपने शासक से कुछ कहने की आवश्यकता नहीं होती, ठीक शासक भी उसी तर्ज़ और सीध में सोच रहा होता है जैसे एक मुसलमान। अगर हिंदू नाम का रहा कोई तो वह पूछता है अपने मुसलमान आका से, "हजूर, हजरत मुझे क्या करना हैं? कृपया हुक्म दें।" इस तरह मैंने जब पता लगाया तो पता चला कि जिस अधिकारी ने महालेखाकार विभाग में अस्थायी प्रकोष्ठ जम्मू में इस शरणार्थी हिंदुओं के लिए आदेश किया था, उस आदेश को तुरंत रद्द किया गया, उस अधिकारी को तुरंत किसी महत्वपूर्ण पद पर किसी राज्य में भेजा गया और मुफ़्ती मुहम्मद सैय्यद जो तत्कालीन गृहमंत्री था भारत का, ने सभी केंद्रीय सरकार के विभागों को आदेश किया कि कोई प्रकोष्ठ न खुले जम्मू में। सब के सब भारत के सुदूर और विभिन्न प्रांतों में समायोजित किए जाएँ। और पति पत्नी का भी कोई ठेका नहीं भारत सरकार का, जहाँ जिसे भेजने की आवश्यकता हो भेजा जाए। अगले दिन यह एक चिंता की लहर पूरे जम्मू में फैल चुकी थी। सब जो इस घेरे में आते थे वे बेहद परेशान हो चुके थे। जिनके छोटे छोटे बच्चे थे वे प्रलयंकारी दुख से घिर गए थे। कि क्या करें।"

''हे राम !हे राम !हे राम! हे राम !हे राम! भैया भैया हे राम!''

''यह भी एक मारने का तरीक़ा है भैया। सत्ता ऐसे भी मारती है।''

''नरसंहार, नरसंहार। हिंदू नरसंहार सत्ता के हाथों नरसंहार। ऐसा नरसंहार कि किसी की समझ में न आए। जिसकी समझ में आए, वह कुछ कर न पाए।''

''पर भैया मेरा मन करता है ''

''हाँ सरसिज। किसका मन नहीं करता है। मेरा भी मन करता है... ''

''मुझे उन दादा दादी की बात सुनाओ जिनके साथ कैंपों में पोता पोती रहते थे।''

''मत पूछो मत पूछो। कुछ मत पूछो सरसिज। एक परिवार की याद आते ही मेरा हृदय कटता है। वह भी मुझे माँ ने बताया था क्योंकि उनको पुरखों में कैंप हमारे पास ही मिल गया था। पहले बच्चों का दादा लू लगने से गुजर गया।''

''ओह... ''तड़प सा उठा सरसिज जैसे कोई तीव्र, जानलेवा विद्युत करंट लग गया हो, ''जैसे मेरे नाना जी जम्मू पहुँच एक दिन में ही... ''

''इसे कहते हैं नरसंहार। यही होता है नरसंहार भैया।''

''फिर ठीक एक महीने, लगभग सवा महीने बाद उनका दादा गया। टेंट ख़ाली। बच्चे बेचारे एक माँ के पास आसाम में। एक पिता के पास कानपुर में। दोनों पति पत्नी सूख के काँटा हो गए। पति ने कितनी विनती की। दिल्ली के किस मंत्री के आगे वह न रोया। दिल्ली के एक एक मंत्रालय के पास एक ही स्पष्ट निर्देश था कि कश्मीरी हिंदू शरणार्थियों की एक न सुनना, इससे कश्मीर में यह संदेश जाएगा कि भारत की सरकार कम्यूनल है। माँ कीं अन्त्येष्टि, पिता की अन्त्येष्टि, इनके दिन, श्राद्ध इत्यादि सब नौकरी से छुट्टियाँ ले ले कर किया उन दोनों ने। जो आंसू बहे हैं इन संकटों में उनके आगे तो समुद्र भी क्षमाप्रार्थी होगा सरसिज।''

''फिर... अंतत:?''

''अंतत: कुछ नहीं। सततं सततं निरंतरं निरंतरं, मैं ने तुम्हें एक जो यह कथा बताई यह प्रतिनिधि कथा थी सरसिज। ऐसी अनगिन कथाएँ हैं, अनगिन कथाएँ, उनकी परिणतियाँ भिन्न भिन्न हो सकती है, मोड़ भिन्न भिन्न हो सकते हैं। किंतु कथा एक थी। हम तो पाँच लाख थे सात लाख थे या कितने भी। पर हम थे लाखों में ही न। पर निहत्थे, वंचित, उत्पीडित, उपेक्षित, निर्धन, निरालंब, निराश्रित, निरुपाय..क्या करते भला। और अंत में जहाँ तक मुझे माँ से पता चला है पत्नी ने आसाम में अपनी नौकरी त्याग कर पति के पास कानपुर आई और बच्चों की पढ़ाई पर ध्यान दिया। है न यह हिंदू नरसंहार? है न बोलो सरसिज। कैसी क्रूरता राज्य की कि पत्नी से नौकरी छुड़वा कर ही दम लिया। क्या उसके मानवाधिकार नहीं थे संविधान अनुसार? क्या

यही थी ''हिंदुस्तान ''की सरकार? नहीं थी। नहीं थी। जिहादी की एजेंट बनी सरकार। सरकार ने ताक़त लगाकर माताओं और पिताओं को कैंप में मार डाला। हिंदू प्रजनन पर रोक लगा दी। जो जन्मे थे वे बहुत भारी संख्या में कैंपों में सर्पदंश से समाप्त हुए। उन को मार डाल कर पति पत्नी में से एक की आजीविका छीन ली। इस सारे क्रम में इनकी मानसिक पीड़ा कितनी दारुण रही होगी। वह माता पिता जो कैंप में मर गए उनको अपने घर में जीने का मौलिक अधिकार था न। पूरे घर के घर समाप्त। ऐसे असंख्य घरों का ताना बाना तबाह। सरकार ने कश्मीरी हिंदुओं को कहाँ कहाँ दूर दूर फैंक दिया इसलिए कि गृहमंत्री ने कहा कि ये लोग जम्मू में रहेंगे तो जम्मू में टेंट ही टेंट दिखेंगे हिंदुओं के, दूसरा जम्मू में रहेंगे तो विरोध प्रदर्शन में इनकी संख्या से निपटने में परेशानी होगी। जम्मू में रहेंगे तो भारी संख्या में होने के कारण कश्मीर वापसी की इनकी आवाज़ तेज हो जाएगी।''

शांति छा गई। दोनों के कपोल और नेत्र आर्द्र थे।

पचास

एक एक हमारी ये भयावह कथाएँ। और हम कौन हैं। ज़रा भैया मैं आपको छूकर देखूँ। आप कौन हो वास्तव में? मैं कौन? वह असंख्य वर्षों प्राचीन कश्मीरी भट्टअ? सचमुच? मुझे मारने के लिए क्यों तरस रहा है हर कोई। चाहे राजा हो चाहे प्रजा? चाहे दैत्य हों चाहे दानव? मैं कैसे बचा? कैसे? कैसे? कैसे? भैया कैसे? हम शांत भी हैं। संयत भी हैं। जिन्हें हमारी शांति घृणित लगती है वे हमसे घृणा करते हैं। जिन्हें हम शांत और हानिकारक नहीं लगते वे चाहते हैं कि हम हों ही नहीं क्योंकि उससे भी क्या हानि। पर हम हैं। हैं न? भैया हैं न हम? बताओ। भैया।''

गौरव जान गया कि सरसिज पर एक विक्षिप्तता का आक्रमण हो गया है अतः उसके समक्ष कुछ क्षण शांत रहे बिना काम नहीं चलने वाला। दोनों में अब शांति छा गई। जब तक सरसिज अपने वाक्यों के साथ छटपटाया तब तक गौरव ध्यानमुद्रा में नेत्रनिमीलित बैठा रहा। जब शांति काफ़ी देर तक बनी रही उसने नेत्र खोल पहली दृष्टि सरसिज पर डाली और देखा जैसे वह एक अपराध बोध के साथ उसे टुकुर-टुकुर देखते हुए उसके ध्यान से बाहर आने की प्रतीक्षा कर रहा हो।

''देखो ये बातें इस्लाम को समझने में सहायता करती हैं। ये सारे धरातल पर घटित हुई बातें अंततः तो परिणाम है न नीतियों, रणनीतियों, विचारधाराओं, प्रशासनिक विधियों के। यदि विधि के उलट धरातल पर कुछ घटित हो रहा है आराम से, उसका नोटिस नहीं लिया जा रहा तो मानना होगा कि जो लिखा है उसके उलट उसका आचरण करने की शासन की अलिखित निर्देशावली है। बस यह हैं। और यह उलट बांसी, यह दुश्मन को समझने से सिरे से इनकार यह राज्य तब से करता आया है जब से इस्लाम ने भारत का दरवाज़ा क्रूर धक्का मारकर खोला और सीधे गद्दी पर आसीन हो गया है। इसलिए हम समझेंगे तो क्या ही उखाड़ लेंगे। पर फिर भी समझना ही है। मेरे मौसा जी, चूँकि वह इस नरसंहार का क्रूर शिकार हो गए हैं उन्होंने मुझे बताया कि गौरव! मैंने इतिहास की एक किताब में पड़ा कि जब इस्लाम चौदहवीं

सदी में आया तो उसी समय इस्लाम को फैलाने के लिए पागल हुआ था मीर अली हमदानी। वह एक इस्लामी गुरु के वेश में घूमता रहा पूरे कश्मीर में और पकड़ पकड़ कर लोगों का कन्वर्शन कराया। उसने एक मूर्तिशिल्पी, जिसने विष्णु की मूर्ति बनाई थी की गर्दन, तपाक से अपनी तलवार चलाकर धड़ से अलग कर दी। एक समारोह, जिसमें उस मूर्ति का अनावरण होना था राजा रिंचन और कोटा के हाथों, । यह हत्याकांड उसने राजा रिंचन शाह और कोटारानी और समारोह में भाग लेने आए असंख्य लोगों के सामने किया। मैं संक्षेप में अब बताऊँगा कि इस अपराधी के साथ कैसे निपटा गया। रिंचन राजा तो था पर शासन सक्रिय रूप से चला रही थी कोटा। जिस दिन इस हत्याकांड के अपराधी को दण्ड दिया जाना था उस दिन वहाँ कश्मीरी हिंदुओं की भारी भीड़ थी, अपराधी सीना ताने और गर्व से सिर ऊँचा किए हुए आया था। आया तो अवश्य ही कारागार से होगा। अब सुनवाइयों की बारी थी। कलाकार की विधवा ने, उसके परिवार ने चीख चीख कर कहा था कि इसको और इसके साथियों को मृत्यु दण्ड बहुत ही क्रूर रूप से दिया जाए। क्योंकि उसे अपना पक्ष रखने का अवसर दिया गया था। सामान्य समझ से न्याय सम्मत था भी वही। लेखक ने वहाँ लिखा है कि ''इस पर मीर हमदानी मंद और व्यंग्य में मुस्कुराया।'' सारी सुनवाइयाँ समाप्त हुई तो राजा और रानी को अब दण्ड निर्धारित करना था और उसकी घोषणा करनी थी। राजा रानी न्यायालय के भीतरी प्रकोष्ठ में गए और आपस में परामर्श किया का क्या दण्ड तय किया जाए। जब वे दोनों निर्णय सुनाने बाहर आए तो सबकी साँसें थम सी गई। निर्णय सुनाया गया कि मीर हमदानी को कश्मीर का सुरक्षा बल सीमा पर छोड़ देगा। मूर्ति कार की विधवा को और बच्चों को राज्य पेंशन देगी। इसमें वहाँ एक ओर चित्र सामने आता है कि जब यह न्याय-प्रक्रिया चल रही थी तो मीर की सुरक्षा में भारी संख्या में मुसलमान अपनी तलवारों के साथ आए थे। कहते हैं जब उसे सीमा पर ले ज़ाया जा रहा था तो वह ऊँची आवाज़ों में अपने साथियों के नारों, ''नारे तकबीर अल्लाहो अकबर ''के उतर में कह रहा था, मैं जल्दी वापस आऊँगा। मैं बहुत जल्दी वापस आऊँगा।'' अब इस घटना और आज की घटनाओं में आप तुलना करो। क्या समझ में आ रहा है। कहीं पर भी रती भर भी कुछ अंतर है? अंतर यह है तब हमारे पास इस्लाम की समझ न थी। पर फिर भी ऐसी क्या विवशता थी कि हम उन्हें सह रहे थे। उसने हमारे इतने बड़े संस्कृति कर्मी अर्थात् मूर्ति शिल्पी का सिर उड़ा दिया था, क्यो? क्योंकि उसने ईश्वर की मूर्ति का निर्माण किया था। अब इसका दण्ड क्या होना चाहिए था? उसका धड़ और उनके धड़ उड़ाना जो उसके लिए निर्भीक होकर नारे लगा रहे थे। तलवारें ले कर उसकी सुरक्षा में पंक्तिबद्ध खड़े थे। उसे जीवित छोड़ना बहुत बहुत ही प्रतीकात्मक है। एक महान कलाकार से देश,

मानवता, संस्कृति, सभ्यता, धर्म सब वँचित हो गए। हत्यारा साफ़ बच गया। कश्मीर के मूल प्राणी देखते रह गए। अब प्रश्न है कि क्यों उसे मृत्यु दण्ड नहीं दिया राजा और रानी ने? क्यों कश्मीर की बहुसंख्यक जनता की उपेक्षा की गई। क्यों उसे बिल्कुल भी दण्ड नहीं दिया गया। यह क्या है, यह क्या था? यह क्या है से मेरा तात्पर्य है कि एकदम वहीं हुआ अब की बार। एकदम यही हुआ होगा बारंबार। जब जब भी हुए होंगे नरसंहार। यह क्या न्यायबुद्धि राजा की। यह क्या विवेक राजा का। यह क्या राजा का संरक्षण धर्म को। कला-संस्कृति-दर्शन को। यह क्या निर्णय? तुम्हें नहीं लगता कि ऐसे ही निर्णय आजकल आते हैं न्यायालय से। हमारे किसी कातिल को कहीं फाँसी हुई? नहीं न? अच्छा फाँसी छोड़ दो, कोई और सजा हुई। इंडिया टुडे के सम्पादक प्रभु चावला ने तो यासीन मलिक को इंडियन आइकन घोषित किया। जिसे तत्काल फाँसी होनी चाहिए थी वह प्रधानमंत्री से उसके आवास पर एक अतिथि का सत्कार पाता है। मैं जिस मीर हमदानी की बात बता रही हूँ, वह वास्तव में ही अगले ही दिन वापस आया और अपना अधूरा काम पूरा किया। भारत में से कई टुकड़े कटे। अफ़ग़ानिस्तान, बर्मा, म्यांमार और पाकिस्तान। सिर्फ़ इसलिए कि इस्लाम जैसे राक्षसी मज़हब को समझने से इंकार किया गया और इस इंकार को रिवाज यानी फ़ैशन बना दिया गया। हमारा नरसंहार करने वाले अच्छे अच्छे पदों पर बैठ गए, केंद्र सरकार की आँखें फूट गई। फूट गई न। अस्तु। मैंने तुम्हें चौदहवीं सदी की यह बात इसलिए सुनाई कि इतनी देर में भी इस्लाम न समझ पाया भारत राज्य, तो आगे क्या समझेगा बन गया न एक वातावरण। कि भारत का भविष्य इस्लाम है। अत: आज ही क़ुबूल करो। कल की क्या प्रतीक्षा करनी। उत्पीड़न करने का अधिकार इनका, सर तन से जुदा करने का अधिकार इनका, कहीं भी भूमि हड़पने का अधिकार इनका, वज़ीफों पर अधिकार इनका। बोलने की स्वतंत्रता पर अधिकार इनका, न्याय पर अधिकार इनका, किसी भी सुख सुविधा पर अधिकार इनका, बुद्धिजीवियों पर अधिकार इनका। वोट पर अधिकार इनका। विरोध करने पर अधिकार इनका। हत्या करने का अधिकार इनका। बलात्कार करने पर अधिकार इनका। अत्याचार करने पर अधिकार इनका। मंदिरों को तोड़ने का अधिकार इनका। अवमानना करने का अधिकार इनका। असंख्य बच्चे पैदा करने पर अधिकार इनका। गालियाँ देने पर अधिकार इनका। कितने इनके अधिकार गिनाऊँ सरसिज। उसके उलट हम हिंदुस्तान में हम कश्मीरी हिंदू शरणार्थी। हिंदुस्तान में हिंदू शरणार्थी। अरे फिर से सुन हिंदुस्तान में हिंदू शरणार्थी? थू लानत, थू थू थू लानत उन पर। उन सब जो इस लज्जा के होते हुए राज कर रहे हैं। थू थू थू। निंदनीय। लज्जा। लज्जा ही लज्जा। थू थू।''
:अब विक्षिप्तता का आक्रमण गौरव पर हो गया और सरसिज नें उसका हाथ कसकर

थामा, ज़ब तक कि वह चुप न हुआ।

हाँ तो मैं यह सब इस बात को समझने या समझाने के लिए कह रहा था कि राज्य का राज हम पर ही चल रहा है। हम पर क़ानून का शिकंजा है। हम पर प्रतिबंध है। सच पर प्रतिबंध हैं। हमारी एक एक साँस का हिसाब है। उनके यहाँ तलवारें, बंदूक़ें, छुरियाँ, कट्टे, चाकू, ख़ंजर सब हैं पर हम निहत्थे हैं। कोई हथियार नहीं। फिर भी बहुत से मूरख कहते हैं कि, ''तुमने हथियार क्यों नहीं उठाए। मतलब .. अरे क्या कहूँ, ये बातें हिंदू कहते हैं।''

''भैया यह अनुभव तो मुझे भी है। नागपुर में इंजीनियरिंग की पढ़ाई के समय मैं कितनी ही बार इस उनकी मूर्खता के कष्ट से गुजरा हूँ क्या बताऊँ। कई बार झगड़े होते थे।

''अरे आख्यान जिसे येलो नैरेटिव कहते हैं राज्य के गुर्गों द्वारा मूर्ख और राजकीय हिंदुओं के माध्यम में समाज में प्रसारित किया है। इसके पीछे भी मुसलमान ही होगा मैं जानता हूँ, उनकी समझ में कभी भी नहीं आएगा। अब आप कहाँ कहाँ कहते फिरोगे कि आप पर शत्रु और सरकार की कड़ी नज़र है। आप निहत्थे हैं। कायर नहीं बंदी हैं आप। आप शत्रु परायण नियमों के पालक हैं क्योंकि तभी तो जीने दिया जाएगा आपको। आप का दुश्मन वह राष्ट्र शत्रु है जिसकी सुरक्षा, मनमानियाँ करने देने का दायित्व सरकार पर है। अतः सरकारी घृणा और उपेक्षा के हम भोक्ता हैं। श्रेण्य भोक्ता। इसी सरकार ने अपने ऊपर लिया है उत्तरदायित्व शत्रु की सुरक्षा और आत्मरक्षा का।''

''सुरक्षा और आत्मरक्षा का? अर्थात्?''

''सरकार द्वारा भी अभयदान और आत्मरक्षा की दलील के अंतर्गत शस्त्र सज्जित रहने का अधिकार। उसका प्रावधान। शस्त्रों को चलाने का सुखद संयोग सृजन करने की छूट और तैयार कुतर्क से उस स्थिति से बेदाग़ निकलने की सारी सुविधाएँ न्याय द्वारा।''

हूँ हूँ हूँ ऐसा ही है भैया ऐसा ही तो है। कितने कितने खूँख़ार आतंकियों को नौकरी दी गई है। फिर आतंक रुकेगा तो कहाँ से। जिस जिस को मृत्यु दण्ड मिलना चाहिए, उस उस को बिना काम के वेतन मिल रहा है। जिन्हें सुरक्षा मिलनी चाहिए उन्हें मृत्यु-गृह के द्वार पर पंक्ति बद्ध रखा गया है।''

''भैया जी, क्रोध आता है भारत की सरकार पर। न कि आतंकियों और मुसलमानों पर। इनका क्या दोष। जब ऐश हैं इनके तो ऐश हैं। करें क्यों न भला। मैं पिछले महीने जब जम्मू गया था तो बरनाई चौक में मैंने एक मुसलमान फल वाले से नारियल लेना चाहा। माँ अस्वस्थ थीं। उसे डॉक्टर ने नारियल का पानी पीने की

सलाह दी। अब मैंने उसके नारियल के ढेर में से नारियल पकड़ाया कि वह उसमें छेद कर दें। वह बहुत ही स्मार्ट क़िस्म का उग्र सा लगा मुझे। उसने नारियल को काटने के लिए जो छुरी उठाई वह वही थी जो उदयपुर में उस दर्ज़ी कन्हैया लाल को मारने के लिए काम में लाई गई थी। दोनों हत्यारों ने हत्या करते हुए अपने कृत्य का वीडियो बनाया था, उस वीडियो को कई दिनों तक टी वी चैनलों और यू ट्यूबरों ने दिखाया। मैं वहीं से जान गया था उस भयानक छुर्री को। उस भयावह दृश्य के अतिरिक्त मैंने वह चाकू कहीं न देखा था। जब उसके पास देखा तो मैं दहल गया। मैंने उससे पूछा, ''यह तो ख़तरनाक चाकू है।'' वह विजेता की हंसी हंसा और बोला, ''हाँ। और क्या इससे सिर्फ़ नारियल ही नहीं बहुत कुछ कटता है।'' वह मुझे कन्हैया लाल की ओर संकेत कर रहा था। कन्हैया लाल बेचारा तो कट मर गया, ईमानदारी से हत्यारों ने उसका वीडियो भी बनाया अर्थात् सबूत भी सबको, मुसलमानों को दिखाया ठाठ से। कि लो देखो मुसलमान हत्या करके ग़ज़ब ढा सकता है, ज़िंदा रह सकता है, इसलिए गजवाए हिंद क्यों नहीं कर सकता। कन्हैया लाल का जीवन, घर सब कुछ नष्ट हो गया पर वे हत्यारे मानवाधिकारों का लाभ ले रहे हैं निरंतर। जीवित हैं। खा पी रहे हैं। बल्कि पीछे एक समाचार यह भी था कि उनको ज़मानत मिलने वाली है। यह क्या हो रहा है इस देश में न्यायालय को अभी तक सबूत ही नहीं मिल रहे है कि उन्होंने ही उस को काटा। वाह। मेरे देश और इस देश के न्यायालय। धत्त तेरे की। खसमखाना।

भैया इस देश में जब एक उपेक्षित हिंदू देखता है कि देश में मुसलमान, जो कि एक शत्रु है, बहुत मूल्य रखता है। ऐश मारता है राज्य को डराता है, राज्य को वही चुनता है, यह भ्रम भी बनाने में सफल रहा है। सभी स्वतंत्रताओं का आनंद लेता है और शासन की छाती पर चढ़कर मूँग भी आठ घड़ी, चार पहर दलता रहता है, तो क्यों न हो मुसलमान। भारत, भारतीयता बचाने का ठेका एक हमने ही ले रखा है एक निष्ठावान भारतीय ने, जिसके पास राज्य ने कोई यंत्र या साधन नहीं दिया है, राज्य के लोग अपने ऐश करते रहें, इस देश की बोटी बोटी काट कर खाते रहे।

इक्यावन

अब निपट नीरव। दिव्य मौन। भुवनव्यापिनियों के घने पत्तेदार विराट रूप से फैली विशाल शाखाओं में से दिख रहा है तारकों से भरा आकाश। यह आकाश उन्हें यकायक एक दिव्य आह्लाद से भर गया। यह आह्लाद का भाव दोनों में समान रूप से भर गया। सहसा गौरव गुनगुना उठा, "सूरज है, चाँद है, तारे हैं : ज़िंदगी के कितने सहारे हैं।"

"वाह भैया ! यह आप ने लिखी हैं पंक्तियाँ क्या? बहुत सही है? अद्भुत। हमारे यही सहारे हैं। डर है कि कहीं हमपे इन सहारों को देखने पर भी प्रतिबंध न हो। आप कविता करते हैं?"

"अरे नहीं सरसिज ! यह एक बड़े कवि की हैं काव्य पंक्तियाँ हैं। एक फक्कड़ कवि की।"

"जिसकी भी हैं भैया ! महान पंक्तियाँ। हम जैसों को आशा और ईश्वरीय सम्पदा के हमारे होने के भाव से भर देती हैं।"

"तुमने इतनी सुंदर और सटीक टिप्पणी की अतः कवि का नाम बताना आवश्यक है सरसिज। कवि का नाम है विद्यारत्न आसी। उर्दू का एक बड़ा कवि, पर लुप्त और गुप्त।"

"क्यों?"

"अच्छा कवि हैं। गिरोह का कवि नहीं है। सम्भवतः इसीलिए।"

"सरसिज! हमारी बातों की आवाज़, इस मौन में दूर दूर तक जा रही है। कहीं कोई सुन तो नहीं रहा होगा?"

"इन्हीं माँ महाराज्ञी परांबा के चाँद और सितारों के अतिरिक्त कौन सुन सकता है भैया। पर मुझे इससे एक बात याद आई जो मेरी बुआ ने मुझे कही थी तब जब मैं उससे उस समय के अनुभव पूछ रहा था जब नब्बे के जिहाद का आरंभ हो गया। तो बुआ की आँखें भरसक छलछला आई और बोली कि उसकी सहेली गोशा के घर पर

क्या प्रलय ढाई जिहादियों ने कि अगली सुबह वे भी नंगे पैर भाग गए। उस प्रात की पूर्व संध्या पर गौरी अपने पति से सायं को कहने लगी कि उन्हें शीघ्र ही निकल जाना चाहिए। हब्बा कदल की पिटी कौल का अपहरण कर, उसकी लाश को वहाँ के किसी मुसलमान मकान के शौचालय से कंकाल रूप में निकाला गया था, क्योंकि उन के बारे में सेना को संदेह था कि वहाँ रात को आकर जिहादी विश्राम करते थे। वहाँ से बंदूक़ों के साथ साथ पिटी कौल की शौचालय से लाश निकली तो मेरी सखी ने बहुत आग्रह से पति को शाम को कहा कि अब तो क्षण भी रहना पाप है। उसका पति चिढ़ गया और ग़ुस्से में बोला, ''मैं तो नहीं जाता। तू जा।...यानी कुछ अपशब्द भी बोला होगा पति ने, बुआ ने कहा ऐसा कि, कर लें ये क्या कर लेंगे। मैं पुरखों का घर भला कैसे छोड़ूँगा। फिर एक आध गाली दी होगी पत्नी को भी और जिहादियों को भी। बुआ कहती है कि उस गाली और घर न छोड़ने के संकल्प को सुनकर वे नाराज़ हो गए थे। कि बहुत ही प्रातः काल में दो नक़ाबपोश फिरन पहने आए। उस दिन बहुत बर्फ़ गिरी थी और तापमान शून्य से बहुत बहुत नीचे था। नीचे नल पर गोशा कुछ काम कर रही थी, क्योंकि माघ मास था और वह माघ मास का व्रत बहुत शैशव से करती थी अतः बर्फीले जल में व्रत का सामान धो रही थी। परम तपस्विनी थी। उसका वर्णन करते करते बुआ रो पड़ी गौरव भैया। अस्तु। उन दोनों नकाबपोशों ने गोशा से पूछा कि उसका पति रमेश कहाँ है। गोशा के आगे अंधेरा छा गया। उसने आनाकानी की बताने में कि उसका पति अभी बिस्तर में ही हैं सोया हुआ। पर जिहादी राक्षस इस सब को नहीं मानते। भीतर गए और रमेश को बिस्तर से उखाड़ लाया, ''चलो हमारे साथ ''का आदेश किया। घर में प्रलय मच गई। गोशा और उसकी सास उनके कदमों में लोट गई कि वे निष्पाप है अतः प्राण बख्श दें। पाप क्षमा करें। उन्होंने उसका पाप कल रात की वह बातचीत बताई जो उसने पत्नी के वहाँ से जाने के आग्रह को न मानने आग्रह में कही थी। अंततः कहा कि हमारा कमांडर इससे बात करेगा तब इसको वापस घर छोड़ दिया जाएगा। यह उन्होंने तब कहा जब बहुत बहुत गिड़गिड़ाई गोशा और शीला (उसकी सास)। और उसे ले गए। वह कभी न लौटा। भैया। तबाही। तबाही। रमेश अपने पिता का अकेला पुत्र। उसका भी एक अकेला पुत्र उस समय मात्र सात वर्ष का था। विधवा शीला के साथ अब विधवा गोशा भी थी और यह सात वर्षीय बालक। इनको सेना की मदद से कश्मीर से बाहर निकाला गया। फिर जम्मू में मेरी बुआ ने इनको खोजा। गोशा आज भी प्रतीक्षा कर रही है पति की। उसे आशा है वह आएगा। भला कहाँ से आएगा। बेटा जगती में एक छोटी मोटी दुकान चलाता है। पर चला नहीं पाता क्योंकि विक्षिप्त है अतः विवाह का कोई प्रश्न नहीं। शीला बहुत पहले ही चल बसी बेटे की राह देखते देखते। त्रास यह

कि उसकी पार्थिव देह भी उन्हें न मिली। यह होता है नरसंहार। पूरा परिवार समाप्त। इस समुदाय का एक बड़ा भाग समाप्त। धरती, आकाश, वृक्ष, सुगंध, सौरभ, रज, वायु, ऋतुएँ सब का हरण। एक के साथ बिना किए ही सब का अंत। सर्वनाश। सर्वनाश।

बुआ को गोशा ने जम्मू में कहा था कि वह हैरान हैं कि यों भी कड़ाके की ठंड थी। माइनस तापमान था। खिड़कियाँ, दरवाज़े बंद थे, ऐसे में जो बातें वे कर रहे थे, सुना कैसे सब कुछ उन्होंने। और सुना भी अक्षरशः था। ''

''ओह..''

''पर अब नब्बे नहीं है भैया। सरसिज एक काल्पनिक किंतु इच्छित इच्छा शक्ति के साथ बोला।''

''ये लोग नब्बे कब बना ले, इनकी मर्ज़ी पर निर्भर है।'' गौरव ने सत्य पर टिप्पणी की।

''इनका तंत्र बहुत हद तक टूटा है भैया।''

गौरव मुस्कुराया और क्षणिक मौन के बाद बोला, ''कुछ पता है कि क्या बजा है और माँ के समंतात कितनी परिक्रमा की हमने? सरसिज ने मोबाइल देखा रात्रि के तीन बजकर बारह मिनट।''

''हमने अच्छी संख्या में परिक्रमा की होगी भैया। शुभफल मिलेगा।''

''माँ का ध्यान करके परिक्रमा नहीं की। अपने दुखों और भय का बखान कर कर के की।''

''मेरे हिसाब से वही माँ का ध्यान है भैया...।''

''अच्छा? ऐसा ही हो। तथास्तु।'' गौरव ने मंद स्मित के साथ कहा।

''और अब?'' गौरव वास्तव में अब कमरे में जाकर आराम करना चाहता था क्योंकि कल उसे मुसलमान बच्चों को पढ़ाना है।

''आनन्द आ रहा है।''

''क़िस में ?''

''स्वयं को परिक्रमाओं को सौंप देने में।'' वास्तव में गौरव भाँप गया कि प्रातः होने वाली है, आरती के समय में अब कम समय रह गया है। अतः इस समय आराम के बारे में और इस्लामी बच्चों को विज्ञान पढ़ाने के बारे में सोचना बहुत अनैतिक है। इसीलिए यह काव्यात्मक बात कही जो वस्तुतः उसके हृदय से अनायास ही आई भी थी। तब सरसिज बोला, ''खूब भैया आप बहुत बुद्धिमान हो।''

''हम सब बुद्धिमान हैं सरसिज। तुम मुझसे भी अधिक ही यदि हम बुद्धिमान है ही। तुम में भावों का तेज है। हम सब दबे कुचले गए वीर्यवान युवा शक्ति का

एकक हैं। पर हम एक मूर्ख मुसलमान के बराबर भी नहीं सरसिज। राज्य ने हमें निर्रथक कर दिया है, जिहाद ने हमें धक्का दिया है, बुद्धिमान समुदाय ने इस पर तालियाँ बजाई हैं।''

''अब हम यह आख्यान बंद करें? मैं भर गया हूँ।''

''तब क्या करें?''

''माँ का मंत्र जपें।''

''हाँ हाँ। हाँ हाँ।...जपो जपो ..।''

अब वे मौन हो गए और तीव्र गति से परिक्रमा करने लगे। कभी कभी गौरव सरसिज के ध्यान की तीव्रता और मन की स्थिरता या चंचलता आंकने की कोशिश करता और कभी कभी वही काम सरसिज गौरव को देख कर करता। दोनों एक दूसरे को स्पर्धात्मक रूप से देखते फिर तुरंत दृष्टि हटाते। तभी कुछ अंतराल के बाद सरसिज से रहा नहीं गया।

''भैया बाइगाश जी की सुनाई एक बात बताऊँ?''

गौरव भरसक हंस पड़ा।

''मैं सोच रहा था। इसी प्रत्याशा में था जो तुमने किया। कि तुम अभी अभी बोलोगे ही कुछ न कुछ। कितने मंत्र कर लिए?''

''पता नहीं। गिने नहीं मैंने।''

''तो बताओ बाइगाश की बात'', कहते कहते वह हंस पड़ा।

सरसिज को तनिक सा दुख हुआ। क्योंकि गौरव ने उसके मुख पर विचरता गाम्भीर्य देख लिया। पर कुछ क्षणों बाद वह हंस भी दिया। जो बात सुनाने को वह आतुर था उस कथा के झोल अपने मन बुद्धि के भीतर सुलझाने लगा।

भाग दो : बावन

''बाइगाश अपने पिता की अस्थियाँ लेकर चल दिया। संग में था बोटबय अर्थात् सरसिज का पिता प्रेम कुमार भट्ट। प्रेम कुमार अर्थात् बोटबय यौवनोन्मुख किशोर था। बाइगाश जी का सबसे बड़ा पुत्र-रत्न। चल दिए दोनों और मार्ग लिया नंदकोल की तरफ़ का।''

''इसके कई मार्ग है क्या..?'' सरसिज की माँ कुंदा ने पूछा। वर्णन उसका पति प्रेम कुमार भट्ट अर्थात् बोटबय अर्थात् सरसिज का पिता ही कर रहा था। बालक सरसिज और अन्य कई परिवार जन आस पास गोलक बनाए बैठे थे। सुनने के लिए। सरसिज के पिता की किस्सागोई यों ही प्रसिद्ध थी, पर जब ऐसी स्मृतियाँ हों तो फिर हर कोई दायित्व जानता है इन स्मृतियों का पाठ, पाठ की तरह सुनने का। तुलमुल के कई आख्यान और प्रेम कुमार के अनुज बोब अर्थात् प्यारे लाल की फंतासियां। वह एक अद्भुत चरित्र अवतार भट्ट जिसे अवतार हापुत के नाम से चिढ़ाते थे की जीवंत स्मृतियों का पाठ कर हंसा हंसा कर रुलाता था। अर्थात् हाल की कथाएँ सुनानें में वह भी कम निष्णात न था। हॉल में सरसिज का मामा, मामी, नानी, दादी, दो चाचा प्यारेलाल और बबलू है। सरसिज की बुआ है बबली, जिसका असली नाम किरण है। फूफा भी है। छोटे क़द का एक शर्मीला सा व्यक्ति असली नाम विनोद कुमार भट्ट है। उसके दोनों किशोर वय के पुत्र हैं। अन्य सभी के भी छोटे छोटे बच्चे हैं। और भी अतिथि हैं जो ऊधमपुर से पधारे हैं तथा सरसिज के पिता के दफ़्तर के सहयोगी अतः अब पारिवारिक मित्र हैं। उनके साथ छोटे छोटे बच्चे हैं जो ऊधम मचा रहे हैं।

अब अवसर की बात करें। क्या अवसर है? कि ये सब सदियों के बाद, अपनी अपनी राहों में भटकने के बाद यहाँ इस समय इकट्ठे हैं। कि बोटबय ने अब ऊधमपुर से आकर जम्मू में कुछ एक मरलों पर एक बड़ा सा कमरा जिसे ये लोग हॉल कहकर उसे बड़ा मानने का आग्रह करते हैं और यही संज्ञा थोपकर अन्य सभी को भी इसे हॉल माना जाए ऐसा आग्रह करते हैं। इस ''हॉल ''के संलग्न है एक छोटी

सी रसोई। इसी में आज इनके प्रवेश का दिन है। इनके जीवन में यह घटना उन्नीस सौ नब्बे के बाद सत्ताईस साल बाद हुई है। अतः इस शुभ अवसर ''गृहप्रवेश ''पर वे सब एकत्रित हैं। अभी अभी गृह प्रवेश का पूजन सम्पन्न हुआ है। उसके बाद स्त्रियों ने कुछ गीत गाए। गीतों में इस घर की भूमि कश्मीर की थी, झरने वहीं के थे, सिंधु वहीं की थी, रास्ते वहीं के थे, स्थानीय देवता वहीं के थे, सूर्योदय और चंद्रमा की छटा वहाँ ही थी, खेत खलिहान वहीं के थे, कण कण वहीं का था क्यों कि गीत ही वहीं के थे। सच्चाई यह कि वह सब कुछ न था यहाँ इस समय जिसके गीत गाए जा रहे थे। कण कण जम्मू की भूमि का था। वायु वहाँ चल रही थी। नल वहाँ का बह रहा था जिसमें या तो तोषी (तवी) नदी, या फिर चंद्रभागा नदी का जल बह रहा था। कुछ कश्मीर का न था। और सब स्त्रियाँ उचक उचक कर कश्मीर के गीत गा रहीं थीं। बबली को वह गीत याद थे जो उनके पिता बाइगाश जी ने जब उस नन्हीं सी कुल्या पर नया घर बनाया था तब उसमें प्रवेश करने के अवसर पर गाए थे। वह बड़ी तीव्र स्मृति की थी। उसके साथ उसकी माँ अर्थात् सरसिज की दादी भी गाए जा रही थी। गीत गाते प्यारी माँ बोल पड़ी, ''अरे उस दिन तो खज्अर की माँ ने गा गा के आसमान को भी गुंजाया था। यह स्मृति बोलते बोलते ही उसने इस स्मृति को वर्तमान से काटकर जी लिया। मानो वहीं क्षण हो और वहीं, उसी घर का गृह प्रवेश हो, स्तम्भित सी प्यारी माँ सोचने लगी, ''क्या यह सच है कि वह खज्अर की माँ

थी, वह गा रही थी। तुम्बकनारी बजा रही थी। नबी के गीत भी गा रही थी और माता को भी पुकार रही थी। बुरा लग रहा था प्यारी माँ को सब को क्योंकि वह तुलमुल को पाकिस्तान की धरती बता रही थी। पर सब सोच रहे थे कि कोई बात नहीं, इन्हें प्यार है पाकिस्तान से तो क्या फ़र्क़ पड़ता है। रोती रहे पाकिस्तान को, अपनी जान को, जैसे कि ये लोग रोते ही रहते हैं प्रायः।'' तीव्र स्मृति की काट ही यही होती कि उन्हें उनके संदेश याद आते। प्यारी माँ तुलमुल से लौट आई और सुना कि तब कुंती सहसा अपनी ननद से बोल रही थी, ''क्या गाए जा रहे हो, वहाँ के गीत, जो नहीं है, इस जम्मू की धरती के गीत गाओ बबली। यह ज़मीन का टुकड़ा तो इस धरती ने दिया हमें, उसने तो उखाड़ कर या कहें झोंटे से पकड़ कर बाहर फैंक दिया, फिर जिस ने साँसों के लिए हवा दी, सोने के लिए स्थान दिया सब कुछ दिया, अभय दिया वह है यह जम्मू की धरती। इसके गीत गाओ। आओ आओ इसके गीत गाओ बबली इसके गीत गाओ, भाभी जम्मू के गीत गाओ, अभी तो कश्मीर को रखो ताक पर। तवी के गीत गाओ। बावे वाली माता के गीत गाओ। वैष्णव माता के गीत गाओ। यों एक समाँ बंध गया जम्मू की धरती के लिए धन्यवाद का। इस शरणभूमि के प्रति नतमस्तक होने का।'' कुंती की इस बात का सब ने समर्थन किया। बबली

बोली, "मैं इन गीतों के अतिरिक्त कुछ जानती ही नहीं भाभी! और तू भी कौन सा जानती है।"

"इस धरती के लिए मेरे मन में भर भर के भाव हैं, उन भावों को ही गीत बना दो बहनी।" एक प्यारा मधुर व्यंग्य कसना अपनी ननद के प्रति कुंती का, वातावरण को सुगंधित और श्रेण्य बना गया। सब हंस पड़े। सब लोग जम्मू की धरती के लिए अपने अपने मन में गीत बनाने या गाने लायक़ गीत लिखने की स्पर्धा में लग गए। सब लोग समारोह के कार्यक्रम में एक सृजन के लिए थम से गए। कुंगी ने सब के लिए चाय बनाने का आदेश रसोई का प्रभार सम्भाले हुए प्रेम कुमार के मित्र जो ऊधमपुर से आए थे जिगा को दिया कि जब तक गीत अंतिम रूप से तैयार नहीं होता तब तक कहवा तैयार होगा, फिर कहवा पीकर कुछ तुम्बकनारियों पर उस गीत का समधुर गायन होगा। हॉल में सब लगे हुए हैं। एक मुखड़ा दिया कश्मीरी में प्यारी माँ अर्थात् कुंगी की सासू माँ ने जो आज की मुख्य यजमान थी, जिसके पति द्वारा निर्मित घर मलबे में तीन दशकों से दुबका रो रहा था, उसे जम्मू की शरणदायिनी भूमि ने आज आनंद से भर दिया। वह कश्मीरी में गीत का मुखड़ा बोली अपनी बेटी बबली से। मुखड़ा तय हुआ, "असि आयु शरणि तु च्य दिचुथ शरणा, परणा प्यमहोय ना।" हम तुम्हारी शरण आए, तुमने शरण में लिया, तेरे चरणों पर मस्तक क्यों न झुके।" सब इस मुखड़े पर, इन शब्दों पर झूम उठे। कुंती ने घोषणा की कि इससे पहले कि चाय पी जाए, गीत पूरी तरह से तैयार हो जाना चाहिए। सबने इस बात को स्वीकारा कि उसके बाद कहवा पीकर बस एक संगीत और आनंद का वातावरण बंधे। अब प्यारी माँ ही आगे बढ़ी और दूसरी पंक्ति बबली को बताई।" च्यान्यन पादन हिंद वुछ बजरा, नज़रा स्यजरुच कर, असि छी छन्य नन्य असिह्यतु खबरा। परणा प्यमहोय ना। हमने तुम्हारे चरणों की महिमा जानी, हम पर अपनी कृपा दृष्टि डालो माँ। हम तुम्हें दण्डवत करते हैं। ही तवी माजाय असि च्यव पोन्य चोन, ही चंद्र भागा माजाय असि चव अमृत चोन व्यथि रूद्य याद करान। स्यंदि रूद्य याद करान। युथ छु बजर च्योन, युथ छु थजर चोन, तोति ख्वनि ललनाविथ च्य माता। आरित्य छी आम्यत्य बोजतय ज़ारा, परणा प्यमहोय ना। च्य छुख राज्ञी, च्यय हय शारिका, च् छुख भारत माता। असि छख डखि चुय ही बाबे वाली माता, ही जम्य माता करहोय पोष वर्शुना। , करहोय पोष वर्शुना। असि आय शरणि तु च्य दिच्युथ शरणा, परणा प्यमहोय ना। परणा प्यमहोय ना।" तालियाँ बज उठी। प्यारी माँ ने जम्मू की धरती माँ काँ गीत लिखा। अभी इसका सम्पादन शेष हैं। जिगा ने चषकों में चाय डाली। आनन्द का वर्धन हो गया पूरे वातावरण में। जैसे जो जो कुछ इन लोगों ने झेला था, खोया था, वह सब कुछ नहीं था, सपना था।

गीत तैयार

असि आयि शरणि तु च्य दिचुथ शरणा,
परणा प्यमहोय ना।
हे जम्यमाता, म्यान्य शरणदाता
परणा प्यमहोय ना।
हे जम्यमाता सान्य शरणदाता
परणा प्यमहोय ना
च्यान्यन पादन हुंद वुछ बजरा
नज़रा स्यजरुच कर
असत्य छी छन्य नन्य असि ह्यतु खबरा

नज़रा स्यजरुच कर
असि छी छन्य नन्य
असि ह्यतु खबरा
परणा प्यमहोय ना
हे जम्यमाता, सान्य शरणदाता
परणा प्यमहोय ना।
परणा प्यमहोय ना
ही तवी माजि
असि चव प्योन्य चोन
ही चंद्रागा असि चव अम्रयथ चोन
असि चव पून्य चोन असि रूद्य करान
व्यथि याद
असि रूद्य करान स्यंदि याद
यूथ छुय थजर चोन युथ छु बजर चोन
तोति ख्वनि ललनाविथ च्य माता
आरुत्य छि आमुत्य बोज जारपारा
परणा प्यमहोय ना।
चुय छख महाराज्ञी, चुय छख शारिका
चुय छख भारत माता
असि छख दय चुय

ही बाबे वाली माता, ही जम्यच धरतीमाता
करहोय पोष वर्षुना।
परणा प्यमहोय ना। पादन लगहोय ना परना प्यमहोय ना
पादन लगहोय ना।
परणा प्यमहोय ना...''

कहवा बना था बादामगिरी, इलायची, दालचीनी, काली मिर्च, केसर और कहवे की पती के साथ बहुत कम चीनी में। आनन्द सबने लिया कहवे का। सब स्फूर्त हो उंठे।

तुम्बकनारियाँ तीन, एक चिमटा जो पास के मंदिर से लाया गया था, एक हारमोनियम भी समीप के मंदिर से ही लाया गया था जिसे बजाने की कला बोटबय के पास थी। साज बज उठा और आवाज़ मिल गई, अब वे थिरक थिरक कर आड़ी तिरछी नाचने लगी। मानो अपने संताप का विरेचन करने का औषधीय कर्म सम्पन्न कर रही हो। तीन ही लोग बैठ कर बजा रहे बाक़ी सब उठ कर नाच नाच कर धमाल मचा रहे थे। बैठे वहीं

थे जो साज बजा रहे थे। जैसे प्यारी माँ, प्यारे लाल और बोटबय। एक की उँगलियाँ हारमोनियम पर सक्रिय थी, एक की हथेलियों में चिमटा अपनी ध्वनियों में साकार था और प्यारी माँ के हाथों में खँजडी थी। इन तीनों के होंठ गाने के साथ लय-बद्ध थे। प्यारी माँ की आंखें निमीलित थीं और बंद ही उनमें से पानी के गट्ठर बाहर आ रहे थे। बोटबय अपनी माँ के इन प्रवाहित झरनों को निहार रहा था। प्यारे लाल अर्थात् बोब अपनी नृत्य रत बेटी और पत्नी को देख देख आनंदित हो रहा था। अब पड़ोस की महिलाएँ आ गई। रंग चढ़ आया। पड़ोस की महिलाओं को भी आज गृहप्रवेश यज्ञ का नैवेद्य लेना था अतः वे भी कोई नीचे चटाइयों पर बैठ गायन में साथ देने लगी और कुछ करताली बजा बजा कर गायन में साथ देने लगी। वे गाने के शब्द सुनकर आश्चर्य से भर उठीं। जिगा ने भी किचन के प्रभार से कुछ समय के लिए अवकाश लेकर नृत्यांगना बन कर आनंद में वृद्धि और साझेदारी की।

कि उसी समय बाहर से ढोलक की विशाल और अंग अंग को फड़काने वाली आवाज़ें आने लगी। भीतर के रंग में आशा का रंग और भरने लगा। ढोल वाला ढोल बजाता बजाता निकट आता गया। सब नृत्यांगनाएँ ढोल वादक की प्रतीक्षा कर रही थीं। वह द्वार पर पहुँच ही गया था ढोल को तेज तेज बजाते हुए कि सभी दौड़ कर आंगन की ओर भाग गई और अपने अपने गोलक में बेसुध नाचने लगी। ढोल वाला वादन की तर्ज़ बदलता कि स्त्रियाँ अपने अंगों की चाल बदलती। वास्तव में ही दूर दूर की सृष्टि में एक आनंद हिलोरें मार कर दूसरे आनंद की लहर में उद्दाम नदी में

जल की लहरों की भाँति विलीन हो रही थीं।

नाचते नाचते बबली भीतर आकर पीने के लिए पानी की बोतल उठाकर उसका ढक्कन खोलते हुए माँ को देख कर, फिर भाइयों को देख कर बोली, ''ओह! तुलमुल बहुत याद आ रहा है।'' वाद्यवृंद थम गया था ढोल वाले के आने के बाद।

''यह ढोल वाला कैसे टपक पडा?'' बोटबय ने बबली से पूछा।

''मुझे कुछ नहीं पता। मैं कैसे जानूँ?''

''तू सोच रहा है इसको पैसे देने हैं, मैं सौ रुपये दूँगी बोटबय। चिंता मत कर।''

''नहीं माँ ऐसी बात नहीं। मैं पैसे दूँगा इसे। मैंने उसके लिए नहीं पूछा था।'' बोटबय समझ गया कि माँ को शायद इतनी प्रसन्नता के लिए कुछ सौ रुपये की मेरी चिंता करने का भाव बुरा लगा।

''भैया जी ये लोग घूमते रहते हैं, फिर आज गृह प्रवेश के लिए मुहूर्त है। बहुत लोग आज गृहप्रवेश कर रहे हैं। इस बरनाई क्षेत्र में बहुत लोग मकान बना रहे हैं। हर गृहप्रवेश के मुहूर्त पर किसी न किसी का गृहप्रवेश होता है। किसी ने बुलाया होगा, या कहीं से पता चला होगा कि यहाँ किसी का गृहप्रवेश हो रहा है, सो बेचारा आ गया। आ क्या गया, यहाँ हर कोई नाचने के लिए ढोल की प्रतीक्षा कर ही रहा था।'' जिगा ने बोटबय को बताया। बोटबय उठकर बाहर गया, ढोल रुक गया था। ढोल वाला बधाइयों की आवाज़ें मार रहा था जिसका अर्थ था कि ढोल बंद करूँ या और नाचना है। और यह भी कि अगर और ढोल बजाना होगा तो पैसे भी ज़्यादा देने होंगे। माँ के साथ शब्दों के विनिमय से तनिक लज्जित था बोटबय। इसलिए चुपचाप ढोल वाले को कुछ रुपये देने बाहर गया। स्त्रियाँ खड़ी थी। उसने रुपये पूछे कि कितने देने हैं ताकि वह यह नाच का शुल्क और बढ़ने से रोक कर भीतर आए और अतिथियों को भोजन खिलाने का कार्यक्रम आरंभ हो।'' भैया जी दे दो जितने आपको ठीक लगते हैं, ''ढोल वाले ने उतर दिया।

''अभी तो हम नाची ही नहीं अच्छे से बोटबय जी।'' अंदर से थोड़ी थकान उतारने के लिए गई बबली दौड़ कर आई।

''दो घंटों से आप लोग नाच रही हो और मैं ढोल बजा रहा हूँ। मेरे हाथ दुखने लगे हैं। दक्षिणा दो तो मैं जाऊँगा, मुझे किश्तवाड़ की बस लेनी है।

''बस बीसेक मिनट को दो घंटे बोल रहे हो भाई। तुम अभी और ढोल बजाओगे। हम और नाचेंगे, तब भोजन खिला कर जाने का। समझें।'' बोटबय बोला।

ढोल पहले से ज़्यादा तेज और धड़कता हुआ बज उठा और पड़ोसनें भी मैदान में कूद पड़ी। बोटबय भीतर चला गया। लपक कर बबली बोटबय के पीछे पीछे हॉल में गई और बोटबय को खींच कर बाहर लाई कि नाचो।'' नाचो भैया, नाचो। ज़रूरी

है यह नाच नाचना। यह धरती हमारे पैरों में अदृश्य घुँघरू बांधकर नाचने की अनुमति दे रही है।'' बोटबय में अजीब ऊर्जा का संचार हुआ और जो वह नाचा सब विस्मित रह गए। इतनी लचक और नाच में अंगों को हिलाने की इतनी संगति, बिना नृत्य कला जाने। अत: देखते ही रह गए सब। अब बबली पुन: भीतर हॉल में गई और अपनी प्यारी माँ को लेकर आ गई। वह ऐसे शर्माए जा रही थी मानो कोई नई नवेली पचास वर्ष पूर्व की दुल्हन ससुराल आ रही हो। पर बबली न मानी। तब प्यारी माँ ने जो नृत्य किया कि अब जाकर मानो इस नृत्य ने उसके अंग अंग से दुख दर्द का गर्दा उडा दिया हो।

जम के नाची सब। बोटबय ने ढोल वाले के भोजन का आसन लगा दिया ताकि वह नैवेद्य ग्रहण करें। बोटबय भीतर आया। सीधे दृष्टि माँ पर डाली। वह मुस्कुरा रही थी और पूछने लगी पुत्र से, ''कितने रुपये ले गया?''

''ज़्यादा नहीं। सौ पर मान गया और किश्तवाड़ जाने का किराया। अब इसको भोजन शीघ्र दो, वर्ना बेचारे को किश्तवाड़ की बस न मिलेगी।''

''हज़ार की रौनक़ लग गई, अरे प्रसन्नता और आनंद जहाँ से भी मिले ले लो। ये लोग खूब नाची आनंद का विस्तार हो गया बोटबय साभा।'' प्यारी माँ ने कहा।

तिरपन

बोटबय ने अब थोड़ा विषयांतर चाहा और बहुत प्यारी मुस्कुराहट में मुस्कुराते हुए बोला, ''बबली, तुम खूब नाची। कहाँ सीखा?'' वास्तव में वह माँ को प्रसन्न करना चाहता था। अतः नृत्य सत्र की समीक्षा करने की उसे सूझी। और बबली ने उसे नृत्य का निमंत्रण देकर आनंद और प्रसन्नता से भर दिया था।

कुंगी ने बबली की ओर से उतर देते हुए कहा, ''टी वी देख देख कर। बबली दीदी वैसे ही नाचने में दक्ष है।''

''नचाने में भी ''उसके सज्जन पति ने पत्नी की प्रशंसा पर परत चढ़ा दी व्यंग्य की।''रागिनी और सुमति भी कुछ कम न नाची बबली, सब तेरी ही प्रशंसा कर रहे हैं।'' बोब ने अपनी पत्नी और पुत्री के नाच की प्रशंसा की।

''ओ मैं भी सोचूँ कि तू उछल उछल कर चिमटा क्यों बजा रहा था। तू इनका ही उत्साह बढ़ा रहा था।'' सब हंस पड़े। प्यारी माँ का आदेश हुआ कि अब भोजन का आसन बिछा कर भोजन सब को खिलाया जाए। भोजन परोसने की तैयारी के लिए उद्यत स्त्रियों के उठते ही कुंती बोली, ''बबली खूब नाची तुम। रागिनी और सुमति ने तो कमाल ही कर दिया।''

''सब अच्छा नाची कुंती जी। सब अच्छा नाची। बबली ने अलग से कमाल क्या किया। ढोल वाले का दरवाज़े पर इसी समय आ पहुंचना बहुत ही शुभ शकुन है। यह तो ऐसा ही शुभ है जैसे यज्ञ में गणेश स्वाहाकार चल रहा हो और द्वार पर गजानन महाराज पधार जाएँ। मैं तो कहती हूँ भजन गाया करो और झूम झूम कर खूब नाचा करो। इससे दुखदायी स्मृतियाँ टल जाती हैं। तुम भी कुंती जी प्रयास करो और फिर देखो परिणाम।'' (यहाँ पुत्र वधुओं के नाम के आगे सम्मानजनक ''जी ''लगाने की प्राचीन प्रथा है।)

''मुझे बबली की तरह नहीं आता नाचना माँ।''

''टी वी के सामने खड़ी होकर सीख लो। चलो अब भोजन लगाते हैं।'' कुंती

बोली ही थी कि बबलू अपना फ़ोन लेकर आया और उन्हें उनके नाच के वीडियो दिखाने लगा। सब अपने अपने नृत्य को देखने लगी और हंस हंस कर दुगुनी होती रही।'' अरे तू कहाँ रह गया बबलू भैया, तू मुझे दिखा ही नहीं, मैं तो तुम्हें इधर उधर खोज रही थी कि तुम्हें भी नाचना चाहिए था ''

''यह काम कौन करता बहनी, मैं उधर उस कोण से तुम्हारे वीडियो ले रहा था। यह काम भी कितना आवश्यक था। था कि नहीं। अब तुम घर बनाओ, मैं उस दिन खूब नाचूँगा और वीडियो कोई और बनाएगा।''

''अरे चल! मैं अपने तुलमुल के अतिरिक्त कहीं भी घर नहीं बनाने वाली, भाई। समझा। चाहे कुछ भी हो। चाहे शताब्दियाँ लग जाए।''

''अरे तो क्या है, वह घर गुड़गाँव में रखा रहेगा, तुलमुल में असली घर बनेगा। यार मर गए ये डेरे बदल बदल कर। जो जम्मू से बाहर है, उसे रहना तो है ही किराये पर। वहाँ शरणार्थी शिविर कहाँ।''

''मैं भी इससे कहता हूँ कि चलो किस्तों पर लेते हैं एक छोटा सा घर, यह घर घर घूमना बंद होगा। अब मेरे से नहीं होता सामान बांधना, उठाना या उठवाना, नए सिरे से नई जगह के हिसाब से लगाना। बहुत दुखद है। घर में दस तरह का ज़रूरत का सामान नहीं ला पाता व्यक्ति। इस उठाने, बांधने, खोलने, गाड़ी में डालने, उतारने की उठापटक में कितना सामान बर्बाद होता है, टूटता है, कुछ मिलता नहीं, खो जाता है। मैं इससे जब भी कहता हूँ तो यह पूरी शक्ति के साथ कह उठती है कि ''नहीं। हमें तुलमुल जाना है। कुछ कर रही है सरकार, फ़लाना, ठुमकाना। अस्तु।''

''ख़ैर छोड़ो। यह प्रसंग बंद करो। आनंद का क्षण है। आनंद करो।'' बोटबय आकर बोला। फिर बोला, ''वास्तव में ही आनंद का झरना बहा दिया तुम्हारे नृत्य ने, चार चाँद लगाए उस पर ढोल वाले ने। बच्चे सब यह नाच देख देख कर लोटपोट हो रहे थे। बीच बीच में कुछ टिप्पणियाँ भी कर रहे थे, मैं देख रहा था।''

''हाँ। मैं देख रही थी। मेरी आँखें इन पर भी बराबर लगी हुई थीं, पर हमने भी दिखाया कि हम पर तुम्हारी हँसी या टिप्पणी का कोई प्रभाव नहीं पड़ने का। हम घबराती नहीं, ढिगती नहीं किंतु अपने पथ पर अग्रसर रहती हैं। हम अपने अंग अंग को आदेश दे रही थीं कि तुम अभावों, स्मृतियों और कष्टों, संघर्षों में बहुत रोये हो ज्नाचो नाचो और खूब नाचो। स्वेद-रूपी अश्रुओं को शिव-शक्ति को समर्पित करो।''

इस दार्शनिक वाक्य के साथ सब भोजन परोसने के कर्म में जुट गए। पर बबली अपनी भाभी कुंगीट के गले में झूल कर बोली, ''पर तुलमुल बहुत बहुत तेज याद आ रहा है। बस सोचती हूँ अभी इसी क्षण वहाँ पहुँच जाऊँ। वह सड़क देखूँ। उस पर

बिछी रोड़ी देखूँ। लार की ओर मुड़ता मोड़ देखूँ। फिर दौड़ कर माँ महाराज्ञी परांबा का नागकुंड देखूँ।'' उसकी आँखें आर्द्र थीं।

सरसिज और उसकी चचेरी बहन पास ही थे हंस कर उन दोनों में से एक बोला, ''इसी याद ने बुआ तुम्हें हेलेन बना दिया था। हेलेन की तरह तुम भँवर सी नाच रही थी कि ढोल वाला भी परेशान हो उठा।'' बच्चे जान गए हैं कि इन बड़ों को कैसे हाथ पकड़ पीड़ा से बाहर निकाला जा सकता है।

''और तेरी माँ ...?'' बबली ने सरसिज से कहा। तो तपाक कर सरसिज की चचेरी बहन, बबलू चाचा की बेटी बोली, ''कुंदा ताई तो डांसिंग क्वीन है भई।'' इन प्यारी व्यंग्योक्तियों में से वे व्यंग्य कम उत्साह का अमृत अधिक निकाल रहे थे।

''कौन जन और कौन सरकार मानेगी कि ये जो पूरे देश में हम हैं, किराए के घरों में हैं। हमें नाहक जीवन भर किराया देना पड़ा, अपने अपने घरों के होने पर भी। सरकार हमारे लिए है ही नहीं भी और हम भी नहीं माने जा रहे शरणार्थी। ऐसे शरणार्थी जिन्हें ऐसे लावारिस कर दिया गया कि किराए के घरों में भटकना पड़ा। घर होकर किराया देना पड़ा। हमारे हिस्से सिर्फ़ खोना खोना है, पाना कुछ भी नहीं।'' बबलू बोला।

चौवन

जिस छोटे से हाथ भर आंगन में वे ढोल वाले के ढोल पर नाच रही थीं वह इसलिए बच गया था कि उस पर कमरा बनाने जितना बोटबय के पास धन न था। पर यह सब भी प्यारी माँ और प्रिया और बोटबय और सब को अविश्वसनीय लग रहा था।

अब भोजन आरंभ हुआ। दाल मूँग की, दमालू और मोंझहाख, खीर और चावल सब दिव्य बना था। ये पकवान बबली, जिगा, और कुंती की भाभी ने प्यारी माँ के निर्देशन में तैयार किए थे आधी रात के समय से, जब यज्ञ आरंभ हुआ था। सभी को बहुत बहुत भूख लगी थी। यह समारोह बहुत बहुत समय के पश्चात प्राप्त हुआ था सब को। लगभग ढाई दशक बाद। यह इकट्ठा होना और यह गायन वादन, नृत्य की अनुभूति; किसी की भी समझ में न आ रहा था कि कैसे व्यक्त करें प्रसन्नता। कि क्या यह वास्तविक है अथवा स्वप्न।

कुंती को भी अपनी स्मृतियाँ मार रही थी। सब को अपनी अपनी स्मृतियों के आक्रमण झेलने पड़ रहे थे। सब सोच रहे थे कि वे भी अब कहीं न कहीं ठिकाना प्राप्त करें, जब तक कि उन्हें अपने घर वापस न मिलें। जब कि उनके सबके घर मलबे बन कर अपने अपने स्वामियों की प्रतीक्षा में सिसक रहे हैं। कुछ के आधे भस्म जो वातावरण में ऐसी खबरों की तरह उड़ चुके हैं, जिन्हें कोई पढ़ता ही नहीं जिन्हें किसी ने पढ़ा ही नहीं। कुछ के घर क़ब्ज़ा कर लिए गए हैं और ऐसे घर वे राक्षस बरत रहे हैं।

जब तक कि उनको अपना शहर, मंदिर, पहाड'', आकाश न मिले तब तक हर एक के हृदय में अपने अपने ढंग से प्रलय सी मचाती रहेंगी ये स्मृतियाँ और आकांक्षाएँ, ये धुँध लिपटी आशाएँ।

बबली पर स्मृतियों के दुख का आक्रमण कुछ अधिक ही हुआ कि वह अपनी भाभी कुंदा से पुनः लिपट कर रो सी पड़ी, बार बार बोलते हुए, ''मुझे तुलमुल बहुत याद आ रहा है।''

''चलो कल चलते हैं।'' विनोद कुमार भट्ट, अर्थात् बबली का पति चिढ़ते हुए बोला।''मरेंगे तो मरेंगे, बचेंगे तो बचेंगे। पागल स्त्री। दिमाग़ ख़राब किया इसने मेरा, गुड़गाँव से यहाँ आते आते भी। मैं नहीं जाता। मुझे नहीं जाना।''

''कुंगी ने बात को हल्का बनाने का प्रयास करते हुए कहा, ''इसमें अब हम कर भी क्या सकते हैं बहनी, प्रेम भी तुम्हें इसी गाँव में करना था और जन्म भी यहीं लेना था। प्रेम किसी और गांव में करती या जन्म किसी दूसरे गाँव में लेती।''

''कुंती भाभी तुम्हें मज़ाक़ सूझ रहा है, अच्छी बात है, करो करो मज़ाक़, ये पिंदके बच्चे तक मुझे हेलेन कह कर चिढ़ा रहे हैं।''

''ओ हेलेन? यह किस ने कहा? सरसिज ने? तो हो गया न दिमाग़ इसका टेडा। अब और और टीवी के आगे प्रैक्टिस करती रहेगी और खुद को हेलेन के रूप में ही देखती रहेगी।''

''मुझे तो श्रेयस ने ''डांसिंग क्वीन ''कहा विनोद जी।''

''और मुझे यह सरसिज का बच्चा, मेरा जुव कह रहा था लिपट लिपट कर प्यारी माँ आप तो पूरी ''मधरी ''सी नाच रही थी। कौन है यह मधरी बोटबय जी?''

सब हंस पड़े और दोनों किशोरों को बोटबय ने कहा, ''क्या कहा है तुमने इनको। तीनों माँ बेटियों का दिमाग़ सातवें आसमान पर चढ़ाया है सरसिज।''

''अरे मेरा दिमाग़ नहीं चढ़ा है सातवें आसमान पर मुझे बताओ यह मधरी है कौन?''

''अरे अम्मा मेरी। मधरी नहीं ''माधुरी दीक्षित ''एक बड़ी फ़िल्म हीरोइन।'' सब हंस पड़े। भोजन चल रहा था और जीवन का गंभीर विश्लेषण हल्के फुलके परिधानों में लिपटा भी वहाँ साकार घूम रहा था।''

भोजन करके एक पंगत जिसमें पड़ोसनें, पड़ोसी, उनके बच्चे, ढोल वाला इत्यादि खाकर जा चुके थे। अब शेष थे परिवार जन जो अब की पंगत में खाने बैठ गए। इन तीनों अर्थात् प्यारी माँ, प्रिया और बबली को सभी कोई माधुरी दीक्षित, कोई हेलेन और डांसिंग क्वीन कहकर पुकारते ताकि वातावरण हल्का और रसमय रहे।

अब ये तीनों विभूतियाँ अर्थात् डांसिंग क्वीन, हेलेन और माधुरी दीक्षित भी सब को भोजन परोसने का काम लगभग समाप्त कर अंतिम पंगत में बैठ गई। किसी ने पानी और किसी ने शरबत गटक ली। वह विश्राम और आनन्द दोनों का अभूतपूर्व अनुभव कर रही थीं। बातें छिड़ गई थी। यदि एक पूरा जन्म उन्हें बातों को उलीचने और उन्हें कडछियों से हिलाते रहने के लिए मिले तो भी आदि पर ही रहे मामला। इतनी बातों में से निकलती सिर्फ़ बातें ही बातें।

''जब से हम लोग तबाह होकर यहाँ तक आन पहुँचे हैं, हम जहाँ अवसर मिले बस नाचने लगते हैं। विशेषकर हमारी वृद्धाएँ, अधेड़ स्त्रियाँ और अनपढ़ स्त्रियाँ, क्या आपने यह बात ध्यान से देख ली है प्यारा भैया।'' सरसिज का चाचा सरसिज के छोटे चाचा को सम्बोधित करते हुए उसके मामा को भी यह बात सुना रहा था और उतर की अपेक्षा कर रहा था।

''पहले तो यह शब्द वापस लो कि स्त्री अनपढ़ होती है, स्त्री संसार में ''अप्पदीपो भव ''का सर्वश्रेष्ठ उदाहरण है दूसरी कश्मीर की स्त्री कभी अनपढ़ हो ही नहीं सकती, क्यों कि कश्मीर का एक महान कवि जो अपनी इस उक्ति के लिए कि ''कविता और केसर कश्मीर में ही सम्भव है ''जिसका नाम विल्हन है, जो कर्नाटक में राजा विक्रमदेव की राज्यसभा में जाता है और अपना परिचय देते हुए कहता है, ''राजन्! मैं उस देश से आया हूँ, जहाँ की स्त्रियाँ तीन तीन भाषाएँ जानती और बोलती हैं। उस कश्मीर की स्त्री को आप अनपढ़ कह रहे हैं? क्या आप अपनी प्यारी माँ को ऐसा बोल रहे हैं, जो माधुरी दीक्षित का नाम ठीक से उच्चारण न कर सकी? बस इस आधार पर? या इसलिए कि यह स्कूल नहीं गई। अपने शब्द शीघ्रातिशीघ्र वापस लीजिए जी बोटबय जी वर्ना यह सभा किसी भी मूल्य पर न चल पाएगी। सब लोग वाल्क आउट करेंगे।'' ये शब्द थे सरसिज के मामा के। सब के सब ठठाकर हंस पड़े।

प्यारी माँ गद्गद हो उठी कि उसके बहू के भाई ने उसके लिए सम्मान जनक वचन कहे। बड़े ही दुलार से अपने पुत्र को फटकार सी लगाई, ''देखा बोटा जी। सुन लो ये बातें बहुत ज्ञान की हैं, माँ अनपढ़ ही हो माँ से पठित कोई नहीं होता। माँ स्वपठित होती हैं। तभी प्राचीन काल से पुरुषों के लिए पढ़ाई अनिवार्य होती थी क्योंकि उसे जानना था सब कुछ। माँ के अंदर ही पाठशाला चल रही होती है। प्यारी माँ ने सरसिज के मामा का माथा चूमा। सिर पर हाथ फेरा और आशीर्वाद बरसाए। स्त्रियों का सम्मान लौटा तब जिगा ने अपने विचार रखे ''पर हमें इन डोगरा महारानियों यानी पड़ोसनों से अधिक सीखना चाहिए, बनिस्बत कि टी वी के सामने बैठकर या माधुरी दीक्षित या हेलेन की तरह नृत्य करने का प्रयास करने के। ये दोनों ही फ़िल्मांगनाएँ सम्मान के योग्य हैं महान हैं निस्संदेह, किंतु ढोल और खंजडी और तुम्बकनारियों पर जो नाचे उनका कमाल ही कुछ और है। वे महान विभूतियाँ हैं। विशेषकर जो ढोल पर नाचती हैं। क्या नाची और वह भी माँ के भजनों पर ये कुंती दीदी की महान पड़ोसनें।''

''हाँ बात बहुत सही है जिगा।''

पर बोटबय अपने उस समाजशास्त्रीय विश्लेषण के रेशे निकालने पर ही अड़ा

था कि क्यों हम, इस नरसंहार से बचे लोगों की स्त्रियाँ ही बस जहाँ देखो वहाँ नाचती हैं क्या हैं ऐसा।'' बबली बिफर उठी और बोली, ''बोटबय जी स्त्रियाँ ज़्यादा ही दिखती हैं बुडब्रंग (पुरुषों के लिए चिढ़ जिसका अर्थ है बूढ़ा बरगद) पुरुषों को देखो दीवानों की तरह नाचते रहते हैं, जबकि नाचना ज़रा भी नहीं आता। जहाँ तक मुझे याद है कश्मीर में हम नहीं नाचते थे। न स्त्रियाँ, न ही पुरुष। हमारे तुलमुल में शादी हो, शहर में किसी का विवाह हो, लार में, त्राल में कहीं भी मैंने नाचते स्त्री पुरुष नहीं देखे। हाँ कहीं कहीं सुना है कि कोई नामी नृत्य-कर्मी जिसे बुलाया जाता वहाँ वह व्यावसायिक नर्तक जो एक आध ही थे हमारे समाज में नाचते। पर उनको बुलाने वाले काफ़ी धनी होते अतः मैंने अपने सम्बंधियों में किसी को भी इतना धनी नहीं पाया कि वे विवाह पर एक नर्तक को नृत्य करने का निमंत्रण दे सके।''

''बबली दीदी के ज्ञान ने पुरुषों को मौन कर दिया था किंतु बबलू पुनः बोला, ''तुम कुछ भी कहो तुम्हारी बातें मानता हूँ मैं। पर यह एक बड़ी बात हो गई है समाज में कि जहाँ संगीत बजा अंग फड़क उठते हैं स्त्रियों के। मेरी पत्नी-रागिनी को बीच बाजार में कहीं से ढोल की तेज आवाज़ सुनाई दे तो वह वहीं शुरू हो जाती हैं। होश नहीं सड़क है, बाजार है, क्या है। पहले पहले मैं बहुत लज्जा अनुभव करता था और इस पर क्रोध आता था, पर जब से देखा कि इस पर कोई प्रभाव ही नहीं पड़ रहा, तब से मैं इस बात पर गंभीरता से सोचने का प्रयास करता हूँ।''

सब उसकी पत्नी रागिनी को देख हंस पड़े पर सरसिज बोला, पर बबलू चाचा आप तो ख़ास अंदाज में चिमटा बजा बजा कर इन दोनों को तेज नाच नाचने को उकसा रहे थे।'' मानो किसी ने उसे भी रंगे हाथों पकड़ा हो। पर वह हार मानने वालों में से नहीं, बोले, ''सरसिज इसलिए कि मैंने नतमस्तक किया है खुद को अतः इसको नृत्य में परम तृप्ति मिले, यही मेरी कामना होती है, इसलिए मेरे बजाने में जो वाद्य आता है, मैं उसे जान लगाकर बजाता हूँ। चिमटा मुझे रास आता है, क्योंकि मंदिर की मंडली में मुझे यही बजाने का दायित्व मिला है।''

अब उसके उस प्रश्न को सम्बोधित करने लिए सरसिज का मामा गंभीर मुद्रा में बोला, ''तुम समझते हो कि कश्मीरी स्त्रियों को नृत्य नहीं आता था, यहाँ नृत्य न था? बहुत नृत्य था किंतु वही, ''रेगिस्तान का मज़हब इस्लाम। जिसने सब कुछ रौंद डाला।''

पर मैंने अपने मेके करण नगर में अपने पड़ोसियों को देखा है कि कैसे उनकी बेटी की मेहंदी रात में मशहूर जून बेगम रात भर, सुबह पौ फटने तक नाची थी। वे तो मुसलमान थे।''

''अरे इनका क्या। इन्हें तो क़हर काफिरों पर ढाना है। बाक़ी ये खुद कुफ्र भी

करें, वह भी इस्लाम ही बन जाता है।'' बोटबय बोला।

''आप सच कहते हैं बोटबय जी! जब उसी लड़की का विवाह का दिन तय करना था, उन्होंने हमसे पंचांग माँगा था, ताकि उसमें वह लड़की के लिए विवाह मुहूर्त देख लें।''

''वही तो। और क्या?''

हमारे पंचांग छपते भी थे उर्दू में ही, अत: वे उसमें शुभ दिन ढूँढते थे चाहे ख़तना हों चाहे शादी।''

''बाद में अस्सी के दशक में उर्दू, हिंदी दोनों में छपते थे। और नवरेह पर ये लोग एक प्रति उर्दू भाषा में अवश्य ही ख़रीदते थे।'' सरसिज का मामा बोला। ''फ्रेसट्रेटड।''

''फ्रेसट्रेटड? किस चीज़ की फ्रेसट्रेशन? इन मुओं ने हमें फ्रेस्ट्रेट किया।''

''हैं न फ्रेसट्रेटड। और क्या? वर्ना पंचांगों में क्यों मुहूर्त देखते। सनातन धर्म छूटने की फ्रेसट्रेशन। और क्या।''

''इस्लाम ने उन्हें फ्रेसट्रेट कर दिया और हमें गहन रूप से, गंभीर रूप से दुखी और ज़ख़्मी। हम चाहते हैं हमारे ये व्रण भरें। ये दुख नष्ट हों। हम इसीलिए बहुत गाना चाहते हैं। बिना थके नाचना चाहते हैं। जो मन में हैं कहना चाहते हैं। हम शतियों से अपने भीतर गहरे धँस गई पीड़ा का वाष्पीकरण करना चाहते हैं। हम प्रसन्न, स्वतंत्र, निर्भीक, निरालंब जीना चाहते हैं।''

सरसिज के मामा ने बबलू के मूलप्रश्न का उतर दिया, और सभी इस उत्तर के साथ बहुत ही अधिक सहमत हो गए।

पचपन

पहले से ही बातों में मग्न पुरुष मण्डली किसी बात पर बहुत ज़ोर से हंस पड़ी, तो जो अग़ल-बग़ल दो दो तीन तीन का दल बनाकर अपना अपना प्रसंग छेड़े थे, वे सब दूसरी ओर ध्यान ले गए। छोटे छोटे प्रसंग टूट गए और कोई बड़ी बात कहीं गई बबलू द्वारा। जो बहुत दमदार है, मज़ेदार है सम्भवतः। सब सचेत हो गए वह सुनने के लिए कि वे भी इस हास्ययोग में आनंद ले सकें। इस सहसा मौन और अपनी ओर सबका ध्यान देखकर बबलू ने बात पुनः आरंभ की– अरे हम अवतार हापुत का वह बर्फ़ वाला प्रसंग कह रहे थे। कितना कल्पनाशील और टर्रबाज था वह। मज़ा यह था कि दूर दूर तक वह यह कभी नहीं सोचता था कि उसके ये टर्र दूसरा टर्रों के रूप में समझता भी होगा क्या।''

''यह बात मस्त है उसकी।''

''यही तो उसके टर्रों की सुंदरता है।''

''लोगों को ऐसे टर्र सुनाना जो अतिप्राकृतिक यथार्थ से लदे हों और यह सोचना कि उस पर लोग विश्वास भी कर रहे हैं।''

''हाँ यही इस पर उसका अपना विश्वास ही तो उसकी उपलब्धि है।''

''क्या है वह प्रसंग? हमें भी सुनाइये बबलू जी।'' सरसिज की मामी सुनने को आतुर हो बोली।

''मैं क्या, प्यारा भैया के मुख से सुनिए मामी जी। अभी तक श्रोता कम थे अत: मैं ही सुनाता पर जब श्रोता संख्या और गुणग्राह्यता में अधिक हों तो प्रस्तुत कर्ता प्यारा भैया (प्यारे लाल, बबलू का बड़ा भाई और बोटबय का छोटा भाई) ही हो सकता है। क्यों इन के पास ही इस क़िस्से की कॉपीराइट है मामी जी।''

''पर पापा ने बात शुरू की थी कि जब पापा और बाइगाश जी दादा जी अस्थियाँ लेकर हरमुकुट गंगा गए थे। वह बात रह गई।'' सरसिज ने कहा

''बेटा वह बात बाद में, पहले प्यारा भैया को अवतार हापुत की बात बताने दो।

यह छोटा सा क़िस्सा है, श्रवणीय।'' सरसिज का पापा बोला।

संक्षेप में बबलू चाहता था प्यारे लाल यह क़िस्सा सुनाए और जहाँ ज़रूरी हो वहाँ वह अपना थोड़ा रंग भी भर कर वातावरण में विद्युत आपूर्ति करें क्योंकि यह सभा सदियों बाद किसी गरीब कश्मीरी शरणार्थी हिंदू के घर में सजी है।

''पर अब सुनाओ तो कुछ, भूमिका ही बांधते रहोगे भैया।'' बबली बोली। बबलू प्यार भरे ग़ुस्से से उसको देखते हुए बोला, ''थोड़ा सब्र तो रख बहनी! नाच की तेरी थकान उतर गई। ?''

''ढोल कहीं से मिल जाए, मैं और भी नाचूँगी भैया, मेरा मन नहीं भरा, सच।''

''और क्या? मैं भी रह गई।'' यह कुंती की पड़ोसन सुनीता थी, जिसे बबलू इत्यादि नहीं जानते थे पर बबली और अन्य स्त्रियों की उससे मैत्री हो गई थी। सरसिज की माँ कुंदा पहले से जानती ही थी। रात्रि में हवन, और पकवान पकाते समय वह उनके साथ लगी हुई थी, उनका हाथ बँटाते, कभी कोई बर्तन अथवा कोई वस्तु की आवश्यकता पड़े तो वह दौड़ दौड़ कर घर से लाती रही। इस प्रकार उसका योगदान बहुत ही प्रधान क़िस्म का था। पर वह बेचारी काम में सहायता करने के चक्कर में अंतिम क्षण तक नाच न पाई। और वह नाच मण्डली में कूदने से बहुत शर्मा भी रही थी। तब उसका पति सरसिज के पिता बोटबय से बोला कि, ''और क्या प्रेम जी, यह मुझसे बोली बड़ी ही हड़बड़ी के साथ कि चलो चलो मैं भी थोड़ा सा नाच लूँ, फिर यह ढोल वाला भाग जाएगा, मेरा नाचना रह जाएगा। मैं चला। एक आध मिनट मुझे तैयार होने जूते पहनने में लगा कि तब तक ढोल वाले ने ढोल बंद किया था और वह बाहर हाथ धो रहा था। यह टूट पड़ी भाईसाहब मुझ पर कि ''तुम ने समय लगाया, तुम नहीं चाहते थे कि मैं नाचूँ। मैं तो अपराध बोध से भर गया, और उस ढोल वाले की कितनी मिन्नतें की कि वह पुनः ढोल बजाए, मैं उसके लिए कुछ दक्षिणा भी देने को तैयार था। पर वह एक न माना। एक वह बहुत भूखा था, दूसरा उसे किश्तवाड़ पहुंचना था। फिर उसे बस न मिलती। मैंने ज़्यादा विवश न किया। यह मैडम रह गई बिना नाचे।'' इस पर जो सभी हंसे सो हंस हंस के दुगुने हो लिए।

''कोई बात नहीं आंटी शाम को मैं डी जे लूँगा अपने दोस्त से तो सब पंजाबी गानों पर नाचेंगे।''

''तेरे डीजे पर नहीं, मुझे ढोल नचाता है सरसिज, डीजे नहीं भाता।''

''चलो भाई अब सुनाओ अवतार हापुत की कथा।'' बोली बबली। ''अवतार हापुत की कथाएँ ...?''

''हाँ वह जीवित हैं?'' अवतार बेचारा चूँकि तुलमुल का था अतः बबली भी उसके क़िस्सों से वाक़िफ़ थी।''

"बूटानगर शरणार्थी कैंप में रहता है।" प्यारेलाल ने बबली के प्रश्न का उतर दिया।"

"बाल-बच्चों के साथ?"

"उसकी शादी कहाँ हुई थी?"

"विवाह कहाँ से करता, किसी ने उसे अपनी बेटी न दी।"

"क्यों?"

"सब को वह मूरख लगता था, वह कुछ न कुछ ऐसा कर ही डालता था कि जिससे किसी भी लड़की वाले को वह अपना दामाद बनाना ठीक न लगता। जब कि वह डाकखाने में काम कर अपनी रोज़ी रोटी ठीकठाक कमाता था। ये क़िस्से उसके बाहर फैल गये कि वह विवाहापेक्षी अभ्यर्थियों में से निरस्त ही हो गया। किसी ने अपनी बेटी दी नहीं।"

"वह अब बहुत ख़राब हालत में हैं अकेला। कुछ अड़ोस पड़ोस के लोग उसका ध्यान रख रहे हैं। पर हैं वह परम कष्ट में। पिता को आतंकियों ने मारा, भाई को भी, माँ फिर ऐसे इन दुखों में स्वयं मर गई। यह भी मर जाएगा। एक वंश का अंत है न। "

"ऐसे कितने वंशों का अंत किया है जिहाद ने। हाय।" मामा बोला सरसिज का। बोटबय उस क्षण सभा से अनुपस्थित था।

"ओह। ये बातें करोगे भाई तो रह जाएगी आज की यह सभा।" बबली यह बोल ही रही थी कि भयू बोला, "उसका वह वाला आख्यान सुनाओ जब उस ने बर्फ़ में बाघ से संवाद किया था। और अपने घर का मार्ग पूछा था।" यह आरंभिक सूत्र भयू ने प्यारा भैया को इसलिए पकड़ाया कि उसे एक रस की अनुभूति मिले और एक फंतासी को इस दर्शक दीर्घा को सुनाने का भी मोह उत्पन्न हो। तब प्यारा भैया शुरू हो गया, "अरे हाँ हुआ यों कि उस दिन घनी बर्फ़ गिरी थी। गाँव का पूरा नक़्शा ही ग़ायब। गाँव में जब बहुत ऊँची ऊँची हिम गिरती है तो लोग रास्ते भूल जाते। विशेषकर सायं काल को। अब उसने यह वृत्तांत जैसे सुनाया था, वैसे तो मैं सुना नहीं सकता पर मैं प्रयास करूँगा। वह यों बोला था कि प्यारेलाल, माघ का महीना था। माघ माने जनवरी। मैंने कहा हाँ हाँ मैं समझ गया। फिर बोला अरे चिलेकलां। अरे मैं तारीख़ भूल गया हूँ। वह बोला कि आदमी के कद से दुगुनी ऊँची बर्फ़ गिरी। मेरी ड्यूटी पहाड़ी पर थी। मैं ड्यूटी ख़त्म करके गाँव में आया पहाड़ी से उतर कर, पर मेरी समझ में न आए कि मुझे दाँईं से जाना चाहिए या बांए से। वह सामान्यतः दाएँ से गया पर उसे नहीं दिखे कहीं अपने घर के चिह्न। वह भटक गया। दाँए जाता हुआ और कभी बांए जाता हुआ। अंततः वह भयभीत विस्तृत फैली बर्फ़ में ऊपर से निरंतर

गिरती बर्फ़ में एक स्थान पर खड़ा हुआ। सोचा कोई कहीं से आएगा तो वह उससे मार्ग पूछेगा कि उसे फलाने स्थान पर पहुँचना है कृपया उसकी सहायता करे। अब यहाँ तक तो कहानी सही है। कोई झोल नहीं। पर अब आगे सुनो। तब कुछ समय तक प्रतीक्षा करने के बाद वहाँ से एक हिम बाघ आया। जिसकी पीठ पर टन भर हिम थी। वह सीधे उसके पास आया। अवतार ज़रा भी न डरा? बाघ निकट आकर पूछने लगा, ''अवतार। ! मेरे यार! क्या हुआ?''

''अरे तुम? मेरे मित्र हापुत (बाघ) साहब। ओह ! मैं तो तुम्हारी ही प्रतीक्षा कर रहा था।''

''अरे सच। पर क्यों?''

''बस कर रहा था। जानता था कि तुम आओगे। तुम्हें आना ही होगा।''

''क्या यह अतिशय पराप्राकृतिक कल्पना है अवतार की? क्या यह विश्वास्य है ? सघन हिम में लोग रास्ता भटकते हैं यह सुना था, पर...।'' सरसिज की मामी ने पहले ही संशय का प्रकोप प्रकट किया। पर बबली बोली, अरे आप आगे सुनो।'' प्यारा भैया ने कथा आगे बढ़ाई कि बाघ ने उतर दिया, ''भाई अवतार। ! हिम गिरी है घनी। हिम बाघ नहीं आएगा तो कौन आएगा भला?''

''ओह। ! तू तो मेरा जन्मों का यार है यह तुम्हें भी पता है।''

''पर तू मेरे लिए खड़ा है मेरी प्रतीक्षा करता, क्यों?''

''अरे यार यों ही आज हमारा मिलना तय था ना इसीलिए।''

''ओ ओ अच्छा। मैं भूल ही ही गया था। पर झूठ क्यों बोल रहे हो। सच बोलो कि तुम्हें इस घने हिम में अपने घर का रास्ता नहीं मिल रहा। तो चलो अवतार बैठो मेरी पीठ पर। और कर लो अपने नेत्र बंद। वह उसकी पीठ पर बैठ गया तो उसकी पीठ पर गिरी बर्फ़ उसे गर्म गर्म रूई सी लगी। अवतार ने नेत्र बंद किए और घर के द्वार पर पहुँच गया। गर्मागर्म बिस्तर में घुस गया। हापुत यानी बाघ का धन्यवाद कहा और हापुत वापस मुड़ गया।''

'' :बड़ी सीधी सी बच्चों वाली कहानी है। भोली सी। हो सकता है कि कोई सपना देखा हो उसने उसे कहानी बना कर सुनाया। अगर ऐसा है तो बहुत कल्पनाशील, प्रतिभाशाली है अवतार।'' सरसिज की मामी बोली और आगे बोली, ''और कोई वृत्तांत अवतार का?''

''और एक है ना ज़बरदस्त। जब उसने तार पर चलते चलते शेख़ अब्दुल्ला के घर पर दावा बोला था।''

''यह अच्छा है। यह सुनाओ। इसमें शौर्य दिख रहा है, चाहे काल्पनिक ही। यह

सुनाओ कृपया। यह हुई ना बात।'' लगभग सभी ऐसा एक स्वर में बोले। प्यारा भैया ने कहानी शुरू की, ''वह कहता है कि वह उन दिनों टेलीफोन ऑपरेटर था। पर वह वास्तव में क्या था वह मैं बाद में बताऊँगा। तब उसे बोला गया कि शेख़ अब्दुल्ला की टेलीफोन की तार कहीं पर कट गई है। उस को कहीं से भी टेलीफोन प्राप्त नहीं होता। न वह कहीं टेलीफोन कर सकता था। पूरे जम्मू कश्मीर में एक अब्दुल्ला के पास फ़ोन था और उसकी मरम्मत करना सिर्फ़ अवतार जानता था। तब उसे शेख़ अब्दुल्ला ने खोजा और बुलाया क्योंकि उसे मालूम पड़ गया कि टेलीफोन इंजीनियर मात्र एक है और वह है अवतार। फिर बर्फ़ का मौसम था। गजों बर्फ़ गिर पड़ी थी। फिर एकदम अवतार ने अपने घर की खिड़की से टेलीफोन तार पर छलांग मारी और तार पर चलते चलते शेख़ अब्दुल्ला के बेड रूम तक पहुँच गया। तब तक ऊषा काल आ गया था। शेख़ और उसकी बीबी अकबर जहाँ सोए थे कि अवतार कमरे में कूद गया। शेख़ अब्दुल्ला डर गया और बीबी से लिपट कर चीखा, ''बचाओ''। जब अवतार ने उसका डर देखा तो धीरे से पास आकर बोला, ''मैं अवतार ''हूँ टेलीफोन इंजीनियर। आपने ही तो मुझे तलब किया था।'' तो शेख़ और उसकी बीबी सकपका गए। फिर प्रसन्नता व्यक्त करते हुए शेख़ ने बाँहें फैलाई और अवतार को बाँहों में लिया और अपने साथ ले जाकर, ड्राइंग रूम में बिठा दिया। काँगड़ी तापने को दी, कंबल ओढ़ा दिया। दौड़ कर अकबर जहान बेगम को आवाज़ लगाकर बोला, ''अरे यह अवतार है। टेलीफोन इंजीनियर। जम्मू कश्मीर में यह एक ही है, हमारा टेलीफोन सुधारेगा, उठ इसके लिए नूनचाय और तोमुलच्चचि बना। तब बेगम अकबर जहाँ उठी। मैंने नूनचाय पी ली और तोमुल च्वचि खाई। जान में जान आई। तब मैं ने उनका टेलीफोन ठीक किया। तब मुझे एक कार में वापस भेजा शेख़ ने।''

''शेख़ ने कार दी अवतार को, ऐसा तो नहीं बोला, ''

''शायद बोलता, पर यहाँ पर कुछ काम किया उसकी अक़्ल ने। पर वह उसके बाद यह तो बोलता था कि शेख़ उसको अक्सर अपने पास बुलाया करता है, राय मशवरा लेता है और ससुराल से आई माँशिक्रारी खिलाता हैं। उसकी बीबी अकबर जहाँ है ना एक गुजरानी। माँशिक्रारी गूजरों के पास होती हैं तब कोई पूछे कि यार एक आधा माँशीक्रारी हमारे लिए भी लाते। उसके उतर में वह बोलेगा, ''क्या बड़ी बात है, अगली बारी में ले आऊँगा।'' अब सच्चाई यह है कि उसे टेलीफोन मरम्मत करने की अनियत नौकरी पर लिया गया था पर वहाँ उसने कई टेलीफोन की हालत ऐसी कर दी कि टेलीफोन कभी सुधर न पाए। कचरा हो गया उनका। उसको वहाँ से निकाल दिया गया। तब से वह इसी कल्पना में रहता है कि वह टेलीफोन इंजीनियर है।''

''हाय बेचारा। ! पर आपने तो अभी कहा था कि वह पैसा कमाता था। डाकखाने में नौकरी करता था।'' सरसिज की मामी ने पूछा।

''सो तो है। वह डाकखाने में चपरासी था पर उसका मन नहीं मानता। वह खुद को कल्पना में ही फिर कुछ बड़ा बना देता उसकी ऊटपटाँग काल्पनिक कहानियाँ गढ़ता और लोगों को सुनाता। जब टेलीफोन अनियत नौकरी में से निकाल बाहर किया गया उसको तब वह डाकखाने गया। वहाँ उसे दया वश रखा गया था। अब का पता नहीं।''

''हाय बेचारा ?''

''हाय बेचारा क्या? वह है ही अपनी ही किसी दूसरी दुनिया में जीता आदमी।''

''बाइगाश जी को वह जहाँ भी मिलता, बाइगाश जी उसे घर लेकर आते। खूब खिलाते और दो दिन तक के भोजन के साथ वापस भेजते। पर अब पता नहीं किस हाल में हैं वह। वह अपने घर तुलमुल में होता गाँव वाले उसे अच्छे से पालते पर अब?''

''गाँव वालों पर बात न पड़ती, उसका अपना पिता ही जीवित होता, तब माँ भी जीवित होती। हो सकता है वह ठीक जीवन जीता। बाल बच्चे होते उसके। कम से कम ऐसे काफिरों का संहार करने से परहेज़ करती यह कातिल जमात। अस्तु।'' प्यारे लाल ने ऐसे अकस्मात् इस कथा को रोक दिया मानो ट्रांजिस्टर पर एक कथा प्रसारित हो रही थी और अचानक ट्रांजिस्टर गिर गया और रुक गया। प्यारे लाल जो अभी तक कुछ कुछ रस लेकर यह गाथा सुना रहा था अब रस रिक्त हो गया।

''देखो यही आशय था मेरे कहने का कि वह बेचारा क्या बिगाड़ता उन मुसलमानों का, वह किस काम का काफिर था? अस्तु। माँ महाराज्ञी की इच्छा।''

''अब वह कहाँ रह रहा है?'' बबली ने पूछा।

''सुना है बूटानगर शरणार्थी शिविर में आवारा घूमता है और कहीं पर भी सो जाता है। लोग भोजन लाते हैं, कभी वह खाता है, कभी नहीं।''

त्यों ही बोटबय कमरे में प्रविष्ट हुआ, ''अरे वह कब का स्वर्ग सिधार गया।'' बोटबय ने यह सूचना दी। बूटानगर शरणार्थियों ने उसका अंतिम संस्कार किया।

''ओह। आपने भैया बताया नहीं कभी। मुझे पता नहीं।''

''तुम क्या करते प्यारा? शमशान तक गये हम लोग। सुकून मिला कि उसकी मुक्ति हो गई।'' बोटबय बोला। बबली की आँखें भीग आई। वातावरण पुनःगंभीर हो गया। सब को जैसे एक सुखद समाचार मिला कि अवतार हापुत आखि़र माँ महाराज्ञी परांबा के चरणों में निवास पा गया।

''विक्षिप्त और भी विक्षिप्त हो उठे इस प्रलय काल में। इस सर्वनाश में।'' बबलू

बोला।

"बाइगाश उसे पालता था। समझ थी उनको कि अवतार मानसिक रूप से ख़राब स्थिति में हैं। ऐसे लोगों के प्रति प्रेम रखना यों तो सबका दायित्व है ही, पर जब सभी नष्ट हो गए फिर किसका दायित्व? किसके प्रति?"

"वैसे मुसलमान उससे कैसे पेश आते थे?" सरसिज के मामा ने पूछा।

"ठीक ठीक ही। पर आज तक मेरी समझ में न आया कि उसके पिता का पाप क्या था? उसे क्यों गोली मारी गई।" पुनः बबली ने पूछा।

"उसने एक मुसलमान लड़के को पलट कर कह दिया था कि माता महाकाली तुम्हारा क्षय करें। वह लड़का शिकायत लेकर तन्जीम के पास पहुँच गया, अगली सुबह वहीं पर बंदूक़ से टिच और धड़ाम। मैंने तो तुम्हें कितनी बार कहा।" बबली के पति विनोद कुमार ने यह उतर बबली के प्रश्न का दिया। अभी तक वह चुप सबकी बातें सुन रहा था पर अब पत्नी द्वारा इस प्रश्न को दोहराने के कारण उसने अपनी चुप्पी तोड़ी।

"मेरी समझ में नहीं आता माता महाकाली तो चलो मान लिया, पर "क्षय "उन्हें कैसे पता। यह तो अव्वल संस्कृत का शब्द है, दूसरा यह फिर कश्मीरी भट्ट समाज में कश्मीरी शब्द के रूप में बरता जाने वाला शब्द है। उसकी समझ में कैसे आया। "

"इनको ज़्यादा समझ है हमारे सांस्कृतिक शब्दों की महारानी जी! ये हम ही में से गए तो हैं। "पुनः विनोद कुमार भट्ट ने कहा, जो कि यों तो कम बोलते हैं किंतु अवतार के पिता को किस पाप के कारण गोली मारी गई यह उसके लिए अभी तक प्रश्न बना हुआ था क्योंकि सचमुच अवतार का पिता शम्भूनाथ मुसलमानों का भी उतना ही प्यारा था जितना भट्टों का।

"सबसे बड़ा पाप यही था कि वह चाहे जो था, मामूली भट्ट था या महत्वपूर्ण भट्ट, कोई अंतर नहीं पड़ता। भट्ट होना ही स्वयं में पाप है बबली कितनी बार बताया है तुम्हें मैंने।" प्यारे लाल यानी बबली का प्यारा भैया बोला। जब महत्वपूर्ण भटों को मारा जा रहा था तो मामूली भट्ट सहम गए और सोचा सम्भवतः उन राक्षसों को उनकी निरीहता पर दया आए उन्हें अपनी सूची से निकाल दें। और जब मामूली बट्टों को वे जिहादी निशाना बनाने लगे तब महत्वपूर्ण भटों ने चाहा कि वे उनकी चिरौरी करें। पर पता चला कि वे दोनों क़िस्म के भट्टों का उपयोग कर या तो मार डालते हैं अथवा अपने में मिला लेते हैं।"

"छोड़ो इस प्रसंग को अब। बंद करो।" बोटबय ने सभा से आग्रह किया। पर प्यारा भैया बोला, "बोटबय भैया, जगती के विशाल शरणार्थी शिविर में कितने

विक्षिप्त भट्ट बेचारे सारा दिन घूमते रहते हैं। कुछ राष्ट्रीय राजमार्ग पर बैठ गाड़ी रोकते रहते हैं श्रीनगर जाने वाली बसें रोकने के लिए हथेली दिखाते हैं, पर बहुत सारे ड्राइवर लोगों को बात समझ में आती है कि ये कौन है। एक बस के आगे ही जाता था और बोलता था घरु घरु, कशीरअ, कशीरअ, जब ड्राइवर बस नहीं रोकते हैं। वह हाँफ उठता। हाँफ के थक जाता, उठाकर अपने चिथड़े काग़ज़ और कुछ जंग लगी चाबियाँ उठा कर वापस जगती कैंप में आता है। कुछ विक्षिप्त स्त्रियाँ सारा दिन शुरू हो जाती हैं अपनी स्मृतियों का वर्तमान बना कर उसी में जीती हैं। जो होता नहीं उनको देखती हैं। जो बोलते नहीं उनसे बतियाती रहती है। यह दारुण कथा है। यों जीवन में ऐसे क़िस्से होते हैं पर उनका कोई अन्य सामान्य कारण होता है, वे कारण पारिवारिक या आनुवांशिक होते हैं पर यह विक्षिप्त लोग? इनका निर्माण किसने किया? किसने किया? बताओ कोई?''

किशोर सरसिज ने यह प्रश्न सभा के पटल पर विमर्श के लिए रखा।

सब अचम्भित हो उठे कि नई पीढ़ी में रोष भर रहा है। नई पीढ़ी कारण खोज रही है। नई पीढ़ी की पकड़ में वह शत्रु आता जा रहा है जिसने यह विनाश लीला सम्भव कर दी। यह सब होने दिया।

सरसिज का मामा बोला, ''बहुत मूलभूत प्रश्न है, तुम ही बताओ किसने यह होने दिया और किया।''

सरसिज को अपने मामा की यह चुनौती पूर्ण बात अच्छी लगी और सोचने लगा आज इन बड़ों के बीच छोटा मुँह बड़ी बात मैं कर ही लूँ। सब उसका मुख ताक रहे थे कि वह क्या कहेगा। ज़्यादातर किशोर बेचारे बहुत सेक्युलर सोच के बनाए जाते हैं क्योंकि उन्हें मास्टर और प्रोफ़ेसर ऐसे ही सबक़ पढ़ाते हैं। जीवन की गतिविधियाँ उनकी वैसी होती हैं कि उनपर सेक्युलर होने की मान्यता मिल ही जाए। उन्हें ग्लोबल बनना लगता है कि इसी रास्ते से बना जा सकता है। प्रोफ़ेसरों को यही पढ़ाने किए नियुक्त किया जाता है। जो अधिक सेक्युलर होता है वह अधिक मुखर होने का अधिकारी है, वही प्रखर है। आज अब सरसिज के विचारों का झुकाव, गहराई और नैतिकता की परख होनी है इसी क्षण। सबको यह भी पता है सरसिज के पास शुद्ध भावों का भण्डार है और उसने कॉलेज में बहुत सारे प्रोफ़ेसरों को और विद्यार्थियों के मन की दुविधाओं और विचारों को जानने देखने का अवसर उसे प्रभूत मिला है। फिर अपना शरणार्थी समाज और उससे जुड़े सारे तत्वों की कुछ कुछ पड़ताल वह कर सकता हैं। निष्कर्ष डावाँडोल हो सकते हैं, पर निष्कर्ष तो उसके पास हैं अवश्य।

उसने संक्षेप में उतर दिया, ''जहाँ तक मेरा, विशुद्ध विचार या निष्कर्ष है इस नरसंहार के कारण का, मैं मुसलमान को दोष देता हूँ, दूसरे नम्बर पर। सर्वप्रथम तो

राज्य आता है राज्य ही और कोई नहीं।''

ओह ! सही सही।'' मामा, मामी, प्यारी माँ, सरसिज के चाचा, बुआ का पति, विनोद कुमार सब ने ताली बजाई।''

''मैंने कहा न नई पीढ़ी की समझ में बात आई है।''

''वर्ना किसने कहा कि इनकी समझ में बात नहीं आती अथवा नहीं आई।''

छप्पन

इसी सभा में सरसिज ने अपनी माँ से वह प्रसंग सुना था जिसने बहुत दिनों तक राज्य में, विशेषकर जम्मू में, और राष्ट्रीय मीडिया और प्रदेश प्रशासन में खलबली मचा रखी थी। सरसिज उन दिनों नागपुर में इंजीनियरिंग की पढ़ाई कर रहा था। अंततः वह प्रसंग एक पुलिस के हिंदू उच्च अधिकारी के हाथों से ही हिंदुओं की हार और मुसलमानों की प्रचण्ड जीत में बदला गया। सरसिज को इस प्रसंग के विषय में जानने की एक कसक सी रह गई थी अतः माँ से सारी बात जननी चाही जब वह नागपुर से जम्मू आया। तब उसकी माँ ने यह सारा पराजय और अभारतीयता का प्रसंग एक खेद के साथ सुनाया कि, ''जम्मू में रजनीश नामक व्यापारी था बर्तनों का। कश्मीर के झीलडल में रहने वाले एक हांजी ने अपने बेटे को बर्तनों का व्यापार खोल कर दिया था। रजनीश उसको बर्तनों की आपूर्ति करता था। एक दिन रजनीश को वह व्यापारी डलझील पर स्थित अपने घर ले गया। आगे क्या क्या हुआ और कितनी बार वह उसके घर गया कुछ नहीं पता किंतु रजनीश के इन दौरों के समय के बीच उस व्यापारी की बहन अमीना का इश्क़ रजनीश के साथ परवान ऐसा चढ़ा कि दोनों भाग कर जम्मू आए, मंदिर में ब्याह रचाया और अमीना आँचल शर्मा बनकर अपने सुभाष नगर स्थित रजनीश के घर बहू बनकर आई। अब आग की तरह यह खबर फैल गई। हम जैसे मामूली लोग तो खुश हुए पर महत्वपूर्ण लोग जो राज्य से जुड़े थे वे मामूली लोगों और खुद से दोनों से नाराज हो गए। शहर में ऐसी हलचल कि न भूतो न भविष्यति। एक हिंदू डोगरा लड़का रजनीश शर्मा अमीना को लेकर आया, उसे आँचल शर्मा बनाया। कोई नहीं जानता कि वास्तव में कैसे हुआ यह इश्क़। एक मुसलमान लड़की का हिंदू लड़के से। वह भी कश्मीरी मुसलमान लड़की का जम्मू के हिंदू से। नितांत असम्भव सा क़िस्सा। अभी बात प्रदेश के भीतर भीतर ही फैली थी, कि अगले दिन समाचार आया कि एक पुलिस टीम आकर रजनीश को गिरफतार कर के ले गई। उससे पूछताछ हो रही है। घर पर आँचल शर्मा जार जार रो

रही हैं। रजनीश की माँ का बुरा हाल है रो रो कर। वह पुलिस और प्रशासन से अपना बेटा माँग रही है। वह कुछ और नहीं चाहती। उसे सिर्फ़ रजनीश चाहिए। पर दो दिन बाद रजनीश की क्षतविक्षत लाश आती है। यह समाचार ज़हर की तरह तो फैलता है पूरे जम्मू के प्रांत में पर इस ज़हर को भी यहाँ का हिंदू जज़्ब कर जाता है। कोई सड़क पर नहीं आता, कोई विरोध ही नहीं करता। सब समझ जाते हैं रजनीश का काम तमाम करने में पुलिस के मुखिया की काफ़ी मदद रही होगी या उस पर राजनीतिक तलवार रखी गई होगी। मुख्यमंत्री उमर अब्दुल्ला था। कहीं कोई उफ़ न हुई। अगले दिन हम कुछ स्त्रियाँ आँचल शर्मा से मिलने गई।''

उसमें मुख्य व्यक्ति थी सरसिज की माँ। अभी तक यह वृत्तांत सत्य के रूप में सुना तो गया था हर ओर से पर अब आँचल शर्मा की बग़ल में कुंगी भट्ट अपनी साथ आई मित्रों या सभी स्त्री सदस्यों के साथ बैठ गई। आंगन में बैठने की व्यवस्था की गई थी। वह मंदिर विराट रूप में बग़ल में स्थित था जहाँ उन दोनों ने विवाह रचाया था।

कुंगी ने बहुत ही आश्चर्य और अनेक कोणीय जिज्ञासा से आँचल शर्मा को देखा। रो रो कर उसकी आँखें भयानक ढंग से चिपक गई थीं और मिच गई थी। कुंदा भी हतप्रभ थी कि क्या बात करें इस लड़की से, जिसने प्रेम के माध्यम से घरवापसी की थी पर उसको हिंदुओं के इस हिंदुस्तान में ही वह रास्ता ही न दिया गया। पुलिस में एक धिम्मी हिंदू को आदेश देकर मारा और लाश घर पर वापस रख दी। रजनीश को एक प्रेम के अपराधी के रूप में पुलिस ले गयी और उस प्रेम के अपराधी को लाश बनाकर भी पुलिस ही घर वापस लाई। किसी ने यह हिसाब पुलिस से नहीं माँगा कि उसे मार डालने की आवश्यकता क्या थी जैसे कोई एम्बुलेंस बीमार को ले जाती है और स्वस्थ कर के घर पर वही छोड़ती है। मामला ख़त्म। अगर उन्हें अपनी बेटी अमीना वापस लेनी थी, ले जाते। पर वह स्वयं वहाँ जाने से मना कर रही थी। ऐसा वैसा मना नहीं, बहुत ज़ोरदार मनाही।

तब आँचल शर्मा के साथ जो बातें की वह माँ ने उसे यों बताई।

''सरसिज बेटा मैं समझ न पाई कि उससे क्या बात करनी चाहिए सबसे पहले, यह भी मैं आंक रही थी कैसी परिस्थितियों की शिकार वह लड़की हो गई है। मेरे ऐन सामने उसकी वृद्धा सास बिस्तर में अचेत पड़ी थी। सम्भवत: उसे बेहोशी का इंजेक्शन दिया गया था। और परिवार की स्त्रियाँ रो रही थी जार जार। रजनीश की बहन केश खोले अर्धलेटी अवस्था में सिर्फ़ आंसू बहाए जा रही थी अविरल।

''बड़े दुख की बात है'', मैंने कहा तो वह बुक्का फाड़ कर रो पड़ी और मुझ से लिपट गई।

''मेरे पिता ने अपने दामाद को मार डाला, ऐसा करता है कोई क्या, ऐसा करता है कोई क्या।'' वह इतना रोई इतना रोई कि बस फिर किसी के द्वारा भी सांत्वना देने पर भी न रुकी। अवश्य वह अपने जीवन में भयानक ढंग से जीवन मृत्यु के बीच बहुत ही प्रत्यक्ष रूप से और नितांत अकेली फँस गई थी। न प्रेम बचा पाई न जीवन जीने का कोई मार्ग उसके सामने दिखा होगा उसे। बहुत देर के बाद ईश्वर की कृपा से वह जब हल्की सम्भल गई, तो मैंने देखा उसका मुख एक सामान्य नाक नक़्श वाली युवती का मुख था। जो तहस नहस हो चुका था। उसकी माँग में सिंदूर की रेखा अब मिटने मिटने को थी। वह मात्र यही बोले जा रही थी प्रलयंकारी रूप से रो रो कर, छटपटा छटपटा कर कि ''मेरे बाप ने अपने दामाद को मार डाला, अपने ही दामाद को मार डाला।'' इस तरह के एक भयावह दौरे से निकल आने के बाद जब वह पुनः सम्भल गई तो मुझे बोली, आप लोग ऐसे गुनाहों के ख़िलाफ़ एहतेजाज नहीं करते क्या? मुसलमान जब हिंदू की बेटी लाते हैं मीलों पर पड़ोसी ही सुरक्षा का ज़बरदस्त घेरा बनाते हैं, पर यहाँ कोई है ही नहीं। रजनीश बड़ा प्यारा था, हे मेरे राम..., मैंने उसको मारा। मैंने उसकी माँ का बेटा छीना। मैं अब नहीं जियूँगी। मुझे भी मार डालो। मुझे मार डालो।'' ये बातें करने के बाद वह मुझसे बोली, ''पता है उसको पुलिस ले गयी, और मार कर अढ़ाई दिन के बाद यहाँ छोड़ गई, कोई दस लोग भी मैंने आसपास नहीं देखे। मुसलमानों के साथ ऐसा होता तो वे उस शहर में ही आग लगा देते, मैं सोच रही थी आप भी ऐसे होंगे, पर आप बहुत ही ठंडे लोग हो। मुझे यह देख बहुत बहुत हैरान हूँ। हिंदू किसी की रक्षा नहीं कर पाते, न अपने धर्म की, न अपने लोगों की। हिंदू लड़की मुसलमानों में आती है सब मुसलमान उसकी रक्षा करते हैं, अपने बेटे की रक्षा करते ही करते हैं। ''मैं कुछ न बोल पाई इस दारुण दुख में उसने दोनों का तुलनात्मक अध्ययन किया था। जो बहुत सटीक था। उसने बहुत हिंदू लड़कियों का इस प्रकार लव-जिहाद के माध्यम से मज़हब में आना देखा था। सम्भवतः उसे यही भ्रम था कि हिंदू भी उसकी ऐसे ही रक्षा और स्वागत करेंगे, उसके पति को भी जिहादी हाथों से बचाएँगे। सम्भवतः उसे प्रशासन या राज्य या न्याय वाले पक्षों पर वह नहीं सोच नहीं रही थी। हाय! वह कितना प्यारा था। रजनीश मुझे अब तू कहा गया। मैं तेरे बिना इस दुनिया में अब कहाँ जाऊँगी? मुझे बुला अपने पास।'' सरसिज मैं जो तुम्हें सुना रही हूँ न, यह उस पीड़ा की छाया मात्र है जो वहाँ थी, उसके हृदय में थी। वह अकथनीय थी। वह सभी हिंदुओं पर इस हत्या का दोष लगा रही थी, कभी अपने पिता को हत्यारा बता रही थी पर समझ में यही आ रहा है कि उसने कोई कल्पना की थी हिंदुओं के विषय में कि जैसे मुसलमान स्वागत करते हैं हिंदू लड़की का और सुनिश्चित करते हैं कि लड़की हाथ से न जाए, कोई

प्रशासनिक दबाव न पड़े उसके लौटने के लिए उस की तुलना में हिंदू सोये हैं, सोये ही रहते हैं और कौन उनके समाज से भाग गया उसे न लौटा लाने की परेशानी ही मोल लेते हैं न ही उसे स्वाभिमान का विषय मानकर बनाए रखने की ही हिम्मत करते हैं। न उन्हें इस बात की पड़ी है कि ऐसी स्थिति में किसी की जान न जाए। एक युवक को उठाकर कश्मीर ले गए और उसको क्षत विक्षत निष्प्राण लौटाया, यह साहस, यह इस सबमें विजय की भावना। यह कहीं किसी के कान पर जों न रेंगना। यह सारी कथा बता रहा था कि क्या चल रहा है इस देश में। और सरसिज एक बात यह तो तय है कि हमारे जनसंहार के बाद मुसलमानों में भला की विजय भावना भर गई है। इन विजयों से उत्साहित मुसलमानों में और और एक्य हो गया है, और कुछ भी सफ़ाई से करने की, किसी की भी हत्या, किसी का भी अहित, किसी का भी से मेरा आशय है किसी भी काफिर का, राज्य की सहायता से करना, करवाना, या अपने दम पर करना और न्याय प्रक्रिया में साफ छूट जाना।

मैं अवांतर रूप से यह सोचते हुए रजनीश के घर का वह प्रलयंकारी दशा देखते हुए आँचल शर्मा को पुनः सुनने लगी। वह बोली, ''कैसे बताऊँ उसके शरीर का क्या हाल कर के रखा था पुलिस ने या किसने? मेरे बाप ने। उसका जननांग पूरा काट डाला गया था, काटा क्या गया था मानो चाकुओं से गोद गोद कर उड़ा दिया गया था, क्या बीती होगी उस पर इस सबमें, यही सोच सोच कर सोचती हूँ कि उनका खून प्याले में डाल कर पी डालूँ, इन लोगों को ज़िंदा जलाऊँ। वह पूरी तरह पुनः टूट कर बोली, ''हे मेरे राम जी। उनको दोज़ख़ दो। उनको ज़िंदा जलाओ। हे राम जी रजनीश कितनी भक्ति करता था तुम्हारी। तुम ने उसकी रक्षा न की। तुम ने मेरे प्यार की हत्या की। ऐसे क्यों किया राम मेरे। मेरे रजनीश के राम जी?'' इतना बोल के वह अब सूख सी गई थी हम सब भी जाने को आतुर हो रही थी तब वह बोली, ''आप कहाँ रहती हैं?''

''यहाँ ही आस पास।''

''रजनीश ने मुझे यहाँ पास को सभी मुहल्लों के नाम बताए थे, और कहता था कि वह मुझे चुपचाप क्षीर भवानी के दर्शन भी करवाएगा। कश्मीर में मैं उसके साथ तुलमुल ज़ाया करती थी। वहाँ हम घंटों बैठते थे।''

''घरवाले नज़र नहीं रखते थे तुम पर कि तुम कहाँ जा रही थी, क्या कर रही थी, किसके साथ जा रही थी।''

''पता था उनको, पर उनको पता था कि रजनीश मुसलमान बन जाएगा। मुझे अम्मी अब्बा रोज़ कहते कि बोल उसे कि बन जा मुसलमान। मैंने एक बार रजनीश से यह बात हंसी हंसी में कही, अपने घरवालों को कोसते हुए, रजनीश आगबबूला

हुआ और मुझे दूर छिटका कर बोला, ख़बरदार फिर कभी ऐसे बोली तो मुझसे बुरा कोई न होगा। तूने मुझे इसीलिए फँसाया कि तुम मुझे मुसलमान बनाओगी। मुझे फिर तुमसे प्यार व्यार कुछ नहीं। मैं श्रीराम और वैष्णोदेवी माता का भक्त हूँ, जो मेरी बीवी बनेगी वह श्री राम जी की भक्त बनेगी। मैंने देखा मैं रजनीश के बिना जीवित नहीं रह सकती, वैसे भी मुझे इस्लाम भाता नहीं। तमाम बुराइयों का गढ़ है इस्लाम। तब मैंने रजनीश को बताया कि मैं उसके साथ उसके घर में रहूँगी, कि रजनीश अपने घरवालों को मनाए, माँ को मनाए, और सारी सफलताओं को देखते हुए मैंने सोचा मेरी नैया पार लग गई, उसने उस बार मेरे लिए सिंदूर की डिबिया लाई थी, उसने मुझे यह भी कहा था जब भी कोई डर लगे या चिंता हो तो श्रीराम जी का नाम जपना। वहीं जप करते करते मैंने घर से एक हैंडबैग साथ में लिया जिसमें ज़्यादा तर उसकी लाई सिंदूर की डिबिया ही थीं। मैं डर रही थी कि कहीं भी हमें पकड़े न कोई। पर हम घर सही सलामत पहुँचे। घर में मेरा माँ ने और सबने स्वागत किया। और दिन बीतते गए। डेढ़ माह बाद पुलिस यहाँ आई और रजनीश को घसीट कर ले गई। और सब समाप्त किया। क्या मैं इस घर के लिए यह ख़तरनाक प्रलय लेकर आई थी। अब मेरा क्या ठिकाना। कहाँ जाऊँगी। हे राम। अब मेरे लिए भी मौत ही ठीक है पर मरना इतना सरल नहीं। कैसे रहूँगी अब इस घर मैं। क्या है मेरा मतलब अब इस घर में। मैं इस माँ की सेवा करती। अब मैं कुछ नहीं कर सकती। इसका मतलब है हिंदू होना इतना आसान नहीं। चाह कर भी नहीं हो सकता कोई। नहीं हो सकता कोई हिंदू। जो हिंदू रूप में श्री राम ने पैदा किए हैं वे ख़तरे में है, उनकी जान ख़तरे में हैं, जैसे तुम! तुम लोग। तुम को मारा गया। ख़त्म किया गया इसलिए कि तुम हिंदू हो। मुसलमान कातिल हैं, कातिल। मैं कैसे जियूँगी अब हिंदू होकर। कैसे?''

उसकी बेबसी के उन आंसुओं में बह रहा था नरसंहार का घाव। उसकी पीक और उसका रिसाव। मैंने उसे रोने दिया। थोड़ी सी शांति होने पर मैंने उससे जाने की आज्ञा ली। तब उसने मेरी बाँह पकड़ कर कल मंदिर में रजनीश के लिए शांति पाठ है, आना। आना। मैं अब यहाँ से नहीं जा सकती कहीं। मुझे बचाना। मुझे उन रजनीश के क़ातिलों से बचाना। मेरा गर्भ भी ठहर गया है।'' यह बात सुनकर मैं जैसे आसमान से गिरी। हे राम! क्या घटाटोप है। इस स्त्री के साथ यह कैसी प्रलय सी स्थिति है। ओह! प्रेम प्रलयंकारी होता है! विशेषकर यदि वह वास्तव में प्रेम हो।'' सरसिज हम लोग लौट आए।

दूसरे दिन जब हम गए, उसने स्वयं को थोड़ा व्यवस्थित किया था। वह घर से बहुत सारे लोगों के साथ खून के आंसू बहाते मंदिर आई। रजनीश के चित्र के सामने उसे बिठाया गया। यह सारा कार्यक्रम आर्यसमाज की पद्धति पर हुआ। हम पूरी

प्रक्रिया में वहाँ बने रहे। इस अवसर पर हमारे बहुत से लोग आए थे तुम्हारा मामा और मामी भी आए थे। जब अनुष्ठान समाप्त हुआ तो आँचल शर्मा बोली, मैं इसी घर में रहूँगी, भले नौकर के रूप में मुझे रखा जाए, उससे रजनीश की आत्मा को शांति मिलेगी, वर्ना मुझे फाँसी दी जाए मैं उसी के पास जाना चाहती हूँ।'' यह बातें वह वहाँ सबसे सम्भवत: परिवार जन से प्रार्थना करते करते अविरल अश्रु बहाते बहाते बोल रही थी। सब ओर सन्नाटा था। कोई कुछ नहीं बोल रहा था। एक एक कर सब जा रहे थे, आपस में इस पूरे प्रकरण पर विशेषज्ञ टिप्पणियाँ करते हुए। वह सब पर दायित्व का बोझ डाल तो रही थी, पर किसी के पास, पूरे प्रदेश के समाज के पास वह पीठ, वे कंधे नहीं थे कि उठा सके, इसलिए अगले शाम को समाचार यह मिला कि बड़ी नाटकीयता के साथ रात के अंधेरे में उसे दरवाज़े पर बुलाया गया, दो चार पुलिस की जीपें थी, आँचल को मुँह पर कपड़ा रखकर गाड़ी में ठूँसा गया और गाड़ियाँ अस्सी की रफ़्तार में कश्मीर मार्ग पर दौड़ गई।''

''फिर?''

''फिर किसको पड़ी है सरसिज। वह आँचल नहीं थी मुसलमानों की विजय पताका थी, लहरा गई। रजनीश के कत्ल से उन्होंने आधा से कहीं अधिक विजय प्राप्त कर ली थी, अमीना या आँचल क्या चीज़ थी। कथा पूरी हो गई और संदेश भी पूरा फैल गया कि ख़बरदार हिंदुओं तुम ने हमारी इज़्ज़त पर हाथ डाला तो सरकार के हाथों चुपचाप तुम पर क़हर ढहायेंगे। अब यह हिंदुओं का देश है या मुसलमानों का?''

''मुसलमानों का। इस सारे गणित का उतर यही है।'' यह कहानी सभा में बहुत ही नीरव हो सुनी गई। कोई बीच में नहीं बोला। बोटबय भी नहीं। उसने निर्बाध सुनाने दी कुंती को। ऐसी नीरवता छाई मानो हवा भी न चल रही हो।

''त्राहि त्राहि उच्चारती बबली ने एक सहज जिज्ञासा व्यक्त की कि क्या पता चला कुछ कि उसका क्या हुआ, और उसका बच्चा।''

''कुछ नहीं पता। पता करने की हिम्मत कौन करेगा। हिंदुओं के एक परिवार का भविष्य समाप्त हुआ। वह यहाँ से मुसलमानों के लिए एक ले भी गई। उसकी शादी हुई होगी। दर्जनों बच्चे पैदा करेगी, नहीं करेगी गर्दन काटेंगे उसकी।'' प्यारी माँ बोली।

सभा को इस प्रसंग ने घायल और बोझिल कर दिया।

सत्तावन

सभा चल रही है। जगराता चल रहा है। गौरव और सरसिज का। सभा की सभी हुई बातें सरसिज गौरव को सुना रहा है, पर सरसिज की वाणी को अस्थायी विराम देकर अब गौरव बोला, ''सरसिज तुम्हारी बातों में जीवन की सभी प्रकार का जटिलतम इतिवृत्त हैं, एक दर्पण जैसा सारा तुम्हारा देखना और दिखाना है पर मैं तुम्हें अमीना के उलट अब सरिता रैणा का क़िस्सा सुनाऊँ और उससे भी पुराना, उन दिनों का जब मैं सम्भवतः जब मैं पैदा नहीं हुआ था, बस होने वाला था, और माँ ने बाद में मुझे यह कथा सुनाई थी। पहले वह कथा बताता हूँ जो तब की है जब हम वहाँ से आए थे। नरसंहार जब हुआ। मेरी माँ की सहेली एक बार घर आई। दोनों बहुत देर बाद मिली थी। दोनों को बहुत समय तक पता ही नहीं रहा कि कौन कहाँ गया है। कौन जम्मू में रह रहा है और कौन जम्मू से बाहर के शहरों में रह रहा है। कौन रिश्तेदार किराए पर कहाँ और कौन कैंप में, किस वाले कैंप में रहा है। खोज और खोए पाए के समाचार हर दिन हर कहीं, हर किसी को प्राप्त होते। इसी प्रक्रिया में यह भी पता चलता कि कौन कहाँ दिवंगत हुआ। मन ही मन अफ़सोस और दुख से भर उठता और जीवन आगे बढ़ता रहा। पड़ोसी पड़ोसियों को ढूँढ रहे थे। वे किसी दूसरे के पड़ोसी बन गए होते। लोगों को यह कितनी वेदना देता था कि पड़ोसी भी छूट गए, जिनकी आदत थी उनका मुख प्रातः देखने को न मिलना, बातें न कर पाना जिन्हें बातों के प्रसंग पता थे। ग्रामीणों के उपर इस अवसाद का आक्रमण कुछ ज़्यादा ही हो गया। क्योंकि ग्राम जीवन में ही ऐसा था कि हिंदू मुहल्ला ही हर स्थान पर अलग हुआ करता मुसलमानों से। उनके खेत खलिहान, और सांस्कृतिक जीवन वह कैसे छितर गया होगा, हृदय विदारक है सरसिज।''

''हाँ।'' सरसिज ने चाहा कि अविराम यह वह बात बोले जो अमीना की कहानी के ठीक उलट है पर सरसिज को गौरव की यह भूमिका भी कहानी से कम नहीं लगती। ऐतिहासिक कहानी कि पड़ोसियों के पड़ोसी अचानक खो गए ऐसे मानो

आकाश का पाताल और पाताल का आकाश हो गया। मानवी शक्ति ने आपस में जुड़कर यह काम किया जो कहते हैं कि उनका ईश्वर सम्भव करता है सब असम्भव। जो सम्भव करता है विनाश, सर्वनाश, संकट, मृत्यु और है वह उनका अल्लाह।

गौरव ने चीन्हा कि सरसिज ऐसे यह सब सुनने, समझने और जानने को आतुर है मानो उठकर सब कुछ उलट पुलट हुआ अपनी ही इच्छा-शक्ति मात्र से सब कुछ सीध में रख देगा।

"तब उस सखी ने माँ से कहाँ इतने वर्ष लगे मुझे ढूँढने में पर ढूंढ ही निकाला ऊषा। मेरी माँ कान नाम ऊषा है सरसिज।"

"अच्छा अच्छा।" बड़े विनय भरे हाव भाव से सरसिज ने गौरव की माँ के नाम की जानकारी का अभिवादन किया।"

"माँ ने कहा कि वह भी उस की खोज में थी। अरे यह गौरव बेटा है कितना बड़ा हो गया। "

"मैं भी उसे ठीक से देखने लगा कि जो मुझे मेरी माँ से इतना प्यार करती है।"

"एम एस सी कर रहा है और राजमाश इसको आज भी बहुत पसंद है।"

"हमारे खेतों में राजमाश उगते थे न बहुत।"

"हाँ, तभी न आप राजमाश ही राजमाश पकाते थे। टमाटर के साथ राजमाश, शलगम के साथ राजमाश, ये दोनों प्रकार के राजमाश, यदा कदा दही वाले राजमाश। अब राजमाश मैं ख़रीदती ही नहीं। यह ख़रीद कर लाते हैं तो आंसुओं के साथ पकाती हूँ, सोचती हूँ यह ये मेरे खेत के राजमाश है जो जबरिया मुझे सरकार बोलती है कि ख़रीद कर पका। कितनी विचित्र कथाएँ हैं कि कहे किससे, किन शब्दों में, क्या करें?"

"ऐसी बहुत बातें हुई उन दों के बीच कि अब वह पीड़ाएँ कोई ठीक कर ही नहीं सकता पर वे घनी पीड़ाएँ

है। और सर्वोपरि तो ये पीड़ाएँ पीड़ाओं में गिनी ही नहीं जाती। तब वह पड़ोसन अंत में माँ से यह बोली कि क्या उसे डेजी याद है। डेजी कन्ना। जो एक मुसलमान के साथ भाग गई थी कभी इक्यासी बयासी में। उसके लिए बहुत हाथ पैर मारे थे कश्मीरी भट समाज ने। पर अदालत का जज, वकील, उस मुसलमान लड़के के रिश्तेदार, सब के सब ऐसे उग्र हो उठे थे, और डेजी ने कहा था कि उस ने अपनी मर्ज़ी से यह विवाह किया है। उसे किसी ने ज़बरदस्ती नहीं भगाया। उसने इस्लाम क़ुबूल किया है अब कुछ नहीं हो सकता। उसके बाद डेजी की माँ रोग ग्रस्त हो गई थी और अंततः इस महाविनाश से पहले पहले अंतिम साँस ली थी श्यामा ने। जब मेरी माँ की वह सखी वहाँ से भागने के लिए बस में अपने पति और बच्चों के साथ

बैठी थी तो उसे बस में गोदी में एक बच्चे के साथ डेजी भी चढ़ती दिखी। वह सामान्य हुलिये में शाल ओढ़े सीट पर बैठ गई। वह माँ से कहती जा रही थी, ''मैं उसे पहचान गई पर उसने मुझे नहीं देखा। मैं आश्चर्य में पड़ गई कि यह तो डेजी है, यह इस बस में बैठ कर कहाँ जा रही है। जबकि वह बस टूरिस्ट रिसेप्शन सेंटर से जम्मू के लिए निकल रही थी, उसमें सब कश्मीरी बट्ट अपने अपने घरों से भाग भाग कर बैठ रहे थे कि जीवित जम्मू पहुँच जाए। कोई शोर न था। वे एक दूसरे से डर के मारे बात भी नहीं कर रहे थे। सब चुप चाप डर के मारे यही सोच रहे थे कि बस जम्मू के लिए किसी तरह शीघ्रातिशीघ्र चल पड़े। कुछ सवारियाँ अपने कुछ ट्रंक, बिस्तरें, बर्तन, जिसके जो हाथ लगा था वह गाड़ी की छत पर चढ़वा रहे थे अथवा खुद चढ़ कर वहाँ रस्सियों से बांध रहे थे। मेरे से रहा न गया। पहले मैंने सोचा डेजी के साथ कोई और भी अवश्य होगा, पर देखा कि काफ़ी देर तक वह अकेली बैठी, दुखी सी, बग़ल की सीट पर भी एक कश्मीरी हिंदू ही बैठा। मैं उसके पास गई। जबकि मेरा पति बोल रहा था किस आग में जा रही हो बैठ सीट पर चैन नहीं है तुम्हें, जम्मू में मिलना जब सब उतरेंगे। पर मैं न मानी। मैंने कहा, ''क्या पता यह जम्मू ही जा रही है या कहाँ जा रहीं है।''

''यह बस सिर्फ़ जम्मू में जाकर रुकेगी और कहीं नहीं। इसमें हर कोई जो बैठा है, जम्मू भाग रहा है जान बचाकर।''

''तभी तो, मैं पता करूँगी कि क्या बात है, यह बच्चे को लेकर अकेली जम्मू क्यों भाग रही है।''

मैं उसके पास पहुँची। वह आगे की सीट पर थी जबकि हम लोगों को बीच की सीटें मिली थी। वह मुझे देख कर बहुत बहुत प्रसन्न हुई। उठकर मुझे गले लगाना चाहा, पर मैं ने ऐसी इच्छा न दिखाई। वह थोड़ी सी बुझ गई। तब मैंने पूछा कि वह कहाँ जा रही है, तो बोली कि वह भी जम्मू भाग रही है। कि उसने उस नर्क से मुक्ति का यही उपाय और अवसर स्वर्णिम माना है। उसके पति ने एक और शादी की है। उसके और तीन बच्चे भी हैं। पर उनको वह न ला सकती थी। कि इस समय भी उसके पति इत्यादि को नहीं पता कि वह भाग गई है इस बच्चे के साथ।''

''पर तुम जाओगी कहाँ वहाँ?''

''शरणार्थी शिविर में, उसके बाद कुछ काम वाम ढूँढूँगी।''

''अरे पागल कहीं की, तुम्हें कौन शरण देगा, वहाँ क्या करेगी। जा अपने घर अब नर्क है या स्वर्ग, तुम्हें वहाँ कोई शरणार्थी शिविर में जगह नहीं देगा। यों ही फिर और परेशान हो जाएगी। इस बच्चे को भी परेशान करेगी।''

''तब?'' मेरी माँ ने बहुत चिंताकुल होकर पूछा।

''बस से उतर गई और जहाँ मर्ज़ी वहाँ हो गई दफ़ा।''

‘‘हे भगवान। यह तुझे कौन सी त्रेठ पड़ गई री, ऐसा क्यों किया तुमने।’’ माँ ने छटपटाते हुए उसे अपशब्द तक कह डाला।

माँ उसे डाँटती रही, डपटती रही और घृणा का मुह बना बना कर उस अपनी सखी को कोसती रही। सम्भवतः वह यह शौर्यगाथा सुनाने ही आ गई थी मेरी माँ के पास, पर ऐसा भी न था। तब से लगभग दो दशक बीत गए थे, मैं युवा हो गया था, तब से तो उसने पता न कितनों को यह कथा सुनाई होगी और अलग अलग प्रतिक्रियायें मिली होंगी। हो सकता है कि उसे प्रशंसा ही ज़्यादा मिली हो इस काम के लिए, पर माँ ने उसका बाक़ी कुछ न छोड़ा। इस हद तक वह अब जाने का रास्ता और तरीक़ा खोज रही थी और यह भी तय था कि जो बंधन अब सदा के लिये या शेष जीवन के लिए बांधने आई थी, सदा के लिए डेजी के बस से उतरने की तरह बंधन से उतर गया। टूट गया।

‘‘पर मैंने गलत क्या किया, वह कहाँ जाती, क्या करती, कौन उसे अपनाता? यही सोच कर मैंने ऐसा उससे कहा।’’

‘‘लौटकर वह कहाँ गई होगी, क्या तुम ने इस पर सोचा। क्या हुआ होगा उसका। क्या पता जान दी होगी। तो चढ़ गई न तुम पर हत्या। हो गई न तू हत्यारिन। हाय। हाय। उसकी बुद्धि ने उसे सही सुझाव दिया था, जहाँ शरणार्थी लंगर में सब पल रहे थे, वह भी पल जाती, इधर उधर लोगों के सम्पर्क में आकर उसे आश्रय मिल जाता। हमारे समाज को एक खोया हुआ सदस्य वापस मिलता एक और सदस्य समेत। यही तो विनाश हुआ हमारे धर्म का। विधर्मियों का प्रतिकार कैसे करना है कभी हमने नहीं सोचा, कभी नहीं, अगर कोई वापस आना चाहता हमने लौटने नहीं दिया। यह बात किसी और से तुमने उसके बाद की कि तुमने डेजी कन्ना को बस में क्या सलाह दी।’’

हाँ आप से पूर्व एक पुरुष को जो मुझे जम्मू पहुँचने पर शरणार्थी शिविर में मिला, पर उसने भी दांतों तले उँगली दबा दी। उसके बाद मैंने यह बात किसी से न कहीं, पर यहाँ मैंने सोचा कि तुम डेजी को जानती थी अतः तुमको यह प्रसंग बता ही दूँ। हम मिले भी कश्मीर के बाद आज इक्कीस साल बाद। मैंने सोचा था कि तुम कहोगी कि यह सही किया। कहाँ भटकती बेचारी। ‘‘

‘‘पूरा समाज ही भटक रहा था तो वह भी भटक कर सब के साथ कहीं न कहीं ठिकाना ढूँढती। संकल्प से निकली थी। हम हिंदुओं को मानव संसाधन की शक्ति नहीं पता। अगर मानव संसाधन की बहुतायत से लड़ना है तो मानव संसाधन ही चाहिए। कोई शस्त्र कमाल नहीं करेगा।’’

वह उस दिन चली गई। मुझे और माँ को रह रह कर डेजी की स्मृति आती रही। क्या कर सकते हैं आप?

अट्ठावन

और इधर सरिता रैना की बात मैं कर ही रहा था आपसे। वह ताज़ा क़िस्सा है। अभी अभी का। उस खसमखानी ने वीडियो डाला कि ''मैं अपने पति ख़ुर्शीद अहमद मीर से अपनी मर्ज़ी से विवाह कर चुकी हूँ। मैं इस्लाम मज़हब को पहले दिन से ही पसंद करती हूँ। हम दोनों आपस में बहुत खुश हैं। हमें ज़िंदगी जीने दें। और ध्यान रहे जावेद अहमद मीर की वह दूसरी पत्नी है। मजाल है कि उसके उस ख़ुर्शीद मीर को कोई पुलिस गाड़ी में बिठाकर जम्मू लाए और फिर उसकी क्षतविक्षत लाश वापस जाए उसके घर। नेहा रैणा फिर खुद ही न लौट आए तो मेरा नाम नहीं। पर यह सब संविधान का कमाल है सरसिज। सरसिज संविधान बहुत ख़तरनाक है भारत का। ऐसी कितनी नेहा सरिता रैणा उग आई हैं तब से क्या बताऊँ। पीएम पैकेज में सरिता रैणाओं का पैकेज लिपटा था। गांदरबल में जो सचिन है उसके पड़ोस में एक लड़की पायल है। वह भी गई। दादा गया नहीं कश्मीर छोड़कर। वह हर गर्मी में कश्मीर, शुपयन जाता था। सेब के बाग की देख रेख करता, दवाइयाँ छिड़कता। शरद ऋतु में सेबों को पेटियों में भरता दिल्ली की मण्डी में भेजता, वहाँ से मूल्य प्राप्त कर जम्मू में सर्दियाँ व्यतीत करता। पायल भी बढ़ती गई। और हर गर्मी में दादा के सेबों को वह भी देखने जाती कि कि वह भी किसी इस्लामी गड्ढे में गिर गई, जो सुना है कि बहुत धनवान लोग हैं। दादा ने इतने वर्ष सेबों की कमाई की और गर्मियों में कश्मीर का आनंद लिया, अब ख़ुशी से पायल के रूप में मूल्य चुकाया। मुहल्ले में वे लोग ऐसा नाटक करते हैं कि पायल देहरादून में पढ़ाई कर रही हैं, उन्हें लगता है यह समाचार किसी को नहीं पता, पर जब एक दिन एक पड़ोसन ने पायल की भाभी से कहा ऐसे ऐसे सुना गया है मुहल्ले में तो वह साफ़ मुकर गई बोली सब झूठ है। पर सुनने में आया कि अब जब पायल का ताऊ जान ही गया है कि मुहल्ले को पता चल गया है कि ऐसी बात है तो उसने धमकी दी है कि वह ऐसे व्यक्ति का खून करेगा जो ऐसा बोलेगा।। क्या यह ख़तरनाक स्थिति नहीं है। कैसी घुसपैठ है शत्रु की हमारे भीतर।

अब दूसरी दलील उसके पिता ने यह दे डाली है समाज में कि बीजेपी के बड़े बड़े नेताओं की बेटियों के ब्याह मुसलमानों के साथ हुए हैं तो हमने क्या ग़लत किया है। कैसे हर रास्ते का गणित मुसलमान के पक्ष में ही उतर निकालता है। सचिन कहता है कि हम शरणार्थी जी रहे थे जैसे तैसे इन मुसलमानों से दूर तो सामने का हिंदू घर ही कैसे कलंकित करते हुए जिहादी बन गया और डोगरा समाज में हमारा सम्मान उतार दिया।

पीएम पैकेज में तुम्हें पता है अधिकांश लड़कियों को ही चुना गया, जिसका जम्मू में कितने ही संगठनों ने विरोध किया स्त्रियों ने विरोध किया। पर परिणाम शून्य।

उस दिन जम्मू के सूर्य भवन में एक ऐसा मंथन कार्यक्रम आयोजित किया गया कि सभी गणमान्य लोगों और उन युवाओं और विशेषकर युवतियों का, उनके माता-पिता का आह्वान किया गया गया कि कृपया इस विमर्श में भाग लें जो इस प्रश्न को लेकर है कि यह जो पी एम पैकेज है, जिसकी इतनी डरावनी शर्तें हैं, उस को मानना चाहिए या नहीं। इस में मानव अधिकारों का भयंकर उल्लंघन है। यह तो जेल जैसी स्थिति हैं जहाँ आप ऐसे समाज के चंगुल में हैं जो आपका नरसंहार कर ही चुका है। जहाँ से आपको मार मार कर भगाया जा चुका है। ऐसे में आप अपने अपने गाँव जाओ। गाँव के स्कूलों के लिए कश्मीरी हिंदुओं की लड़कियों का चयन अधिकांश रूप से हुआ है उस गाँव के लिए भी वहाँ से नरसंहार के शिकार माता पिता की पुत्रियों का भी चयन हुआ है जहाँ सामूहिक बलात्कार करने के बाद आरे पर गिरिजा तिकू को दो भागों में काटा गया था। जहाँ के सोवरा अस्पताल में सरला भट्ट से ज़ख़्मी आतंकी के लिए रक्त लिया गया और फिर उसी सरला भट्ट को सामूहिक बलात्कार के बाद अस्पताल के अहाते में फेंका गया। ये वही पचहत्तर प्रतिशत लड़कियाँ चुनी गई हैं जो तब माताओं की गोद में थी जब उन्नीस जनवरी को भागना पड़ा। उन ही लड़कियों को नौकरी मिली ऐसे स्थान पर जहाँ से बचा कर लाये थे उनके माता-पिता। कैंपों में पढ़ाया लिखाया और पढ़ी लिखी एक नष्ट समुदाय के लिए नौकरियाँ नहीं थी भारत सरकार के पास। कैसा त्रास है। हिंदू ने विस्मृति के लिए अफ़ीम या उससे भी घातक कोई बूटी खा रही है, यह विस्मृति है उसके अधिकारों के बोध की। उसने यह विस्मृति जानबूझकर कर ओढ़ी है, तभी उसके अंग अंग में हो रही मरणांतक पीड़ा मर जाती है।

जिन बच्चों को भविष्य के रूप में बचाने के लिये उस समय के युवा माता-पिता और दादा दादी, नाना नानी ने किसी सम्पति के लिए मर मिटने से ज़्यादा अपनी नौकरियों को त्याग, अपने खेत खलिहानों, अपने मूल्यवान सम्पत्तियों, अपने हज़ारों

वर्षों की पूर्वजों की स्थली को छोड़ कर जीवन और पावित्र्य की रक्षा की वही मानव धन वापस गया रोज़गार के लाले पड़ने के कारण। कोई मानवाधिकार न मिलने के कारण। कोई संरक्षण न मिलने के कारण। यही सब देख एक विमर्शात्मक सम्मेलन का आयोजन किया गया कि लड़ेंगे पर मत जाइये। कम से कम पुत्रियों के माता-पिता लोगों मत करो यह समझौता। इस्लाम को समझो। समझो इस्लाम को। और राज्य के रुझान को।

उस सभागार में बहुत सारे लोगों की उपस्थिति थी, पर एक सरकारी दलाल या कई दलाल थे जिन्होंने सब गुड-गोबर कर दिया।" "मेरे मामा जी कह रहे थे कि जिन जिन की नियुक्ति हो गई थी, वे सब, स्त्रियाँ विशेषकर बहुतों से सलाह लेने जाते थे, अंततः कई सरकार द्वारा ख़रीदे लोग ऐसे घरों में जाकर एक पूरा आख्यान सुनाने लगे। कि सरकार पूरी तरह से अब दायित्व पूर्ण है। किसी का बाल बाँका न होगा। आयोजित सभा में बोला गया था कि आप समझ लीजिए क्या इन बेटियों का विवाह नहीं होना है। ये किन से विवाह करेंगी। आदेश में जो भयावह शर्तें हैं कि आजीवन आप अपने गाँव से बाहर नहीं निकल सकते। आप को अपने नौकरी के स्थान पर ही रहना होगा।" तब वे विवाह कहाँ किससे करेंगी? क्योंकि विवाह के लिए लड़के तो कश्मीर से बाहर ही मिलेंगे ना। है ना जी। तब इसका मतलब है कि इनको मुसलमान बनाया जाएगा। फिर इतनी स्त्रियाँ आगे कितने मुसलमानों को जन्म देंगी। उस निर्भीक नेता ने वहाँ आँकड़े भी बताए, "तो इसका अर्थ है यह राज्य द्वारा धर्म परिवर्तन है। इसको समझो। घबराओ मत। अपने धर्म की रक्षा लिए निकले हो धर्म की रक्षा करो। मेरी यह विनती है आपसे। बाक़ी रहे सरकार के किराए पर लिए लोग, वे आपका सौदा कर रहे हैं। हमारा, हमारे स्त्री धन, हमारी बेटियों का, भविष्य का, इस देश के सनातन भविष्य का सौदा कर रहे हैं। पता नहीं हम बिक क्यों जाते हैं। मुसलमान जब एजेंट या दलाल बन जाता है सरकार का तो एक तो सरकार का दिल निकाल कर, उसे मज़ेदार ढंग से पका कर खाता है दूसरा वहाँ से सारी जासूसी करके अपने जिहादियों को देता है। हिंदू निष्ठावान दलाल होता है, यह तो है। उन सरकार के एजेंटों से मेरी अपील है कृपया यह जघन्य अपराध न करें। कुंभीपाक नरक में जलोगे। हम लड़ेंगे। भारतीय समाज से सहायता लेंगे। आजतक हमारी सहायता भारतीय समाज ने भरपूर की है। घबराने की आवश्यकता नहीं है। इसके विरुद्ध संघर्ष की आवश्यकता है। सरकार को यह आदेश वापस लेकर जम्मू में ही हमारे बच्चों को समायोजित करना पड़ेगा। इसके सिवा चारा भी नहीं है कोई उसके पास। संगठित रहिए। धर्म पर डटे रहिए। धर्म अवश्य हमारी, हमारे बच्चों और हमारे भविष्य की रक्षा करेगा। क्योंकि धर्म ही हमारा स्वाभिमान है।"

उनसठ

''सरसिज ! यह सच है कि कश्मीरी हिंदू शरणार्थी कैंपों में नष्ट हो गया। उसको दैन्य, दुख, दारिद्रय, बिछोह, रोग, अभाव, भावात्मक महासंकट, निराश्रित स्थिति, परित्यक्त होने की पीड़ा ने आमूलचूल, समंतात घेरा। क्या सरकार को ऐसा करना चाहिए था कि पुनः इन असहायों को असहाय ही कर दें। पाँच पाँच सौ की राहत, उनको जो बेचारे खेती करते थे। वे खेत खलिहान उनके बचाना सरकार का दायित्व था न। कल्पना करो और यह बात अभिलिखित है कि जिस वर्ष नरसंहार का आरंभ हुआ अर्थात् उन्नीस सौ नब्बे की उन्नीस जनवरी से, उस वर्ष कोई पर्यटक नहीं आया कश्मीर में। हमको प्रति परिवार पाँच पाँच सौ मिलते थे और हाउस बोट के हांजियों, होटल मालिकों, पर्य्यटन से जुड़े हर व्यक्ति को एकमुश्त राहत पाँच पाँच लाख मिल गई। उन दिनों पाँच पाँच लाख। अर्थात् कमाने की चिंता न करो कश्मीरी मुसलमानों, जिहाद करो जिहाद। जो जिहाद कर रहे थे पकड़े जाने पर उन्हें नौकरियाँ मिल गई। अपढ लोग स्कूलों के प्रिंसिपल बन गए। इस ट्रेंड को स्थापित कर सरकार ने युवक-युवतियों को जिहाद करने को उकसाया और इस रास्ते से सरकार के बीच पहुँचाया। जिहाद को सरकारी संरक्षण मिला। कश्मीरी देश का खून पीने और शोषण करने में उस्ताद बन गए। क्या नहीं मिला इनको। कश्मीर पर उन्नीस सौ नब्बे में जिहाद की यह विजय जिसका श्रेय उस समय के प्रधानमंत्री विश्वनाथ प्रताप सिंह था और गृहमंत्री मुफ़्ती मोहम्मद सईद को है और बीजेपी को भी क्योंकि ये लोग समर्थन दे रहे थे उस सरकार को, को जाता है। भारत में गजवाए हिंद लगभग छलांग मार कर सतर प्रतिशत पूर्ण हो गया उस वर्ष। मैं कहता हूँ कहाँ थे तथाकथित हिंदू संगठन, कहाँ थे हिंदुओं के बाप बने फिरते नेता। और एक दिन खबरों में हमने सुना, आकाशवाणी की खबरें थीं कि सेना जिहादी को सामने सामने देख कर भी, तब तक आक्रमण नहीं करेगी जब तक कि जिहादी आक्रमण नहीं करेगा। यह तो पागल कर देने वाली बात है। हिंदू अपने बाल न नोंचें तो क्या करें भला? और मुसलमान क्या

सोच रहा था कि वास्तव में इस्लाम महान है ताकतवर है। इसके कृत्यों के आगे सब नतमस्तक हैं। यह ग़लत काम करते भी जीत ही जाता है, इसलिए पाप करना जब चल गया तब यह काल्पनिक अल्लाह का हुक्म हो गया। और अल्लाह सिद्ध हो गया।''

अब जो यह सब हुआ, कुछ पता है तुम्हें कि कितने लव जिहाद हो रहे हैं, एक भी मुसलमान लड़का आजतक रजनीश की तरह भेंट चढ़ा हो प्रेम के। चलो मान लिया कि कश्मीरी हिंदू किसी काम के नहीं, वह किसी को क्या मारेंगे, जो बेचारे नरसंहार को भोग रहे हैं, पर यूपी जैसे शहरों में, बिहार में, कहीं कहीं से आजतक यह सुखद खबर न सुनी कि किसी लव जिहादी की लाश को क्षतविक्षत करके घरवालों को सौंपा गया और लड़की की वापसी की गई। भगवान को सिद्ध किया गया। उलट है जैसे वह डेजी भाग रही थी जम्मू की ओर, पता न कैसे बच गई थी ज़िंदा, ऐसे हिंदू लड़कियों को लव जिहाद के साथ ही सैंकड़ों में काटा जा रहा है, फैंका जा रहा हैं, बेचा जा रहा है। तरह तरह के ज़ुल्म ढाये जा रहे हैं हिंदू लड़कियों पर शेष भारत में, पर कश्मीरी मुसलमानों के जिहादी ज़ुल्म से अब लड़कियाँ बचनी थी, बड़ी होकर कैंपों में पलने के बाद फँस गई उसी इस्लामी भँवर में। सरकार के पास मुसलमानों को रिझाने के लिए अकूत धन है, हिंदू बच्चियों की रक्षा के लिए उसके ख़ज़ानों में आग लगी है। मुसलमान पैसा भी ले रहे हैं और तरह तरह से आग लगा रहे हैं। ख़ैर मुझे जो तुम्हें कहना था वह एक बहुत ज़रूरी बात थी, क्या पता तुम्हें पता भी हो उस बारे में।''

''किस बारे में?''

''अरे वह रंजना पंडिता जब इस्लाम क़ुबूल कर गई थी। लड़की एम एस सी भौतिकी में थी। प्रथम डिविज़न में उत्तीर्ण। उसने एक पचास वर्षीय सूमो ड्राइवर से विवाह किया। मास्टरनी लग गई थी वह। तीन माह के भीतर भीतर ही उसने परिणाम ला दिया। यह वही गाँव हैं गिरिजा तिकू का कुपवारा। सूमो ड्राइवर की घर में एक बीबी पहले से ही थी, उसकी इजाज़त से उसने रंजना पंडिता को लव जिहाद में फँसाया था। बीबी ने यह कहा था कि ''तुम इस्लाम की इतनी बड़ी ख़िदमत करोगे तो सवाब मुझे भी मिलेगा।'' पर बाप उसका बिलख रहा था, माँ उसकी मरी मरी जा रही थी। उन दोनों को गिरफतार कर लिया गया और जम्मू थाने में रखा गया। अदालती कार्यवाही हुई। बूढ़े पर केस किया गया कि उसने लड़की को फँसाया है। कश्मीरी पण्डित समाज के बड़े लोग भी इस मामले में अदालत पहुँच गए, पर उस ड्राइवर की ओर से ऐसे उग्र लोगों की जमात अदालत में मौजूद थी कि मानों अपनी उग्रता से अदालत को ही रौंद डालेंगे। लड़की के चरणों में कितने बड़े बड़े बुजुर्ग गिर

गए कि वह कृपया अपने समाज की लाज रखें, अपने माता-पिता पर करुणा करें, क्योंकि यही एक रास्ता था उसे लौटा लाने का, पर कुछ न बना। उसे बोला गया कि पीएम पैकेज की यह नौकरी छोड़ दें वे उसकी शादी पूना में कार्यरत एक इंजीनियर लड़के से करेंगे, वह तैयार भी हो गया है, समाज के हित के लिए।। कहते हैं कि वह हंस पड़ती थी। उसे माँ का वास्ता दिया गया कि माँ बस मर ही जाएगी, बचेगी नहीं, वह उस पर भी हंस ही थी। उस पर किसी चीज़ का कोई प्रभाव नहीं पड़ रहा था। बहुत प्रयास किया गया। कहते हैं उसके गले और बाजुओं में उसे अनगिनत तावीज़ पहनाए गए थे। किसी मुसलमान ने कश्मीरी पंडित नेता पर व्यंग्य कसा था, क्या फ़ायदा हुआ, हमने तभी कहा था न कि बटव रोस तु बटन्यव सान। अब तुम्हारी ये भट्टिनियाँ हमें सजी संवरी, पढ़ी लिखी और नौकरी समेत मिल रही हैं। कितना टाला गया था लड़की की सुनवाई को लेकर जम्मू के प्रभावशाली लोगों द्वारा कि यह सुनवाई टले, पर उस लड़की ने जब देखा कि सुनवाई टल रही है बार बार तो उसे एक चालाकी सूझी कि उसने तब समाज के एक बड़े व्यक्ति को, जो उसे वापस लाने और उसका मन बदलने का प्रयास कर रहा था, कहा कि ठीक है वह पलट गई। वह अपने समाज के लोगों की मानेगी। अपने समाज की लाज रखेगी। वह जज से कहेंगी कि वह भगा कर ले गया उसे, उसकी इच्छा वापस अपने माता-पिता के पास लौटने की है। तब वह उस इंजीनियर से शादी करेगी। यह लड़की रंजना पंडिता बेहद ख़ूबसूरत थी, अमीना की तरह नहीं थी सामान्य शक्ल की। तब सुबह सुबह जज ने अदालत में उसे बुलाया और पूछा। वह बोली कि वह मुसलमान हो चुकी है, उसका खाविंद उससे बहुत ही ज़्यादा मुहब्बत करता है। अल्ला अल्ला ख़ैर सल्ला। सब पण्डित टूट कर आए बाहर। और अपने अपने कैंपों में दो दिन तक सरकार को, इस न्याय व्यवस्था और उस रंजना पण्डित की जान को रोते रहे। फिर उठे जैसे कुता सड़क की धूल से उठकर अपने शरीर को झाड़ता है, उन्होंने भी खुद को झाड़ा और काम में लग गए। कुछ दिनों बाद एक और ऐसी खबर आई, फिर उसकी सहेली की खबर आई। कुछ जो अभी माता पिता बचे थे बेटियों की ऐसी गत होने के संदर्भ में, वे एक स्थान पर जमा हो गए और सरकार को निवेदन पत्र दिया कि ख़तरनाक ढंग से कश्मीर में गए पीएम पैकेज के बच्चों पर लव जिहाद या जिहाद की तलवार बेरोक चल रही है, क्या यह ख़तरनाक नहीं है? क्या इसको रोकना, या ऐसा करने वालों को कठोर रूप से दण्डित करना सरकार का काम नहीं है? क्या इस प्रकार से आजतक ऐसे जितने मामले हो गए हैं उन पुरुषों को गिरफतार करना और उन लड़कियों का कश्मीर में स्थितियाँ ठीक होने तक जम्मू में तबादला करना सरकार का काम नहीं है? क्या यह नौकरी एक भयानक तलवार नहीं है, युवाओं को हत्याओं

का डर और युवतियों को लव जिहाद और बलात्कार और धर्म परिवर्तन का भयानक डर। क्या भयानक और बंदी जैसी शर्तें लगाकर सरकार कश्मीरी पण्डितों को समूल समाप्त नहीं कर रही? क्या यह नरसंहार का अंतिम पढाव नहीं? क्या यह अमानवीय नहीं? बताया जाए क्या पाप है कश्मीरी पंडितों का कि इस तरह से उनके साथ तंत्र का हर स्तंभ अन्याय कर रहा है। क्या उनको जीने का अधिकार नहीं? क्या उनको नौकरी करने और नौकरी पाने का अधिकार नहीं? किस अपराध का दण्ड है उनको कि उनको नौकरी अमानवीय शर्तों पर ही दी जा रही है? क्या एक पहले ही नष्ट हो चुके समुदाय, वह भी परम मानवीय, परिष्कृत, निष्कलुष, जिसकी गाथाएँ इतिहास में प्रभूत रूप से दर्ज हैं, उस समुदाय के लिए आजीविका पैकेज इतने असंवैधानिक रूप से घोषित किया जाना उचित है? कुछ तो सुने कोई वर्ना यह घोषणा करें कि यहाँ पाकिस्तान बन चुका है। कि यहाँ जो संविधान है, शरिया का छद्म नाम है। क्या हमें धर्म में रहने और निर्भीक होकर जीने का अधिकार नहीं? इत्यादि बातों के साथ राज्यपाल के आवास के सामने खूब प्रदर्शन किया गया और उन्हें ज्ञापन दिया गया। राज्यपाल स्वयं श्रीनगर गया हुआ था, ऐसा बताया गया उस बट्टों के चुने हुए दल को जिनको चुना इसलिए गया था कि वे अंदर जाकर ज्ञापन सौंप देंगे राज्यपाल महोदय को और उन्हें मौखिक रूप से भी अपनी समस्या, जो कि अत्यंत विकट है, समझायेंगे। शेष जो एक छोटे मोटे जुलूस की शक्ल में लोग थे वे बाहर राज्यपाल निवास के बाहर सड़क पर उनकी प्रतीक्षा करेंगे। कि राज्यपाल महोदय ने क्या कहा। अंदर उन्हें बताया गया कि राज्यपाल महोदय को अचानक कश्मीर जाना पड़ा। वहाँ कोई एमरजेंसी उत्पन्न हुई है।

''पर उन्होंने आज हमें समय दिया था कि वे हमसे मिलेंगे हमारी परेशानी सुनेंगे, यह तो बहुत ही अपमान जनक है। क्या हम जिनोसाइड के शिकार हिंदू, हिंदुस्तान में शरणार्थी हिंदू, इस देश के आकाओं को लज्जा भी नहीं आती कि हमें समय दिया गया और भाग गए राज्यपाल जी श्रीनगर। वाह! हमारा कोई मोल नहीं? कुछ लोग ऐसी बातें कर कर के भड़क उठे। दल का मुखिया उन्हें शांत करा रहा था कि वे शांत रहें और उसे कृपया बात करने दें। पर जब शोर बढ़ने लगा तो जो अधिकारी मोर्चे पर था उसने ऊँची आवाज़ निकाल कर धमकी देना शुरू किया कि इन सब को राज्यपाल निवास के बाहर फैंक दिया जाएगा और इनका यह पोथा दुखों का फाड़ कर रद्दी में फेंका जाएगा। दल का मुखिया चिंतित हो गया और क्रोध जो उसे आया उसे वह दबा गया और पहले अपने दल के लोगों को संयत करने का प्रयास किया कि उन्हें संयम रखना चाहिए, यह राज्यपाल महोदय का पीठ है, वे हमारे माई बाप हैं ही इसीलिए उन्हें इस तरह धोखा देकर कश्मीर को प्राथमिकता

नहीं देनी चाहिए थी, वहाँ तो हर क्षण आग लगी ही रहती है, पर हम परेशान हैं और परेशान किया है सरकार ने ही। आप हम को यहाँ से बाहर धकेल देंगे ऐसी नौबत नहीं आएगी पर फिर भी यदि आप ऐसा करेंगे भी तो बाहर हमारे साथ हज़ारों लोग हैं, उन्हें कहाँ धकेलेंगे।'' वह अधिकारी समझ गया कि इन लोगों को पुचकार कर ही विदा करना पड़ेगा, धौंस से नहीं। तभी भीतर से एक और अधिकारी आया जिसने बताया कि राज्यपाल वोहरा जी ने खेद जताया है कि उन्हें इमर्जेंसी में श्रीनगर जाना पड़ा, अगली तिथि की सूचना आप को दी जाएगी, उस दिन राज्यपाल महोदय पक्का आप से मिलेंगे।

जिस जाति की चेतना में शताब्दियों से निराशा का एक थक्का बन गया हो, वह उस थक्के पर एक परत और रख कर आगे बढ़ता है बड़े धैर्य और श्रैण्य नैराश्य के साथ। दल का मुखिया मुस्कुराया और बोला कश्मीर के लोग सरकार को परेशान करते हैं और हम हैं कि सरकार ने निरंतर परेशान कर रखा है। ठीक है। धन्यवाद।'' अंतिम शब्द उसने अंग्रेज़ी में कहा। वह भी कुछ न बोला सिर्फ़ ऐसे रोष से देखा मानो कह रहा हो कि तुम्हारी हिम्मत। ये शब्द बोलने की पर चलो कोई बात नहीं माफ़ करता हूँ राज्यपाल महोदय की ओर से भी और सरकार की ओर से भी।

दल बाहर आया। बाहर पचासेक लोग मुँडेरों पर बैठे भीतर से इस दल के बाहर आने की प्रतीक्षा कर रहे थे। ये सब अधिकतर वृद्धोन्मुख या अधेड़ वय के थे। सब मुस्कुराते मुखों के साथ खड़े हो गए और दल के लोगों का मुख पढ़ने लगे। सब पूछने लगे, ''क्या हुआ? क्या हुआ?''

दल लज्जा सिक्त-था, इससे पूर्व कि दल का मुखिया सारी बात क्रम से कहे, सब बोलने को उद्यत हुए। सब में क्रोध था और बहुत उचित क्रोध था, कुछ बोले कि राज्यपाल पहले ही भाग चुका है।'' इस पर कुछ लोगों ने बहुत तीखी प्रतिक्रिया की कि यह झूठ है। हमने पता किया वह भीतर है पर ऐन मौक़े पर उसे मुख्यमंत्री ने यह सलाह दी है कि वह आप से न मिले, इसे टालें। दल का मुखिया बोला, अब जो भी सच है, हमें अंतिम रूप से कभी भी निराश नहीं होना चाहिए, ये मुख्यमंत्री, राज्यपाल इत्यादि समय के अधीन होते हैं, सब कुछ वस्तुतः माँ परांबा के हाथों में हैं, वह राज्यपालों की राज्यपाल हैं। देखें आगे कोई कदम उठाना होगा, बच्चों को बचाना होगा। क्या हमने बोला नहीं था पहले ही सूर्य भवन के आयोजन में कि रोको अपने बच्चों को मत भेजो उन्हें इस भयानक गुफा में जिसके आगे उन्होंने अब एक विराट विराट शिला रखी है, जिसे माँ परांबा किसी भयावह रौद्र विस्फोट में ही हटा सकती है। आपने हमारी बात नहीं मानी। हमारी चेतावनियों की रोटियाँ पका कर हज्म कर ली आपने, अब बन गया वह असाध्य रोग। भुगतो अब। अब हमसे जो बनेगा करने

का प्रयास करेंगे।''

''त्रेठ पड़े उस दलाल तिकू पर उसने कहा ये भयानक शर्तें खुद ही हटायेगी सरकार। आप बच्चों को नौकरी ज्वाइन कराओ।''

''हम ने उस एक दिन के मंथन में उठाया था न बेटियों का विषय। बहुत ज़ोर से आँकड़ों के साथ उस पर मंथन हुआ था। हुआ था न, उसने उस समूह के एक व्यक्ति को विशेष रूप से सम्बोधित कर कहा जो उस दलाल तिकू का विशेष चमचा बनकर उन दिनों घूम रहा था। वह व्यक्ति आज बेटी को लेकर बहुत ही व्याकुल दिखा वहाँ। पुनः दल का मुखिया बोला, ''क्या आपने उस घटिया चमचे तिकू से यह बात कर ली। उसे बताया?''

इससे पहले कि जिससे पूछा गया यह प्रश्न वह कोई उतर देता, बीच में कोई बोला, ''वह मा? क्या करेगा। उसने हमको नष्ट करना था, किया। अब वह मौज मार रहा है। उसने व्यापार खोल लिए हैं। बड़ा सा मॉल खोल लिया है। वह कुछ नहीं करेगा। उसने तीन चार लोगों की एक चौकड़ी बनाई है पैसा उन के साथ मिल बांट के खाता है।''

''तो अब माँ महाराज्ञी परांबा के चरणों में सौंप दो सारी समस्याएँ और बच्चे हैं ही उसके ही संरक्षण में, हम अब दिल्ली इकाई के साथ बात करेंगे, देखेंगे गृहमंत्री के साथ एक मुलाक़ात अगर सम्भव हो पाई।'' कहकर सब लोग अपने घरों की तरफ़ जाने वाली मेटाडोरों में सवार होने के लिए सड़क पार करने लगे''।

साठ

कमल जी का फ़ोन आया वह बोले कि किसी तरह से राष्ट्रपति महोदया श्रीमती प्रतिभा पाटिल के साथ मुलाक़ात का समय मिल गया है। कमल जी और वह व्यक्ति जिसने यह मुलाक़ात सम्भव की तथा पाँच स्त्रियों का दल राष्ट्रपति भवन में पहुँच गए। काफ़ी सुरक्षा जाँच इत्यादि हुई। इस स्त्री दल की मुखिया जिसे बनाया गया था वह अन्यमनस्कता से भरी थी। पाँच बिंदु उसे दिए गए कि जो उसे बोलने थे राष्ट्रपति महोदया को। उसे यह भी बताया गया कि राष्ट्रपति बहुत तेज़ी से लोगों के सामने से सुनते हुए गुजरते हैं अतः बोलने वाला बहुत तेज तेज बातें कर सकने वाला होना चाहिए। अब वह इस सब की रिहर्सल किए जा रही थी। उसके मन में निराशा का पहाड़ किसी तकिये की तरह मानो पीठ टेकने को था। उसकी बेटी जो प्रबुद्ध और अच्छी वक्ता थी, वह भी उसे समझा रही थी कि कब क्या शब्द बोलने हैं। किस शक्ति से बोलने हैं। इस का प्रारूप जम्मू दिल्ली दोनों स्थानों पर तैयार किया गया था। मुखिया स्त्री इस नरसंहार की आग में झुलसी झुलसी अब कुंद हो चुकी थी। वह मात्र अपने इष्ट का ध्यान कर रही थी। जम्मू से उसके साथ एक माँ कश्मीरा देवी का सजा संवरा चित्र राष्ट्रपति महोदया को भेंट स्वरूप देने के लिए साथ में दिया गया था। उसकी एक प्रतिशत इच्छा या आशा भी इस मुलाक़ात से न जुड़ी थी। उसके क्रोध को भी कोई स्थान नहीं मिल पा रहा था। अपने समाज पर करती तो उनके मुरझाए, लाचार और उपेक्षित चेहरे उसे करुणा से कंपा देते। जिनमें उसका निज का भी एक भयानक रूप से निरीह चेहरा उसे साफ़ साफ़ दिखता। फिर वह क्रोध का कुंड उठा कर हुकुमरानों और शत्रुओं पर उँड़ेलती, वे उसे एक ही कन्क्रीट छत के नीचे बैठे मस्तियाँ करते साफ़ दिखते। किसी देशबंधु से कहते उसकी संवैधानिक जड़ता उसे तटस्थ बना देती। ले दे कर क्रोध का यह शिखाओं युक्त कुंड उसे अपने ही विराटरूप के भीतर गिरता, बुझता फिर फिर शिखा बनकर ऊँचा उठता दिखता। वह इस को देखने के शगुल में रम चुकी थी और यह उसे लगता कि उस जैसे या जैसी

उसकी पूरी जली जात है। कि अब क्या जलेगा। फिर भी बच्चों की रक्षा करो। बच्चों की रक्षा करो हे राष्ट्र!

हे राष्ट्रपति! "

वह अपने इष्ट का स्मरण करते हुए सोचती है कि क्या कहना है उसे उससे। राष्ट्रपति आ ही रही होगी। सुगबुगाहट ऐसा ही कुछ कहती है। वह सावधान हो गई और राष्ट्रपति उसके समक्ष आ गई। राष्ट्रपति जो भी थी, जैसी भी थी, उससे निरपेक्ष होकर, पर उसके अंदर उसके लिए दिव्य भाव उदित हो उठा, अतः अपने देखने के भाव-रहस्य के बोध के साथ उसने उसके चरणों का निष्ठा से स्पर्श किया और भरसक उसके नेत्र सजल हुए और प्रवाहित हुए शब्द, "हम कश्मीर के शरणार्थी हिंदू। हमें उपेक्षित छोड़ दिया है राज्य ने, इसलिए कि हम हिंदू हैं। हिंदुस्तान में आपके सामने सामने हिंदू जिनोसाइड हो रहा है लगातार, यह राज्य मुसलमानों के लिए काम करता है। पीएम पैकेज में पचहत्तर प्रतिशत लड़कियों का चयन हुआ इसप्रकार राज्य ने धर्मपरिवर्तन की सुहूलियत दी। ताकि हमारा समुदाय पूर्ण रूप से समाप्त हो। पैकेज में भयानक शर्तें रखी गई क्या यह हमारे मानव अधिकारों का हनन नहीं? ये शर्तें कैसे लागू की गई? क्या इसलिए कि इन बच्चियों के सामने मुसलमान से विवाह करने या मुसलमान बनने के इतर कोई भी विकल्प न बचे। अगर यह प्रदेश सरकार ने किया तो केंद्र ने क्यों नहीं इसे हटाया। इसलिए महामहिम राष्ट्रपति महोदया शीघ्रातिशीघ्र ये शर्तें हटायें आप कृपा करके और जब तक कश्मीर के हालात सही नहीं होते तब तक इन बच्चियों को जम्मू प्रांत में समायोजित करें। यह तो साफ़ साफ़ राज्य द्वारा धर्मपरिवर्तन है की व्यवस्था है।"

राष्ट्रपति थोड़ी सहम गई। अग़ल बग़ल देखने सी लगी। उसके संग का अधिकारी क्रुद्ध सा हो उठा। पर ये बातें सुनते ही राष्ट्रपति तुरंत बोली, "अरे नहीं नहीं। ऐसा नहीं। दीजिए मुझे आवेदन।" अफ़सर उसे बढ़ने को कह गया ताकि उस असहज करने वाली कश्मीरी स्त्री से पिंड छूटे। वह भी वहाँ से अब जाना चाहती है और जम्मू तुरताफुरत पहुंचना चाहती है, जहाँ उसकी वृद्धा माँ जिसके पुत्र की इस नरसंहार में मृत्यु हुई है और उसकी अपाहिज हो गई छोटी बहन है जिस पर इस नरसंहार ने भयानक मानसिक आघात किया है। जिनको उसने अपने पति के हवाले कर रखा है अपनी वापसी तक। वह दरवाज़े पर पहुँचने को आतुर है और उसकी सुपुत्री उसे साधुवाद दे रही है कि "बहुत बढ़िया से बात रखी आपने मम्मी मेरी।" बेटी के अमृत तुल्य शब्द उसे ऊर्जा देते हैं पर उसे पता न क्यों लगता है कि कोई आएगा, उसे बंदी बनाकर ले जाएगा और कोड़े मार कर कहेगा, "ऐसे बात करते हैं राष्ट्रपति से? ऐसे सारे अपराधों के आरोप राज्य पर मढ़े जाते हैं वह भी सर्वोच्च शक्ति राष्ट्रपति

पर? किसी ने बताया नहीं ! सिखाया नहीं कि संविधान कहता है झूठ बोलो, सेक्युलरिज्म कहता है झूठ बोलो, लोकतंत्र कहता है झूठ बोलो, न्याय व्यवस्था कहती है झूठ बोलो। शिष्याचार कहता है झूठ बोलो और फिर बोलो "सत्यमेव जयते झूठ मूठ"।"

वे लोग दरवाज़े पर लगभग पहुँच गए, कि कोई आया उनको रोक कर बोला, आप कुछ खा लीजिए कृपया। वे लोग कुछ कुछ आश्चर्य चकित हो गये। कमल जी बोले चलते हैं। कहाँ जाना है?" उस व्यक्ति के पीछे पीछे चल दिए वे उस हाल तक, फिर वह व्यक्ति रुक कर बोला बहुत बोल्ड हैं आप। बहुत बोल्ड। ऐसे सीधे सीधे कम ही बात करते हैं लोग। चलिए चलिए।" वह ये बात भी इधर उधर ताकने के बाद ही कर सका। उन लोगों ने सैंडविच खाया, जिन जिन लोगों ने उसे राष्ट्रपति से बात करते देखा था वे सब उसे देख रहे थे रह रह कर। तब एक सूट बूट पहना व्यक्ति सामने आकर बोला, "यह मेरा कार्ड है, हम महाराष्ट्र के चार्टर्ड एकाउंटेंटस की एक एसोसिएशन है। हमारा दिल कश्मीरी पण्डितों के लिए बाहर आता है प्रायः। आप ने सत्य को सत्य की तरह कहा। साधुवाद।"

एक आश्चर्य के साथ वह निकली इस भवन से बाहर। कि सबको सत्य चाहिए पर इस देश का एक एक हिंदू झूठ और उपेक्षा से भूना जा रहा है।

इकसठ

अचानक उस स्त्री का फ़ोन बज उठा।

''मैं महामहिम राज्यपाल के कार्यालय से बोल रहा हूँ, उनका निजी सचिव। राज्यपाल आप और आप की टीम से बात करना चाहते हैं। उन्होंने 8 अगस्त की दोपहर का समय आपके लिए दिया है।'' ओह! यह क्या? उसके आश्चर्य की सीमा नहीं।

''कहाँ हैं राज्यपाल आजकल?''

''जी श्रीनगर।''

''मैं नहीं आ सकती।''

यह कहने के बाद उसने अग्रणी लोगों को यह सूचना दी और कह दिया कि मैंने उसे मना कर दिया।''

यह सुन सब के सब उस पर टूट पड़े। ऐसा थोड़ी करते हैं, हमसे पूछती पहले।''

वह समझ गई बात का मर्म। ''ओह मैं उसे वापस फ़ोन कर सकती हूँ।''

''फटाफट।''

वह बेहद घबराहट में फ़ोन मिलाने लगी, वहाँ से उतर प्राप्त हुआ।

''जी मैंने अपने लोगों से बात नहीं की थी। मुझे कृपया समय दें।'' सकारात्मक उत्तर आया।

सब लोगों ने तय किया कि जाना चाहिए। लाचार हम हैं सरकार नहीं। इसका अर्थ है राष्ट्रपति ने बात को गम्भीरता से लिया है और वह राज्यपाल की बॉस वही है, तो सीधे यह दायित्व राज्यपाल को दिया, कि यह शिकायत देखी जाए। यह उन शब्दों का ही परिणाम था जो उसने राष्ट्रपति से उसने उस समय कहे थे। यह उसी का प्रतिफल था।''

''प्रतिफल तो ठीक, पर क्या वास्तव में इस प्रयास का कोई फल मिलने वाला है भी अथवा नहीं। यह सब नाटक है।'' गणमान्य या चिंतित लोगों में से एक ने कहा।

“कुछ नहीं कहा जा सकता। इतना संघर्ष किया अभी तक फिर भी हम टेंटों के टेंटों में ही हैं। वहीं कुछ सौ रुपये शून्य आमदनी के लोगों के लिए राहत है। किराए के लोग किराया दे रहे हैं बेचारे, मगर संघर्ष करना भी रुकना नहीं चाहिए।”

“दिमाग़ फट गया है इस गवर्नर का, एक गरीब समुदाय के लोगों, वह भी महिलाओं को जम्मू से श्रीनगर बुला रहा है। यह भी नहीं सोचा कम्बख़्त ने कि किराया है भी हमारे पास अथवा नहीं। हम अपने घरों को ऐसे छोड कर कैसे निकल सकते हैं। यह मज़ाक़ है और यह मज़ाक़ किया जा सकता है हमारे ही साथ, किसी और के साथ नहीं। यह वही वोहरा है जिसने श्री अमरनाथ श्राइन बोर्ड को आवंटित ज़मीन का आदेश रद्द किया था।”

“कीड़े पड़ेंगे इस पर।” उस स्त्री की माँ बोली माला फेरना रोक कर।

“पड़ेंगे ही। हमें कहने की नहीं अपितु प्रतीक्षा और कर्म करते रहनें की आवश्यकता है माँ। तुम क्यों अपशब्द कहती हो माँ। मारो गोली।”

“किस को?”

“उसी को। उस राज्यपाल को।”

“अब बोला ना तुमने भी अपशब्द ही? और बोला ही क्या जा सकता है इन आततायियों के लिए?

बताओ?”

“हाँ माँ हाँ।”

बासठ

उस स्त्री के घर में आज बैठक थी। वे सब आज अंतिम रूप से तय करेंगे कि कैसे जाएँगे। क्या क्या बिंदु होंगे, जिन्हें राज्यपाल के समक्ष रखना है।। राज्यपाल का विस्तृत पत्र प्राप्त हुआ था,

जिसमें राज्यपाल और उसके अधिकारियों के साथ एक घंटे की बैठक का कार्यक्रम था। अतः इन मदों पर विस्तृत रूप से चर्चा और कई कोणों से इन पर बात होनी थी। यह तैयारी करनी थी।

"आप किसी अन्य को भेज सकते हैं क्या?" उस स्त्री ने निवेदन किया।

"क्यों?"

"मेरा मन नहीं कश्मीर जाकर इस सारी वेदना को बखान करने का? मैं राष्ट्रपति महोदया को नहीं जानती थी हालाँकि पता है कि वह कांग्रेसी है पर यह गंद का बोरा है किसे नहीं पता। पता नहीं मैं इससे बात कर पाऊँगी या नहीं। राष्ट्रपति से मैंने पाँच या सात मिनट बातें की। मैं ही बोली, वह बेचारी सुनती गई, चाहे मैं जो भी बोली, पर किसे नहीं पता यह ख़तरनाक आदमी है। यह तो जिहादियों का पक्षधर है, यह क्या करेगा। कोई और जाता अच्छा रहता।"

"यह मीटिंग उसे करनी ही तेरे ही साथ है। तेरे नाम का निमंत्रण है। तुझे अपनी टीम लेकर जाना है। यह काम तुम को ही करना है। नहीं करोगी तो पाप चढ़ेगा तुम पर। तुम्हारे बदले कोई जा ही नहीं सकता। बिल्कुल भी नहीं। हाँ तुम्हारे टीम के लोग कोई भी हो सकते हैं।" उस स्त्री का पति बोला।

तैय्यारियाँ आरंभ हुई। वह स्त्री अब अपना जानलेवा सबक़ याद कर रही है। छः लोग राज्यपाल के बंगले के उस कमरे में घुस गए जहाँ मीटिंग तय थी। मीटिंग में सचिव दो चार थे। एक जिसका नाम राज्यपाल बार बार ले रहा था, वह था माधव। माधव माधव सुनना उस स्त्री को भाया जबकि उसे पता था कि यह सेक्युलर, वामपंथी माधव होगा। यह इस कांग्रेस का माधव है, भारतीयता का माधव नहीं।

टीम उस कमरे में आई। सच यह है कि सब स्त्रियाँ बन ठन कर और अच्छी से अच्छी साड़ी पहन कर आई थी पर उस स्त्री ने देखा कि उमा नाम की जो स्त्री नगरोटा शरणार्थी कैंप से आई थी, उसकी साड़ी के पेंच में एक पेंच फट चुका था। सुदेश नाम की दूसरी स्त्री की दृष्टि जब उसकी फटी हुई साड़ी पर पड़ी तो वह बुरी रंगत में आ गई। बोली, ''उमा ! यह क्या?'' उमा की आँखों में आँसू उमड़ पड़े। उसे लगा कि उसे सम्भवत: यहाँ से निकाल बाहर किया जाएगा। तुर्रा यह था कि वह उस फटी साड़ी पर एक नक़ली हार भी पहन कर आई थी। वे सब वास्तव में अत्यधिक उत्साहित थीं कि उनको राज्यपाल ने बुलाया है और वह राजभवन में उससे मिलने जा रही थी। शेष कुछ अधिक उनके पल्ले नहीं पड़ रहा था। उस स्त्री ने उसे ढाढ़स बँधाया कि कोई बात नहीं। यही होता है प्रकृति का हस्तक्षेप। यह फटी साड़ी ही हमारा आभूषण है इस समय, क्योंकि यही हमारा सत्य है। इस साड़ी की तरह ही फटेगी यह व्यवस्था जो भारत माता को फाड़ रही है। चिंता करने की बात नहीं। हम यहाँ अपने परिधान दिखाने नहीं आई हैं, अपनी पीड़ा की अभिव्यक्ति करने आई है। और यह हार, वह भी नक़ली, इसे पहनने की क्या आवश्यकता थी। यह बात उस स्त्री ने नगरोटा कैंप की उमा से, उसके कपोलों पर हाथ फेरते हुए कही। वह निरीहता में वृद्धि सी कर गई उसके पर वह निश्चिंत भी हो गई।

उन को संक्षेप में सब बताया गया था कि बस उनकी उपस्थिति वहाँ ज़रूरी है, बोलना कुछ नहीं है, बोलने देना है और यदि इन दिनों में कोई इस विषय को अच्छे से पकड़ पाया तो बहुत ही बढ़िया है। पकड़ इस दृष्टि से कि यह सरकार है, यह जिहादियों के लिए सब कुछ कर रही है, इसे हमारे लिए करना चाहिए यह दम चाहिए। यह विषय-वस्तु और तदनुसार शब्दावली हमारे पास होनी चाहिए।

कुछ देर में उस कमरे में राज्यपाल के सचिव जो कई थे वहाँ आ गए। एक आयुक्त जो कश्मीरी हिंदू शरणार्थियों का राहत आयुक्त भी था। जिसके माध्यम से कई जिहादी एजेंडे पूरे करवाए गए थे जिनमें एक था जगती कैंप में हिंदू शरणार्थियों में मुसलमानों के भी परिवारों को स्थान देना जो सर्दियाँ बिताने जम्मू आया करते, उन्हें यह मुफ़्त डेरा मिला था। ये सब के सब कुछ पीडीपी और कुछ एन सी के कार्यकर्ता और खूँख़ार गुंडे थे। जगती के शरणार्थियों ने बहुत विरोध किया था पर कुछ न चली उनकी। वह आयुक्त उस स्त्री को विशेष रूप से रक्तिम चेहरे के साथ परेशान सा लगा। उसने मन में सोचा या तो यह भयानक ग़ुस्से में हैं अथवा बहुत ही चिंतित। उमा ने ही उसकी पहचान बताई थी। बाक़ी सचिवों को वहाँ कोई नहीं जानता था। कान में उमा ने उस स्त्री को यह भी बताया कि उसकी पत्नी एक दिन बूटानगर शारिका मंदिर में माँ परांबा के सामने जार जार रोये जा रही थी और यह

उसे अपशब्द कहे जा रहा था। यह सोचे बग़ैर कि वह एक सार्वजनिक व्यक्ति हैं और उसे पत्नी से ऐसा दुर्व्यवहार नहीं करना चाहिए। उस स्त्री ने आगे उमा को उँगली होंठों पर रख मौन रहने को कहा।

कुछ क्षणों पश्चात राज्यपाल आए। सब लोग सम्मान में खड़े हो गए। उन्होंने अपना स्थान ग्रहण किया। सब बैठ गए। वह स्त्री अपने इष्ट देव का स्मरण और कहने की बात के विषय-वस्तु को भी याद रखने का प्रयास कर रही थी। यह राज्यपाल जाना माना है अपने मुख की मनहूसियत के लिए, पर उस स्त्री को लगा कि उस क्षण राज्यपाल ने कुछ ज़्यादा ही मनहूसियत चेहरे पर चिपका रखी थी, या उसे लगा कि उसने चेहरे पर क्रोध तीव्र रूप से चढा रखा है। राज्यपाल वोहरा बैठ गए। चेहरा खूँख़ार, मानो इन नरसंहार के हिंदू प्रतिनिधियों के माध्यम से सभी कश्मीरी बट्टों का रक्त पी जाएगा। सब ने प्रणाम किया। जिस जिस ने प्रणाम किया, उस उस के मुख पर दीनता थी, पर कोई गुप्त गौरव भी था। उस स्त्री ने भी काफ़ी विनय के साथ उस को प्रणाम कहा, और अपना परिचय दिया।

''आपने क्या शिकायत की है महामहिम राष्ट्रपति से?'' यह पहला वाक्य उस स्त्री पर एक नुकीले पत्थर की तरह पड़ गया। वह क्षणांश में समझ गई कि गवर्नर के चेहरे पर ये रक्त के पत्थर हैं जिन्हें वह जानबूझकर कर उस पर चलाने के लिए आया है। इस को पता है हिंदू कैसे मरता है। वह केवल गोली से ही नहीं मरता है, पत्थराव तो यहाँ के लोग सेना पर करते है। हिंदू एक धमकी और डर दिखाने से भी मरता है।

यह सच भी था/ है क्योंकि हिंदू को मारने का काम जब शताब्दियों से मुसलमान हिंदू से ही करवाता है, तब हिंदू के पास क्या आशा बचती है। जब वह जिस भी महत्वपूर्ण हिंदू जो राज्य का छोटे से छोटा ही पुर्ज़ा क्यों न हो वह क़ानून और प्रशासन का हवाला देता है, लोकतंत्र का हवाला देता है तो हिंदू उसमें से सहज ही बाहर हो जाता है। उस स्त्री को पता है कि यह वही घृणित गवर्नर है जिसने दो मास तक जम्मू के लोगों पर अत्याचार किए, और उसके बाद भी सिर्फ कश्मीर के मुसलमानों को खुश करता रहा। पुलिस से उन पर डंडे बरसवाए, सेना द्वारा उनके युवक मरवाए, टस से मस न हुआ अपने लोकतंत्र और सेक्लरिज्म से। यह वही गवर्नर है जिसे मुफ़्ती सैयद ''अपना आदमी ''कहता था। यह वही है जिसने कभी किसी कश्मीरी हिंदू शरणार्थी की बात न सुनी। वह स्त्री जानती थी कि यह गवर्नर जिसने श्री अमरनाथ श्राइन बोर्ड के लिए आबंटित भूमि को रद्द कर लिया और उस काग़ज़ को मौलाना फारूक के हाथ में उसके टुकड़े टुकड़े करने के लिए दिया, हद यह कि जम्मू के लोग उसी क्षण जुलाई की भयंकर गर्मी में सड़कों पर छटपटा रहे थे कि ऐसी ज़लालत न करो हमारी वोहरा। यह काग़ज़ क्या यह तो हिंदुओं को फाड़

कर फैंका तुमने। पर वह हंस रहा था। और यह तक बोला, ''जम्मू डसंट एक्सिस्ट ''अर्थात जम्मू का कोई अस्तित्व ही नहीं। जम्मू का कोई वजूद नहीं। यह वह गवर्नर है जो मुसलमान हो चुका है। इसकी गतिविधियों से, बस नान रखा है। नरिंदर नाथ वोहरा। है यह घोर घोर वामी और भारत विरोधी। जो सिर्फ और सिर्फ़ मुसलमानों को खुश करता है। वह स्त्री इस बैठक का अंतिम फल भी जानती थी पर अब इस मनहूस से हार मानने की उसकी एक कण के सहस्त्रांश भी प्रश्नोतपति न थी। न न न न कण के सहस्त्रांश भी नहीं। वह वहीं पर सब की ओर से बताना चाहती थी इस गवर्नर को कि ''हमारे समाज में अगर भीरु और बिकाऊ हैं भी पर हमारे समाज का स्वाभिमान है बंदे। उसके चेहरे का एक्स-रे कर चुकी थी वह स्त्री, अतः रणनीति से विनम्र होकर बोली, ''महामहिम, शिकायत नहीं, बस अपने समुदाय के दुख बयान किए, जिन्हें कोई सुनता ही नहीं। बढ़ाता ही है सिर्फ़ बढ़ाता है।''

''क्या कहा है आपने उनसे। शिकायत तो की है।'' यह शब्द उस तथाकथित महामहिम ने ऐसे बोले कि सब सहम उठे। बहुत ऊँची और डाँट की आवाज़ में, मानो अगला वाक्य महामहिम का होगा, ''इसे ले जाकर जेल में डालो, या इसे फाँसी दो।''

''क्यों?''

''क्योंकि इसने राष्ट्रपति से कहा है कि पैकेज में जो शर्तें रखी है सरकार ने वे सीधे सीधे ''राज्य द्वारा हमारे समुदाय की बेटियों का जबरन धर्म परिवर्तन है।''

अतः राज्य के सामने राज्य की गलती बोलना, पाप या अपराध बोलना, किसकी हिम्मत है। किस परंपरा में आता है कौन करता है भई? अतः महामहिम को क्रोध है। क्या पता राष्ट्रपति ने उसे बताया हो कि कोई दो कौड़ी की मुझे दस नागरिकों के सामने ऐसा बोल गई, इतना हौसला कर गई, उसका ज़रा गला घोंट दो। तुम तो माहिर हो। तुम्हें इस विषय में कांग्रेसी और उसके बाद की विचारधाराई सरकारों ने यों ही पद्मविभूषण थोड़े दिया है। जिन पर कीड़े पड़ने उचित है उन उन को पद्म विभूषण दिया है। क्योंकि उन सब ने भारत वर्ष में जहाँ जहाँ मुसलमानों ने दंगे किए, उन उन स्थानों पर दंगे रोके। और शांति लाई। वह स्त्री अभी अभी गूगल पर पढ़ कर आई है कि इस आदमी का सबसे महान निर्णय था जब श्री अमरनाथ श्राइन बोर्ड को यात्रा की सुविधाओं के लिए एक ऐसी भूमि आबंटित कर दी गई, जो मरुस्थल थी, दस मास तक जो हिमाच्छादित रहती थी, उस पर जब कश्मीर के हिंसक मुसलमानों ने बहुत ज़्यादा उपद्रव किया और सड़कों पर निकल आए और हिंसा की तब इसने वह आबंटन रद्द करते मुसलमानों को प्रसन्न किया, शांति की। जम्मू के लोगों, उनका विरोध, उनका दिल टूटना, उनका अस्तित्व, उनकी आकांक्षाओं

की बात कुछ नहीं बोला गया है उसमें। जैसे वोहरा ने कहा था कि, ''जम्मू डसंट एक्सिस्ट ''जम्मू है ही नहीं, यह गूगल ने कर के दिखाया ह। कि जम्मू में जिन आस्था के लोगों का हृदय चीर कर, भूमि वापस लेकर तथाकथित शांति की स्थापना की गई थी, कश्मीर में और तदनुसार देश में। उसमें जम्मू वाले भेड'', बकरे तो क्या, कीड़े मकोड़े भी नहीं। इस से समझ आना चाहिए कि आज तक ये पद्म पुरस्कार जो दिए गये हैं वे अधिकांश ऐसे अफ़सरों को दिए गए हैं जिन्होंने हिंदुओं का दमन कर मुसलमानों को रिझाया और देश में चैन लाया। अस्तु।

अब महामहिम के इस प्रकार उच्चारे शब्दों के उतर में जिस सिहरन और चुनौती का अनुभव उस स्त्री ने किया, उसने सोचा कि यह इस राज्यपाल के अनुरूप ही तो है, तो उसने नस नस में शक्ति का आह्वान कर ऊँची ध्वनि में कहा, ''महामहिम, ''और एक आक्रामक ठहराव देने के बाद बोली, ''हमारी बात सुनिए, हमारे दुख सुनिए। उन्हें दुरुस्त करिए कृपया।''

महामहिम ने सीधे उस स्त्री की ओर देखा और उस स्त्री ने भी देखा कि महामहिम के मुख का पूरा मानचित्र ही परिवर्तित हो गया है। उसके सचिव इत्यादि जितने भी थे वे तो पहले कुछ सतर्क हो गए थे पर उनके मुख पर तुरंत परिवर्तन देख वे थोड़े विश्राम की स्थिति में आ गये। विशेषकर तब जब तत्क्षण वोहरा बोले, ''हाँ आप बताइए।''

राहत की साँस सब ने ली। उस स्त्री ने ली और उसके साथ आई सब स्त्रियों ने ली।

''जी। ''

''महामहिम किंतु हम आप के लिए हमारी अधिष्ठात्री देवी, देवी कश्मीरा का एक चित्र भेंट स्वरूप लाई हैं। पहले आप वह स्वीकार करें उसके बाद हम बात करेंगे।''

वातावरण कुछ कुछ तनावमुक्त हो तो गया, पर था वहाँ तनाव ही। सब लोग खड़े हो गए। महामहिम वोहरा उठे। कोई कैमरामैन भी कहीं से पैदा हो गए। एक से अधिक ही। भेंट की रस्म अच्छे से सम्पन्न हो गई। सब बैठ गए। वह स्त्री गिलास पर गिलास पानी गटक रही थी। जी जल रहा था और हृदय में था चक्रवात उसके।

तिरसठ

सभा शुरू हुई। ''इस मनहूस से मेरी भेंट ऐसे होगी कभी, मैंने सोचा न था। इसे सारा संसार जानता है, मुसलमान इसकी पूजा करते हैं, भारत सरकार का पद्म पुरस्कार विजेता है यह, और मैं एक दीन हीन समुदाय की, वह भी स्त्री। इसने ऊँची आवाज़ में बात की शुरुआत की ही इसीलिए होगी कि मैं एक स्त्री हूँ। पुरुष होता, तो तो तो, तो पता नहीं।''

''हाँ।'' वह बोला अर्थात् पहले बिंदु को रखने का निमंत्रण दिया।

''हाँ तो महामहिम सर्वप्रथम जो बिंदु है जिस पर आप नाराज़ है शायद कि हमने यह चिंता महामहिम राष्ट्रपति महोदया से कही वह हैं पीएम पैकेज का सर्वोपरि निष्कर्ष कि इसमें अस्सी प्रतिशत, जबकि कल तक मुझे पता था कि यह सतर प्रतिशत, पर अब आँकड़े दुरुस्त हुए हैं कि यह अस्सी प्रतिशत लड़कियों का चयन जानबूझकर किया गया है, और इस पर जो शर्तें लगाई गई हैं वे तो ऐसी हैं जैसे कोई इस्लामी देश में काफिरों पर तरह तरह के ज़ुल्म ढाने के लिए ये शरिया शर्तें या धिम्मी क़ानून लगाए जाएँ। उन शर्तों को देखते हुए और अस्सी प्रतिशत अविवाहित कन्याओं का चयन हुआ देखते हुए यह साफ़ साफ़ और निस्संदेह कहा जा सकता है कि यह राज्य द्वारा धर्मांतरण है। इसे कैसे कोई ग़लत प्रमाणित कर सकता है। किसी भी रूप में नहीं।''

महामहिम विकल सा हो उठा। मुख पर पुनः वह क्रोधाकृति आकर बैठने को आतुर सी हो उठी। पर वह स्वयं को सम्भालने का भी प्रयास करने लगा। उसने एक सचिव जिसका नाम माधव था से कहा, ''माधव, क्या हैं इसकी शर्तें?''

माधव हल्के से मुस्कुराया और अपने साथ लाई फ़ाइल को खोलकर पृष्ठ इधर उधर कर ढूँढने का नाटक करने लगा। तब वह स्त्री पुनः आग्रह करने लगी कि उसे जो बोलना है, (जो यों तो उस को सब पता है)वह सुनें कृपया।

''आपने कहा है कि ये अभ्यर्थी जिस ज़िले/ गाँव के बासी थे, वहाँ वहाँ जाकर

ये वसेंगे और वहीं पर इनकी नौकरी करनी होगी। यह एक बिंदु। इसे अभी आप रखिए बग़ल में। अब दूसरा बिंदु है, कि ये कर्मचारी जो कि स्त्रियाँ हैं, किसी भी मूल्य पर, किसी भी समय, किसी भी परिस्थिति में, अपनी नौकरी का स्थान नहीं छोड़ सकती/सकते।

दूसरी शर्त सुनें कि ये अभ्यर्थी कभी भी, किसी भी स्थिति में, कहीं भी स्थानांतरित नहीं हो सकते। न ही ये स्थानांतरण माँग सकते। यदि माँगा तो इनकी नौकरी उसी समय समाप्त हो जाएगी।

और तो और ये सारे पद सुपरन्यूमरी अर्थात् फ़ालतू हैं, जिसका अर्थ ही है केंद्र सरकार द्वारा डाला स्यापा। जबकि इस पैकेज का धन केंद्र दे रहा है, फिर भी इन कर्मचारियों की गणना सामान्य रूप से कर्मचारी-शक्ति या संख्या में नहीं।

अब यहाँ कई बिंदु उपस्थित होते हैं और एक सशक्त निष्कर्ष। पहले मैं उन बिंदुओं पर ही बात करूँगी महामहिम। वह यह कि क्या ये शर्तें लोकतांत्रिक हैं?

दूसरा, क्या ये शर्तें मानवीय हैं?

तीसरा, क्या ये शर्तें न्यायसंगत हैं?

चौथा, क्या ये शर्तें संवैधानिक हैं?

पाँचवाँ, क्या ये शर्तें सेक्युलर भी हैं जिस पर वर्तमान राजनीतिक नैरेटिव मर मिट रहा है।

और अब निष्कर्ष, क्या इसका एक ही उद्देश्य नहीं वह यह कि यह राज्य द्वारा कश्मीरी पंडितों के जिनोसाइड का अंतिम चरण है, पूर्ण रूप से सफ़ाया करने की तरकीब, वह भी अत्यंत विरल। कैसे? ऐसे कि यह राज्य द्वारा कन्वर्शन का बहुत बड़ा खेल है और कश्मीरी पंडितों का खेल ख़त्म करने की सरकारी साज़िश।''

''ऐसा नहीं है मैडम।'' महामहिम ने कठोरता से कहा।

''महामहिम जी। कृपया आप ही बताइए फिर यह है क्या? बताएँ मुझे कृपया कोई। यह हमारी अविवाहित बेटियाँ। इनको सुरक्षित स्थानों पर आजीविका प्राप्त करने का अधिकार नहीं क्या?''

इनके विवाह किससे करें हम जब कि इन्हें जीवन भर वहीं रहना है जहाँ आपने पोस्टिंग की।

ये वे ही क़िस्म के गाँव हैं न जहाँ बलात्कार और हत्याएँ हुई।।

कुपवाड़ा में भी इनकी नियुक्तियाँ की हैं न आपने, जहाँ संसार का जघन्यतम अपराध मुसलमान जिहादियों ने सम्पन्न किया गिरिजा तिकू के सामूहिक बलात्कार के बाद आरे पर चीर कर। राक्षसों का हृदय भी फटता ही होगा भीषणतम ढंग से एक निरीह को मौत के घाट उतार, मानवीय राज्य को उन राक्षसों का अंत करने के लिए

रहना होगा तत्पर। पर यहाँ तो हाल ही है भयंकर। शासन और शत्रु में अंतर करना असम्भव है, बल्कि रह ही नहीं गया है अंतर। शासन कह रहा है बेटियों का ब्याह मुसलमानों से करो। हैं कि नहीं?

और महामहिम बेटे बेचारे हमारी आँखों के तारे। वैसे ही हमारे समाज में अब बच्चे जन्म लेना बंद हो गए हैं क्योंकि न घर है, न रोज़गार है। न एकांत है न भविष्य का ठौर। उस पर ये हमारे लाल ऐसी शर्तों पर यहाँ नौकरी कर रहे हैं। आपको पता है क्या बीत रही है हम पर।

क्या हमें भविष्य पर कोई अधिकार नहीं?

क्या हमारे बच्चों को सामान्य जन की तरह नौकरी का अधिकार नहीं?

और महामहिम! हम जानते हैं कि यह पैकेज केंद्र से बनकर आया। इसका श्रेय निस्संदेह एक प्रधानमंत्री को जाता है। पर उन लोगों ने यह पैकेज प्रदेश सरकार को क्रियान्वित करने के लिए पकड़ाया। अवश्य ही ये शर्तें नहीं थी नत्थी इसमें। सबसे बड़ी बात कि केंद्र सरकार ही इस पैकेज का वित्तीय भार वहन कर रहीं है, पर दिया उन्होंने प्रदेश के हाथों में। उनको यह बर्दाश्त कहाँ होता कि केंद्र से यह सुख और राहत हमें मिले। सो प्रदेश के प्रशासन में बैठे सभी खूंखारों ने इस में साज़िश कर दी। इसी को ऐसे दिया कि यह रोज़गार नहीं मृत्यु है। यह रोज़गार नहीं निर्विकल्प धर्मांतरण का साफ़ साफ़ निर्बाध मार्ग है। यह बेबसों को और और बेबस करने की एक मज़ेदार किंतु सच्ची कथा है जो भविष्य में गूंजती रहेगी। यह नौकरी नहीं मृत्यु दण्ड है साफ साफ़। हाय हमारे बच्चों की रक्षा करिए सरकार। हमारी सरकार भी तो आप ही हैं। हम कहाँ जाएँगे?''

चुप्पी छा गई। न कोई सचिव बोला कुछ, न ही महामहिम के गले से कोई शब्द फूटा।

वह पुनः बोली, ''क्या ये नियुक्तियाँ अपने मूल स्वरूप में अभारतीय नहीं है यहाँ का जिहाद करने वाला कर्मचारी भी ट्रांसफ़र का हक़दार है। वह कहीं भी जाने को स्वतंत्र हैं। जबकि प्रमाणित है कि वह भारत के विरुद्ध है, भारतीयता के बिल्कुल विरुद्ध है। पर उससे मानवीय व्यवहार किया जाता है। उसके मानवाधिकार अक्षुण्ण हैं। कश्मीरी हिंदू एक तो नष्ट किया उसे जिहादियों ने, फिर नष्ट किया जा रहा है उसे राज्य के द्वारा। इस में दो बातें हो रही हैं महामहिम कि जो लड़कियाँ नौकरी कर रही हैं वे चुप चुप रो रही हैं। कहती हैं हम नरक में हैं हमें निकालो कृपया। आप कल्पना कर ही सकते हैं महामहिम। कुछ दिन पूर्व मैं उज्जैन महाकाल की यात्रा से आ रही थी, मैं मालवा ट्रेन में बैठी थी। दिन की यात्रा थी। मेरा फ़ोन बज उठा। श्रीनगर से पीएम पैकेज की यही युवा स्त्रियाँ। पता न क्या हो गया था वहाँ कि वे व्यसू क्वार्टरों

से बोल रही थी। बोल क्या रही थी, ऐसा हृदय विदारक ढंग से रो रही थी, कि वे और कुपवारा की ये लड़कियाँ किसी भयानक जाल में फंस गई थी। रो रो कर बोली कुछ करो हमारे लिए, हमें इस नरक से निकालो। हमें नौकरी की ज़रूरत है। बेघरों और बेबसों को नौकरी नहीं मिले तो किस को मिले महामहिम। वे जो हमें, भारत और हमारी रक्षक सेना को समाप्त करने के लिए बंदूक़ उठाते हैं और फिर चलाते भी हैं? क्या हमें नौकरी का अधिकार नहीं?'' क्या हमारे मानवाधिकार नहीं हैं। क्यों हो रहा है इस देश में? ज़ुल्म उनके साथ, जो इस देश की मिट्टी, संस्कृति, इतिहास, धर्म और अध्यात्म से प्यार करते हैं।

महामहिम मैं उन लड़कियों से क्या कहतीं। उन्होंने भी मुझे बोला जो खुद उन में से ही एक हैं।

महामहिम यह किया ही इसलिए हैं प्रदेश सरकार ने कि इस में से आधे से अधिक नहीं करेंगी यह नौकरी। दूसरा यदि कुछ नौकरी में आएँगी भी पर कुछ ही समय बाद परिस्थितियों के असह्य और अनियंत्रित होने पर रोज़गार छोड़ कर भाग खड़ी होंगी। जो करेंगी नौकरी वे तो पूरी तरह से या तो इस्लाम में कन्वर्ट होंगी, जो नहीं होंगी, वो मारी जाएँगी। यही होगा इसका परिणाम। और हमारे समुदाय का अंतिम बीज भी समाप्त। जिनोसाइड कम्प्लीट।''

चुप्पी छा गई। न कोई सचिव बोला कुछ, न ही महामहिम के गले से कोई शब्द फूटा।

चौंसठ

और सरसिज मैं तुम्हें वे अनगिन कष्ट बताना चाहता हूँ जो खबर नहीं बने। मेरी ही ममेरी बहन ज्योति को जीव विज्ञान में डॉक्टोरेट होने के बावजूद भी नौकरी न मिली। जब उसे पैकेज का आदेश मिला, शर्तें देख उसके होश उड़ गए। फिर भी जब वह आई ज्वाइन करने तो ज्वाइन कराने वाले अधिकारी ने उससे कहा, "यह साड़ी वाडी हिंदुस्तान में उतार के रखना, यहाँ यह नहीं चलेगी। यहाँ हिजाब चलेगा। और यह बाजू वाजू बंद रहेंगी। यहाँ नमस्कार नमस्कार नहीं बोलना, कुफ्र है वह। समझी मोहतरमा। समझी आप? करिए दस्तखत़, मैंने सोचा पहले ही बता दूँ, फिर न कहना हमें खबर न दी।" उस ने अंतिम शब्द हल्के गाते हुए बोले।

उसके साथ उसका पति आया था, ज्योति को चक्कर आ रहे थे। वह उस विभाग से बाहर आई, उसे थामा अपने पति ने और कहा, मुझे यहाँ से दूर भागना है। जो नौकरी करने आएगी, कठिन ही है कि वह बचेगी इन जिहादी हत्यारों से। वापस आ गई दिल्ली के उत्तम नगर के एक विद्यालय में वह प्राइवेट जॉब करती है। क्या उसे अधिकार न था नौकरी का?

एक कवि हैं। कश्मीरी में कविताएँ करता है। इधर की भी बातें करता है और उधर की भी बातें करता है। उसकी दो बेटियाँ हैं। दोनों ने पिता से कहा, "पापा हम वहाँ नहीं जाएँगी। आप ने हमारे लिए कश्मीर छोड़ा, फिर हमें उन दरिंदों में क्यों वापस भेज रहे हो पापा। हम यहाँ कोई प्राइवेट जॉब करेंगे। पर पिता उन्हें विवश करता हैं। उन पर ऐसा दबाव बनाता रहा कि उन्हें आवेदन भरना पड़ा। उनका चयन हो गया। छः मास के भीतर भीतर परिणाम आया की जो सबसे बड़ी बेटी थी, वह कन्वर्शन कर गई। छोटी नौकरी छोड़ आई और यहाँ एक हिंदू से विवाह कर उसे बताया कि कृपया मुझे धर्म सहित बचा लो। जबकि जार जार अपनी बड़ी बहन के लिए रो रो कर बता रही थी कि उसको भी अपना धर्म कितना प्रिय है, पर क्या हुआ, पता न चला। वहीं सबसे अधिक मना कर रही थी वहाँ नौकरी का आवेदन करने से।

अब यह जो एक समाज को पागल कर देना, निर्णय न ले सकने की स्थिति में डालना, आगे कुँआ पीछे खाई खोदने का काम करना, यह सब सरकार का कर्म है। कायर और स्वार्थी नेताओं का पाप है जो यह भूमि भी भोग रही है और समाज के बच्चे और माता-पिता भी। हर तरफ़ से टूट रहा है समाज। हर तरफ़ से मिट रही है मानवीयता। हर तरफ़ से जीत रहा है शत्रु। हर तरफ़ से जीत रहा है जिहाद। अब वह कवि कहीं दिख नहीं रहा। पत्नी उसकी अर्थात् उन दोनों पुत्रियों की माता पिछले महीने ही चल बसी। समाप्त परिवार। जिनोसाइड कम्पलीट। पूर्ण नरसंहार।

मान लो आपने एक काल्पनिक जाल में फाँस दिया राक्षसों को और उनसे यह वादा किया कि तुम मुझे परेशान न करो मैं तुम्हारे भोजन की व्यवस्था करूँगा ही करूँगा। बस मुझ पर विश्वास रखो। आप यह मानते हैं कि आप इस राक्षस का वध कर ही नहीं सकते हैं। वह आपके पिंजरे में आकर दूसरे तरह की मौज मस्ती करता है। ऐश मारता है। ऐश की सारी वस्तुएँ तुमसे बिना श्रम किए पाता रहता है। तुम्हें भ्रमित रखने के लिए वह तुम्हारे पिंजरे में भी रहता है। अब तुम को उसका भोजन ढूँढना है तो तुम उन्हीं के द्वारा सबसे निरीह, बेबस, असहाय, निराश्रित जीवितों के समुदाय को उठा कर उसके पिंजरे में डालते हो। कि लो भोजन। जिसे उठा कर डाल रहे हो उसे कह रहे हो, मैंने उस को कहा है कि वह तुम्हें नहीं खायेगा, और तुम्हें वहाँ कम से कम भोजन तो मिलेगा ही। वह सोचता है कि मैं ही शिकार थोड़ा हूँगा, बच भी सकता हूँ। मैं भी अपनी कारिस्तानी करके खुद को बचा ही लूँगा। और देख रहे हो कि बच कोई नहीं रहा। सब बारी बारी। सब की बारी। हे प्रभु। या हो सकता है कि मैं बच ही जाऊँ। और लोग ग्रास बने। सब यही आशा करते हैं कि वे बचेंगे। पर।

दोनों ने देखा कि पौ फट रही हैं। लालिमा और चाँदी जैसी रश्मि रेखाएँ भुवनव्यापिनियों की शाखाओं में से नीचे उन अलौकिक पत्थरों पर अपने पग मानो डालते हैं और माँ के चरणों में लहरायित अमृत कुंड में डुबकी मार कर स्वयं स्नान और माँ काँ चरणामृत पान कर रहे हैं। वे दोनों चौंक गए।'' अरे सरसिज प्रातः हो गई।''

''हाँ। गौरव भैया।''दोनों ने देखा बंटू जी भी आ रहा है। माँ की प्रातः काल की आरती सम्पन्न होने वाली है। वह अब घर से क्षीर का प्रसाद भी बना कर लाता है। वह उस मुसलमान फूल और आरती का सामान बेचने वाले को नहीं देख सकता है, वह चाहता है किसी प्रकार वह उसे न देखें, चाहे नेत्र ही बंद क्यों न करने पड़े। क्योंकि उसे वह अपनी घोर पराजय और अंधकारमय भविष्य या मृत्यु जैसा जान पड़ता है।

पैंसठ

वे दोनों अपनी अपनी ड्यूटी पर तो गए थे, पर सरसिज शीघ्र ही लौट आया। उसके लिए विशेष काम न था। वह फ़ील्ड पर जाता है, पर वहाँ उसका विशेष दायित्व न था कुछ आज। उसका एक गूजर सहयोगी भी ऐसे ही करता है। वह भी इस पैकेज में डाल दिया गया है। वह मुसलमान हैं पर पता न कैसे इस पैकेज में मुसलमानों को भी शरणार्थी माना गया है, जो कि अच्छे ख़ासे घाटी में रहते हैं। उनके घर हैं घाटी में। कइयों ने घाटी में हिंदुओं के घरों को हड़प कर गूजर मुसलमानों को उनमें बसाया है। जिन लोगों ने इस पैकेज के अंतर्गत इन भयानक शर्तों के कारण नौकरी नहीं की, उनके स्थान पर इन गूजरों और अन्य मुसलमानों को खुलकर लगा लिया गया। इसका अर्थ ही है कि जिन्हें बेहद और बेहद आवश्यकता थी वित्त की उन्होंने इस आग में छलांग लगाई। पराकाष्ठा यह कि यदि इस नौकरी में आने से कोई स्त्री भयभीत हुई और नहीं आई, उसके स्थान पर कश्मीरी समुदाय की ही उसके बाद के अंकों वाली हिंदू युवा स्त्री को नौकरी पर बुलाया गया, पर यदि कोई पुरुष युवक न आया, उसके स्थान पर किसी मुसलमान को लगाया गया। यह समंतात विजय पताका देख कितना मरता, घुलता और घटता और गिरता है हिंदू, यह दूसरा हिंदू नहीं जानता।

गूजर सहयोगी की यह प्रवृत्ति देख सरसिज ने सोचा, "क्यों न मैं भी पहुँच जाऊँ वापस, धर्मशाला में और थोड़ी नींद लूँ।।" सारी रात के जागरण के कारण उसे शरीर में ज्वर जैसा लग रहा था। फिर जितनी उन दोनों के मध्य बातें हुई थी, वे तो फटे ज्वालामुखी थे, जो अपने भीतर सहेजना कठिन था और "सच तो यह हैं एक निमिष भी नींद नहीं ली है मैंने, उसी का स्वास्थ्य पर यह प्रभाव है।" सोचा उसने और अब वह बस नींद लेना चाहता है कि वह निर्भार अनुभव करें। वह गौरव के विषय में भी सोच रहा था कि बड़ी बात नहीं वह भी शीघ्र ही लौट आया हो। उसने गौरव के दरवाज़े को देखा कि वहाँ छोटे से से ताले से बंद है दरवाज़ा। वह सीधे

चला गया ऊपर और बिस्तर को सुधार कर अपना शरीर उस पर डाल कर अनन्य विश्रांति का अनुभव करने लगा।

वह नींद से निढाल, था अचेत सी अवस्था में वह इतिहास के असह्य विस्फोट, व्यवस्था द्वारा उपेक्षा, परिवार से दूरी, जबकि अपने गाँव घर के निकट होने के क्षीण भान और सर्वाधिक वह माँ महाराज्ञी परांबा के दिव्य और काल की जितनी आयु हैं उतने प्राचीन आंगन की एक धर्मशाला, या धर्मशाला को भी हटा दो अपनी दृष्टि से तो, बचता है अलौकिक कुंड से दूरी पर प्रांगण में दाहिनी दिशा के एक कोने पर बेसुध पड़ा है। माँ परांबा जानती और देखती है कि वह उसे पड़ा हुआ देख रही है। वह इस बेसुधी में माँ को बराबर देख रहा है कि वह कह कुछ नहीं रही सिर्फ़ उसे पड़ा हुआ देख रही है। वह करवट बदल कर पुनः पूर्ण रूप से अचेत हो जाना चाहता है। उसकी यह दशा देख कर गौरव सोचता है कि वह नींद की भयंकर चपेट में है, अतः उसे जगाना बिल्कुल भी उचित नहीं। वह धीरे-धीरे कमरे से बाहर आया और अपने कमरे में लौट आया। सोचने लगा कि सम्भवतः उसने खबर सुनी नहीं है, वर्ना कुछ भी होता यह नींद की गोद में यों न समा जाता। अतः इसे जगाना उचित नहीं। उसने सोचा। और अपने कक्ष में वापस चला गया। घरवालों से फ़ोन पर बात की और जान गया कि उन्हें भी खबर की कुछ खबर नहीं।

गौरव ने अपने फ़ोन पर कश्मीरी भजन लगाए पर चित्त भजनों में नहीं ठहरता। उसे उस स्थिति, जब वह भजन में दिल लगाता है या उसका दिल लग जाता है और उस स्थिति में जब उसके चित्त में ऐसा कुछ हो कि उसकी त्वचा पर मानों अदृश्य और भयावह कीड़े रेंग रहे हो, पर आध्यात्मिक उपचार की आवश्यकता हो, पर वह उपचार काफ़ी कड़ुआ लग रहा हो, का अंतर जानता है। वह पूरी तरह से स्वयं को ऐसा समझता है कि वह उखड़ गया है। मानों किसी खतरनाक खड्ड के ऊपर सिर के बल लटक गया हो। उसे उस खड्ड से स्वयं को स्वयं ही सुरक्षित स्थान पर लाकर फिर वह अपनी टांगें ऊपर हुई स्थिति को भी दुरुस्त करना है। वह प्रांगण में गतिविधियों को देख रहा है, कोई अकश्मीरी भक्त माता के दर्शन करने आए हैं। बंटू जी उनकी रोली मौली लगाने का अनुष्ठान सम्पन्न कर रहा है, बंटू जी उनसे दक्षिणा प्राप्त करता है। यह देखना उसे उपचार जैसा ही लगता है।। शाम भी घिर आई है! पर गौरव सरसिज के जागने की तीव्र प्रतीक्षा कर रहा है, अतः वह अब नीचे माँ महाराज्ञी परांबा के प्रांगण से होते हुए पवित्र कुंड की ओर जा रहा है। बंटू जी को देख रहा है कि वह कब सायं की आरती का आह्वानिक शंखनाद करें। उसका सबसे अधिक उसमें अभिप्राय था सरसिज के जागने का। वह नहीं जगाएगा ऐसा उसने प्रण कर लिया।

आरती हो भी गई पर सरसिज नहीं जागा, अब गौरव से रहा न गया। वह सीधे सरसिज के कक्ष की ओर धर्मशाला की सीढ़ियाँ चढ़ने लगा। सरसिज जाग गया था, क्योंकि सीढ़ियों पर किसी के चढ़ने की ध्वनियों को सुनते ही उसने दरवाज़ा खोला और मुस्कुराते हुए गौरव का अभिवादन किया।

"आप आ गए भैया! मैं आप के पास ही आ रहा था। कल का जागरण हुआ था न, मैं आज़ अस्वस्थ सा अनुभव कर रहा था। आ कर लेट जो गया सो अभी तक मुझे होश नहीं।"

"मुझे मालूम है सरसिज हाँ। तुम तो ऐसे सोये थे कि मैं खड़ा रहा देर तक, तुमने करवट भी बदली और एक आँख खोल कर देखा भी फिर बंद कर सो गए। मैं समझ गया और कमरे वापस लौट आया। तब कमरे में दिल न लगा। आरती की। वापस आया, सोचा अब के तो तुम को जगाऊँगा ही।"

"मैं बंटू भैया के शंखनाद से ही जागा और उठा। तब थोड़ा कमरा ठीक कर लिया और सोचा अब आप को अपने पास लेकर आऊँगा। आलू छीलकर रख लिए। आलू और कुछ मटर मेरे पास है। वह पकायेंगे। आप बैठो। आप ने आज आराम भी नहीं किया।"

छियासठ

गौरव वास्तव में ही उनींदे के कारण थका था ही। उस पर जो उसने आज सुना था उससे उसके भीतर खलबली थी। वह उस पर सरसिज से खुलकर बात करना चाहता था। अत: वह उसके बिस्तर पर आराम करने की मुद्रा में बैठ गया और समझ गया कि जो कुछ उसने आज सुना है वह सरसिज ने निश्चित ही नहीं सुना है।

''पहले चाय चलेगी भैया, मैं जम्मू से रोठ लाया था। उसके कुछ टुकड़े बचे हैं। जब तक खाना बनता है तब तक के लिए वह पेट को सांत्वना देगा।''

गौरव मौन रहा अर्थात् वह सरसिज की इस योजना के साथ सहमत है। चाय हो गई। गौरव ने पूछा, कुछ समाचार इत्यादि है आज? माँ से जम्मू बात की।''

गौरव की यह बात और साथ ही यह पूछना कि क्या उसने जम्मू अपने घर बात की सुनकर कुछ भय और शंका से भर उठा सरसिज। भय और आश्चर्य से गौरव को प्रश्नाकुल होकर पूछा, ''क्यों भैया? सब सकुशल तो है?''।

''सब सकुशल नहीं हैं, जो इस पैकेज को शासन के द्वारा धर्मांतरण बोला गया था/ है, वह सब सत्य सिद्ध हो रहा है।''

''क्यों क्या हो गया गौरव भैया? मुझे फटाफट बताओ। मुझे कुछ पता नहीं क्या हुआ?''

''लड़कियाँ हमें मिट्टी में मिला कर ही रहेंगी। एक लड़की जो क्वार्टरों में रह रही थी, उसकी एक मुसलमान से शादी हो गई है कल। उस लड़के ने उस भट्ट लड़की को उपहार में ''स्विफ़्ट ''कार दी है।''

''क्या शादी हो भी गई। और गिफ़्ट में ''स्विफ़्ट ''कार? हे प्रभु! ये गिफ़्ट भी मिलने लगे तो भैया एक भी न बचेंगी। सब साफ़ हो जाएँगी। यह तो अब हद हो गयी। क्या इसके विरुद्ध उसके माता पिता ने कोई विरोध दर्ज नहीं किया भैया। और आपको यह खबर कहाँ से लगी?''

''मेरे एक दसवी कक्षा के छात्र ने यह सूचना दी और मोबाइल पर वीडियो

दिखाया कि एक किलोमीटर तक रिसेप्शन पर सजावट की थी लड़के वालों ने। लड़के वाले कोई राजनेता का परिवार है ऐसा उसने कहा। नैशनल कांफ्रेंस से उस लड़के के परिवार का सम्बन्ध है। लड़की की माँ उस मुसलमान दामाद को ''फिरसाल ''पर बुला रही है बूटा नगर कैंप में। ''

''क्या कह रहे हो भैया, वहाँ जो बट्ट रह रहे हैं वे मौन हैं क्या। हाथ पर हाथ धरे बैठे हैं।''

''काफ़ी बवाल हुआ है, पर लड़की की माँ के कान पर जों नहीं रेंगती। वह फूले नहीं समा रही कि एक राजनीतिक ख़ानदान के बेटे से, चाहे मुसलमान ही क्यों नहीं वह, उस की बेटी का सम्बन्ध हो रहा है। वह यह तक बोली कि देर सवेर सब को इस्लाम में ही जाना है, फिर ''अल्लाह ताला ''ने उसे मौक़ा दिया तो गँवाना क्यों।''

''पति नहीं उसका मतलब उस लड़का का पिता। ''

''नहीं। कहते हैं कि अनन्तनाग की ओर कोई गाँव हैं जिसका नाम मैं भूल रहा हूँ इस समय, गाँव का नाम उस छात्र ने ही बताया, और पूरा ब्यौरा, उस गाँव में उसके घर दो बंदूक़धारी, नक़ाबपोश, फिरन पहने गए। उस के पिता को तलब किया। नहीं आया सामने वह तो घर के पिछले गवाक्ष से छलांग लगाई और नीचे सर्दियों के चारा रूप में गाय के लिए जो सूखे घास भण्डार था उस पर गिर गया और उसी में छिप गया। वे लोग वहाँ से आये तो घास में खलबली देखी अनगिन गोलियाँ दागी दोनों ने। बंदूक़ ख़ाली कर दी। घास के नीचे से जब खून बहता देखा तो वे विजय भाव से ''अल्लाहो अकबर ''कहकर चले गए। उसके बाद माँ बेटी कैंपों कैंपों भटकती रही। बेटी ने पढ़ाई की। कोई विषय में स्नातकोत्तर किया। नौकरी समेत वापस आ गई।'' बटव रोस तु बटन्यव सान ''चरितार्थ हो गया। इसे हम रोक न पाए। हम कुछ कर पाने की स्थिति में नहीं। सरकार उनके पक्ष में हैं। उनके यहाँ गजवाए हिंद एजेंडे में प्रगति कैसे हो रही है, मेरी कक्षा दसवीं के छात्र में रखा है यह पंजीयक, और हद यह कि मुझे कुछ पता नहीं। मुझे उसके माध्यम से पता चल रही है बात। वह छात्र प्रतिनिधि है इनकी सबसे छोटी व आगामी पीढ़ी का, जागरूकता और युद्ध की तैयारी का अनुमान लगा सकते हो। बस यह खबर तुम से साझा करनी थी।''

''पर भैया वह माँ कैसे उसका ''फिरसाल ''कर सकती है अपनी बेटी के उस मुल्ले का। बट्टों को चाहिए कैंप से उसे निकाल फैंकना। इसका मतलब है सबसे पहले वही मुसलमान हो चुकी है। वह तो वहाँ गंदी मछली है। उस को देख कर सभी में यह विचार आएगा कि ठीक है ...।''

''हाँ तुम ठीक कह रहे हो कि जब अपना कोई माई बाप नहीं, संरक्षक नहीं तो

फिर ठीक है यही। शांति से कर लो। सुना है वह स्त्री कहती भी है कि उसके पति को मारा गया, कहीं से उसे धेला भी सहायता नहीं मिली। सरकार ने उसको पूछा तक नहीं।''

''पर भैया यह भी कैसी बात है, मानो धर्म पर संकट आया है। धर्म हमें एकाकी और अकेला कर रहा है, फिर भी धर्म छोड़ें क्यों? हमें ईश्वर ने उस धर्म को सौंप दिया है। धर्म हमारे चित्त का घर है। धर्म हमारी वास्तविक कोख़ है जिसे माँ के हवाले प्रकृति ने किया है। धर्म ही सूक्ष्म धरती है हम उसमें से निकल कर उसे रिक्त कर रहे हैं, यह कहाँ की नैतिकता है। अपने घर में मुसीबतें हों, कष्ट हो, जो भी हो, श्रेष्ठ तो वही है।'' पर धर्म भयावह ''का अनुवाद करूँ, ''पर धर्म (घर) है भयावह ''भले अपने धर्म में सौ मुसीबतें हैं, जब जन्म लिया है इसमें तो इसी में मरना भी तो है ही। कैसे दिमाग़ ख़राब कर दिया हैं मज़हब ने इस पूरी सहस्राब्दी में धर्म के मनुष्यों का। ललद्यद ने चौदहवीं शती में कहा है कि ''हया मस कथ लगुय परधर्मस ''अर्थात् हे कश्मीरियों! इस परधर्म (मज़हब इस्लाम) तुमको क्या रस आने लगा है? सम्भवतः उसने इस प्रकार धर्मांतरण का शिकार हुए या हो रहे थे उनको मार्ग पर लाने का प्रयास कर रही थी। उससे पूर्व महामाहेश्वर भगवान अभिनवगुप्त, चेता रहे हैं अपने महान ग्रंथ तंत्रालोक में, पंद्रहवे अध्याय में अट्ठाईस और उनतीस कारिका में कहते हैं कि हे शासन में बैठे राजा लोगों ध्यान और योग के केंद्र खोलो।'' अतन्मय ''लोगों को योगस्थ, ''तन्मय ''कर दो। ये दूसरों के यहाँ ''म्ले्छों ''के यहाँ भाग भाग रहे हैं। ऐसा वह दसवीं शती में कहते हैं। क्योंकि लगभग लगभग इसी समय में हर्ष भी होता है। वली क्या पता अपनी बहत्तर हूरों के साथ आ गया हो। इस्लाम स्थापित हो रहा हो तब कश्मीर में। ऐसा ही लगता है। वर्ना अभिनवगुप्त ऐसी चिंता क्यों व्यक्त करते। कोई गहराई से इस पर चिंतन नहीं करता। आज यह मज़हब ऐसे जम चुका है कि में सब को लगता है कि समय रहते यहाँ से (धर्म से) निकल लो। मुसलमान हो जाओ। वहीं सुरक्षित भविष्य है।''

''बड़ी जटिल बातें कर रहे हो तुम सरसिज। धर्म अगर धरती है तो हमसे वह धरती ली गई हठात्। छीनी गई।''

''सच है गौरव भैया, पर मैं जहाँ तक कठोर प्रश्न को सुलझा पाया हूँ तो यही हाथ लगा है कि यह शरीर सर्वप्रथम धर्म की धरती है। यह शरीर जिस धरती पर बना, जिस नैतिकता, इतिहास, संस्कृति, सभ्यता, दर्शन, दृष्टि उस सब का निकेतन जो धरती है वह हमारे धर्म की धरती है। अब यह सब कोई छीनता है उसे कई दृष्टियों और स्तरों पर बर्बर कृत्य करने हैं। धर्म के ये सारे आयाम समाप्त करने के लिए उसे पहले हमारे शरीर ख़त्म करने हैं जिनमें यंत्र की भाँति धर्म नामक एक प्रकाश का

वास है। इस प्रकाश यंत्र का निर्माण कितनी कितनी वस्तुओं से होता है भैया, वह सारा तंत्र उस धरती पर खड़ा होता हैं। मज़हब धर्म की ये सारी तारें तोड़ने में अपनी ऊर्जा, अपना मानव संसाधन, अपनी सारी मानवीय गरिमा खपा रहा है। जब से मज़हब अस्तित्व में आया। आज तक लगा हुआ है, पर ध्येय पूरा न हुआ। होगा भी नहीं। भले ही हताश और निराश लोग सोचे, धन, जन, सुरक्षा सब यहीं से मिलती है। पर नहीं मिलती। बिल्कुल भी नहीं मिलती भैया। देखना हम अपना कश्मीर वापस प्राप्त करेंगे। बराबर प्राप्त करेंगे। निस्संदेह प्राप्त करेंगे।''

गौरव समझ गया कि यह खबर सुन कर सरसिज व्यथित हो उठा है और निःसहाय भी अधिक हो गया। मानो वह चीख चीख कर उस माँ और उसकी बेटी को आभ्यंतर में रो रोकर समझा रहा हो कि ऐसा बहुत ग़लत किया तुमने। मानो वह उन्हें विश्वास दिला रहा हो कि कश्मीर में सनातनता पुनः लौटेगी अतः इतना शीघ्र पराजय स्वीकार नहीं करनी चाहिए। इत्यादि। गौरव ने देखा कि वह अब भोजन बस पका रहा था, मन उसका बहुत कष्ट में छटपटाते हुए उसकी समझ से भी बाहर अदृश्य परिधियों में भाग भाग रहा था।

''तो कनवर्शन बाइ द स्टेट ''अभियान ने गति पकड़ ली है'', बोलने को था गौरव सरसिज से, पर बोला नहीं। दोनों में चुप्पी थी। वह समझता है सरसिज बहुत भाव-सिक्त है। उससे यह कठोर निष्कर्ष सुने नहीं जाते, सहे नहीं जाते। वह सरसिज के साथ खड़ा था। सरसिज अप्रत्याशित रूप से चुप था, कि सहसा बोला, तो गौरव भैया सरकार का अभियान तेज हो गया। न रहेंगे हम न रहेंगी सरकार को परेशानियाँ। और पता नहीं आप सहमत होंगे भी सरकार कोई भी हो, कमजोर, शालीन और सभ्य पर क्रूर होती है।''

गौरव ने सोचा अच्छा ही किया उसने स्वयं को यही बात कहने से रोका।

सडसठ

आज रविवार है। एक अलौकिक, धूपिल प्रात। गौरव और सरसिज निकल पड़े हैं। दोनों के पास स्कूटियाँ है पर आज सरसिज ने ही अपनी स्कूटी निकाली है। चला वही रहा है। गौरव पीछे बैठा है। आज वे दोनों सरसिज के मातामाल के इष्ट नंदिकेश्वर महाराज के अस्थापन पर सुम्बल जायेंगे। सुम्बल एक पुष्प का कश्मीरी नाम है जो भगवान शिव को प्रिय हैं। और सुम्बल नन्दिकेश्वर महाराज अर्थात् शिव जी का वाहन तथा गणों में से प्रधान गण का कार्य स्थल है। यह लोक मान्यता है। वह यह कार्यक्रम पहले ही तय कर चुके हैं। मार्ग में एक स्थान पर सरसिज ने स्कूटी को रोका और दोनों नीचे उतरे। प्रकृति की छटा ऐसी थी मानो हृदय इसे देख देख कर आनन्दानुभूति से फट कर विस्तार पाएगा।

"गौरव भैया! देखिए यह आकाश की विलक्षण नीलिमा, ये श्वेत अभ्र, ये चोटियाँ स्लेटी, काली, वृक्षों से लदी होने पर हरी हरी, वे सबसे ऊँची हिमालय की चोटियाँ इस गर्म ऋतु में भी हिम कोष से सजी सफ़ेद और फिर नीचे की यह धरती। यह मेरी धरती है गौरव भैया। मेरी धरती है, हाँ हाँ।" अंतिम पाँच शब्द सरसिज ने कुछ यों ऊँची ध्वनि में उच्चारे मानो गौरव से ही उसकी इस बात पर लड़ाई हो। गौरव ही उसकी यह बात न मान रहा हो कि वह सब कुछ, सारी प्रकृति, उसमें जो कुछ भी व्याप्त है वह उसी का हो। सरसिज का ही। सिर्फ़ सरसिज का। यों तो गौरव भैया का भी है वह पर चूँकि उस में एक संयत होने का गुण है, जिसे सरसिज मानता है कि उसने दावेदारी छोड़ दी हो मानो। पर सरसिज चीख चीख कर कह रहा है कि नहीं, हट जाओ सब। सब के सब, यहाँ से, गौरव तुम भी और कान खोल कर सुन लो यह मात्र मेरा है। मात्र मेरा वैभव। जिसकी समझ में आया उसका।

गौरव हंस पड़ा और बोला, "सरसिज तुम्हारे साथ मुझे यही डर है कि तुम मन ही मन शत्रुओं को अनुपस्थित कर इस धरती पर लोट पोट होकर इसके लिए दावेदारी के नारे शत्रुओं के बीचोंबीच लगाना चाहते हो...पर शत्रुओं को तुम्हारी यह

मत्त कल्पना अनुपस्थित नहीं कर सकती। देखो वह यहाँ पग पग पर, हर मील पत्थर पर नियुक्त हैं। आधुनिकतम, अचूक, मारक यंत्रों से सुसज्जित। और तुम हो कि उन्हें कल्पना से हटा रहे हो। यों आवाज़ें मार रहे हो कि ये लोग हमें घेरेंगे।''

''हाँ भैया आप सही कहते हैं, मैं पगलाया था क्षणभर पता न मुझे हो क्या गया। क्षमा करें भैया। आइये इस सुंदर से टीले पर चढ़ कर इस आश्चर्यजनक भुवनव्यापिनी के नीचे एक चित्र लें।''

''तुम खड़े हो जाओ, मैं तुम्हारी सुंदर तस्वीर लूगा।'' गौरव उसके इस काम में, जिससे वह सोशल मीडिया के माध्यम से यह घोषणा करना चाहता था कि देखो यह समूचा सौंदर्य यहाँ का मेरा है, परम सहायता करना चाहता है। परंतु सरसिज चाहता है कि गौरव भैया का भी इसपर अधिकार है अत: वह दिखे भी, अत: वह बोला, ''नहीं भैया हम सेल्फ़ी लेंगे। यहाँ इस कोण से। यहाँ से यह आकाश, वे मेघ और यह हरी भरी घास से भरी धरती भी दिखेगी।''

सत्य यह है कि गौरव चाहता नहीं था यह चित्र किसी भी स्थिति में लेना क्योंकि उसे सरसिज के विषय में समझ में आया था कि वह बिना क्षण गंवाए ऐसे चित्रों को प्रकाशित करता है और जब देखने वाले देखते हैं तो निरर्थ ईर्ष्या होती है उन्हें, वे अपने घर की आकांक्षा में व्याकुल और पीड़ित हो उठते है, पर यदि यह देखने वाला कश्मीरी मुसलमान है तो वह एकदम सरसिज के विपरीत सामने खड़ा होकर सोचता है कि इतने वर्षों का उसका खूनी जिहाद, जिसमें उसने इतनी क़ुर्बानियाँ दी, इतनी जंग लड़ी और इन दुश्मने अवलीन को थोक में मारा, निकाला उनका संहार किया, पर सब व्यर्थ हो गया क्या?

। यह देखो यह इस पर जता रहा है कि यह कश्मीर उसका है। कश्मीर का वासी वही है अस्ल में। यह उसका दावा पढ़ेगा। कश्मीर को वह जाने नहीं देगा यह अर्थ भी वह उसमें निकलता हुआ देखेगा। इससे शत्रु को आग लगेगी क्योंकि शत्रु ने हमें किस किस स्थान और किस किस मोर्चे पर हराया नहीं है। उसे इस बच्चे? की यह पिद्दी सी हरकत भी सहन नहीं होगी। वह इतनी सी हरकत पर भी नज़र रखता है, प्रतिक्रिया करता है। शत्रु कोई नागरिक नहीं, सब के सब नागरिक वास्तव में नागरिकों के रूप में खतरनाक, और युद्ध का कोई नियम न मानने वाली सेना है। अत: गौरव को पता है कि इस क्रिया की भी दुश्मन खूनी प्रतिक्रिया कर सकता है। अत : उसने सरसिज के साथ सेल्फ़ी तो ली पर मन में यह ठानी कि वह उसे उसके साथ वाली सेल्फ़ी पर डालने से रोकेगा और समझाएगा। यदि उसे वह वाला चित्र सोशल मीडिया पर डालना हो तो ख़ुशी से डाले। उसमें वह उस पर कुछ नहीं कहेगा। हाँ, एक वरिष्ठ भाई के रूप में बस समझाएगा और सतर्क और आवेगों पर नियंत्रण

रखने की सीख पूरी निष्ठा से देगा।

वे दोनों चल पढ़ें। मील पत्थरों पर उनकी दृष्टि तीव्र रूप से गढ़ी रही। जब एक पत्थर पर लिखा मिला अंग्रेज़ी और उर्दू में कि सुम्बल ग्राम मात्र एक मील तो सरसिज का हृदय एक अलग ही धक् से धड़क उठा।

उसे स्मरण हो आया आठ वर्ष पुराना अपने पापा के साथ यहाँ आगमन। उसे उस यहाँ आने का एक यह प्रयोजन समझ में आया था कि उसके पापा का स्थानांतरण कश्मीर में एक गाँव में हुआ था जो कि अनन्तनाग की दिशा में था। फिर एक बार वह और उसकी माँ कुंदा आई थी। उसके पिता ने साहस कर अपने परिवार को यहाँ लाया था। सरसिज ने बारहवीं की परीक्षा दी थी। उन दिनों वे तीनों कहीं न कहीं चले जाते, प्रायः तुलमुल ही जाते जहाँ सरसिज का पापा उस घर और अपने खेतों पर अपना दावा जताने के लिए आता, आने के बाद वह कहता अपनी पत्नी को, "तुमने देखा खज्अर जू को मौत आती है, जब मैं आता हूँ। कुछ पैसे देता तो हम भी कहीं एक कमरा बना लेते प्रिया।

उसी क्रम में वे लोग, कुंदा के आग्रह पर सुम्बल आ गए। कुंदा सुम्बल को प्रायः तीव्रता से स्मरण करती। कारण था नन्दिकेश्वर महाराज का उसके मायके का अधिष्ठाता देवता या इष्ट देव होना। उसकी माँ की अपने इष्ट में अनन्य भक्ति। उसने देखा था कि वहाँ सब कुछ अस्त व्यस्त और ध्वस्त था, पर जैसे उसकी त्वचा पर उसका कोई प्रभाव नहीं पड़ा था। पर ज्यों ही उसने देखा कि उसकी माँ निर्बाध और चुप चुप अश्रु बहा रही है तो वह आमूलचूल काँप उठा था। उसे पता था कि क्या है यह सब देखना उनके लिए, पर कुंगी उसकी माँ इस प्रकार टूट जाएगी, उसे इसका अनुमान न था। उसने जब शिवलिंग को एक कोने में जब दे मारा सा देखा और शून्य और सूखी प्रणाली तो उससे रहा नहीं गया। दीवारों में रखे छोटी छोटी अल्मारियों में भगवान की छोटी छोटी मूर्तियों को तोड़ डाला गया और उन अल्मारियों के छोटे छोटे दरवाज़े कुछ टूटे, लटके और कुछ ग़ायब।

वह माँ को सांत्वना देने लगा, "मम्मी हर मंदिर का यही हाल किया गया है यहाँ। अगर हम ऐसे टूटते गिरते रहे तो हो गया काम। हम अगर अपने ईश्वर से डरते है, उसके समकक्ष इनके अल्लाह को रखकर उससे भी डरते हैं, पर इनको ऐसा डर बिल्कुल भी नहीं। मुझे यही आश्चर्य है। हमें भी परेशान नहीं होना चाहिए। "

"बेटा पिछली कई शताब्दियों से इनका यही क़िस्सा है। अब इस में रोना क्या।" बोटबय बोला।

जल उनके साथ था। पिता पुत्र ने कुंती को सम्भाला। उसने जल पिया। कुंगी कोने में शिवलिंग को उठाने के प्रयोजन से गई, ताकि उसे कम से कम प्रणाली पर

वापस स्थापित करके जाए, पर उसने देखा कि वह अत्यंत भारी है और जो उसने सोचा था कि उसके इस उपक्रम को देख कर सरसिज का पापा बोटबय और स्वयं सरसिज आगे आएगा, पर उसने देखा कि उसके इस प्रकार दुख से टूटता हुआ देखने के बाद भी जैसे उसका पति यह काम करने में परम विरक्त और उदासीन है।

"क्यों नहीं हाथ लगा रहे हो बेटा, कम से कम इसे प्रणाली पर स्थित करके जाएँगे। ऐसे जाएँगे तो नन्दिकेश्वर महाराज क्या सोचेंगे। कि मैं उनको यों ही पटका हुआ छोड़ कर चली गई।"

दोनों पिता पुत्र सामने आकर शिवलिंग को हाथ लगाने लगे, पर वह एक सेंटीमीटर भी हिला नहीं। बोटबय को लग रहा था कि वह हाथ तो दोनों लगा रहा है पर मन नहीं लगा रहा अत: निमिष भी शिवलिंग नहीं हिलेगा। उसके पीछे उसका यही विचार था कि अगर वह यह उठा कर रख भी दिया जाए उनके द्वारा, कल को पुन: वे लोग आकर और ध्वंस कर डालेंगे। उनके हाथ में कोई नियंत्रण तो है नहीं। अत: सर्वोत्तम स्थिति यही है कि जैसे यह सब है, उसको वैसे ही रखा जाए। यदि ठीक करना ही तो यहाँ क्या नहीं ठीक करने का। अंदर तक झाड़-झंखाड, धूल भयानक, भग्नावस्था भित्तियों की। कहाँ से शुरू करें दुरुस्त करना और कहाँ समाप्त करें।

कुंगी मान गई। वे दण्डवत करके चले गए।

सरसिज में तब तक वह बोध जागृत नहीं हुआ था, जिससे वह आज सराबोर या संयुक्त है। वह माँ पिता की छत्रछाया में जी रहा था, हाँ एक सामान्य दुखजन्य क्रोध का आवेग वह अपने भीतर कभी कभी अनुभव करता रहता, जब भी अप्रिय, दारुण घटनाएँ हो जाती। फिर सब कुछ ठण्डा भी हो जाता। वास्तव में बारहवीं पास कर जब वह इंजीनियरिंग के लिए नागपुर चला गया और देखा उसने कि यहाँ हिंदुओं की बहुसंख्यक आबादी के बीच भी हिंदू का कोई अर्थ नहीं। उसका बोध जागने लगा। उसका क्रोध बढ़ने लगा। उसे बातें समझ में आने लगी। वह भीतर ही भीतर सुलगने लगा। कॉलेज में देखा कि मुसलमान विद्यार्थी कितने जागरूक है अपने लक्ष्य के प्रति और हिंदू बच्चे विशेषकर लड़कियाँ कितनी बुद्धिहीन सेक्युलर हैं तो वह सकते में आ गया।

एक दिन उसे अपनी मासी मौसा , बाबा ताजुद्दीन की दरगाह पर ले गए। वह आश्चर्यचकित रह गया। मासी मौसा से बोला, "मौसी आप यहाँ क्यों आए?"

"सरू बेटा यह बहुत बड़े सिद्ध संत हुए हैं ताज्जुदीन। इसे हिंदू भी मानते हैं और मुसलमान भी। यहाँ मन्नतें पूरी होती हैं। जो माँगना हो यहाँ माँगो।"

बहुत परेशानियों से घिर गया सरसिज। कुछ न बोला। घर पहुँच उसने अपनी

मौसी से कहा, ''हमें अपने भगवानों पर से विश्वास उठ गया है। विश्वास उठना का अर्थ मन का बंधन ईश्वर से विच्छिन्न होना। ईश्वर स्वतंत्र हो गया हमारा। वह क्यों रक्षा करने लगा भला। वह कहेगा नहीं जा बेटा तुम लोगों की रक्षा यह मुल्ला ताजुद्दीन करेगा। और ईश्वर से हमने सम्बन्ध विच्छेद किया हम निरीह और अरक्षित हो गए न। हम शुभ, नैतिक, सुंदर से वंचित हो गए। हम न इधर हो गए न ही उधर।'' उसकी मासी चिंताकुल हो गई पर बोली सिर्फ़ इतना, ''अब इस शहर में सब इस दरगाह को मानते हैं तो क्या करें सरसिज। तुम्हारे मौसा की इस में श्रद्धा है तो मेरी अपने आप हुई न। सरसिज चुप रहा पर उसे यह भयानक लगा और बोला, ''जम्मू में पीरबाबा की बीमारी है। इसका मतलब है जो विशुद्ध हिंदू धर्म है उसमें अशौच पड़ा हुआ है इन पीर बाबाओं और ताज्जुदीनों के द्वारा।

अड़सठ

''इसी कारण जगह जगह पीरबाबे बने हैं। जम्मू में तो जगह जगह बने हैं। बनाएँ हैं मुसलमानों ने। सिर झुकाते हैं वहाँ हिंदू। अपनी श्रद्धा की भेंट चढ़ाते हैं हिंदू। अनाज चढ़ाते हैं पैसा चढ़ाते हैं, जिसे बाद में मुसलमान समेट कर ले जाते हैं। जगह पर भी क़ब्ज़ा, धन भी लूटो और मन की श्रद्धा भी। इसे कहते हैं मुसलमान। त्रिकूटा नगर में मैंने एक घर देखा, किसी शर्मा जी का, आंगन में पीरबाबा की कबर। पड़ गई न त्रेठ उस शर्मा घर को। भविष्य में वे इस्लाम में घुम हो जाएँगे।''

उसने यह बात कश्मीरी भट्ट लड़के आलोक से कही थी, यह जानने के लिए कि वह इस परेशानी पर क्या सोचता है। आलोक उसकी इस चिंता में सम्मिलित हुआ था और आलोक ने उसे यह भी बताया कि यह ग़लत है कि ताजुद्दीन मुसलमान था। इसकी कथा के कई पाठ है। और मुसलमानों वाला यह पाठ वे लोग मानते हैं जो धर्म बोध से शून्य हैं। प्राय: मैंने यहाँ देखा कि हिंदुओं को इन दरगाहों मज़ारों पर जाने पर विशेष आनन्द का अनुभव होता है। वे बच्चों को भी इस में धकेलते हैं। यह सरल रास्ता है और राज्य के अनुकूल है। संविधान के अनुकूल है। भारत भंजन के अनुकूल है। आलोक यह भी बोला था कि ताजुद्दीन वास्तव में एक हिंदू सिद्ध थे, जिन्हें मुसलमानों ने बाद में अपना नाम दिया और यह झूठ प्रचारित किया कि जीवन के अंत में उसने इस्लाम स्वीकार किया था। कहते हैं अंतिम दिनों में उसे मुसलमानों ने क़ैद कर रखा था और बात यह फैलाई थी कि वह पागल हो गया था अंततः इस्लाम में आकर इनकी इबादत पूरी हो गई। वह जो कहते थे, वैसा होता था। इत्यादि इस का नाम तेजप्रकाश या ऐसा ही कुछ था, जिसे इन्होंने बदलकर ताजुद्दीन कर दिया। सरसिज को आलोक कौल ने यह भी बताया था कि जागरूक हिंदुओं ने इस सिद्ध संत के ऊपर अपना दावा निवेदित किया है और उन्होंने इसका मंदिर भी स्थापित किया है।

सुनकर चौंक गया सरसिज। ''क्या कह रहे हो आलोक भैया। ! ऐसा है क्या?

पर मुझे मेरी मासी ने विशेषकर मौसा ने ऐसा कुछ भी नहीं बताया कि ऐसा है और इसका मंदिर भी है।''

''उनका विश्वास दरगाह पर चिरकाल से होगा न अब उसको उखाड़ कर मंदिर में ले आना उसके लिए कठिन होगा। हिंदू कठिन काम नहीं करते। उससे जी चुराते हैं। इसलिए सोचते हैं अब जो राज्य कर रहा है करे, हमें क्या? हमें चार पैसे दें कि भोजन खाएँ सोएँ और समय पर मरें। मुसलमान को चार नहीं आठ पैसे चाहिए, देश की पूरी धरती चाहिए। सेक्युलरिज्म हराम है अतः निजामे मुस्तफ़ा चाहिए। मंदिर की जगह मस्जिद चाहिए, चाहे तोड़नी पड़ें। काफिरों की जगह मोमिन चाहिए चाहे सर कलम करने पड़ें। खुद भी मरना पड़े मारने के क्रम में। कोई आलस नहीं। कोई छूट नहीं। मैं तुम्हें ले जाऊँगा उस मंदिर में। अगले शनिवार जाएँगे।'' आलोक कौल ने सरसिज भट्ट को बताया था। आलोक कौल दो वर्ष वरिष्ठ था सरसिज से। अतः ज़्यादा घूमा फिरा और जानकारियाँ रखता था इस शहर की।

शनिवार को जब वे दोनों उस संत तेजप्रकाश के मंदिर में गए तो देखा एक झुग्गी के अंदर एक विग्रह रखा है हिंदुओं ने। भीड़ अच्छी ख़ासी थी। झुग्गी के आंगन में एक बीस तीस की मण्डली बैठी वाद्य बजा बजाकर भजन गान कर सत्संग कर रही है। पर उसने सबसे शानदार बात जो देखी वह यह कि इस मंदिर में भीड़ काफ़ी थी। झुग्गी के अंदर दर्शनार्थियों को जाने के लिए क़तार में रहकर प्रतीक्षा करनी पड़ती थी। मण्डली जिस छोटे से शामियाने में चल रही थी उसकी बग़ल में एक साइन बोर्ड जैसा तख़्त था जिसमें सारी कथा लिखी थी कि कैसे तेजोमय महाराज हिंदुओं के सिद्ध संत हैं। चित्र उनका वहीं जो दरगाह में था पर हिंदू परिधान और धार्मिक चिन्हों के साथ। वह सम्भवतः इसीलिए कि लोगों को अच्छी तरह से पता चले कि यह वहीं संत है जो दरगाह में ताजुद्दीन या ताज बाबा के नाम से रखे गए हैं। वे दोनों चले आए वापस, कुछ क्षण मण्डली में बैठ कर। सरसिज को बहुत चैन मिला। वह बोला, ''आलोक भैया अब उस दरगाह का क्या प्रयोजन। हिंदुओं को उसका ध्वंस करना चाहिए।''

आलोक हंस पड़ा, ''हिंदू दरगाह का ध्वंस करेंगे? कैसी बातें करते हो सरसिज तुम? यह बहुत ग़नीमत है कि हिंदुओं ने यहाँ झुग्गी में ही सही मंदिर स्थापित किया। मैं इसी घटना से गद्गद हूँ। अब मैं तुम्हें एक और बात बताना चाहता हूँ जो मेरी इच्छा है कि तुम उसे देख कर ही समझ जाओ। चलो हम अब एक सर्वेक्षण की दृष्टि से दरगाह जाएँगे।''

सरसिज बहुत उत्सुक हो उठा। दोनों दरगाह पहुँच गए। जिस दृष्टि से दरगाह को देखन के लिए आलोक सरसिज को ले जा रहा था वह तुलनात्मकता उसके मन में

वैसे ही तैर रही थी। पर फिर भी। एक लम्बी चौड़ी बाजार गली, जहाँ चादरें, फूल, अगरबत्तियाँ, खीलों का प्रसाद बेचने वाले असंख्य दुकानें थीं। फिर भीतर बड़ा सा अहाता। बड़ा सा आलीशान स्थान उसमें बीच में कब्र। चौड़ा हॉल। क़तारों के लिए प्रबंध। पीछे फूलों की क्यारियाँ और एक बड़ा सा लॉन। पार्किंग की विराट जगह। अर्थात् धरती ही धरती। वे निकल गए। एक महत्वपूर्ण बात जो वहाँ देखी सरसिज ने वह थी कि कोई विशेष भीड़ वहाँ न थी। वहीं कट्टर मौसा मौसी जैसे अबोध ही उन परिक्रमा की गलियों में से निकल रहे थे। माथा टेक रहे थे। कुछ तो दण्डवत् भी कर रहे थे।

"क्या समझ में आया?" आलोक कौल ने सरसिज भट्ट से मुस्कुराते हुए और ढेर सारी उत्सुकता से पूछा।

"इतनी ज़मीन? कब्र पर झुकते मूर्ख हिंदू? पार्किंग? लॉन? फूलों का विक्रय? यह तो मूर्तिपूजा है? यह कहाँ इस्लामी है। यह तो कुफ्र है। यह इनके लिए दोज़ख़ का दरवाज़ा है भैया। पर गिर गिर दण्डवत करने वाले हिंदू थे सब। मुसलमान तो मुझे एक भी नहीं दिखा सिवाय उन वहाँ के पीरों और दुकानदारों के जो सामान बेच रहे थे। पर एक बात बहुत भाई मुझे, कि भीड़ अधिक न थी। पर इतनी ज़मीन। यह क्या उस संत की रही होगी?" सरसिज ने अपनी टिप्पणी देकर आलोक की उत्सुकता दूर की।

"बहुत सही देखा तुमने जो भी तुलना में देखा। यह हिंदुओं ने अभी हाल ही में जब महाराष्ट्र में सत्ता बदल गई, तब ही उस झुग्गी में तेजोमय महाराज जी को विराजित किया गया, लड़ बहुत देर से रहे थे पर कांग्रेस की सरकार उन्हें धक्के मारती थी। अबकी सरकार कोई ज़ुल्म नहीं ढा रही उन पर, वह भी प्रेम ही बरसा रही है। यह जो पीछे लॉन है यह अभी अभी हिंदूवादी सरकार ने दिया, पर ग़नीमत यह कि हिंदुओं की पहल को भी संरक्षण दिया गया। माना गया। अब जो सबसे बड़ी बात तुमने भी देखी कि भीड़ झुग्गी में थी, कि क़तारों में रह कर भी दर्शन के लिए प्रतीक्षा करनी पड़ती है, यही सबसे बड़े आनंद की बात है और इसी बात ने दरगाह की जिहादी गैंग की कमर तोड़ी है। तुम्हें पता है यहाँ कितनी भीड़ रहती थी, देखा नहीं क़तारों का प्रबंध कैसे स्टील के डंडों से क़तारों का रास्ता बनाकर किया गया है। इससे अंदाज़ा लगना चाहिए। हिंदू बेचारा अपनी श्रद्धा और भक्ति और प्रेम का मारा, बेचारा, सरकारी व्यवस्था और इस्लामी आतंक के बीच झूल रहा। राज्य और इस्लाम उससे वह भी लूट रहा।। इस्लाम एक ऐसी विचित्र व्यवस्था है कि यह मनुष्य से उसके अंत:करणों का माल भी लूटने में सक्षम है। हिंदू भर भर के यहाँ चढ़ावा भी चढ़ाते थे। अब देखो, हिंदू जगह के लिए लड़ रहे हैं मिलनी चाहिए। मिलेगी ही। यह

सुख की बात तो है। अब तो तेजोमय मंदिर बढ़िया बना होगा ऐसी आशा के साथ सरसिज ने अगली यात्रा का भी स्मरण किया।

कुछ दिन बाद उसके मौसा मौसी के मित्र और उसका परिवार आया था। कार्यक्रम बना था रामटेक मंदिर जाने के लिए। जो रामटेक पहाड़ी पर स्थित हैं। सरसिज को इस बात की विशेष प्रसन्नता थी कि वह यह देखेगा कि भगवान राम अपने वनवास में कहा कहाँ से गुजरे। अतः रामटेक पर्वत पर जाने को उसका सांस्कृतिक मन मचल रहा है। उसकी आध्यात्मिक प्यास बहुत बढ रही है। उसकी आत्मा परमात्मा सम्बंधित बोध का इतिहास से सम्बंध जानने को बालक की भाँति मन लालायित है। रामटेक के छोटे से पर्वत पर सम्भव ऊँचाई तक गाड़ी उनकी गई। शेष चढ़ाई पैदल चढ़नी थी। चढ़ाई आरंभ करते ही सरसिज ने देखा एक कब्र रख दी गई है। उस पर हरी चादर है और इर्द गिर्द एक जंगला लगाया गया है लकड़ियों का। अरबी में कुछ लिखा भी गया है। सरसिज का जी जल सा उठा। वह मौसी जो उसके अग़ल बग़ल चल रही थी से रुक कर बोला, ''यह कब्र यहाँ कैसी? इस रामटेक पर्वत पर इसका क्या काम? यह किसने बनाई होगी?''

''मुसलमानों ने ही बनाई होगी शतप्रतिशत। पर सरसिज ! जहाँ तक मुझे स्मरण है यह यहाँ न थी। यह नया नया ही कारज लग रहा है मुझे, यह कहते हुए वह अपने पति से पूछने लगी कि सरसिज यह पूछ रहा है। वह भी आश्चर्य से देख कर चकित भाव से बोला, ''समझ में नहीं आता। यहाँ तो कहीं नहीं थी कब्र। यह अभी अभी की करतूत है।'' सरसिज को अच्छा लगा कि इस कब्र को देख कर उसका मौसा भी कुछ कुछ सहम गया और हल्के क्रोध से भर उठा।

''मौसी मन करता है एक लात से यह कब्र उड़ा दूँ कि सीधे नीचे तलहटी के उस खड्ड में गिर जाए। पर मेरी लात में इतनी ताक़त नहीं।'' मंद मुस्कान के साथ हंस दी उसकी मौसी। ''देश में यह हो क्या रहा है। मैं मानता था कि हिंदुस्तान में जिहाद सिर्फ़ कश्मीर में हो रहा है और विवशता में उसकी चपेट में जम्मू आ गया है क्योंकि प्रदेश एक है अतः राज्य एक है, पर यहाँ तो पूरा हिंदुस्तान ही ख़त्म होने होने को आता हुआ दिख रहा है।''

''ऐसा मत कह तुम्हें लग रहा है, कुछ नहीं होने वाला हिंदुस्तान को। शुभ शुभ बोल।''

''यही नेताओं की भाषा है न। लोग जब उनको ऐसा कहते हुए सुनते हैं तब वे भी पकड़ कर बैठ जाते हैं कि जब ये लोग कह रहे हैं तब इसमें कुछ सत्य तो होगा। आख़िर इन पर देश का दायित्व है। पर सच यह है कि वे ऐसा इसलिए कहते हैं क्योंकि वे अपना समय ठाठ से निकाल जाए, आगे फिर जो होंगे भोगेंगे, जो भोगना

होगा।'' हम तो सुख भोगेंगे सत्ता का। बाढ़ में जाये ख़तरा जो देश पर मंडरा रहा है। धर्म पर मंडरा रहा है। संविधान में सेक्युलर लिखा है अतः ''धर्म''के पचड़े से छुट्टी। हम शत्रु की चिरौरी कर फ़िलहाल इसे टाल देंगे। यह जानते हुए कि वे देश और देश के लोगों के प्रति भयंकर पाप कर रहे हैं, पर वह देखी जाएगी। पाप वाप गया बाढ़ में। यह ऐसी ही बात है कि इस्लाम में लोगों को कहा जाता है कि काफिर को मारोगे, गुनाहों से माफ़ी मिलेगी। हूरें मिलेंगी। जनअत मिलेगी। क्या लोगों को पता नहीं कि ऐसा करने से ऐसा नहीं होगा पर चलो यह विश्वास मज़ेदार है, करना चाहिए। वैसी बातें मौसी तुम कर रही हो।''

वे लोग ऊपर चढ़ गए और उन सभी कुटियाओं से होते हुए गुजरे जहाँ जहाँ से यह कहा जाता था कि श्री राम के वनवास के समय रामटेक पर उनके साथ कौन कौन इन कुटीरों में से किस किस कुटीर में रहता था। वह इस इतिहास के साथ वर्तमान के मिलन के स्थल को ध्यान से देखना और उसमें डूबना चाहता था, पर वह उस कब्र में फँसा था जिसके नीचे वह जानता है कि कोई भी नहीं है। वे वापस चलने के लिए नीचे उतरे। देखा कि उन गलियारों में, दीवारों पर ऊपर ऊपर भगवद्गीता के श्लोक लिखे थे। वह उससे प्रसन्न हुआ। जब से उसमें जागृति आने लगी है वह श्रीमद्भगवद्गीता का रोज़ धीमे धीमे स्वयं अध्ययन करता है। पर वह दुखती हुई कील कब्र उसे तीखी चुभ रही है। वे उस ऊँचाई से भी नीचे आने लगे और देखा कि नीचे से गाड़ियों, स्कूटरों, जीपों, बसों, ट्रकों में एक जन पारावार आ रहा है एक पार्टी विशेष का। यह छब्बीस जनवरी था उस वर्ष का उसे यह भी याद आया। इतने लोग, तथाकथित हिंदुओं के लोग, वह भी युवा, सहस्त्रों युवा, शोर मचाते हुए आ रहे हैं। बहुत आक्रामक और उत्साह भरे। सरसिज ने देखा कि अधिकांश कुर्ते पाजामे पहने ये युवा, गले में उस पार्टी विशेष के पट्टे डाले, अवश्य इनके साथ इनका नेता भी रहा होगा पर वह उसमें उसकी अधिक रुचि नहीं थी। वह सोच रहा था जब इतनी बड़ी विशाल संख्या में युवा शक्ति यहाँ से गुजर रही है क्या इनमें से एक को भी नहीं दिख रही यह कब्र यहाँ। अगर दस जने ही एक संकल्प कर लें तो पाँच मिनट में इस अवैध कब्र का कोई चिह्न नहीं रहेगा। बीच रास्ते में यह कब्र एक चुनौती देती है पूरे भारत के हिंदुओं को कि आओ मुझे ज़रा हाथ लगा के देखो। मैं जानती हूँ मुझे तुम हटाओगे तो कोई तुम्हारे हाथ या तुम्हें काटने की हिम्मत नहीं करेगा, पर मुझे यह पता है कि तुम्हारा मन बनाया गया है ऐसा कि तुम हाथ लगाओगे ही नहीं। मेरी जीत है ही आपका वह डर।'' काफ़ी समय हो गया इन लोगों को वहाँ आए। सम्भवतः वहाँ कहीं पर उनका सम्मेलन रहा होगा पर्वत पर के उस लम्बे चौड़े आंगन के किसी कोने में। उसके मन में आया कि वह किसी एक को विनम्रता से बताएगा कि, भैया!

आप देख रहे हो यह कब्र। इसका क्या काम यहाँ। इसे आप लोग हटा क्यों नहीं देते। पर वह संकोच करता है यह बात उनमें से किसी से भी कहने से। मन ही मन उनकी ओर से स्वयं को उतर देता है। क्या पता यह नेताओं की सहमति से हो गया हो। ''हम कार्यकर्ता हैं। क्या पता नेता जी नाराज हो जाए। नेता जी को मुसलमान का वोट चाहिए न। यह कब्र नहीं बहुत से मुसलमानों के वोट रखे हुए हैं यहाँ जो देंगें भी नहीं कुछ नहीं, यह हमें पता है, पर नेता को भ्रम है। ''वह मन ही मन काँप उठा उस मानसिक कार्यकर्ता के साथ क्रूर राजनीतिक संवाद से।

उनहत्तर

वह और गौरव अब सुम्बल पहुँच गए। उसने स्कूटी बाहर रोकी। मंदिर के बाहर के अहाते पर स्कूल चल रहा है। उसने पता किया कि क्या यह स्कूल आज रविवार को बंद नहीं होता तो पता चला कि यह स्कूल यहाँ का एक ग्रामवासी चलाता है और वह यहाँ शुक्रवार को छुट्टी रखता है। सरसिज ने झाड़ झंखाड देखा और मन में तय करता गया कि उसे आज मंदिर में क्या क्या करना है। आज उसके साथ गौरव है। सबसे मुख्य काम उसने जो तय किया वह है शिवलिंग को उठाकर प्रणाली पर रख देना। आज सात से अधिक वर्षों तक शिवलिंग उसी स्थान पर होगा और जर्जर अवस्था बढ़ गई होगी। उसने देखा कि मंदिर में किसी ने ताला झड़ दिया है। इससे वह समझ गया कि उसके बाद कोई तो आया है यहाँ। या किस ने यह ताला लगा रखा है। जब वह पिता माता के साथ आया था तो मंदिर लावारिस, परित्यक्त पड़ा था। आज इस पर ताला भी है और, इसकी भूमि पर कोई मुसलमान स्कूल भी इस्लामी तर्ज़ पर चला रहा है। वह स्कूल की तरफ़ गया कि चाबी के विषय में पूछे। तो स्कूल के मास्टरजी ने उसे बताया कि दो वर्ष पूर्व यहाँ किसी पण्डित जी ने कई लोगों की सहायता से कुछ मरम्मत और सफ़ाई का काम किया। अब चाबी उसके पास है मंदिर की। सरसिज ने उसे यह नहीं पूछा कि वह मंदिर की भूमि पर किस की आज्ञा से स्कूल चला रहा है। या वह, मंदिर की मरम्मत करने के बाद चाबी जिसने उसे सौंप दी है, वह कौन है या था। उसके विवेक ने उसे यह पूछने की सम्मति न दी। कि हो सकता है कि उसी पण्डित जी ने उसे इस की आज्ञा दी हो। वह कौन था, कहाँ का था, क्या नाम था उसका ये सारे प्रश्न उसके मन में आराम से स्थिर हो बैठ गए।

उन्होंने ताला खोला। प्रवेश किया दण्डवत के साथ। अश्रु झर झर बहने लगे दोनों के कपोलों से। सरसिज के कुछ अधिक ही। सरसिज खिल सा उठा कि शिवलिंग प्रणाली में अच्छे से स्थापित था। दीवारों की अल्मारियों की मरम्मत की गई थी। जिनमें खण्डित मूर्तियाँ थीं वे वहीं एक कोने में उनके टुकड़ों के साथ ढेर में

रख दी गई थी और जिन अलमारियों की मूर्तियाँ साबुत अथवा कम क्षतिग्रस्त थी उनकी मरम्मत कर के उन्हें वहीं रहने दिया गया था। जिन अलमारियों की मूर्तियों को कोने में ढेर में रख दिया गया था उनके स्थान पर भगवान के फ्रेम किए फ़ोटो रखे गए थे। पर यह काम किए भी काफ़ी समय बीता है क्योंकि धूल की बहुत सारी परतें चढ़ी हुई थीं। एक बड़ी सी टाट को समेट कर जो रखा गया था, उस पर बैठी धूल ने उसका वर्ण बिगाड़ रखा था। सरसिज और गौरव टाट को लेकर बाहर आए ताकि झाड़ दें। वह दौड़ कर उस मास्टर जी के पास गया उससे डंडा माँगने यदि उसके पास हो। ताकि वे उस टाट को अच्छी तरह से झाड़ दें। मास्टर जी ने डंडा दे दिया और उसके साथ साथ चल दिया। देखा कि वे दोनों टाट झाड़ने लगे हैं, तो वापस स्कूल की तरफ़ लौट आया। पर सरसिज ने उसके मुख से कुछ कुछ चिढ़ सी भाँपी। गौरव और वह टाट को धूप में खड़ा कर के भीतर गए। उसने अब स्कूटी में साथ लाए दोनों झाड़ू, जो उसने तुलमुल के दुकानदार से ख़रीदे थे, को लाया। दोनों ने मास्क लगाए और लगे झाड़ू लगाने। धूल के ढेर निकाल निकाल कर बाहर की ड्योढ़ी के खण्डहर चिन्हों तक बुहारते बुहारते ले गए, कि सरसिज रुक कर बोला, ''गौरव भैया। यह है हमारी नदी वितस्ता। प्यार से इसे हम व्यथ कहते हैं न। कितनी सौम्य, मर्यादित, सुंदर, अलौकिक देखते ही भीतर आनन्द के तरल का स्राव उतरता है। यह वेदों में बखानी गई है, मेरे मामा कहते हैं। कितनी प्राचीन होगी न। तब की जब इस पृथ्वी पर उमा, पार्वती और उनका शिव परिवार और उनके गण ही विचर रहे थे यहाँ। तब से है यह नदी। इस को ही ये लोग अब झेलम कहते हैं। सब कहते हैं। पूरे भारत में सब झेलम कहते हैं। क्या करें, जितना आनन्द है हमारे पास उतनी ही पीड़ा। वे दोनों जी भरकर वितस्ता को नमस्कार कह कर सफ़ाई के काम में लग गए।

''किसने यह सफ़ाई और मरम्मत की होगी?''

''क्या पता? मुझे लगता है सुम्बल गाँव का ही होगा कोई, सोच रहा हूँ इस मास्टर से पूछूं पर क्या पता कैसे जवाब देगा। जब मैंने इससे डंडा माँगा तो यह मुझे विचित्र नज़रों से देख रहा था।''

गौरव को विनोद सूझा, ''डर गया होगा कि कहीं तुम उसी पर वह डंडा न चलाओ।''

''हाँ जी। अतिआधुनिक बंदूक़ों का हमने डंडों से ही तो मुक़ाबला किया। तभी यह दुर्दशा हुई हमारी। यह टाट, यह धूल, यह ताला, यह चाबी, यह ड्योढ़ी के चिह्न हमारी दुर्दशा की ही तो गाथा है। हमसे इसे डरना ही चाहिए।'' सरसिज ने अंतिम वाक्य के माध्यम से व्यंग्य का उतर व्यंग्य से ही दिया।

''पर मुझे जब मरम्मत की गई दिखी, चाहे जितनी भी, जैसी भी, मैं अथाह

रूप से सुखी हुआ। जब में सात से भी अधिक वर्षों पूर्व माँ पापा के संग यहाँ आया था तो जो कुछ आज हमें करना था, असम्भव था। यह साफ़ सफ़ाई, झाड़ू इत्यादि तभी सम्भव कर पाए हम, जब वह काम कर दिया है किसी ने। उन्होंने कुछ बाल्टियाँ जो एक घरौंदा-नुमा स्थान पर किसी ने रखे थे, जिनमें कुछ टूटे, क्षतिग्रस्त थे को लाकर उनमें पानी भर भर कर लाकर अब सबसे पहले शिवलिंग और प्रणाली और उस पूरे क्षेत्र को साफ़ सुथरा करने काम हाथ में लिया। अब सरसिज आनन्दित और आशान्वित हो उठा। उसे लगा कि शिवलिंग और प्रणाली क्षेत्र ज्वाज्वल्यमान, प्रदीप्त हो उठे हैं और मंदिर को प्रकाश से भर रहे हैं।

अब वे लोग पानी ला ला कर फ़र्श साफ़ करने में लग गए। फ़र्श को कहीं हाथों से कहीं तीलियों की झाड़ू से, कभी कभी साथ में लाए कपडे से वे मल मल कर धो रहे हैं। सैंकड़ों बाल्टियाँ पानी लाकर उन्होंने फ़र्श को साफ़ किया कि मास्टर जी आ गया।

''अरे पानी ख़त्म कर दोगे। हो नहीं गया क्या अभी?'' वह देहरी पर आ कर बोला। उन दोनों ने भी लगभग काम ख़त्म किया ही था। वे यह तय न कर पाए कि क्या यह बात मास्टर जी, मज़ाक़ में बोल रहे हैं अथवा क्रोध में। उन्हें एक भय का सूक्ष्म कंपन अनुभव हुआ। दोनों को बराबर। क्रोध भी आया ही उन्हें।

''बस हो गया मास्टर जी।''

''दिया विया यहाँ मेहरबानी करके नहीं जलाना।'' मास्टर जी ने सख़्ती से कहा।

''दिया कहाँ से जलायेंगे मास्टर जी। न दिया ही है। न ही घी है, न ही रूई, न माचिस ही। माचिस ख़ैर आप से ही लेते। फिर ताला लगा कर जाने की स्थिति में दिया जला कर रखना कौन सी बुद्धिमानी है ''सरसिज के ऐसा कहने पर मास्टर जी कुछ न बोला। बहुत देर तक मौन रहने के बाद मास्टर ने जाने का रुख़ करते हुए कहा, ''जल्दी कीजिए, मुझे शहर जाना है। चाबी लेने का इंतज़ार कर रहा हूँ।''

''जी हाँ। जी हाँ। ''उन दोनों ने एक साथ कहा।

उनके मुँह से ऐसा सुनते ही वह तनिक रुका और पूछने लगा वे प्रश्न जो पूछने की प्रत्याशा उन दोनों ने पहले ही की थी कि वह पूछेगा। वहीं प्रश्न वह अब जाने के समय पूछने लगा है, ''आप यहाँ ही रहते हो, यहाँ नौकरी करते हो?''

''जी हाँ।'' गौरव ने संक्षिप्त सा उतर दिया।

''पी एम पैकेज में?''

''जी।'' और संक्षिप्त उतर दिया गौरव ने।

''रहते कहाँ हो?''

"शेखपोरा, बडगाम "गौरव ने तनिक ऊँची आवाज़ में कहा ताकि सरसिज भी समझ जाए कि वे कहाँ रहते हैं।

"अच्छा अच्छा।" कहते हुए वह जाने को हुआ ही था कि गौरव ने विनय कर रोका, "मास्टर जी हम काम ख़त्म कर चुके आप कृपा करके यह चाबी और यह डंडा लेकर ही जाइए।"

"ठीक है ठीक है।" वह पास में ही बाहर खड़ा रहा। अंदर वे दोनों दण्डवत प्रणाम करने लगे। गौरव ने आँखों के संकेत से सरसिज को बताया कि फटाफट यहाँ से चलना चाहिए। सरसिज समझ गया कि इस संकेत में कोई बात अवश्य होगी अतः मौन रहकर दण्डवत के बाद ताला लगाकर, दूर पहुँच कर ही परस्पर उन्हें इस विमर्श पर विमर्श करना चाहिए।

सतर

गौरव ने उसे मुख पर विनय भाव लाकर चाबी थमाई और बहुत कृतज्ञता ज्ञापित करते हुए कहा, ''बहुत बहुत धन्यवाद। शुक्र है कि आप उस समय गए नहीं थे शहर जब हम आए थे, वर्ना हम निराश लौटते। आप की यहाँ उपस्थिति ने हमें बहुत ख़ुशी दी। धन्यवाद।'' सुनकर वह हंस पड़ा। बोला, ''इन्सान ही इन्सान के काम आता है। और क्या। आप मुझे बता सकते हैं यह

''अंदरकोट ''यहाँ कहाँ है? किस दिशा में?''

''पास में ही। लगभग आधे मील की दूरी पर। वह रहा रोड।'' बांह उठाकर उसने दिशा का संकेत किया। पुन: पूछा, ''क्यों? जाना है वहाँ?''

''नहीं अभी नहीं। वहाँ वह क़िला और सरोवर है न?''

''हाँ सरोवर तो सूखा है। क़िला है, शाहमीर यानी कश्मीर के असली और पहले शेरे कश्मीर का बनाया। ''

''जी जी। पर इस समय नहीं। फिर कभी।'' उसका यह ऐतिहासिक बिगाड़ उसके विचारों की दिशा पर प्रकाश डाल गया। गौरव ने तभी इतिहास के उसके पाठ पर हाँ बोल दी और सरसिज से स्कूटी स्टार्ट करने को कहा। वे दोनों उस मास्टर को विदा करने, सामने से दफ़ा करने को तत्पर थे

''क्या है अंदरकूट में भैया।''

''देखे इसके मुख के हाव भाव? अंदरकूट ऐसा स्थल है, जहाँ से हमारा अंत चल कर गया है अंतिम साँस लेने के लिए शाहमीर के पास। जिसे यह मास्टर कश्मीर का पहला और असली शेर कह रहा था।'' गौरव ने जिज्ञासा शांत करने की पहल की।

''अंतिम साँस लेने अर्थात्...?''

''अर्थात् अंतिम हिंदू रानी कौन थी? जानते हो न?''

''हाँ। कोटा।''

"वह वहीं पर नज़रबंद रखी गई थी। यहाँ से ही शाहमीर ने उसे अपने साथ विवाह के लिए बुलाया। यहाँ से वह एक जुलूस की शक्ल में गई। और भीतर पहुँच आत्मघात किया। हमारा समय, हमारी कहानी ख़त्म होने का यही रास्ता रहा है।"

"ओह! फिर हम कौन हैं जो बचे हैं?"

"यह प्रश्न है। यहाँ जितने दिन रानी बंदी थी, जिन जिन हिंदुओं से वह सम्पर्क कर सकती थी, जिस जिस भी तरकीब से वह धर्मपरिवर्तन और उत्पीड़न से उनको बचने लिए संदेश भेजती रहीं कि किसी भी मूल्य पर कश्मीर छोड़ कर चले जाएँ। हालात ठीक होंगे तो लौट आओगे सब धर्म सहित। झुंड के झुंड लोग धर्म परिवर्तन कर रहे थे। अतः या तो हम वे हैं जो उस संकट से प्रभुकृपा से बच गए हैं। या हम लोग वे हैं जो पुनः वापस अपने धर्म में आए हैं अथवा तो हम वे जो धर्म के कारण भागे वापस आए हैं। सच यही है कि मैं स्वयं आश्चर्य चकित हूँ कि हम कौन है, पर मेरे मन में कोई आश्चर्य या प्रश्न नहीं कि ये अर्थात् यह मास्टर इत्यादि कौन हैं?"

वापसी पर वे भूख से तड़प रहे थे वे अतः बिना कहीं रुके वे लौट आए।

सरसिज का फ़ोन बजा। माँ थी।

"कहाँ गए हो तुम? कहाँ हो?"

"मैं सुम्बल गया था। आज वहाँ सफ़ाई की। वीडियो भेजूँगा।"

"पर जब हम गए थे तब तो हाल बहुत ख़राब था।"

"नहीं नहीं? अब बहुत ठीक था। शिवलिंग को प्रणाली में रखा गया था और अल्मारियाँ आदि दुरुस्त की गई हैं।"

"तुम ने क्या किया।"

"दर्शन मातामाल के इष्ट के और वहाँ सफ़ाई।"

"चलो अच्छा किया। सुफल मिलेंगे। पर जो फ़ोटो तुमने एक पर्वत तलहटी पर लेकर डाला है, वह कहाँ का हैं। बहुत भीषण सुंदर है भई।"

"हाँ। सुम्बल जाते जाते एक स्थान पर लिए ये कुछ चित्र। उन्हीं में एक हैं।"

"मारक सुंदर है सरसिज। पर सोशल मीडिया पर मत डाल।"

"क्यों?"

"कह रही हूँ। मेरी मानोगे तुम थोड़े। चलो माँ महाराज्ञी परांबा तुम्हारी रक्षा करेगी और सद्बुद्धि भी देगी।"

"माँ हमें भूख लगी है ज़ोरों की, कुछ पकायेंगे। शाम की आरती पर लाइव आना। नमस्कार।"

इकहत्तर

अगले शनिवार को सरसिज की छुट्टी थी। पर गौरव को स्कूल पहुँचना था। अतः सरसिज पुनः चल दिया सुबह सुबह सुम्बल। सरसिज वहाँ के सुधार से बहुत उत्साहित था। उसे चीजें सुधरती सी नज़र आ रही थी। वह इस आनन्द को समेटे नहीं समेट पा रहा था भीतर कि जब वह माँ पिता के साथ आया था उस समय की स्थिति और आज की स्थिति में ज़मीन आसमान का अंतर है। जब वह घर से चल दिया था उस दिन गौरव के साथ, उसे आशंका थी कि वहाँ मंदिर के ध्वंसावशेष भी न हो कदाचित्। पर आज जो दाग वहाँ उसके मन को लगा वह था स्कूल जो रविवार को चल रहा था और शुक्रवार को जिसमें छुट्टी रहती है। तब इस स्कूल का अस्तित्व न था। पर इतना दाग जो भीतर लगा वह उसे दिख रहा है, वह उसकी आराम से उपेक्षा कर पा रहा है। "चीजें धीरे-धीरे ठीक हो जाएँगी। पर शिवलिंग प्रणाली पर स्थित था। यह परम शांति की बात है।" उसने स्वयं से कहा

उसने आज कोई फ़ोटोग्राफ़ी या वीडियोग्राफ़ी न की मार्ग में। सीधा ड्राइव किया और सुम्बल पहुँच गया।

पिछली शनिवार का वह अद्भुत प्राकृतिक छटा में लिया अपना फ़ोटोग्राफ़ जब उसने सोशल मीडिया पर डाला था तो लोगों ने उसे देख बहुत मारक और स्मृतियों को उगाने वाले कमेंट किए थे। उसके बाद माँ ने उससे बहुत अनुनय विनय किया कि किसी भी सूरत में वह सुम्बल की सफ़ाई वाला वीडियो सोशल मीडिया पर न डालें। यह ख़तरे को न्यौता होगा। पहले के ही कई प्रकृति के चित्र बहुतों को चुभ चुके थे, तब भी सरसिज में जिद्द और दावेदारी का जो उद्दाम भाव है उससे उसकी माता प्रिया और पिता बोटबय अर्थात् प्रेम कुमार भट और अब गौरव रैणा अच्छे से अवगत हैं अतः उस के इस स्वभाव से वे बहुत भयभीत रहते हैं। पर उसे माँ का यह कहना, "यह बहुत ही शुभ है बेटा कि शिवलिंग अपने स्थान पर स्थित है। इसका बहुत महत्व है। अब सब कुछ शुभ होने लगेगा, जहाँ जहाँ जो जो कुछ भी अशुभ या

अभद्र है।'' माँ काँ सुखद वाक्य या आशापूरित वाक्य स्मरण होते ही वह मन ही मन बोला, ''माँ तुम्हें लगता है कि मात्र यही एक मंदिर ऐसा था जहाँ शिवलिंग की ऐसी दुर्दशा की गई थी, पता नहीं और भी कहाँ कहाँ यही हाल होगा शिवलिंग का। कहाँ कहाँ सुधार हुआ होगा, कुछ नहीं पता।''

''उसने स्कूटी खड़ी की और सीधे स्कूल की तरफ़ गया ताकि चाबी प्राप्त कर लें। स्कूल चल रहा था। वह आगे बढ़ा। मुँडेर पर चढ़ा ही था आगे से एक फिरन पर हिजाब पहनी लड़की आगे आई और पूछा, ''आप कहाँ जा रहे हैं? कौन हैं? रुकिए।''

वह रुक गया। बहुत डर गया। और डरी डरी आवाज़ में बोला, ''मास्टर जी से मंदिर की चाबी लेनी है।''

''मास्टर जी नहीं हैं। गए हैं कहीं। यह मंदिर बंद है। चाबी उन्हीं के पास है। वह शाम को आएँगें। आप इस समय जाइए।''

वह बहुत घबरा उठा और घबरा कर स्कूटी पर बैठ चल दिया। अब वह बहुत व्यथित, शंकित और भयभीत था, उसने एक कोने पर स्कूटी रोकी और तनिक अपने स्नायुतंत्र को आराम दिया। स्वयं को स्वयं ही ढाढ़स दिया और पुनःस्कूटी पर बैठ वापस तुलमुल की धर्मशाला में पहुँच गया। वह सीधे माता के पवित्र कुंड पर गया। बंटू जी घर चला गया था। माँ की ज्योति को निरंतर निहार कर वहाँ से बल प्राप्ति की स्वयं को सांत्वना दी। पर उसका मन इतना भागमभाग में लगा हुआ है कि मानो अगर वह स्थिरता का संकल्प कर बैठ गया तो जगत का व्यवसाय ही रुक जाएगा। वह खड़ा हुआ। कई परिक्रमा की माँ के अलौकिक कुंड की, फिर सुंदर, सुनहरी धूप का आनंद लेने के विचार से मुख्य तोरण द्वार से बाहर बाज़ार, जहाँ बस अड्डे के लिए खुला मैदान भी है, वहाँ गया, ताकि आते हुए गौरव भैया को देखें और उसका स्वागत करें, कि वह बहुत डरा और एकाकीपन अनुभव कर रहा है। उसने एक चक्कर लगाया उस पूरे क्षेत्र का। वापस लौटा। द्वार पर नियुक्त शस्त्र सज्जित सैनिकों के साथ मुस्कान मिलाई और अभिवादन किया। कुछ सैनिकों को उसने वहाँ के स्थानीय लोगों से हंसते हंसते बातें भी करते देखा। क्षण भर में मन के एक कोने में यह भी सोचा कि किस आधार पर ये इनसे ऐसी मैत्री करते होंगे। कश्मीरी मुसलमानों के विषय में यह तो तय हैं कि खूनी जिहाद भी करते हैं तथा नीतिज्ञ भी है। परम ज्ञानी है इस संदर्भ में कि भारत के तंत्र में क्या क्या ढीला डाला और क्या गीला गाला है। कहाँ किस किस को कैसे कैसे निपटाना और चिपटाना है। जो कुछ सरसिज की समझ में इस क्षण आया वह किसी की समझ में न आए कदाचित्। पर उसने सोचा कि जो आशंकाएँ उसमें उठ रही हैं ईश्वर करे कि वे आशंकाएँ समाप्त हों। वे सच न

हों। वह चक्कर लगा गया और वापस धर्मशाला की ओर जाते हुए सीढ़ियाँ चढ़ने लगा। मन में तय किया कि गौरव भैया से वह नहीं कहेगा कि वह वहाँ गया था और उसे चाबी नहीं दी मास्टर जी ने। वह बोलेगा कि वह फ़ील्ड पर गया था अतः गौरव भैया के आने से कुछ क्षण पूर्व ही लौट रहा है।

वह कमरे में यों ही इधर उधर के काम देखने लगा क्योंकि व्यथित मन उसका कहीं भी न लग रहा था। शाम के भोजन की तैयारी में भी नहीं। चाय बनाकर पीने में भी उसकी रुचि न थी, भूख उसे ज़रूर होगी पर उसे कुछ समझ में नहीं आ रहा कि क्या उसे भूख लगी है या नहीं। उसकी बची खुची उमंग ग़ायब है। पर उसमें यह विवेक और ध्येय अच्छे से है कि उसे उमंग लौटा कर लानी है। पर मन ही मन वह गौरव भैया की प्रतीक्षा कर रहा है। कुछ कुछ चिंता सी करता करता है। माँ से फ़ोन पर बात करने की जरा भी उसके भीतर एक स्थिर-चित्त स्थिति नहीं। मानसिक गड़बड़ की स्थिति में माँ समझ जाती है और कहती है, "तुम ठीक तो हो सरसिज। मुझे तुम्हारी आवाज़ से ऐसा प्रतीत नहीं होता।" यह वाक्य वह माँ से नहीं सुनना चाहता। वह चाहता है पहले गौरव भैया से कुछ बातें करें और चित्त पर तैर रही चिंताओं के अदृश्य कीट समाप्त हों तब जाकर माँ से बात करने के योग्य होगा वह।

बहत्तर

गौरव अपने साथ अपने यहाँ के बिहारी बाबू का बनाया छोले भटूरे अच्छी मात्रा में लाया है। गौरव भैया को देख मानो सरसिज को सम्बल मिल गया। जीवनी-शक्ति मिल गई। जब उसने कहा कि वह बिहारी बाबू का बनाया छोले भटूरे अच्छी मात्रा में लाया है, उसकी भूख में चार चाँद लग गए। उसका भीतरी संसार विचित्र हो उठा है, यह मात्र वही जानता है कि जब गौरव भैया कहते हैं कि उनके यहाँ बिहारी बाबू है जो उनके चाय, समोसे, पूड़ी और छोले बनाता है और प्यार से खिलाता है। शुचिता से खिलाता है। ऐसा कि मानो भारत माता ने उन अकेलों के लिए निर्भयता और अपनों के साथ होने का भाव दिलाने के लिए बिहार से एक उनका प्यारा सा भाई भेजा हो और जो उन्हें स्वाद भरा भोजन खिला कर, वार्ता कर उनको सहायता का भान कराता हो। ऐसा भान कराता है कि उनका कोई है इस देश में। कोई विशेष बात दोनों में न हुई सिवाय इसके कि उन का दिन कैसा बीता। आरती के बाद वे दोनों सो गए अपने अपने कमरे में। सरसिज को पहले कुछ क्षण घोर कष्ट हुआ पर बहुत अधिक थकान और चिंता के चलते वह नींद के हवाले हो चला।

तिहत्तर

आज गौरव ने उससे कह दिया कि वह सुम्बल उसके साथ आएगा। उसे अकेला न जाने देगा। हुआ यों था कि पिछली शनिवार जब वह अकेला सुम्बल चला गया था, तो लगभग चौबीस घंटों से अधिक समय तक इस बात को अपने उर में छिपाए रखा उसने। सोचा, गौरव भैया को उसकी यह हरकत अच्छी न लगेगी। कहेंगे या न कहते हुए भी कहेंगे ''कि क्यों जाना था तुम्हें वहाँ''। पर न झेल पाया सरसिज कि वह सुम्बल नन्दिकेश्वर महाराज के यहाँ गया था, यों ही दर्शनों के लिए, और यह बात गौरव से उसने छिपाई है। अत: यह बात अंतत: कह ही डाली उसने गौरव से। गौरव ने सब कुछ मौन होकर सुना। कहा कुछ भी नहीं। मुख पर यह भाव भी न लाया कि वह उसके वहाँ जाने को उसे न बताने के लिए उससे रुष्ट है। सरसिज ने इसके कई अर्थ लगाए। सबसे बड़ा और पहला अर्थ यह लगाया कि गौरव भैया वस्तुत: ही एक गम्भीर और प्रौढ़ या बड़ी बुद्धि का व्यक्तित्व रखते हैं।

अगला रविवार आया। गौरव ने सरसिज से पूछा, ''क्या कार्यक्रम है आज तुम्हारा?''

''किस सम्बन्ध में?''

''कहीं जाना वाना नहीं?''

''मतलब?'' सरसिज को लगा कि गौरव व्यंग्य कर रहा है।'' मेरा मतलब है चलो आज सुम्बल की तरफ़। देखते हैं मास्टर चाबी देता है या नहीं। हमें क्या है, हम मन में तटस्थ भाव रखेंगे। जैसा भी रहेगा उसका व्यवहार, हम निर्लिप्त रहेंगे और चले आएँगे वापस। अगर उसने मंदिर खोलने के लिए चाबी दी ही तो दण्डवत करेंगे। दण्डवत तो यों भी करेंगे ही, पर भीतर जाएँगे तो पुन: बुहारेंगे और जल से स्नान करेंगे शिवलिंग और मूर्तियों का।

मन ही मन आनंदित हो उठा सरसिज। इन बातों को गौरव भैया के मुख से

सुनकर उसने इसे साक्षात माँ महाराज्ञी परांबा और इष्ट देव नन्दिकेश्वर महाराज की साक्षात् कृपा ही मानी। आज गौरव आगे आगे निकल कर अपनी स्कूटी निकालने के लिए स्कूटी शेड की तरफ़ गया। और उल्लास जुड़ गया सरसिज के हृदय में। मन ही मन बोला, ''गौरव भैया मुझ से बड़े भाई वाला प्रेम करते हैं। फिर मन ही मन अपने भीतर भट्टों को उपस्थित कर प्रवचन देने लगा, ''हम कम हैं, हमें आपस में बहुत बहुत निर्ईर्ष्य रहना होगा। रहना चाहिए। हमारे बड़ों को हम छोटों से बहुत प्यार और अधिकार भाव रखना होगा आदि, इत्यादि।''

आज उसने कहीं रुक कर प्रकृति का आनंद लेने की इच्छा प्रकट न की। उसका सारा चित्त ही इस बात में लगा था कि शीघ्रातिशीघ्र वे सुम्बल पहुँच जाए।

स्कूल चल रहा था। सुबह की प्रार्थना की आवाज़ें आ रही थी, जो पूरी तरह इस्लामी थी। उन्होंने स्कूटर रोक कर कहीं खड़ा करने के लिए स्थान ढूँढा तो देखा कि उस प्रांगण में मलबा ही मलबा था। दिल दोनों का धक से रह गया। दोनों पर मरणांतक भय छा गया। जैसे तैसे स्कूटी ठहरा कर वे उससे उतर स्थितियों को समझने के प्रयास में लग गए कि उन्होंने देखा कि वह मास्टर जी उनकी तरफ़ आ रहा है और वह मास्टरनी भी आ रही है जो फिरन और हिजाब पहने पिछले शनिवार को सरसिज को लौटने के लिए कहने आई थी।

वे दोनों ठिठक गए और दूरी पर उन्हें धूसरित सा हुआ, लुढ़का वहीं शिवलिंग दिखा। उन्होंने अध्यापक और उस अध्यापिका का उन तक पहुँचने की प्रतीक्षा की ताकि माजरा क्या है, समझें।

''आप उस दिन यहाँ दिया जलाकर गए थे और आग लग गई। मंदिर जल गया।''

''नहीं तो। हमारे पास दिया जलाने की सामग्री ही न थी, दिया कहाँ से जलाते हम? कैसी बात करते हैं आप मास्टर साहब।'' गौरव ने परेशान होकर कहा।

''बेहतर है आप यहाँ से चले जाइए और ख़बरदार यहाँ आने की हिम्मत दुबारा की, बचोगे नहीं ज़िंदा। खुद अपने मंदिरों को दियों से ख़ाक करते हो फिर हमारे सिर मढ़ते हो। हमने इसकी एफ आई आर लिखवा दी है कि यहाँ दो कश्मीरी भट्ट लड़के आए थे, उन्होंने यहाँ सफ़ाई आदि की, फिर दिया जला के रखा और ताला मार के गए और आग लग गई।''

''पर जब मैं पिछली शनिवार को आया था। मंदिर सही सलामत था। आप यहाँ नहीं थे मास्टर जी। इन मास्टरनी जी ने अंदर से बाहर निकल कर कहा कि आप ने चाबी देने से मना किया है और आप कहीं गए हैं। स्कूल में नहीं। तब मैं चला आया था। सफ़ाई तो हम ने पिछले से पिछले शनिवार को की थी। जिस दिन आपने कहा

भी था कि दिया नहीं जलाना। हमने कहा था कि दिया जलाने के लिए हमारे पास एक भी चीज नहीं। खुद दिया भी नहीं। तब आपने हमें ख़ुशी से विदा किया था। फिर पिछले शनिवार का तो प्रश्न ही नहीं।''

''मैडम कहती है इन्होंने आपको चाबी दी। आप दिया जलाकर निकल गए और बुरी तरह जल गया मंदिर। वह रहा आपका शिवलिंग। सब कुछ तहस नहस। भगवानों की तस्वीरें। क्या मिला आपको अपने ही भगवान को जलाकर। अब ऐसा करिये। अपनी स्कूटी पर चढ़ कर यहाँ से आप दोनों दफ़ा हो जाइए जल्द से जल्द। अगर ज़िंदा बचना चाहते हैं तो।''

गौरव ने सरसिज की बाँह पकड़ ली और न दिखे ऐसा प्रयास करते हुए चातुर्य पूर्ण तेज कदमों से स्कूटी की तरफ़ गए और यहाँ से ओझल हो गए। उन्हें लगा कि अवश्य ही उनके ऊपर पीछे से गोली चलेगी। और वे दोनों....हे भगवान। पर आश्चर्य जनक ढंग से उन्हें आश्चर्य हो रहा था अपने जीवित होने पर।

चौहत्तर

जब वे हाँफते घबराते तुलमुल पहुँच गए, गौरव भैया को सीधे माँ महाराज्ञी परांबा के अलौकिक कुंड की ओर जाते हुए देख सरसिज उसके पीछे पीछे गया और दोनों दण्डवत होकर माँ को प्रणाम निवेदित करने लगे। सरसिज के मन में एक विचित्र प्रकार का अपराध बोध था कि गौरव उसे कहेगा कि, ''तुम्हें ही सूझी थी कि सुम्बल चलेंगे, अरे चुपचाप दिन काटो यहाँ। देखा अब अंतिम परिणाम।'' पर उसने देखा गौरव उसकी प्रत्याशा के विरुद्ध मौन हैं, शांत हैं और इस समय माँ के चरणों में बैठे अश्रु बहा रहे हैं। इससे उसे अपने अपराध बोध से कुछ कुछ मुक्ति मिली। और निष्कर्षत: उसे एक विचित्र विडम्बना के साकार होने का भान शब्दायित होता हुआ अपने भीतर प्रकट हुआ, जिसका फलक बहुत ही विराट था। सार्वभौम था और जिसका क्षेत्रफल इस ब्रह्मांड में ज्यामितीय प्रगति से विस्तार पा रहा है, यही सत्य है। वह है सत्य को बरतने पर अपराध और ग्लानि भर जाना। श्रेष्ठ को चुनने और उस पर चलने पर मार खाना, जीवन का भय झेलना और झिलवाना फिर उस श्रेष्ठता के परिणामों के लिए ग्लानि बोध और अपराध बोध से तड़पना।'' मैं समझ नहीं पा रहा कि शुभ के साहस के लिए क्यों सभी तटस्थ रहते हैं, व्यंग्य करते हैं उस पर, यह क्या हो गया है समय को, पर इस विषय में गौरव भैया ने बहुत समझा है मुझे और बहुत ही अधिक वह अपने भीतर समझ रखे हुए हैं इन विरोधाभासों की। वर्ना इस छोटे से समय जिसे कुछ दिन ही कहा जा सकता है, में मैंने कितने ही पैकेज के कर्मचारी युवाओं को देखा है कि वे ऐसी भाषा बोलने लगे हैं जिसमें सरकारी चाटुकारिता अलग है और यहाँ मुसलमान समाज की चाटुकारिता अलग। अगर जीवित रहने और रोज़ी रोटी पाते रहने के लिए यह आवश्यक है तो फिर क्या मालूम वे ही ठीक कर रहे हों। पर क्या कभी कभी ऐसा नहीं लगता कि वे जैसे इस हद तक आगे ही बढ़ रहे हैं कि मानो मुसलमान ही हो गए हों। क्या करना चाहिए? कैसे रहना चाहिए? कहाँ जाना चाहिए एक पल के चैन के लिए? शिवलिंग वैसे का वैसा फिर

से प्रणाली से अलग कर बाहर फैंक दिया गया है। अगर मैं गया ही न होता, वह अभी भी प्रणाली पर होता जैसा कि रखा था किसी ने और ताला लगाकर चला गया था चाबी उस स्कूल के अध्यापक को सौंप कर। पर जब मैं माँ और पापा के साथ आया था तब चाहे मंदिर टूटा, ध्वस्त और लावारिस था पर कोई क़ब्ज़ा किसी ने इसकी ज़मीन पर कर के वहाँ कोई स्कूल नहीं बनाया था। सारा क्षेत्र खुला था। झाड़ झंखाड से भरा और परित्यक्त था। सम्भवत: जिसने यह मरम्मत की है मंदिर की, उसी ने यह भूमि का टुकड़ा उस मास्टर के हवाले या तो बेच कर या कैसे भी इस मास्टर को दिया। कुछ समझ में नहीं आ रहा। कितने भयानक लोग हैं कि पिछली बार जब मैं आया तो बाहर से लौट गया कि चाबी नहीं दी गई, आज वहीं आग लगी थी और आग लगाने का आरोप मुझ पर कि दिया मैंने जलाया और आग लग गई। हे राम! हे नन्दिकेश्वर महाराज। रक्षा करो।''

गौरव ने आँखें खोली और दृष्टि सीधे सरसिज पर डाली और बात आरंभ की, ''देखा! सरसिज देखा क्या? कहाँ पर हैं हालात। बहुत बहुत ख़राब हैं हालात। सरकारें बाहर के संसार में पीएम पैकेज को दिखाकर कहती है, ''हमने कश्मीर के असली कश्मीरियों को बसाया है कश्मीर में। माँ महाराज्ञी परांबा, नंदिकेश्वर महाराज जानते हैं वस्तुस्थिति। इसीलिए मैं सावधानी को सीखना चाहता हूँ और चाहता हूँ कि तुम अर्थात् हम सब सावधानी सीखें बिना अपनी नैतिकता को एवं विशुद्ध चेतना को अशुद्ध और खण्डित किए।''

''भैया! देखिए कैसे इस मास्टर ने झूठ बोला कि मैंने पिछली बार वहाँ जाकर सफ़ाई की और दीप जलाया जिससे आग लग गई। जबकि आग इसने खुद लगाई है।''

''हमारे वहाँ उस शनिवार को जाने ने और वहाँ पर सफ़ाई करने ने हमारा दावा स्पष्ट कर दिया इसके भीतर और फिर जब तुम पिछले शनिवार को अकेले चले गए और यह क्रुद्ध हो उठा। जानते हो मनोभावों के उद्रेक में इन में और हममें एक भयानक अंतर है, वर्ना राक्षसों के सींग नहीं होते, जैसे कि बच्चों की किताबों में बनाया गया होता है राक्षसों को। वह बस समझने के लिए। वर्ना जहाँ हमारे भीतर किसी स्थिति विशेष में सहज ही भय उपजता है और ईश्वर की स्मृति हो आती है, वहीं राक्षसी वृत्तियों के व्यक्ति में उस स्थिति विशेष में क्रोध उत्पन्न होता है और अपने राक्षसत्व के विजेता होने की स्मृति हो आती है। उसी क्रोध का प्रयोग कर इसने हमें सदा के लिए वहाँ जाने का साहस करने से रोका और हमेशा भयभीत भी कर के रखा। मंदिर को ही जला डाला, कौन इसका क्या बिगाड़ेगा। सारा तंत्र इसका है। सारा हिंदुस्तान इनसे डरता है और इन को शांत रखने का उनको मात्र एक ही रास्ता सूझता

है, वह है इनको प्रसन्न रखो, इनकी माँगें पूरी करो। उसकी ये बातें सुनकर सरसिज कुछ कुछ उर्ज्वसित हुआ, पर उस के मन में एक मरण–भय बैठ गया था। उससे रहा न गया अतः गौरव से बोला, "भैया! किंतु मुझे डर लगता है। कल मुझे चौगाम के क्वार्टरों में रहने वाला बनतालाब का संजय सप्रू फ़ोन पर कह रहा था कि उसे पता चला है कि ये लोग पी एम पैकेज के भट्ट कर्मचारियों पर कड़ी नज़र रखे हुए हैं कि कौन कहाँ जाता है, क्या क्या गतिविधियाँ करता है। सब पर नज़र है इनकी। अब मैं सोच रहा हूँ कि हमारी यह गतिविधि भी नोट हुई होगी। डर तो नहीं है कोई भैया?"

गौरव को इन बातों के विषय में पता चले बिना भी निश्चित अनुमान था, अतः वह विचलित न हुआ। पर कल जो फ़ोन आया था सरसिज को उसके प्रकाश में वह कुछ अधिक घबराहट से भर गया था, इतना कि वह मन ही मन जम्मू जाने की और कुछ दिन वहाँ के दृश्य से अनुपस्थित रहने का उपाय सोच रहा था। पर यह उसके मन की एक गुप्त सोच थी अभी वह इसे बाहर नहीं बता सकता। यदि बता ही देगा तो पहले उसे बताना पड़ेगा गौरव भैया को ही। पर वह इससे पूर्व अपने पिता से और मामा से इस सम्बन्ध में बात करना चाहता है, वह समझना चाहता है कि जो कुछ भी हुआ है उस सब का अर्थ क्या है और उस सब का परिणाम क्या होगा। सिर्फ़ और सिर्फ़ गौरव भैया ही उसे पूरी सृष्टि में एक दृश्य अवलंब की तरह लगता है, शेष कोई नहीं। शेष कोई भी नहीं। वह अपने पापा से और मामा से गौरव भैया की अनुपस्थिति में बात करना चाहता है। गौरव भैया की उपस्थिति में उसपर उसका प्रभाव रहेगा। अकेलेपन में वह विशुद्ध रूप से अपनी ही तरह बातें करेगा और सारी गाथा का वर्णन करेगा। वह गौरव से बोला, "भैया आप भी सोचते होंगे कि इतनी भावुकता मुझमें क्यों है? पर सत्य यह है भैया कि मैं नहीं जानता कि मैं कैसा हूँ और मुझे किस प्रकार का होना चाहिए। सत्य यह है कि आप ने ही आज प्रातः आरती करने के बाद कहा कि चलो आज सुम्बल चलते हैं, मैं आश्चर्य में पड़ गया। मेरा आज वहाँ जाने का कोई कार्यक्रम न था, पर आपने जब बहुत सहज ही कहा कि चलते हैं सुम्बल तब मैं आश्चर्य में पड़ गया और मुझे इस सब में कुछ रहस्य सा लगा कि माँ महाराज्ञी परांबा और नन्दिकेश्वर महाराज हमें बुला रहे हैं। इस में कुछ तो अर्थ है भैया, अर्थ है।"

"जो भी है, सरसिज, इतना मत इस सब के विषय में सोचो, इस रहस्यवाद को हमारी बुद्धि ज़रा भी नहीं पकड़ सकती। पर तुम अपने मन को स्वस्थ रखो। तुम परेशान लग रहे हो मुझे बहुत, इस सब के कारण। रही भावुकता की बात, यह भावनात्मकता ही तो है हमारा धन, जीवन और प्रण। शत्रु और राज्य दोनों चाहते हैं कि हम भाव शून्य हों। हमारी भावनात्मकता पर चोट कर दी गई है, संविधान और

उसके मदों के माध्यम से। अंधे और झूठे लोकतंत्र से। भावभरे बौद्धिकों का क्रय करकर के। उनको जीवन के सुख आनन्द और सम्मान दे दे के। उसके विपरीत देखो मुसलमानों से बात करके, वहाँ उनके प्रकार की भावात्मकता है। उनसे पूछो उनकी ताक़त तो सारा मुख रक्तिम करके कहेंगे कि उनके पास ''जज़्बा ''है। जब वे ऐसा कहते हैं तो हम हंसते हैं, क्योंकि हमने राज्य और शत्रु के षड्यंत्र के कहने पर अपना ''जज़्बा ''मारने में अपना बुद्धिबल लगा दिया है। अर्थात् बुद्धि की शक्ति भाव के हनन में लगा दी तो प्राप्त क्या हुआ? शून्य ही ना? अतः तुम्हारे पास यदि भाव है सरसिज, तुम बहुत समृद्ध हो। भाव ही हमें भीतर से तरल रखते हैं और भाव ही सरल रखते हैं। और क्या चाहिए। कौन सा धन हमारे साथ दूर तक जाता है। कोई भी नहीं। जो नहीं दिखता है वह हमारे साथ नत्थी होता है, पर हम दिखने के फेर में और न दिखने के फेर में निर्णयों के लिए और चिंताओं से जूझ रहे होते हैं। भाव रहें, यही जीवन है। भाव हैं तो अभाव अभाव में भी न होगा सरसिज। यही कारण है कि मैं सुबह तुम्हारे साथ चल पड़ा, चल क्या पड़ा बल्कि मैं ही चला और तुम मेरे साथ हो लिए। अतः चिंता न करो।'' गौरव की ये जीवन-दायिनी बातें सुनकर सरसिज सुख से भर उठा। पर जो सूक्ष्म चिंता उसके मन में थी वह गई नहीं। वह बेचैन था अपने पिता और उससे भी अधिक मामा से बात करने के लिए।

पचहत्तर

“हाँ बेटा कैसे हो? ठीक हो ना?” जब वह सोच रहा था अपने पिता से बात करने के विषय में तत्काल कुछ क्षणों में ही बोटबय का फ़ोन आया था। वह उस समय गौरव के कक्ष में उससे बातें कर रहा था और सोच रहा था कि वह अपने पिता से अपनी चिंताएँ कहे और अपने मामा से भी। इसलिए फ़ोन आने पर उसने गौरव से आज्ञा माँगी और अपने कक्ष में बात करने पहुँच गया। गौरव उसकी मनःस्थिति पर पूरी और सटीक नज़र रखे था।

“पापा नमस्कार। मैं आपको फ़ोन करने ही वाला था। आप ठीक हो क्या?”

“हाँ बेटा। यह क्या खबर है, आज अख़बार में आया है कि सुम्बल में नन्दिकेश्वर मंदिर में आग लगी है। सब जल गया है। उसका चित्र भी छपा है। पिछले से पिछले शनिवार को तुम वहाँ गए थे शायद।” सरसिज के पैरों तले से मिट्टी खिसक गई कि यह समाचार अख़बार तक में छप गया है। मानो अख़बार में उसका नाम तक आया हो कि उसी ने अग्नि लगा दी। और यह भी कि हाँ यह सच हो जैसे। जैसे कि सचमुच उस ने आग लगा ही दी हो। जब सब ऐसा मानेंगे, अख़बार छापेंगे, तब कैसे नहीं उसने ही आग नहीं लगा दी। लगा ही दी।” विचित्र अभिव्यक्ति से परे की मनःस्थिति में वह फँस गया। पर स्वयं को बांधे सा रख कर वह बोला, “हाँ पापा। वही तो मैं भी बताना चाहता था आपको कि आज सुबह मैं और गौरव भैया जब वहाँ गए, वहाँ वह स्कूल चल रहा था जिस के विषय में मैंने आपको पिछली बार बताया था न कि वहाँ किसी मुसलमान ने स्कूल खोला है, जहाँ वह शुक्रवार को छुट्टी और रविवार को पढ़ाई कराता है, वहीं स्कूल खुला था। हम ने बाहर से ही मलबा पड़ा देखा और शिवलिंग अबकी बार बाहर आंगन में लुढ़का दिया गया था। हम देख कर परेशान हो गए कि तभी वहाँ वह मास्टर आ गया और हम से लड़ने के अंदाज में बोला कि आप ने दिया जला कर रखा था, उसी से आग लग गई, और यह कि वहाँ से हम दफ़ा हो जाएँ और फिर वहाँ जाने की हिम्मत न करें।”

“फिर?” घबरा गया बोटबय और कुंगी उसकी माँ।

“फिर हम वापस आ गए।”

“अब कहाँ हो तुम?”

“इस समय कमरे में हूँ, पापा।”

“गौरव भी?”

“जी हाँ पापा।”

बोटबय भी किंकर्तव्यविमूढ़ हो उठा और चिंताकुलता में असहाय सा। बोला, “यह ले माँ से बात कर।”

सरसिज ने माँ से सब कुछ कहा और कहा कि चिंता न करें। वह सुरक्षित है। सुनकर वह घबरा गई और बोली, “तुमने मामा से यह सारी बात बता दी, वह सही राय देंगे। मेरी मानो सरू दो तीन दिनों के लिए चले आओ जम्मू दोनों। गौरव से भी कह दो।”

“घबराओ नहीं माँ कोई चिंता नहीं यहाँ सब ठीक है, बस सिर्फ़ यह बताया गया है कि हम चार बजे के बाद घरों से बाहर न निकलें। बस बंद रहे घरों में ही।”

“ओह! अच्छा? फिर इसका अर्थ है कि सब कुछ ठीक नहीं है।“

“मम्मी कैसी बात कर रही हो, कैसे सब ठीक है यहाँ। सब ठीक होता फिर आप वहाँ और हम यहाँ होते क्या। संहार की स्थिति है। बस मान लो कि सावधानी रखनी है बस, शेष तो शांत है। ऊपर से शांति समझो इसे, पर हैं हम सकुशल।”

“पर यह जो अख़बार में खबर छपी है, उसका क्या क़िस्सा है सरू?”

“कुछ नहीं वही जो जमाने से ये लोग करते आए हैं। मंदिर जला दिया है फिर से। किसी ने आकर मरम्मत की थी न उसकी, तो ये लोग कैसे सहेंगे, लगा दी आग। तोड़ दी मूर्तियाँ। जो इनका काम है, किया।”

“नन्दिकेश्वर महाराज भी इनका क्षय नहीं करता।”

“करता तो हैं। फिर क्या करता है। ये उन्हीं के उपासक थे। तो इन्हें अपनी महान उपासना नहीं करने दी। काटे गए, मारे गए, मुसलमान बना दिए गए, राक्षस बना दिए गए और तभी अब मारने काटने की ताक में रहते हैं।”

“सो तो ठीक है पर मैं सोचती हूँ तुम हफ़्ते भर के लिए यहाँ आओ। थोड़ी शांति हो जाएगी तो जाओगे।”

“नहीं ऐसी आज्ञा नहीं। मेरे खाते में छुट्टी नहीं माँ। तुम चिंता न करो।”

“मैं ही आती हूँ।”

“अभी नहीं माँ। यहाँ हालात में कुछ गड़बड़ है। सब कुछ ठीक नहीं यहाँ। ऐसे में तुम्हारा आना ठीक नहीं रहेगा। रहोगी कहाँ यहाँ? न बिस्तर। न बर्तन। न कोई

सामान। न स्थान।''

''नहीं। नहीं।''

फ़ोन पर पुनः उसका पिता आ गया : ''तुम्हें जो फ़ील्ड में जाना होता है?

''यों ही। वह यों ही हैं, हमें परेशान करने और यह समझाने लिए कि हम बेकार है। हिंदुस्तान के थोपे हैं। हम से यही काम लिया जाएगा कि हमें करने को कोई काम नहीं।''

''गौरव को भी काम नहीं क्या?''

''बस उसे काम है। उसे पढ़ाने का खूब काम देते हैं। इन्हें पता है कि पढ़ना तो कश्मीरी पण्डित से ही है। पर हम जैसों को यों ही कहते हैं कि जाओ फ़ील्ड में। वहाँ क्या करना है? कुछ नहीं देखो वहाँ कुल्या में पानी बह रहा है या नहीं, मतलब सताव। चिढ़ाना। दुखी करना। और क्या! हाँ हम भी जाएँगे नहीं काम पर।''

फ़ोन पर पुनः उसका पिता आ गया, ''मैं आता हूँ। अभी चार बजे की सूमो पकड़ूँगा।''

''अरे पापा बिल्कुल नहीं। आप धैर्य रखिए। हम बहुत ही आनन्द में हैं। हम तो यहाँ माता की सुरक्षा में हैं। परेशानी तो व्यसू, चोगाम, कुपवारा इत्यादि इन स्थानों पर है। हम एकदम मज़े में हैं।''

''तो फिर तुम मामा से बात कर लो ''उसकी माँ बोली।

अब वह मामा से यही सारी बात कहता है। यह भी कि चार बजे के बाद घरों से निकलने की आज्ञा नहीं है। यदि बहुत ही आवश्यक है तो आज्ञा लेनी है। यह भी बताना है कि बाहर किस प्रयोजन से जाना है। बाहर जाने की क्या आपात आवश्यकता है। यदि आज्ञा मिली तो जा सकते हैं तो निकल सकते हैं, यदि नहीं तो नहीं। फटो और सड़ो सड़ियल कमरों में ही, अकेले अपनों से दूर।

उसका मामा सकते में आ गया। चिंतित हो गया। उसे क्रोध आ गया। पर वह भी क्या कहता इस पर ? पूछा, ''अब तुम कहाँ हो?''

''इसी धर्मशाला के कमरे में। यहाँ तो हम दो ही हैं। बाक़ी जो व्यसू, शेखपोरा इत्यादि में भी है, ओह दम घुट रहा है मामा जी।''

''समझता हूँ सरसिज पर करें क्या? मेरी बुद्धि में कुछ नहीं आता। अगर नौकरी छोड़ कर आएँगे ये पीएम पैकेज के बच्चे तो वह इन जिहादियों की बड़ी जीत है। बहुत बड़ी जीत। वैसे ही इनकी जीत ही जीत है, पर ये इन जीतों को भी प्राप्त करना चाहते हैं, कोई जीत नहीं छोड़ना चाहते। सरकार की भी जीत है। सरकार इनकी मुखापेक्षी है। मनुष्यता से इनका कोई नाता ही नहीं। मनुष्यता इनके लिए इस्लाम के लिए ग़ैर इस्लामियों का क़त्लेआम है। अभी तुम सुरक्षित हो वहाँ क्या?

फ़िलहाल लगता है हालात फिर ख़राब करने वाले हैं लोग। पर यह प्रशासन ने यह तुम्हारी सुरक्षा के लिए ही आदेश निकाला हो कि चार बजे के बाद घर से निकलना नहीं। किंतु दफ़्तरों की छुट्टी ही पाँच बजे होती है, चार बजे में मुझे कुछ तुक नज़र नहीं आती।'' मामा बोला।

''इसलिए कि शायद मास्टर और मास्टरनियाँ ही अधिक संख्या में हैं और स्कूल चार बजे बंद हो जाते हैं। कुछ समझ में नहीं आता मामा जी, क्या करना चाहिए?''

''यह पैकेज ही अमानवीय, जिनोसाइडल पैकेज है, इसे स्वीकार करना ही कितनी बड़ी विडंबना है। अब क्या कर सकते हैं, सिवाय इसके कि बस तीव्र प्रार्थना करें कि जगदंबिका रक्षा करे। यदि सम्भव हो तो आओ घर छुट्टी लेकर, कुछ दिन।''

''छुट्टी लूँगा तो नौकरी से छुट्टी मामा जी।''

यह सुनकर क्षणभर चुप हुआ सरसिज का मामा, तब उसकी मामी फ़ोन पर आई और उसने आशीर्वादों का संगीन कवच पहना दिया। और कोई कर क्या सकता था।

छिहत्तर

सरसिज गौरव के कमरे में पुन: गया। गौरव सब्ज़ी पका रहा था और शीरचाय उसने तैयार रखी थी। सरसिज को देख उसने हंसते हुए पूछा हुए, ''हो गई बात। क्या कहा तुमने उनसे। चिंतित किया? अरे वज्र का बन वज्र का। आ बैठ पी लें अब चाय। अब भूख भी तो लगी होगी। भूख भय को भी खा जाती है कभी कभी और भय बहुत कम देर तक ही भूख को खा सकता है। इसलिए सुबह से हम ऐसे ही मारे मारे से हैं, मानसिक रूप से अस्त व्यस्त। सुम्बल हम गए उसका निष्कर्ष ही यही है कि इन मंदिरों की चिंता न करो, फ़िलहाल अब धर्म हमारे अंत:करणों में शरण लिए हैं, या हम उसे वहाँ शरण माँग रहे हैं। यह मामला इतना महीन रूप से पारस्परिक हो उठा है कि हमें समझ में नहीं आ रही यह बात। अत: जो कुछ है उसे प्रभु की लीला समझो और मौन होकर अपना ध्यान ईश्वर के चरणों में लगाओ।

अभी तक सरसिज जिस स्थिति में से गुजर रहा था, अब थोड़ा ठीक सा अनुभव करने लगा। पर उसे लगा कि अंतत: गौरव भैया ही उसके असली प्रश्नों को पार लगाता है। उसने अख़बार में छपी होने की बात गौरव को बताई।

''अख़बार में उस मास्टर ने ही खबर दी होगी ना कि देखो यह हम पर न चढ़ाना। किया तो हम ही ने हैं, यह सत्य तुम भी जानते हो और हम भी जानते हैं, पर तुम भी जानते हो कि हम पर नहीं चढ़ेगा और हम तो हैं ही वे लोग जो दाग़दार होकर भी बेदाग़ हैं। इसलिए अख़बार में यह लिखवाना कि मंदिर में किसी पण्डित ने आकर दिया जलाया और मंदिर को आग लग गई। इसमें क्या समाचार है, कुछ भी नहीं। मुसलमानों का व्यवहार नहीं होना चाहिए समाचार उनके लिए जो जीवन काल से देखते आए हैं कि क्या है इस्लाम। मैंने कहीं पढ़ा है कि सतर के आसपास कभी अंतरराष्ट्रीय इस्लामी देशों के संगठन का सम्मेलन था, जिस में उस समय के अध्यक्ष अयातुल्लाखुमैनी ने मुसलमानों से कहा था कि इस्लाम फैलाना है तो जितना हो सके उतना झूठ बोलो। उसके अंतर्गत यह खबर अगर देखोगे तो सब बातें समझ में

आएँगी। अत: घबराओ नहीं। मीडिया इनका कहा हुआ छापता है, हमारा या शेष देश में हिंदू की बात को नहीं छापता, नहीं मानता, इसलिए कश्मीर से बाहर का हिंदू इस पर सोचता है कि सरकारी सच क्या होता है। वह इस सम्बन्ध में आत्म प्रशिक्षण लेता है और ज़िंदगी के दिन काटता है। इस संविधान ने हिंदू की ज़ुबान काट कर रखी है इस तरह कि कटी ज़ुबान को ही वह ज़ुबान बोलता है। इस प्रकार चूँकि मुसलमान की ज़ुबान आज़ाद है, मुक्त है, वह जो मर्ज़ी बोलता है, वही छपता है और जो उसका बोला छपता है, वही सच हो जाता है। मुझे लगता है कि अब तुम्हारी सभी चिंताएँ और शंकाएँ और असमंजस समाप्त हो जाने चाहिए। मामा जी ने क्या कहा यह सुनकर?''

''कुछ भी विशेष नहीं। इतना ही कि बस अपनी सुरक्षा पर ध्यान दिया जाए। शेष यह कोई समाचार ही नहीं।''

''वही ना। वही। जिसने इस आग की सुरंग से स्वयं को निकाला और फिर भी देखा वह साँसें ले रहा है, उसकी समझ में इस्लाम भी आया और ये सारे प्रपंच भी।''

''हूँ?''

सतहत्तर

सुबह दोनों आरती के बाद चाय के जम्मू से लाए कश्मीरी कुलचे खाकर अपने अपने काम पर निकल पड़े। सरसिज ने देखा कि कुछ कुछ तनाव सा है वातावरण में। उसने अपने दफ़्तर के लोगों को यथायोग्य अभिवादन किया। यों वह चपरासी तक से अतिरिक्त मुस्कान के साथ आँखें मिलाता है और प्रायः हाथ जोड़ कर अभिवादन करता है, जिसका अर्थ जो वह स्वयं को यही बताता है, वह सोचता है कि वही अर्थ उसके दफ़्तर के लोगों को निकालना चाहिए कि वह जो हाथ अपने भगवान के आगे जोड़ता है, वही हाथ वह उनके आगे भी जोड़ता है। चाहे डरता है। चाहे उनको प्रसन्न करता है या उनका आदर करता है, जो भी इसका वे अर्थ लगाए, बस उसका काम निकले। उसका समय सुरक्षित कटे। पता नहीं उन सभी काफिर बच्चों में एक यह आशा, सभी सम्भावनाओं के विरुद्ध क्यों बसती हैं कि चाहें जो भी शर्तें हों इस रोज़गार पैकेज की, (अर्थात् कि ज्यों ही कोई अपने स्थान से हिलेगा, या अपना तबादला किसी भी अर्थात् भयानक से भयानक परिस्थिति में भी माँगेगा, उसकी नौकरी वहीं उसी क्षण समाप्त। कितना भी भय, अकेलापन या आतंक और जीवन-यंत्रों से शून्य क्यों न हो वह स्थल, वहीं रहेगा व्यक्ति, पर न स्थान छोड़ेगा, न ही स्थानांतरण माँगेगा। ऐसा किया, रोज़गार गया।)तब भी कुछ ऐसा शुभ घटित होगा कि केंद्र में कोई मानवीयता से भरा राजा आएगा जो उनको इस जाल से मुक्त करेगा, चाहे वह राजा इसी अपनी मातृभूमि पर ही कश्मीरी पण्डित नेताओं द्वारा सुविचारित मानचित्र को रूप देगा और सारा समुदाय यहाँ आएगा, या यदि इतनी आँतें न हुई उसकी तो इतनी तो किसी न किसी की होंगी ही कि नौकरी की इन शर्तों को पढ़कर कम से कम दांतों तले उँगली देकर कह उठेगा, ''हे राम! हे प्रभु! इतना अन्याय? इतना अमानवीय? यह कौन था? जिसने ऐसा किया है? इस देश पर यों ही सूतक चल रहा है सनातन के बलिदानियों का, नरसंहार के आखेट में अपमृत्युओं का। हटा दो इन भयानक मदों को। कर दो इन्हें स्वतंत्र। बाँध दो उनको जिन्होंने किया है भारत

राज्य को परतंत्र और बंदी। भारतवासी के मन बुद्धि को बंदी। बंदी कर दो उन विचारधाराओं को जो हमारे वैदिक, शैव, शाक्त, वैष्णव विचारों, भारतीय विज्ञान के संहारक, मारक हैं। संहार कर दो उनका।'' उन्हें यह आशा है जिसे उन्होंने, उनके कैंपों में रह रहे परिवार जन ने, उनके पूरे समुदाय ने भी चोरी से उसी तरह धारण कर रखा है जैसे एक बहुत ही पहुँचा भक्त अपने हृदय में ईश्वर को धारण किए होता है।

वह आज अपने अफ़सर के पास सीधे गया। वह अभी आया ही नहीं था। कोई चपरासी भी नहीं आया था। गौरव और सरसिज अबूझ भय के मारे बहुत ही शीघ्र अपने अपने कार्य स्थल पर पहुँचते हैं और चपरासी के बाद अन्य कर्मचारियों के आने की प्रतीक्षा करते हैं। इन मुसलमानों में हो सकता है किसी किसी के मन में इनके लिए करुणा उपजती हो पर कहता कोई नहीं कुछ क्योंकि उन सब के ऊपर दीन की तलवार साफ़ दिखाई देती है सभी को। पैकेज के कर्मचारियों को कुछ अधिक ही दिखती है।

सरसिज बाहर का दृश्य देखने लगा। दृश्य यहाँ अत्यंत अभिभूत कर रहा था। गाँव के डाकबंगले में दफ़्तर था। सरसिज ने अपना फ़ोन निकाला और उसमें समय काटने की सम्भावनाएँ खोजने लगा।

कुछ समय बाद उसका वह मित्र आ गया जिसने उसकी मदद की थी नौकरी ज्वाइन करने के दिन। दोनों ने अभिवादन का विनिमय किया। सरसिज उसके पीछे पीछे हॉल में आया। उस मुसलमान मित्र को दफ़्तर ने कुर्सी मेज़ दे रखा था। पर अभी तक सरसिज को कोई कुर्सी मेज़ नहीं दिया गया था। वह यह बात प्रायः उस मित्र को ही बताता। पहले पहले वह मित्र इधर उधर करता हुआ कुछ इस प्रकार की क्रियायें करता रहता मानो वह उसके लिए कुर्सी मेज़ का प्रबंध कर रहा है। अंततः बोलता सरसिज भट्ट जी ! फ़िक्र न करें, हो जाएगा कुर्सी मेज़ का प्रबंध दो एक दिन में। इतने कितने ही दो एक दिन के, माह बीत गए, पर प्रबंध न हुआ कुर्सी मेज़ का। आज पुनः यह विनम्र माँग उसने उस मित्र से दोहराई तो वह बोला, ''साहब आएँगे, आज यह बात आप साहब से कर लो। मैंने दो एक बार कहा था तो वह मुझ से नाराज़ से हो गए। शायद उनका नाराज़ होना इस कारण था कि सरसिज भट्ट जी खुद क्यों नहीं मिलते साहब से और यह बात करते। साहब तो मजाज है सरसिज भट्ट जी, मैं तो एक मामूली करमचारी हूँ। हूँ न? साहब के हाथ में हैं चाहे कुर्सी टेबल ख़रीदना पड़े या कहीं से भी जुटाया जा सकता हो, वह कर सकते हैं हासिल कुछ भी।'' सरसिज गद्गद हो रहा था देख कर कि मित्र उससे सहानुभूति पूर्वक बातें कर रहा है।

उसका मित्र दफ़्तर के काम में व्यस्त होता दिखा उसे तो उसने पूछा, ''आज मेरी ड्यूटी क्या है?''

''जाओ फ़ील्ड में कुल्या की लहरें गिनो, काग़ज़ पर लिखो, बड़े साहब को रिपोर्ट दो।'' मित्र ने बहुत ही कड़वी बात हास्य की चाशनी में लपेट कर कह दी पर कड़वाहट इतनी तीक्ष्ण, मारक थी कि चाशनी का पता ही न चला और सरसिज बहुत चिंतित सा हो गया। भयभीत भी।'' यह कैसा सुलूक है हमारे साथ?'' उसने अपने मन में कहा और अविचल रहने और बस हल्के से मुस्कुराने का प्रयास प्रकटतः किया। उसे तब बहुत भयदायी विस्मय हुआ जब मित्र को उसने उसे गौर से देखते हुए देखा।

उसे याद आया सचिन भी कह रहा था कि उसे कोई मेज़ कुर्सी नहीं दी जा रही और उसे भी फ़ील्ड में कुछ भी (नहीं) करने के लिए भेजा जाता है। इसका वह अब अभ्यस्त हो गया है। इसका कारण उसने पता कराया कि है कि इस पैकेज के कर्मचारियों को ''उपर से खर्चा ''जैसा अस्तित्व हीन रोज़गार वाले लोग माना जाए। जो राज्य की रोज़गार शक्ति में न गिने जाएँ। जिन्हें घाटी के भीतरी कामों में घुसपैठ न करने दी जाए। इत्यादि। इन कर्मचारियों का नाम ही रखा गया है ''सुपरम्यूनरी ''अर्थात् फ़ालतू। इनको दिए गए यदि क्वार्टर हैं, उन कमरों को ये लोग अपनी मिल्कियत न समझें, नौकरी छोड़ने पर अथवा रिटायर होने पर ये लोग ये निवास के दिए गए कमरे या क्वार्टर सरकार के पास जमा करा के जाएँगे। सचिन ने उसे यह भी कहा था कि सब कर्मचारियों को पता था कि तीन सौ सतर हटने के बाद ऐसा क़तई न होगा। यह ''सुपरम्यूनरी ''अर्थात् फ़ालतू जैसी शब्दावली हटेगी। ढंग से काम दिया जायेगा। इस पैकेज को राज्य की रोज़गार शक्ति के साथ गिना जाएगा और अन्य सभी सुविधाएँ दी जाएँगी, जो सामान्य कर्मचारियों को दी जाती हैं। किंतु तीन सौ सतर हटा जैसे कुछ न हटा। कुछ भी नहीं हटा। कुछ भी नहीं।''

ये सभी हिंदू के सामूहिक अपमान की बातें उसके मन को व्यथित भी कर रही है और विरक्त भी।

मन ही मन वह कह उठता है, ''नहीं चाहिए इनको हमारा काम तो न सही, हमें वेतन दे, ठीक है। हम न्यूनतम में खुश रहेंगे। पर उस पर हमें सुरक्षा तो दे। कोई स्वतंत्रता तो दे। असुरक्षित हम फ़ील्डों में जाएँगे, पता न कब तक ही वेतन पाएँगे। जीवन के साँसों की गिनती पर इनका नियंत्रण होगा, सारांश में इस पैकेज के मदों में यही तो लिखा है। और क्या लिखा है। अब यह सोच सोच के, खौला खौला के इस रक्त को, रक्त बचा नहीं जैसे। लाल बादल हो गया। पर फिर भी रक्त है उबलता रहता है। फिर फिर उपजता है, उबलता है, जिस दिन प्रलय होगी ये ही रक्तिम मेघ बरसेंगे और यह धरती जो हम से नाराज़ है उस दिन मन जाएगी। मिट्टी के ढेलों में हमारा रक्त वापस भर कर, हमें उपजायेंगी। ऐसे उपजेंगे, ऐसे उपजेंगे कि धरती

लहलहाएगी। धरती मुस्कुरायेंगी। हमें हाथ बना कर उनमें शस्त्र पकड़ाएँगी। आततायियों की छातियों में उतरवाएँगी। अजीब नजारा होगा। मनुष्यता के पर लगेंगे और अमानवीयता फड़फड़ा कर, तड़फड़ा कर मर जाएगी।'' वह ऐसे उदास क्षणों में यह एकाकी शौर्य प्राय: रचता रहता है और इसे रचना मान कर भीतर सुरक्षित रखता है। जब तक रहती है तब तक फिर नई उदासी में नया रचता है, यों बचता है।

अब सचिन की बातें स्मरण होने पर उसे साहब से मिलने की इच्छा समाप्त हुई। विशेषकर यह पूछने की कि उसे कुर्सी टेबुल कब आबंटित होगा। वह यों ही बैठा रहा वहाँ और उस का मित्र काम करता रहा दफ़्तर का। बीच बीच में वह सरसिज के साथ एक निश्छल मुस्कान मुस्कुराता और तेज़ी से नज़र फेर कर पुन: अपने काम में लग जाता। सरसिज ने चाहा कि उसकी उस कभी मुस्कान सहित जानी जाने वाली दृष्टि के अंदर यह बात हो कि वह मुझे कह रहा है कि मेरी सारी संवेदनाएँ तुम्हारे साथ हैं मित्र, और मैं इस बात से दुखी हूँ कि तुम लोग दुखी हो। यह दुख हमने तुम्हें दिया है और खेद है मुझे इस के लिए कुछ कर भी नहीं पा रहा।

बहुत मौन था वहाँ कि तभी पहले हँसते हँसते चपरासी भीतर घुसा और उसके बाद साहब। सरसिज और उसका मित्र खड़े हो गए साहब के सम्मान में। साहब ने उसे हैरानी भरी दृष्टि से देखा और अपने कक्ष भीतर चला गया। वह मित्र साहब के कक्ष में गया और जब वापस बाहर आया तो सरसिज से कहा, ''जाओ मिल लो साहब से।''

सरसिज भीतर जाने के लिए आज्ञा मिलने पर साहब के कक्ष में चला गया। सोचता हुआ कि क्या वह ''मुझे कुर्सी पर बैठ कर बात करने को कहेगा।'' पर सरसिज बहुत सुखी हुआ जब साहब ने मानवीय ऊष्मा से भरी आवाज़ में कहा, आइए, आइए सरसिज भट्ट जी! कैसे हैं आप? कैसे चल रहा है सब? सेहत वग़ैरह ठीक है?''

''गद्गद हो उठा सरसिज और अतिशय रूप से ख़ुशी की मुस्कान मुख पर बिखेरते हुए बोला, ''जी सर। जी हाँ सर।''

''और घर वर गए थे जम्मू?''

''सर घर तो यहीं था, जम्मू में कैम्प हैं।''

''अरे भट्ट साहब, मेरा मतलब ही है कि माता पिता से मिलने गए थे वहाँ।''

''नहीं सर। फ़ोन पर ही बात होती है।''

''और यहाँ डर वर नहीं है कोई, जब लगे फ़ील्ड पर जाओ, नहीं लगे खुद को बचाओ। कुछ नहीं होता। काम चलता रहेगा। यहाँ कोई भी बाहिफाजत नहीं। अल्लाह ही हिफ़ाज़त करें सब की।''

‘‘जी सर।‘‘

‘‘और बताइए?’’

‘‘सर मैं चाहता था कि मुझे कुर्सी टेबुल मिल जाए।’’

‘‘ओ। सही है आप की माँग। पर आदेश यों है कि आपको फ़ील्ड पर जाना है तो फिर टेबुल कुर्सी का कोई मतलब नहीं।’’

‘‘ठीक है सर।’’ वह जाने के लिए उठा। साहब ने उसे हंसते हुए कहा, ‘‘जीवन का आनंद लो जी सरसिज जी, जब टेबुल कुर्सी आएगी, मैं तुम्हें कॉल करूँगा।’’

वह बाहर आया और मित्र से संकेत में पूछा कि वह जाए क्या? मित्र ने मित्रवत् आँखों के संकेत से कहा कि ‘‘जाओ, परेशान न हों।’’ सरसिज आश्वस्त होकर निकल गया और बोला, ‘‘मैं शाश्वत नहीं हूँ, मेरा इतिहास शाश्वत है, मैं उसकी एक कमजोर कड़ी हूँ। मौन से सब मज़बूत होगा सब कुछ। अभी नहीं तो, फिर कभी सही। गौरव भैया प्राय: कहता है, ‘‘मौनं चास्मि गुह्यानां।’’

स्कूटी पर बैठ उसने मित्र और साहब के विषय में सोचना चाहा। दोनों उसे आनंदित करने वाले हवा के झोंके लगे।

अठहत्तर

"अरे पापा आप?"

"हाँ माँ भी।" पिता ने उसे बाँहों में यों भर लिया मानों आनंद–सागर छलक आया हो। आलिंगन बद्ध ही सरसिज पिता से पूछने लगा, "कहाँ हैं माँ?"

"वह रही माँ महाराज्ञी परांबा की परिक्रमा कर रही है। अभी उसने तुम्हें देखा नहीं।"

"फ़ोन करते, मैं शीघ्र आता।"

"फ़ोन लगा नहीं, उससे तेरी माँ और चिंतित हो गई। फिर अंदर गर्भगृह में गई।" दोनों तेज़ी से गर्भगृह ओर जाने लगे।

"कुंदा ने सरसिज को बाँहों में भर लिया, रो पड़ी। वह उसके सिर पर पीठ पर बाँहों पर हाथ फेर फेर कर रोते हुए बोली, "कैसी नौकरी कर रहा है तू बेटे? जब से यह नौकरी तूने आरंभ की मेरे प्राण पल पल निकलते, सूखते हैं। निकलते, सूखते हैं। क्या करूँ। कैसा जीवन है? तू ठीक है? तेरा फ़ोन बज नहीं रहा था, क्या बात थी? इस से मेरे प्राण कण्ठ में आ चुके थे बेटा। मैं तुझे कुछ बोलने आई हूँ, तू और कहीं नौकरियों में आवेदन कर और यहाँ से छूट जा।"

"माँ चलो कमरे में। थोड़ा आराम करो। किस में आए सूमो में या तवेरा टैक्सी में?"

"सूमो में। कृपा थी ईश्वर की मार्ग साफ़ था जो दो बजे के अंदर अंदर हम आ पहुँचे श्रीनगर। वहाँ से बस में बैठे, वह बहुत तेज चली, हम आधे घंटे में पहुंचे।"

"कल तो आप ने मुझ से बात की थी, कोई सुराग नहीं लगा मुझे कि आपका यहाँ आने का कार्यक्रम है। वैसे यहाँ सब बढ़िया है।"

"बेटा सब बढ़िया रहे, माँ महाराज्ञी परांबा की कृपादृष्टि बनी रहे हम सब पर। पीएम पैकेज के सभी बच्चों पर। कितने बच्चे हैं। पहले यहाँ से उझडे, फिर शरणार्थी शिविरों से भी उखाड़ उखाड़ कर फेंका जा रहा है। कोई कहाँ कोई कहाँ। माता पिता, बच्चे, नाती, पोते कोई संघट नहीं रखा हमारा संकटदायी सरकार ने।" यह कहते हुए

कुंगी की आँखें झमाझम बरसने लगी। सरसिज भावुक हो उठा। झटपट बोला, ''छोड़ो मम्मी, मैं यह नौकरी छोड़ ही दूँगा। कितनों ने छोड़ी। देख लूँगा कोई दूसरा तरीक़ा रोज़गार का। पर समझ में कुछ नहीं आता कि करूँ तो करूँ क्या, जाऊँ तो जाऊँ कहाँ माँ। बहुत सोचा पर मुझे कोई दूसरा उपाय नज़र नहीं आ रहा।''

इस समय वे कमरे में आ चुके थे। रसोई को साफ़ कर रही थी उसकी माँ कि कुछ पका सकें। उन सब को भूख लगी है ज़ोरों की। बोटबय और कुंती बहुत ही प्रातः घर से चल पड़े हैं तथा बस अड्डे में सूमो मैं बैठे हैं। यहाँ रास्ते साफ़ होने के कारण दो बजे पहुँच गए। बोटबय और सरसिज कमरे को ठीक करने में लग गए। तुलमुल पहुँच बाहर की दुकान से बोटबय ने हाथ और नदरू ख़रीदे थे। सरसिज देखता जा रहा था कि क्या गौरव भैया आ गया है या नहीं। चार बजे उसने गौरव को फ़ोन लगाया, ''भैया! कहाँ हो? चार बजने वाले हैं।''

''बस पहुँच रहा हूँ।'' उसने उतर दिया।

''चार बजने का क्या अर्थ है सरू?'' बोटबय ने पूछा। उसे संदेह हो गया कि इस वाक्य का अवश्य ही कोई विशिष्ट अर्थ या संदर्भ है।

''पापा! चार बजे के बाद कश्मीरी पण्डितों अर्थात् पीएम पैकेज के हिंदुओं पर ''कर्फ़्यू ''लगता है।''

''कर्फ़्यू?''

''हाँ। लगभग वही।'' सरसिज बोला।

''लगभग वही क्या? मुझे अच्छे से समझाओ। क्या मतलब?''

''कल एक अलिखित आदेश प्रसारित किया गया कि चार बजे के बाद, जहाँ कहीं भी पैकेज का कर्मचारी है वह बाहर नहीं जा सकता। अगर कोई इमर्जेंसी हो तो उसे आज्ञा लेनी पड़ेगी, तभी बाहर जा सकेगा और बताए गए समय के अंतर्गत वापस लौटना होगा। ''

''आज्ञा किस से लेनी होगी?''

''यही तो समझ में नहीं आता। क्या पता गौरव भैया को मालूम पड़ा हो कुछ।''

''दफ़्तर में यह बात पता चली तुम्हें। कि इसका कारण क्या क्या है?'' माँ ने पूछा।

''नहीं। गौरव भैया को कुछ न कुछ पता चला होगा। वह आ रहे हैं। वह बताएँगे।''

''आ रहे है? कितनी दूर है उसका स्कूल?''

''गांधरबल।''

''अच्छा, बहुत ही नज़दीक।''

''हाँ माँ।''

उन्यासी

गौरव, सरसिज उसके माता पिता चारों शाम के भोजन पर बैठे हैं। गौरव ने एक और सूचना दी थी कि धर्मार्थ के किसी कर्मचारी ने मौखिक रूप से उन दोनों को सूचित किया है कि वे दोनों कृपया धर्मशाला के दोनों कमरे ख़ाली करें। किराए पर कहीं कमरे ढूँढे।

इस सूचना ने उनके भोजन का स्वाद और भूख दोनों पर आक्रमण किया। बोटबय सोच रहा था कि क्या किया जाए।

सुबह से भूखे होने के कारण उन्होंने आरती आरंभ होने से पहले ही शाम का भोजन कर लिया। अब रसोई इत्यादि सब क़रीने से रखने के बाद वे चारों आरती में सम्मिलित होने के लिए गए। बोटबय और गौरव को यह आशा थी कि सम्भवत: वह यह पता लगाने में सफल हों कि कौन है धर्मार्थ ट्रस्ट का प्रभारी यहाँ। ये बात वे बंटू जी से पूछने वाले थे। सरसिज को प्राय: एक भय रहता है उस मुसलमान फूल वाले के दिख जाने का, जिसे वह क़तई देखना नहीं चाहता, पर जिसे देखे बिना आरती में चाहे प्रात: की अथवा सायं की में भाग नहीं लिया जा सकता। उसने सोचा कि क्या उसे माँ से उसके मुसलमान होने की बात कहनी चाहिए अथवा नहीं। पर वह बताने की इच्छा में वितृष्ण ही रहा, सहज ही भीतर से ही।'' पग पग पर हार। पग पग पर संहार। भवानी का ही चाहिए चमत्कार कि पग पग पर हो विजय, पग पग का हो उद्धार।'' जैसी कोई मौलिक प्रार्थना वह मन ही मन गुनगुना रहा है। मन ही मन सोच रहा है कि इन पंक्तियों में अपने और अपनों के सारे आवेदन भर कर वह एक लम्बी प्रार्थना बनाएगा इसे और फिर माँ के समक्ष गाएगा। त्रुटियाँ निकालने के लिए गौरव भैया को पहले दिखायेगा। उसका धाराप्रवाह सोचना यहाँ तक चला आया कि गौरव भैया हंसेगा नहीं, या हंसेगा चलो मान लो, पर कहेगा, कि ''सरसिज! क्या तेरी इस मौलिक प्रार्थना से, माँ महाराज्ञी परांबा इस मुसलमान को यहाँ से हटा देगी? तब? तब मैं क्या कहूँगा?''

उसके मन मस्तिष्क पर तुरंत वह प्रार्थना उतर आई, जैसे कभी अनअनुमानित फुहारों की बूँदें हम अपने माथे पर गिरती पाते हैं। आकाश को देखते हैं वहाँ बारिश के लिए यथेष्ट मेघ नहीं पर दिल गाता है, ''आँखों में हों आंसू, होंठों पर हो माँ का नाम, क्यों नहीं रीझेंगी मेरी माँ। क्यों नहीं मानेगी मेरी माँ। ओ ो ो क्यों नहीं रीझेंगी मेरी माँ। क्यों नहीं मानेगी मेरी माँ।'' यह भजन जो वह प्रायः हर दूसरे तीसरे दिन माता वैष्णो देवी के सायंकालीन आरती के प्रसारण में माँ के साथ सुनता था, तब कुंदा और वह दोनों के अश्रु गिरते थे। माँ के भवन में गायकों का अपना वाद्यवृंद बजता ही बजता, पर वे भी टीवी के सामने अपनी खंजडी और ताली बजाकर वाद्य और गायन में योग देते। तब व्यासपीठ पर बैठा विद्वान उनको भी आशीर्वाद देता कि जो अपने अपने घरों से चैनल के माध्यम से सुन रहे हैं, उनको भी आशीर्वाद। अब जब से वह यहाँ आया है, तब से वह छूट गया है, माँ ने यहाँ की आरती का दायित्व दिया। वह माँ को भी अब फ़ोन के माध्यम से जोड़ता है। तब उसने माँ से सहसा पूछा, ''माँ वैष्णव माता की आरती देखती हो अब क्या?''

''हाँ हाँ। यहाँ की तेरे माध्यम से लाइव आरती समाप्त होते ही जितनी भी बची होती है वह आरती, देखती हूँ। उसके बिना रह कैसे सकते हैं, सरु बेटा। तुमने यह क्यों पूछा?''

''बस यों ही याद आई उन दिनों की, जब हम गाजे बाजे लेकर उस आरती का आनंद लेते थे।''

''हाँ बेटा। यह बंटू जी कब आएगा। कितने बजे होती है आरती?''

''बस बस आ रहे होंगे। तब तक हम और परिक्रमा कर सकते हैं माँ के नागकुंड की।'' गौरव बोटबय से कोई लम्बी बात कर रहा था भुवनव्यापिनी की मुँडेर पर बैठ कर। ''माँ तुम्हें माँ महाराज्ञी परांबा की कथा पता है क्या?''

''हाँ भगवान राम ने हनुमान जी के कंधे पर इन को यहाँ अपने 360 नागों के साथ पहुँचवाया।''

''और यह माँ वहाँ से नहीं आई, यहाँ से वहाँ गई थी, फिर वहाँ से वापस अपने घर आ गई।''

''हाँ। पता है मुझे। तुम्हारे मामा ने माँ का महात्म्य सुनाया है। कई बार। इन की कथा रिकॉर्डिड (अभिलिखित) भी है।''

''पिछली अष्टमी को यहाँ चलाई गई थी माता के महात्म्य की कथा।''

''पर मैं चिंतित हूँ कि यहाँ से जाने को कहा जा रहा है। कहाँ जाने को कह रहे है सरसिज बेटा। क्या क्वार्टर बनाए गए हैं तुम्हारे लिए?''

''क्वार्टर? क्वार्टर देंगे हमें तो मुसलमान इनकी गर्दन ना उड़ा देंगे?''

''किनकी गर्दन?''

''केंद्र राज्य के अफ़सरों की। ऊपर से नीचे तक वे डरते हैं इनसे।''

''अब भी?''

''अब क्या है? अब क्यों नहीं डरेंगे?''

''कांग्रेस नहीं हैं, जनता पार्टी नहीं है, कोई ऐसी पार्टी नहीं हैं।''

''माँ! नाम बदल कर सब वहीं हैं। किसी भ्रम में न रहो।''

''हाँ। वह तो दिखता है। सब कहते भी हैं।''

''माँ यह जो पैकेज आया, कांग्रेस का दिया हुआ है। इन लोगों ने कुछ भी नहीं दिया। कुछ भी नहीं। उल्टा मुफ़्ती से मिलकर सरकार बनाई। आतंकियों को छोड़ा। वर्ना जैसी कि आशा थी कि ये लोग हमारे ज़ख्मों पर मरहम लगाएँगे, इसलिए नहीं कि हम नरसंहार के शिकार लोग हैं, इसलिए कि हमारा दुख, उत्पीड़न, वंचना, बेघरी, बिखराव, अभाव सब भारत और हिंदुत्व की पराजय का प्रतीक बन चुका है। भारत की आत्मा को न समझने का प्रतीक बन चुका है। इस्लाम और मुसलमानों की विजय का प्रतीक बन चुका है। हम ने जो सोचा था कि इन में कुछ सोच होगी, बेकार। धोखा। हाँ। वैसे का वैसा सब कुछ। कहीं कोई अंतर ही नहीं। पता कहीं नहीं हिल रहा। चलो माँ बंटू जी ने आरती आरंभ की है।''

बयासी

बंटू जी ने बताया था कि धर्मार्थ का प्रभार एक मुसलमान के पास ही है, जो वहीं तुलमुल बस्ती में रहता है। उसको फ़ोन किया बोटबय ने और पूछा कि क्या माजरा है। इस इतनी बड़ी धर्मशाला में सिर्फ़ दो बच्चे रहते हैं तो क्या तकलीफ़ है इनसे? । उसका उतर था कि उसे ट्रस्ट के मुखिया ने बताया है कि इन धर्म शालाओं में मरम्मत करनी है। फ़र्श बनने हैं, खिड़कियाँ दरवाज़े बनने हैं, , इसलिए इनसे कहो कि किराए का कमरा देखें कहीं। उसने यह भी कहा कि उसका काम था यह सूचना सही जगह तक पहुँचाना, बाक़ी वह कुछ नहीं जानता। इसके साथ ही उस मुसलमान ने बोटबय को यह भी कहा कि यदि किराए पर कमरा चाहिए तो वह दे सकता है। उसे बताए। बंटू जी ने उस मुसलमान का फ़ोन नंबर देते हुए यह भी कहा कि "धर्मार्थ वाले मुझे धर्मशाला का प्रभारी नहीं बनाते, इसे बनाया है। यह भी विचित्र है।"

बोटबय, सरसिज और गौरव, कुंगी काफ़ी चिंतित हो गए।

"अच्छा ही किया हमने कि हम आ गए।" वह बोली।

"अब?"

"मुझे लगता है आप सरसिज के मामा से बात करो। कल हमारे यहाँ पहुँचने पर वह कुशलक्षेम पूछ ही रहे थे। नन्दिकेश्वर महाराज अस्थापन में आग की घटना ने उन्हें चिंतित किया ही था। अब यह असली चिंता है, हो सकता है कोई समाधान हो। क्या पता यह मुसलमान झूठ तो नहीं बोल रहा, कि इन लड़कों से वह किराया कमायेगा। मुसलमान दुस्साहसी है, अब और ही आसमान में उड़ रहा है। मंदिरों को तोड़कर, जला कर, जिन मंदिरों को तोड़ और जला नहीं पाया, वहाँ से पैसा कमा रहा है, दान लूट रहा है। ये बातें आग लगाने वाली है, यह आग कुछ ही लोगों को लग रही है, जिन्हें पता है सब कुछ। यह सब चुपचाप होने दिया जा रहा है। क्या पता यह झूठ हो। मुझे लगता है यह झूठ है।"

"क्या पता मम्मी! कुछ नहीं कह सकते? यहाँ का प्रादेशिक प्रशासन हमें

परेशान और तंग करता है। केंद्र सरकार में एक भी ऐसा व्यक्ति नहीं जिसे हमारे दुखों से पापबोध का भान हो। वहाँ तो हिंदू ही हिंदू भरे पड़े हैं। जहाँ देखो नाम हिंदू, काम मुसलमान के। प्रदेश प्रशासन ने सब कर्मचारियों को किराए पर रहने को विवश किया है। अब क्या पता किसके पेट में दर्द है, या अचानक दर्द उठा है जो हमें परेशान कर रहे हैं। सरसिज! मैंने उस दिन क्या कहा था कि मुसलमानों का एक तगड़ा नेटवर्क है, इनकी अपनी जासूसी की एजेंसी है जो सारे पैकेज के कर्मचारियों पर पैनी नज़र रखे हैं। अब देखो धर्मशालाओं पर भी इन्हीं का स्वामित्व है। डूब मरने वाली बात है भारत राज्य के लिए।''

''यह उसी का परिणाम है गौरव भैया। हाँ। शतप्रतिशत। सही।''

''तभी तो एक बार मैंने सोशल मीडिया पर पढ़ा था, एक युवा का लिखा, ''कि मेरा सिर झुकता है उन जिहादी बहादुरों के लिए जिन्होंने नब्बे में कश्मीरी पण्डितों का नरसंहार कर यहाँ से भगाया। उन शहीदों और बहादुरों का क़र्ज़ हम अदा ही नहीं कर सकते। कितनी बड़ी आज़ादी दी हैं उन्होंने हमें। मैं उस समय पैदा भी नहीं हुआ था। पर अब देखा अच्छे से वह पूरा उनका वह बलिदान अच्छे से समझा और पाया कि हमने तो लगभग, लगभग क्या, पूरी पूरी आज़ादी पाई है। आवश्यकता है इस ज़बरदस्त जिहादी जंग में हुई हमारी जीत को कोई नुक़सान न पहुँचे। कोई इसे हमसे छीन न पाए। एक भी पण्डित घाटी में वापस कदम न रख पाए। ज़रूरत है इस आज़ादी को बचाने की, जिसके लिये मेरे क़ौम के नौजवानों को आगे आने और मोर्चे पर तैय्यार रहने की ज़रूरत है।'' अर्थात् सारी विजय का विषय ही कश्मीरी हिंदुओं से घाटी का ख़ाली होना। इस बात पर सतर्क रहना कि पुनः ये लोग वापस न आ पाए। इसमें सब साफ़ है। भारतीय राजतंत्र इन्हीं तत्वों से भरा है। जितने भी अन्य कुछ हिंदू जैसे हैं वे इनके उग्र रूप और इच्छा के बंदी हैं।''

''ओ। तो ये नज़र रखे हैं, हम वापस न आएँ और यहाँ पुनः बस न जाए। अब इसी बात को कौन चुनौती के रूप में लेगा। बताइए। सेना को सोशल सर्विस में लगा रखा है। वे गूजरों की प्रसवासन्न बीबियों को कंधों पर उठा उठाकर प्रसव कराने में लगी है। इन में राशन और दवाइयाँ बाँटने में लगी हैं। इनकी लड़कियों से राखियाँ बँधवाने में लगी है, ताकि वे जिस काम के लिए हैं वह भाव उन के मन मस्तिष्क से सरक जाये। तकनीकी रूप से इतना गड़बड़ और शत्रु अनुकूल सब चल रहा है यहाँ।'' बोटबय ने बताया।'' उसने अपने साले साहब को फ़ोन लगाया था, पर उसने उठाया नहीं। ''कहीं इधर उधर होंगे ''कहते हुए बोटबय ने पुनः फ़ोन घुमाया और सारी बात बताई।

''ठहरो मैं बकाया साहब से यह सारी बात बताता हूँ। सब पता चलेगा। उसके

बाद सोचेंगे कि क्या करना चाहिए।''

पाँच मिनट में फ़ोन वापस आया। कि सरसिज और गौरव अपना पूरा ब्यौरा दें कि क्या विभाग है उनका। कहाँ स्थित हैं। ब्योरा दिया गया मामा को। मामा ने कुछ देर में उतर दिया कि कल पूरा परिणाम प्राप्त होगा। अभी आप सो जाओ। चिंता मत करो यह कमिश्नर स्तर के व्यक्ति ने कहा। सरसिज की माँ बहुत ही अधिक चिंता ग्रस्त थी। उसके मन में आया कि ''इन कमिश्नरों की भी नहीं चलती।'' पर यह अशुभ उसने बोलना नहीं चाहा, न बोला ही। सिर्फ़ यह बोली कि, ''सरसिज अगर यहाँ ख़ाली करना ही पड़ा तो मैं यहाँ ही तुम्हारे संग रहूँगी। मैं जम्मू नहीं जाऊँगी।''

''पापा?''

''चला लेंगे ये खुद ही काम। क्या कर सकते हैं। हमारे लिए तुम हो सर्वोपरि। शेष सब बकवास है सरसिज।''

तिरासी।

''और क्या? कुछ दिन रहेगी तुम्हारी माँ तुम्हारे पास सरसिज। चलो यह अच्छा हुआ कि यहाँ से किसी कमरे को ढूँढ कर वहाँ जाने की परेशानी फ़िलहाल टल गई।

हुआ यों कि उसी दिन घंटे भर के बाद उस व्यक्ति का फ़ोन वापस आया सरसिज के मामू के पास और विस्तार से बात हुई। उन्होंने इस सारे विषय में जड़ तक खोज की थी। धर्मार्थ ट्रस्ट से भी बात की थी। और पता लगा था धर्मार्थ कोई ऐसी मरम्मत करने की नहीं सोच रहा कि बच्चों को कमरे ख़ाली करने पडे। हाँ जब एक कमरा सही हो जाए तो उसमें तब शिफ़्ट किया जा सकता है, जब तक कि दूसरे कक्ष की भी मरम्मत पूरी न हो। और यह जो बताया गया है कि कमरे ख़ाली किए जाए, इसकी ज़रूरत नहीं आराम से रहा जा सकता है। यह भी कहा था उन्होंने कि क्या पता यह उस व्यक्ति ने अपने से ही की हो ताकि वह अपने कमरे किराये पर चढ़ायें। हाँ धर्मार्थ ट्रस्ट को इन धर्मशालाओं की मरम्मत करनी है, इसमें संदेह नहीं। पर इन को कहीं भी जाने की आवश्यकता नहीं। यह तो इन बच्चों का सौभाग्य है कि यहाँ माता का मंदिर है और यहाँ इन्हीं की कृपा से ये कमरे भी उपलब्ध हैं, शेष सारे बच्चे किराए पर हैं। कुछ सौ व्यसू में कमरे हैं, कुछ शेखपोरा में, कुछ चौगाम में। ये कुल मिलाकर पाँच सौ भी नहीं। छः हज़ार बच्चे पैकेज के कर्मचारी हैं। खुद ही समझो कितने यानी हज़ारों की संख्या में किराए पर रह रहे हैं इन क्वार्टरों की कोई सुरक्षा व्यवस्था नहीं। सुरक्षा यहाँ के नेताओं ने खुद की रखी है, जिन्हें वास्तव में कोई भी ख़तरा नहीं। जो स्वयं ही ख़तरा हैं सुरक्षा के लिए। इन बच्चों की सुरक्षा के लिए। जो सुरक्षा हैं जिहादियों के लिए। देश विरोधियों के लिए। ख़ूब बातें बताई उन्होंने। चिंता जताई उन्होंने। पर करें क्या। कर सकती है सेना, पर राज्य को, नेताओं को वोट डलवाना है खुद को, जो मुसलमान कभी डालेगा नहीं।''

''ओह! एक बड़ी सी चिंता दूर हो गई। गौरव ने भी परम प्रसन्नता जताई। आज कुंगी ने दमालू बनाए, बड़ी नफ़ासत के साथ। सरसिज का पिता आज बाज़ार

से एक छोटी सी कढ़ाई लाया। तेल इत्यादि भी मसाला वे जम्मू से घर का ही छोटे लिफ़ाफ़ों और डिब्बों में भर भर कर लाए थे।

आरती का आनंद लिया गया। जाते जाते बंटू जी ने पूछा, ''बात हुई उस मुसलमान से आपकी क्या?''

''हाँ। यह भी धर्मार्थ पर एक क़िस्म से गाज गिरी है कि एक मुसलमान को यहाँ धर्मशाला का प्रभारी बना रखा है। इस व्यवस्था में न मंदिर और न ही उन सबके लिए सुरक्षा की बात है जो यहाँ रहते हैं। हमने पता कराया इस मरम्मत इत्यादि के विषय में, पता चला कि मरम्मत मामूली है और कमरा दर कमरा है। कोई जो रह रहा हैं उसे कमरे से जाने की कोई आवश्यकता नहीं, अपितु एक कमरा जो ठीक होगा उसमें शिफ़्ट होके उस कमरे की मरम्मत होगी जिसकी मरम्मत रह गई है।''

''यही तो मैं भी सोच रहा था। चलो यह मसला हल हो गया। जिन के द्वारा हमने बात की, उनसे हमने यह भी कहा कि इस धर्मशाला का प्रभार आपको दिया जाये। हमें लगता है कि इस निवेदन का भी परिणाम सकारात्मक ही आएगा शीघ्र।''

''पर उससे वह मुसलमान नाराज़ हो जाएगा।'' बंटू जी ने कहा।

''ओ ! डर गए तुम? तब ठीक है। यही है उनका तंत्र। उनने हमें डरा दिया, हमने उनको सब कुछ दिया। पर फिर भी जान भी ले ही ली।''

''नहीं नहीं। मेरा आशय कुछ और है। जिसे आप तो समझ ही गए। आप ही मेरे स्थान पर होते तो?''

''देखो भवानी की इच्छा क्या है पता चलेगा। पर धर्मशाला का प्रभारी वह हो मान्य नहीं, न होना चाहिए। सच तो यह है कि बाहर जो माता के मंदिर की सुरक्षा है उसका कोई अर्थ नहीं बचता अगर इस मुसलमान की बेरोक आवा-जाही इसके भीतर है। जिस व्यक्ति ने झूठ बोला कि धर्मशाला ख़ाली करो, वह तो साफ़ किसी आतंकी गुट से जुड़ा ही होगा। इनमें ख़ाली कोई नहीं। पर डर क्यों रहे हो बंटू जी। माँ पर से विश्वास हटाओ मत। मैं यह सारी बातें भी पहुँचाने की प्रार्थना करूँगा, ताकि यह प्रभार आप संवेदनशील पद्धति से ग्रहण कर सको।'' बंटू जी हंस दिया। बोटबय और बाक़ी तीन लोग भी परिक्रमा करके वापस कमरे में जाने के लिए गर्भगृह से बाहर निकले।

चौरासी

आज सरसिज विशेष प्रसन्न हैं। गौरव को भी लगता है जैसे उसके ही माता पिता आए हैं। उसने अपने पिता से बोटबय की बात कराई और कुंगी से अपनी माँ की बात। दोनों ने दोनों के प्रति बहुत बहुत आभार और प्रसन्नता जताई कि धर्मशाला से अब किराए के कमरे में जाना टल गया था। यह विशेष रूप से उत्सव-सा मनाने की बात थी।

भोजन में विशेष स्वाद था। बहुत दिनों के बाद सरसिज माँ का बनाया भोजन खा रहा था। यह माँ महाराज्ञी परांबा ही की कृपा थी। और सारी चिंताएँ जैसे घुल गई, भाग गई। बहुत उपवासों बाद मानो गौरव और सरसिज ने वह अन्न खाया हो जिसका स्वाद उन्हें किसी जन्म में मिला था। आज सरसिज का कमरा विशेष रूप से स्पृहणीय लग रहा था। बोटबय के पास स्थान को सजाने और सुंदर बनाने की विशिष्ट कला है। वह अपने जम्मू के कुछ एक मरले के घर में क्या क्या नहीं करता। कमरों को एकदम सजा धजा, साफ़ सुथरा और बाहर बड़े ही नन्हें से आंगन में दो फूल के पौधे, दो बैंगन के, दो मिर्ची के। थोड़ी सी घास। एक पपीते का पौधा, पिछली बार जब वह अपने स्थानांतरण के कारण यहाँ आया था, उसने एक नन्ही सी भुवनव्यापिनी का पौधा अपने साथ लाकर उसे आंगन में रोपा था। जिसे वह प्रतिदिन दुग्ध सिंचन कर प्राणों की तरह पालन करता है। रोज़ उसकी लम्बाई और चौड़ाई आंकता और अधीरता के साथ प्रतीक्षा कर उसे बडी करने की शपथ लेता।

भोजन के बाद आज वे चारों आनन्दित से, साथ बैठ कर बातें करने लगे। तो गौरव ने उसे उस रात की बातें सुनाई, जब वह पहली बार सरसिज से मिला था। भावनाओं का चरम उद्रेक था और मानो जन्मों के बाद मिली विश्रांति। अभी अभी के इतिहास का रोचक और मारक दोनों प्रकार का उत्खनन। ''सरसिज ने उस दिन बाइगाश से सम्बन्धित बहुत सी बातें सुनाई। मैं बहुत लाभान्वित हुआ। विशेषकर उस काश्तकार की बात जिसने रीति पालने के लिए बाइगाश को नदी सिंधु के बीचोंबीच

धक्का मारा था और फिर उनके आश्चर्य व्यक्त करने पर उसने सचाई से सब कुछ बोल दिया था। यह प्रसंग, बीज प्रसंग है एक सनातनधर्म में बचे और जी रहे व्यक्ति और सनातन धर्म छोड़ चुके एक पूर्व सनातन अवलंबी के बीच सम्बन्धों का। "

"अरे अच्छा।"

"पर मेरे भीतर अभी भी इस कथा को लेकर बहुत सारे प्रश्न हैं। हमें क्यों यह मज़हब हर जनम में आकर नए सिरे से समझना पड़ता है, हमें अहिंसा, नैतिकता, वही सब न करने की सीख दी जाती है, दबाव डाला जाता है। जिससे हम शताब्दियों से इनका ग्रास सरलता से बने हुए हैं। उस सब के विरुद्ध जो मज़हब का व्यक्ति हम से करता रहा है। विचित्र और विकृत नक़ली प्रभाववाद में जीने के नियम और विधियाँ भी थोपी जाती हैं। इ कारणों से जब हम समझ जाते हैं इस मज़हब के मानव विरोधी, यहाँ तक कि सृष्टि विरोधी तत्वों को, तब तक हम कुछ कर पाने की स्थिति में नहीं रहे होते हैं।। अर्थात् हमें शैशव से ही बताया या सिखाया जाता है कि "तुमने सनातन में जन्म तो लिया मानव रूप में इस संसार में, तुम मनुष्य हो जाओ, विशेषकर उस मज़हब के प्रति जो धर्म में जन्मे लोगों को निर्बाध और निर्विघ्न मारता है। उस के प्रति भी उद्धार और और उसके द्वारा मारे जाने को तैयार हो जाओ।। सदियों से उसे मनुष्य बनाये जाने की एक परंपरा चल रही है। इस प्रतीक्षा में तुम भी रहो। हो सकता है कि बच ही जाओ। कितनी शताब्दियों से यही चल रहा है। जबकि हर नए युग में यह बदला नहीं, हर काल में अपना भयानक रूप दिखाया निरंतर। आरंभिक काल में ही इसको समाप्त करना सरल था। चलो मान लो पहले पहल समझ में न आयी यह बला यह चाल, यह अलतकिया, उसके लिए दे दो शताब्दियाँ इनको, पर ज्यों ही समझ लिया त्यों धर्म पर उतर आओ। धर्मों हिंसा तथैव च। अमानवीय तत्वों को मारना धर्म है। पर हैरान हूँ मैं जब देखता हूँ कि मज़हब बच्चे को शैशव से ही तैयार करता है। मैं बार बार कहता हूँ कि किस शताब्दी में जागेंगे हम। आख़रिकार कुछ भी हो जब इनका लक्ष्य ही है हमें मारना तो फिर काहे हम इनको दस शताब्दियों से सुधार रहे हैं। आख़रि इस सृष्टि के प्रति अगर दायित्व है तो वह है सनातन को, अतः इसे इस विकृति और खूँख़ारपने के विरुद्ध उठना होगा। बच्चों को शैशव से इस काम की दीक्षा मिले, जैसे मजहबियों को मिलती है। ध्येय क्या है उनका कि हम दबें और समाप्त हों। हमारा ध्येय हो गया है उनके इस ध्येय में आगे बढ़ने में योगदान। कब बदलेगा सब? कब? हमारे इसी निरंतर बुद्धि नाश ने मज़हब में धर्मांतरण और इनके आशावाद को सुदृढ़ किया है, कि एक दिन तो क्या "गजवाए हिंद "क्या "मुस्लिम है हम वतन है सारा जहाँ हमारा "जैसे लक्ष्य प्राप्त करेंगे जबकि जहाँ अर्थात् ब्रह्मांड या विश्व बचाने का दायित्व भी सनातन पर ही है,

क्योंकि यह विश्व या ब्रह्माण्ड सनातन को ही उर में लेकर आया था।'' वह यह बोलते बोलते बहुत ही व्यथित हो गया। और अचानक चुप हो गया।

''हमें हमारा मानव कल्याण का भूत उतारना होगा। इनका सफ़ाया बहुत बड़ा मानव कल्याण है। देखिए न उस काश्तकार के साहस को एक तो धक्का मारा दूसरा फिर उस धक्के का कारण भी बड़े ही ठाठ के साथ बताया। यह होता है मुसलमान।''

''हाँ यही। ठीक यही कहती रही ओरियाना ''कि मुसलमान अपना एजेंडा छिपाता नहीं, बताता हैं।'' उसने इसे समझ लिया था, बताती रही। फिर जो गति उसकी सेक्युलर राज्य और सेक्युलर वाम बुद्धिजीवियों ने की कि वह अकेली पड़ गई। उस हश्र के डर से चुप रहे वे जो उसकी तरह समझते थे। हालाँकि वह निर्भीक डटी रही अंत तक पर यही रिवाज, यही नासूर यहाँ भी है। अमेरिका और यूरोप तो भुगत ही रहा है। अब इसका इलाज चाहिए बोटबय जी। वर्ना वह यह सोच कर कि यह भट्ट मुझसे बदला लेगा, वह बताता ही नही धक्के की रस्म अदायगी का रहस्य।'':

''कौन बदला लेता? भट्ट? क्या बात कर रहे हो गौरव बेटा। वह खुद एक पुराना भट्ट था। ज़्यादा पुराना नहीं। बस यही डेढ़ सौ वर्ष ही पूर्व का रहा होगा। उसे पता है हर बार भट्ट उसे बर्दाश्त करेगा। पर मुसलमान अपना विकृत शौर्य प्रयोग में लाएगा। इसी के लिए तो वह मुसलमान बना है। यह इन सब के भीतर की दुर्दशा है। उस को अच्छी तरह से पता है कि भट्ट क्षमा करेगा, दयालु है भट्ट, दया करेगा। उसको यह भी पता है कि भट्ट जानता है कि मुसलमान जब हिंसक होगा तो किस सीमा तक उसकी क्रूरता होगी। वह स्वयं उसी असीम क्रूरता और हिंसा का शिकार होकर अब मुसलमान का जीवन जी रहा है। इधर से रक्त वाहिकाओं में भट्ट संस्कार और महानता की स्मृतियाँ उधर से मन बुद्धि पर छाया इस्लाम। अतः वह जानता था कि बाइगाश के समक्ष वह अवध्य है। अतः बाइगाश का प्रयोग इस्लाम की रीत को निर्वाह करने के लिए किया और इस नौटंकी को बाइगाश को बता कर उस विकृति का शगुल भी किया।''

पचासी

अब मैं तुम्हें कुछ रोचक और दुखद भी क़िस्से बताता हूँ जिससे तुम जान जाओगे कि इन के भीतर भट्ट भी कैसे जाग जाता है। जब मेरे दादा अर्थात सरसिज के परदादा स्वर्ग सिधार गये तो उनकी अस्थियाँ बाइगाश को हरमुकुट गंगा अर्थात् गंगबल जाना था। अत: मैं अपने पिता के साथ गया। हमने सारा सामान साथ में लिया। राशन, दालें, नमक, मसाले, चीनी, चायपत्ती, बर्तन। ताकि जिस पढाव पर डेरा डाले, वहाँ रुककर लकड़ियाँ बीनकर लाकर भोजन पकाए, थोड़ा सुस्ताएँ और आगे चलते बनें। इसलिए कम्बल इत्यादि साथ में थे और गर्म कपड़े तो पहन ही लिए थे।''

''गंगबल, हरमुख की यात्रा कठिन कठोर है, मैंने सुना है।''

''ऐसी वैसी नहीं, गौरव। संसार की कठिनतम यात्राओं में से एक है। प्राचीन काल में और भी अधिक कठिन हुआ करती थी, क्यों कि कठोर शिशिर हुआ करता था। हिम के पहाड़ पुराने दिनों में गिरा करते थे। पर अस्थियों के विसर्जन के लिए अनिवार्य होता था वहीं जाना। यह विकल्पहीन था।''

''ऐसा क्यों पापा?'' सरसिज ने आश्चर्य चकित, और रोमांचित सा होकर पूछा।''

''माना जाता था कि जिस माता-पिता शिव-शक्ति के यहाँ से हमारे इस संसार में प्रकट होने का स्रोत है, वहीं उनके चरणों में इस शरीर के अवशेष भी लौटाये जाएँ। इससे जीवन क्रम पूरा होता माना जाता है। यह इस तरह अनिवार्य भी था।''

''पर इतनी कठोर यात्रा?''

''थी पर करनी थी। विकल्प नहीं था न! धर्म चेतना या अध्यात्म चेतना में कठोर और सरल, मृत्यु और जीवन का भेद कहाँ। वहीं उस काल में व्याप्त थी। अध्यात्म ही आपका कैरियर हुआ करता और स्पर्धा का विषय भी। अत: जो इस यात्रा पर जाते थे, अपने माता पिता, मातामह पितामह का अस्थि विसर्जन करने, वे अपना भी श्राद्ध करके जाते थे, कि लौटे तो ठीक, नहीं लौटे तो भी ठीक।''

उन दोनों गौरव और सरसिज को एक अद्भुत आध्यात्मिक रोमांच की अनुभूति हुई।

''इतना कठोर था वहाँ पहुँचना।''

''बहुत बहुत।''

''अब हम ने चढ़ाई शुरू की। , हाँ यहाँ मैं भूल गया अपने वसिष्ठ जी का स्मरण करना। यानी कुल पुरोहित। वह भी संग आते थे ताकि श्राद्ध सम्पन्न हों। श्राद्ध विधि विशेष के साथ सम्पन्न करना होता था, हरमुकुट गंगा के तट पर। पहले हम नारानाग गए। रास्ता दूसरा भी था, उससे अपेक्षाकृत छोटा, पर बाइगाश को नारानाग से अत्यंत प्रेम था।''

''एक दिन मामा जी कह रहे थे कि नारानाग बहुत ही महत्वपूर्ण वह स्थान है। यहाँ अत्यंत प्राचीन देवालय हैं। यह वही ऐतिहासिक जहाँ पर जाकर कल्हण ने अपना विश्व प्रसिद्ध इतिहास ग्रंथ, संसार का प्रथम इतिहास ग्रंथ का सृजन किया। जिसका नाम राजतरंगिणी है।''

''बिल्कुल सरसिज, वह कश्मीर के घाटी बनने की प्रक्रिया में पहला एक नगर भी माना जा सकता है, जब पानी नीचे चला गया। वहाँ अत्यधिक प्राचीन शिवमंदिर हैं। शिवलिंग है। बाइगाश जीवन भर जिनसे जुड़ा रहा। फिर वहाँ से कठोर चढ़ाई भुतशेर अर्थात् भूतेश्वर का पहाड़ है। जिसको चढ़ना बहुत ही कठिन है। एक दम खड़ी चढ़ाई।''

''मामा एक दिन यह भी कह रहे थे कि यह सारा भूतेश्वर पर्वत मंदिरों की श्रृंखलाओं से सुसज्जित था और यह भी कि इन मंदिरों में स्वर्ण जड़ित था। ऐसा कल्हण ने ही लिखा है राजतरंगिणी में। बाद में ये मंदिर या तो ऋतुओं के कारण या घाटी के भीतर से जल निकलते रहने पर धरती के और और दिखने के कारण, मनुष्य के और और नीचे की तलहटियों पर बसने के कारण समाप्त हो गए।''

''हाँ ऐसा भी मानते हैं कि भुतशेर इस स्थान को इसलिए कहते हैं कि माना जाता है कि इस चढ़ाई पर चढ़ना इतना कठिन है कि शेर भी जब चढ़ता है तो कई बार अपनी थकान निकालता है। और यह भी कहा जाता है कि जब वहाँ भट्ट ''गंगाष्टमी ''(गंग अअठम) के दिन श्राद्ध के लिए दाढ़ी मुँड़ाते हैं तो माँ गंगा को कोई ताना कहीं से मिलता है कि, ''गंगायाय दार्यकाअस्य बट्अ हय आय्अ ''कि (हे गंगे, दाढ़ी मुँड़ाएँ भट्ट आ गए हैं)। यह आवाज़ किसी स्त्री की होती है।'' :

''यह कौन स्त्री होती होगी?'' :

''निश्चित ही माता पार्वती।'' बोटबय ने जिज्ञासा का समाधान किया।

''यह बात आपको बाइगाश ने कही है?'' कुंगी ने अपने पति से जिज्ञासा की।

"हाँ। क्यों?"

"कुछ नहीं, मुझे मेरी नानी ने यह बात कही है। यह बहुत रोचक और रहस्यमय है। इसीलिए।"

इस विस्मयकारी यथार्थ में कुंती ऐसे डूब गई मानो ईशवरीयता के अथाह-श्रद्धा सागर को सम्मुख लहरायित देख रही हो। बोटबय के आगे बढ़ने की प्रतीक्षा में तीनों मौन हो गए।

"और जैसे तैसे हम ऊपर पहुँच गए।"

"पापा यह सामान इतना कैसे उठा।"

"घोड़ा था ना घोड़ा। बाइगाश ने घोड़ा किया था। उसी पर सारा सामान लदा हुआ था। केवल बाइगाश ने वह कलश सावधानी से, लगभग हृदय से लगाए रखा था जिसमें उनके पिता और मेरे दादा (बब) की अस्थियाँ थीं। उस कलश को वह मुझे भी न देते। सिर्फ उस समय मुझे वह पूरी सावधानी और शुचिता से पकड़ना होता था जिस समय उन्हें शंका, शौच आदि की आवश्यकता होती थी। वह कहते, "मेरे जीवन का कारण, मेरे जीवन की सारी पूँजी इस कलश में हैं बोट जी, यह अपने स्थान पर पहुँच जाए तो हम नाचते कूदते वापस आ जाएँगे। यानी इतनी तीव्र दायित्व पूर्णता। ज़रा भी प्रमाद नहीं। ऊपर बहुत लोग थे अपने पितृ जन के श्राद्धार्थी। अहा ऐसी चमत्कारिक धूप बिछी थी। वह समतल भूमि भी चमत्कारिक ही थी। हरी हरी घास। जो हमारा घोड़ा चरने लगा। ऐसा मानो उस घोड़े को टूट पड़ते हुए देखा। घोडावाला बोला "यहाँ की घास का अमृतमय स्वाद होता है जी। लोग अपने अपने प्रियजनों का श्राद्ध कर रहे थे।"

"श्राद्ध कौन कर रहा था।"

"पुरोहित थे सबके साथ अपने अपने, जिनके साथ नहीं थे उन उन ने दूसरों को दक्षिणा प्रदान कर उनसे श्राद्ध करवाया। वहाँ नाई थे। घोड़े हिन हिना रहे थे। घास चर रहे थे। घोड़े वाले थे। हर तरफ़ मंत्रोच्चार था। आनंद था परम परम। इस बात की प्रतिभूति होती कि जिस पूर्वज या मृतक का अस्थि कलश हम ले आए हैं, यहाँ निश्चित ही उसका किसी महान लोक में गमन होगा। वास होगा। वहाँ के वायु झोंके, ध्वनियाँ, अभ्रखण्ड और तल पर बिछी घास, सब किसी सम्पदा के भाव से भर देते हैं। आज उसका मूल्य सोचता हूँ। कि मैं कहाँ गया था, क्या मैं सचमुच वहाँ गया हूँ? क्या यह सच है? या क्या हम उसके समीप रहते हैं, वह इस धरती पर ही है। या कोई आकाशीय स्थल है हरमुकुट, गंगबल।

छियासी

जब हम वापस उतरे तो नाराण नाग के पास एक गूजर था। उसके सामने एक बड़ा सा शिवलिंग था। वैसे भी नाराण नाग पूरा का पूरा एक मंदिरों का संग्रह था। अभी भी अवशेष हैं उसके वहाँ। किंतु जहाँ गूजर बैठा था, वहाँ मंदिर होने का कोई चिह्न नहीं। उसने बाइगाश को रोका और बोला, ''पण्डित जी ! कब से मैं इस शिवलिंग की रक्षा में लगा हूँ। ये लोग इसे तोड़ के ही दम लेंगे क्योंकि यह कोई विराट शिवलिंग नहीं। आराम से तोड़ा जा सकता है। तोड़ेंगे, वे इसे छोड़ेंगे नहीं।'' मैंने मन में सोचा, ''यह किनकी बात कर रहा है। कौन इसे तोड़ेंगे? वहाँ दूर दूर तक कोई दिख नहीं रहा था। बाइगाश को गंगा मैया की चोरी से नीचे आने के कई मार्ग विदित थे। वह कहते थे कि वह अपने माता पिता, मामा, और मित्रों के साथ कितनी ही बार इस शिखर तक आया है पर हर बार एक नए मार्ग से। हर बार किसी न किसी की अस्थियाँ ही विसर्जित करने के लिए। अतः वह इस पर्वत से इतने ही परिचित थे लगभग जितने अपने आंगन से। उसका एक एक पग से, चाहे चढ़ाई हो या उतराई, में उसके हर पग में मुझे तब उसके हर स्थल से गहन परिचय होने का पता जैसे लगता जा रहा था। मुझे तब अपने पिता पर गर्व होता जा रहा था और जितना जितना जानता जाता उतना उतना विस्मय से भर उठता। पर बाइगाश से कम बातें करता या पूछता। आज पश्चाताप है मुझे कि मैंने और क्यों नहीं अपनी उत्सुकताओं को शांत किया। मैं उन्हें जिज्ञासा नहीं कहूँगा, उत्सुकता ही कहूँगा क्यों कि ज्ञान जैसी चीज की पात्रता नहीं थी मुझमें हाँ ऊपरी ऊपरी उत्सुकताएँ बनी रहती थी। जगती रहती थी। वास्तव में मैं उनसे प्रश्न पूछने से डर जाता। क्लास में भी मेरा यही हाल होता। प्रश्न मन में घुमड़ उठता और घुमड़ता ही रह जाता। अधरों पर आकर शब्द न बनता उनका।

तो गूजर ने जो शिवलिंग सामने विराजमान रखा था, सो पूरे सम्मान के साथ। मानो उससे मित्रवत् बातें कर रहा हो। कर भी रहा था, मुझे ऐसा लगा और बाइगाश जी ने भी कहा कि वह अपने साथ ही कुछ धीमे धीमे बुदबुदा रहा था। जब उसने

संकेत से हमें अपने पास बुलाया।''

''वह मुसलमान था ना?'' सरसिज ने पूछा।

''हाँ! गूजर। हाल का ही मार मार कर बनाया गया मुसलमान। भीतर से हिंदू, बाहर से शमशीर की सीध में मुसलमान। और क्या। यह जीवन की गंभीर स्थिति है, बड़ा दुख है।''

''हाँ जो इस्लाम के भीतर उतर गए हैं, वे शिवलिंग की एकांत में सुरक्षा और उस से बातें क्यों करेंगे? वे तो सीधे उसे तोड़ देंगे। निर्द्वंद्व होकर। मगर जो अभी सतह पर ही हैं, बेचारे वे? वे कहीं के नहीं। न प्रेत, न इंसान। वही स्थिति थी गूजर की।

हम उसके समीप गए। अव्वल ही मैं तो डर गया था और उसके संकेत पर बाइगाश जी को उसके पास जाने से रोकना चाहा था। पर वह पत्थरों की बाधाओं को तिनकों की तरह लांघकर जा रहे थे। युवा थे। मैं उनका बालक उनका अनुगामी। जब हम समीप पहुँच गए तो वह बोला, ''शामी जी! यह शिवलिंग है। ये इसको छोड़ेंगे नहीं। तुम इसको नीचे अपने गाँव ले जाकर अपने मंदिर में लगाओ। इबादत करो। यह साखात है। मुझे पता है। मैं उसका ''ये'' और ''साखात'' नहीं समझ पाया पर बाइगाश जी समझ गए कि इसका अभिप्राय अपने समूह और साक्षात से है। तब बाइगाश जी ने पूछा, ''खाना! यह शिवलिंग तुम्हें कहाँ मिला?''

''शामी! मैं इसको भूतेश्वर के रास्ते से खड्ड से उठाकर लाया हूँ। शायद तोड़ने की कोशिश करते हुए यह खड्ड में गिर गया। तब तोड़ने वाले ने वहाँ उतर कर इसे तोड़ने का प्रयास नहीं किया। यह सवाब है ना, इससे जनअत मिलती है, इसे तोड़ने की कोशिश करने वाले ने सोचा होगा कि खड्ड में गिर गया तो अल्लाह ने जनअत अता कर ली।'' वह हंस दिया मुक्त सी हँसी। बाइगाश जी उसकी यह वाणी सुनकर भीतर तक प्रभावित हुआ और उसे कोई दुर्लभ या प्रकट हुआ प्राणी मानने लगा।''

''आप कहाँ रहते हो?''

''उस तरफ़ के गूजर कोठों में।'' उसने बाईं तरफ़ उँगली से संकेत कर कहा, ''मैं अपने मवेशी ले गया था ऊपर। अब तो ख़ैर भादों आ रही है। बर्फ़ जल्दी गिरने वाली है। घास भी दो दिनों में उझड कर पीली पड़ जाएगी। कई दिनों सिर के दसतार में बाँध कर इस शिवलिंग को यहाँ छिपा कर लाया हूँ। कइयों से इल्तिजा की इस शिवलिंग को अपने साथ ले जाकर इसे अपने मंदिर में पूजा के लिए रखें पर किसी ने नहीं माना। इसे झंझट कहा। एक पापी ने तो यहाँ तक कहा कि, ''खाना ! जहाँ इतने टूट गए वहाँ इस एक के न टूटने से क्या फ़र्क़ पड़ेगा खाना? उस पापी को यह नहीं पता कि जिसे हमने साबुत देखा और पाया हो उसे खण्डित न होने देने का

ज़िम्मा हमारा है। और क्या कहूँ।'' बाइगाश जी को उसने ये शब्द कहकर स्पंदित भी किया और विस्मित भी। पर उसके बाद बाइगाश जी ने परम विवेक का प्रयोग कर न कोई प्रश्न ही आगे पूछा और न ही कोई सूचना माँगी। सिर्फ़ इतना कहा, ''खाना! आप मुझे आदेश करो।''

''आदेश क्या करूँ, अपनी यह जो चादर जो फिरन पर लपेट रखी है, इसमें इसे अच्छे से बाँधो। जैसे मैंने पगड़ी में बांधा था। मेरा साफ़ा मुझे दो और शिवलिंग लेकर गाँव की ओर फ़ौरन रवाना हो जाओ। अच्छा सा मुहूर्त देखकर गाजे बाजे के साथ मंदिर में इसकी प्रतिष्ठा कर दो।

बाइगाश जी को उसका एक एक शब्द लगा जैसे स्वयं शिव बोल रहा है। अत: वह बहुत तत्परता से अपनी सिलवटों से भरी लट्ठे की चादर अपने फिरन से अलगाते हुए उसे तहाने लगा ताकि दुगुना करके, उसे सशक्त करे कि चादर शिवलिंग का भार वहन कर सके। इस काम में उनको लगभग आधा घंटा लग गया। खान ने इसमें तकनीकी तरीक़े से सहायता की। अपना मैला कुचैला साफ़ा शिवलिंग से मुक्त कर यों ही बिना किसी कलात्मकता के सिर पर लपेट लिया।''

अपनी छड़ी और छोटी सी ढोलक उठाकर चलने को तैयार वह बोला, ''आप किस गाँव के हैं शामी जी?''

''तुलमुल।''

''यहाँ किसकी अस्थियाँ प्रवाहित करनी थी?''

''बब की, मेरे पिताजी।''

''अच्छा। अच्छा। हो गया सब कुछ अच्छे से? शिवलोक में गए होंगे बब।''

''मैं भी अब मुक्त हो गया। जाओ। मैं जानता था तुम तुलमुल से आओगे। जाओ अब धीरे-धीरे। घबराना नहीं। शिवजी सारा प्रबंध कर लेंगे।''

''अच्छा सलाम।'' बाइगाश जी ने हाथ जोड़ के कहा।

''नमस्कार बोलो। नमस्कार।''उसने दोनों हाथ जोड़ते और लगभग डाँटते हुए कहा। और वेग से चल दिया। मैंने चाहा कि मैं मुड़कर देखूँ क्योंकि मुझे लगा था जैसे वह पहाड़ पर फिर चढ़ने के लिए मुड़ गया, किंतु बाइगाश जी ने मुझे पहले ही ज़बरदस्त डाँट लगाई और कहा मुड़कर भूले से भी नहीं देखना बोट जी! ख़बरदार।'' मैं सहम गया और मुड़कर न देखने की प्रबल इच्छा को पूरी शक्ति से रोका।

जब उस गूजर के इशारे पर मैं और बाइगाश उसके पास गए थे तलहटी पर उन्होंने घोड़ा वाले को रोका था कि वह अभी आया, वह वहीं खड़ा कुछ क्षण हमारी प्रतीक्षा करें। उसका बुलाना देख मैं तीव्र उत्कंठ हो गया था कि आख़िर उस गूजर को कहना क्या होगा, जिसके सामने एक ठीकठाक बड़ा शिवलिंग रखा था। अब सब

कुछ हो जाने पर बाइगाश जी बिजली के वेग से घोडेवाले को विदा करने गये। मैं आश्चर्य में पड़ गया कि आख़िर कैसे हम शिवलिंग को अपने साथ ले जा सकते हैं। घोडेवाले को बाइगाश जी ने हिसाब ठीक कर विदा किया। पुरोहित जी दूसरे यजमान के साथ आने के कारण अब हमारे साथ न थे। बाइगाश जी ने मुझे कंबल और बर्तन का थैला पकड़ने को कहा। और घोड़ा चला गया। मैं थोड़ा ग़ुस्से से भर गया। और बोला कि उन्होंने शिवलिंग को घोड़े पर क्यों नहीं रखा। तो बाइगाश जी का उत्तर सुन मैं समझ गया कि कैसे सोचना और चीजों को समझना होता है। बाइगाश जी बोले, "घोड़े वाला क्या पता घोड़े की पीठ पर शिवलिंग रखने देता या नहीं। अगर चलो मानो रखता भी पैसे के लोभ से फिर कहीं पटक लटक देता, मैं उससे क्या कहता? मुसलमान से उलझता ? शिवलिंग को कोई नुक़सान होता तो? अब तो शिवलिंग हमारी जान है बोट जी। या यह भी शंका थी कि वह मूर्ति को उठाने से मना करता। इन अक़्ल के अंधों में यह सोच शून्य होती है कि मूर्तियाँ भला कुफ्र और अपवित्र क्यों होती होंगी। असली बात बोटबय जी शिवलिंग को उठाना तो मुझे अपने हाथों से, हृदय से लगाते हुए। हाँ अगर यह बहुत ही बड़ा होता, तब बात और थी। तब तो वह गूजर भी उस खड्डु से वह न निकाल पाता।"

"कुफ्र" क्या होता है बाइगाश जी?" मैंने इस शब्द की पहली बार शिवलिंग से जुड़ी महत्ता सुनी। यों तो मैं काफिर काफिर सुन सुन कर ही बड़ा हो रहा था। मेरे बड़े मुस्लिम दोस्त तो थे वैसे पर उन बच्चों पर भी जब कभी मज़हबी पागलपन तारी होता तो वे मुझे दो तीन दिन तक काफिर कह कर अपनी भड़ास निकालते और अपनी छाती का बलगम निकाल लेते।"

"मगर पापा यह मज़हबी कट्टरपंथी कब आक्रमण करती थी उनपर?" सरसिज ने पूछा।

"ज़्यादातर जब कभी पाकिस्तान भारत से क्रिकेट में हारता, हॉकी हारता। किसी और बात पर घाटी में हालात बिगड़ते। वे हमसे पिछड़ते पढ़ाई में, याँ यों ही कभी कभी टाइम पास करने के लिए। जब उनके आका उनसे कहते। पर अंततः हम समझ गए कि ये सब उनके पूर्वाभ्यास हुआ करते थे।

"तब आप क्या करते थे?"

"क्या करते। चुपचाप उनके सिर से पागलपन उतरने की प्रतीक्षा करते। कभी कभी वे हमारी सहनशक्ति की दाद भी देते, तब हम खुश होते कि चलो टल गया बुरा समय। उनकी दाद सुनने पर हम खुश हो लेते और सोचते कि अंततः हम ने ही इन्हें हराया बुरी तरह। अब तुम इसके आगे सुनो गौरव, सरसिज।

मैं और बाइगाश जी जा रहे थे अंधाधुंध। कभी कभी किसी समतल पत्थर पर

बैठ कर थकान निकालते। आते हुए हम हल्के थे। न कलश था। न भोजन सामग्री। वह सब हमने जो कुछ भी बचा था ऊपर ही विसर्जित किया था। अब हमारे पास थे कम्बल और कपड़े एक एक जोड़ी, थोड़े बर्तन। आज मैं समझ रहा हूँ कितने युवा थे बाइगाश जी। खेतों में काम करने के कारण, नियमित प्राणायाम अभ्यास के कारण उनमें अलग ही ऊर्जा थी। यह भी समझ रहा हूँ कि वह रुकते थे तो सिर्फ़ मेरे लिए रुकते थे। मैं समझता था कि वह थक रहे हैं, इसलिए रुक रहे हैं। हम बहुत नीचे पहुँच एक समतल पत्थर मिलने पर बैठ गए तो बाइगाश जी बोले, ''बोटा जी ! तुम्हें नहीं लग रहा जैसे शिव जी और गंगा माँ ने हमें पंख लगा दिए कि हम नीचे इतने शीघ्र पहुँच गए, मानो उड़ कर आए हों। मुझे लगा कि बाइगाश जी यह सब मुझे उत्साहित करने के लिए बोल रहे है, न कि सच। क्योंकि मेरे बालमन के अनुसार उड़ना तो सचमुच उड़ना ही था। कब की बातें कब समझ में आती हैं गौरव बेटा।

हम तलहटी पर पहुँचने वाले थे, अब संध्या घिर रही थी। यह शारदा अष्टमी थी आज। आधा था चंद्रमाँ। आहा कैसा आकाश। मानो उसी रात्रि मैंने अच्छे से आकाश देखा हो। यह महाप्राचीन आकाश। जिस पर कहते हैं शिव और पार्वती गगन विहार करते हैं। चिंता यह थी कि शिवलिंग को तुलमुल कैसे पहुँचाया जाए। क्योंकि अब तो हमें वाहन चाहिए ही चाहिए।

सतासी

''ज़रूर कोई ताँगा आएगा बोट जी, यहाँ से ताँगे चलते हैं।'' बाइगाश जी ने कहा। हम ताँगे की प्रतीक्षा में बैठ गए। मुझे भूख लग रही थी। बाइगाश जी को इस बात का ध्यान आया तो बोले, ''बोट जी! सत्तू की पोटली खोलिए। सत्तू और गंगा मैया का जल और फिर हम फ़िट।

अब अंधेरा घना-सा होने लगा।

''थोड़ा थोड़ा चलते रहेंगे हम बाइगाश जी, तो कहीं पहुँच जाएँगे ऐसी जगह जहाँ से कुछ न कुछ मिलेगा ही। ताँगा या रेडी।''

''नहीं ''वह बोले ''यहाँ ताँगे आते हैं, रुकते हैं। आगे पता न रुके या न रुके।'' मैं भरसक कदम पीछे खींच कर रुक गया। मन में प्रार्थना कर रहा था कि हमें कोई वाहन मिले। इससे पूर्व वहाँ एक छकडा आया था। जिसमें शायद जंगल की लकड़ी थी। उसमें दो जने बैठे थे। हमने रुकने का निवेदन किया था किंतु अपनी गति में अंतर डाले बिना ही वह यथावत आगे बढ़ गया। तब मैं बोला, ''यहाँ से अगर छकडे भी आते हैं तो हो सकता है कि कोई दूसरा वाहन भी आए और वह रुक जाए।''

''हाँ बोट जी! यहाँ से जंगलात, सेना और अन्य गाड़ियाँ भी आती रहती हैं।''

''पर जैसे आपने संदेह उस घोड़े वाले पर किया, क्या इन छकडे वालों पर नहीं करेंगे बाइगाश जी? उस हिसाब से हमें धीरे धीरे पैदल ही तुलमुल पहुँचना होगा ''

''तुम्हारा सोचना सही है, पर मैं सोच रहा हूँ कि शिवलिंग हमने अच्छे से चादर में बांधा है, जब ट्रक आएगा मैं एक छलांग में ट्रक में पहुँचूँगा, तुम भी मेरे पीछे चढ़ोगे। जहाँ उतारेगा ड्राइवर, वेग से उतरने की मानसिक तैयारी पहले से ही करनी है। ड्राइवर को भी तो भागने की जल्दी पड़ी ही होगी।'' मुझे बाइगाश जी की यह योजना बहुत स्फूर्तिपूर्ण लगी और आज मैं सोचता हूँ कि उनको अपने यौवन पर कितना विश्वास था। कितना आत्म विश्वास था उनमें। मैंने उस समय सोचा कि जब बाइगाश जी ट्रक में कूदने के लिए तैयार बैठे हैं तो इसका अर्थ ही है कि वह वाला

ट्रक आएगा ही आएगा, जो हमें शिवलिंग के साथ बैठने देगा।

समय धीमे धीमे भी जा रहा था और तेज तेज भी। धीमे धीमे तब लगता जब अंधकार अब पूरी तरह से हो चला था। आकाश अब तारकों से भरा स्थिर-सा था रात्रि में, तब लगता हे भगवान, बीत जाती शीघ्र रात्रि और उदित होता सूर्य। पर जब प्रकाश की किरणें कहीं कहीं आकाश के अंतिम छोरों पर दिखाई देती और लगता कि अभी पूर्ण रूप से रात नहीं हुई है, तब लगता है कि ठीक है समय की गति धीमी ही कर दें सदाशिव।

और वही हुआ। लो ट्रक आ गया। रुक गया। ट्रक ड्राइवर उसे एक तरफ़ रोक कर हमारे पास आ गया, क्लीनर के साथ। दरअसल हम इस क्षण वुसन ग्राम में थे। बाइगाश जी यहाँ के कण कण से परिचित था। ट्रक जंगलात का नहीं था, प्राइवेट था पर ढो रहा था लकड़ी जंगल की ही। हमें यहाँ गांदरबल पहुँचना था फिर तुलमुल पहुँचने में अधिक परेशानी नहीं थी। पर ट्रक का मुँह उलटी दिशा में था गांदरबल की तरफ़ नहीं। इस कारण हम डर गए। बाइगाश जी "ऊँ नमः शिवाय "पढ़ने लगा और मैं भी वही पढ़ने की इच्छा करने लगा। जैसे तैसे मैं भी मानो वही पढ़ने का प्रयास कर रहा था। उन्होंने गाड़ी खड़ी की और हमारी तरफ़ आने लगे। बाइगाश जी का मंत्र तेज हो गया। बाइगाश जी में किंचित स्थिरता भी दिख रही थी जो मैं बालक होकर भी यह चीज उनमें भाँप रहा था।

निकट आकर पूछा, "कहाँ जाना है बोबजी?" उसने पण्डित जी न बोल कर बोब जी कहा, हम समझ गए यही ड्राइवर है। उसका अनुगामी एक सुदर्शन व्यक्ति था, वही क्लीनर था।

"नमस्कार माहरा (महाराज)! आप हर मुकुट गंगबल तीरथ से आ रहे होंगे।" हम दोनों समझ गए कि वह पण्डित है।

"हाँ जिगरा! "बाइगाश जी ने उतर दिया

"जाना कहाँ है?" ड्राइवर ने प्रश्न पूछा, जो कि मुसलमान है, हम यह समझ गए।

"आप तो वहाँ से आए हो जैसा कि मैं समझ रहा हूँ शायद।"

"कहाँ गांदरबल?"

"जी!"

"मैं इसीलिये तो आया हूँ। मैंने गाड़ी अनलोड कर दी, हमने आपको उस मोड़ से देखा तो मक्खन ने मुझे कहा कि कोई भट्ट हैं, हरमुकुट गंगा से श्राद्ध करके आए हैं, इस रात में यहाँ किसी ताँगे या गाड़ी की राह देख रहे हैं। तब मैंने कहा अब कहाँ से मिलेगा ताँगा या गाड़ी। चलो यह ज़िम्मेदारी हमारी ही है, "उसने खिलंदडी से

कहा कि ऊष्मा सी फैल गई। फिर हंस दिया और बोला, ठंड से नहीं तो आपकी लकड़ी बन जाएगी, बोल कर वह फिर हंसा।

पर बाइगाश जी ने इस पर अपने मुख पर एक हल्की सी मुस्कुराहट लाई और बोले, ''नहीं नहीं शिव जी, माँ गंगा सहाय हैं। रक्षा करेंगे। पर आप तो जंगल की तरफ़ वापस लौट रहे हैं।''

''हाँ तो।''

''तो क्या आप रात को जंगल में रहते हैं ?''

''हाँ।''

''कैसे?''

''हमारे मालिक ने वहाँ एक मचाननुमा झोपड़ी बना रखी है जब रात को फँस जाते हैं तो वहीं रहते हैं। या बहुत सुबह कहीं माल पहुँचाना हो तब भी, नहीं तो अपने घर चले जाते हैं। मक्खनलाल भी और मैं भी।''

''कौन गाँव?''

''लार।''

''अब मैं ट्रक मोडूँगा, आप को गांदरबल छोड़ दूँगा बोबजी।''

''पर आपको तकलीफ़ होगी। देर होगी।''

''उसकी चिंता आप न करें बोबजी! हमारे पास गाड़ी है। आपके पास यह सामान भी है न। क्या है इस पोटली में?''

''बाइगाश जी ने बता दिया। कारण उनकी उत्कट संवेदना और मक्खनलाल का उस ड्राइवर का क्लीनर होना। वह यही समझ गया कि यह वही ट्रक है जो अभी यहाँ से लड़की का भार लेकर गुजरा था। जिसके रुकने की आशा उन्होंने की थी, पर ट्रक रुका न था। बाइगाश जी ने बात बताई सारी। अब हसन, ओ हाँ हसन नाम था उस ड्राइवर का, बहुत उत्सुक हो गया हमें गांदरबल पहुँचाने के लिए। उसने तुरंत कहा, ''बोबजी! चलो चलो। चलो बच्चे तुम भी। फटाफट। तुम मेरे साथ मक्खन लाल की जगह पर बैठ जाओ, ट्रक में पीछे बोबजी के साथ मक्खनलाल बैठेंगे, क्योंकि शिवलिंग अंदर नहीं आ पाएगा शायद। ट्रक छोटा है। उन दिनों ट्रक थोड़े तंग क़िस्म के आते थे। जिसमें ड्राइवर के साथ बमुश्किल एक क्लीनर बैठ सकता था। वह तब बैठता जब पीछे सामान की कोई ज़िम्मेदारी नहों तब ड्राइवर बतियाने के लिए वह उस के पास बैठ सकता।

मक्खनलाल दुर्बल काया का दुबला सा व्यक्ति था, जबकि हसन हट्टा कट्टा। वह बाइगाश जी से बोला, ''मैं इसे पकड़ लूँ? आप चढ़ोगे बोबजी तब मैं पकड़ा दूँगा। चलेगा?''

“अरे क्या कह रहे हो हसन खूब चलेगा, ऐसा ही करेंगे।”

हसन ने शिवलिंग को गोद में लिया। बाइगाश जी ने एक छलांग ट्रक के भीतर मारी, नीचे चौकड़ी मार कर बैठ बाँहें पंसारी और हसन से शिवलिंग लेना चाहा। हसन ने जयकारा लगाया, “बम बम भोले। जय भोलेनाथ। जय जय भोलेनाथ। ऊँ नमः शिवाय। अभूतपूर्व आह्लाद के साथ बाइगाश जी को शिवलिंग पकड़ाया। फिर उस में मक्खनलाल भी कूद गया भीतर। हसन ने मेरे हाथ से पोटली लेकर उसे सीट के नीचे खोंसा और मुझे लगभग गोदी में उठाकर अपनी ड्राइवर सीट की बग़ल में बिठाया। मैं आनंद से भर गया था, सबसे अधिक आनंद मुझे हसन ने दिया था पर वह घोडेवाला जिसे बाइगाश जी ने विदा किया था, वह मेरे अंतर में एक कँटीले प्रश्न की तरह बना रहा।

अठासी

हसन ने ट्रक मोड़ा। मैं ऊँ नमः शिवाय जप रहा था या जपना चाहता था, मन ही मन, पर हसन ने मेरे साथ बातें करना शुरू की।

"बोबजी यहाँ मेरे साथ ही बैठते पर यहाँ जगह तंग थी न जिगरा?" मैंने सिर हिला कर हामी भरी।

"किस जमात में पढ़ते हो?"

"सात।"

"तुलमुल में ही?"

"नहीं। गांदरबल। तुलमुल में सिर्फ़ पाँच तक ही स्कूल है।"

"अंग्रेज़ी पढ़ते हो अंग्रेज़ी?"

"हाँ "मैंने सिर हिला कर और मुस्कुरा कर कह दिया। वह फिर बोला, "मेरा बेटा गुलज़ार भी लार स्कूल में पढ़ता है। अभी छोटा है। उसे भी पाँच के बाद गांदरबल ही आना पड़ेगा। भट्ट पढ़ाई में तेज होते हैं।"

बोटबय के कथाकहन को यहाँ पर सरसिज ने खुशी के मारे बाधित किया।" यह बात तो ये लोग अभी भी कहते रहते हैं जबकि मैं इस बात को नहीं मानता। आज ये लोग कितने उत्कर्ष के साथ शिक्षा में चमक रहे हैं।"

"आज इन्हें सत्ता भी तो चमका रही है।" बोटबय बोला।

"ऐसा?"

"हाँ।"

"पर क्यों?"

"कहते हैं वोट बैंक। पर वह बनाया गया है शायद, असल बात है कि भारत राज्य में इन का घुन लग गया है।"

"सरसिज तुम कहते हो शिक्षा में भी उत्कर्ष पर हैं, पर क्या आतंकवाद में भी उत्कर्ष पर नहीं? और आतंकित करना भारत में योग्यता है।"

"इनके लिए। हिंदुओं के लिए नहीं। बिना आतंकवादी बने ही हिंदू को आतंकी घोषित किया जाता है। उन पर ये लोग राज्य, संविधान और न्याय व्यवस्था के ज़रिये, मीडिया के ज़रिए दूरबीन लगाए रखे हैं। कि कहीं वह जाग न जाए। आर एस एस को पहले ही आतंकवादी कहकर उनको दबोच रखा है। हाँ आतंकवाद से मुसलमान भारत में उत्कर्ष पर पहुँच गया है, इसमें दो राय नहीं।" गौरव बोला और यह देखने लगा कि इस पर बोटबय अर्थात् सरसिज के पिता की क्या राय है। कहीं वह इसका विरोध करें कि उसे इतना भी उग्र रूप से नहीं सोचना चाहिए। पर देखा कि बोटबय उसके साथ सहमत था और अपनी कथा आगे बढ़ाना चाहता था।

"भट्ट अपने संस्कारों, पूर्वजों की साधना, सरस्वती, शारदा की साधना और तप से उत्कर्ष पर रहा है। सच्चा अहिंसक है। शोधकर्ता है। ज्ञानवान है अतः ज्ञान दाता भी है। शिक्षा और शोध, चिंतन, मनन, दर्शन का दर्शन उसके लिए निर्विकल्प है तो उत्कर्ष पर है। किसी राज्य प्रश्रय, किसी सत्ता की सहायता, किसी छूट से भट्ट बेचारा उत्कर्ष पर नहीं है। वह लाख नरसंहार का शिकार हो, वह लाख ईर्ष्या का शिकार हो, वह लाख वनवासी और शरणार्थी रहे, उसकी अस्थियों में, माँस मज्जा और प्राण आत्मा में उत्कर्ष के गीत ही लिखे हुए मिलेंगे।" बोटबय ने ये बातें बच्चों के भीतर आत्मविश्वास भरने के लिए पुष्टि स्वरूप कह दी। जो कि शाश्वत सत्य की भाँति सत्य थी ही।

"तो क्या ये योग्य न थे या हैं?" सरसिज ने पूछा।

"ये योग्य हैं, पर इनके चित्त के केंद्र में ज्ञान, उदात्तता, ब्रह्माण्ड, अखण्ड संविति की जिज्ञासा न होकर अपना मज़हब है, अतः ये भी सोचने विचारने से बचते आए है। जो सोचता विचारता है वह भीतर ही भीतर कुढ़ता है, द्वंद्व ग्रस्त रहता है। मौलवी ने जो पढ़ाया मदरसे में, वही इनकी पढ़ाई है। बाक़ी हराम है। तुमने सुना होगा इनके मौलवी क्या क्या बताते हैं इनको। बहुत खूँख़ार है। भयानक है।

इस्लाम सबसे पहले इनके मानसिक स्वातंर्त्य का अधिग्रहण करता है, क़ाबिज़ हो जाता हैं, फिर हर इस्लामी व्यक्ति गैर इस्लामी के मन के स्वातंर्त्य को छीनता है। इस प्रकार सत्ता पर भी अगर नाम का हिंदू या ग़ैर इस्लामी हो तों भी उसके मन पर इस्लामी लोग और उनकी इच्छाएँ ही छाई रहतीं हैं। वह कुछ नहीं कर पाता निर्भीक, निरपेक्ष होकर। वर्ना अब तीन सौ सतर नहीं है पर हालत कोई बेहतर नहीं। क्योंकि सत्ता के मन पर ये क़ाबिज़ हैं। समझ नहीं आता राज्य को कुछ भी कि इस नरसंहार से गुजरे लोगों का उद्धार कैसे करें। करेंगे तो ये नाराज़ हो जाएँगें। ख़ूब बहुसंख्यक होकर भी कुछ करने से भागते हैं डरते हैं। भट्टों के लिए कुछ करना धार्मिक उन्माद है, हिंदू कट्टरता है, धर्मनिरपेक्षता का घोर उल्लंघन है। मैं एक मित्र के दफ़्तर की बात

बताता हूँ, इससे बड़ी विडंबना हो ही नहीं सकती कोई और। वह भारत सरकार के एक उपक्रम में काम करता था। उनकी दुर्दशा कर दी गई। कोई बेंगलूरू, कोई चिन्नई, कोई मुम्बई, कोई गोंडा, कोई रायबरेली ऐसे जगह जगह उन्हें फेंका गया कैंपों से उठा उठाकर। वे बेचारे अब आग्रह करने लगे कि उन पर दया की जाए, उनके लिए जम्मू में एक दफ़्तर खोला जाए ताकि वे सब एकसाथ परिवारों में रहें। उन्होंने संघर्ष किया। आपस में विभिन्न स्थानों से फ़ोन पर एक दूसरे से सम्पर्क कर एक बार दिल्ली में किसी सहानुभूति रखने वाले नेता के माध्यम से मंत्रालय में सम्बंधित मंत्री से मिले। मंत्री ने भी सहानुभूति ही दिखाई। और कहा कि इस पर कुछ न कुछ करेंगे ही। अगले सप्ताह एक दल कश्मीर से कर्मचारियों का आया और मंत्री से मिला और बोला, ''आप ने कश्मीरी पण्डितों के लिए जम्मू में कुछ प्रकोष्ठ खोलने का उनको वचन दिया है, क्या यह सरासर कम्यूनल नहीं? यह असंवैधानिक निर्णय है आपका, यदि ऐसा किया आपने तो क्या आप चाहते हैं कि हम बंदूक़ उठाएँ।'' तो बस शरणार्थी वह भी कम्यूनल। वाह जी वाह। हर तरफ़ से ये अपना जाल फैलाए हैं। यानी उस मंत्री में इतना गूदा नहीं था कि बोलता धर्म के आधार पर तुमने उनको वहाँ से खदेड़ा, नरसंहार किया, वह कम्यूनल नहीं, जो पीड़ित हैं, वे कुछ राहत चाहते हैं, उन्हें राज्य द्वारा राहत न देने देना नरसंहार को सम्पन्न करने की सर्वोच्च मिसाल है। ऐसा कौन राज्य करता होगा। यह समझ लो कि राज्य तंत्र की भी क्या हालत है इनके सामने। हथकड़ियाँ है उनकी कलाइयों में इनकी। जहाँ हांकना चाहता है जिहादी वहाँ की ओर हांक जाता है। खैर हम इनकी शिक्षा की बात कर रहे थे न?''

''सबसे ख़राब और दुखद बात यह थी कि हम सोचते थे कि ये मूरख हैं पिछड़े हैं और हम ज्ञान में आगे। ये शिक्षा में भले ही आगे न रहें पर पीछे रहकर ही सत्ता इन्हें नौकरियों के वरदान से वरती है। हमारे ज्ञान और विद्या में चमक सारी धुलती, धुँधलाती, जब योग्य होकर भी हमें नौकरियाँ नहीं मिलती। या तो इन अयोग्यों के अधीन नौकरी करो या फिर पलायन ही करना पड़ता है बहुतों को। कितनी ही विभूतियाँ हमने खोई है इसी अवसाद के मारे। मेरा मतलब वे डंके की चोट पर हमें काफिर, गंदे और वाजिबुलकत्ल मानते हैं और हम चुपचाप उन्हें पिछड़े और कम अक़्ल मानते हैं। हम भद्र थे वे हमारी आँखों के सामने सामने ही बरबरता का प्रशिक्षण देते एक दूसरे को ताकि आगे हिसाब साफ हो। यों ये काल के छोटे छोटे अंतरालों में हिसाब करते रहे हैं। इस संबंध में इनमें बला की निरंतरता है। अब निष्कर्ष कितनी बार निकालें हम कि हम भद्र है और ये बर्बर। भद्रता किसी भी सूरत में बर्बरता से नहीं जीतती। यही साराँश है।''

“पर पापा! आपके मित्र ने जो बात बताई कि मंत्री से मुसलमान बोले कि वे बंदूक़ उठायेंगे, मंत्री बोलता कि फिर ये हिंदू भी बोलेंगे कि “हम बंदूक़ उंठायेंगे”, फिर?”

“मंत्री? मंत्री ऐसा बोलेगा? तुम क्या सोचते हो कि मंत्री राजनीति मर्मज्ञ या देश के हित को दूरदर्शी होकर देखने वाला होता है, स्वतंत्रता के बाद हर मंत्री इस देश में सर्वोच्च नौकरी करता है, ऐश करता है। देश की चिंता कर अपने ऐश ख़राब नहीं करता। मुसलमानों का जो दल आया था उस दल को पता था मंत्री इससे डरेगा और उनका काम बनेगा। यदि यह पता होता उन्हें कि मंत्री ऐसी बात बोलेगा जो उसे बोलनी चाहिए थी तब वह दल आता ही नहीं।”

“तब तो अंकल जी यह नरसंहार ही न होता।” गौरव बोला।

“बिल्कुल।”

अठासी

यह इतना आवश्यक विश्लेषण था कि बोटबय ने न चाहते हुए अपनी कथा को कुछ समय तक अवरुद्ध रखा। अब चूँकि मौन हो गए सब, तो उसे यह अपनी शिवलिंग वाली कथा को आगे बढ़ाने का संकेत मिल गया हो, ऐसा लगा। ''कि तब हसन ड्राइवर मुझे अच्छी अच्छी बातें बता रहा था, बहुत ही अच्छी, जिन्हें मैं कभी भी भूल नहीं सकता। कभी भी नहीं।''

सब के सब ये अच्छी बातें सुनने को ऐसे आतुर हो उठे मानो जैसे सरकार ने उनके लिए कोई अच्छा निर्णय लिया हो और सरकार का निर्णय सुनाया जाना हो। अतः सब बोले, ''क्या क्या?'' यहाँ तक कि प्रिया जो बातें सुनते हुए लेट चुकी थी वह भी उठकर बैठ गई ताकि कोई शब्द उसके कानों में घुसने से रह न जाए।

''सभी तो मुझे याद नहीं पर उनका सारतत्त्व याद है मुझे। उन बातों के बारे में मैं प्रायः: स्वयं से पूछता हूँ, ''क्या मैंने वे बातें सचमुच सुनी थी। क्या शिवलिंग के साथ हसन ड्राइवर ने रात के अंधेरे में अपना ट्रक मोड़ कर हमें गांदरबल पहुँचाया था? गांदरबल क्या उसने तो हमें तुलमुल ही पहुँचाया था। क्या यह सच है? कहीं यह सपना तो नहीं जो मैंने कभी देखा और लगता है कि यह सच नहीं है। मगर यह सच है। सरू और गौरव यह एक हज़ार प्रतिशत सच है कि उसने कहा कि, ''मैं भी पण्डित था, मगर मुसलमान होना ही पड़ा। मेरे पिता कहते हैं कि अभी अभी मेरे दादा मुसलमान हो गए हैं। पर अब चलो अल्लाह का शुक्र है कि हम अब सही हैं। मज़े में हैं अपने कश्मीर में ही हैं। फ़र्क़ यही है कि भट्ट नहीं हैं। मगर अंदर से भट्ट ही हैं। तुम बच्चे हो तुम किसी से कहोगे नहीं, इसलिए तुम से यह दिल की बात कहना ग़लत नहीं। और सच में मैं शिव का ही भक्त हूँ। सुबह निमाज पढ़ता हूँ फिर ऊँ नमः शिवाय ग्यारह बार पढ़ता हूँ। मेरे अब्बा ने कहा कि बस बेटा ग्यारह बार पढ़ा करना मन ही मन, उसके बाद नहीं। उसके बाद अपने अल्लाह को ही दिन भर याद करते रहो। नहीं तो दोज़ख़ में फैंके जाएँगे, जहन्नुम मिलेगा। पिता कहते हैं कि शिव और

अल्लाह एक ही है, पर अल्लाह फिर भी बड़ा है क्योंकि उसकी कोई मूर्ति नहीं। इसलिए अल्लाह बड़ा है इसमें कोई शक नहीं। यह कहकर उसने इस्लाम के साथ अपनी प्रतिबद्धता से मुझे तीव्र रूप से परिचय कराया था। यह भी ज्ञान कराया था कि उसके भीतर एक गहरी पीड़ा भी है ''शिव ''को खो देने की। वह उड़ना चाहता था क्योंकि उसके ट्रक पर ''शिव'' सवार थे।

हमें पता भी न चला कि हम शूं करके तुलमुल ही कब पहुँच गए। हसन नीचे उतरा और मुझे भी उतारा। और तेज़ी से ट्रक के पीछे गया। मैंने नीचे उतर कर देखा कि यह तो माँ महाराज्ञी परांबा का बाहरी ट्रकों, बसों, वाहनों के रुकने का स्थान है, बाज़ार के साथ साथ मैंने अपने सामने माँ महाराज्ञी परांबा के अस्थापन का तोरण द्वार है। मैंने खुशी से चीखते हुए बाइगाश जी से कहा ''बाइगाश जी ! हम तुलमुल घर पहुँच गए। मैं दौड़ कर घर से प्यारा और बबलू को बुलाकर लाता हूँ।'' शिवलिंग को घर पहुँचाने की यह पद्धति मुझे सरलतम लगी। मैं अपने दोनों भाइयों को लाया देखा मक्खनलाल शिवलिंग को लिए हुए बाइगाश जी के साथ हमारी प्रतीक्षा कर रहे हैं और ड्राइवर हसन बाइगाश जी से गहन बातचीत कर रहे हैं, उस समय हम तीनों को देख जो ड्राइवर हसन बोला था, वह यों है, ''मेरा अरमान है कि मेरा बेटा भट्ट बच्चों की तरह अक्लमंद निकले और खूब पढ़े। इतनी ऊँची पढ़ाई करें लगभग सोलह सत्रह जमात तक, पर वह मुसलमानों की तरह रांडा भी बनें। भट्टों को सिर्फ़ पढ़ाई ने किसी काम का नहीं रखा है। मुसलमान वल्लाह पढ़ाई के बिना भी बड़े काम के हैं। सारी दुनिया तबाही से भर दी है। वल्लाह क़सम खाकर कहता हूँ अल्लाह ने साबित कर दिया है कि अल्लाह ताकतवर है। सारी दुनिया हिला कर रख दी है।''

''सो कैसे?'' बाइगाश जी ने पूछा था।

''सारी दुनिया में ''गाश'' (प्रकाश) फैलाया।''

''रांडा ''बनना ''गाश'' हैं क्या? पुनः बाइगाश जी ने पूछा। इसमें छिपे तंज और ताने को वह बखूबी समझ गया पर उस को चबाते हुए बोला, ''हाँ दुश्मन को मारो या तो दुश्मन के साथ मिल ही जाओ।'' बाइगाश जी समझ गये होंगे कि यह अपनी परिस्थितियों को, जिनमें इसके पूर्वज कन्वर्शन का शिकार हो चुके हैं , को न्यायसंगत ठहरा रहा था।

''वही तो तुम्हारे पूर्वजों ने किया।'' बाइगाश जी बोले।

''हाँ। जब वे लड़े ही नहीं, तो मिलना ही था ज़िंदा बचने के लिये। मिलना, मिलने के बाद न लड़ सकने वालों को भी मिटाना। यह काम तो था।''

''मतलब?'' बाइगाश जी सकते में आ गया। स्तब्ध हो गया। उसे आशा थी कि उसे कन्वर्शन पर अफ़सोस होगा, पर उसके उलट या तो उसने जवाब दिया या यही

उसका सत्य था। सत्य क्या था, यह तय करना कठिन था। इसलिए हसन भी चुप रहा था। क्षणभर बाद बाइगाश जी ने पूछा, "तो तुम क्यों चाहते हो कि बेटा तुम्हारा भट्ट बच्चों की तरह ऊँची इल्म पढ़े ...?"

"इसलिए कि नज़ाकत के साथ अपना दीन बढ़ाये वह, इज़्ज़त भी कमाएँ...इसीलिए...।" आगे उसे बोलना नहीं आया। गाड़ी में छलांग लगाई और चल पड़ा। जाते जाते बोला, अल्लाह आपकी रक्ष करें। बाइगाश जी ने बहुत आशीर्वाद दिया। गौरव जी मैं इन्हें मृत-जीवित मानता हूँ।"

"मृत-जीवित?"

"हाँ। यही मेरा विशेषण और संज्ञा है इनके लिए। खोये जीवन का परिताप, नये जीवन में समाने के संघर्ष का संताप। इस व्यापक मनोविकार और मनोविज्ञान ने इन को सहज मानव जीवन के लिए एक भयानक त्रास के रूप में निर्मित किया है।"

गौरव और सरसिज ऐसे सिर हिलाते रहे इस दलील के साथ सहमति में कि मानो समस्या का सहज समाधान हो गया हो। बोटबय ने अब निष्कर्षात्मक वचन कहे,"

मुझे याद आ रहा है एक विद्वान ने एक पुस्तक, जो एक कन्वर्शन कर चुके एक मुसलमान ने लिखी है। उस पुस्तक में उसने लिखा है कि कश्मीर में जो भी इस्लामीकरण के लक्ष्यों को प्राप्त करने के लिए जो जो विक्षेप और प्रलय ढाए गए, वे सब इस्लाम के द्वारा और अल्लाह के लिए किए गए सुकृत हैं, इन सुकृतों का गुणगान करती यह किताब है फ़ारसी में जिस का अनुवाद और शोधात्मक व्याख्या विद्वान पद्मश्री डॉ.काशीनाथ पण्डिता ने करते हुए लिखा है कि इस्लाम के कश्मीर में प्रलय ढाना आरंभ करने के बाद अवांतर रूप से यहाँ लोगों को इस्लाम ने मारा काटा इस कदर कि दूसरे नरसंहार के बाद ठीक तीसरे चौथे, पाँचवें और छटे नरसंहार के बीच, अर्थात् वह कहते हैं कि लगभग डेढ़ सौ वर्षों तक लोग बेचारे हिंदू धर्म से इस्लाम, इस्लाम से वापस हिंदू धर्म, पुनः इस्लाम में, फिर वापस हिंदू, फिर वापस इस्लाम, फिर हिंदू इस प्रकार वे इस कन्वर्शन और घरवापसी के भँवर में झूलते रहे। जब इस्लाम का त्रास कुछ घटता, वे वापस अपने स्वधर्म में आ जाते थे। किसी समाज की यह दुर्दशा मरण से भी बदतर है। तभी वह हसन ड्राइवर अजीब विरोधाभासी बातें कर रहा था। वह हमें बराबर तुलमुल तक लाया। बाइगाश जी ने आग्रह किया कि वह घर पधारे। कुछ खाए पिए, क्योंकि मक्खनलाल भी उसके साथ था। पर वह माना नहीं। पर बाइगाश जी से सड़क पर ही दो बातें की, वह बातें उस बिगड़े स्नायु तंत्र की उपज थी जो उस धर्म और मज़हब के भँवर में फँसे होने के कारण उनके रक्त में घुस गया था।

उपसंहार

सुबह दस बजे तीन नक़ाबपोश बंदूक़धारियों ने राहुल भट्ट के दफ़्तर जाकर उसे बहुत ही निकट से माथे पर गोली मार दी और शांत किया। इसमें उनकी सहायता राहुल भट्ट के ही कार्यालय में काम करने वाले उसके सहयोगियों ने की। वे काम करते रहे अपनी अपनी जगह और हत्यारे पहले ही दफ़्तर पहुँच कर राहुल की प्रतीक्षा करने के लिए बैठ गए। राहुल के आने पर उन्होंने एक क्षण नहीं लगाया। फिर वही टीम ठाठ से उस स्कूल में पहुँच गई जहाँ अमृत कौर पढ़ा रही थी। वे क्लास में घुस गए। अमृत कौर से आधार कार्ड माँगते हुए नाम पूछा, वह बोली, "अमृत कौर"। उन्होंने कौर का कौल सुना जैसा कि प्राय: होता है। और राहुल भट्ट की तर्ज़ पर निकट से गोली मारी।

सभी पैकेज के कर्मचारियों में एक मरणांतक लरजा पैदा हो गया है। गौरव वापस आ गया है। उसे स्कूल में कहा गया कि आज आपकी क्लासों के बिना ही स्कूल में काम चलेगा। गौरव बहुत घबराया, इस हद तक कि बस नौकरी छोड़ कर कहीं से निकल जाए यहाँ से। वह चाहता है कि सरसिज या तो अभी फ़ील्ड के लिए न निकला हो या वापस आ चुका हो। उसके अंग अंग में कंपकंपी है, मस्तिष्क अस्थिर। मन में आशाएँ, आशंकाएँ और विस्तृत नभ और धरती पर दूर दूर तक फैली भुजाएँ जो उसे सूक्ष्म ज्ञान से आप्लावित कर रही हैं।

"कल ही कुंदा आंटी चली गई जम्मू। सम्भवत: ठीक ही हुआ।" वह स्वयं से बोला।

तुलमुल अड्डे पर सरसिज को उसने दूर से ही पहचाना। वे दोनों किंकर्तव्यविमूढ़ भीतर गए कि दोनों के फ़ोन एक साथ एक सूचना के लिए बज गए, "मेहरबानी करके दो दिनों तक अपने अपने कमरों में रहें। काम की जगह छोड़ने की कोशिश न करें। ऐसा करने पर, उसके साथ ही नौकरी की समाप्ति मान लें।"

और भी बहुत कुछ हुआ। गौरव ने जो सरसिज को दूर से देखते ही सोचा था कि वह एक बैग उठाकर जम्मू के लिए चल देगा वह इस क्षण अब असम्भव हो गया। वे दोनों माँ महाराज्ञी परांबा के पवित्र कुंड की ओर गए। वह डर रहा था कहीं सरसिज रो न दें, पर वह बहुत सीमा तक प्रौढ़ हो गया था या गौरव को देख कर उसके अनुकूल कर रहा था। दोनों सोच रहे थे उस तूफ़ान के विषय में जो नए सिरे से उठ खड़ा हुआ था। कि स्त्रियाँ क्या कर रही होंगी और पुरुष क्या। यह सोचना दूभर था। किसी से फ़ोन पर बात करना भी इस समय खतरनाक था। उन दोनों ने घर सूचना भेजी कि वे तुलमुल में हैं और ठीक हैं। बाहर निकलना अब प्रतिबंधित है इस समय। शेखपोरा, व्यसू, चौगाम, कुपवारा, हर स्थल पर पैकेज के कर्मचारियों पर

बाहर निकलने से रोक है।

बंटू जी को उन्होंने दूर से आते देखा। वे माँ महाराज्ञी परांबा के पवित्र कुंड वाले गर्भगृह से बाहर उसकी तरफ़ आने लगे। तीनों भवुनव्यापिनी की मुँडेर पर बैठ गए इस आशा के साथ कि बंटू जी उन्हें बाहर के समाचार देगा।

पर वह भी विचार शून्य सा डरा हुआ था, बोला, ''हर टी वी चैनल पर राहुल भट्ट की तस्वीर चल रही है। हीरो जैसा है। अमृत कौर भी की लाश भी टी वी चैनलों पर चल रही है। कुछ कहते हैं कि वे कौर को कौल समझ गए। कुछ कहते हैं कि नहीं ऐसा कुछ नहीं। कुछ कहते हैं कि यह राहुल भट्ट अब बहुत ही ज़्यादा मुसलमानों की चमचागिरी करता था, उन्हें ऐसे भट्ट भी पसंद नहीं। यह भी कि किसी तहरीक नाम के संगठन ने इसका ज़िम्मा लिया है, और एक नोटिफिकेशन जारी कर कहा है कि पीएम पैकेज और रियासत यानी राज्य कान खोलकर सुन लें कि हमारा टार्गेट वे सब हैं।

जहाँ जहाँ इस संसार में कश्मीरी हिंदू थे, जनसंहार से बचे खुचे वे सब काँप उठे अकथनीय कंपकंपी से।

शाम तक इंटरनेट बंद कर दिया गया। आरती हुई तो सहसा सरसिज फूट फूट कर रोते हुए माँ महाराज्ञी परांबा के चरणों में गिर गया। गौरव से भी रहा न गया। और दोनों ऊँची ऊँची आवाज़ में अश्रु बहाते चीख चीख कर गाने लगे :

महाराज्ञी सदा भगवती
भवतु प्रसन्ना।
महाराज्ञी सदा भगवती
भवतु प्रसन्ना।।

•••

www.ingramcontent.com/pod-product-compliance
Lightning Source LLC
LaVergne TN
LVHW101358051026
849519LV00005BC/1571
* 9 7 8 9 3 5 8 6 9 5 7 8 6 *